KB092646

고전시가와 호남시단의 이해

김학성

성균관대 국문과 명예교수, 서울대 국문과를 졸업하고 같은 대학원에서 문학박사 받음.
성균관대 문과대학장과 번역 · 테솔 대학원장 및 한국시가학회 회장 역임. 한국시조학술상,
도남국문학상, 만해대상 학술부문 수상.
저서로『한국고전시가의 연구』,『한국고전시가의 정체성』,『한국고전시가의 전통과 계승』,
『한국 시가의 담론과 미학』,『한국 근대문학사의 쟁점』,『우리 전통시가의 위상과 현대화』,
『현대시조의 이론과 비평』,『한국고시가의 거시적 탐구』등 다수 있음.

최한선

전남도립대 교수, 이수락, 홍우흠, 이백순 선생님 사사, 성균관대학교 대학원에서 문학박사
받음. 동신대학교 국어국문학과 교수, 한국시가문화학회 회장 등 역임. 중국 절강대학 객
좌교수이며 동아인문학회 회장이다. 성균 문학상, 박용철 문학상, 김현승 문학상, 전라남
도 문화상, 한국시조시인협회 평론상 등 수상.
저서로『면앙정』,『문화와 문학, 그 상징과 속살』, 번역서로『면앙정이여 시심의 고향이여』,
『속세를 털어버린 식영정』,『환벽당 서하당 그리고 독수정』,『모란과 도란도란』,『대숲에
부는 맑은 바람』,『늙지 못한다는 것』,『우리말 임종 앞에서』등 다수 있음.

고전시가와 호남시단의 이해

초　판 1쇄 발행 | 2017년 12월 30일
수정판 1쇄 발행 | 2019년　9월 30일

지은이 | 김학성 · 최한선
펴낸이 | 지현구
펴낸곳 | 태학사
등　록 | 제406-2006-00008호
주　소 | 경기도 파주시 광인사길 223
전　화 | 마케팅부 (031)955-7580~82　편집부 (031)955-7585~89
전　송 | (031)955-0910
전자우편 | thaehaksa@naver.com
홈페이지 | www.thaehaksa.com

값은 뒤표지에 있습니다.

ISBN 978-89-5966-935-6　93810

고전시가와
호남시단의 이해

김학성 · 최한선

태학사

머리말

    문자시대에 우리 고전 시가의 출발은 우리말 노래인 향가를 우리말의 언어구조와 어법에 맞게 중국의 한자를 빌어 향찰로 표기함으로써 문자언어와 음성언어가 일치하는 모습을 보였다. 그러나 신라 말에서 고려시대로 넘어오면서 중국의 한문이 우리의 언어생활과 문자생활에 절대적인 영향력을 미치면서 일반화되어 감에 따라, 고급문화를 담당한 상층지식인들이 어문일치에 바탕을 둔 향가의 전통을 버리고 자신들의 시적 욕망이나 개인의 내면적 정서를 한시로 표현하는 문학관습으로 전향하게 되었다. 이러한 관습은 조선시대로 넘어오면서 더욱 심화되어 시라면 으레 한시를 가리킬 정도로 오로지 한시로서 시적 욕망을 충족해 나갔으며, 이로 인해 향가로부터 시작된 우리 시가의 어문일치 전통은 맥이 끊어지고, 오로지 시로서 못 다한 흥취를 풀어내는 '歌(노래)'의 기능으로서 명맥을 이어가게 되었다.

    이런 사정으로 우리의 고전시가는 고급한 창작시로서의 영역은 외래적인 한시가 전적으로 담당함으로써 풍성한 문학 유산을 남기고 있는 반면에, 詩가 아닌 노래의 풀이성과 놀이성 기능으로서만 명맥을 이어온 전통의 국문시가는 상대적으로 초라한 모습으로 남아 있다. 이러한 문학 유산의 커다란 격차에도 불구하고 그동안 우리 국문학계에서는 풍성한 한시문학 유산에 대한 가치 발견의 연구는 극히 저조하고, 국문시가의 자료적 가치와 문학성 및 미학의 탐구에 편중되어 온 것이 사실이다. 이렇게 된 까닭은 국문학의 개념과 범주는 당연히 우리민족이 우리말로 산출한 문학이어야 한다는 당위론 때문이다. 따라서 중국 한문학의 양식을 빌어 우리말·글이 아닌 한문으로 산출된 한시문은 우리문학이 될 수 없다는 편협한 논리가 국문학 연구 초창기부터 지배적 논리로 오랫동안 작용해 왔으며, 필자 역시 이런 논리에 편승하여 우리의 풍성한 문학자산으로 남아 있는 한시문은 거들떠보지도 않은 채 오로지 국문시가의 연구에만 전념해 왔던 것이다.

그러나 고려와 조선시대에 이르는 중세의 천여 년에 이르는 장구한 기간에 우리 민족의 고급문화 형성과 발전은 우리말의 표기 수단으로 만들어진 훈민정음 창제 이전이든 이후이든 한문을 기축으로 하여 전개되어 왔음은 엄연한 사실이다. 중세시대의 이러한 모습은 비단 우리나라만의 특이한 현상이 아니라 일본이나 베트남 등 동아시아 문화권에서도 보이는 보편적 현상이다. 뿐 아니라 서구문화권에서도 프랑스나 영국처럼 중세시대에는 자국어문학보다 라틴어문학이 고급문화의 중심부를 차지하고 있었으며, 그럼에도 당연히 라틴어문학을 자국의 어엿한 문학으로 포용하고 있는 것이다. 이런 사실을 바탕으로 우리나라도 이제는 중세문학의 절대적 비중을 차지하고 있는 한문학을 우리 고급문화의 중요 자산으로 포용하고, 국문시가와 대등한 비중을 두어 한시문학도 민족적 삶과 얼이 반영되어 있는 대상으로 연구하기에 이르게 된 것이다.

그런데 문제는 한시문학이 외국문자인 한자로 산출된 문학이어서 한문 텍스트를 능수능란하게 독해할 뿐 아니라 그 민족 문화적 가치와 미학을 탐구해낼 만한 자질과 역량을 갖춰야만 연구가 가능한데, 그걸 갖춘 인재가 극히 드물다는 사실에 있다. 해방이후 우리 국학 정책이 한문 교육은 소홀히 하고 한글전용 정책으로 치달아 왔기 때문에 그런 인재를 찾기란 지난한 현실이 되었다. 이런 상황에서 한문에 밝은 여러 훌륭한 스승들에게서 정통으로 한학을 배우고 깨친 호남의 인재 최한선 군이 성균관대에 들어와 필자를 지도교수로 하고 대학원 과정 5년간을 수련한 끝에 그 난해하기로 유명한 「석천 임억령의 시문학 연구」로 박사학위를 받게 되면서, 필자가 해내지 못한 한시문학에 대한 탐구를 탄탄하게 이루어낼 든든

한 제자 하나를 얻게 되었다. 호남에 아무런 연고를 갖지 못한 필자에게 최한선 군 같은 인재를 제자로 거두게 된 것은 학문적으로 큰 횡재가 아닐 수 없다. 왜냐하면 그의 연구 논문을 통해 한시문학의 유현(幽玄)한 세계를 알게 되었고, 특히 호남의 국문시가와 한시단이 어떤 계보와 특성을 갖는지를 이해할 수 있게 되었기 때문이다. 그리하여 최한선 군의 연구는 필자가 갖지 못한 독자적 시각과 연구분야(호남의 한시단)를 개척해냄으로써 우리 국문학 연구에 색다른 빛을 던져 주리라 확신하게 되었다.

이에 필자는 오늘날까지 전념해온 고전시가 분야의 최근 논문과 더불어, 필자가 연구하지 못한 분야를 튼실하게 매워 줄 제자 최한선 군의 고전시가와 호남 한시단에 관한 논문을 하나로 묶어 책을 낸다면, 연접한 두 못이 서로 물을 윤택하게 하는 여택(麗澤)의 효과가 있지 않을까 생각하여 마침내 공저(共著)를 내기로 했다. 사제 간에 의기투합하여 함께 책을 내는 것도 아름다운 모습의 하나가 되지 않을까 욕심을 부려본다.

이 책의 제 1부는 필자가 정년퇴직 이후 한국시가학회에 기조논문으로 발표한 것을 비롯하여 각종 학회지나 전문 학술지에 실은 것들을 모아 담은 것이다. 여기에는 우리 고전시가의 운율적 전통이 현대시의 자유율 형성에 있어서 딛고 넘어설 바탕으로 작용하지 못함에서 야기된 자유시의 율격상의 괴멸 현상을 문제점으로 다루기도 하고, 18세기 우리 고전시가의 새로운 동향을 바탕으로 상층문화와 하층문화가 어우러져 수평화하는 현상에서 자생적 근대성을 발견해내기도 했다. 또한 그동안 잘못 이해되었던 엇시조의 개념과 형식적 특성에 대해 관련 자료의 면밀한 분석을 통해 새로이 규명해내고, 가사의 장르론과, 명칭, 및 발생기 가사의 해석에 관련한 쟁점들을 점검하고 문제를 선명하게 해결해 보려 했다.

제 2부와 제 3부는 제자 최한선 교수가 그간 고시가문화학회, 동아인문학회 등의 학회지와 각종 전문 학술지에 발표한 논문들을 모은 것이다. 먼저 제 2부는 중국 절강대학에서 객좌교수로 연구 활동한 경험을 살려

한국과 중국의 현대시의 출발이 서로 다름을 말하고, 양식이론에 입각해 우리의 현대시가 역사적 장르들의 양식적 결합을 통한 시도였음을 밝혀낸 것이다. 그리고 송강가사의 문화콘텐츠화 방향으로, 국내와 해외의 여러 성공 사례를 들어 비교하면서 담양의 유구한 인문학적 전통과 비옥한 토양에 바탕을 두어 누정이 위치한 자연적 환경인 청정과 생태의 조건을 융·복합하여 콘텐츠화 할 것을 주장했다. 이어서 〈성산별곡〉의 서술전략을 면밀히 분석하고 관련 자료들을 폭넓게 재검토하여 작품의 제작 연대가 종래 2~30대의 젊은 나이에 지었을 것이라는 추정이 잘못되었음을 밝히면서, 송강이 50~54세 사이의 창평 퇴거시절에 지었으며, 작품의 화자(손)와 청자(서하당 식영정 주인) 모두 송강 자신을 지칭한다고 논증한 것이다.

제3부에서는 호남시단의 특성을 서술시 전통에서 잡아 부(賦)나 가(歌), 사(詞), 연작시, 장편시 등 다양한 형식으로 시도되었음을 밝히고, 광산의 사림 시문학의 전통을 계보까지 소상히 규명한 것이다. 또한 도연명의 귀거래에 대한 인식이 호남시단을 이끌었던 시인들에 어떤 방향으로 실현화 되었는가를 살폈고, 호남시가에 나타난 풍류를 석천과 송강의 대비를 통해 특화시켜 놓은 것이다.

아무쪼록 이러한 논문 모음이 우리 고전시가와 한시 연구에 있어서 새로운 이해의 지평을 열어 가는데 작은 보탬이 되었으면 하는 바람으로 세상에 내놓는다.

아울러 출판계의 어려운 환경에도 이 책의 출간을 흔쾌히 도와주신 태학사의 지현구 사장님과 담당 편집자의 노고에도 깊이 감사드린다.

2019년 10월
가을 초입에서
춘당서실에서 김학성 적음

차례

제2부 고전시가의 양식 이해

제3부 호남시단의 특성 이해

제1부

고전시가의 쟁점 논의

고전시가의 노래하기와 현대시의 자유율

1. 현대 자유시의 문제점

한국의 현대 자유시에서 가장 큰 문제점은 다수 대중의 독자로부터 멀어져 읽히지 않는다는 것이다. 그 원인은 디지털 시대를 맞아 시의 소통 방식이 달라진데 따른 글쓰기 방식의 달라짐이나, 시의 專門化에 따른 解讀하기 쉽지 않은 난해성 등 여러 가지가 있겠지만, 여기서는 무엇보다 자유시라는 이름으로 전통시가의 운율을 완전히 무시하고 친숙하지 않은 산문시를 남발함으로써 절대다수의 독자에게 서정적 감동을 주지 못한다는 데 가장 큰 요인이 있다고 보고 논리를 전개코자 한다. 이를 위해 실제 작품을 살펴보자.

그는 입안에 송곳니가 점점 커지고 있는 것을 느꼈다. 두발로 걷는 것이 불편할 때도 있어 혼자 있을 때 네 발로 걸어도 보았다. 야생은 그의 직업이 되었고 조련은 가늘고 긴 권력이 되었다.

모든 권력은 손으로 옮겨갈 때 가벼워진다. 눈치를 보는 것들의 눈빛은 언제나 심장을 겨냥하는 법. 다만 두려운 것은 손에 들려 있는 권력일 뿐이니까.

조련사 k. 그는 아침마다 동물원을 한 바퀴씩 도는 순방이 있다. 금빛 은행잎이 k의 머리 위로 왕관처럼 씌워진다. 철조망에 갇힌 초원이 펼쳐져 있다. k는 손을 흔들거나 휘파람을 분다. 잠자던 맹수가 눈을 뜨더니 달려온다. 무릎을 꿇는다.

k는 맹수의 꼬리를 목에 두르고 맹수코트를 걸치고 곤봉을 휘두르는 자신을 상상하곤 한다.

어느 날부터인가 k의 얼굴에 구레나룻이 생기고 몸에 털이 자라고 손톱은 길어졌다. 모든 모의(謀議)는 자신도 모르는 사이에 생긴다. 말 안 듣는 맹수에게 먹이를 주지 않고 채찍을 휘두르며 맹수보다 더 맹수처럼 사나워져갔다.

얼마 전 야생의 모의(謀議)가 철조망을 빠져나갔다. 그 후 k의 통장으로 감봉된 월급이 들어왔다. k는 자기 목을 조르는 조련사가 있다는 것을 처음으로 느꼈다. 머리카락이 빠지고 몸에 털이 빠지고 손톱이 빠졌다.

조련으로 청춘을 보낸 k는 결국, 야생을 놓치고 말았다.

새로운 조련사들이 들어오고 그들은 맹수들과 더 빨리 친해졌다. 동경하던 야생은 저 쪽에서 어슬렁거렸다. 이빨 빠진 맹수 한 마리가 다른 맹수 눈치를 보며 어슬렁거렸고 금빛 왕관은 가을 저 쪽으로 다 날아가 버렸다. 얼마간 퇴직금의 조련을 받는 힘없는 맹수가 되어 있었다.

-〈조련사 k〉 전문[1]

국내 최다 발행부수를 자랑하는 어느 일간 신문의 신춘문예 당선작이다. 예사로운 작품이 아니라 시인 지망생들의 선망을 한 몸에 받으며 등단하는 관문을 뚫은 것이고, 현대시가 지향해야 할 지표이자 전범이 되는

---

1 《조선일보》, 2012년 1월 1일자 신춘문예 특집란.

영예를 안은 작품이다. 그러므로 시에 관심을 가진 독자는 심사평에 촉각을 곤두세우며 작품을 음미하게 된다. 심사평에서는 "세상에 대한 치밀한 관찰과 묘사가 눈길을 끌었다."는 점을 높이 사서 당선작으로 뽑았다고 한다. 이게 웬 말인가. 세상에 대한 치밀한 관찰과 묘사는 서사양식의 본령이 아닌가. 그 방면에서 아무리 뛰어난 호소력을 보인다 해도 시의 힘이 소설의 힘을 당해낼 수 있을까. 시의 마력은 치밀한 관찰과 묘사에 있다는 것인가.

이 작품은 장르상으로 '현대 자유시'다. 현대 자유시는 말 그대로 담론으로서의 '현대성'과 형식에서의 '자유율'을 특징으로 한다. 그러므로 현대 자유시는 이 두 가지 요건을 훌륭히 갖출 때 빛이 난다. 이 가운데 '현대성'은 "현상이나 현실에 대한 비판과 자기비판에까지 다가가는 자아성찰적 이성"[2]을 가진 주체가 그러한 성찰을 내면적 자아로 하여 현대의 담론으로 서술할 때 드러난다. 그런 면에서 이 작품의 서정주체는 "말 안 듣는 맹수에게 먹이를 주지 않고 채찍을 휘두르며 맹수보다 더 맹수처럼 사나워져 간" '조련사 k'라는 인물로 설정되어 있고, 그를 통해, "손에 들려 있는 권력" 곧 "채찍"으로 "맹수를 무릎 꿇리는" 직업적 권력의 야만성과 일방적 폭력성을 담론으로 한다. 나아가 그러한 제도적 권력도 "철조망을 빠져나가는" 맹수의 탈출 사건이 발생하자 감봉 처분으로 자신을 압박하는 上位 권력이 존재함을 인식하게 되고, 그 권력에 눈치 보며 퇴직금으로 조련 받는, "이빨 빠진 맹수"로 전락하고 마는 아이러니를 통해 현실비판과 자기비판에 다가가는 자아성찰적 이성을 보여준다. 이처럼 제도적 권력에 의한 비인간화와 소외되는 인간으로 전락하고 마는 현대의 담론을 서술함으로써 이 작품의 '현대성'은 충분히 드러난다.

---

2 자유시를 형성해 간 근대주체의 성격과 구체적 작품 동향에 대한 예리한 탐구는 정우택, 『한국 근대 자유시의 이념과 형성』(소명출판, 2004)을 참조. 이러한 '근대성'은 현대 자유시에도 더욱 확장·지속되고 있으므로 본고에서는 필요에 따라 근대시를 현대시에 포용하여 거시적으로 다루기로 한다.

그런데 이 작품을 읽어보면 콩트나 소설의 한 대목 같은 이야기성을 가진 산문을 읽은 느낌이지 시란 느낌은 별로 나지 않는다. 주어진 권력을 휘두르던 자가 더 큰 제도 권력에 의해 휘둘리는 자로 전락하여 종말로 가는 스토리線은 보이지만, 자유시가 필수적으로 갖춰야 할 시적 리듬 곧 '자유율'이 감지되지 않기 때문이다. 자유시는 말 그대로 형식과 리듬의 자유를 가지며 어떤 고정된 격식도 없고 고정된 리듬도 없으니 산문처럼 느껴진다고 치자. 그러나 자유시도 詩이므로 고정적은 아니라도 개성적인 시적 리듬은 있어야 한다. 시가 표현해 내려고 하는 것은 '이야기성'이 아니라 '노래하기'를 통한 '영혼의 움직임' 곧 서정적 울림이기 때문이다. 그래야 감동이 있는 서정시가 된다. 그래서 서정시를 '최소 언어로 노래하기'라 정의한다. 인용한 작품이 산문시라 강변할지 모르지만, 산문시도 산문이 아니라 시[3]인 이상 '노래하기'에 의한 시적 리듬은 있어야 한다. 다만 그 산문시의 리듬이 어떤 형식이나 격식에 따라 주기적으로 '반복'되는 리듬을 따르지 않을 뿐, 내면적 절주의 필연성에 따라 '변화'되는 개성적 리듬형은 갖추어야 하는 것이다.

이런 시적 리듬이 없는 자유시는 마치 외국시를 原典의 시적 리듬을 상실한 채 '의미'만 옮겨 놓은 번역시와 다를 바 없다. 앞에 인용한 작품도 번역시 같은 자유시다. "채찍" "왕관" "이빨 빠진 맹수" 같은 몇몇 언어에 이미지와 상징을 띠고 있어 메마른 산문과 다소 구별되긴 하지만 그 정도라면 같은 주제를 다룬 장용학의 〈원형의 전설〉〈요한시집〉 같은 소설에서도 얼마든지 발견된다. 몇몇 언어가 이미지와 상징으로 채색되어 있다하여 '영혼의 움직임'을 가져오는 서정적 울림으로 나아갈 수 있는 것은 아니다. 서정적 울림이 없는 자유시를 읽느니 차라리 장용학의 소설을 읽는 이유다. 그러니 자유시가 소설에 독자를 빼앗길 수밖에 없다.

---

3 본고에서 '시'라는 용어는 서정시를 지칭한다. 서사시나 극시, 교술시는 제외한 개념이다. 따라서 고전시가에서 중요한 영역의 하나를 차지하는 '가사'는 서정시가 아니므로 다루지 않는다.

문제는 현대의 자유시가 대부분 이러한 지향으로 가고 있다는 것이다. 어떠한 리듬형의 구속도 거부하고 '자유율'이라는 이름으로 번역시와 같은 무미건조한 자유시를 양산해온 결과 독자로부터 더욱 멀어지게 된 것이다. 자유시가 잃어버린 독자를 되찾으려면 '노래하기'라는 서정시의 본령을 회복하는 일이 급선무다. 그러려면 현대시의 자유율을 어떤 방향으로 운용할 것인가. 그 지혜를 고전시가의 노래하기 방식을 통한 전통 리듬의 전개 과정과 그 일탈의 양상에서 구해야 하고 아울러 개화기 이래 근대 자유시의 형성 과정에서 보여준 고뇌와 방황에서 自省의 길을 찾아야 할 것이다.

2. 고전시가의 '노래하기' 전통과 정형의 일탈

우리 서정시가의 벽두를 장식해온 상대시가는 『삼국지』 魏志 東夷傳에 나오는 기록에서 그 모습을 추정해 볼 수 있겠으나 구체적인 텍스트가 전하지 않아 접근이 거의 불가능하다. 그렇지만 이 시대의 '노래하기' 방식은 迎鼓나 舞天같은 歌舞의 祭儀형식으로 行해졌으므로 시가의 '언어적 절주'는 노래의 '음악적 절주', 춤의 '동작적 절주'와 어우러져 일체를 이루면서 서정적 울림을 획득했을 것이다. 문자를 시의 중심매체로 삼기 이전인 구비시대에 향유하던 노래였으므로, 특히 시의 언어적 리듬이 歌의 음악적 리듬과 일치하는 결합을 이루며 자연스럽게 표출되었을 것이다. 굳이 추정하자면 오늘에 전하는 기층민요인 〈쾌지나칭칭나네〉 같은 데서 볼 수 있는, 선사시대 공동체의 豊饒 희원을 담은 '2보격' 리듬과 후렴구의 잦은 반복이 중심이 되었을 것이다.[4] 2보격의 빠른 템포가 야기하는

---

4 이에 대한 상론은 김학성, 「상대시가의 표현미학」, 『한국고전시가의 연구』, 한국학술정보, 2001 참조.

경쾌하고 단순한 리듬은 공동체의 정서와 욕구를 秘儀的으로 표출하기에 적절했기에 이 시대 노래하기 양식의 주류를 이루었을 것으로 짐작된다.

여기서 더 진전된 초기 국가적 공동체 사회에서는 후렴구의 잦은 반복은 소거되고 〈구지가〉나 〈공무도하가〉, 〈황조가〉와 같은 4구체의 간단한 시적 형식으로 집단 혹은 개인적 욕구를 표출했던 것으로 보인다. 現傳하는 한역가 텍스트를 통해 확인되듯이 이들 상대시가는 의미나 이념의 전달보다는 공동체 집단의 행위나 사고 혹은 개인적 감성을 통합하는 영혼의 움직임이 중요했기 때문에 간단한 시적 형식을 '가창'의 제시 형식으로 표출함으로써 전적으로 '청각적 호소력'에 의존하는 형태를 보였다. 이런 한계로 인해 정교한 시적 형식으로 나아가지는 못했다.

우리민족 최초의 정채로운 서정시의 결정체는 6~7세기 향찰표기의 발달에 힘입어 우리말 노래를 온전히 텍스트 그대로 표기할 수 있는 역량을 갖추어 다듬어진 신라의 이른바 10구체 향가, 즉 '사뇌가'에서 모습을 드러내었다. 그 형식이 4개의 구로 이루어진 앞 단락과 역시 4개의 구로 이루어진 뒤 단락에 이어 첫머리에 '아으'와 같은 嗟辭를 동반한 落句로 완결하는 3구 6명 형식의 '完整한 정형'이 된 것이다. 이러한 정교한 구조로 완성되기까지는 상대사회의 4구체 民歌계 가요(〈공무도하가〉와 같은)와 주술계 가요(〈구지가〉와 같은), 개인 창작 가요(〈황조가〉와 같은), 그리고 삼국시대의 궁정 樂歌와 지방문화의 郡樂, 4구체 민요계 향가의 시적 미감이 토대가 되었고, 무엇보다 신라초기(1세기) 때부터 시작된 〈도솔가〉 이래 '차사 사뇌격'의 격식을 갖춘 노래 양식을 결집함으로써 가능했다.

이는 중국에서 先秦 시대의 詩經에 이어, 楚辭와 漢나라의 賦, 각종 악부에 올려 진 民歌, 그리고 현란한 궁정의 樂歌에 이르기까지 다양한 형식의 모색과 수많은 시인들의 창작 경험을 통해 오랜 세월 切磋琢磨의 과정을 거치면서 비로소 唐나라 초기에 이르러 絶句와 律詩라는 정교한 시적 운율을 갖춘 서정시가 탄생할 수 있었던 것과 비견된다. 사뇌가를 중국의 한시에 대비되는 우리 말 노래 곧 鄕歌라고 지칭했던 것도 이런 자부심과 관련된다 할 것이다. 특히 형식미학에서 중국의 한시가 5言 7字로 가다듬는 데 견주어 우리 노래(향가)인 사뇌가는 3句 6名으로 끊고 다듬는다는 고급한 서정시로서의 자긍심을 가지고 있었다.

우리 고대사회에서 사뇌가와 같은 정채로운 양식이 완성될 수 있었던 것은 상대사회의 시가문화적 역량이 총합된 결과이기도 하지만 중국으로부터 유입된 한자문화라는 외래적 요소가 우리 서정시가 표현 양식의 전환점을 마련한 것도 작용했다. 한자는 表意 문자이고 그 표기수단을 빌어 우리말 노래를 온전히 표현할 수 있어서, 종래에 청각적 호소력에 의존하던 노래하기 양식에 문자를 통한 '시각적 호소력'을 동시에 확보함으로써 시적 형식을 통해 표출되는 '의미' 내용의 심화까지 꾀할 수 있었던 것이다. 비록 借字문학이긴 하지만 訓主音從의 표기체계를 가짐에 따라 한자라는 표의문자가 갖는 시어의 의미 심화와 압축적 정밀함도 획득할 수 있었으며, 그러한 정밀함과 정채로움을 무엇보다 우리말의 율동미에 온전히 담아 문자언어적 '노래하기'로 표출함으로써 사뇌가 '詞淸句麗'(노랫말이 맑고 구절이 아름답다)하고, '意精於詞'(노랫말에 뜻이 정밀하게 담겼으며)하여, '其意甚高'(그 담고 있는 뜻이 심히 높다)하다고 賞讚되는 서정시의 드높은 경지까지 갈 수 있었다.[5]

사뇌가의 이러한 경지는 시를 '음성과 의미의 조화적 통일체'로 운용했기 때문이다. 사뇌가를 중심에서 이끌었던 화랑-낭도 계층과 승려 계층이 그들의 이념과 종교적 신념을 직접적으로 투사하여 '의미' 내용만을 전달하는 도구로 삼지 않고, "2보격적 리듬과 3보격적 리듬을 서로 교차하거나 뒤섞어"[6] 운용하면서 3구 6명의 정채로운 노래하기 양식으로 '언어의 음성적 결'까지 가다듬음으로써, '의미'를 감동으로 끌어가는 '영혼의 움직

---

5 사뇌가의 시적 울림에 대한 이러한 상찬의 말은 균여전의 譯歌現德分과 歌行化世分, 그리고 삼국유사의 〈찬기파랑가〉를 실은 자리에 나온다.

6 성기옥, 「향가의 형식과 운율」, 『고전시가론』, 한국방송통신대출판부, 2006, 68면.

임'을 달성할 수 있었던 것이다. 향가가 "천지귀신을 감동시킬 수 있었던 일이 한둘이 아니다."라고 한 일연의 논평이 괜한 소리가 아니었던 것이다. 월명사가 죽은 누이를 애도할 때 불교적 신념에 매몰되지 않고 인간적 비애의 정서로 녹여낸 〈제망매가〉에서, 충담사가 풍월도적 이념에 함몰되지 않고 화랑의 높은 기상을 숙연한 정서로 녹여낸 〈찬기파랑가〉에서 확인할 수 있듯이, '의미'만을 생경하게 드러내지 않고 인간적 고뇌와 보편적 정감을 '언어의 음성적 울림'에 담아 풀어냄으로써 영혼을 움직이는 시적 감동의 마력을 지닐 수 있었다.

사뇌가의 이러한 차자문학에 의한 시적 울림의 서정적 성취는 고대사회에서 중세사회로 전환하는 나말-여초에 이르면서 경쟁력을 잃게 되었다. 노래하기 텍스트로서의 '청각적 호소력'은 당악의 활발한 유입과 자극에 의해 궁정 음악을 중심으로 '俗樂'이라는 보다 화려하고 다채로운 가창 텍스트의 출현으로 인해 밀리게 되고, 문자언어로서의 '시각적 호소력'은 지식인 사회에서 향찰문자 사용의 불편함과 한자문화의 익숙함에 따른 '한시'로의 傾斜가 고려시대로 넘어오면서 급격하게 이루어져, 개인 서정의 표출은 한시 장르가 주도권을 장악하게 된 것이다. 이에 따라 고려시대의 사뇌가는 〈보현시원가〉에서 보듯이 시각과 청각의 호소력을 아울러 갖던 서정적 탄력을 상실한 채 텍스트에 담는 의미내용과 이념(화엄경의 경전 교리에 의한)을 효과적으로 전달하는 기능적 장치로서 활용되거나, 〈경찬시뇌가〉의 사례에서 보듯이 한시를 먼저 짓고 그로써 못 다한 흥취를 풀어내기 위한 수단으로 사뇌가를 짓는, 즉 '詩餘'의 기능을 감당하는 위상으로 전락하기에 이른다. 이처럼 중국으로부터의 한자문화 유입은 우리 서정시가에는 양날의 칼이었다. 한편으로 차자표기의 수단으로 표현의 정밀함과 의미의 깊음을 획득하게 했지만 다른 한편으로 개인 서정 표출의 독점적 지위를 한시에 빼앗기는 결과를 초래한 것이다.

이러한 상황에서 고려시대에 새로이 서정시가의 중심 장르로 부상한 '고려 속요'는 기층 민요의 기본 보격의 하나인 생동하는 '3보격 리듬'을 노래하기 양식으로 끌어 옴으로써 노랫말의 정감적 호소력과 시적 정신의 자유로움을 획득할 수 있었다는 데 주목할 의의를 갖는다. 그럼에도 그 제시 형식이 고급한 궁정음악(속악)에 올려져 노랫말의 어조가 달라지기도 하고, 이질적인 것을 짜깁기 하는 등 고급음악(鄕唐交奏의 제시 형식에 따른 당악과 맞서는 향악으로서)의 지나친 간섭으로 노랫말의 의미요소와 가창텍스트로서의 음악적 요소가 조화롭게 융합되지 못하는 일그러진 모습을 보이게 되었다. 그 일그러진 모습은 조선초기로 넘어오면서 '악장'이란 장르로 계승되어 정제된 모습을 갖추어 갔지만, 건국에 따른 통치이념과 국가 정비사업의 공식적 행사용으로 쓰인 한계로 인해 이념만 강화되고 노래하기로서의 울림은 약화되어 더 이상 발전하지 못하고 未完의 장르로 남았다.

고려시대에 개인 서정의 독점적 지위를 누리게 된 한시는 우리말과 언어체계를 전혀 달리하는 양식이므로 이 또한 서정적 울림을 이끌어내는 데는 근본적인 한계를 가질 수밖에 없었다. 그래서 고려말기에 등장한 新進士人層은 영혼의 움직임을 끌어내는 노래하기 방식으로 '경기체가'와 '시조'라는 새로운 양식을 창안하여 이러한 한계점을 극복하려 했다. 즉 경기체가는 한시의 시각적 호소력을 직접적으로 수용하여 우리 노랫말을 한시의 절구와 율시에서 5언(2+3언)과 7언(4+3언)으로 글자수를 맞추듯이 "334/ 334/ 444/ 위 ~경 긔 엇더ㅎ니잇고// 44/ 44/ 위 ~경 긔엇더ㅎ니잇고///"라는 자수율 중심의 시적리듬에다 판에 박힌 套式語句로 마무리함으로써 시각적 호소력을 더 극단으로 밀고 나가 한시 취향의 人工的 意匠으로 서정적 울림을 시도했다. 그러나 이러한 한시 취향의 자수율에 의한 인공적 율동미는 우리시가의 자연스런 시적 리듬에 맞지 않아 널리 확산되지 못하고 일부 문인 사대부층에 향유되다가 소멸되는 운명을 맞았다.

이에 비해 시조는 '3구 6명'으로 다듬어진 사뇌가의 정채로운 시적형식을 계승하면서 이를 더욱 압축하여 3장 6구로 가다듬고, 리듬도 사뇌가가 2보격과 3보격을 교차-혼용하던 것을 그보다 안정되고 균정하게 정제된

'4음 4보격'의 율격 양식으로 단일하게 운용함으로써 우리 시가사상 가장 정제되고 '完美한 정형' 시가로 자리매김하게 되었다. 이는 생동하고 발랄한 감정 표출에는 적합하면서도 浮薄하고 亂雜한 면이 있는 고려속요의 3보격 리듬을 청산하는 의미를 갖는다. 즉, 균정하고 단아하며 悠長하면서 사려 깊은 정서를 표출할 수 있는 4음 4보격의 시적 리듬으로 사대부 지식인층의 온유돈후한 미의식을 표출해 간 것이다. 그 제시 형식은 주로 말을 길게 빼어 읊조리는 永言으로 향유되었으며 심성 수양과 人倫世敎, 강호한적에 도움이 되는 지향을 보였다. 그러나 이러한 지향은 주로 세계상을 儒家 이념으로 포착하여 노래하는 한계를 보였으며, 이로 인해 만인이 공감하는 시적 울림으로 나아가지는 못했다. 이념의 傾倒가 정서를 억제한 결과였다.

시조가 이처럼 영언의 텍스트로서는 시적 호소력을 폭넓게 획득해나가지 못하는 한계를 보였지만, 관현반주를 동반한 가창 텍스트로서는 거문고를 다룰 줄 아는 일부 사대부층으로부터 그들에 신분적으로나 문화적으로 밀착된 기녀, 가객층으로 점차 영역을 넓혀 가면서 그 당대에 맞는 세련된 악곡으로 발전해 갔다. 그 결과 같은 노랫말 텍스트를 놓고도 보다 세련된 음률(腔調)을 갖춘, 새 시대의 문화취향에 맞는 새로운 악곡으로 끊임없이 개발되었다. 처음에는 5장의 가곡창에 얹어 만대엽으로 부르던 것이 중대엽, 삭대엽의 빠른 템포로 양식화되고, 삭대엽이 유행하던 조선 후기에 이르면 中骨歌客層이라는 새로운 전문음악인들의 참여로 본격적인 唱調의 다양한 개발이 이루어지고 표준화-正典化로 나아갔다. 그리하여 당대에 新調이던 악곡이 어느새 古調로 밀려나게 되고, 그 시대에 '새로 유행하는 唱調'라는 의미의 時調(이 명칭이 1920년대 시조부흥운동과 더불어 장르 명칭이 됨)가 끊임없이 새로 만들어져 今調, 新飜, 新聲, 新調 등의 이름으로 음악미의 예술성과 세련성을 더해 갔다. 이런 까닭에 시조(장르 명칭)는 노랫말의 시적 텍스트로서 보다는 그것을 실은 악곡의 면에서 다양성과 예술성을 고양해 갔으며 그 정점에 『가곡원류』라는 가집이 위치하고 있다.7 이렇게 전문가객은 시조를 문학적 향취를 풍기는 詩的 욕망의 텍스트로 보다는 음악적 세련성을 더하는 歌的 욕망의 텍스트로 가꾸어나갔던 탓으로 가객시조에서 사대부시조를 넘어서는 시적 성취를 찾아보기 어렵게 되었다.

이런 흐름과는 달리 3장으로 부르던 '북전 계통'은 대엽조로 부르는 5장 가곡창의 위세에 밀려 古調로 소외되다가 18세기 중후반에 명창가객 이세춘이 장단을 새로이 배분하여 3장의 '時調'(싯조)로 표준화함으로써 새로운 유행을 낳기에 이른다. 특히 무릎장단으로도 가능한, 부르기 쉽고 듣기도 간편한 창법이어서 京-鄕이 두루 즐기는 대중의 호응을 널리 얻게 되고, 그 결과 19세기 중반에는 『남훈태평가』 같은 상업적 출판까지 이루어졌다. 이러한 3장의 대중화된 양식은 시조의 노랫말 구조와도 일치하는 것이어서 개화기에 이르면 독서물로 전환하여 일반 시민 독자층의 참여로 각종 신문에 시 텍스트로서 '노래하기' 전통의 리듬을 이어갔다.

시조는 단아하고 반듯하며 완미한 형식과 리듬을 자랑하지만 반드시 4음 4보격 3장으로 완결해야 한다는 길이의 짧음이 강점이자 약점이었다. 그래서 표출하고자 하는 시상이나 '의미' 내용이 (평)시조 1수로 감당하기 어려운 긴 호흡의 경우, 그 완결 형식을 유지하면서 그것을 하나의 聯으로 삼아 여러 연을 중첩하는 '연시조'의 방식을 택했으며, 감정의 절제를 풀거나 욕망을 분출하거나 희롱의 허튼소리로 놀이화할 경우는 단아하고 반듯한 정격의 리듬을 파탈(파격과 일탈)하면서 말을 촘촘히 하거나 길게 엮어가는 '사설시조'의 방식을 택하여 숨통을 틔웠다. 그래서 연시조를 통해 표출하려는 '의미의 확장이나 심화'를 꾀할 수 있었고, 사설시조를 통해 어느 정도 '분출하는 욕망이나 정감을 해소'할 수 있었다.

이 가운데 연시조의 방식은 시조의 정형을 엄격하게 유지하면서 시상

---

7 가곡창으로서 시조가 악곡적 세련성과 예술성을 더해간 자취는 신경숙, 「정가 가객의 미학」, 『한국학연구』 10집, 고려대 한국학연구소, 1998을 비롯한 여러 탐구가 있어 좋은 참고가 된다.

을 이어갔으므로 문제가 되지 않고 오히려 사대부 시인들에게 즐겨 애호
되면서 서정성을 높여갔지만, 사설시조의 파탈 방식은 禮(법도)와 儉約을
유난히 지키려 했던 儒家들에게는 배척의 대상이 되거나 '주어진 정형 틀
내에서 파탈'의 즐거움을 맛보는 방향으로 나아갔다. 완미한 정형을 자랑
하는 시조에서 파탈의 방식은 완강한 유가 이념이 느슨해지거나 그 이념
을 벗어나 인간의 보편 정서를 노래한 데서 찾아진다. 시조에서 파탈이
어느 수준으로 이뤄지는지를 찾아보면 정철 같은 호방한 풍류가의 작품
에서 4 가지 유형으로 나타난다.

①"재 너머 成勸農 집의// 술 닉단 말/ 어제 듯고~" 처럼 1모라 정도
로 '모라 수준'에서 정형을 벗어나는 '가벼운 파격'을 보이든가, ②"기울
계/ 대 니거니쓰나// 족박귀/ 업거니쓰나~" 처럼 초장 시작부터 6음절로
되어 '음보 수준'8의 '과도한 파격'을 보이든가, ③"深意山/ 세네 바회// 휘
도라/ 감도라들 제~"의 중장에서처럼 '모라수를 위배'하는 '파격' 정도가
아니라, 句의 '음보수를 한 두 음보 넘어서는' '가벼운 일탈'을 보이든가,
④〈장진주사〉처럼 중장의 內句에서만 무려 2음보 연속체로 일곱 번, 즉
14음보가 더 늘어나고, 外句에서도 2음보 연속체로 세 번, 즉 6음보나 늘
어나는 '과도한 일탈'을 보이는 유형이다. 여기서 ①과 ②처럼 '파격' 수준
을 보이는 유형은 正聲(반듯한 노래)으로 간주되어 언제나 떳떳하게 공인
되었고, ③과 ④처럼 '일탈' 수준의 탈 정형화를 보이는 유형은 淫聲(도를
넘친 노래)으로 간주되어 '만횡청류'라 하여 소외되다가,9 조선후기에 이

---

8 시조에서 파격의 기준이 되는 1음보의 크기는 우리 국어의 자연스런 발화에서 한 呼氣
群의 발화량이 5모라(음절)를 넘기기 어렵다는 생리적 요인을 감안하면, 6음절부터 음보수
준의 파격이 된다. 단 2개의 '음보 결합'으로 특수하게 실현되어야 하는 종장의 둘째 음보는
8모라까지는 정격이고 그 이상은 파격이다.

9 〈장진주사〉와 〈맹상군가〉는 과도한 일탈을 보인 장형의 사설시조지만 사대부층이 주
석에서 워낙 애호하던 것이어서 관현반주 없이 거칠게 향유했던 淸歌(『世說新語』 참조)類
로 두지 않고 腔調를 다듬어 즐겼으므로 김천택이 『청구영언』에서 만횡청류에 넣지 않고
정격이 끝난 지점에 따로 배치한 것으로 보인다.

르러 '자연의 眞機'를 드러낸 것이라 하여 용인되면서 '농낙편'의 여러 변주곡으로 다듬어져 표준화되어 갔다.

그런데 이러한 파탈의 유형들은 가악을 심성수양의 도구로 삼은 향촌 사족들에게는 배척되었지만 풍류 현장이나 크고 작은 宴會의 자리가 빈번했던 도시의 사대부, 특히 경화사족들에게는 '술자리의 흥겨움'에 힘입어 파탈의 淫聲을 거칠게 그대로 吟詠하거나, 관현반주에 실어 腔調를 다듬어 향유했던 것으로 보인다. 앞에 인용한 정철의 네 가지 유형 작품이 모두 술잔치와 관련된다는 점이 증명한다. ①은 술을 중심 소재로 한 것이고, ②는 酒問答 三章이라 표시된 3수의 연작시조 바로 앞에 실린 작품이고, ③은 오잠, 김원상 같은 간신이 임금을 즐거워하도록 하기 위해 연회석에서 향유했다는 〈蛇龍〉을 패러디한 작품이고 ④는 酒席의 단골 레파토리라 할 '권주가'이기 때문이다. 이처럼 풍류 현장이나 酒席에서 술이 거나해지고 흥취가 도도해지면 감정의 절제나 통어가 불완전해지면서 파탈의 흥을 즐겼지만[10] 그 脫정형화의 정도는 언제나 (평)시조의 구조 안에서 이루어졌다. 이를 사설시조 가운데 가장 말이 많아져 長歌라 지칭한 유형에 드는 ④에서 확인해 보자.

혼 盞 먹새 그려/ 쏘 혼 盞 먹새 그려// 곳 것거 算 노코/ 無盡無盡 먹새 그려/// 이 몸 주근 後에/ 지게 우희 거적 더퍼 주리혀 미여 가나 流蘇 寶帳에 萬人이 우러 녜나 어옥새 속새 덥가나무 白楊수페 가기곳 가면// 누른 히흰 둘 ᄀᄂ비 굴근 눈 쇼쇼리 ᄇ람 불제/ 뉘 혼 盞 먹쟈 홀고/// 흐믈며/ 무

---

10 그리고 보면 고려 말에 이방원이 베푼 酒席에서 〈하여가〉와 〈단심가〉에 이어 변안렬이 〈불굴가〉로 화답했다는 일화에서도 사설시조가 酒席에서 평시조와 같은 양식의 하나로 창작·향유되었다는 생성 메커니즘을 인지할 수 있다. 〈불굴가〉가 후대인의 贋作(위조된 작품)이라 의심하지만, 군자가 모범으로 삼을 수 없는 사설시조로 된 작품을 무슨 자랑거리라고 굳이 그 후손이 家乘문헌에 한역가로 올렸을까를 생각해보면 작자의 신빙성을 의심할 수 없다. 오히려 "만횡청류의 유래가 오래되어 폐기할 수 없다."고 한 김천택의 말이 허투루한 말이 아님을 알 수 있다.

덤 우희 **진나비 프람 불 제**// 뉘우츤들/ 엇지리

(/ 은 마디, // 은 句, /// 은 章 구분)

이 작품을 사설시조가 아닌 가사로 보는 이도 있지만, 굵은 글씨로 표기한 부분만을 적출하여 재편성해보면 정형을 일탈하지 않은 온전한 평시조가 된다는 사실에서 장르상 가사가 아니라 시조의 하위 양식인 사설시조임이 분명해진다. 이렇게 평시조로도 표현하고자 하는 '의미'를 깔끔하게 '최소 언어'로 노래할 수 있음에도 불구하고 굳이 그 정형의 틀을 일탈하여 말이 많아진 것은, 죽음에 따른 인생무상과 그 비애를 벗어나고자 하는 보편 정서로 풀어내었기 때문이다. 〈장진주사〉가 사설시조임에도 일찍이 '만횡청류'와는 별도로 음률을 다듬어 군자들에 회자되는 노래가 될 수 있었던 것은 이런 보편적 정서와 脫정형의 외적 형식이 맞아떨어졌던 탓이다.

그러나 사설시조의 탈 정형은 평시조의 완강한 형식 틀을 그대로 따르면서 그 구조 내에서 말을 덧보태고 길게 엮어 풀어내는 방식으로 장형화가 이루어진다는 데서 한계를 보였다. 즉 〈장진주사〉에서 확인되듯 사설시조는 평시조의 3장 6구 형식을 그대로 유지하고, 종장의 첫 마디를 3자로 고정하며, 각 장은 4개의 마디를 유지한 채 2음보격 연속체라는 중세적 '엮음의 원리'로 장형화가 이루어진다는 생성 메커니즘으로 볼 때, (평)시조로부터의 자유로운 일탈이 아니라 그 틀 안에서 이루어지는 '한계 내의 일탈'이라는 것이다. 그러므로 중세적 양식에서 일탈하지 못한 사설시조를 두고 자유시라거나 근대 자유시의 단초로 잡는 논리는 성립하기 어렵다.[11]

이러한 상층문화의 고급 장르와는 달리 19세기에는 하층문화의 본격적

---

11 박철희는 사설시조를 자유시로 보고, 오세영, 「개화기 시의 재인식」, 『근대문학연구』 제1집, 지학사, 1987에서는 근대문학의 등장을 18세기 사설시조에서 찾았다.

인 확산이 이루어져 별감, 왈자, 사당패, 선소리꾼, 삼패기생 등을 중심으로 하는 '잡가'가 가곡, 시조 같은 正歌에 맞서는 노래로 부상하여 보다 흥겨운 정취를 발산하기도 했다. 그리하여 잡가는 도시유흥 문화를 반영한 통속성을 강하게 띠면서 20세기 초에는 전성시대를 이루게 되었지만,[12] 그 생성 메커니즘이 주로 선행했거나 공존했던 가곡, 가사, 시조, 판소리, 민요, 무가, 타령 등에서 도시 대중의 취향에 영합할 수 있는 표현구(절)를 끌어와 짜깁기하거나, 2차 정서를 유발하는 방향으로 재구성하는 수준[13]이어서 이 역시 중세적 한계를 벗어나지는 못했다. 즉 '낯익음을 자극하기'라는 대중문화의 '통속성' 추구에 안주함으로써[14] 잡가 역시 시적 리듬의 창조나 문학적 성취에서는 한계를 보였다.

3. 근대 자유율 모색의 고뇌와 방황

우리 서정시의 전개에서 중세적 한계를 탈피하는 계기는 19세기말 20세기 초에 인쇄 매체의 발달로 필사문화에서 인쇄문화로 전환되면서 신문, 잡지 등을 통한 시 텍스트의 소통 매체가 근본적으로 달라진 데서 찾을 수 있다. 즉, 노래하기의 제시 형식이 '귀로 듣는 시'에서 '눈으로 읽는 시'로 완전히 전환하는 계기가 되었으며, 종이에 인쇄된 시는 그냥 눈으로 보는 시에 그치는 것이 아니라 그것을 곱씹어 '성찰'할 수 있는 '생각하는 시'로 나아가도록 했다. 이로 인해 시로 쓰여 진 삶이나 세계에 대한 '내면적 성찰'이 이루어지고, '시적 진실성'도 돌아보게 된 것이다. 근-현대

---

12 잡가의 이런 경향에 대한 상론은 박애경, 「문화의 대중화 경향과 잡가」, 『한국 고전시가의 근대적 전변과정 연구』, 소명출판, 2008이 주목된다.

13 잡가의 이러한 編詞 원리는 성무경, 「잡가 〈유산가〉의 형성원리에 대하여」, 『가사의 시학과 장르실현』, 보고사, 2000 참조.

14 김학성, 「잡가의 생성기반과 장르 정체성」, 『한국고전시가의 정체성』, 성균관대출판부, 2002 참조.

의 시적 주체가 '삶과 세계를 비판적 눈으로 바라보고 자기비판의 내면 성찰적 이성'으로 나아간 것도 이런 제시 형식의 전환에 따른 것이다. 이는 중세 주체가 이념과 정서를 표준화된 양식에 따라 향유하고 그러한 틀 내에서 일탈하면 되었으므로, 표출된 형식이나 내용을 비판적 성찰의 눈으로 바라볼 필요성이 크지 않았던 것과 대조된다.[15]

이런 비판적 자아 성찰을 가진 근대주체가 등장하기 바로 앞서 중세의 신분제 사회를 청산하고 근대의 시민사회로 이행하는 '개화기'라는 전환기가 있었다. 이 시대는 불행하게도 병인양요와 신미양요 같은 서구 열강에 이어, 일본에 의한 외세침탈이 본격화되어 시민들이 처한 삶과 세계가 뿌리 채 파탄되고 유린되어 간 시기였다. 이런 위기 상황을 타개하기 위해 '개화 주체'는 시적 정서의 울림을 돌아보기보다는 국권수호, 자주독립이라는 애국이념과 부국강병, 문명개화라는 개화-계몽사상을 시민 대중에게 널리 보급-전파하는 과제가 더 시급했다. 그래서 개화지성은 애국이념과 개화사상을 주입-확산시키기 위한 효과적인 방법으로 우리 전통시가에서 가장 애호되었던 4음 4보격의 율격 양식을 끌어와 이를 기계적으로 단순화하여 4·4조라는 소위 가사체 리듬[16]을 병렬적으로 반복하는 '창가'라는 양식을 만들고, 이에 호응하는 시민과 더불어 『독립신문』『대한매일신보』 등 여론을 환기하는 인쇄매체에 실었던 것이다. 그 결과 4·4조의 기계적 율동을 직설법의 담화방식으로 끌어감으로써 독자로 하여금 계몽 이념에 맞게 행동하도록 유도하는 데는 성공했으나 영혼을 움직이는 서정성을 고양하지는 못했다.

한편으로 개화 주체에 의해 생성된 창가 양식은 20세기에 들면서 신교

---

15 중세의 서정양식에서 '새로운 세계의 발견'이나 '시적 진실성'을 찾아내기 어려운 것도 이 때문이다.

16 우리 전통시가에서 특히 가사체의 리듬형이 근대시의 운율 형성 과정에 어떤 영향을 미쳤는가를 탐색한 논의로는 윤덕진, 『전통지속론으로 본 한국 근대시의 운율 형성 과정』, 소명출판, 2014가 주목된다.

육을 맡은 학교의 정규 과목으로 되면서 확산이 이루어지고, 개신교가 들어와 미션스쿨에서 찬송가를 가르치면서 서양음악의 리듬에 맞춘 창가도 지어져, 이것과 4·4조 가사체 창가의 절충 형식도 보이게 되었다. 그러다가 일본의 7·5조 자수율에 밀착하여 이것이 창가의 주류 리듬으로 굳혀지기도 했다. 이런 흐름과는 달리 한시에 애호를 가진 부류들은 '국문풍월' 혹은 '언문풍월'이란 양식으로 민족어의 서정시를 마치 한시의 절구와 율시를 짓듯이 인위적으로 압운을 하고 字數와 行數마저 따르는, 우리의 시적 리듬과 맞지 않는 양식도 나오게 되었다. 이러한 인공적인 시적 意匠은 창가체를 벗어났다 할 이른바 '신체시'에서 절정을 이루는데, 최남선의 〈海에게서 少年에게〉에서 보듯, 각 연을 구성하는 행의 수와 그에 대응하는 행의 길이와 자수율을 인위적으로 맞추어 나간 것이 그 전형적인 예다.[17]

이와 같이 개화기 시는 재래의 가요적 리듬을 그대로 수용하든가, 한시를 짓듯이 인공적 의장으로 나아가든가, 일본적 자수율에 밀착하든가 하는 세 가지 양상을 보였다. 이런 흐름에 대해 신채호는 「天喜堂詩話」라는 글을 통해 '東國詩'라는 개념으로 비판적 성찰을 보이면서 시가 나아가야 할 방향을 제시한다. 동국시는 '國歌界'를 혁신하는 방향으로 가야하며, 그러기 위해 '東國語', '東國文'으로 지어졌더라도 '韻'이 동국의 것이 아니면 동국시가 될 수 없으니 중국의 운율을 모방한 '國文七字詩'(국문풍월을 지칭)나 일본 음절을 모방한 '十一字歌'(6·5조, 7·5조 등으로 된 신체시를 지칭)는 우리 國詩가 될 수 없음을 분명히 한다. 즉 우리 시는 우리 음절에 맞는 운율을 따라야지 남의 것을 모방해서는 안 된다는 것이다. 그러면서도 그는 어떤 형식이 우리 국어의 음절에 따른 리듬 형인지는 제시하지 못하고 그 실천 방식으로 당대에 유행하는 淫哇한 내용의 여항

---

17 이러한 詩形의 시도는 중세적 정형의 틀에서 완전히 벗어난 새로운 운율의 창안이라 할 터이지만, 그것이 시적 내용과 상관하는 내면적 정서와의 결합으로 생겨난 '살아 있는 리듬'이 아니라는 점에서 공감이나 감동을 얻을 수는 없었다.

가요를 신사상의 주입으로 개량해야 한다는 선에 머물렀다.

기존 시가의 정형률적 리듬에서 벗어나 당대의 새로운 이념과 내용에 조응하는 새로운 시 형식의 모색은 1910년대에 국권상실의 식민시대로 넘어오면서 최남선, 이광수, 최승구, 김여제, 현상윤, 황석우, 김억 같은 '신지식층'의 등장으로 이루어졌다. 이들은 개화주체가 그토록 열망했던 국권수호와 문명개화가 일본의 식민지배로 좌절되어 자주적-민족적 역량의 결집이 봉쇄되는 암흑의 상황에서, 모든 활동을 민족이나 국가가 해체된 개인의 차원에서 해쳐나가야 하는 식민지적 지성으로 성장할 수밖에 없었다. 국가가 상실된 상황에서 더 이상 애국이념이나 개화사상은 설 자리를 잃게 되자 그러한 이념이나 사상의 주입을 통한 동질화 추구는 약화될 수밖에 없었고 대신 국가적 차원을 떠난 개인과 자아 각성에 눈을 뜨게 된 것이다. 근대 자아의 형성이 개성과 자아의 인식을 전제로 한다는 점에서 우리의 '근대 주체'는 이렇게 식민 권력에 갇힌 폭압적 현실 속에서 탄생되었다.

이런 상황에서 근대 주체의 詩作 활동은 『소년』을 시작으로 『학지광』 『태서문예신보』 같은 잡지와 문예지를 통해 주로 구현되었다. 이들 근대 주체는 전통 시가와 한시에 익숙해 있었고, 일본 유학을 통해 일본시의 단가와 신체시라는 5·7 또는 7·5조 중심의 자수율을 체험하게 되고, 서구의 자유시를 새로이 접했다는 세 가지 공통점을 갖고 있었다. 이로 인해 근대시의 주체는 중세적 질곡의 산물로 인식되던 전통시가와 한시의 시적 운율과 꽉 짜인 형식을 벗어나 개성적 리듬을 발견해내야 했고, 서구의 자유시를 주로 번역시를 통해 왜곡된 모습으로 접하거나, 혹은 원전의 의미와 취향만을 취해오는 수준에서 자유율을 모색해야 했으므로, 그 고뇌는 엄청난 것이었다. 그래서 분출하는 시적 욕망을 개성적 리듬으로 양식화 하려니 "나의 시를 쓰는 환경은 실로 괴로웠다. 그는 완연히 지옥 以上이었다."라는 황석우의 실토와 "말도 모르고 '라임'도 없는 이 몸은 가엽게도 내 몸을 내가 비틀며" 헤쳐나가는 몸부림이었다는 김억의 호소[18]가 터져 나왔던 것이다.

근대 주체의 고뇌에 찬 자유시의 모색은 이러했다. 정형률이라는 노래의 제시 형식에서 벗어나 시적 리듬을 아예 무시하고 들끓는 시적 욕구를 따라 산만하게 나열하는 산문시적 모습을 보이든가, 한시의 규격이나 일본적 자수율의 리듬을 끌어와 7·5조를 중심으로 하면서 8·5나 7·6 같은 자수율적 변주를 통해 어느 정도 리듬의 자유로움을 보이든가, 음률을 생명처럼 여겼던 김억처럼 근대라는 새로운 이념과 정서에 조응하는 개성적 리듬형을 끝내 창조하지 못하고 8·6·6 등의 자수율에다 압운을 시도하는 등 우리의 시적 미감과는 거리가 먼 '격조시'라는 또 다른 정형의 늪으로 빠지는 모습을 보였다. 또한 서구의 자유시를 접함에 있어서도 퇴폐와 음울, 피로와 절망을 기조로 하는 데카당스나 다다이즘 문학과 더불어 "在來의 詩形과 定規를 무시하고 자유자재로 사상의 微韻을 잡으려 하는"[19] 프랑스 상징주의 시에서 자유시의 규범을 찾아냄으로써 우리의 삶과 세계를 우리 정서와 융합하여 노래하는 시적 미감과는 거리를 멀게 하였다.

자유시의 이러한 모색에 대해 근대의 비판적 지성은 "관념의 유희는 문학도 예술도 아니다. 朝鮮文士에 '데카단'이 또는 '다다'가, 문학 또는 예술이, 이 밖에 다를 것이 없다면 春畵圖도 阿片도 문학이며 예술이오. 조선의 문사여 우리 생활을 알라. 그리하여 이것을 짓고 이것을 써라. 생명이 약동하는, 눈물이 솟는, 피가 끓는 예술을, 즉 산 것을, 우리가 살려는 것을 지으라. 정복과 피정복의 관계에 서서, 압박과 피압박의 관계에 서서…… 생활을 그리는 시를 써라."[20]고 주문한다. 이러한 시대적 요청에 따라 1920년대에는 '정복과 피정복의 관계'에 서서 외래사조와 외래문학

---

18 정우택, 앞의 책, 11∼12면에서 재인용.

19 김억, 「프랑스 시단(二)」, 『태서문예신보』 11호, 1918.

20 《동아일보》, 1925년 2월 5일자 논설. 오세영, 『20세기 한국시 연구』, 새문사, 1989, 77면에서 재인용.

의 관념적 수용과 충격에 대한 비판적 自省으로 시조와 민요 같은 전통 양식의 부흥과 복귀에 주력하는 국민문학파가 등장하고, '압박과 피압박의 관계'에 서서 無産者계급에 주력하는 프로문학파의 활동이 이루어졌다. 그러나 이 두 부류는 전자가 민족주의 이념에서, 후자가 계급주의 이념에서 자유롭지 못하여 그 이념을 근대적 감동의 정서로 승화시키는 데까지 나아가지는 못했다.

이러한 이념의 고리를 벗어나 1930년대에 오면 순수시와 모더니즘시, 생명파시가 등장하고 그 후 여러 경향을 보이면서 1970년대의 순수시(리리시즘 중심)와 참여시(리얼리즘 중심)를 거쳐 오늘의 해체주의적, 산문시적 모습까지 이르게 된 것이 '현대 자유시'의 道程이었다. 이 시기에는 서구의 다양한 문예사조(이미지즘, 신낭만주의, 초현실주의, 휴머니즘, 포스트모더니즘, 해체주의 등등)가 본격적으로 유입되어 절대적인 영향을 미치게 되고, 세계관과 인생관에서 서구적 패러다임에 밀착되면서 시에서 언어에 대한 미적 의미부여, 시적 진실성과 유기성의 추구, 기성 가치에 대한 도전과 해체 등 서구적 창작 기법과 시적 형상화에 깊이 연루되어 갔다. 그리하여 어떤 類派의 傾向化된 흐름으로 가든, 개인의 고독한 내면으로 가든, 전통시가의 문화적 패러다임과 노래하기 전통에서 구축해온 시적리듬을 거부하고 그로부터 일탈하여 '자유시'라는 이름으로 시적 미감을 자유롭게 '개성적'으로 성취하려는 방향으로 나아갔다. 그로 인해 시에서 개성적 성취의 자유로움은 얻었으나 민족적 감성에 호소하는 영혼의 울림, 곧 시적 감동의 면에서는 더욱 멀어져 가는 모습이 주류를 이루었다. 그 결과 다수 대중의 독자를 상실하게 된 것이다.

4. 현대 자유율의 정립을 위한 방향

현대 자유시가 독자를 상실한 연유는 시인 오규원이 "자유시 예술은 중도라든지, 타협이라든지, 모범이라든지 하는 것에 있지 않고 극단에 있습니다. 대중도 없고, 환호도 없고, 독자도 없는 곳으로 가십시오. 그곳에 자리 잡으면 독자가 새로 창조될 것입니다."라고 한 말에 집약되어 있다. 자유시가 기존의 모든 시적 성취를 모범으로 삼거나 타협하기를 거부하고 독자적인 고독한 길로 가다보면 새로운 독자가 생겨날 것이라는 잘못된 낙관적 전망이 깔려 있는 것이다. 독자의 호응이 없는 시는 결국 도태의 운명을 맞을 수밖에 없음에도 불구하고. 자유시의 가치라 할 '참신한 개성의 창조'는 기성의 모든 시적 규범을 모범으로 삼거나 타협하기를 거부하고 고립된 길로 가는 데서 획득되는 것이 아니다. '창조'란 無에서 有를 만들어 낸다기보다는 '기성의 것을 새로운 관점과 질서로 다시 발견하는 것'이라는 평범한 진리를 잊어서는 안 된다.

그리고 보면 자유시 가운데 오늘날까지 잊히지 않고 오래 기억되어 심금을 울리는 명작은 자유시의 그 자유율적 표현이 전통 리듬과는 무관한 고립의 길로 가기보다 고전시가의 '노래하기' 전통에서 오랜 세월 시적 리듬으로 가꾸어 온 민족적 리듬을 그대로 수용하거나 여러 형태로 변주한 데서 찾을 수 있다는 점을 주목해야 한다. 이를테면 김소월의 많은 명시가 고려 속요에서 양식화된 3보격 리듬을 그대로 수용한 것이고, 한용운의 『님의 침묵』에 보이는 산문적 명시들도 2보격과 3보격 4보격 같은 전통리듬을 변주 형태로 수용하거나 교묘히 배합하는 모습을 보이고, 박두진의 〈해〉는 4보격을, 조지훈의 〈落花〉는 2보격을, 서정주의 〈冬天〉은 3보격을, 김수영의 〈풀〉은 2보격을, 정진규의 산문시 〈들판의 비인 집이로다〉는 4보격을, 오규원의 〈골목에서〉는 3보격을 기조로 하거나 심층에 깔면서 개성적 리듬으로 변주하여 활용하는 양태가 그에 해당한다.[21] 이와 같이 고전의 전통리듬 중 어느 하나를 수용하거나 변주하여 혹은 몇

---

21 이에 대하여는 조동일, 「현대시에 나타난 전통적 율격의 계승」, 『한국시가의 전통과 율격』, 한길사, 1982 및 성기옥, 「현대시에 있어서 율격의 의미」, 『한국시가율격의 이론』에 상론되어 있어 좋은 참고가 된다.

가지를 교차하여 '노래하기' 전통과 접목해서 표상함으로써 시가 산문으로 전락하는 것을 막아 '서정성'을 획득하게 되고 영혼을 움직이는 감동으로 나아가게 되는 것이다.

그런데 자유시에서 '자유율'은 "언어의 음절이나 음성구조가 드러내는 효과뿐 아니라 의미의 진동, 의식의 흐름, 심리적-정서적 진폭, 나아가 이미지들의 긴밀한 연결, 시각적 요인, 통사적 구조 등 내적 원리를 포함하는"22 폭넓은 개념이어서, '의미율'이나 '내재율', '개성율'로도 불린다. 그럼에도 유독 음성구조의 효과에만 초점을 맞추어 "음성적 규정력과 율격적 질서를 서정성의 핵심 요건으로 전제하거나 전통의 창조적 계승을 논의하는 핵심적 준거로 삼는 경향"23은 바람직하지 않다는 지적이 나온다. 그러나 이것도 문제는 있다. 시에서 내적 원리를 형성하는 요소들─의미, 의식, 심리, 정서, 이미지, 통사구조 등─을 산문적인 자연발화의 리듬에만 내맡긴다면, 그것들이 분산되어 산만하게 되고 결국 의미의 리듬, 이미지의 리듬, 통사구조의 리듬을 이루기 어렵거나 효과가 미미하다는 데 있다.24 이는 곧 그런 내적 원리의 요소들이 정서적 울림이나 힘을 크게 갖지 못함을 의미한다. 따라서 자유시가 산만함을 벗어나 영혼을 움직이는 힘을 얻으려면 고전시가에서 성취한 '노래하기' 전통의 리듬을 서정적 울림의 동력으로 삼아야 가능하며, 그래야 우리의 심금을 울리면서 오래도록 기억하게 하는 名詩로 남게 된다.

이런 사례를 생생하게 보여주는 에피소드를 하나 들겠다. 서울의 모 대학 영문학 교수가 미국에 교환교수로 초빙되어 간지 8년이 지난 즈음

---

22 강홍기, 「한국 현대시 운율 연구」, 성균관대 박사학위논문, 1988, 22∼24면.

23 정우택, 앞의 책, 22면, 각주 참조.

24 물론 '리듬'은 역학적으로 동질적이거나 대립적인 요소를 주기적으로 반복하는 자극을 통해 형성되므로, 의미, 의식, 심리, 정서, 이미지, 통사구조 같은 내적 원리만으로도 그 주기적인 반복 자극을 통해 내적 리듬(내재율) 형성이 가능하지만, 그렇게 형성된 '내재율이 外在리듬의 방식으로 표현을 얻게 됨으로써' 비로소 깊은 정감과 영혼을 울리는 리듬이 됨을 잊지 말아야 한다.

에 현지의 미국인 친구 생일 초대를 받게 되었는데, 생일 케이크를 자르기에 앞서 "당신은 한국인이니 특별히 한국어로 나를 위해 기도해 달라"는 요청을 받았다고 한다. 그런데 8년 동안 영어로만 생활하다보니 어느새 한국어를 까맣게 잊어버려 그걸 받아들일 수 없는 난처한 처지가 되었다. 그렇다고 자국어를 못한다고 실토할 수는 없고, 그 때 갑자기 떠오른 것이 소월 시 〈진달래꽃〉이었단다. 상대방은 한국어를 전혀 모르니 "나보기가/ 역겨워/ 가실 때에는"으로 시작하여 "죽어도/ 아니 눈물/ 흘리오리다, 아~멘." 하고 기도를 마무리해 위기를 넘겼다고 한다. 그 기도를 들은 상대방에게서 "한국말은 노래처럼 참으로 멋지고 아름답군요."라는 찬사까지 들으면서. 우리말을 거의 망각한 상황에서도 소월시를 떠올릴 수 있었던 것은 그것이 3보격의 전통리듬을 정서적 동력으로 삼아 우리 민족 누구에게나 영원히 잊히지 않는 감동의 명시로 남게 된 때문이 아니겠는가.

전통리듬의 시적 울림을 그대로 수용한 소월시를 두고 누구도 민요 수준이라거나 자유시가 아니라고 고집하는 이는 없을 것이다. '이별의 슬픔'이라는 시공을 넘어서는 보편적 주제를 단일한 정서에 담아 내적 리듬을 외재율로 승화했기 때문이다. 그런데 이런 단순하고 보편적인 정감을 담을 때는 소월시처럼 단일하게 반복되는 '단순리듬형'으로도 충족이 가능하고, 그래서 누구나 쉽게 외우고 쉽게 울림을 주지만, 현대인의 복잡다단한 사유나 심리에 바탕한 미묘한 감정의 起伏까지 섬세하게 표현하는데는 한계가 있다. 이럴 경우 그 복잡다단한 감정 추이를 따라 여러 다양한 리듬을 교차하거나 복합적으로 변주하여 운용하는 '복합리듬형'으로 충족이 가능하다. 문제는 자유시가 이런 두 가지 방식의 전통리듬에 전혀 구애받지 않고 '내재율'[25]이란 이름으로 마음껏 자유로이 표출하는 양식

---

25 내재율은 '시적 情操' 곧 詩情에서 근원되지만 결코 시정에만 머물지 않고 외재리듬 위에서 흐르게 되어 있다. 한 편의 시에서 형상화되는 구체적 표현은 실제적으로 언제나 외재리듬을 벗어난 독립된 내재율은 없는 것이다. 일체의 내재 事象은 깊이 있게 외재 事象에

이라 착각하여 '리듬 없는 산문적 자유시'를 마구 量産한다는 데 있다. 이를 극복하려면 전통리듬을 단순하게 수용하든, 그것을 변주하여 여러 복합형으로 운용하든, 어떤 정감적 울림을 줄 수 있는 리듬형을 따라 시상 전개의 의미-내용과 조화적 통일체를 이루면서 作詩되어야 한다. 그래야 서정성을 잃지 않게 되고, 나아가 만인의 영혼을 움직일 수 있는 명시가 될 기본 요건을 갖추었다 할 것이다.

시에 이념이나 의미만 있고 리듬이 없는, 그래서 서정적 울림이나 감동이 없는 자유시는 이제 그만 두어야 한다. 번역시 같은 메마른 시는 미련 없이 버리고, 고전시가의 운율에 바탕을 두면서도 그것을 딛고 넘어서서, 영혼을 움직이는 내적 리듬을 따라 자유율이 창조되는 지향으로 가야한다. 이것이 현대 자유시가 나아가야 할 방향이다.

침투되는 것이며, 외재사상과 내재 사상이 서로 분리되어 서 보여 질 수가 없기 때문이다. 그러므로 내재율이라는 것도 내재율동을 향하여 변화된 외재 율동이며, 외재율이라는 것도 외재율동을 향하여 변화된 내재율임을 잊어서는 안 된다. 그래서 중국의 고전시가에서 언제나 중요한 감동적 외재율로 작용했던 5언시와 7언시 형식은 자유율(내재율)로 변한 중국의 현대시에서도 5언구와 7언구가 가장 중요한 형식이 되고 그 사이에 3언, 9언, 11언구를 고전시가처럼 혼합하여 동시적으로 표출하거나 교차 활용하는 경우가 허다하여 이런 선율감을 통해 독자로 하여금 시적 감동으로 이끄는 정서적 동력으로 삼고 있음을 참고할 만하다.

18세기 고전시가와 근대화 논의

1. 우리 시대의 근대 문제

'근대'라는 화두는 늘 우리를 심한 열등감에 빠지게 하고 곤혹스럽게 해온 명제였다. 그 요인은 우리가 지나치게 못나서라기보다 근대의 표준을 서구에 둔 탓이 더 컸었다. 서구의 근대는 '반봉건-반중세'를 이념으로 하는 산업사회의 **자본주의**와 과학기술을 바탕으로 하는 **물질문명** 및 자기중심의 욕망 성취를 앞세운 **제국주의**로 요약된다. 그런데 서구가 추구하고 성취한 근대는 그 방법이 투쟁을 수단으로 하는 '**전복(顚覆)적 근대**'였으므로 그로 인한 파장은 너무나 컸다. 이를테면 시민혁명에 의한 계급적 전복, 산업혁명에 의한 경제구조의 전복과 자본주의의 급격한 팽창, 제국주의에 의한 국제질서의 전복과 약소국의 식민화, 그리고 약(弱)문화─강대국 문화 즉 강(强)문화의 대칭개념임─전통의 전복 등이 그 사례다.

이러한 전복적 근대화의 결과는 질곡의 중세사회를 벗어나는 눈부신 문명의 발전으로 비쳐지기도 했지만, 그 이면에서는 지나친 산업화로 인한 지구 환경의 급격한 악화를 초래했고, 지나친 물신주의 추구는 인간의 정신적 황폐화를 야기하기에 이르렀다. 건강한 지구를 병들게 하고, 건전한 인간 정신을 타락시킨 것이다. 이러다간 그들의 전복적 근대화가 인류를 파멸시키고, 나아가 지구 자체를 소멸시키는 결과까지 갈지 모른다는 위기감이 고조되고 있다. 생활의 물질적 풍요만 추구하고 편리성만 찾다가 그 대가(代價)로 인간 생명이 위협을 당하고, 자살률은 경제의 눈부신 발전에도 불구하고 경제 선진국에서 오히려 높은 비율을 보이고 있는 것이다.

그럼에도 불구하고 아직도 서구모델을 근대화의 표준으로 삼고 지구촌 곳곳에서 산업화에 박차를 가하고 있고, WTO를 앞세운 국가 간의 경제 전쟁이 치열하게 전개됨으로써 신식민주의라 할 경제적 패권주의 시대로 치닫고 있는 것이 오늘의 실정이다. 우리나라의 경우도 서구적 근대화를 모델로 열정적으로 뒤따르며 경제 개발과 소득증가에 전 국가적 투혼을 다해 노력한 결과 GDP 12~13위에까지 오르는 눈부신 성장을 이룩해내었지만 국민행복지수는 68위를 기록하고 있다. 일본의 경우도 1950년~1970년까지 국민소득이 일곱 배나 증가했지만 삶의 만족도는 국민소득 최하위권인 방글라데시와 비슷할 정도로 떨어져 75위를 보이고 있다. 결과적으로 우리가 서구적 근대화를 통해 얻은 것은 물질적 풍요이고, 잃은 것은 정신적 자산인 것이다.

이제 이러한 형편을 당하여 서구모델의 '전복적 근대화'가 현대를 살아가는 우리 인류에게 더 이상 유용한 모범이 될 수 없음을 깨닫고, 서구적 근대로 인해 야기된 지구 환경의 급격한 악화와 인간정신의 황폐함을 벗어나기 위한 방책으로 탈근대의 방향을 모색하는 의미에서 우리의 근대를 돌아보기로 한다. 탈근대의 방향은 지구 생명을 구한다는 명목으로 전개되는 저탄소운동이나 기후협약 같은 사후약방문도 방책이 될 수 있겠지만 그보다 근원적인 처방이 요구된다. 이 문제는 **투쟁**을 수단으로 하는 **전복적 근대**의 방향과는 정반대인 **상생**(相生)을 수단으로 하는 **화평**(和平)**적 근대**를 지향하는 동아시아적 근대, 그 가운데서도 특히 18세기 우리시가를 통해 서구적 근대의 병폐를 근본적으로 벗어날 수 있는 해결책, 곧 대안적 근대의 가능성에서 찾아볼 수 있지 않을까 하는 희망과 결부된다.

2. 근대화 논의의 방법론적 반성

아놀드 토인비가 간명하게 갈파했듯이 서구의 역사는 '도전과 응전의 역사'였다. 그들은 자연에 도전하고, 이국(異國)에 도전하고, 이단(異端)에 도전하고, 세계에 도전하고, 우주에 도전하고, 신에게 도전하면서 끝없는 투쟁과 응전의 길을 걸었다. 그 과정에서 많은 미지의 것·새로운 것을 개척하고, 정복하고, 약탈하고, 획득해 나가면서 그 성취감에 따른 오만과 독단성이 극에 이르고, 마침내 서구 우월주의의 맹신에 빠져 서구문명을 보편문명이라 생각하는 지경에까지 이르렀다. 그리고 서구문명의 세계화는 조직적 폭력에 의해 비서구적 문명권에 파괴적인 영향력을 미쳤음을 사뮤엘 헌팅턴은『문명의 충돌』에서 언급하고 있다. 그러면서 그는 비(非) 서구문명 특히 중국과 일본을 중심으로 하는 유교자본주의를 바탕으로 하는 아시아적 가치와의 문명 충돌을 미리 상정하여 그에 대한 파괴적 도전과 경계를 늦추지 않고 있다. 동아시아 문명권의 아시아적 가치 혹은 유교적 가치와의 공존이나 **화합적 화해**는 전혀 고려치 않고 있는 것이다.[1]

서구의 이러한 도전과 투쟁의 역사는 그들의 근대화 방법도 중세의 봉건주의를 철저히 무너뜨리고 새로운 시민사회, 산업사회를 **혁명**적으로 구축하려는 시도로 나타나게 된다. 그리하여 근대화 곧 탈중세의 방향을 **반봉건**의 가치와 이념으로 몰아가게 됨으로 해서 모든 부면에서 봉건적 요소와의 투쟁을 벌이고 그에 반립하는 방향으로 역사를 전개시켜 나갔던 것이다. 이러한 투쟁의 바탕에는 서구문화의 중심사고를 이루는 **변증법적 논리**가 자리하고 있다. 즉 그들이 '정(正)'이라고 믿어왔던 것에 대해 언젠가는 도전하고 투쟁하여 그에 대립하는 '반(反)'을 새로이 정립하고, 그 새롭게 정립한 '반'에 다시 도전하고 투쟁하여 '정'도 '반'도 모두 **극복**

---

1 사무엘 헌팅턴, 이희재 역,『문명의 충돌』, 김영사, 1997 참조.

하는 '합(合)'을 도출하게 된다. 이러한 변증법적 논리를 통해 변화하는 현실에 합당한 관념을 획득해 나갔던 것이다. 그리고 새로이 정립된 정 반합 또한, 역사의 발전에 따라 낡은 것으로 되고, 낡은 것은 다시 새로운 것에 도전을 받아 뒤집히게 된다.[2] 이처럼 그들은 언제나 역사 발전을 투쟁에 의한 기존 가치나 질서의 전복으로 끌어갔던 것이다. 앞에서 서구적 근대를 '투쟁을 수단으로 하는 전복적 근대'로 규정한 이유가 여기에 있다.

더욱 심각한 문제는 그들의 끝없는 도전과 투쟁이 언제나 자기중심에 바탕을 두고 있어서, 나와 타자와의 공존이나 상생, 혹은 화해를 기대하기 어렵다는 것이다. 그들의 자기중심적 사고는 세계를 이분법적으로 편가름하여 오로지 나에게만 유리한 방향으로 투쟁을 끌어왔기 때문이다. 아군 : 적군, 백인 : 유색인, 기독인 : 이단(異端), 천사 : 악마, 서양 : 동양, 문명 : 야만, 주인 : 노예, 인간 : 자연 등등으로 나누어 둘 사이를 양가(兩價)적 대립 관계로 보고 언제나 자기편에 유리한 쪽에 서서 상대방을 도전의 대상으로 삼아 정복하거나 억압 혹은 무시하려는 사고를 보이는 경향성이 강하다는 것이다.

이러한 자기중심 사고는 서구인의 언어에 그대로 드러나고 있다. 한가지만 예를 들면,

Don't you like this flower?(너 이 꽃 좋아하지 않니?)라는 질문을 받았을 때, 그들은 질문하는 상대방의 입장은 고려하지 않고 일방적으로 자기중심의 관점에서 내가 그 꽃을 좋아한다면 무조건 Yes, I do.라고 답하고, 좋아하지 않는다면 No, I don't.라고 대답함으로써 Yes나 No를 자기중심으로 선택하여 답한다. 이에 비해 우리는 질문하는 상대방을 우선적으로 배려하면서 자기 의중을 말하므로 "그래, 나는 안 좋아해."라거나 "아니, 난 좋아해."라고 답한다.

---

2 장파, 유중한 등 역, 『동양과 서양 그리고 미학』, 푸른숲, 1999, 55면 참조.

이 같은 간단한 부정의문의 사례에도 그 점이 분명히 드러나고 있다. 언어는 단순히 의사소통의 도구로서 존재하는 것이 아니라 사고와 직결되는 불가분의 관계를 갖기 때문에 동양적 사고와 서양적 사고가 언어의 말 부림 법에서부터 이렇듯 차이가 나는 것이다. 따라서 서구 언어로 말하는 것은 서구적 사고로 세계를 바라보고 이해한다는 뜻이 된다. 언어부터 자기중심적으로 되어 있으니 그들의 사고와 감정이 자기중심적이 될 수밖에 없는 것이다. 따라서 그들이 서구중심, 백인중심, 기독교중심, 인간중심 사고를 하는 것은 필연인 것이다. 이러한 자기중심사고를 바탕으로 발전시켜나간 서구적 근대는 타자와의 공존이나 상생, 화해적 근대로 나아가기 어렵다는 점에서 탈근대가 절실히 요청되는 것이다.

그동안 우리는 서구적 근대의 이러한 특수성에 대한 깊은 통찰 없이 그들의 근대 모델에 기대어 우리의 근대화 논의를 전개해 왔다. 그 결과 잘 알려진 대로 우리의 근대화가 18~19세기에 외세의 개입 없이 자생(自生)적으로 태동하여 발전되어 갔다고 보는 이른 바 내재(內在)적 발전론 혹은 **자생적 근대화론**(조동일, 김윤식 등)이 제기되었고, 그와 달리 우리의 근대화를 곧 서구화로 보고 일본을 통해 간접으로 들어오든 서구에서 직접으로 들어오든 개항 혹은 갑오경장 이후 서구문화와의 교섭을 통해 일제 식민지를 거쳐 오면서 이루어졌다는 타율적 발전론, 혹은 **식민지 근대화론**(백철, 이영훈 등)이 제기된 바 있다.

이 두 가지 근대화론에 대하여 전자는 객관적 지표나 실증적 자료 없이 한민족의 우월성을 당위적으로 내세운 국수주의적 아집(我執) 내지 민족주의적 기획으로 '만들어진 근대'라고 비판하고(강명관,[3] 이도흠 등), 후자는 식민사관의 종속 내지 역사의식의 부족을 드러낸 것이라고 비판한다(허수열,[4] 이도흠[5] 등). 그리고 이러한 근대성 비판에 만족하지 않고 우

---

3 강명관, 『국문학과 민족, 그리고 근대』, 소명, 2007 참조.
4 허수열, 「식민지 근대화론의 쟁점」, 『동양학』 41, 단국대 동양학연구소, 2007, 248면.

리의 근대적 주체를 배타적으로 자기중심성만을 내세우지 않는, 존재론적으로 평등하면서 인식론적으로 겸손하여 타인과 나란히 병존하는 '관계적 주체', '부드러운 주체'라 규정하고 이 같은 주체에서 근대의 동력을 살핀 **대안(對案)적 근대화론**(박희병,[6] 조세형[7])이 제기되는가 하면, 화쟁(和諍)시학이라는 독특한 관점으로 본 근대화론(이도흠)이 제출됨으로써 우리의 근대화 논의를 반성하면서 더욱 확장되고 심화된 논의로 나아가게 되었다.

그러나 자생적 근대화론이든, 식민지 근대화론이든, 이를 비판하는 논의든, 그 모두가 근대의 개념과 성격을 서구적 근대화 모델에서 크게 벗어나지 않는 범위에서 주장하고 실증하고 비판한다는 점에서 근본적 문제점을 안고 있다.

자생적 근대화론은 그 비판론자가 지적했듯이 '봉건사회 대 자본주의', '성리학 대 실학', '한문텍스트 대 한글텍스트', '평시조 대 사설시조', '양반문화 대 서민문화'의 이항대립구조로 파악하고 전자에서 후자로의 변혁에서 근대성의 징후를 찾는 근거로 삼고 있는데, 이는 서구적 근대를 모델로 하여 그것에 '유사한 무엇'을 찾아 동일화하는 작업이어서 그 둘은 유사할 뿐 같지 않다는 비판을 면치 못한다. 그런데 그러한 비판을 가하는 논자도 "서구와 접촉이 없는 개항 이전의 조선의 역사에서 서구의 역사적 경험태인 '근대'를 찾는다는 것은 그야말로 난센스에 속(屬)한다."[8]라고 하여 근대를 서구의 독점적 경험태인 것처럼 인식하고 있어 더욱 문제를 드러내고 있다. 이런 논리를 따른다면 우리의 근대는 서구와 유사한

---

5 이도흠, 「18~19세기의 조선조 시가의 변모양상과 근대성 문제」, 『한국학논집』 43, 한양대 한국학연구소, 2008, 87~88면.

6 박희병, 『운화(運化)와 근대: 최한기 사상에 대한 음미』, 돌베개, 2003 참조.

7 조세형, 「조선후기 시가문학에 나타난 근대와 그 의미」, 『한국시가연구』 24, 한국시가학회, 2008 참조.

8 강명관, 앞의 책, 103~104면.

무엇이 아닌, 서구와 완전히 동일화 할 수 있는 근대의 모습을 찾아내어야 비로소 인정할 수 있다는 논리가 된다.

우리의 근대화가 서구와 완전히 동일하지 않고 유사한 모습을 보인다는 것은 서구와 우리가 역사와 문화를 달리해왔다는 점에서는 너무나 당연하다. 유사하다는 것은 서구와 공통적 요소도 있지만 다른 모습도 있다는 특수성의 인정이다. 서구적 근대가 우리와 다르다는 것 역시 그들의 근대도 그들의 역사-문화적 특수성 위에서 전개되었던 탓이다. 그러므로 그들의 근대화도 특수성을 띠고, 우리의 근대화도 우리대로 특수성을 띨 뿐으로 이해해야 한다. 더 정확히 말한다면 그들은 그들의 방식으로 근대를 이루어갔고, 우리는 우리의 방식으로 근대를 이루어왔으므로 유사할지언정 동일할 수는 없는 것이다. 따라서 우리의 방식에 따른 근대성을 찾아야 함에도 불구하고 서구의 근대화 방식으로 우리의 근대를 찾고 있는 그 방법론이 문제가 있음을 지적하고 비판해야 할 것이다.

우리의 근대가 서구처럼 중세적인 것에 반립(反立)하는 것이고 그것의 전복에 의한 혁명의 방식으로 이루어졌다면 중세와 근대성을 이항대립구조로 놓고 후자로의 전이되는 양상에서 찾는 것이 타당하지만, 우리의 근대화 방식은 뒤에 상론하겠지만 서구처럼 투쟁을 수단으로 하는 전복적 근대가 아니라 중세적인 것의 이념과 가치를 바탕으로 하면서 **법고창신 (法古創新)의 방식**으로 근대성을 추구해나갔으므로 그런 이항대립의 투쟁적-변증법적 논리로는 우리의 근대를 올바로 찾을 수 없다는 점이 지적되어야 할 것이다.

그런 점에서 조선조의 근대가 자본주의의 맹아가 없는 것은 아니지만 국부적이었다거나, 실학은 성리학에 맞선 저항이데올로기가 아니라 한정된 개혁을 추구한 개량주의적 사상이라거나, 사설시조에서 중세를 부정하고 근대를 지향한 텍스트가 극히 드물다거나, 서민문화에서 근대를 찾기에는 중세의 옹호와 부정이 혼효되어 있다는 지적으로 자생적 근대화론을 비판하는 것도 우리의 근대화 방식을 충분히 고려한 시각이라 하기 어렵다.

이에 비한다면 대안적 근대화론은 근대적 주체 설정에서 서구모델을 기준 삼지 않고 동양적 혹은 한국적 모델을 모색했다는 점에서 긍정적인 평가를 받을 수 있겠다. 그러나 관계적 주체나 부드러운 주체의 설정을 통해 주체들 상호간의 대등한 관계를 승인한 면을 보인다는 설명만으로는 부족하고, 더욱이 대안적 근대로 하위주체들이 벌인 기호론적 **투쟁**에 주목한 것은 여전히 서구적 근대의 개념을 떨치지 못한 면을 보여주었다.

이처럼 우리의 근대논의는 서구적 근대 개념 콤플렉스에서 완전히 자유롭지 못해왔다. 이제 우리는 그러한 콤플렉스에서 벗어나 우리의 근대화 방식에 따른 논의로 근본적 전환을 보여 탈근대로서의 대안적 근대를 설정해야 할 시점에 이르렀다고 생각된다. 서구적 근대화의 귀결이 지구 재난을 가져오고 마침내 인간 정신을 황폐화시킴이 드러난 오늘의 시점에서 더욱 그러한 요청이 당위성을 갖는다.

그런데 우리의 근대화는 세 번의 커다란 역사적 굴곡을 거치면서 전개되어 왔다. 자생적 근대화론이 주목했던 18~19세기가 그 첫 번째이고, 식민지근대화론이 주목했던 식민지시대가 그 두 번째이고, 해방이후 남북분단을 거쳐 냉전시대 속에 산업화와 민주화를 이루어갔던 시대가 그 세 번째이다. 이 세 시기는 시대적 특수성의 편차가 워낙 커서 근대화 방식이 상당히 다른 면을 보이지만 여기서는 기획주제에 맞추어 18세기 우리 시가문학의 동향에 초점을 맞춰 살펴보고자 한다.

3. 18세기 우리시가의 동향과 근대성

18세기의 근대화 문제를 논의하기에 앞서 분명히 해두어야 할 것은 '**근대**'**의 개념** 문제다. 근대란 사회 문화의 변화와 발달로 중세적 질서와 가치, 이념을 벗어나 새로운 사회의 그것으로 전환되는 모습을 보이는 시대

개념이다. 이러한 시대 개념으로서의 근대는 동양이나 서양이라고 다를 것이 없다. 그러면 두 시대를 떠받치는 가치, 질서, 이념의 근본적 차이는 무엇인가. 그것은 **수직적인 것에서 수평적인 것으로 전환**이라 간명하게 요약할 수 있다. 그 전환의 핵심에 사고의 전환이 놓여 있음은 말할 것도 없다.

　수직적 사고에서 수평적 사고로의 전환이 이루어지는 데는 정치, 경제, 문화 전반에 걸친 변화에 힘입어 사회적 수평화가 이루어져야 한다. 그 가운데 직접적으로 눈에 띄는 변화는 자급자족의 시대에서 화폐경제 시대로의 전환에 따른 경제적 수평화다. 도시와 상공업의 발달이 그것인데, 이에 따른 부(富)의 수직적 격차가 수평적 평등화로 전환되어 가면서 경제적 근대화를 이루게 되는 것이다. 상층에서 부의 몰락이 상당한 폭으로 이루어지는가 하면 하층에서 부를 축적하여 신흥계층으로 지위를 굳혀나간 현상이 그것이다. 문화적으로도 상층이 거의 독점적으로 향유하던 것을 하층에서 대폭 수용하여 상향조정되고, 상층의 문화도 하층의 문화를 보다 적극적으로 수용하여 문화의 수평적 전환을 보여주게 된다.

　그러나 이러한 전환을 이룩하는 **방식**에 있어서는 서구와 우리가 너무나 달랐다. 앞에서 말한 대로 서구적 근대는 중세의 봉건주의를 혁명적으로 청산하는 **반(反)봉건**에서 찾았다. 그리하여 산업혁명에 따른 자본주의의 발달과, 시민혁명에 따른 시민의식의 성장과 개인의 각성이 중세를 청산하는 동력이 되고, 그 방법은 '투쟁'을 수단으로 하면서 '자기중심적 사고'를 바탕으로 중세적 가치와 이념질서를 철저히 전복시키는 방향이었다. 이런 까닭으로 프랑스 시민혁명의 슬로건이었던 '박애'도 전투적인 언어였고, 영국이나 독일에서 시민문학이 사회전반에 남아 있는 중세적 문화체질과 얼마나 힘겨운 투쟁을 벌여나갔는가를 반영하고 있다는 점에서도 잘 드러난다. 그 변화 발전의 과정은 언제나 앞서의 것을 **전복시키는** 방향이었다. 문예사조를 보더라도 고전주의의 규범과 가치를 낭만주의가 반대 가치로 뒤집으며, 낭만주의는 다시 사실주의가 뒤집는 그런 방식으로 전개된다. 이런 방식은 현대로까지 이어져, 모더니즘은 포스트모더니즘에 의해 전복되고, 루카치의 인간주의는 알튀세의 반(反) 인간주의에 의해 뒤집어지는 등등 끝없는 전복의 과정이 서구문화의 전개 과정이다.

이에 반하여 우리의 근대는 전복적인 방향이 아니라 조화와 상생 혹은 합일을 수단으로 하는 **화평적 근대**지향이었다. 18세기 영-정조 시대를 맞으며 시작된 우리의 근대는 도시와 상공업의 발달로 경제, 사회, 문화 전반에 걸친 변화가 일어남으로써 수직적 질서, 가치, 이념, 사고 체계에서 수평적인 것으로의 전환을 보이게 된 것이다. 그러나 그 전환의 방식은 서구와 사뭇 달랐다. 반봉건을 지향하는 투쟁적-전복적 방식이 아니라, 화합적 화해의 방식을 택한 것이다. 한마디로 **법고창신**(옛것을 모범으로 삼아 새로운 것을 창안함)의 방식이다. 이는 18세기 우리의 근대를 이끌어갔던 대표적 지성 박지원에게서 잘 드러나 있다.

그 시대는 옛것의 정통을 쫓으려는 의고론(擬古論)과 인간의 성정에서 정(특히 남녀의 정)을 중시하는 새로운 경향의 성령론(性靈論)이 문화론적 지표로 되고 있었는데, 연암은 전자에 대해 "이고(泥古)"의 병폐를 지적하여 옛것에 때 묻을 염려가 있음을 경계하고, 후자에 대해 "불경(不經)"의 병폐를 지적하여 경전에 의거하지 않음으로써 상도(常道)에서 어그러질 염려가 있음을 경계하고, 결국 문화 전환의 방향을 "법고하되 창신해야 한다."라고 제시한 바 있다.[9] 이는 중세적인 것을 복원하고 추수하려는 경향과, 그러한 생각에서 벗어나려는 새로운 경향이 대두될 때 어떠한 방향을 취해야 하는가를 잘 보여준 것이라 생각된다. 이러한 성향은 박지원을 비롯한 당대의 진보적 학자들이 탈중세 곧 근대화의 방향을 법고창신으로 잡고 있으며, 그들의 변화된 세계, 가치, 진리에 대한 대응으로 내어놓은 실학이 조선 전기의 중세를 이끌었던 성리학에 맞서 반역하거나 전

---

9 이종호, 「18세기초 사대부층의 새로운 문예의식」, 『한국근대문학사의 쟁점』, 창작과비평사, 1990, 64면.

복시키는 저항 이데올로기로 되는 것을 지양하고 그 토대 위에서 새로운 세계로의 발전을 모색했음을 의미한다.

구체적인 예를 들면 더러운 똥을 져다 나르는 천한 역부(役夫)에게서 덕망을 갖춘 높은 도(道)가 실현됨을 〈예덕선생전〉에서 보여주고, 상인(常人)의 천근(淺近)한 말이 모두 우아하고 올바르다 라고 하는 등, 하찮은 것에서 지고한 도가 있음을 말함으로써[10] 중세에 통용되었던 수직적 질서의 도를 수평적인 것(하찮은 것으로 여겼던 것을 높은 가치로 끌어올림)으로 전환하고 있는 것이다. 이처럼 천한 역부가 새로운 가치로 실현하는 도(道)가 기존의 도(성리학이 중심이 되는 중세적 질서와 가치)에 반역하거나 전복시킴으로써 실현하는 도가 아니라 그것을 한층 높은 차원으로 끌어올리고 있다는 점이고, 이러한 도의 실현에 신분적 상하가 문제되지 않는다는 실학의 수평적 사고가 깔려 있는 것이다.

박지원이 18세기 문화적 지표로 내세운 '법고창신의 정신'은 문·사·철에 통용되는 인문학의 정신이자, 공자가 '술이부작(述而不作)'(서술하되 지어내지는 않는다)을 글쓰기의 전범으로 내세운 이래 동아시아의 오랜 전통에 닿아 있는 것이다. 따라서 18세기 문학이 아무리 새로운 변화를 추구하고 다양한 계층의 참여에 의한 다양한 글쓰기나 문학행위가 일어난다 하더라도 법고와 창신을 대립개념으로 이해하여 전자의 지향과 후자의 지향을 **투쟁의 논리**로 이해하거나 **변증법적 논리**로 이해해서는 당대의 역사발전의 면모를 제대로 읽어내었다 하기 어렵다. 그 둘의 지향이 공존하거나 화합적 화해에 의한 조정 혹은 합일의 모습으로 드러나는 것이 실상이기 때문이다.

그런 점에서 전통적 글쓰기의 중요한 방법으로 통용되는 용사(用事)와 신의(新意)의 관계에 대해서도, 전자가 전고(典故)나 고사(故事)를 즐겨 인

---

10 김명호, 「실학파의 문학론과 근대 리얼리즘」, 한국한문학회 엮음, 『한국한문학과 미학』, 태학사, 2003, 428~429면.

용함으로써 기존의 인문적 자산에 기대는 경향을 보이고, 후자가 새롭고도 알찬 뜻을 드러냄을 목표로 한다는 점에서 이 둘을 대립개념으로 파악하여 18세기의 한시나 문학의 새로운 동향을 읽어낼 때 후자를 중시하는 경향으로 진단하는 것도 온당한 이해라 하기 어렵다. 이 둘의 관계는 글쓰기에서 상보적이고 상생적인 관계여서 결코 대립개념이 아니며, 더욱이 용사를 잘하는 데서도 얼마든지 신의의 창출이 가능하다는 점을 고려해야 할 것이다.[11]

따라서 법고창신의 인문학적 정신이나 전고용사의 글쓰기의 방식은 18세기에만 유효한 것이 아니므로 그 자체를 근대화의 잣대로 삼아서는 안되며, 또한 그것이 기존 질서나 가치, 이념, 진리를 전복시키는 투쟁의 논리로 적용될 수 있는 성질의 것이 아니므로, 18세기에 이루어진 근대화의 모습을 반봉건적 요소나 탈중세적 모습을 추출해내는 방법으로 읽어 내거나, 기존의 것에 대한 대립 갈등이나 충돌현상에서 찾는 것은 적절하지 못하다. 그보다는 중세에 일부 계층(상층 혹은 하층)에 의해 독점되었던 문화적 자산과 역량이 도시와 화폐경제의 발달로 **시정(市井)**이라는 18세기의 새롭게 발달된, 물류와 문화의 교류 혹은 교환이 활발하게 이루어지는 공간에서 상층과 하층의 문화가 어떻게 만나고, 거기에 더하여 이 시대에 새로이 생겨나거나(가객, 소리꾼, 전문 예인, 광대, 전문 연희자 등) 새로이 주목 받는 계층(사대부가 여성, 서얼, 역관, 아전, 평민, 천민 등)과 함께 **다중(多衆)**이 참여하는 수평적 가치의 근대화된 문화 자산들을 살피는 것이 중요할 것이다.

18세기를 근대의 첫출발로 삼는 근거는 그 이전까지의 중세 시대에 상·하의 수직적 가치와 질서체계를 이루어오던 궁중문화 및 사대부문화를 중심으로 한 고급문화와, 민중문화를 중심으로 한 기층문화의 장벽이 도시와 상업의 발달로 생겨난 시정의 유흥문화 공간을 중심으로 서로 간에

---

11 정요일, 『고전비평용어연구』, 태학사, 1998, 178~198면 참조.

활발한 교류가 이루어지면서 허물어지고, 이에 따라 수직적 문화 질서가 수평적 질서로 재편되면서 시정의 다중에 의해 새로운 다중문화가 생겨나 그것을 중심으로 근대적 가치와 이념, 질서가 자리를 잡아 가게 되었다는 점에서 찾을 수 있겠다.

우리 시가에서 이러한 동향을 구체적으로 살피면, 먼저 주목할 것은 18세기 초반에 김천택에 의해 집성된 『청구영언』에서 그동안 강조(腔調)가 순치되지 못하고 거칠다는 이유로 음성(淫聲)으로 취급받아 당당하게 향유되지 못해왔던 만횡청류, 곧 사설시조를 가집에 올려 상하층의 다중이 함께 떳떳하게 향유할 수 있도록 가곡의 수평적 질서체계를 수립했다는 것이다. 여기에는 경화사족(발문을 쓴 마악노초 이정섭 등)의 뒷받침이 있어 가능했지만, 이로써 만횡청류의 전면적 부상(浮上)에 힘입어 그동안 가곡 문화에서 중세의 예악적 가악관이 주도해 왔던 것을 그것과 함께 천기론(天機論)적 가악관(이정섭은 천기를 '자연의 진기(眞機)'라 함)이 어깨를 나란히 함으로써 가곡은 더욱 향유의 층을 다중으로 넓혀 나갈 수 있었다.

18세기에 가곡문화가 이런 다중의 문화로 될 수 있었던 데에는 도시의 풍류방문화와 유흥문화를 주도해 간 경화사족층과 이 시대에 새로이 등장한 가객층의 적극적인 활동이 있었기 때문에 가능했으며, 이것이 향유 영역을 넓혀갔음에도 불구하고 천박한 대중문화의 저급성으로 빠져들지 않았을 수 있었던 것은 사설시조에 고급문화적 세련성을 부여했기 때문으로 보인다. 이를테면 18세기 전반에 문형(홍문관 예문관 대제학)을 지냈던 이덕수, 이광덕이 사설시조를 얹어 부르는 농(弄)-낙(樂)-편(編)의 가곡 노래를 많이 지었다거나, 18세기 중반에 역시 문형을 지낸 이정보가 사설시조 작품을 가집에 남기고 있음은 이들에 의해 사설시조가 고급문화로의 세련성이 더욱 가미되어 갔음을 의미한다. 문형이란 여느 관직과 달라 국가문화정책을 끌어가는 핵심주체이고 인재등용의 과거시험을 주관하는 위치에 있기 때문에 그 의미는 각별한 것이다.

또한 당대에 새로이 등장한 전문 예인층과 가객층을 대표하는 전만제나 김유기가 다 같이 당대에 유행하는 가곡문화의 금조(今調)나 신성(新聲)을 수치스럽게 여기고, 고조(古調)의 정통함에 더욱 자부심을 갖고 전력함은, 신분상으로는 하층쪽이면서 문화적으로 상층의 고급문화를 지향함으로써 다중시대의 가곡문화를 저급한 속물화로 떨어지지 않도록 하는 견인차 역할을 한 것으로 보인다. 이렇게 신분상 상층의 인물들이 시정(市井)의 인정(人情) 물태(物態)를 생생하게 담론화하는 하층문화성향의 사설시조를 짓는다든지(이정보는 "간밤의 자고 간 그놈 아마도 못니겨라……"라는 **유녀**(遊女)의 담론을 사설시조로 지음), 신분상으로 중하층의 인물들이 시정에 유행하는 가곡문화가 저급화하지 않도록 견인해 올리는 역할을 하는 문화 분위기가 합쳐져 근대화의 단초를 열어갔던 것으로 보인다.

18세기의 가곡문화에서 근대화와 관련하여 사설시조로 우리의 주목을 끄는 것은 다음의 두 작품이다.

〈예 1〉 불 아니 찌일지라도 절노 익는 솟과
　　　　녀무죽 아니 먹어도 크고 슬져 흔건는 물과 질슴흐는 **女妓妾(여기첩)**과 술 쉬는 **酒煎子(주전자)**와 양보로 낫는 감은 **암쇼** 두고
　　　　평생(平生)의 이 다숫 가져시면 부롤거시 이시랴

〈예 2〉 썻썻常(상) 평홀平(평) 통홀通(통) 보뷔寶字(보자)
　　　　구멍은 네모지고 四面(사면)이 둥그러셔 썩듸글 구으러 간 곳마듸 븐기는고나
　　　　엇더타 죠그만 金(금)죠각을 두 챵이 닷토거니 나는 아니 죠홰라

〈예 1〉은 윤선도의 〈오우가〉를 패러디한 작품으로 주목되어 왔던 사설시조인데, 여기에는 윤선도가 추구했던 유가적 예악론에 입각한 중세적

가치(水, 石, 松, 竹, 月로 표상되는 유가 도덕적 가치)와는 판이하게 다른 물질적 욕망(의식주 및 성적 욕구)을 충족시켜주는 사회를 갈망하고 실현시키려 하고 있다. 그러나 그 도가 지나치면 단순한 물욕추구를 넘어 물질중심주의를 낳고, 심하면 물신주의에까지 이르고, 사회를 졸부로 넘쳐나게 한다. 졸부가 판치는 세상에서는 정신이 황폐화되고, 인문정신이 사라지고, 전(全)지구를 병들게 하며, 지상에는 탄소가스가 가득차고 하늘에는 오존층이 뚫리며, 걷잡을 수 없는 기후변화를 가져와 마침내는 지구 파멸로 가게 될 것이다.

〈예 2〉는 배금주의에 대한 개탄을 담은 작품이다. 화폐경제로 전환되는 시대에 富에 대한 적절한 추구는 빈곤에 허덕이는 기층민에게는 경제적 수평사회를 이루어나가는 동력이 될 수 있어 바람직하고 추구되어야 마땅하지만, 그 정도가 지나쳐 세상이 졸부로 가득 차게 된다면 이미 말한 바처럼 정신적 황폐화가 이루어져 사회의 황폐화로 가게 된다. 18세기에는 아직 경제적 수평화가 요원한 데도 〈예 2〉와 같이 배금주의자를 경계하는 사설시조가 나올 수 있었던 것은 중세적 가치인 성리학적-예의염치와 윤리도덕(윤선도 작품이 추구했던 가치)을 전복시키지 않고 정신적인 면에서 그것을 완강하게 지키고 계승하려는 이념 때문일 것이다.

사설시조에는 〈예 1〉을 추구하는 지향과 〈예 2〉를 추구하는 지향이 나란히 화해적으로 공존하고 있다. 그럼에도 우리의 근대 찾기에서 반봉건-반성리학적 가치의 추구라는 이유로 전자의 존재는 과대평가되어 그 의의를 인정하고, 후자의 존재는 중세적인 것의 고수라는 점에서 그 존재와 의의가 무시당해 왔다. 그러나 사설시조의 실상은 그렇지 않다. 전자 못지않게 후자의 비중도 상당한 것이다. 사설시조에 형상화된 인간상에는 물욕-성욕-문화욕을 추구하는 욕망의 인간과 유가적 윤리 도덕을 추구하는 인간이 공존하는 것이다. 이 두 지향의 노래가 함께 향유되고 '화합적 화해로 공존'하는 현상[12]이 18세기 우리의 근대적 모습이다. 시조에는 "충효도덕을 노래한 것도 있고, 음일설탕을 노래한 것도 있다. 이것이 있으면 저것도 있다."(『대동풍아』서문)라는 진술이 그 점을 명확히 확인해준다. 이러한 두 지향이 화합적 화해로 공존하고 있고, 특히 지나친 물욕추구를 유가적 윤리도덕으로 제어함으로써 18세기에 경제적 수평화는 더디게 진행되었지만 과도한 물욕추구는 일어나지 않고 건전한 정신사회와 문화를 지탱할 수 있었다.

그러나 〈예 1〉의 새로운 지향과 〈예 2〉의 기존 가치 지향이 화합적 화해로 공존한다고 근대가 이루어지는 것은 아니다. 두 지향을 법고창신으로 통합하여 전복적이 아닌 화평적 근대를 실현하는 새로운 인간상이 모색되고 그들이 활동하는 사회가 되어야 바람직한 근대로 나아갈 수 있다. 그런 점에서 18세기 박지원이 꿈꾸었던 실학적 인간상-〈허생전〉의 주인공 허생-이 그 모델이 될 수 있다.

〈허생전〉의 허생은 병자호란의 치욕을 설욕하겠다고 북벌계획을 추진하던 17세기의 인물로 그려져 있지만 그의 역사현장에서의 행위는 연암이 추구하는 근대화의 꿈을 드러낸 것이다. 한마디로 허생은 물욕추구의 〈예 1〉 같은 인간형도 아니고, 변화된 현실에 실용적으로 대응하지 못하는 성리학적 도덕추구의 〈예 2〉 같은 인간형도 아닌 실학적 인간형이다. 허생은 독점적 상거래를 통해 얻은 부를 졸부(猝富)처럼 누리지 않고, 삶의 터전을 잃고 유랑하는 변산 군도(群盜)를 구휼하는 등 경제적 수평화를 위해 진력하는 일에 부(富)를 쏟는다. 그리고 그들에게 물질적 부를 충족시킨 후에 정신적 황폐화를 막기 위해 문자와 의관(衣冠)도 갖춰주어 문화적 수평화도 실현해주려 한다.

그러나 그의 이러한 행위는 군도를 구휼하는 식의 국소적인 문제를 해결하는 것 이상의 큰 의미는 없으므로 남은 돈을 바다 속에 집어 던지고, 문제적 현실에 전면적으로 대응하는 실학적 해결책을 구상하기 위해 다시 독서인으로 돌아온다. 그를 나라에서 등용하려 이완대장을 파견하자

---

12 이것이 〈예 1〉 같은 작품을 **전복적 패러디**로 읽어서는 안 되는 이유가 된다.

이른 바 '시사삼난(時事三難)'을 내세워 청나라의 실체를 인정하지 않고 실속이 없는 '대명의리(大明義理)'를 지키는 현실정치를 개량하기 위해 세 가지 실용책을 제시하지만 하나도 받아들여지지 않자 정치적 장벽에 대한 분노를 표하고, 그의 근대를 향한 꿈을 접고 영원히 독서인으로 남으로써 그 웅지를 펴지 못한다. 이는 곧 허생 같은 실학에 바탕한 근대적 인물이 웅지를 펴지 못하는 18세기 사회는 바람직한 근대화로 나가기에는 한계를 보일 수밖에 없다는 메시지를 담고 있는 것이 된다.

이 시대에 현실과 실생활에서 멀어져 버린 주자주의적 성리학은 공론(空論)이 되어버리고 그렇다고 대의(大義)를 저버리고 소리(小利)에만 집착하는 배금주의(拜金主義)적 행태는 끝없는 경제 전쟁만을 낳아 도(道)가 무너지는 세상이 될 것이므로, 허생은 도를 이루는 경제-문화적 수평화를 기획했던 것이다. 이처럼 이용후생의 실리를 추구하면서도 도를 잃지 않고 대의를 실현하려는 철학이 바로 실학이었던 것이다. 실학이 중세의 성리학적 사고를 전복시키지 않고 개량주의적 사고로 보이는 것은 '화평적 근대'를 지향하는 온당하고 당연한 노선의 선택인 것이다.

허생이 군도들에게 문자를 가르쳐 문화적 수평화를 기획했던 것과 관련해서 18세기에 사설시조에서 실현된 노랫말의 문자 활용 양상을 살펴보기로 하자.

〈예 4〉 즁놈도 사름이냥ᄒ여 자고 가니 그립ᄃ고
　　　　즁의 숑낙 나 볘옵고 내 족도리 즁놈 볘고 즁의 長衫(장삼) 나 덥
　　　　습고 내 치마란 즁놈 덥고 자다가 씨다르니 둘희 ᄉ랑이 숑낙으
　　　　로 ᄒ나 족도리로 ᄒ나
　　　　이튼날 ᄒ던 일 싱각ᄒ니 홍글항글 ᄒ여라

〈예 5〉 長安大道 三月春風 九陌樓臺 雜花芳草 酒伴詩豪 五陵遊俠 桃李蹊
　　　　綺羅裙을 다 모하거ᄂ려

細樂을 前導ᄒ고 歌舞行休ᄒ여 大東乾坤 風月江山 沙門法界 幽僻

雲林을 遍踏ᄒ여 도라보니

聖代에 朝野ㅣ 同樂ᄒ여 太平和色이 依依然 三五王風인가 ᄒ노라

〈예6〉 드립더 ᄇ드득 안으니 셰 허리지 ᄌ늑ᄌ늑

紅裳을 거두치니 雪膚之豊肥ᄒ고 擧脚蹲坐ᄒ니 半開ᄒ 紅牧丹이

發郁於春風이로다

進進코 又退退ᄒ니 茂林山中에 水春聲인가 ᄒ노라

〈예 4〉와 〈예 5〉의 사설시조는 노랫말 문자의 활용면에서 대조적이다. 전자는 한문식 문자어는 사용하지 않고 순 우리말 어투로 경쾌 발랄하게 노래함으로써 말의 재미와 정감적 호소력이 높은 생동감으로 넘쳐 있다. 그에 비해 후자는 순 한문 어투로 노래함으로써 의미의 가벼움보다는 깊이와 무거움을 담고, 유유자적한 여유와 세상을 낙관적으로 관조하는 풍류감이 넘쳐 있다. 특히 후자의 경우는 한시나 한문문장을 곧바로 인용해 오지 않고 자연스럽게 한문 문자어를 활용함으로써 풍류감을 한층 높이는 효과를 보여준다.

이들에 비해 〈예 6〉은 〈예 4〉의 순우리말 어투와 〈예 5〉의 순 한문 어투를 혼합하여 양자의 노랫말강점을 모두 화해적으로 통합하여 활용함으로써 문자 활용의 문화적 수평화를 보이는 18세기 자산으로 그 가치가 인정된다. 즉 〈예 4〉와 같은 기층문화의 민속문화적 자산을 활용하여 가곡문화로 상승시킨 문화적 역량 위에, 〈예 5〉와 같은 상층의 고급문화적 자산을 더하여 상-하로 분리되던 수직적 문화 역량과 자산을 수평적인 것으로 넓힘으로써 폭넓은 다중의 향유가 가능한 텍스트로 가꾸어 나간 것으로 인정되기 때문이다. 따라서 〈예 4〉와 같은 국문텍스트와 〈예 5〉와 같은 한문텍스트를 두고 후자에서 전자로의 전환이 근대성 징후라고 보는 관점은 이러한 문화 역량의 진전과 통합을 무시한 것이며, 특히 〈예 6〉

같은 혼합어투의 의의를 찾아내지 못한 문제점을 갖는다.

그런 점에서 〈예 6〉을 자세히 분석해 보자. 이 작품은 초장이 우리말 어투로 되어 있어서 의태어와 더불어 우리말 특유의 생동감 넘치는 묘사적 진술이 돋보이고, 중장과 종장은 한문어투로 되어 있어서 생동감은 떨어지지만 문화상층다운 점잖은 풍모와 체면을 유지하는 데는 기여한다. 작품의 중심 소재가 되고 있는 성행위는 적나라한 인간행위이므로 인격과 체면을 유지한다는 것이 사실상 불가능하므로, 성행위와 직결되지 않는 초장의 동작은 우리말 어투로 생동감 있는 표현이 적절할 수 있으나, 그것과 직결되는 중장이후의 동작에서는 순한문어투로 진술함으로써 체면을 유지하는 묘한 조화를 이루어 전체적으로는 국한문 혼합어투가 어울리는 수준 높은 텍스트가 된 것이다.

사설시조가 이렇게 민속문화적 자산과 고급문화적 자산을 통합하는 데에는 상층의 고급문화를 주도한 **경화사족(京華士族)**과 문화의 활동 자장을 같이하는 경우가 많은 **가객층**이 있어 더욱 풍성하게 전개될 수 있었지만, 그것이 가곡문화인 한에서는 문화적 수평화에 커다란 한계가 있는 것 또한 사실이었다. 따라서 18세기에 시조의 폭넓은 다중의 향유가 요청되었는데, 그러한 시대적 요구에 맞게 이세춘 같은 가객이 나와서 3장으로 간편하게 창하는 **시조창**을 유행시킴으로써 시조의 문화적 수평화가 비로소 본격적으로 이루어지기 시작했다.

18세기에 서정가요 쪽에서는 이처럼 경화사족층과의 친화관계에 있는 가객층이 중요한 활동을 함으로써 문화적 수평화에 기여했다면, 서사가요 쪽에서는 경아전층과 협력 관계에 있는 광대층이 판소리를 민속문화에 가두어두지 않고 상층문화와 하층문화가 접합되는 시정문화로 끌어옴으로써 폭넓은 다중의 향유가 가능하여 문화적 수평화를 이루어갔다. 그 양상은 판소리에서 발생초기에 과시했던 민속문화적 자산과 역량을 토대로 하고 거기다 상층문화적 가치와 이념, 질서를 적극 수용하는 것으로 나타난다.[13] 문체에 있어서는 사설시조처럼 한시어구나 전고고사를 끌어들임으로써 국한문 혼용의 양상을 보이고, 주제에 있어서도 중세적 가치의 것과 새로운 가치를 함께 포용함으로써 다중의 폭넓은 향유가 가능하게 된 것이다.

따라서 판소리에 나타나는 이러한 성향을 두고 이면적 주제와 표면적 주제의 이원성으로, 혹은 중세적인 성향과 근대적인 성향이 함께 존재하고 서로 복합적인 관계를 맺고 있는 것으로 파악하는 데 있어서 이 두 가지 성향을 길항관계나 대립관계로 보는 것은 문제가 아닐 수 없다. 또한 판소리를 가꾸어나감에 있어서 양반층과 서민 및 중인층의 헤게모니 **투쟁**이 일어나 타협적 조정이 이루어지는 것으로 이해해서도 곤란할 것이다. 판소리의 서사적 갈등 역시 종국적으로는 화합적 화해로 귀결되고, 거기에는 민중문화적 자산과 상층문화의 자산이 화해적으로 통합되어 판소리 광대가 주도하는 문화적 수평화를 이루어나갔기 때문에 판소리 텍스트에서 중세적 가치와 탈중세적 가치를 서로 다른 지향으로 보거나 회동될 수 없는 것으로 보는 태도는 맞지 않는 것이다.

4. 맺는 말: 대안적 근대 가능성

기존 질서나 가치를 뒤엎어 혁신적인 것으로 나아가는 것이 역사 발전이나 진보를 훨씬 앞당길지는 모른다. 이와 달리 기존의 가치와 친화관계를 이루며 그 바탕위에서 점진적 개량이나 발전을 모색하는 유화적 근대는 역사 발전이 더딜지 모른다. 그러나 전자의 혁명성이 급진성을 바탕으로 하고 있어서 여러 시행착오를 가져 오고 그 가운데는 돌이킬 수 없는 파괴와 폐해를 가져올 수도 있는 것이다. 더구나 그러한 급진성이 자기중

---

13 판소리가 발생초기의 열두 마당 혹은 여덟 마당에서 여섯 마당, 다섯 마당으로 다중(多衆)에 의해 선택과 집중이 이루어짐으로 해서 문화적으로 통합된 세련성으로 상승해 간 경로가 이런 사정을 반영하는 것이 아닌가 추정해 볼 수도 있다.

심적으로 이루어질 때 타자에 엄청난 피해와 파멸을 안겨주는 사례를 제국주의의 팽창에서 역사적으로 경험한 바 있다.

이에 비해 18세기 우리 시가에 나타난 화평적 근대는 기존의 질서와 가치를 전복시키지 않을 뿐 아니라 기본적으로 자기중심적이지 않고 타자와 공존 공생하는 원리이므로 인류평화에 기여할 수 있는 가능성을 보여준다.

그러나 그것은 가능성일 뿐, 대안적 근대 모델이 되기에는 거리가 있다. 18세기 실학자가 허생을 통해 꿈꾸었던 세상, 실학자들이 이상적으로 그렸던 세상이 대안적 가치의 모델이 실현될 수 있는 수평적 사회가 정치 경제 문화 전 부면에 걸쳐 이루어질 때 가능한 것이 될 것이다. 허생 같은 실학적 근대지향의 인물이 다시 독서인으로 돌아가지 않고 맘껏 웅지(雄志)를 펼칠 수 있는 바로 그런 세상이 오는 날에 그 가능성은 현실화될 수 있을 것이다.

엇시조의 정의와 형식의 독자성

1. 엇시조의 존재 근거

엇시조의 장르적 존재는 가람 이병기 선생이 1920년대에 일어난 시조 부흥운동의 과정에서 시조의 형식을 그 길이의 늘어난 정도에 따라 명명(命名)한 데서 비롯되었다. 단형은 평시조로, 중형은 엇시조, 장형은 사설 시조로 각각 문학적 분류상의 명칭이 되었고, 그 형식적 특징을 이론적으로 모색함으로써 비로소 시조의 3대 하위 장르 중 하나로 자리했다.

그러나 연구 초기에 성립된 시조의 하위 장르로서의 3대 분류법은 지금까지 정설처럼 통용되면서도 엇시조의 명확한 문학적 형식 규정과 그 고유의 미학적 특징이 올바로 규명되지 못함으로써 장르적 존재 근거가 위협 받게 되고, 근자에는 문학형식으로서 시조의 하위 장르적 지위를 상실해 가는 지경에까지 이르렀다. 그 가장 큰 이유는 엇시조가 문학적으로 어중간한 형식이어서, 형식론적 측면에서 길이가 좀 짧은 경우 평시조와의 경계가 어떠한지, 반대로 길이가 좀 긴 경우 사설시조와의 경계가 어떠한지가 명쾌하게 규명되지 못한 점이다. 때문에 엇시조는 조금만 짧아지면 평시조의 영역으로, 조금만 길어지면 사설시조의 영역으로 편입될 수밖에 없는 운명에 놓이게 되었다. 엇시조의 이러한 모호한 성격으로 인해 시조는 그 정형의 형식 규범을 준수하는 평시조와 그 형식을 일탈하는 사설시조의 2대 장르로 분류하는 것이 타당하고, 또 실정에 맞는다는 논리가 설득력을 얻어가고 있다.

그렇다면 시조의 하위 장르로서 엇시조의 존재는 설 자리가 없는 것일까? 전통시조에서는 중형의 길이를 가진 엇시조에 관한 인식을 어느 정도 확연하게 하고 있었던 것일까? 아니면 별다른 인식을 하지 않고 무시해 왔던 것일까? 이에 대한 판단은 다음의 자료에서 명확하게 드러난다.

근래에 유종(柳淙)이 말했다. "우리나라의 모든 노래는 정서(鄭叙)의 과정곡(瓜亭曲) 이후로 **대중소편(大中小篇)을 막론하고 모두 5장(章)으로 되어 있으며**, 제 4장은 반드시 삼자(三字)로 세 번 끊어 노래하는데, 이것은 중국에는 없는 형태이다."[1]

여기서 서두에 '우리나라의 모든 노래(동속만언가사, 東俗萬言歌詞)'라 하여 국문시가의 모든 장르를 두루 지칭하는 것처럼 말했지만, 노래형식이 모두 5장으로 되어 있다는 점과, 〈정과정곡〉으로부터 유래했다는 점을 감안한다면 시조를 얹어 부르는 **가곡창**에 대해 언급하고 있음이 분명하다. 그렇다면 이 자료를 통해 가곡창, 곧 시조가 그 길이의 크기에 따라 대·중·소편의 세 가지로 나뉨을 당대인이 분명히 인식하고 있음을 알 수 있다.

그런데 문제는 사설시조에 해당하는 대편은 장가(長歌)라는 명칭으로 불리어 왔고, 평시조에 해당하는 소편은 단가(短歌)라는 명칭으로 널리 불리어 왔지만, 엇시조에 해당하는 중편은 작품으로는 존재해 왔으나 독자적인 명칭으로 불린 적은 없다는 점이다. 그러나 명칭을 얻지 못했다 해서 그 하위 장르로서의 존재까지 무시할 수는 없을 것이다. 장르와 명칭의 관계는 ① 어떤 명칭은 대단히 일반화 되어 있고(장가, 단가, 가곡, 타령, 가사 등), ② 어떤 장르는 명칭을 부여받지 못한 것도 있으며(어부가류, 12가사 같은 가창가사류 등), ③ 어떤 것들은 구조와 속성의 차이에도 불구하고 동일한 명칭으로 혼동되기도 하는(시조로서의 단가와 판소

---

1 황윤석, 『이재난고(頤齋亂藁)』 5책, 1779년(기해, 己亥) 6월 14일조.

리 허두가로서의 단가, 사설시조 계통의 장가와 가사 계통의 장가) 세 가지 경우를 들 수 있는데 엇시조는 조선시대에 ②의 경우에 해당하는 것이다.

그러다가 중편의 시조가 엇시조라는 문학적으로 독자적인 명칭을 갖게된 것은 가람 이병기에 와서이며, 그 명칭과 형태적 특성을 악곡적 특성과 관련하여 해석한 것은 장사훈이 최초이다. 후자에 의하면 '엇'의 형태를 가진 곡조는 가곡창에서 엇롱(旕弄, 旕弄, 言弄), 언락(言樂), 언편(言編)에 쓰이고 있으며, 고악보의 기록에 만횡 즉 엇롱은 혹칭(或稱) 반죽이, 반지기(半只其), 반자기라고도 부르는데, 그 초장의 창법은 무겁고 꿋꿋한 삼삭대엽과 같고 2장 이하는 가볍게 흥청거리는 농(弄)의 창조(唱調)로 불러 '어리중간', '얼치기'라는 의미의 '엇'이 쓰이게 되었다고 본다.[2]

그리고 이왕직 아악부 아악수장을 지낸 가곡의 명인 이주환은

시조시의 자수가 비교적 많은 장형시조를 향제시조에 비겨서 초·중·종각 장의 말이 모두 많은 것을 부르는 창법을 사설시조라 하고 각 장에 있어장형시조와 단형시조를 혼합한 중간적 시조시를 평시조창과 사설시조창을섞어서 부르는 형식을 반(半)사설시조라 한다.[3]

라고 하여 시조창에서도 중형의 시조를 부르는 '반사설시조'라는 중간형의 섞어서 부르는 창법이 존재한다고 설명하고 있다.

이와 같이 전통시조에서도 옛날부터 중간 크기의 시조를 인식하고 있고, 그 크기와 성격에 따른 창법이 가곡창이나 시조창에 따로 존재하고있다는 설명을 고려한다면 시조의 하위 장르의 하나로서 엇시조의 존재를 무시할 이유는 없는 것이다. 더욱이 우리의 시조가 시여(詩餘)라는 별

---

2 장사훈, 『시조음악론』, 한국국악학회, 1973(서울대학교출판부, 1986), 29~32면.
3 이주환, 「시조창의 개설」, 『시조연구』 제1호, 시조연구회, 1953, 15면.

칭으로 불려왔듯이, 중국에서도 절구나 율시 같은 한시와는 별도로 송대에 융성했던 '사(詞)' 양식을 '시여'라는 같은 별칭으로 불렀다. 그 길이가 짧은 소령(小令, 58음 이내)과 중간 크기의 중조(中調, 59-90음까지), 그리고 가장 긴 장조(長調, 91음 이상)라는 세 가지 크기로 향유되었음과 대응된다는 면에서 우리도 중간 크기의 엇시조의 존재를 인정할 수 있다. 다만 그 형식적 특징과 독자적 미학의 특성을 명쾌하게 규명해 내는 일이 우리의 과제라 하겠다.

2. 평시조와의 관계로 본 엇시조

엇시조의 형식적 특징이 어떠하냐에 대해서는 여러 논란이 있어 왔다. 그렇지만 최초로 형식을 규명하려 한 가람 이병기부터 그 이후 많은 논자들이 엇시조의 형식 특징을 규정해보려 했으나[4] 작품의 실상과 이론적 뒷받침이 확고하지 못하여 이렇다 할 합의점을 찾아내지 못한 채 오늘에 이르렀다. 그간에 엇시조의 형식 특징으로 가장 널리 통용되어 온 것은 조동일의 다음과 같은 규정이다.

> 1. 엇시조와 사설시조는 이러한 점에서 공통점을 가지며, 평시조의 고정된 율격을 파괴하면서 등장했다. 그리고 파괴 정도에 따라 엇시조와 사설시조로 구분한다. 엇시조는 2음보가 세 번 중첩되어 6음보가 나타난 곳이 한 군데만 있는 시조라고 규정하고, 2음보가 세 번 중첩되어 6음보가 나타난 곳이 두 군데 이상 있거나, 2음보가 네 번 중첩되어 8음보가 나타난 곳이 한 군데 이상 있는 시조를 사설시조라고 규정한다.[5]

---

4 엇시조의 형식 특징을 규명하려 한 여러 논의들은 송정란, 「엇시조의 문학적 연구」, 경기대 박사학위논문, 2002에 잘 정리되어 있다.

5 조동일, 『한국민요의 전통과 시가 율격』, 지식산업사, 1996, 269~270면.

엇시조의 형식적 특징에 대한 이러한 규정은 그 광범위한 통용에도 불구하고 근본적인 문제점을 내재하고 있어 설득력을 갖기 어려웠다. 하나는 엇시조나 사설시조가 평시조의 고정된 율격을 '파괴'하면서 등장했다는 것이고, 다른 하나는 그 파괴의 정도에 따라 엇시조와 사설시조를 구분하면서 내세운 엇시조의 형식이 실제 작품의 실상과는 너무나 거리가 멀다는 것이다. 과연 2음보가 세 번 중첩되어 6음보로 나타난 곳이 단 한 군데만 실현된다면 단형도 장형도 아닌 중편의 길이를 갖는 엇시조가 되는가. 그리고 평시조의 각 장은 2음보가 두 번 중첩되어 4음보로 실현되는 형식이므로 그것이 세 번 중첩되어 6음보로 된 곳이 딱 한 군데 나타나 봤자 2음보가 단 한번 늘어난 정도에 불과한데 그 정도로 아주 '가볍게 벗어난' 형태를 '파괴'했다고까지 말할 수 있는가. 사설시조 또한 8음보가 나타난 곳이 한 군데 이상 있는 시조라 규정한다면 실제로 2음보가 두 번 정도 늘어난 크기에 불과한데, 그 정도 벗어난 것을 두고 전통시조에서 장편으로 인식하여 장가(長歌)로 지칭한 적이 있는가. 이러한 형식 규정은 실제 시조 가집의 실상을 통해, 혹은 대-중-소편을 모두 창작한 개인의 실제 작품을 통해 확인해야 함에도 불구하고 그런 검증 작업을 거치지 않고 임의로 설정한 것이어서, 탁상공론을 벗어나기 어려웠던 것이 아닐까?

엇시조에 관한 다른 여러 형식 논의도 이러한 탁상공론의 범위에서 벗어나지 않은 문제를 안고 있었는데, 다행히도 근자에 송정란이 보다 분명한 입론을 바탕으로 엇시조의 형식을 규정함으로써 중형시조로서 엇시조의 특징에 진일보한 모습을 보여주었다. 그는 지금까지 엇시조에 관한 형식 논란이 분명한 **이론적 근거**를 갖지 못한 채 모호하게 정의되어 온 탓으로 보고, 엇시조의 형식 정의를 위해 평시조의 기준에서 각 장을 기준으로 **음보수**가 얼마나 늘어났느냐에 **분명한 기준점**을 두어 제시하고자 했다. 그래서 시조의 각 장(章)을 이루는 음보 분할에서 ① 통사적 배분과 의미의 친소관계에 의한 결속 정도 ② 율격적 배분에 의한 분할 ③ 선장

후단(先長後短)의 율격관습에 의한 분할이라는 세 가지 조건을 고려하는 입론을 근거로 해서

> 2. 엇시조는 평시조를 1장 4음보로 기준할 때 각 장에서 1~3음보까지 파격을 일으킨 것이다. 엇시조의 파격은 3장 전체에서 일어날 수 있으며, 3장 중 어느 1장이 4음보 이상 파격하면 사설시조로 분류한다.[6]

라고 엇시조의 형식 특징을 규정한다. 그리하여 평시조에서 **각 장을 기준으로 하여** 1~3음보 늘어난 것을 엇시조로, 4음보 이상 늘어난 것은 사설시조로 보아야 마땅하다는 결론에 이르렀다. 이처럼 엇시조의 형식을 정의함에 있어서 평시조 및 사설시조와의 경계선을 명확히 한 것은 환영할 일이지만, 이 역시 작품의 실제 상황은 검토하지 않은 채로 종래의 탁상공론적 설정을 그대로 따라 평시조에서 겨우 1음보 늘어난 것까지도 중편 크기에 해당하는 엇시조로 일단 보고 있는데, 과연 그러한지 검증해 볼 일이다. 그리고 파격의 기준을 기존의 관점 그대로 받아들여 각 '장'에서의 늘어난 정도를 문제 삼고 있는데, 과연 '장'을 기준으로 하는 것이 타당한지도 검토 대상이다. 그러한 독특한 형식을 산출하고 즐겼던 향유층의 감성을 담아내는 표현장치로서 시조의 작시(作詩) 원리와 그에 따른 작품 생성의 메커니즘을 고려해야 하기 때문이다. 또한 엇시조와 사설시조를 구분하는 근거도 문제를 안고 있다. 그 기준은 시적인 특성을 유지하고 있느냐 **산문적인 서술**에 가까운가로 판별하고 있어서, 산문적인 특성을 보이면 사설시조로 분류되고, 정형적인 평시조와 산문적인 사설시조 사이의 중간적 형태를 보이는 것이 엇시조가 된다는 논리다.[7]

사설시조를 산문적 특성을 가진 시조로 보는 견해는 일찍이 고정옥이

---

6 송정란, 앞의 논문, 79면.
7 송정란, 같은 논문, 같은 곳.

평시조를 양반사대부층의 귀족시조로, 사설시조를 조선 후기에 새로이 각성하여 대두한 서민 계층이 **산문정신**을 바탕으로 귀족시조에 저항하고 그 양식을 파괴함으로써 생성한 서민시조로 양분(兩分)하면서 계급론적 시각으로 성격을 부여한 이래[8] 많은 논자들이 그런 논리를 비판 없이 따른 결과이다. 그러나 사설시조는 조선후기에 서민층에 의해 등장한 것이 아니다.[9] '만횡청류'라는 이름으로 가집에 처음 등재(登載)한 김천택이 "그 유래가 이미 오래되었다."고 일찍이 밝힌 바 있고, 실제로 고려말 변안렬의 〈불굴가〉도 거기에 수록되어 있기 때문이다. 그리고 그 중심 향유층도 서민층이 아니라 정철이나 이덕수, 이광정, 이정보 같은 경화사족을 중심으로 한 양반사대부층임이 각종 문헌 기록과 가집을 통해 확인된다.[10]

그보다 여기서 문제가 되는 것은 **산문적**인가 아닌가로 엇시조와 사설시조를 구분하는 기준이다. 산문은 율문에 대응하는 개념으로 율문은 어떤 형태로든 율격이 관여하는 자료군이지만 산문은 그 반대로 율격이 관여하지 않을 때만 나타날 수 있는 자료군[11]이라 볼 때, 엇시조든 사설시

---

8 고정옥, 『고장시조선주(古長時調選註)』, 정음사, 1949 참조.

9 이런 논리가 오랫동안 통설로 되어 지금도 많은 논자들이 사설시조를 그 노래의 내용이 서민적인 욕설, 재담, 음담, 애욕 등을 서슴없이 표현하고, 형식 또한 평시조의 정형에 구애 받지 않는다는 논리로, 18세기 영·정조 시대에 중인을 비롯한 부녀자, 기생, 상인 등의 서민들과 몰락한 양반들이 창작한 것으로 잘못 이해하고 있다. 그러나 사설시조는 평시조 형식에 그대로 구애 받으면서 다만 말을 촘촘히 엮어 넣는 방식을 택하며, 얹어 부르는 음악적 형식도 평시조와 공통된 형식을 기반으로 하고 장단의 형식도 동일하면서 노랫말을 촘촘히 박아 배열한다는 점에서 장단 배분 방식만 차이를 보일 뿐이다. 또한 평시조와 공동의 향유 현장에서 연창되며, 연창하는 기생의 참여도 서민 상대의 삼패기생이 아니라 사대부나 지식인 상대의 고급기생이어서 이들은 음성에 해당하는 사설시조를 창작하지 않는다. 조선중기 『어우야담』에 나오는 서울 근교의 농민들이 밭에 김을 매면서 부른 시조도 노랫가락 같은 노동요 수준에서 부른 것이 아니라 일정한 가락(腔調)이 있는 가곡(歌曲)이라 명시되어 있고 상(賞)을 줄만 하다고 명시되어 있다. 몰락한 양반은 사설시조 같은 고급 풍류를 즐길만한 여유도 없을뿐더러 유가의 자존심으로 그런 음성(淫聲)의 노래는 오히려 경멸하고 멀리했다.

10 이에 대한 상론은 김학성, 「사설시조의 담당층」, 『한국고시가의 거시적 탐구』, 집문당, 1997, 383~416면 참조.

11 J. Lotz, Metrical Typology, ed. by A. Sebeok, *Style in Language,* M. I. T Press, 1960,

조든 둘 다 율격이 관여하는 율문자료이지, 산문자료는 아니기 때문이다. 이는 가사 장르가 아무리 긴 장편의 기행가사라 하더라도, 또 세세한 장면 묘사나 설명적 진술로 되어 있다 하더라도[12] 4음 4보격의 율격이 관여한 율문 자료이지 산문 자료는 아닌 것과 같다. 따라서 산문적인가 아닌가를 엇시조인지 사설시조인지 판별하는 기준으로 삼을 수는 없는 것이다.

또 하나 문제점은 음보분할에 관한 다음과 같은 규정이다.

3. 첫째, 음보분할은 5음절까지는 1음보로, 6음절 이상은 2음보로 분할하는 것을 기준으로 삼는다. 단, 하나의 단어로 형성되었거나 음보 분할 시 기준 음절수에 미치지 못하는 경우, 그리고 전체적인 의미율이나 의미의 친소관계에 따라 1음보로 율독해야 하는 경우는 6음절 이상이어도 1음보로 간주한다.

4. 둘째, 시조 종장 제 2음보는 독특한 율격적 특성(과음보)을 감안하여 1음보의 범위를 최대 9음절까지 확대한다.[13]

이러한 음보 분할의 기준 역시 문제를 안고 있다. 우선 첫째 기준에서 5음절까지는 1음보로 간주한다고 했는데 일률적으로 그렇게 볼 수는 없다. 하나의 마디가 5음절로 된 경우의 음보 분할은 우리말의 자연스런 발화에서 생리상 하나의 호흡군으로 발음이 가능하기 때문에 5음절까지는 1음보로 율독이 가능하긴 하지만, 시조를 율독할 때 통사적 단위보다는 율격적 단위를 최우선으로 해야 하므로[14] 율격 환경에 따라 1음보로 될

135면.

12 김인겸의 〈일동장유가(日東壯遊歌)〉 같은 기행가사는 7,158행에 이르는 거대장편이며, 세세한 묘사와 설명으로 이루어져 있지만 산문으로 되어 있지 않고 4음 4보격 중심의 율문으로 표출되었다.

13 송정란, 앞의 논문, 같은 곳.

14 이를 테면, 김소월의 시 〈진달래꽃〉은 3음보격의 정형률을 보이는 작품인데 제2행 "말없이 고이 보내드리우리다"에서 마지막 어절이 '보내드리우리다'로 7음절로 되어 있지만

경우도 있고 2음보로 될 경우도 있기 때문이다. 그러한 예를 든다면 이 글의 뒷부분에 인용할 〈사룡(蛇龍)〉의 원작에 가까운 평시조의 초장과 중장에서 확인할 수 있다.[15] 더욱이 시조에서 사설이 중형이나 장형으로 확장될 때 대체로 2음보격 연속체의 리듬을 타므로 그 리듬을 따라 등가성을 갖는 음보분할이 되는 경우가 많아서, 이럴 때도 5음절로 된 마디는 1음보로 율독해야 하는 경우도 있고, 2음보로 분할해서 율독해야 하는 경우도 있다. 따라서 5음절까지는 무조건 1음보로 간주해야 하는 것은 아니다. 그리고 6음절 이상이어도 하나의 단어이거나 의미율이나 의미의 친소관계를 감안하여 1음보로 간주할 수 있다는 규정은 지나치게 무리한 설정이라 아니할 수 없다. 율격의 형성도 자연발화를 고려해야 하는 것인데, 우리말의 음보분할에서 한 호기군(呼氣群)의 발화량이 5모라 이상 넘기기 어렵다는 생리적 요인 등을 감안한다면[16] 어떤 경우라도 6음절 이상

이것을 하나의 단어라 하여 1음보로 간주하는 것은 율독에 어긋나는 잘못된 음보분할임을 금방 알 수 있다. 율독은 고정된 비율관계를 감안해야 하므로 단어 기준의 통사적 음보분할을 따르지 않고 "말없이/ 고이보내/ 드리우리다"로 율독해야 하는 것이다. 따라서 각 음보의 분할을 결정할 때 우선적으로 고려해야 할 순위는 음보의 등가성이나 고정된 비율을 고려해야 하는 **율격적 단위**가 최우선이고, 그 다음이 의미론적으로 긴밀도(친소관계)를 고려하는 **의미적 단위**이고, 마지막으로 한 단어이냐 아니냐를 따지는 **통사적 단위**가 된다. 율격은 그 속성이 관습성을 갖기 때문에 율독할 때 그 분할이 **자연스러워야** 하며, 또한 주기적 반복의 규칙성을 가지므로 그 분할된 단위들 사이의 **등가관계**가 형성되어야 하므로 율격적 단위가 최우선이 되는 것이다(이러한 율격론적 경계표지와 율독 단위의 결정에 대하여는 S. Chatman, *A Theory of Meter*, Hague: Mouton, 1965 참조). 송정란을 비롯한 기존의 시조 율격 논의에서는 대부분 음보 분할에서 이러한 순위를 고려하지 않고 통사 단위를 최우선으로 하는 경향이 대부분이었다. 다만, 시조에서 내구와 외구의 경계선을 분할하는 '구' 단위는 이러한 '율격원리'를 따르는 단위가 아니라 '작시(作詩)원리'의 지배를 받는 단위이므로, 율격적 자연스러움과 등가 관계에 의한 균형성보다 하나의 문장 혹은 어구나 어절인가를 따지는 통사적 단위가 더 우선적으로 고려된다.

15 여기서 우선 문제의 부분만 인용하면 "됴고만/ 빈얌이라셔// 龍의 초리/ 듐북이 물고/// 高峰/ 峻嶺을// 넘단 말이/ 잇는이라///"에서 5음절로 구성된 초장의 "빈얌이라셔"와 "듐북이 물고"는 시조의 한 마디가 4모라의 등가성을 갖는 음보 크기를 가지므로 빠르게 율독하여 1음보로 간주되지만, 중장의 "高峰/ 峻嶺을"은 2개의 마디로 되어 내구를 이루는 부분이므로 2개의 음보로 분할하여 율독해야 한다.

16 성기옥, 『한국시가 율격의 이론』, 새문사, 1986, 135~136면.

의 마디를 1음보로 잡는 것은 무리이기 때문이다.

둘째 기준에서 종장의 제 2음보[17]는 음보 2개가 결합하여 과음보를 이루는 시조 특유의 음보이므로 최대 9음절까지를 1음보의 범위로 잡는다는 규정도 납득하기 어렵다. 종장의 둘째 마디는 4모라가 2개 결합하여 형성되는 특수한 마디이므로 8음절까지는 2음보로 짜여진 '하나의 마디'로 간주해서 '정격(正格)'의 마디로 보아야 하고 그것을 넘어선 9음절 이상은 일단 '파격'으로 보아야 하는 기준을 세우는 것이 옳을 것이다.

엇시조의 형식 규정에서 이러한 제반 문제점을 극복하는 방법은 우리 전통시조의 생성 메커니즘과 그러한 독특한 형식을 즐겼던 향유층의 세계관과 미의식에서 그 근거를 찾아야 무리한 설정이나 탁상공론에서 벗어나 타당한 규정에 이를 것이다. 잘 알다시피 시조는 그 형식이 엄격하게 정해져 있고 정형률을 따라야 하는 정형시다. 그 정형의 미학은 절제와 검박, 단정함을 중시하는 유가들이 빚어낸 미의식의 결과물인 것이다. 그것을 일목요연하게 표로 정리하면 다음과 같다.[18]

	내구(內句)		외구(外句)			
초장	4	4	4	4	········	균정의 미학
중장	4	4	4	4	········	반복의 미학
종장		3*			········	전환의 미학
		4+4	4	4	········	완결의 미학
전체					········	절제의 미학

(위 숫자에서 *표 한 것은 음절수, 나머지는 음량(mora)의 크기)

---

17 '음보'는 등가성을 가진 율격자질의 규칙적 반복에 기초하는 율격을 이루는 기층단위인데, 시조에서 이 위치는 2음보의 결합으로 실현되는 특유의 장치를 보이는 곳이어서 다른 음보와는 크기가 다르므로, '제2음보'가 아니라 '둘째 마디'라 해야 더 적절한 용어가 된다.

18 시조의 이러한 형식 미학에 대하여는 김학성, 『우리 전통시가의 위상과 현대화』, 2015, 보고사, 110면 참조. 이 책에서는 사설시조를 다루기 위한 일환으로 엇시조의 형식에 대해 깊은 천착 없이 가볍게 다룬 바 있는데, 그 범주를 지나치게 협소하게 잡아 잘못된 결과에 이르게 되었음을 고백한다. 엇시조의 형식 규정에 관하여는 이 글에서 전면 수정코자 하니 앞으로 필자의 확정된 견해는 이 글에서 취(取)해주기 바란다.

이와 같이 시조는 초·중·종장이 4음 4보격의 정형률로 되어 있으면서, 종장만은 시상의 완결을 위하여 그 첫마디를 반드시 3음절로 고정해야 하는 음수율을 따르고, 둘째 마디는 2음보의 결합에 의한 과음보를 이룬다. 여기서 주목되는 것은 종장의 첫마디에서 시상의 전환을 위한 장치로 3음절이란 홀수 음절의 변혁을 보일 뿐, 나머지 마디는 철저히 짝수 음량(4모라)에다 짝수 마디(4음보)로 설계되어 있어 **안정되고 단아하며 반듯한 형태**를 취하고 있다. 거기다 내구와 외구를 2음보의 짝수 마디로 대응시켜 구조화함으로써 구 단위마저 같은 크기의 균형 잡힌 단정한 평형을 유지하도록 하는 **균정의 미학**을 추구한다.[19] 홀수의 동적인 분위기를 야기하는 곳은 단 한 군데 종장의 첫마디에서만 '전환'을 위한 장치로 마련될 뿐이다. 이처럼 시조의 형식미학은 지나치다 싶을 정도로 반듯하고 단아(端雅)하다. 유가들이 이른바 '아정(雅正)'의 미학을 시조를 통해 구현했기 때문이다. 또한 시조 작품 전체를 두루 관통하는 형식미학은 '유장(悠長)함'과 '긴장'을 바탕으로 하는 **절제의 미학**이다. 아무리 감정이 분출된다 하더라도 느린 걸음으로 그것을 철저하게 절제하고 통어하여 초·중·종장에 걸쳐 주어진 정형률을 엄격히 따라야 하는, 우리 문학사에서 가장 짧게, 그리고 정교하게 짜인 율격 양식이기 때문이다.

이러한 절제와 긴장의 형식미학은 수분(守分)을 중시하고 지나침을 경

---

19 정격의 시조가 이처럼 내구와 외구의 단정한 호응 관계에 의한 균정의 미학을 구현하므로 그것을 위반하거나 벗어나는 파격과 일탈의 정도를 살피려면 '장'을 기준으로 하지 않고 **'구'를 기준으로 해야 하는 이유**가 된다. 더불어 시조는 신라 향가인 사뇌가 양식의 3구 6명 형식을 이어받아 그것을 더욱 압축하고 정제(整齊)하여 3장 6구라는 정형의 틀을 완성했기 때문이다. 그리하여 각 장에서 내구와 외구라는 **구 단위**의 구조적 평형을 중시함으로써 반듯하고 단아한 형식 미학을 구현해 내었으며, 그 견고하고 안정된 구조적 틀을 원칙적으로 준수하면서 필요에 따라 그러한 평형을 깨뜨리고 벗어나는 데서 파탈의 형식 미학을 즐겼던 것이다. 시조를 노래할 때 가곡창에서 초장의 내구와 외구를 각기 대등한 장으로 분장하여 1장과 2장으로 구분해 부르는 창법도 그만큼 구 단위의 구조적 평형과 균정이 중시됨을 노래에 반영한 것이라 하겠다. 따라서 시조를 율독할 때 내구와 외구 사이에 반드시 **중간 휴지**가 와야 3장 6구의 시조 형식에 따른 율동미학이 구현되므로 '구'를 중요한 기준으로 삼아야 하는 것이다.

계하는 데 유별났던 사대부 지식층들이 슬프되 마음 상하지 않고(애이불
상, 哀而不傷), 즐기되 넘치지 않으며(낙이불음, 樂而不淫), 원망하되 분노
하지 않는(원이불노, 怨而不怒), 이른바 중정화평(中正和平)에 바탕을 둔
온유돈후(溫柔敦厚)의 미학을 시조의 정형률을 통해 구현했기 때문이다.
따라서 사대부 지식층들은 여간해서 **파탈(파격과 일탈)의 흥취**를 즐기려
하지 않았다. 특히 강호자연에서 심성 수양에 전념하던 향촌 사족들은 그
런 풍류의 분위기를 즐길 기회를 갖는 경우가 없거나 드물었으며, 있더라
도 기피하는 현상을 보이는 경우가 많았다.

그러나 도시를 중심으로 하는 사대부 지식인의 경우는 달랐다. 풍류
현장이나 주석에서 술이 거나해지고 흥취가 도도해지면 감정의 절제나
통어가 불완전해지면서, 반듯하고 단아한 정격의 시조로만 시종일관 향
유하는 것이 아니라 그 엄격한 정형률을 위반하거나 벗어나는 '파격'과
'일탈'의 미학을 향유하기도 했다. 그래서 호탕한 감정을 억제하지 않고
어느 정도 수준에서 '즐거워하면서 넘치기도'(樂而淫) 하고, '슬퍼하면서
마음 상하기도'(哀不傷) 하며, '원망하면서 노하기도'(怨而怒) 하는 정회를
표출하기도 했다. 그 실제 사례를 조선후기 서민계층이나 중서(中胥) 가
객층이 의식의 각성을 보이며 활동했던 시대보다 훨씬 이전인 16세기 정
철(1536~1593)의 작품에서 확인해 보기로 하자.[20]

① 재 너머/ 成勸農 집의//　　술 닉단 말/ 어제 듯고///
　　누은 쇼/ 발로 박차//　　　언치 노하/ 지즐 트고///
　　아히야/ 네 勸農 계시냐//　　鄭座首 왓다/ ᄉ뢰라///

『松星』(46)×, 鄭澈 /『松李』(47)×, 鄭澈 /『松關』(47)×, 鄭澈 /『松別』(47)×, 鄭澈 /

---

20 작품 인용에서 '/'은 마디, '//'은 구, '///'은 장 구분을 표시한 것임. 단 평시조의 절제
된 '마디' 단위를 위배하여 그 길이가 늘어난 중형이나 장형의 작품에서 '/'은 토막(통사·의미
단위구에 따른) 구분 표시임.

『靑珍』(85)[二數大葉]松江　鄭澈/『甁歌』(967)樂戲調，鄭澈/『海一』(72)二數大葉，鄭澈/『海周』(73)二數大葉，鄭澈/『詩歌』(94)×，鄭澈/『靑洪』(102)[二數大葉]，鄭澈/『靑가』(88)二數大葉，松江鄭澈/『靑詠』(74)二數大葉，松江鄭澈/『東國』(170)界面調，×/『槿樂』(363)蔓橫淸，松江/『靑淵』(69)×，松江/『靑六』(112)羽二數大葉，鄭澈/『歌譜』(231)편롱，×/『興比』(391)各調音，×/『大東』(5)羽二中大葉，鄭澈

② 기울 계/ 대 니거니쓴나//　　　족박귀/ 업거니쓴나///

비록/ 이 셰간//　　　　　　板蕩훌/ 만졍///

고온님/ 괴기옷 괴면//　　　　그를 밋고/ 살리///

『松星』(23)×，鄭澈/『松李』(24)×，鄭澈/『松關』(24)×，鄭澈/『松別』(27)×，鄭澈/『靑珍』(62)[二數大葉]，松江 鄭澈/『靑가』(65)二數大葉，松江鄭澈/『槿樂』(305)[感物]×，松江

③ 深意山/ 세네 바회//　　　　　휘도라/ 감도라들 제///

五六月 낫계죽만/ 살어름 지핀 우희// 즌서리 섯거 치고 자최눈 쏀렷거늘/ 보왓는가 님아 님아///

온 놈이/ 온 말을 ᄒ여도//　　　님이 짐쟉/ ᄒ쇼셔///

『松星』(42)×，鄭澈/『松李』(43)×，鄭澈/『松關』(43)×，鄭澈/『松別』(43)×，鄭澈/『靑珍』(484)蔓橫淸類，×/『甁歌』(888)蔓橫，鄭澈/『槿樂』(361)蔓橫淸，松江/『靑六』(735)弄，×/『永類』(272)×，×

④ 흔 蓋 먹새 그려/ 쏘 흔 蓋 먹새 그려// 곳 것거 算 노코/ 無盡無盡 먹새 그려///

이 몸 주근 後에/ 지게 우희 거적 더퍼 주리혀 미여 가나 流蘇 寶帳에

萬人이 우러 네나 어욱새 속새 덥가나무 白楊수페 가기곳 가면// 누른
히 흰 둘 ᄀᆞᄂᆞ비 굴근 눈 쇼쇼리 ᄇᆞ람 불제/ **뉘 ᄒᆞᆫ 盞 먹쟈 ᄒᆞ고**///
ᄒᆞ믈며/ 무덤 우희 **진나비 ᄑᆞ람 불 제**// 뉘우츤들/ 엇지리

『松星』(80)將進酒辭, 鄭澈 /『松李』(52)將進酒辭, 鄭澈 /『松關』(52)將進酒辭, 鄭
澈 /『松別』(59)將進酒辭, 鄭澈 /『靑珍』(463)將進酒辭, 松江 /『靑가』 및 가곡원
류계 가집에는 將進酒, 松江 또는 鄭澈 /『槿樂』(395)蔓橫淸, 松江

잘 알다시피 정철 역시 수분을 중시하는 사대부였으므로 그가 남긴 시
조 작품 가운데 압도적 다수는 절제와 긴장의 끈을 늦추지 않는 정격의
평시조가 차지한다. 그러나 도시의 관변 풍류에 익숙한 호걸지사였던 그
의 시조에는 위에 인용한 4개의 작품처럼 정격의 엄격한 정형률을 위배
하고 그것을 벗어나는 모습도 나타난다. 그 벗어나고 위반한 정도를 유형
화하기 위해 4개의 등급으로 나누어 그것을 향유했던 출전 가집이나 문
헌의 악곡 표지를 뽑아 제시한 것이다.

①유형은 대체로 시조의 엄격한 정형률을 따랐지만 밑줄 친 부분 즉
초장의 둘째 마디와 종장의 셋째 마디에서 규칙의 위배를 살짝 보이고
있다. 정격에서 4모라 크기를 갖는 각 마디는 글자 수로 보면 2자에서부
터 최대 4자까지 올 수 있는데, 이 작품의 밑줄 친 마디는 5자로 실현되어
파격을 이룬다. 그런데 이 정도의 파격은 우리 국어의 자연스런 발화에서
한 호흡군의 발화량이 5모라까지는 가능하므로 좀 빠르게 율독하면 별
무리가 가지 않는, **가벼운 파격**을 보인 유형이라 하겠다.[21] 그래서 이 작

---

21 한 음보를 이룰 수 있는 최소 음절량은 글자 수로 보면 2자부터이므로 시조에서 하나
의 마디가 1자로 실현된 것도 가벼운 파격에 해당한다. 그리고 5자로 실현된 마디는 파격이
냐 아니냐를 판가름하는 기준모라수로 볼 때는 4모라를 넘어섰으므로 무조건 **파격**에 해당
한다. 다만 음보를 분할할 때는 5자 마디도 하나의 호흡군으로 4모라만큼 빠르게 율독할 수
있으므로 경우에 따라 1음보로 간주될 수는 있다.

품을 향유한 악곡 표지를 보면, 대체로 정격을 유장하게 노래하는 '이삭대엽'으로 표기되어 있다. 그렇지만 어떤 가집에서는 파탈의 홍을 즐기는 '낙희조'나 '만횡청'으로 향유했음 보여주고 있는데, 작품의 노랫말 내용에 술과 벗이 어우러진 풍류를 즐기려는 흥취가 상당히 동적이고 박진감 있게 표출되어 그런 향유도 가능했을 것이다.

②유형은 초장의 넷째 마디가 5자로 실현되어 가벼운 파격을 보이지만, 둘째 마디는 6자로 실현되어 한 호흡군으로 율독할 수 있는 범위를 넘어서는 **과도한 파격**을 보이는 유형에 해당한다. 각 마디에 올 수 있는 **과도한 파격**의 범위는 글자 수로 보면 6자에서 8자까지이고, 8자를 넘어서면 모라수의 파격이 아니라 음보수가 늘어난 파격(8자까지가 2음보 크기에 해당하는 최대 글자 수이므로 9자부터는 3음보에 해당)에 해당하므로 이는 정도를 넘은 파격이 아니라 **도(道)를 넘은 파격**에 해당하므로 **일탈**이란 용어가 적절하다. 단, 종장의 둘째 마디는 2개의 음보가 결합된 특수형태를 보이는 곳이므로 최소 5자에서 최대 8자까지는 정격에 해당하고 그것을 넘어 9자부터는 과도한 파격이 된다.

이 작품의 내용을 보면 밀기울과 겨로 끼니때를 이어가거나 말거나, 쪽박 따위는 없거나 말거나, 집안 세간이 모두 거덜 나듯 나라 살림이 탕진될망정 임금님이 사랑해 주시기만 한다면 그것을 믿고 살아가리라는 다분히 우의(寓意)적이면서 희학(戲謔)적인 성격을 띠는 노래다. 조정에 간신들이 득실거려 나라 재산을 분탕질 치고 국정이 어지럽지만 충신을 알아보고 믿어주는 임금의 신하에 대한 사랑만 있다면 그래도 살맛나는 세상이 아니겠느냐는 희롱의 어조가 담겨 있다. 그러나 이 노래는 송강 개인의 정치적 상황을 알리는 다분히 사적(私的)인 목소리여서 공적인 풍류의 현장에서 널리 회자되지는 못하고 '이삭대엽'으로만 일부 불려 극소수의 가집에 수록되었을 뿐이다. 그렇다 하더라도 작자 자신은 국정이 문란하고 나라 재산이 탕진되는 모습에 감정을 제어치 못하고 초장부터 다소 격한 어조를 담아 과도한 파격으로 시작하다가, 이어 가벼운 파격으로 다소 순화시킨 다음, 중장부터는 절제된 미학으로 돌아가 정격의 형식미학을 회복하고 있다.

③유형은 노래의 어법이 고려시대 후기에 궁중의 속악으로 유행했던 〈사룡〉 계통을 이은 작품이다. 간신배들의 모함으로 유배당한 억울한 심정을 완전히 제어치 못한 채 초장의 마지막 마디에서 가벼운 파격을 보이고 중장에서는 불가능한 거짓을 진실인 양 호도하여 모함하고 참소하는 어두운 정치 현실에 대해 임금님은 부디 현혹되지 말아달라는 읍소(泣訴)에 가까운 정감을 절제하지 않고 담는 데까지 나아가고 있다. 그리하여 중장에서는 마디의 크기에서 '**모라수**를 위배하는' **파격**의 수준에 머물지 않고, '정격의 **음보수**를 넘어서는' **일탈**을 보여주고 있다. 그러나 그 일탈의 수준은 내구에서 첫째 마디와 둘째 마디의 각 한 음보씩을 확장하는 범위에 머물고 있고, 외구에서 셋째 마디의 두 음보, 넷째 마디의 한 음보만을 확장하는 상당히 **절제된 일탈**을 보여주고 있다. 이렇게 각 구의 마디에서 한 두 음보 정도를 확장하는 일탈은 **가벼운 일탈**의 미학을 보인 것이라 하겠다.

그런데 이 정도의 일탈은 단가 수준은 넘어서 있고, 장가로 보기엔 길이가 짧아 어중간한 형태를 보인 것이어서 실제로 옛 가집에서도 혼선을 빚고 있다. 즉 출전 문헌의 악곡 정보에서 볼 수 있는 바와 같이 『송강가사』의 4가지 이본들에는 하나같이 이 작품을 다른 평시조 틈에 넣어 단가에 소속시키고 있고, 김천택의 『청구영언』을 비롯한 후대의 가집들에서는 평시조 범주에서 빼내어 사설시조를 주로 얹어 부르는 만횡청류 혹은 만횡이나 농(弄)에 소속시키고 있다. 이로써 볼 때 ③유형의 노래야 말로 단가도 장가도 아닌 중편 크기의 엇시조임을 확인할 수 있는 것이다.

④유형은 굵은 글씨로 표기한 것만을 간추려 재구성한다면 형식면에서나 내용면에서 한 편의 평시조로 모자람이 없다. 그러나 이 작품의 중심 내용이 인간의 죽음이 가져오는 허무의 정회(情懷)라는 보편적 주제를 담고 있는데다 그 허무감을 해소하는 방편으로 권주가 형식을 띠는 것이어

서, 엄숙하고 진지한 평시조의 간결한 양식으로는 그 맛을 살릴 수가 없었다. 그리하여 그러한 허무의 정회를 맘껏 펼친 '장가' 형태로 송강의 시조 작품 가운데 가장 널리 인구에 회자되어 왔으며, 〈장진주사〉 혹은 〈장진주〉라는 독자적 명칭을 부여 받아 풍류마당에서 필수적으로 향유되는 경우가 많았다. 그런데 이 작품이 『송강가사』의 각 이본들에 시조를 모은 '단가' 편에 소속되지 않고 〈사미인곡〉 같은 가사 작품들과 함께 '장가'에 편입되어 있어 가곡창이나 시조창으로 부르는 사설시조가 아니라 가사 장르로 보아야 한다는 견해가 제출되기도 했다.[22]

그러나 이 작품에서 굵은 글씨로 표기한 핵심 메시지 부분과, 감정의 분출로 확장된 여타의 군더더기 말들의 관계를 생각해 본다면 평시조와 사설시조의 관계를 확인할 수 있고, 나아가 사설시조가 어떻게 작시(作詩)되는가 라는 생성메커니즘을 알아낼 수 있는 소중한 자료가 된다. 즉 사설시조는 평시조의 큰 틀을 유지하면서 각 구에서 음보 수를 늘여나가되 대체로 2음보격 연속체로 글자 수를 촘촘히 엮어 넣는 방식으로 작시한다는 것이다. 〈장진주사〉에서 굵은 글씨 부분을 제외하고 그 늘어난 부분만 확인해 보면, 초장의 내구에서 두 음보, 외구에서 두 음보 정도 늘어나는 가벼운 일탈을 보이고 있고, 종장에서도 한 음보 늘어나는 가벼운 일탈을 보여 이 정도의 확장으로는 중형의 엇시조 수준에 머물지만, 중장에서는 무려 내구에서만 2음보 연속체로 일곱 번, 즉 14음보가 더 늘어나고, 외구에서도 2음보 연속체로 세 번, 즉 6음보나 규범보다 더 늘어나는 **과도한 일탈**을 보여 장형의 크기 곧 사설시조로서의 면모를 갖추고 있다.

---

22 김용찬, 『18세기 시조문학과 예술사적 위상』, 월인, 1999, 111면에서 〈장진주사〉나 〈맹상군가〉는 가곡이 아닌 별도의 창법, 이를 테면 가사창으로 불렸을 것으로 보고 사설시조 작품이 아니라고 추정한다. 그러나 김천택의 『청구영언』(1728)보다 앞서 편찬된 이형상의 한역시조집 '금속행용가곡'(『지령록』(1706)에 수록됨)에 당시 유행되고 있는 가곡으로 단가 55수와 함께 〈장진주사〉와 〈맹상군가〉 등 4수를 장가라는 항목으로 소개한 데서 가사창의 장가가 아니라 가곡창의 장가로 불렸음을 확인할 수 있다. 〈장진주사〉가 이렇게 5장의 가곡창으로 불린 전통은 19~20세기에까지 이어진다.

단, 시조의 각 구는 종장의 둘째 마디를 제외하고는 2음보가 정격이므로 그 음보수를 넘어서는 일탈을 보이더라도 2개의 마디를 유지한 채로 사설을 촘촘히 엮어 짜는 형태를 띠어야 하므로 이러한 시조로서의 큰 틀을 위반하는 일탈을 보이면 시조의 **도(道)를 넘은 일탈**이 되어 사설시조가 아니라 **잡가**가 된다. 그리고 엇시조나 사설시조에서처럼 음보수가 늘어난 마디는 이미 마디의 범위를 넘어서는 범주이므로 **토막**이란 용어가 적절하다. 각 토막은 통사론적 단위나 의미론적 단위로 이루어지므로 통사-의미 단위구라 할 수 있다. 그래서 엇시조나 사설시조에 보이는 과도한 일탈의 장은 반드시 4개의 토막(통사-의미단위구)을 유지한 채 실현되며, 이 범위를 벗어나 5토막 이상으로 일탈을 보이면 시조가 아니라 잡가로 장르 전성이 된 것이다.

여하튼 송강의 시조에서 그 엄정한 형식 규율을 벗어난 정도에 따라 유형화 해보면 위와 같이 '파탈(파격 또는 일탈)의 정도'에 따라 4개의 등급으로 정리가 된다. 즉 ①유형은 가벼운 파격을, ②유형은 과도한 파격을, ③유형은 가벼운 일탈을 ④유형은 과도한 일탈을 각기 보여주고 있는 것이다. 송강은 이처럼 시조를 향유할 때 정격의 평시조만 창작하고 향유한 것이 아니라 흥취나 정감이 고조된 정도에 따라 파격과 일탈의 미학을 다양한 수준으로 향유했던 것이다. 여기서 ①과 ②처럼 기준 모라수를 위배하는 **파격**의 수준에서 향유한 것은 평시조의 범주에 넣을 수 있고, ③과 ④처럼 기준 음보수를 넘어서는 **일탈**의 수준에서 향유한 것은 그 일탈의 정도에 따라 ③처럼 가벼운 일탈을 보인 것은 엇시조로, ④처럼 과도한 일탈을 보인 것은 사설시조의 범주로 넣을 수 있을 것이다. 그러고 보면 송강은 평시조와 엇시조 및 사설시조를 모두 배격하지 않고 향유했음을 알 수 있다.

그러나 평시조와 엇시조간의 경계와 엇시조와 사설시조간의 경계선을 어떻게 구획하여 분류해야 할지는 아직 알 길이 없다. 특히 ②유형의 경우 어느 정도 '과도한 파격'까지 평시조로 간주되고 그 이상을 넘어서면 가벼운 일탈의 엇시조가 되는 것인지, ③유형의 경우 어느 정도까지를 가벼운 일탈로 보고 그 이상을 넘어서면 과도한 일탈의 사설시조가 되는지를 가늠할 수 없는 것이다. 종래에는 그 경계선을 임의로 규정함으로써 탁상공론을 면치 못했는데 그런 문제점을 벗어나기 위해서는 가집의 실제 분류에서 답을 찾아야 할 것이다. 이를 위해 가장 좋은 참고가 되는 것은 현전하는 최초의 가집으로 공인 받고 있는 진본 『청구영언』의 악곡 분류와 작품 배열 방식을 검토해 보는 것이다.

먼저 주목되는 것은 송강 작품의 ①과 ② 유형에 해당하는 작품은 진본 『청구영언』에서 정격의 평시조를 부르는 삼삭대엽 항목의 작품들이 끝나는 지점 바로 다음에 '낙시조' 항목으로 배치되어 있는 10수와 파격의 정도가 일치한다는 점이다. 그리고 이 낙시조 항목 다음에 장형의 사설시조로 널리 공인되어 회자되고 있는 ④유형의 〈장진주사〉와 〈맹상군가〉가 실려 있고, 그 다음에 마지막으로 형식이나 내용상으로 정격의 규율을 상당히 일탈하고 악곡적으로도 아직 세련되게 다듬어지지 않아 당시까지 공인을 받지 못했던 '만횡청류' 116수가 묶여져 있고 여기 앞부분에 ③유형의 송강 작품이 실려 있다. 가집의 이러한 분류 체계는 '낙시조' 항목이 평시조를 실은 마지막 항목이므로 거기에 담긴 10수의 파격 정도를 분석해 보면 어느 정도의 '과도한 파격'까지 평시조로 허용되는지를 가늠 하는 결정적 근거가 될 것이다. 또한 '만횡청류' 116수에서 어느 정도의 일탈을 보이면 중편의 엇시조가 되고 그것을 넘어서는 장형의 사설시조가 되는지 판가름이 가능할 것이다.

먼저 '낙시조'에 실린 작품들이 어떤 성격의 것이기에 10수를 따로 묶어 평시조의 마지막 항목으로 설정했는가를 검토하면서 그 파격의 정도를 가늠 해 보기로 하자. 이를 위해 주목되는 것은 다음 작품이다.

물 아래 셰가랑 모래   아무리 넓다 발자최 나며
님이 날을 아무리 괴다   내 아더냐 님의 안흘

狂風에 지부친 沙工ㄱ치　　　기픠를 몰라 ᄒᆞ노라

『靑珍』(458)樂時調, ×/『甁歌』(968)樂戲調, ×/『詩歌』(572)樂時調/『靑가』(652)編
樂拃抄/『靑詠』(541)蔓橫 樂時調 編數葉 弄歌/『靑淵』(200)×/『靑六』(978)羽樂時
調/『歌譜』(266)羽樂/『永類』(248)×/『興比』(270)羽樂/『源國』(589/811(146))羽樂/
羽樂/『源奎』(588/810(146))羽樂/羽樂/『源河』(580/808)羽樂/羽樂/『源六』(537/
761(135))羽樂/羽樂/『源佛』(539/766(135))羽樂/羽樂/『源朴』(683(146))羽樂/『源
皇』(669(147))羽樂/『海樂』(573/826(168))羽樂/羽樂/『源가』(274/404(89))羽樂/우
락/『源一』(558)羽樂/『協律』(569/781(139))羽樂/羽樂/『花樂』(585)羽樂/『女
謠』(140)우락/『歌謠』(83)×/『詩謠』(54)우락

　이 작품에 대해 언급한 가람본『청구영언』의 기록을 따져보면 '낙시조'
의 성격이 어떤 노래인지 짐작할 수 있다. 이에 따르면 이 노래는 "지난
날 안동의 한 명기(名妓)가 선상기(選上妓)로 뽑혀 상경(上京)했을 때 불
렀는데 구구절절이 **호탕(浩蕩)한 뜻**이 담겨 있어 이른 바 '낙시조'라 하고
이로부터 **서울의 호걸지사**들이 그걸 듣고 흠모하여 지금까지 유전해오고
있다."라고 했다. 이로써 보면 낙시조는 정감을 어느 정도 넘치게 분출하
는 풍류를 아는 송강이나 경화사족 같은 장안의 호걸지사들이 특히 선호
했음을 알 수 있다. 과연 작품의 형식이나 내용이 이러한 호탕한 분위기
를 반영하고 있지 않은가. 인용한 작품에서 보면 밑줄 친 바와 같이 초장
에서 무려 세 번이나 5모라로 실현되어 가벼운 파격을 보이고, 중장의 내
구에서도 한 번, 종장의 외구에서도 한 번 가벼운 파격을 보여 구구절절
이 호탕한 정감을 분출하고 있다. 그러나 총 다섯 번의 파격에도 불구하
고 모두 '가벼운 파격'으로 절제되어 있다면 '낙시조'라도 평시조 범주에
분류되고 있음을 확인하게 하는 작품이다.

靑山도 절로 절로　　　　　綠水도 절로 절로

<u>山 절로 절로 水 절로 절로</u>　　山水間에 <u>나도 절로 절로</u>

두어라 절로 ᄌᆞ란 몸이　　　늙기도 절로절로

『靑珍』(462)樂時調, ×／『甁歌』(1013)樂戲調, ×／『海一』(236)二數大葉, 宋時烈／『海周』(242)二數大葉, 宋時烈／『詩歌』(581)樂時調, ×／『樂서』(122)二數大葉, 宋時烈／『靑가』(690)樂, ×／『古今』(141)[閑適]×, ×／『槿樂』(170)[閑情]×, ×／『靑淵』(105)×, 退溪／『靑六』(982)界樂時調, ×／『歌譜』(254)편롱, ×／『永類』(263)×, ×／『興比』(159/280)界樂／界樂, ×／×／『時調』(40)×, ×／『東歌』(186)[咏]二數大葉, ×／源國』(826(161))界樂, ×／『源奎』(825(101))界樂, ×／『源河』(821(164))界樂, ×／『源六』(774(148))界樂, ×／『源佛』(776(145))界樂, ×／『源朴』(697(160))界樂, ×／『源皇』(683(161))界樂, ×／『海樂』(841(193))界樂, ×／『源가』(414(99))계락, ×／『協律』(794(152))界樂, ×／女謠』(154)계락, ×／『南太』(68)×, ×／『詩餘』(42)×, ×／『歌謠』(64)×, ×／『詩謠』(63)계락, ×／『大東』(108)界二數數葉, 宋時烈 字英甫 號大菴 左議政 文正公／『시쳘가』(42)×, ×

　이 작품은 밑줄 친 부분에서 보듯 중장에서 두 번 파격을 보이는데, 내구는 5자로 되어 가벼운 파격을 보였으나 외구에서는 그 범위를 넘어서 6자로 실현되는 과도한 파격을 보여주고 있다. 이처럼 시조에서 단 한 번의 과도한 파격을 보이는 작품은 평시조로 간주하고 있음을 이 작품이 실증해 준다. 각 마디를 이루는 과도한 파격은 최소 6자에서 최대 8자까지이므로 이 범위 내에서 단 한 번 실현된 파격은 평시조 범주로 허용했음을 이로써 알 수 있다. 이 범위를 넘어 9자 이상으로 되면 2음보로 짜이는 구 단위의 범위를 넘어서는 위배이므로 '파격'이 아니라 **'일탈'**에 해당해서 평시조의 범주에 넣을 수 없는 것이다. 가집의 이러한 기준으로 보면 가람 이병기가 엇시조의 전형적 작품으로 맨 먼저 제시한 이래 아무도 이의를 달지 않았던 다음 작품은 '낙시조' 10수 정도의 파격을 보이는 평시조에 드는 작품임을 알 수 있다.

藥山東臺 여즈러진 바희 틈에　　倭躑躅ヌ튼 저 내 님이

내 눈에 덜 믭거든　　　　　　남인들 지나보랴

식 만코 쥐 씩 東山에　　　　오조 간듯 흐여라

　이 작품은 초장에서부터 파격을 보이고 있는데, 내구에서는 과도한 파
격을 외구에서는 가벼운 파격을 연속으로 보였으나 8자를 넘어서지는 않
아 일탈까지는 가지 않았다. 따라서 이 작품은 앞의 낙시조 기준을 따라
평시조의 범주에 드는 것이지 중형 크기의 엇시조에 해당하지는 않음을
이로써 판단할 수 있다. 즉, 이 작품은 평시조의 범주에 드는 것인데 그동
안 엇시조로 잘못 이해하여 그 전형적 형식 기준으로 삼아왔던 것이다.
더욱이 이 작품을 실은 『병와가곡집』을 비롯한 17개 가집에 모두 그 악곡
표지가 평시조를 얹어 부르는 '삼삭대엽'으로 표기되어 있다는 점에서 이
작품을 향유했던 시대에는 예외 없이 평시조로 인식하고 있었음을 확인
할 수 있다.

　그런데 평시조의 범주 내에서 허용되는 파격을 보이는 '낙시조'는 그리
많지 않아 진본 『청구영언』에도 겨우 10수를 모아 놓은데 그치고 있다.
낙시조는 '파격' 정도의 흥취에 머무는데 적절한 곡이 아니라 그것을 넘
어서는 '일탈'의 시조에 더 어울리는 곡이기 때문이다. 실제로 낙시조로
악곡 표지가 된 작품은 '만횡청류'에 거의 다 모여 있다. 가집에 따라서
낙시조를 낙희조(樂戱調)로 표기한 경우도 상당히 보이는데 이 둘은 노래
의 성격이 거의 같은 풍격(風格)을 지닌 것으로 설명되어 있다. 그렇다면
둘 다 시조의 정격이 아닌 변격을 주로 노래하는 농(弄)-낙(樂)-편(編) 가
운데 '낙'에 해당하는 동일 계통의 곡목이되 그 조어상의 특징으로 볼 때
낙시조는 '낙'의 시조(요사이 유행하는 신조)에 해당하고 낙희조는 '낙'의
고조(古調)에 해당함을 추정할 수 있다.[23]

---

23 낙희조라는 말의 유래는 '낙희지곡(樂戱之曲)'에서 온 것으로 보인다. 가람본 『청구영

그런데 가벼운 파격을 허용하는 낙시조 10수 가운데 유일하게 다음 작품은 평시조의 엄격한 형식 규율을 철저히 준수하고 단 한 군데도 파격을 보이지 않고 있어 주목된다.

ᄉ랑이 엇더터니	두렷더냐 넙엇더냐
기더냐 자르더냐	발을러냐 자힐러냐
지멸이 긴 줄은 모로되	애 그츨만 ᄒ더라

『靑珍』(459)樂時調, ×/『甁歌』(191)二數大葉, 李明漢/『詩歌』(576)樂時調, ×/『靑가』(306)二數大葉, 松伊/『靑六』(991)編數大葉, ×/『源國』(852(187))編數大葉, ×/『源奎』(851(187))編數大葉, ×/『源河』(828/849)界樂/編數大葉, ×/×/『源六』(781(155)/802(176))界樂/編數大葉, ×/×/『源佛』(783(152)/800(169))界樂/編數大葉, ×/×/『源朴』(704(167))界樂, ×/『源皇』(691(169))界樂, ×/『海樂』(848(190))界樂, ×/『協律』(801(159)/822(180))界樂/編數大葉, ×/×/『女謠』(161)계락, ×/『大東』(302)編數葉, ×

그러나 형식상으로는 가벼운 파격마저도 전혀 보이지 않고 있지만, 사

언』에 따르면 〈어흠아 긔 뉘옵신고~〉로 시작되는 중형 크기의 시조 해설에서 이 작품이 옛날에 낙희지곡으로 불렸는데 근자에 박후웅이란 가객이 높게 지르는 소리(淸音之淸聲)로 별도로 지어 관현에 올려 '소용(搔聳)'이라 부르게 되었는데 사람들의 이목(耳目)을 기쁘게 하고 심지(心志)를 즐겁게 하여 세상의 호걸들이 흠모하게 되어 널리 회자되었다고 한다. 이처럼 고조인 낙희지곡을 신조의 새로운 곡으로 개편하는 경우를 보듯이 고조를 신조 곧 시조(요사이 노랫조)로 개편함으로써 새로이 유행하는 경우는 허다하다. 그 시조(신조)는 고조에 비해 곡이 빨라지고 높이 지르는 소리가 가미되는 방향으로 개작되기 마련이었는데, 원래의 곡인 고조일수록 저음에 느린 곡이어서 사람의 이목과 심지를 기쁘고 즐겁게 하기에는 한계가 있었던 것이다. 시조가 대부분 번음촉절(繁音促節)의 방향으로 새로이 변해 갔던 것도 이런 풍류(놀이)로서의 흥취적 즐거움을 추구해갔던 경향성 때문이다. 다만 전문 가객들은 박후웅처럼 자극적인 시조(신조)를 개발하기도 했지만, 김유기처럼 이미 유행이 지난 고조를 할 줄 안다는 전문성과 자부심으로 인해 신조에 휩쓸리지 않는 보수성을 띠는 경우도 발견된다.

람의 이목과 심지를 즐겁게 하는 '낙시조'로 향유하게 된 것은 내용상으로나 어조상으로 엄숙하거나 진지함을 보이지 않는 것이기에 가능했던 것이다. 여기서 주목되는 것은 농-낙-편이 만횡청류 같은 변격의 작품을 주로 담는 곡목이지만 정격의 평시조도 담아 부를 수 있다는 사실이다. 따라서 농-낙-편으로 부르는 만횡청류도 파격을 넘어 일탈로 나간 작품을 모아놓았지만 그 길이에 있어서는 다소 짧은 것에서부터 상당히 긴 범위에 걸쳐 실현된다는 것을 예상할 수 있다. 그렇다면 일탈의 정도에 따라 엇시조와 사설시조의 경계선을 어떻게 가늠할 수 있는지 만횡청류 116수를 면밀하게 검토해 보기로 하자.

3. 사설시조와의 관계로 본 엇시조

앞서 평시조로 간주되는 낙시조 10수를 통해서 각 구마다 가벼운 파격은 얼마든지 허용이 되고, 과도한 파격은 딱 한 번 허용될 수 있음을 확인했다. 그런데 평시조에서 이러한 파격은 기준 **모라수**를 넘어서는 범위에서의 위배이지만, 그보다 흥취를 고조시키다 보면 모라수를 넘어 기준 **음보수**마저 위배하는 **일탈** 현상을 보이게 된다. 그러다 보니 그 일탈의 정도는 미리 규약을 정해 놓고 일탈하는 것이 아니라 흥취나 감정이 고조된 정도에 따라 자율적으로 조정되어 실현되는 까닭에 어느 정도까지의 일탈을 보이면 엇시조이고, 어느 정도를 넘어 장형화 되면 사설시조가 되는지를 판가름하기란 쉽지 않다. 엇시조나 사설시조 모두 평시조와는 다른 독립 장르나 대항 장르가 아니라 그로부터 일탈한 하위 장르이기 때문이다.

그러나 엇시조나 사설시조가 전형적 규범이 정해져 있지 않은 채로 자율적으로 작시된다 하더라도 장편과 중편으로 구분하는 인식이 있었을 터이므로, 어느 정도까지를 중형의 엇시조로 인식하고, 어느 정도 이상을 장형의 사설시조 곧 장가로 인식해 왔는지를 찾아내어야 하는데 그것을 확인하는 방법이 없는 것은 아니다. 평시조의 형식 규율을 **일탈**한 작품을 모은 만횡청류 116수의 작품 배열과 악곡과의 관련성을 통해 추정이 가능하기 때문이다.

우선 만횡청류 116수의 작품 배열을 일별해 보면 '가벼운 일탈'을 보이는 일군의 작품들이 앞부분을 차지하고 뒤로 갈수록 일탈이 더욱 고조되어 '과도한 일탈'을 보이는 작품군은 뒤쪽으로 배치되어 있음을 확인할 수 있다. 즉 엇시조는 앞에 배치되고 사설시조는 뒷부분에 집중되어 있다는 것이다. 그렇다면 가벼운 일탈과 과도한 일탈을 가르는 경계선은 어디쯤에서 잡을 수 있을까? 그 단서는 이형상이 편찬한 한역시조집 '금속행용가곡'에서 당대에 유행하던 '장가' 가운데 인기 레퍼토리로 회자된 4수(〈장진주사〉와 〈맹상군가〉 등)를 한역해 놓았는데, 그 중에서 〈탄식애(歎息喝)〉란 작품이 마침 만횡청류의 541번으로 수록되어 있어, 이를 통해 장가로 인식되는 '과도한 일탈'이 어느 정도 수준인지를 추정하는 가늠자로 삼을 수 있다.

窓 내고쟈/ 窓을 내고쟈//　　이 내 가슴에/ 窓 내고쟈///
고모장지 셰살장지 들장지 열장지 암돌져귀 수돌져귀 빈목걸새/ 크나큰 쟝도리로 쏭다 바가// 이 내 가슴에/ 窓 내고쟈///
잇다감/ 하 답답홀 제면//　　여다져 볼가/ 흐노라///

『靑珍』(541)蔓橫淸類, ×/『甁歌』(985)樂戲調, ×/『海一』(570)編樂時調/『詩歌』(649)×/『靑가』(611)編樂幷抄/『靑詠』(571)蔓橫 樂時調 編數葉 弄歌/『權樂』(351)蔓橫淸/『靑淵』(205)×/『靑六』(782)界樂時調/『歌譜』(293)산락/『永類』(314)×/『時調』(96)×/『南太』(189)×/『詩餘』(94)×/ 異『악고』(675)×

이 작품은 중장에서 일탈 현상을 보이고 있는데, 외구는 2음보로 규범을 따르고 있지만, 내구에서 무려 10음보의 크기로 일탈되어 있어 과도한 일탈임을 한눈에 알 수 있다. 이렇게 어느 구에서 과도한 일탈을 보이는 것은 장가 곧 사설시조로 간주하고 있음을 이로써 알 수 있다. 그렇다면 각 구에서 어느 정도의 크기로 일탈을 보이면 과도한 일탈로 보아 장가가 되는 것일까? 그 기준은 시각적으로도 엇시조가 장가인 〈탄식애〉보다는 앞에 집합해 배치되었을 것이므로 그 부분에서 엇시조의 일탈 정도를 탐지해낼 수 있을 것이다. 만횡청류의 첫 시작에서 〈탄식애〉 이전까지를 검토해 보면 일탈을 보이는 장(章)에서 각 구의 크기가 3음보+3음보, 3음보+4음보, 3음보+5음보, 4음보+2음보, 4음보+4음보, 5음보+2음보, 5음보+4음보, 5음보+5음보, 6음보+2음보, 6음보+3음보, 6음보+4음보, 6음보+5음보, 6음보+6음보, 7음보+2음보, 7음보+4음보, 8음보+3음보, 8음보+4음보 혹은 그 역(逆)의 짜임 등으로 다양하게 나타나 있지만, 하나의 구가 최대 8음보 이하로 일탈을 보이는 **절제된 일탈**을 보인다는 면에서 공통점을 갖고 있다. 이로써 보면, 엇시조는 각 구가 아무리 일탈을 자유롭게 보인다 하더라도 8음보를 상한선으로 그 범위 내에서 절제된 일탈을 보이며, 어느 한 구가 9음보 이상으로 일탈을 보인다면 과도한 일탈로 보아 장형으로 간주된다는 것을 확인할 수 있다.

이런 기준에서 볼 때 〈탄식애〉보다 앞에 배치되어 있는 작품 중에서 8음보를 넘어서는 9음보 이상의 과도한 일탈을 보이는 작품은 538번에서 비로소 시작되고, 나머지 그 앞의 모든 작품들은 모두 8음보 이내의 일탈을 보이고 있어 8음보가 엇시조와 사설시조를 가르는 구분점이 됨을 알 수 있다.

참고로 538번 작품을 인용하면 다음과 같다.

모시를/ 이리져리 삼아//　　　　두로 삼아/ 감 삼다가///
가다가/ 한 가온대/ 쏙 근처/ 지거늘// 皓齒/ 丹脣으로/ 홈쌜며/ 감쌜며/
纖纖/ 玉手로/ 두 긋/ 마조 자바/ 뱌븨여/ 니으리라/ 져 모시를///

엇더타/ 이 人生 긋쳐갈 제//　　　　져 모시쳐로/ 니으리라///

(/ 은 음보 구분, // 은 구 구분 표시)

『靑珍』(538)蔓横淸類, ×/『甁歌』(1083)編數大葉, ×/『靑가』(650)編樂幷抄/『靑詠』
(518)蔓横樂時調編數葉弄歌/『槿樂』(325)蔓横淸/『靑淵』(84)×/『靑六』(995)編數大
葉/『歌譜』(308)編數大葉/『永類』(284)×/『興比』(288)編/『源國』(841)編數大葉/
『源奎』(840(176))編數大葉/『源河』(838)編數大葉/『源六』(791(165))編數大葉/『源
佛』(791(160))編數大葉/『源朴』(713(176))編數大葉/『源皇』(700(178))編數大葉/『海
樂』(860(202))編數大葉/『源가』(427(112))편슈듸엽/『協律』(811(169))編數大葉/『女
謠』(170)편자즌한입/『詩謠』(70)편/『大東』(300)編數葉

이와 같이 이 작품은 중장에서 일탈을 보이는데, 그 양태는 내구에서는
4음보로 가벼운 일탈을 보이나 외구에서 무려 11음보로 실현되어 과도한
일탈을 보임으로써 장가인 사설시조로 인식되지 않았나 생각된다. 더구
나 각종 가집에 표시된 악곡 정보를 보면 사설시조를 얹어 부르는 편삭
대엽이 주종을 이루고 있어 사설시조임을 더욱 확신케 한다.[24]

　그러므로 만횡청류에서 사설시조는 일단 538번에서 시작된다고 볼 수
있다. 그렇긴 하나 이 작품부터 〈탄식애〉까지 사이에는 단 두 작품이 있
는데 539번 작품은 중장이 내구 2음보, 외구 10음보로 되어 있어 외구에
서 과도한 일탈을 보이므로 사설시조로 간주하는데 문제가 없으나, 540번

---

24 물론 편삭대엽으로 부른다 해서 모두 사설시조인 것은 아니다. 중형 크기의 엇시조에
서도 편 계열의 악곡으로 얼마든지 부를 수 있고 심지어 평시조로 된 짧은 작품도 앞서 낙
시조 10수에서 정격의 평시조로 인용한 작품에서 보듯이 편 계열로 부르는 경우가 있다. 그
러나 시조의 악곡이 평시조든 사설시조든 모두 한 장단이 16박을 기본 장단으로 하고 노랫
말의 길이가 늘어난 만큼 장단의 수를 늘리거나 사설을 2음보격으로 촘촘히 엮어 넣는 방
식을 택하고 있어 농이나 낙 계열의 사설시조도 평시조의 장단 형식과 차이가 없으나, 다만
편 계열은 10박을 한 장단으로 함으로써 보다 빠른 장단으로 사설을 엮어 나갈 수 있어 사
설시조를 얹어 부르기에 더 적절하다.

작품은 중장에서 내구 2음보, 외구 7음보로 짜여 있어 중형의 엇시조 정도의 일탈을 보여주고 있다. 그리고 〈탄식애〉보다 뒤에 배치된 작품 가운데서도 542번이나 545번, 546번의 경우는 8음보+4음보로 짜여 있어 중형의 엇시조로 간주되는 일탈을 보이나 이 정도의 예외는 그리 큰 문제로 보이지 않는다. 또한 554번의 경우도 각 구가 8음보 이내의 일탈을 보여 과도한 일탈을 보이는 구는 없지만 그 대신 초장·중장·종장 모두에 일탈을 보여 장가로 인식된 듯하다.

이로써 보면 8음보+4음보로 혹은 그 역(逆)으로 짜여진 일탈을 보이는 작품은 중형의 엇시조로 인식되기도 하고 장형의 사설시조로 인식되기도 하는 양쪽에 걸치는 길이를 가진 것으로 보면 될 것이다. 여기서 장(章)의 길이로 본다면 8+4음보가 경계선에 놓이는 크기이므로 총 12음보까지의 일탈을 보이는 것은 엇시조이고 그 이상의 일탈을 보이면 사설시조가 되는 충분조건을 갖추었다고 볼 수 있다. 다만 〈탄식애〉처럼 10+2음보로 짜여 있어 장의 길이가 총 12음보로 되어 있는 경계선에 있는 작품의 경우 어느 한쪽 '구'에 8음보를 넘어서는 '과도한 일탈'을 보이면 장가인 사설시조로 되는 필요조건은 갖춘 것으로 인식했으며, 또한 어느 구에서도 과도한 일탈에는 미치지 못한다 하더라도 매 장마다 어느 정도의 일탈을 연속적으로 보인다면 장가의 사설시조로 예외적으로 인식하고 있음(550번 작품)을 잠정적으로 결론지을 수 있다.

이러한 소수의 예외 현상이 인정되는 것은 앞서 언급한 바와 같이 엇시조나 사설시조가 모두 일정한 형식 규율을 장르적 규범 모형(模型)으로 하여 작시되는 것이 아니라 평시조의 엄격한 형식규율을 일탈하다 보니 자연스럽게 생성된 시조의 하위 관습 장르였던 까닭이다.

4. 맺는 말

가람 이병기가 시조부흥운동 이래 시조의 하위 장르로서 중형시조의 명칭을 엇시조로 명명한 것은 바람직한 선택으로 보인다. 엇시조는 말 그대로 엄정하고 진지한 평시조의 규범적 틀과 정신을 벗어나는 일탈의 성향을 보이면서도 사설시조처럼 지나치게 과장되거나 허튼 소리로까지 나아가지는 않고 절제를 보임으로써 평시조의 진지성과 사설시조의 허튼소리의 중간정도의 일탈 즉, '얼치기' 혹은 '반지기'로 빗나간 일탈을 보여주기 때문이다.

노래를 놀이 곧 풍류로 즐김에 있어서도 덕과 예를 지키려 했던 사대부들은 수분(守分)과 절제에 유별났던 탓에 일탈을 즐기더라도 대체로 가벼운 일탈에 머무는 정도에 그치고 혹 과도한 일탈로 나아가더라도 도(道)를 넘는 일탈을 보이지는 않았다. 그래서 가벼운 일탈에 머무는 엇시조가 과도한 일탈까지 나아간 사설시조보다 양적으로 많았다. 일탈의 시조를 모은 만횡청류 116수를 분석해 보면, 중간에 애매한 지점이 있기는 하지만 대체로 엇시조가 74수, 사설시조가 42수 정도의 비율로 향유되었음을 보면 엇시조 향유가 사설시조 향유의 두 배 가까이 창작·향유되었음을 짐작할 수 있다.

그러나 엇시조가 사설시조에 비해 두 배 가까운 향유를 보였다 하더라도, 김천택이 그러했듯이 시조를 '규범을 지켰느냐(正聲에 해당)'와 '일탈했느냐(淫聲에 해당)'로 2대별한다면, 엇시조는 비록 가벼운 일탈을 보였다하더라도 일탈은 일탈이므로 사설시조로 통합되어 그 존재 근거를 잃게 된다. 엇시조든 사설시조든 반듯하고 단아한 정성으로서의 품위를 잃고 그것을 뒤틀고 어느 정도 벗어남으로써 음성의 영역에 들기 때문이다. 이렇게 사설시조로 통합해 볼 경우 엇시조는 **'단형 사설시조'**라 부를 수 있고, 사설시조는 **'장형 사설시조'**라는 명칭을 부여할 수 있을 것이다.

그렇지만 앞의 분석에서 보았듯이 엇시조와 사설시조는 그 일탈의 정도가 달라 완전히 동일한 미학을 구현한다고 보기는 어렵다. 둘 다 반듯함이 풀어지고(만횡-농), 단아함이 흐트러지고(낙), 유장함이 들뜬 흥청거림(편)으로 나아간 것이라 하더라도 그 일탈의 수준은 상당히 차이를 보이기 때문이다. 그리하여 평시조에 보이는 아정함이나 진지성, 엄숙성에서 둘 다 일탈하기는 하지만, 그 가벼움이나 희화화의 정도, 과장과 허튼소리의 정도, 진지성에서 벗어난 정도, 말놀이의 정도는 상당한 낙차를 보이는 것이다. 더구나 시조를 대·중·소편의 세 가지로 인식해왔던 전통을 계승한다는 측면에서 가벼운 일탈로서 엇시조의 존재를 인정하는 것이 옳을 것이다.

그럼에도 현대시조에서는 엇시조의 이러한 차이를 인지하거나 인정하지 않고 사설시조라는 이름으로 통합하여 다루는 경우가 절대적 경향이다. 각종 시조 전문지나 현대사설시조 포럼의 동인지 활동에서도 엇시조의 존재는 사설시조라는 이름 아래 그 미미한 존재를 드러내고 있을 뿐이다. 박기섭의 〈우포에서〉, 이정환의 〈자목련의 詩〉 등에서 현대 엇시조의 가능성이 보인다.

가사의 장르 이론 논의

1. 들어가는 말

예로부터 송강 정철의 두 미인곡(美人曲) 즉, 〈사미인곡〉, 〈속미인곡〉을 일러 동방의 〈이소(離騷)〉라는 칭송을 보냈다. 그러나 두 미인곡은 중국에는 없는 '가사'라는 우리의 독자성을 갖는 장르로 노래했으므로, 〈이소〉를 수용한 면보다 그것을 넘어 민족적 감수성과 미학을 최고의 경지로 드러낸 작품이라는 점을 부정할 사람은 없을 것이다. 그런 면에서 송강의 가사 작품은 우리 민족의 자부심이고 자랑이 아닐 수 없다. 그럼에도 불구하고 우리는 과연 송강의 주옥같은 가사 작품에서 얼마만큼의 문학적 성취와 가치를 발견해 내었는가라는 질문에는 회의적인 답밖에 나오지 않는다.

이러한 부정적인 답은 비단 송강의 작품에 그치겠는가. 가사 작품만을 예로 든다면 정극인의 〈상춘곡〉, 송순의 〈면앙정가〉, 박인로의 〈누항사〉 등등 주옥같은 작품이 즐비해 있는데도 우리는 얼마큼 그 문학적 가치 발굴에 연구 역량을 쏟아 부어 빛나는 성과를 이룩해 내었는가를 돌아볼 때 여전히 부정적인 답변만이 있을 뿐이다. 그런 점에서 우리는 영국에서 셰익스피어 문학의 가치 발굴이 기여한 공로를 모범으로 삼지 않을 수 없다. 일개 런던 극장의 단역 배우이자 대본(臺本)작가였던 그를 영국을 대표하는 민족시인으로 탈바꿈시켜 "셰익스피어는 영국적이고, 영국적인 것은 셰익스피어다."라는 명제가 성립하는 경지까지 그의 작품 가치를 발굴해 내었던 것이다. 나아가 그것을 바탕으로 "인도를 다 주어도 셰익스

피어와는 바꾸지 않겠다."는 민족적 긍지를 영국인 모두가 갖도록 하는데 기여했다. 그런 점에서 셰익스피어의 문학적 가치가 세계적으로 뛰어나다기보다, 그 가치를 세계 최고가 되도록 발굴해낸 영국인들의 노력이 세계 최고라는 점이 한 없이 부럽고, 우리도 그런 점은 필히 본받아야 할 것이다.

다행히 가사문학의 경우, 가사문학관 설립을 계기로 그 전통 계승과 가치 발굴을 위해서 물심양면으로 전폭적 지원을 아끼지 않고 있는 담양군청과 초창기 가사문학관 관장으로 초석을 쌓으신 박준규 교수, 가사문학 발전을 위해 기획에서부터 세부적인 일까지 혼신의 힘을 다하고 있는 필자의 제자 최한선 교수, 그리고 가사문학진흥위원회의 류연석 교수를 비롯한 역대 위원장의 끊임없는 뒷받침과 노력이 있는 한 우리의 전통문학도 세계적인 문학적 가치를 갖는 위상으로 도약할 날이 있을 것으로 기대된다.

우리가 국문학을 연구를 하는 궁극적 목표는 문학작품의 가치를 발굴해 내는 일에 귀결된다. 전통문학 가치의 발견은 민족 정체성의 발견이고, 우리 민족의 존재 증명이면서 우리 민족의 가치 발견이 되는 것이다. 이러한 관점과 사명감으로 필자 또한 가사문학의 가치 발굴에 작은 힘을 기울이고자 한다. 그러기 위해서 먼저 가사문학 가치발굴의 기초가 되는 가사의 장르론, 명칭과 개념 문제, 발생론, 형식론, 담화 방식과 서술 전략, 유형론 등에 걸쳐 필자의 연구 편력(遍歷)과 함께 기존의 성과를 점검하고 정리해 보면서 문제를 보다 선명히 하고 가사 문학의 가치를 어떻게 발굴해 낼 것인가 하는 밑그림과 탄탄한 시각을 제공해 보고자 한다. 이어서 우리 문학사를 빛낸 가사 작품을 선정하여 그 문학성을 탐색해 냄으로써 작품의 미적 가치와 문학적 성취를 밝혀내고자 한다.

2. 가사 장르론이 중요한 이유

국문학의 많은 장르 가운데 가사 만큼 장르론적 쟁점이 컸던 장르는 찾아보기 어려울 것이다. 그렇게 된 가장 큰 이유는 가사라는 문학 장르가 향가나 속요, 경기체가, 시조와 같이 특별히 까다로운 형식적 조건을 갖추어야 하는 제약이 있는 것이 아니라, 그저 '4음 4보격 연속체 율문'으로 '제한 없이(무제한)' 자유롭게 지어나가기만 하면 되는 시가여서 문학적 실현의 운동 폭이 그만큼 크고 다양했다는 점에 있다. 4음 4보격(율격의 단위가 4음절량 곧 4모라 크기의 음량으로 된 '음보가 4개'로 이루진 율격)이라는 율격 양식을 지켜야 한다는 점이 제약인 것처럼 보이나, 4음절(4모라) 크기의 음량은 우리말의 조어造語가 명사나 어간(語幹)이 2~3음절로 된 단어가 절대 다수이고 여기에 1~2음절로 된 조사(助辭)나 어미(語尾)가 붙어 자연스럽게 문장을 이루는 발화(發話)구조로 되어 있어 특별히 신경 쓰지 않아도 저절로 지켜지며, 그러한 크기의 음보 단위를 4개 즉 4음보로 구성하여 하나의 행(行)을 이루는 것 또한 지키기 어려운 형식요건으로 작용하지는 않는다. 4음 4보격을 지키는 율격 양식이 우리 시가에서 가장 널리 보편화 된 양식이라는 점이 그것을 증명해 준다. 즉 4음 4보격이란 율격 양식은 우리 시가의 모태 장르인 민요를 비롯해서, 무가, 판소리, 단가, 시조, 잡가에 이르기까지 두루 실현되어 왔던 가장 친숙한 율격이기 때문이다.

이렇게 친숙한 4음 4보격으로 된 보편화된 율격 양식을 율격 행으로 하여 그것을 '제한 없이 연속체'로 운용하는 가사의 형식 요건은 작품의 '길이'에 있어서도 특별한 제약 없이 가장 자연스러운 길이로 하나의 작품을 이룬다는 것을 의미한다. 여기서 '제한 없는 무제한 연속체'라는 했을 때 '무제한'이란 말에 오해 없기 바란다. '무제한'이란 말의 뜻은 '무한대'란 의미가 아니라 글자 그대로 '제한이 없음'이라는 뜻이다. 즉 4음 4보격의 행이 '무제한'으로 연속된다는 의미는 '무한대'로 늘일 수 있다는 것이 아니라 글자 그대로 특정한 '제한이 없이' 연속할 수 있다는 의미다. 실제로 현존 가사 작품을 살펴보면, 19행이라는 아주 짧은 길이로 된 〈매창월가〉가 있는가 하면, 무려 4천행이 넘는 〈일동장유가〉같은 초장편으로 된 가사가 존재한다. 그만큼 가사는 길이에 있어서 특정한 '제한 없이' 자유롭다는 의미에서 '무제한 연속체' 시가다.

이와 같이 가사는 형식 요건이 전혀 까다롭지 않고 자연스러웠던 까닭에 이런 4음 4보격 율문체 양식은 "15세기 말엽 이래 조선조 말엽에 이르기까지 대다수의 율문들에서 거의 예외 없이 나타난 '시대적·집단적 문체(양식)'였기 때문에 가사 만의 변별적 특징이라 할 수 없다."(성호경)는 지적이 있었다. 그래서 이능우 교수는 가사를 가리켜 "많은 복잡성이 깃든 문학으로서 일률적으로 정의하기는 어려우며, 이 가(歌)며 사(詞)는 어쩌면 우리말로 구성지게 씌여진 문학적 작품들이라면 몰아쳐 붙여졌던 당시의 한 관례일지 모른다."라고 했으며, 더 나아가 김병국 교수는 "과연 가사라는 것이 일종의 장르 개념이기는 한 것이었든가 부터 다시 물어보아야 할 것이다."라고 했다. 그 정도로 가사라는 장르는 까다로운 혹은 다른 장르와 변별되는 독특한 율격 양식을 갖추고 있지 않아 장르적 정체성을 의심 받을 정도로 자연스럽게 표출된 장르였던 것이다. 그렇다면 가사라는 장르의 독자성은 없는가?

가사가 다른 장르와 '변별되는 형식'이 없어서 독자적인 장르로 인정받기 어렵다는 이들의 주장은 자기만의 독특한 '형식'을 갖춰야 비로소 장르로 인정받을 수 있다는 잘못된 논리에 기반하고 있어 수긍하기 어렵다. 모든 장르가 다 독자적 형식을 갖는 것은 아니기 때문이다. 가사가 하나의 역사적 장르가 될 수 있느냐 없느냐의 판별은 독자적인 '형식'을 갖추었느냐 아니냐의 문제가 아니라, 설령 보편적이고 집단적인 형식을 공유하더라도 그것을 어떤 '담화(진술)체 양식'으로 독특하게 실현했느냐에 달려 있기 때문이다. 이를 테면 시조나 단가, 잡가 장르는 같은 4음 4보격 율격 양식을 활용했으면서도 '서정적' 담화 양식으로 실현된다는 점에서 가사와 장르상의 차이를 보인다. 또한 민요나 무가는 '서정이나 서사, 교술, 혹은 극적' 담화 양식으로 다양한 갈래를 보인다는 점에서 가사와 차이를 드러낸다. 판소리는 '서사적' 담화 양식으로 표출된다는 점에서 가사와는 장르를 달리한다. 가사는 이들과 비록 형식적으로는 4음4보격을 공통으로 활용해왔지만 그 담화 양식에서는 독자성을 보여 왔기 때문에 장르적 정체성을 인정받을 수 있는 것이다. 가사가 구체적으로 어떠한 독특한 담화 양식을 보여 왔느냐의 문제는 뒤에 가사의 장르론을 살펴보는 과정에서 명확하게 드러날 것이다.

가사가 장르적 독자성을 갖느냐 아니냐의 문제는 가사를 단순히 다른 장르와 구분하여 범주화하고 체계화하는데 목적이 있는 것이 아니다. 생물의 분류학에서는 동식물을 단순히 분류하여 범주화하고 체계화함으로써 생물의 종(種)들 간에 '질서화' 하는 수준으로 만족하지만, 문학의 장르론은 질서화 자체보다 장르가 어떠한 독자적인 '질서화의 **원리**'를 가지고 있느냐 즉 그 장르가 갖고 있는 '본질'과 '속성'을 찾는 데까지 나아가야 한다는 점에서 큰 차이가 있다. 또한 문학의 장르는 단순히 '표현 장치'에 머무는 것이 아니라 '세계상을 바라보는 수단과 방법'이라는 점을 잊어서는 안 된다. 이를 테면 시조와 가사는 같은 사대부 계층의 세계관과 미의식을 표현하는 장르로 즐겨 선택되지만, 시조를 통해 노래하는 것과 가사를 선택하여 노래하는 것과는 그 표현하고자 하는 수단과 방법에서 상당한 거리를 보인다는 것이다. 그 차이만큼 시조와 가사가 풍기는 맛과 멋은 다를 수밖에 없다. 따라서 가사의 장르론을 애써 펼치려 하는 이유는 가사만의 독특한 맛과 멋을 탐색해 내려는 작업이며, 나아가 가사의 문학성을 밝혀 보고자 하는 의도와 닿아 있는 것이다. 그런 점에서 가사의 장르 성격을 탐색하는 것은 가사의 본질과 속성을 밝히는 것이고, 나아가 가사의 문학성과 가치를 발굴해내는 첫걸음이 되는 것이다.

3. 가사 장르론을 펼친 계기

애초에 필자가 가사의 장르론에 관심을 갖게 된 계기는 가사의 질서화 원리를 찾아 그 본질과 속성을 밝혀내 보겠다는 그런 거창한 사명감을 가져서가 아니었다. 필자가 대학원 박사과정에 다니던 시절 스승이신 정병욱 교수께서 "가사는 시조와 함께 우리의 고전시가를 대표하는 장르인데, 시가 장르를 조동일이 교술장르라고 규정하는 것이 말이 되냐?"라고 하시면서, "자네가 그 논리를 반박하는 이론을 제시해 보게." 하시는 엄명(?)을 받으면서 시작되었다. 스승의 그러한 말씀 이면에는 가사는 '시가'의 한 종류이고, 시가라면 당연히 서정장르에 해당할 것인데, 조동일 교수가 용어도 생소한 '교술장르'라는 제 4의 장르로 보는 것이 못마땅하다는 판단을 하고 계셨던 것으로 짐작되었다.

스승께서 가사를 서정 장르로 보시는 가장 큰 요인은 초창기 장르론이 문학작품이라면 서정이나 서사, 희곡의 3대 장르로 실현된다는, 소위 미문학(美文學)만이 문학이라는 전제가 깔려 있었다. 따라서 3대 장르로 가사를 바라보면 율문으로 표출된 가사는 서사나 희곡이 아니라 서정에 포용될 수밖에 없는 것이다. 그러나 조동일 교수는 3대 장르에 들어 갈 수 없는 서간문, 기행문, 연설문, 수필, 명상록, 일기, 종교인의 설교, 신문의 사설, 웅변, 속담, 격언 등등 실용성을 띠는 글들은 비록 '문예성을 띠는 글' 곧 미문학에 들지는 않지만 엄연히 문학의 종류, 곧 장르에 들어갈 수 있다고 보고 이들 비문예적 글들을 포용하여 제 4의 장르로 묶어 교술문학이라는 새로운 장르 명칭을 붙였다. 그래서 그의 장르론은 직접 언급은 하지 않았지만 동양에서 시(詩)가 아닌 문文의 종류에 들었던 사(辭), 부(賦), 논(論), 책(策), 서(序), 기(記), 발(跋), 명(銘), 록(錄) 같은 글들도 문학의 장르에 드는 길을 열어 놓았다. 이렇게 4대 장르로 볼 때 가사는 교술 장르에 든다고 보고 장르론을 펼친 것이다.

조동일 교수의 이런 관점은 문학이란 당연히 미문학이어야 한다는 종래의 협소한 문학관에 기초한 3대 장르론을 넘어서는 실로 획기적인 것이었다. 그에 반해 미문학이 전제된 협소한 장르론은 문학은 당연히 순수장르를 지향하는 것으로 보았다. 그래서 서정문학은 순수서정(서정적 서정)으로 표출되는 것으로, 서사문학은 순수서사(서사적 서사)로, 극문학은 순수극문학(극적 희곡)으로 실현되는 것으로 장르 성격을 이해했던 것이다. 이러한 3대 장르론에 입각한 순수장르론의 좁은 시야로 바라볼 경우 가사는 서정장르에 해당될 수밖에 없었다. 다시 말해 서정 장르라면 으레 서정적 서정 곧 순수 서정만이 인정되었지, 서사적 서정이나 극적 서정이 있을 수 있다는 가능성은 아예 배제되었던 것이다.

그 당시를 되돌아보면 조동일 교수는 국문학의 장르 가운데 가장 논란이 많은 장르를 중심으로 본격적인 장르론을 펼쳐 국문학의 장르체계를 새로이 수립하는 의욕에 찬 작업을 수행하고 있었다. 그 과정에서 장르 판별 문제로 논란이 많았던 판소리는 희곡이나 서정장르가 아니라 서사장르로 규정하고, 가사와 경기체가는 서정 장르가 아니라 교술장르라는 새로운 용어로 규정했던 것이다. 나아가 '소설'을 중심으로 더욱 정교한 장르론을 펼쳤는데, 특별한 점은 장르를 분석하고 이해하는 틀을 서구이론에 기대지 않고 이기론(理氣論)의 성리철학을 원용하여 문학 장르를 '자아와 세계의 대립적 관계 양상'에 따라 범주화하고 체계화 했다는 것이다. 그리하여 서정, 서사, 교술, 희곡이라는 4가지 기본 장르 체계를 구축하면서 가사는 "작품외적 세계의 개입으로 이루어지는 자아의 세계화"에 해당하므로 교술 장르에 드는 것으로 그 장르 성격을 이해했다. 이는 "작품외적 세계의 개입이 없는 세계의 자아화"를 지향하는 서정 장르와 정반대 성격을 갖는다는 것이다.

조동일 교수의 이러한 장르론적 체계는 명쾌하고 탄탄한 이론을 바탕으로 하고 있어 난공불락의 성(城)처럼 당시의 국문학 연구자들 앞에 가로놓여 있었다. 이런 상황에서 아직 학문적 초심자에 지나지 않았던 필자에게 감히 그 높디높은 이론의 장벽을 넘어서서 가사가 서정 장르임을 확고히 하는 입론을 구축해 보라고 하시는 스승의 엄명은 쉽사리 받들기 어려운 난제였다. 더욱이 고대나 중세에 있어서 문학의 제시 형식은 산문이 아직 발달하지 않은 터라 동양이나 서양을 불문하고 그것이 서정양식이든, 서사양식이든, 희곡양식이든, 일단 노래 혹은 시로 표현되었기 때문에, 가사의 제시 형식이 시가로 실현되었다 해서 무조건 서정 장르로 보는 것은 논리가 성립되기 어려웠던 난감함이 있었다. 서구를 보더라도 일찍이 호메로스의 『일리아드』나 『오디세이』 같은 거대장편이 시가로 제시되었지만 서사양식에 들고, 17세기 초반까지 살았던 셰익스피어 시대에도 희극이나 비극 작품이 시가로 제시 되었지만 희곡양식에 들고, 밀턴의 『실락원』도 제시 형식이 시가이지만 서사시가 아닌가. 한마디로 시(詩)라고 해서 다 서정시가 아니고, 서사시와 극시도 얼마든지 있다는 것이다.

그럼에도 필자는 무리인줄 알지만, 일단 가사가 시가(詩歌)인 이상 시(詩)에 속하고 시는 서정을 장르 본질로 한다는 스승의 견해를 따라 가사가 서정적 성격을 기본 축으로 하고 있음을 제시하는 논의를 어떤 방식으로든 펼쳐 보기로 맘먹었다. 그럴 즈음 서구의 장르 이론을 체계적으로 정리하면서 그것을 바탕으로 자신의 장르체계를 새롭게 구축한 헤르나디(Paul Hernadi)의 최신 저술인 『장르를 초월하여(Beyond Genre)』라는 책자 속에 소개된 기야르(Guérard)의 장르 이론 틀을 빌어 와 가사의 서정성을 해명하는 논의를 펼쳐보았다. 그렇게 해서 만들어진 논문이 필자의 「가사의 장르성격 재론」(『백영 정병욱 선생 환갑기념 논총』, 신구문화사, 1982 수록)이었다.

이 논문에서 필자는 기야르(Guérard)가 문학적 환기(喚起) 양식으로서의 형식(form)과 상상적 세계로서의 정신(spirit)을 구분하여 문학 작품은 서정적, 서사적, 극적 정신이 각각 서정, 서사, 희곡 형식의 옷을 입고 나타난다고 보는 장르 틀을 수용하면서도, 그 이론은 '교술적 정신'을 드러내는 작품은 제외되었으므로 그것을 보완하여 가사의 장르론을 재론해 보았다. 그리하여 "모든 가사는 4음 4보격이라는 율문으로 표출되는 정감적인 서정 형식의 옷을 입고 실현되는 것이되", 거기에 담긴 상상적 세계로서의 '정신'을 따라 〈서왕가〉같은 종교가사는 교술적 정신을 투영한 서정' 곧 '교술적 서정'으로, 〈상춘곡〉같은 사대부적 서정을 정신으로 담은 가사는 '서정적 서정' 곧 순수 서정으로, 〈관동별곡〉같은 여행의 일정을 따라 서술해 나간 서사적 정신을 담은 가사는 '서사적 서정'으로 장르 성격을 규정할 수 있다고 보았다. 이렇게 해서 필자는 가사가 궁극적으로 서정의 형식으로 실현되는 까닭에 그 정신이야 어떠하든 일단 서정 장르로 수렴된다는 논리를 폄으로써 스승의 견해를 대변할 수 있었다.

그러나 지금 생각해보면, 가사를 서정 장르로 규정하는 것은 잘못이라 판단된다. 왜냐하면 가사에 서정성으로 가장 크게 작용하는 것처럼 보이는 4음 4보격이라는 율문 표출은 서정 장르의 본질인 '노래하기'를 지향하는 본질로 작용하기보다, 어떤 '설명'하고자 하는 혹은 '전달'하고자 하는 메시지(주제)를 보다 다정다감하게 정감적 효과로 서술하고자 하는 서술전략에 지나지 않음을 알게 되었기 때문이다. 같은 4음 4보격을 활용하는 시조와 비교해 보면 가사의 서술전략이 시조와는 정반대 방향으로 일어남을 확인할 수 있다. 즉 시조는 4음 4보격이 하나의 시행(詩行) 단위가 되어 서술을 통제하고 제어함으로써 초장과 중장, 종장을 각각 이루면서 서술을 차단하는 효과를 가져 오며, 이로 인해 정감을 고조시키고 짧은 단위 속에 많은 의미를 내포하는 함축적 언어가 되도록 작용하고 있다. 이에 비해 가사의 4음 4보격은 특별한 제한을 받지 않고 연속됨으로써 서술을 리듬감 있게 '확장'하는데 오히려 도움을 줌으로써 전달하고자 하는 정보나 메시지를 마음껏 펼쳐낼 수 있게 된다.

이런 반대 작용으로 인해 시조는 서술의 통제와 제어로 인해 단가(短歌)가 되고, 가사는 서술을 의도하는 만큼 리듬감 있게 확장할 수 있어 장가(長歌)가 된 것이다. 따라서 가사에 작용하는 4음 4보격이라는 율문 형식은 가사를 서정 장르로 실현하는데 작용하는 것이 아니라 전달하고자 하는 메시지를 효과적으로 표출하는 '문학성'의 고양으로 작용할 뿐이라는 사실을 깨달음으로써 가사의 장르 성격을 원점에서 다시 검토해야만 했다. 다시 말해 가사는 시가 형식을 빌리고는 있지만 그 율문 형식을 문학성을 드높이는데 활용하고 있을 뿐 서정 장르의 본질로까지 나아가는 것은 아니라는 사실을 깨달았다는 것이다.

4. 기술 장르론으로의 전환

이에 가사는 어떤 장르적 본질을 갖는지 전면적으로 새로이 검토되어야 할 필요성이 제기 되었다. 그러기 위해서는 조동일 교수의 장르론이 갖는 문제점을 극복하는 일이 가장 시급한 과제였다. 그의 장르론이 갖는 문제점이나 한계점은 그 무렵 유행되기 시작한 기술(記述) 장르론에 의해 많은 지적이 따랐다. 사실 가사는 그 형식적 제약 조건이 까다롭지 않아 우리말의 발화(發話) 구조상 가장 자연스러운 형식인 4음 4보격의 연속체 율문으로 표출되기만 하면 가능했으므로 그 작품의 실현 양상은 실로 다종다양했다. 종교적 이념과 포교를 위한 가사가 있는가 하면, 사대부의 풍류와 한적(閑寂)을 노래하거나 혹은 기행(紀行)이나 교훈을 노래한 가사가 있고, 부녀자의 생활 체험이나 지켜야 할 도리를 서술한 가사가 있는가 하면, 향촌의 몰락 사족이 지은 현실 비판가사 등등 실로 다양해 보이는 서술이 많은데, 조동일 교수는 이들을 하나로 묶어 교술 장르라 지정했던 것이다.

따라서 조동일 교수의 가사 장르론은 지나치게 일원론적이고 규범적이라는 비판이 제기 되었다. 즉 가사는 그 텍스트 성격이 다종다양하게 실현되었는데 교술장르라는 하나의 장르 성격으로 일원화하여 장르를 규범적으로 추상화하는 것이 과연 타당성이 있느냐는 비판이 제기된 것이다. 그래서 도입된 것이 가사의 다원적 양식론이다. 가사의 다종다양한 성격을 따라 그 성격에 맞추어 있는 그대로의 특징을 보다 엄밀하고 세밀하게 기술(記述, descriptive)해내는 기술 장르론이 훨씬 더 유용해 보였기 때문이다.

가사를 다원적 양식으로 보는 태도는 가사의 성격이 단일하거나 규범적 장르로 통일되어 있지 않고 복합성을 드러내고 있다고 설명한다. 그래서 가사를 교술이라는 명사 개념의 단일성 장르로 파악하지 않고, 형용사 개념을 도입하여 그 다양한 성격을 기술적으로 드러내고자 하는 방향으로 나아갔다. 하나의 예를 들면, '인간'의 속성이나 본질을 기술적으로 드러내려면 '인간'이란 명사보다는 '인간적'이라는 형용사 개념이 훨씬 더 설명력을 가진다고 보는 것이다. '인간' 가운데는 인간다운 인간도 있고, 인간보다 못한 짐승 같은 인간도 있고, 짐승보다 못한 더 흉악한 인간도 있어 다종다양한데 '인간'이란 명사형으로는 이러한 다양한 성격의 인간을 기술해내지 못하므로 '인간적'이란 형용사형 개념을 쓴다면 '인간다운 인간' 즉 인간의 속성을 드러내는 말에 잘 어울리는 설명력을 확보할 수 있다는 것이다. 그래서 기술 장르론에서는 서정, 서사, 희곡, 교술이라는 명사형보다 서정적, 서사적, 극적, 교술적이라는 형용사 개념어를 선호하게 된 것이다.

이러한 유행을 따라 필자 역시 기술 장르론을 도입하여 다종다양한 가사의 장르 성격을 분석해 내는 것이 훨씬 더 설명력을 가질 수 있다고 보고 「가사의 실현화 과정과 근대적 지향」(『근대문학의 형성과정』, 문학과지성사, 1983에 수록) 이란 논문을 새로이 발표하게 되었다. 여기서 필자는 가사의 장르적 성격이 헤르나디(Hernadi)의 장르 개념을 따라 전반적으로 주제적(thematic) 양식에 기반 하면서도 그 세부적으로 실현화된 양상을 보면 다양한 것으로 파악했다. 그래서 〈상춘곡〉, 〈사미인곡〉 같은 계열의 사적(私的) 진술 방식을 보이는 가사는 의사(擬似)서정적(quasi-lyric) 진술을 보이는 주제적 양식으로, 〈관동별곡〉, 〈일동장유가〉 같은 계열의 이중적(二重的) 진술 방식을 보이는 가사는 의사 서사적quasi · epic 진술을 보이는 주제적 양식으로, 〈속미인곡〉〈임천별곡〉 같은 대화적 진술 방식으로 표출된 가사는 의사 극적(quasi-dramatic) 진술을 보이는 주제적 양식으로, 〈서왕가〉, 〈권선지로가〉 같은 이념이나 교의적(敎義的) 진술 방식을 보이는 가사는 교술적didactic 주제 양식으로 파악하여 다양한 성격을 가진 것으로 설명했다.

이렇게 하여 조동일 교수가 가사의 성격을 지나치게 단일화하여 교술이라는 명사 개념어로 설명하는 규범적 장르론보다 훨씬 더 가사의 다종 다양한 성격을 그 본질에 맞게 파악한 것으로 생각했다. 교술이란 명사 개념어로 묶는 것보다 '주제적'이라는 헤르나디의 용어가 더 넓은 범위를 포괄할 수 있고, 여기에다 문학적 진술(담화) 방식을 감안하여 서정적, 서사적, 극적, 교술적이라는 장르적 성향을 끌어넣어 가사의 실현화 양상을 폭넓게 설명할 수 있었던 때문이다. 그러나 이 역시 가사의 장르 성격을 온당하게 파악하여 제시했다 하기에는 많은 문제가 발견되었다. 언뜻 보면 기술 장르론이 훨씬 더 설명력이 있어 보이지만 형용사적 기술체계는 실제에 있어서는 모호성을 보다 강하게 띠고 있기 때문이다.

이를 테면 '서사적'이라는 용어는 장르 개념으로서의 서사(epic)라기 보다는 문체(style)개념으로서의 서술(narrative)적 진술을 의미하는 경향을 띠고 있기 때문이다. 그리고 가사에 관여하는 서정적, 극적, 교술적이라는 장르 성향의 형용사적 개념도 작품의 성격을 본질적으로 드러내는 장르성을 갖는다기보다는 작품의 '구성요소'나 '서술 전략'으로 작용하는 것이어서 단순한 기법 차원의 이런 요소들을 장르 성향을 띠는 장르 개념어로 설명하는 것은 오히려 혼란을 가져오기 십상이었다. 무엇보다 기술 장르론의 약점은 장르론을 본질적 속성을 선명하게 드러내는 원리로 나아가기보다 그것을 철저히 수단화하여 현상을 설명하는데 급급하다는 약점을 보인다는 점이다. 이러한 지적은 성무경에 의해 개진된 바 있다. 따라서 그 다양한 수단화의 바탕에 깔려 있는 일정한 원리나 규칙을 발견해 내야 하는 것이 중요하다. 그렇지 않으면 장르를 선명하게 드러내기보다 '장르 해체'로 나아갈 위험성마저 있다.

그렇긴 하나 기술 장르론은 문학 작품을 폐쇄적으로 보는 순수 장르론을 넘어서 다양하고 역동적인 텍스트로 이해하는데 기여한 면이 있기는 하다. 특히 가사 작품처럼 문체적으로 여러 가지 장르적 색깔을 띠는 것처럼 보이는 장르를 놓고, 순수하게 서정 장르로만 실현된다든지, 순수하게 서사로만, 혹은 교술 장르로만 실현되는 것으로 보는 순수 장르론 혹은 규범장르론으로는 설명력에 한계가 있기 때문에 그 다양한 스펙트럼을 가능한 있는 그대로 기술적으로 체계화 하려는 시도를 보였다는 점에서 가사의 다양성을 밝혀내는 데 공(功)이 있다 할 것이다.

　여기서 더 나아가 문학 작품의 이러한 비순수성을 지나치게 의식한 나머지, 종래의 4분 체계(서정, 서사, 희곡, 교술)로 장르 구분이 곤란한 것들을 '중간ㆍ혼합적 갈래'라는 또 하나의 큰 범주(제 5의 장르)로 몰아넣어 장르의 본질이나 성격 파악보다 그 좌표를 지정하는 정도로 체계화하는 시도가 있었던 것도 주목된다. 이에 해당하는 예로 김흥규 교수가 비순수문학으로서의 가사의 다양성에 무게를 두고 가사 장르를 중간ㆍ혼합 갈래에 귀속시킨 사례를 들 수 있다(『국문학의 이해』, 민음사, 1986』).

　그는 가사라는 문학작품들이 순수하게 하나의 단일성 장르로만 실현된 것이 아니라 〈상춘곡〉, 〈사미인곡〉, 〈속미인곡〉같은 '서정적' 작품들이 〈연행가〉, 〈일동장유가〉 등의 체험기술적 기행가사와 공존하는가 하면, 〈노처녀가〉, 〈거사가〉같은 '서사적' 작품과 〈권선지로가〉, 〈천주공경가〉 같은 이념적ㆍ교훈적 작품이 공존하는 장르 현상을 보였으므로 서정과 서사, 서사와 교술 등이 병존(竝存)하는 비순수의 '혼합장르'에 해당한다면서 제 5의 범주로 체계화 했다. 이는 기존의 장르론이 보여줬던 3분 체계나 4분 체계로는 가사의 이러한 혼합 현상을 제 위상에 맞게 설정해 줄 수 없다는 취지를 반영한 새로운 입론이었다. 그러나 가사의 장르 성격 규명이 이처럼 좌표의 설정에 머문다면, 가사의 본질이나 속성을 탐구해내는데 도움을 주지 못한다는 아쉬움이 있다. 즉 그는 서정이나 서사, 희곡, 교술 같은 장르류(類)를 '큰 갈래'라 지칭하면서, 이들 큰 갈래는 우리

문학사에서 구체적으로 산출된 역사적 산물인 '작은 갈래' 곧 장르종(種)
(향가, 시조, 경기체가, 가사, 판소리 같은 역사적 장르)들의 이해를 위한
'좌표적 개념틀' 정도로만 받아들이고 있어, 장르론이 갖는 의의를 지나치
게 축소한 것이 문제라는 것이다.

5. 가사의 장르론을 확정하며

이렇게 가사의 장르 성격을 두고 순수 장르론(서정)으로 해명할 것인
가, 규범장르론(교술)으로 해명할 것인가, 기술 장르론(서정적, 서사적,
극적, 교술적)으로 해명할 것인가, 아니면 장르의 4분 체계(서정, 서사, 희
곡, 교술)를 벗어나는 제 5의 장르론(혼합장르)으로 설명할 것인가라는
백가쟁명(百家爭鳴)의 혼란에 빠져 있을 때, 필자가 재직하고 있던 성균
관대의 제자 성무경군이 가사의 장르론이 갖는 혼란스러움을 말끔하게
평정하는 장르론으로 박사학위 논문을 써보겠다는 야심찬 기획을 가지고
지도교수인 필자의 허락을 받으러 왔다. 그는 먼저 기존의 장르론이 갖는
한계나 문제점을 극복하고 새로운 장르 체계를 수립하려면 지도교수의
장르론도 어쩔 수 없이 비판의 대상이 될 수 있는데 그 점을 양해해 주신
다면 성심을 다해 쓰겠다고 했다. 이에 필자는 가사의 장르론을 해명하는
데 크게 기여하는 논지라면 기꺼이 용인하겠다고 했다. 청출어람(靑出於
藍)의 학문적 성취가 나온다면 그 또한 맹자가 말한 군자삼락(君子三樂)
의 세 번째 드는 기쁨이 아니겠는가. 이렇게 해서 성무경의 학위논문 「가
사의 존재양식 연구」, 1997(성무경, 『가사의 시학과 장르실현』, 보고사,
2000에 수록)이 제출되었다.

지도교수의 자격으로 맨 처음 성무경의 가사 장르론을 받아본 소감은
한마디로 '경탄' 그것이었다. 그의 장르론은 지도교수는 물론, 조동일의
장르론을 비롯하여 그동안 국내 학자들이 내놓은 가사 장르론들이 갖는

문제점을 조목조목 명쾌한 논리로 비판하고, 나아가 슈타이거, 기야르, 헤르나디, 람핑 등 쟁쟁한 서구 이론가들의 장르론이 갖는 문제점이나 한계점도 날카롭게 비판하고 보완하여, 이제 더 이상 국문학의 장르론이 혼란을 겪지 않아도 될 명쾌한 장르 이론의 모형(模型)을 구축해 내었다. 우선 그의 장르론이 갖는 강점은 장르류(이론 장르, 큰 갈래)와 장르종(역사적 장르, 작은 갈래)을 통합하여 일원화하는 '존재양식'이라는 개념을 사용하고 있음이 주목된다. 그리하여 기존에 이론 장르로 제출된 규범 장르론의 독단성이나 기술 장르론의 모호성을 모두 극복하고, 역사적 장르로서의 변화성 마저 투시하는 새로운 방법적 구도를 제시함으로써 츠베탕 토도로프가 지적한 실제와 이론, 경험과 추상이라는 두 종류(이론적 장르와 역사적 장르)의 요청이 동시에 충족되어야 한다는 미덕도 아울러 갖추게 된 것이다.

그의 장르론은 전체 작품의 유기적 질서 원리를 이루는 '진술양식'을 기준으로 각 장르의 양식화 원리를 다음과 같이 4분 체계로 설정한다. '서정'은 노래하기라는 환기방식에 이끌려 '서술의 억제'를 이루는 양식으로, '전술'(교술, 주제적 양식에 해당함)은 노래하기라는 환기방식이 서술의 입체화를 방해하여 '서술의 평면적 확장'을 이루는 양식으로, '서사'는 행동하기라는 환기방식이 서술의 평면화를 방해하여 '서술의 입체적 확장'을 이루는 양식으로, '희곡'(극)은 행동하기라는 환기방식에 이끌린 '행동의 재현'을 이루는 양식으로 개념을 지정했다. 이러한 구도를 따라 가사는 '전술'양식 곧 종래에 교술 혹은 주제적 양식으로 불렸던 제 4의 장르에 해당한다고 결론을 내렸다. 여기서 전술 양식이라는 새로운 용어를 쓴 것은 교술이라는 용어는 문학 작품의 교훈성이나 이념성이란 색깔을 지나치게 강하게 띠고 있어서, 그리고 주제라는 용어는 장르 개념을 지정하는 '특수어'로 받아들이기에는 너무나 일반화된 '보편어'여서(예컨대 서정이나 서사, 희곡 같은 다른 모든 장르에도 주제(theme)는 있으니까) 적절치 못하다는 점에서 잘 선택한 용어라 볼 수 있다.

이렇게 해서 가사는 우선 '서술하기'라는 환기 방식을 장르적 본질로 한다는 점에서 '행동하기'(대화 중심의 행동언어)를 적극 활용하여 그것을 본질로 삼는 희곡 양식과는 변별된다. 그리고 '서술하기'를 언어적 진술의 본질로 한다는 면에서 서정과 서사도 전술과 동일하지만, 서정은 '노래하기'라는 환기 방식에 강하게 이끌려 '서술의 억제'를 보인다는 점에서, 전술은 그와 반대로 서술을 억제하지 않고 '서술의 확장'을 지향한다는 점에서 차이를 보이는데 가사는 후자 쪽에 해당하니 전술 양식이라는 것이다. 또한 '서술을 확장'한다는 점에서는 전술은 서사양식과 언어적 진술을 공유하지만, 전술은 서술을 '평면적'으로 확장함에 비해 서사양식은 '입체적'으로 확장한다는 점에서 차이를 보이며 가사는 전자 쪽의 진술 특성을 보이므로 전술 양식에 해당한다는 결론이다.

이러한 명쾌한 논리로 그동안 혼미를 거듭했던 가사의 장르론은 성무경에 의해 일단락되었다고 보아도 좋을 것이다. 다만 그의 가사 장르론은 개념의 엄밀성과 논리성을 고도로 추구하다보니 이해하는데 상당히 난해함을 보여주고 있다. 그런 탓으로 그의 이러한 성과를 잘못 이해하거나 피상적으로 받아들이는 경우를 볼 수 있다. 그리하여 애써 구축한 장르론적 성취를 부당한 비판을 통해 마구 훼손하거나 억지 논리를 펴서 오히려 가사의 장르론을 다시 혼란 속으로 몰아넣는 경우(예를 들면, 박연호, 『가사문학 장르론』, 다운샘, 2003)가 보이는데 이는 가사문학 발전을 위해 극히 불행한 일이 아닐 수 없다.

그래서 필자는 성무경의 논리를 참고하면서 문학의 장르론은 무엇보다 그 양식화의 원리를 언어적 진술(담론(談論), discourse) 양식의 특성에 초점을 맞추어야 한다는 진리를 따라, 보다 쉽게 이해할 수 있는 장르 구도를 다음과 같이 제시한 바 있다.

서정: 어떤 상황(정황)을 '노래하기'로 서술하는 진술 양식
전술: 어떤 사실(화젯거리)을 '전달하기'로 서술하는 진술 양식

서사: 어떤 사건을 '이야기하기(플롯)'로 서술하는 진술 양식

희곡: 어떤 행동을 '재현하기'(행동언어)로 보여주는 진술 양식

　여기서 유념할 것은 서정양식의 환기 방식에서 '노래하기'를 '노래'와 혼동해서는 안 된다는 것이다. '노래'는 음향적 율동과 가락에 얹어 부르는 것을 의미하지만, '노래하기'는 언어의 의미 생산적 율동화를 비롯해서 고도의 생략이나 비약, 함축적 언어, 비문법적 표현, 설명적이거나 부연(敷衍)적 서술의 배제 같은 통사 의미 구조를 차단하는 서술 방식을 적극 활용하는 진술 방식이라는 점에서 차이를 갖는다. 그리고 서사 양식의 환기 방식인 '이야기하기'는 단순히 '서술의 줄거리'(story)만을 이루는 수준의 이야기를 의미하는 것이 아니라, 줄거리에 응집력을 탄탄히 갖춘 플롯(plot) 수준의 서술 구성력을 보이는 진술양식으로서의 이야기를 의미한다. 이러한 장르론적 구도의 실제 적용은 앞으로 가사 작품을 구체적으로 분석하는 자리에서 검증해볼 예정이다.

　끝으로 필자의 장르구도가 가사를 비롯한 문학 작품의 본질과 속성을 파악하고 작품의 가치를 발굴해 내는데 자그마한 보탬이 되었으면 하는 것이 소망이다. 물론 인문학에서 영원한 진리란 있을 수 없듯이, 언제든 보다 명쾌한 문학의 장르론이 새롭게 구축되어 가사의 문학성을 보다 만족스럽게 드러내는 장르 구도가 수립되었으면 하는 것이 필자의 궁극적인 바람이다.

사대부층의 가곡 향유와 가사 명칭

1. 가사 명칭과 장르와의 상관성

작품을 창작하고 향유함에 있어서 장르란 작자에게는 '글쓰기의 본(本)'이 되고, 수용자(독자, 청자)에게는 '기대(期待) 지평'으로 다가온다. 우리가 다루려는 가사라는 장르도 그것을 지어보려는 작자에게는 이미 선행의 가사 작품이 글쓰기의 본이 되어 그 본보기를 따라 습작을 하게 마련이며, 가사 작품을 즐겨 감상하고 읽어 보려는 독자에게는, 가사란 형식상으로는 4음 4보격의 연속체 율문 곧 시가(시)로 읽혀질 것으로 기대하게 되고, 담화 방식으로는 어떤 화젯거리(topics, 혹은 subject)나 메시지를 세세하게 펼쳐 서술하고 조목조목 갖추어 전달하고자 하는 방식으로 진술될 것이라는 기대를 갖고 수용하게 된다. 그래서 가사를 수용하는 순간 어떤 내용의 메시지가 담겨 있으며 그것이 얼마나 시적으로 호소력을 가지면서 문학성을 획득하고 있는가에 관심을 갖는다. 가사가 창작되어 널리 인구에 회자되면서 향유되는 작품일수록 그만큼 기대 지평을 충족하는 호소력을 가진다는 것이다.

그런데 하나의 역사적 장르가 처음부터 어떤 특정의 '명칭'으로 불려지면서 그 형식(form)과 담화체 양식 곧 진술 양식이 모두 갖추어 져 생성되고, 그것을 모범으로 삼아 어떠한 일탈도 없이 교조적으로 수용되는, 그런 규범적 장르란 찾아보기 어렵다. 대체로 새로운 장르의 생성은 무無에서 출발하는 것이 아니라 기존의 장르를 '양식적으로 변용'(modal transformation)하여 창조적으로 수용하는 데서 이루어지는 것이므로, 장르 발생 초기와 발전기에는 독자적인 장르 명칭을 획득하지 못하고 기존의 관습적 장르 명칭으로 일반화 되는 경우가 허다하다. 따라서 특정의 장르와 그에 붙여지는 관습적 명칭을 동일시해서는 안 된다. 특히 어떤 명칭들은 대단히 일반화 되어 있어서 그 일반화된 명칭을 장르의 명칭으로 인식해서는 안 된다는 것이다.

이를테면, '단가'라는 명칭은 노래의 길이가 짧은 형식으로 된 작품에 붙이는 널리 일반화된 명칭으로 사용되어 왔다. 따라서 단가라는 같은 명칭을 사용한 작품이면 모두 같은 장르로 인식해서는 옳지 않다는 것이다. 예를 들면 가곡창이나 시조창으로 부르는, 문학적으로 초-중-종장의 3장 형식으로 구조화된 단가와, 그런 형식과는 장르 속성이나 구조가 다른 판소리 허두가로 부르는 짧은 형식의 노래인 단가를 명칭이 동일하다하여 장르상으로도 동일 범주에 든다고 봐서는 안 된다는 것이다.

단가에 대응되는 '장가'라는 명칭도 대단히 일반화된 개념어로 쓰여 왔다. 저 신라시대에 불렸다는 〈실혜가〉와 〈해론가〉 같은 장편의 시가도 장가라 했고, 고려 말부터 향유가 시작된 어부사계통의 장가가 있는가 하면, 궁중의 속악 악장으로 불려 진 가요도 장가라 했다. 나아가 가곡의 변격 혹은 파격으로 불려 진 만횡청류 곧 사설시조 계통도 장가라 칭했다. 뿐 아니라 우리가 여기서 장르 개념어로 사용하고자 하는 '가사歌辭' 계통의 노래도 장가라는 범칭을 사용하는 경우가 허다했다. 그러한 사례를 가사 계통의 작품과 결부된 경우에서 찾아보기로 하자.

우리나라의 **가사**는 방언을 섞어 써서 중국의 악부와는 견줄 수가 없으니 근세의 송순, 정철이 지은 것이 가장 좋으면서도 인구에 회자되는 데에 그쳤으니 안타깝도다! **장가**는 곧 〈감군은〉, 〈한림별곡〉, 〈어부사〉가 가장 오래 되었고, 근세의 〈퇴계가〉, 〈남명가〉, 송순의 〈면앙정가〉, 백광홍의 〈관서별곡〉, 정철의 〈관동별곡〉, 〈사미인곡〉, 〈속미인곡〉, 〈장진주사〉가 세간에 성행하고 있다. 그 밖에 〈수월정가〉, 〈역대가〉, 〈관산별곡〉, 〈고별리곡〉,

〈남정가〉 같은 따위가 매우 많다. 나도 또한 〈조천전후2곡〉이 있으니 희작 (戲作)일 뿐이다.

이수광이 1614년(광해군 6)에 지은 『지봉유설』의 문장부(文章部) 가사 조(歌詞條)에서 언급한 내용이다. 여기서 사용한 일반화된 명칭은 두 가 지가 주목된다. 하나는 앞에서 살펴본 **장가**라는 일반화된 명칭이고, 다른 하나는 이들 장가를 묶어 한편으로는 **가사**(歌詞)라고 부르기도 했다는 점 이다. 앞의 인용문에서 '장가'라는 이름으로 거론된 작품을 장르적인 관점 에서 살펴보면, 〈감군은〉은 국문 악장에 드는 작품이고, 〈한림별곡〉은 경 기체가에 들며, 〈어부사〉는 아직 장르 이름을 부여받지 못한 유형이어서 장르가 제 각각이다. 다만 〈퇴계가〉에서부터 〈조천전후2곡〉에 이르기까 지에 인용된 작품들은 모두 가사 장르에 해당하되, 그 가운데 〈장진주사〉 는 가사가 아니라 사설시조에 속한다. 〈장진주가〉가 어찌하여 가사가 아 니라 사설시조에 장르가 귀속되는지에 대한 상론은 다음 장에서 다루기 로 한다. 여하튼 '장가'라는 용어는 그 범주에 국문악장, 경기체가, 가사, 사설시조 등 제각기 다른 장르들을 두루 포괄하고 있어서, 단지 작품 길 이가 단가에 비해 '길다'는 의미 외에는 장르적 변별력을 전혀 갖지 못하 는 개념어임을 확인할 수 있다.

한편 앞에 인용한 글에서는 장가라는 명칭과 함께 '가사'라는 명칭을 대등한 개념으로 사용함으로써 그 둘을 동일시하여 사용하기도 했음이 눈에 띈다. 여기 거론된 '장가'들을 묶어 가사조 항목으로 지정했기 때문 이다. 이로써 볼 때 여기서 사용된 '歌詞'라는 명칭 역시 가사 장르만 특정 해 지칭한 것이 아니라 대단히 일반화된 명칭으로 사용되었음을 알 수 있다. 가사 장르 외에 사용된 예를 더 들면 고려시대에 속악으로 부른 **악 장**계통 노래도 가사라 범칭했고, 심지어 이형상이 저술한 『지령록』에는 **평시조**인 〈포은가〉와 〈야은가〉를 가사歌詞 2결二闋이라 소개하면서 정몽 주의 〈단심가〉와 길재가 지었다는 "삼동에 베옷입고 암혈에 눈비 맞아……"(시조를 모은 각종 가집에는 이 작품의 작자를 조식, 양응정이라 표기한 경우가 압도적임)를 歌詞라 지칭하고 있다.

여기에 더하여 송강 정철의 시가 작품을 모아 간행한 『송강가사(松江歌辭)』는 歌詞라는 용어를 사용하지 않고 굳이 '歌辭'라 하여 '사'라는 글자를 달리 쓰고 있는데, 이 용례에서도 정철이 지은 단가로 시조를 묶고, 장가로 사설시조 및 가사를 함께 묶어 이들을 통합한 용어로 歌辭라는 명칭으로 책의 제목을 삼은 것으로 보아 歌辭를 歌詞와 혼용해서 쓰는 것 또한 당대의 관례였음을 알 수 있다. 따라서 가사라는 명칭에서도 歌詞와 歌辭라는 두 가지 용례를 보이는데, 이 둘 사이에는 가사의 장르 운용에서 어떤 차이가 있는지 보다 세밀히 밝혀야 할 과제다.

2. 가사의 향유층 변화와 장르의 운용

이처럼 장르적으로 다른 부류를 관습적으로 동일한 범주로 지칭하여 사용해 왔으므로, 우리는 작품을 해당 명칭에서가 아니라 구조적 특징과 담화체양식(노래하기-서정, 이야기하기-서사, 전달하기-교술, 행동으로 재현하기-희곡)의 차이, 다시 말해 속성의 차이에서 장르를 구분해야 할 필요가 제기된다.

앞에서 언급한 바와 같이 대부분의 장르가 그러하지만, 가사도 처음부터 장르의 규범이 확정되어 그것을 글쓰기의 본으로 삼아 향유되고 독자의 기대 지평과 완전히 부합하는 장르 명칭으로 시종 일관 지속되었던 것은 아니다. 가사는 시대를 초월하는 추상적 장르로 존재해온 것이 아니라 그것을 향유하는 시대의 사회-문화적 실체로서 지속과 변화를 겪어온 역사적 장르이기 때문에 그 시대의 정치-사회-문화의 변동에 민감하게 반응하고 그러한 시대적 감성과 미감(美感)을 반영하여 향유자의 기대지평을 따라 가사의 관습적 명칭도 상당한 변화를 겪었던 것이다.

따라서 가사의 명칭은 그냥 관습적으로 혹은 임의적으로 붙여지는 이름이 아니라 시대의 변화를 반영한 것이라 볼 때, 그 명칭을 통해 가사를 향유한 시대의 중심 담당층이 갖는 문학적 기호(嗜好)와 음악적 기호를 감지할 수 있고, 그들의 기대 지평이 어떠한 방향으로 작동하는지를 알아낼 수 있게 된다. 우리의 고전시가가 모두 그러하듯이, 가사는 시(문학)이면서 가(음악)인 '시가'였으므로, 문학적 향유와 음악적 향유를 동시에 충족해 왔기 때문에, 그 시대 중심 향유층의 미감 변화에 따른 기대 지평을 읽어낼 수 있다는 것이다. 그러므로 우리는 가사의 명칭을 그것을 향유한 시대의 담당층의 변화와 연계해서 살펴보아야 가사라는 역사적 장르의 변화상을 제대로 파악해 낼 수 있다. 그런 점에서 지금까지 가사의 명칭 문제를 너무 소홀하게 다루지는 않았는지 반성하게 된다.

이를테면 ① 사대부 층이 중심 향유층이 되는 **가곡 주도시대의 가사**(조선 초에서부터 17세기 후반까지)와, ② 가사의 향유층이 중인 서리층으로, 혹은 규방의 부녀자층으로 확대되고, 중심 향유층이었던 사대부층의 신분 동요에 따라 중앙관료층(경화사족)과, 재지사족층(향촌사족), 몰락사족층으로 분화되면서 그들의 현실 대응 인식의 차이에 따른 가사의 변화 등, **향유층 확산 시대의 가사**(17세기 후반부터 19세기 초반까지), ③ 도시의 발달과 함께 유흥문화, 소비문화가 가사의 향유에 침투하여 하층민인 전문적 소리패에 의해 **잡가 전성시대**를 이룬, **저변화 시대의 가사**(19세기 중후반부터 20세기 중반까지), 그리고 이 시대와 병행하여 ④ 가사가 지닌 송독물(誦讀物)로서의 효용적 기능을 극대화 시킨 새로운 종교가사(기존의 불교가사 외에 천주교 가사, 동학가사)의 대두와 함께 가사가 대량 생산의 인쇄 매체에 수록됨으로써 가창 혹은 음영물에서 눈으로 묵독(黙讀)하는 제시 형식의 근본적 변화를 보인 **개화기 이후 근·현대의 가사**(19세기 중후반부터 21세기 오늘 날까지)는, 가사라는 장르에 요구되는 기대 지평이 상당히 다를 수밖에 없으며, 그에 따른 장르 성향의 운동 폭 또한 상당히 큰 진폭을 그리게 된다는 것이다. 앞으로 이러한 가사 향유의 변화상을 그에 붙여지는 명칭과 향유층의 상관성에 유의하면서 차례대로 다루어 보고자 한다.

장르적 시각에서 작품을 접근하는 방법은 두 가지다. 주어진 시대의 자료들을 관찰해 나가는 데서 장르의 존재를 확인해 나가는 귀납적 방법과, 문학적 담화체의 이론을 가지고 그로부터 장르의 존재를 추정해 나가는 연역적 방법이다. 장르는 각각의 시대 내부에서 하나의 체계를 이루고 있어서 상호 관계 속에서만 정의될 수 있다. 문학사의 각 시대에서 공존하는 다른 장르(특히 시조, 잡가, 민요, 한시 같은 인접장르)와의 관계에 따라 정의되고 파악되어야 한다. 이런 관점에서 가사의 장르 운동 양상을 그 명칭과 장르 교섭 관계에 유의하면서 파악함으로써 가사의 장르성향과 그에 따른 문학성을 보다 면밀히 들추어낼 수 있다고 본다.

3. 가곡 주도 시대의 가사 명칭

14세기 고려 말에 나옹화상(懶翁和尙) 혜근(慧勤)의 〈서왕가〉, 〈승원가〉 등과 신득청의 〈역대전리가〉에서 출발한 가사 문학은 조선시대로 넘어오면서 17세기에 이르기까지 유가이념을 기반으로 한 사대부 중심의 장르로 발전해 가면서 그들 계층이 향유했던 시가 양식에 따라 여러 관습적 명칭으로 불려 져 왔다. 특히 이 시대는 사대부층이 가장 애호하며 즐겨 향유했던 장르가 시조를 5장의 단창(短唱)으로 부르는 **가곡**이었던 관계로, 시가 장르에서 음악문화적으로 가장 고급화한 '가곡'이 시가의 표준이 되고 그것이 주도했던 시대였다. 따라서 가곡이란 명칭이 다른 어떤 장르 명칭보다 흡인력이 강한 것으로 나타나게 되었다. 이러한 가곡 주도 시대에 가사의 명칭도 이들 계층에게는 개별 장르로서의 가사문학의 정체성을 인정하여 별도의 명칭으로 불리기보다는 '가곡'의 범주에 드는 것으로 통칭해 부르는 경향이 강했다.

예를 들면 비록 현재 전하지는 않고 그 서문(序文)만 남아 있지만, 김천택보다 한 세대 앞서 시조 가집을 최초로 엮어 『청구영언』과 『이원신보』라는 이름으로 펴낸 홍만종의 경우도(이에 대한 상론은 졸고, 「홍만종의 가집 편찬과 전환기 시조의 형식전변」, 『한국고전시가의 전통과 계승』, 성균관대출판부 참조 바람) 그의 저술 『순오지』(1678)의 '가곡' 항목에서 다음과 같이 언급하고 있어 그 대표적인 경향을 볼 수 있다.

우리나라 사람이 지은 **歌曲**은 오로지 방언만 사용하고 간혹 문자를 섞었으나 대개가 언문으로 된 것이 세상에 전하고 있다. 대개 방언을 사용하는 것은 그 나라 풍속에 있어서 그렇지 않을 수가 없기 때문이다. 그러니 그 가곡이 중국의 것과 비등하지는 못하다 할지라도 또한 **볼 만하고 들을만한** 것이 전혀 없지도 않다. …… 내가 우리나라 **장가(長歌)** 중에서 표표히 세간에 성행한 것을 취하여 아래와 같이 간략한 평가의 말을 덧붙이기로 한다. 〈역대가歷代歌〉는 진복창이 지은 것이다. ……

이렇게 진복창의 〈역대가〉를 필두로 〈권선지로가〉〈만분가〉〈면앙정가〉〈관서별곡〉〈관동별곡〉〈사미인곡〉〈속사미인곡〉〈장진주〉〈강촌별곡〉〈원부사〉〈목동가〉〈맹상군가〉 등 14작품을 묶어 '**가곡**'이라 칭하고 있다. 그러면서도 "내가 우리나라 **장가**(長歌) 가운데서 표표(表表)히 세간에 성행한 것을 취하여 간략한 평어(評語)를 붙이기로 한다."라고 하여 장가라는 명칭도 가곡과 구분 없이 사용하고 있다. 여기서 이들 14편의 장가가 다른 계층의 참여 없이 모두 사대부 계층의 작품이라는 점에서 확인되듯이, 가사문학은 조선 초에서 17세기에 이르기까지는 사대부의 전유물이라 해도 과언이 아닐 정도로 그들이 창작하고 그들이 향유했던 장르임을 알 수 있다. 다시 말하면 17세기에 이르도록 사대부들은 고급의 음악 문화로 **가곡**을 전적으로 향유했으며, 그 가곡으로서 단가는 시조로, 장가는 가사로 향유하면서 이 두 장르를 양대(兩大) 장르로 발전시키고 독점해

왔던 것이다.

홍만종이 가곡이라 통칭하면서 '장가'라는 용어를 구분 없이 사용한 것도 이런 음악문화의 분위기를 반영한 것이라 할 것이다. 가사문학을 장가라 칭하면서도 가곡이라는 이름으로 통칭한 것은 그 당대의 가사문학의 이상형(ideal type)이 가곡이었음을 말해주고, 그만큼 가사문학의 격(格)을 높이 보고 향유해 갔다는 증거이기도 하다. 당대 최고의 품격을 가진 시가 장르가 시조를 5장의 고급음악으로 부르는 가곡이었기 때문에 가사도 그와 같은 명칭을 쓸 만큼 동급의 반열에 오르는 시가로 인식했다는 것이다. 그래서 가사는 가곡, 시조와 함께 '정가(正歌)'의 반열에 두었으며, 민요, 잡가, 무가, 타령 등의 민속악계통은 '잡요(雜謠)'라 하여 차별화했던 것이다.

이렇게 가사를 가곡의 반열에 올려 동일 현장에서 동일 계층이 향유하다 보니 사설시조 계통의 장가와 가사 계통의 장가가 같은 장르는 아니지만 같은 유형(type)의 노래로 인식하고 있다는 점을 사대부층의 관습화한 명칭을 통해 알아낼 수 있다. 앞의 인용문에서 홍만종이 장가의 가곡으로 언급한 14편 속에 이 두 장르가 차별 없이 혼용되어 있는 것에서 확인된다. 즉, 14편 모두가 유형으로는 장가에 들지만, 장르상으로는 12편만 가사에 들고, 〈장진주〉와 〈맹상군가〉 2편은 장가이기는 하되 장르적으로는 사설시조에 들기 때문이다. 여기서 우리는 장르와 유형을 그 관습적 명칭에 혼동되지 않게 구분할 필요가 제기된다.

이러한 명칭의 혼용 탓인지, 어떤 이는 가곡 작품을 모아 엮은 『진본 청구영언』에 〈장진주사〉와 〈맹상군가〉가 초삭대엽, 삼삭대엽, 낙시조 같은 가곡의 분류 항목에 소속되지 않고 작품 이름을 별도의 독립 항으로 설정하고 있다는 점에 주목하여 이 두 작품을 가곡계통 악곡과는 다른 성격의 노래─즉 "십이가사 혹은 잡가계 노래와 오히려 더 친연성이 큰 노래"라고 추정하기도 한다. 그러나 『진본 청구영언』은 십이가사계나 잡가계 노래는 단 한편도 수록하지 않은, 가곡계의 단가와 장가 노래만 실은 고급 가집이라는 점을 명심할 필요가 있다. 가집 체재를 살펴보면 그 점이 드러난다. 즉 정성(正聲)계통의 노래인 초삭대엽과 [이삭대엽](실제로 이삭대엽으로 불리든 불리지 않든 상관없이 유명씨 작품의 평시조이면 모두 작자별 연대순으로 이 항목에 수록한 탓으로 악곡 표시는 하지 않음)에 이어, 무명씨의 작품과 삼삭대엽을 수록하고, 다음으로 정성 곧 정격에 들진 않아 변격의 음성(淫聲)이긴 하지만 정형을 대체로 지켜 단가(평시조)로 볼 수 있는 낙시조(당대에 새로 유행하는 '낙'계통의 노래)를 실어 놓음으로써 단가의 가곡을 마무리해 놓았다. 따라서 〈장진주사〉와 〈맹상군가〉를 십이가사 혹은 잡가계 노래와 같은 계통으로 보는 것은 두 작품의 격을 낮추는 일종의 모욕이라 할 수 있다.

이러한 단가 가곡에 이어, 마지막으로 장가로 된 가곡인 〈장진주사〉와 〈맹상군가〉를 작품의 제목과 함께 수록해 놓은 것이 이 가집이다. 그런데 김천택의 가집 편찬에 있어서 문제는 이 두 장가 작품 외에, 같은 장가 가곡에 속하는 노래지만 아직 강조(腔調, 노래의 곡조)가 다듬어지지 않아 악곡이 거친데다가 노랫말마저 음왜(淫哇)하고 뜻이 보잘 것 없어 가곡의 고급 음악으로서는 도저히 모범으로 삼을 수 없는 '만횡청류'를 수록할 것인가 아닌가의 고민에 빠진 것이다. 수집된 작품 분량으로 보면 그 유래가 오래되어 향유의 역사가 긴 탓에 무려 116수나 되는데 이들을 어떤 명분을 얻어 수록할 것인가가 문제였다. 그래서 당대의 상류층 가객이었던 마악노초 이정섭에게서 이론적 뒷받침(『시경』의 정풍(鄭風)과 위풍(衛風)에 해당하는 '자연의 진기(眞機)'에서 나온 노래)이 되는 발문(跋文)을 받아 가집의 맨 마지막에 '특별히' 부록으로 수록해 넣는 방법을 택했다.

〈장진주사〉와 〈맹상군가〉를 비롯하여 '만횡청류'가 가곡계 장가 곧 사설시조임을 확실히 할 수 있는 자료는 이형상이 지은 『악학편곡』(1706)의 '지령록'이다. 이 책에 '금속행용가곡(今俗行用歌曲)'이라 하여 그 당대에 유행되고 있는 가곡계 시조 작품을 편집했는데, 먼저 금보(琴譜, 거문고

악보)의 3조인 평조, 우조, 계면조로 나누어 '단가'(평시조) 55수를 한역하여 정리했다. 그리고 이어서 '장가' 4수를 노래 제목과 함께 한역해 놓았는데 〈장진주〉〈옹문주〉〈맹상군가〉〈구마련〉〈탄식애〉가 그것이다. 이 가운데 〈탄식애(歎息喝)〉는 그 한역가로 볼 때 진본 청구영언에서 사설시조를 모아놓은 '만횡청류'에 실려 있는 다음 작품(청진 541번)의 이형태(異形態, version)가 확실하므로, 이 작품을 살펴보면 이 장가가 가사계 장가가 아니라 만횡청류에 속하는 가곡계 장가 곧 사설시조라는 것이 확인된다.

窓 내고쟈/ 窓을 내고쟈/ 이 내 가슴에/ 窓 내고쟈//
　고모장지 셰살장지 들장지 열장지/ 암돌져귀 수돌져귀/ 빗목걸새 크나큰
장도리로 쑹닥 바가/
　이 내 가슴에 窓 내고쟈//
　잇다감/ 하 답답홀 제면/ 여다져 볼가/ ᄒ노라//

(/ 는 통사·의미 단위구, // 는 장 구분)

　우선 이 작품의 노랫말 형식이 다른 '만횡청류'와 마찬가지로 평시조보다는 늘어나 있지만, 그 큰 틀에서는 시조의 기본형식인 초-중-종장의 3장을 갖추고 있고, 각 장은 4개의 음보 대신 그보다 큰 단위인 4개의 토막(통사·의미단위구)으로 구성되고, 종장은 첫 음보가 3음절로, 둘째음보는 과음보로 되어 있어 시조의 정형(整形)을 준수하는 사설시조로서의 내적 질서를 견지하고 있다는 점에서 가사가 아니라 사설시조임이 판명된다. 뿐 아니라 이 작품이 다음과 같은 평시조의 형식으로도 충분히 의미 전달이 완결됨에도 불구하고 그에 만족하지 않고, 거기다 말 수를 늘이거나 촘촘하게 엮어 짜 넣는 '사설시조' 특유의 '말 늘임' 혹은 '말 엮음'의 방식(사설체, 곧 2음보격 연속체)을 택하고 있다는 점에서 사설시조의 노랫말 화법(話法)과 일치하므로 가곡계 장가 곧 사설시조임이 분명해진다.

窓 내고쟈/ 窓 내고쟈/ 내 가슴에/ 窓 내고쟈

비목걸새/ 쑹닥 바가/ 내 가슴에/ 窓 내고쟈

잇다감/ 답답홀 제면/ 여다져 볼가/ ᄒ노라

이렇게 앞의 사설시조 작품을 굵은 글씨부분으로 재편성해보면 온전한 평시조 작품으로 환원될 수 있다는 자체가 만횡청류 곧 사설시조의 장르 실현이 본가곡(평시조)의 기본 장단(10점 16박)을 유지하면서 한배(tempo)만 빨라지는, 혹은 보다 빠른 편장단(編長短, 10점 10박)에 노랫말을 촘촘하게 엮어 짜나가는 방식으로 텍스트화 되었다는 사실을 증명해 준다. 이는 사설시조의 확장 방식이 가곡창에서 평시조나 사설시조 모두 16박 한 장단을 기본 장단으로 하되, 사설을 늘일 때는 그 늘어난 만큼 장단의 수를 늘리거나 사설을 촘촘히 박아서 배열하는 방법을 쓰며, 이 때 8박(반 각이라 함) 2개를 하나의 선율형으로 하여 사설을 확장하기 때문에 노랫말이 율격적으로는 2음보 연속체로 되면서 장형을 이루게 된다는 생성 메커니즘과 일치한다.

앞에 인용한 〈탄식애〉도 중장이 특히 늘어났는데, 그 사설 엮음의 방식이 2음보 연속체로 된 것은 이러한 사설시조의 장단 방식이 반영된 결과라는 것이다. 중장이 특히 늘어나는 것도 사설시조의 관행적 사설짜임 이지만, 문학적으로 2음보 연속체는 '형상의 연쇄적 병치'에 해당하면서 '세계상의 감정 확장' 효과를 가져 오는데, 이러한 감정 확장이 장르적으로 교술에 드는 가사의 담화체 양식이 아니라 감정 곧 정서를 동력으로 삼는 서정시의 담화체 양식에 드는 사설시조의 속성임을 확인케 한다. 즉 억울하고 답답한 속내를 가슴을 활짝 열어 시원하게 털어내지 못하는 차폐(遮蔽)된 감정을 어떤 방식으로든 해소해보려는 안간힘이 열거와 과장의 수사(修辭)로 한껏 정서화 되어 표출함으로써 서정 담화 양식을 잘 보여준다. 다만 그 해소 방식이 진정성을 가지고 진지하게 토로되는 것(평시조의 방식)이 아니라 과장의 언어와 희화화된 방식을 통해 유희적으로 토로됨으로써 사설시조 특유의 미학을 드러내고 있다.

이러한 노랫말 짜임방식은 '장가'라고 관습적 명칭을 붙여 나란히 소개한 정철의 〈장진주사〉에서도 확인할 수 있다.

①흔 盞(잔) 먹새그려/ ②쏘 흔 盞 먹새그려/ ③곳 것거 算(산) 노코/ 無盡無盡(무진무진) 먹새그려//

이 몸이 주근 後(후)에/ 지게 우희 거적 더퍼 주리혀 믜여가나 流蘇(유소) 寶帳(보장)에 萬人(만인)이 우러네나 어옥새 속새 덥가나무 白楊(백양)수페 가기곳 가면/ 누른 히 흰 달 ᄀᆞᄂᆞ 비 굴근 눈 쇼쇼리 ᄇᆞ람 불 제/ 뉘 흔 盞 먹쟈 ᄒᆞ고//

④ᄒᆞᆯ물며/ ⑤무덤 우희 진나비 프람 불 제/ 뉘우츤들/ 엇지리//

(/ 는 토막(의미 단위구), // 는 장 구분, 밑줄은 음보,

ˇ는 2음보격 단위 표시)

숫자는 현행(現行) 여창가곡을 따라 표기한 것인데, 이처럼 그 사설이 5장의 가곡창 장 구성 속성에 자연스럽게 일치하는 것을 보면 전통적으로 가곡창(현행은 여창이지만 송강의 시대에는 남녀창 구분 없이 불렀을 것) 장단과 가락으로 불렸을 것이고, 이 작품을 문학적 어법에 따라 표기하면 위와 같이 평시조의 3장체계 형식과 단위를 그대로 따르면서 다만 말 수를 늘여 '2음보 단위로 확장'(2음보격 연속체)한 것에 불과하다는 사실을 알 수 있다. 그리고 굵은 글씨로 표기한 것만 뽑아 새로이 재편하면 〈탄식애〉처럼 다음과 같이 완벽하게 평시조로 환원된다는 것이다.

흔 盞∨ 먹새그려/ 쏘 흔 盞∨ 먹새그려//

이 몸이∨ 주근 後에/ 뉘 흔 盞∨ 먹쟈 ᄒᆞ고//

ᄒᆞᆯ물며∨ 진나비 프람 불 제/ 뉘우츤들∨ 엇지리//

(∨ 표는 마디, / 표는 구(句), // 표는 장(章)을 구분한 것임)

또한 〈장진주사〉는 **가곡창** 반주를 위한 각종 금보琴譜에 실려 있다는 점(예를 들면 『삼죽금보』에 장단과 악조가 장별로 표기되어 있음), 그리고 〈장진주사〉가 실린 가집마다 작품에 이어 첨부하는 권필의 〈과송강묘유감(過松江墓有感)〉이란 한시의 결구(結句)에 "昔年歌曲卽今朝(옛적에 부른 가곡이 바로 오늘을 말함이군요)"라고 표현한 데서도 이 노래가 가곡 계통에 드는 장가 곧 사설시조임을 확인해주고 있다. 가집 『고금가곡』에는 '歌詞(한시 사부(辭賦)와 가창가사를 실음)－歌曲'이라는 전체 체계의 편집구도로 엮어져 있는데, 그러한 구도 내에서 만횡청류는 '가사'쪽이 아니라 '가곡'의 하위 체계로 단가에 이어 장가의 항목 명으로 제시되어 있다는 점에서도 만횡청류가 가곡계 장가 곧 사설시조임이 드러난다. 또한 『근화악부』란 가집에도 '만횡청류' 항목에 귀속시키고 있어 가사가 아니라 사설시조임을 분명히 하고 있다.

가집에 독립적 편목으로 수용되는 경우라도 편가(編歌) 즉 '가곡 한 바탕'[歌曲一通]의 짜임에서 '〈장진주〉와 대(臺)'(〈空山落木 雨蕭簫ᄒ니~〉를 부름), '편가 전체와 가필주대(歌畢奏臺)'(〈태평가〉를 부름)로 구성된 대응의 쌍(編: 解의 대응-19세기 연창방식임)을 이루면서 가곡의 레퍼토리로 연행되었다는 점에서 시조 권역에 놓인 사설시조로서의 장르 정체성이 드러난다. 더구나 그 담화체 양식에서도 '정서'가 중심 동력이 되는 '노래하기'의 담화방식으로 화행짜임이 이루어져 있는 것이지, 인생무상의 메시지를 효과적으로 '전달하기'의 담화방식으로 화행이 직조되어 있지 않다. 다만 19세기 말 20세기 초에 〈장진주〉가 가사창(가창가사)으로 밀려나기도 했던 정황은 그 시기에 잡가 전성시대를 맞아 그동안 중심 장르였던 가곡, 가사, 시조가 단일성을 일탈하고 다기화(多技化)되면서 여러 가창장르가 서로 경쟁하면서 장르 교섭현상을 보이고, 나아가 다른 가창방식으로 실현되는 응용적 일탈을 관습적으로 일으킨다는 점에서 장르 운동의 융통성으로 이해될 수 있을 것이다.

아무튼 이형상의 '금속행용가곡'에서 장가의 가곡으로 레퍼토리화 된 4

수 가운데 〈장진주〉와 〈탄식애〉 2수가 사설시조로 판명된 이상, 나머지 〈옹문주〉(맹상군가)와 〈구마련〉도 사설시조일 것이 확실시 된다. 이제 더 이상 〈장진주사〉 같은 사설시조를 『송강가사』에 다른 '가사' 작품과 함께 장가 쪽에 실렸다하여 가사로 보아서는 안 될 것이다.

4. 사대부층의 장가 향유와 장르 관습

장르상으로 가사와 사설시조를 혼동한 예는 다른 작품에서도 상당히 찾아볼 수 있다. 예를 들면 이상보가 편저한 『한국가사선집』(집문당, 1979)에는 〈안인수가〉를 가사로 보아 편집해 넣었는데, 이로 인함인지 한국민족문화대백과사전에서도 이 작품을 가사로 소개했다. 왜 이런 혼동이 일어났을까? 이는 가곡주도 시대에 사대부층이 가곡을 짓는 관행으로 사설시조계 장가와 가사계 장가를 지었기 때문일 것이다. 다시 말해 가사의 작시 관습과 시조의 작시 관습이 혼용되어 텍스트화 됨으로 해서 오늘날 그 장르 구분이 모호해지는 요인이 된 것으로 보인다. 즉 작품의 서두부를 가사처럼 시작한다든지, 혹은 마지막 결구를 시조처럼 마무리하는 작시 관습이 생겨남으로 해서 과연 가사인지 사설시조인지 헷갈릴 수 있다는 것이다. 〈안인수가〉가 그런 모습을 전형적으로 보여준다.

어와 셜온지고	싱각ᄒ니 더옥 슬픠	
萬里 外이어	이 어디라 혼자 와셔	
ᄆᆞ음의 미친 님을	꿈의나 보려ᄒ여	客窓을 지혀시니
헌ᄉ로운 淸風은	碧海를 지내 불고	
외로운 明月은	板屋이 빗겨시니	
ᄆᆞ음이 閑暇ᄒ여	ᄌᆞᆷ이 조차 아니온다.	
아니 오ᄂᆞ 님은 ᄏᆞ니와	오던 ᄌᆞᆷ은 어듸 간고	

줌조차 無情히 되니   더욱 슬퍼 ᄒ노라

  이 작품은 임진왜란 때 외국의 포로로 끌려갔던 백수회가 일본 교토에
서 시가로 화답하면서 사귀던 안인수라는 사람이 지은 작품이라 한다. 그
러나 그의 신원이 미상이어서 자세한 텍스트 상황은 알 수 없다. 그러나
작품을 통해 그 정황을 추정해본다면 안인수 역시 일본에 포로로 끌려간
신세로 보인다. 낯선 땅 머나먼 곳으로 끌려와서 혼자 외로이 잠 못 이루
는 처연한 정황을 서럽고 슬픈 감정으로 토로하고 있기 때문이다. 거기다
고국에 두고 온 탓에 마음에 맺힌 임, 곧 임금님을 뵙지 못하는 결핍의
정서가 강렬한 서정성으로 드러나 있어 담화체 양식이 자신의 이러한 처
연한 신세를 남에게 알리고 전달하기 위한 교술이 아님을 알 수 있다.
  그럼에도 이 작품을 가사 장르에 드는 것으로 오인케 한 요인은 첫 서
두부가 "어와 셜온지고 싱각ᄒ니 더옥 슬픠~"로 시작되어, 가사 장르에
서 흔히 보는 서두부의 관습적 어투인 "어와 슬프구나 이내 사설 들어보
소~"와 너무나 유사하기 때문일 것이다. 그리고 무엇보다 본사부에서 "ᄆ
음의 미친 님을 쑴의나 보려ᄒ여~"에서부터 "아니 오는 님은 ᄏ니와 오
던 줌은 어듸 간고"까지는 송강의 〈관동별곡〉〈사미인곡〉〈속미인곡〉을
연상케 하는 모티프 설정과 표현 어투로 짜여 있어 가사의 관습적 어법
과 분위기를 충분히 보여주고 있다. 아마도 이런 요인 때문에 가사 장르
로 오인케 했을 것이다. 거기다 마지막 결구 부분도 송강의 가사에서 흔
히 보듯 시조 종장의 관습을 끌어 왔으므로 그것이 가사 장르로 오인하
는데 방해가 될 수는 없었을 것이다.
  그러나 이 작품은 사설시조의 형식을 전형적으로 보여주고 있어 장르
상 헷갈릴 이유가 없다. 우선 "어와 셜온지고 싱각ᄒ니 더욱 슬픠"가 초장
에 해당하고, 그 다음 행부터 "오던 줌은 어듸 간고"까지가 중장에 해당하
며, 마지막 "줌조차 無情히 되니 더욱 슬퍼 ᄒ노라"가 종장에 해당되어 시
조의 3장 형식을 그대로 잘 갖추고 있다. 그리고 이 작품 역시 사설시조

의 작시 관행을 따라 중장이 특히 길어져 있는데, 그 사설 확장의 원리는 2음보격 연속체의 "말 늘임" 혹은 '엮음' 방식을 택하고 있다. 마지막으로 종장의 종결 법칙 또한 첫 음보를 3음절로 고정시키고, 둘째 음보를 과음보로 하는 형식을 그대로 준수하고 있어 사설시조로서의 형식을 충실하게 보여준다. 다만, 사설시조 특유의 과장적 열거나 희화화의 수법은 보이지 않고 있지만, 외롭고 서러운 감정을 철저하게 통어하지 못하는 정서 과잉의 수사는 사설시조의 장르 성향에 그대로 닿아 있어 문제가 되지 않는다. (〈안인수가〉는 사설시조의 두 가지 서술 확장 유형 가운데 희화화가 중심이 되는 '놀이기능'이 아닌, 마음에 맺힌 것을 한껏 풀어내는 '풀이 기능'에 해당하는 사례에 해당함. 사설시조의 두 가지 기능에 대하여는 졸저, 「사설시조의 시학적 특성」, 『한국고시가의 거시적탐구』, 탐구당에 수록됨.)

이제 명칭과 관련하여 장르 문제를 논의할 때, 사대부층의 향유 관습과 주도적 장르와의 상관성, 그들의 작시 관행과 표현 어법, 그리고 무엇보다 형식의 짜임과 담화체 양식의 특징 등을 종합적으로 고려하여 명칭의 혼동에서 오는 장르의 오인을 더 이상 되풀이해서는 안 된다는 점을 유의해야 하겠다.

발생기의 가사, 그 이념성과 문학성

1. 가사의 발생과 작자층

잘 알려진 바와 같이 가사 장르의 출발은 불교계에서 시작되었다. 고려 말의 유명한 선승(禪僧)인 나옹화상 혜근(1320~1376)이 지었다는 가사 〈서왕가〉〈낙도가〉〈승원가〉 등 작품이 여럿 전하기 때문이다. 그런데 〈서왕가〉가 실린 가장 오래된 판본이 고려 말엽보다 무려 350년 가까이나 뒤인 18세기 영조 시대에 간행된 예천 용문사 판본(1704)이어서 과연 그 작자를 신빙할 수 있을까를 의심해 오기도 했다. 그러나 이 작품의 전승 계보가 휴정대사의 법맥을 따라 오랜 세월 '암송(暗誦)' 방식으로 구비 전승 되다가 판각되었음이 소상하게 밝혀지고(김종진, 「서왕가의 전승계보학과 구술성 층위」, 『한국시가연구』 18집, 한국시가학회 참조), 그 전승과 향유 집단이 휴정대사의 계보임에도 불구하고 작자를 휴정대사로 바꾸거나 혼동하지 않고 〈나옹화상 서왕가라〉라고 못 박아 가사 제목부터 그 작자가 나옹화상임을 분명히 하면서 전승되어 왔기 때문에 그 작자를 신빙하지 않을 수 없게 되었다. 이는 특정의 전승 집단을 확고히 갖지 않은 채로 향유되어 온 〈권선지로가〉가 가집이나 작자를 언급한 문헌 기록에 따라 주세붕, 퇴계, 율곡, 조식 등으로 작자의 혼동을 보이는 것과 좋은 대조가 된다. 〈서왕가〉의 판본이 여러 다른 사찰에서 시대를 달리하여 인간(印刊)되었음에도 작자의 혼동이나 착종이 없는 것은 그만큼 작자가 확고하다는 의미다.

그렇다면 고려 말에 나옹화상이 지은 직후부터 조선 시대 휴정 법맥으로 전승이 이어지기까지의 공백 기간은 어떤 방법으로 향유되어 갔을까? 그냥 고승의 법맥이나 불교신자들에 의해 구비로 '암송'되어 오기만 했을까. 더욱이 한글 창제 이전에는 어떤 모습으로 창작되고 전승되었을까. 이런 의문점은 다시 나옹화상이 지었다는 〈승원가〉가 발견됨으로써 풀리게 되었다. 즉 〈승원가〉는 한글 창제이전 고려시대 우리 말 표기 수단이었던 한자와 이두문(吏讀文)으로 표기되어 있어, 그 이두문 표기에 의해 가사가 '필사본'으로 창작되고, 전승되어 왔음이 확인되기 때문이다. 여기에 더하여 같은 방식의 한자와 이두문으로 표기된 고려 말 공민왕대의 관료인 신득청(1332~1392)이 지은 〈역대전리가〉가 발굴됨으로써 가사의 발생이 고려 말로 확정되는 데 의문의 여지가 없게 되었다. 특히 고려 공민왕 20년(1371)에 지었다는 신득청의 〈역대전리가〉는 한문에다 이두표기를 혼용하여 이두표기 부분은 조선시대 세종대에 범승락(范承洛)이 당시 창제된 한글로 토를 달아 성삼문과 박팽년에게 보여 1458년에 개작했다고 한다.

이 작품이 단종대의 기록물인 『화해사전(華海師全)』 권6에 전하는데, 이 책은 신득청의 조부인 신현이 주인공으로 설정되어 문답형식으로 유교적 입장에서 도덕규범과 실천윤리를 강조한 학문과 언행을 모은 것이라 한다. 그런데 이 책이 현전하는 것은 1935년에 나온 것인데다, 내용상으로도 의문점이 보이고, 발문에도 모순점이 발견되는 등으로 인해 위서(僞書)가 아닌가 의심되고 있다. 그리고 이 문헌에 실린 〈역대전리가〉 자체도 조선 후기 가사형식과 같은 4 · 4조의 판에 박힌 율격이 우세하고, 내용도 배불(排佛)이나 풍자의 방법이 너무 노골적으로 되어 있고 상식적이며, 표기에서도 주격조사 '가'가 등장하고, 이두 표기에서도 후기 표기에 등장하는 '와(臥)'가 보이는 등 고려 말이나 훈민정음 창제에 가까운 시대와는 거리가 있어 위작(僞作)이라는 주장이 제기된 바 있다.

그러나 〈역대전리가〉의 경우 범승락이 한글로 토를 달 때의 구체적인 연대(1458)와 더불어 1454년에 한글창제에 관여한 성삼문과 박팽년의 협조를 구한 점 등 정황이 너무 구체적인 데다가, 그 이래 이 작품이 범씨(范氏) 집안에 비장(秘藏)되어 내려 왔다고 하니 전승과정에는 문제가 없는 것으로 보인다. 다만 표기법에서 후기적 모습을 보이는 것은 후손들의 필사과정에서 알아보기 쉽게 원본과 달리 필사 당시의 현재적 표기로 수정 가필했을 가능성을 배제할 수는 없을 것이다. 형식상으로 4 · 4조의 판에 박힌 율조가 우세하다고 하여 반드시 조선 후기적 형태로 보는 것도 문제가 있다. 자수율을 적용하여 판단하는 자체가 문제가 있지만, 그걸 인정한다 하더라도 3 · 4조, 4 · 3조 등도 보인다는 점과 특히 가사의 특징적 율격인 4음보가 중심이지만 2음보나 3음보 혹은 5음보나 6음보로 다양하게 실현되는 경우도 허다해서 조선 후기 종교가사 같은 판에 박힌 4 · 4조에 의한 4음 4보격의 기계적 율격과는 상당한 차이가 있기 때문이다.

내용상으로도 불교 배척이나 풍자 방법이 너무 노골적이라 해서 위작인 것 같다고 추단하는 것은 불의를 참지 못하는 신득청의 인품이나 행적으로 볼 때 잘못된 판단으로 보인다. 작품을 지은 연대가 요승(妖僧) 신돈의 전횡이 극에 달하여 주살(誅殺)된 해이기 때문이다. 따라서 신돈 같은 불교의 폐해가 극에 달한 시대에 유가적 이념을 가진 관료 신득청의 작품에 불교 배척이 노골적으로 드러나는 것은 오히려 작가의 신빙성이 크며, 고려 패망의 소식을 듣고 자살했다는 강직한 성품으로 볼 때 수긍할 수 있기 때문이다. 또 서술 내용이 상식적이라는 점은 이 작품이 공민왕을 설득하기 위해 임금께 바치는 노래로 지어졌지만, 우왕 때 관직에 나아갔을 때도 때때로 임금 앞에서 창주(唱奏)했다는 기록으로 보아 다른 신하들도 함께 하는 의도가 있는데다가 가사 장르 자체가 대중성을 지향하는 요소가 크기 때문에 역대의 치란(治亂)을 교훈 삼으라는 목적을 실현하기 위해서는 오히려 대중적 여론을 위한 상식적인 내용이 효과가 클 것임을 생각해 볼 수 있을 것이다. 따라서 신득청의 〈역대전리가〉를 결정적인 단서가 없는 한 함부로 위작으로 보거나 조선 후기에 지어진 가사로 단정하기는 어려울 것이다.

이렇게 두 작가의 가사 작품을 신빙할 경우, 가사 장르의 출발이 이두 표기에 의해 창작과 전승이 가능했으며, 불교계에서 시작되어 유가 관료 계층으로까지 확산되어 갔음 확인할 수 있다. 그런데 발생기의 가사 문학의 특징은 신득청 보다 먼저 지은 것으로 보이는, 가사의 효시 작품인 나옹화상의 〈서왕가〉 등을 분석해 보면 알 수 있을 것이다. 그보다 뒤에 지은 신득청의 경우 비록 이념적으로는 불교 배척론자인 유가에 속하지만 장르상의 글쓰기의 본本은 나옹화상의 이두표기 가사 작품에 표준을 두었을 것이기 때문이다. 청자(혹은 독자)를 효과적으로 설득하기 위한 장르로 가사만한 장르가 없었을 터이므로 〈서왕가〉나 〈승원가〉 등이 작가(作歌)의 표준이 되었을 것으로 여겨진다.

　그러면 가사는 어떤 장르상의 영향에 힘입어 생성되었을까? 다시 말해 가사는 어떤 계기와 연유로 나옹화상에 의해 창출되었을까? 우선 생각할 수 있는 것은 불교 선승인 나옹화상이 가사라는 신종 장르를 창안하게 된 계기는 자신의 시대에 기성 장르로 이미 존재했던 선시(禪詩)나 선가(禪歌)만으로는 자신의 시가적 욕구나 의도를 충족할 수 없었기 때문이었을 것이다. 즉 자신의 선적(禪的) 깨달음이나 개인적 정감을 표현하는 시적 욕구는 한시 형식으로 표현하는 선시로 충족이 가능했으며, 그로써 못 다 표출한 흥취는 이른 바 〈나옹 3가〉라 칭하는 〈고루가〉, 〈백납가〉, 〈완주가〉 같은 장편 선가 즉 한문불교가요를 통해 충족이 가능했겠지만, 한문가요에 전혀 익숙하지 못한 자신 주변의 수많은 '중생들을 설득하고 감화시켜' 불교적 진리를 깨닫게 하여 서방정토인 극락세계로 인도하는 욕구를 충족하기에는 이런 한문어투의 시가들은 무용지물이었을 것이다. 그래서 나옹화상은 중생이 쉽게 접근할 수 있는 우리말 노래가 필요했던 것이고, 이런 장르적 욕구를 충족하기 위해 가사라는 새로운 장르를 창출하기에 이른 것으로 보인다. 즉 중생을 교화하기 위해서는 한문으로 된 서정장르인 단형의 선시나 장형의 선가로서는 부적합했던 것이며, 중생들을 효과적으로 교화할 수 있는 우리말로 된 교술(전술) 장르가 필요했던 것이다.

따라서 나옹화상이 중생 교화와 포교의 목적을 위해 가사 장르를 창출할 때 가장 영향을 미친 기존 장르는, 중생들이 불교의식에서 소원 성취를 위해 불·보살이 강림하기를 발원하는 우리말로 된 불교가요인 화청(和請)인 것으로 보인다. 새로운 장르의 생성은 기존 장르의 양식적 변용(modal transformation)을 통해서 생성된다는 A. Fowler의 장르 발생 이론을 참조한다면, 가사의 중요한 장르 징표인 4음 4보격 연속체는 화청에서 그 맥을 찾을 수 있기 때문이다. 그런데 화청은 불·보살을 청하는 의미를 담고 있으되, 불교 포교의 한 방편으로 중생이 잘 알아들을 수 있도록 불교의 교리를 쉽게 풀어 설명한 사설을 '민요가락'에 얹어 부르는 불교음악이라는 점에서, 민요 가운데 교술민요가 화청, 나아가 가사 장르의 창출에 지대한 영향을 미쳤을 것으로 짐작된다.

더 정확히 말한다면 화청은 음악적인 면에서는 민요가락에 바탕하고 있고, 사설적인 면에서는 4음 4보격 연속체의 교술민요에 근원을 두고 있다고 봐야 할 것이다. 그리고 가사도 발생 초기에는 4음 4보격 연속체의 사설을 화청의 가락, 다시 말해 민요가락에 얹어 '암송'하는 것으로 향유했을 것으로 보인다. 불교 배척론자인 신득청이 가사 장르를 선택할 수 있었던 것도 그 모태인 화청이 교술민요에 근원을 두고 있고, 교술민요는 이념적으로 불가이든 유가이든, 신분적으로 상층이든 하층이든, 한국인이면 누구나 향유하는 기층 장르인 민요 장르이기 때문에 나옹화상이 창안했던 가사장르를 거부감 없이 수용했을 것으로 보인다.

가사 장르의 발생 근원에 대하여는 그동안 경기체가로부터의 발생설, 시조로부터의 발생설, 악장체로부터의 발생설, 한시현토체로부터의 발생설, 장편 선가로부터의 발생설, 교술민요로부터의 발생설, 불교계 가요로부터의 발생설, 중국 사부(辭賦)의 영향에 의한 발생설 등등 논란이 많았는데, 가사의 효시 작품이 나옹화상 같은 선승에 의해 중생의 교화 목적으로 생성된 것이라는 사실에 초점을 맞춘다면 중생들이 늘 향유하는 교술민요와 불자들이 불교의식 때 향유하는 불교계 가요인 화청에 근원을 두고 있다고 보는 것이 가장 설득력이 있음을 알 수 있다(가사의 장르 발생론에 관한 상세한 논의는 류연석, 「새로 쓰는 가사문학사」, 『오늘의 가사문학』, 가사문학관 발행이 좋은 참고가 되고, 이은성, 「가사장르 발생에 대한 연구」, 성균관대 석사학위논문, 1999가 주목할 만함).

가사의 장르 발생론에 그동안 특히 중요시 되었던 기존 장르로는 '시조'의 3장 형식에서 중장을 무한정 늘이는 방식에서 발생되었다는 것과, 아니면 가사가 운문과 산문의 양 성격을 동시에 갖춘 독특한 양식이라 하여 그에 해당하는 중국의 '사부(辭賦)'에서 영향을 받아 발생했다는 견해를 들 수 있다. 그러나 시조이든 사부이든 어느 쪽도 가사를 최초로 창안한 것으로 보이는 나옹화상이 특별히 심취하거나 창작조차 해본 경험이 있는 것 같지 않다는 점에서 그런 견해는 타당하지 않음을 이로써 확실히 할 수 있다.

이렇게 가사의 장르 생성이 나옹화상 같은 불교계에서 인격과 덕망을 갖춘 큰스님 즉 선지식(善知識)에 의해 생성되었던 까닭에 가사의 작자층은 상당한 덕망과 인품을 갖춘 인물이 교화적 목소리를 내는 것으로 장르가 확립되어 간 것으로 이해된다. 나옹화상 다음으로 가사의 작가로 이름을 올린 신득청의 면면을 살펴보면, 어릴 적부터 천성이 영민하고 총명하여 소년시절에 벌써 문장을 이루었다 하며, 과거에 급제해 이부상서, 대광검의, 판문하부, 당상판사 등을 지냈으며 평산부원군에 봉해졌다는 인물이다. 성리학에 조예가 깊은 고려 말의 대학자로서 원천석과 정몽주의 스승이었다고 한다. 왕의 실정을 간언하고자 〈역대전리가〉를 지어 올렸으나 공민왕이 이를 받아들이지 않고 조정이 더욱 혼란하게 되자 벼슬을 버리고 낙향해 지내다 고려 패망의 소식을 듣고 동해 바다에 몸을 던져 순절했다고 하니 그의 학문과 유가적 인격이 존경의 대상이 되지 않을 수 없었을 것이다.

가사가 '**실존적 서술자의 인격적 목소리**'(이 개념에 대한 상론은 성무

경, 『가사의 시학과 장르실현』, 보고사, 2000 참조)로 장르 성격을 확립해
간 것도, 가사를 창출하고 계승한 나옹화상과 신득청 같은 불교와 유교계
의 존경 받는 인물이 장르 기틀을 잡았기 때문이다.

2. 나옹화상의 작품성향과 가사의 문학성

이제 발생기의 가사 작품을 구체적으로 살펴 그 텍스트 성향을 적출해
보기로 한다.

먼저 나옹화상의 〈서왕가〉의 서두부분을 분석해 보자.

나도 이럴만정	셰샹(世上)애 인재(人子)러니
무샹(無常)을 싱각하니	다 거즛 거시로쇠
부모(父母)의 기친 얼골	주근후에 속절 업다
져근닷 싱각ᄒ야	셰ᄉ(世事)을 후리치고
부모끽 하직(下直)ᄒ고	
단표ᄌ(單瓢子) 일납(一衲)애	쳥녀쟝(靑藜杖)을 비기 들고
명산을 ᄎ자드러	션지식(善知識)을 친견ᄒ야
ᄆᆞ음을 불키려고	쳔경(千經) 만론(萬論)을 낫낫치 츄심(追尋)ᄒ야
뉵적(六賊)을 자부리라	허공마(虛空馬)를 빗기 ᄐ고
마야검(莫耶劍)을 손애 들고	오온산(五蘊山) 드러가니
졔산(諸山)은 쳡쳡(疊疊)ᄒ고	ᄉ샹산(四相山)이 더욱 놉다
뉵근(六根) 문두(門頭)애	자쵀 업슨 도적은
나며들며 ᄒᄂ 즁에	번뇌심(煩惱心) 베쳐 노코
지혜(智慧)로 비룰 무어	삼계(三界) 바다 건네리라

이 작품을 제대로 파악하려면 고려 말의 이름 높은 선승인 나옹화상이 속세의 탐욕에만 몰두하느라 염불은 소홀히 하는 중생들에게 선리(禪理)의 깨달음을 설(說)하기 위한 음성 설법(說法)의 방편으로 지어진 가사라는 점을 염두에 두어야 할 것이다. 그래서 발화자는 고매한 인격을 갖춘 선승이고, 청자는 교화 대상의 중생 곧 대중이며, 주제는 제목에 나타나 있는 바와 같이 서방정토로 가는 길 곧 극락왕생의 길을 깨우침에 있다. 그런데 이러한 종교적 깨달음을 전달하려는 진지하고 엄숙한 주제는 가르침의 대상인 대중에게 다가가기가 쉽지 않다. 생경한 교리의 나열이라든지, 신앙을 강요하는 고압(高壓)적인 언술이 친근한 소통의 장애물이 되기 때문이다.

이 작품 역시 서술의 진행이 누적되면서 화행의 곳곳에 불교 경전에 보이는 전문 용어가 허다하게 출현하고 있는데, 이는 독자 혹은 청자가 쉽게 다가가기 어려운 소통의 껄끄러움이 되고 있음은 솔직히 인정해야 할 것이다. 그럼에도 불구하고 이 작품이 고려 말에 창작된 이래 수백 년간을 암송의 방식 혹은 필사나 목판 간행의 형식으로 생명력을 가지고 전승되어 왔다는 것은 그럴만한 소통의 힘이 내재되어 있기 때문일 것이다. 그 소통의 마력을 찾아내는 것이 이 작품을 제대로 음미하는 것이 될 것이다.

그런 점에서 이 작품의 첫 발화가 일인칭인 '나'로 시작하는 것이 주목된다. 즉, "나도 한 때는 속세 사람의 자식이었으니……"로 시작하면서 발화 주체인 '나' 곧 나옹화상 같은 고매한 인격을 가진 선승도 그 출발점은 우리들 속세의 사람과 전혀 다를 바 없는 인간이었음을 말함으로써 청자(혹은 독자)는 발화자인 '나'의 목소리에 거부감 없이 귀를 기울이게 되는 것이다. 이럴 때 메시지의 중심은 발화자에게로 집중된다. 발화자의 한마디 한마디가 청자의 깨달음을 유도하고 감화에 젖게 한다. 그리하여 발화자가 속세의 일들은 다 내동댕이치고 부모를 하직하고 출가 입산하여 선지식(불경에 밝은 고명한 스님)을 만나 인생의 무상과 공(空)의 이치를 깨닫고 번뇌심을 끊어버리기까지의 과정, 즉 자신의 신앙적 역정의 체험을 가능한 대중이 알아들을 수 있도록 진술한다.

그 진술 방식은 우의(寓意)적 이야기 형식을 택한다. 즉 세속에서 부모를 하직하고 출가하기까지의 어렴풋한 깨달음 즉 무상과 속절없음(空)을 말하고, 그 깨달음을 제대로 실현하기 위해 명산을 찾아 들어 불경 공부에 깊은 훌륭한 스님을 직접 만나 부처님 말씀이 담긴 불경과 교리를 하나하나 묻고 찾기까지의 과정을 이야기 선(線, story line)을 만들어 조근조근 서술해간다. 그리고 인간에게 번뇌를 일으키고 죄악을 범하게 하는 눈, 코, 귀, 입 등 여섯 가지 감각 곧 육경(六境)을 도적에 비유하여 육적(六賊)이라 하면서, 그것을 잡기 위해 말(사람의 마음을 비유)을 타고 칼(사악한 일을 일체 못하게 하는 정신 무장을 비유)을 들고 삼라만상과 사람을 이루는 5가지 요소 즉 현상·감각·상념·의지·지식을 산에 비유하여 오온산이라 하면서, 그 첩첩한 산에 들어간다. 거기서 생로병사의 네 고비를 사상산으로 비유하면서 그 산의 장벽이 높음을 절감한다. 그리하여 마침내 번뇌의 마음을 끊어버리고 지혜로 배를 만들어 욕계(欲界, 욕심이 극성을 부리는 세계)를 지나 색계(色界, 욕심이 없어진 세계)로, 색계를 지나 무색계(無色界, 영적인 순수 정신세계)로 가는 해탈의 과정을 3계의 바다를 건너가는 것으로 비유하면서 피안(彼岸, 저 언덕)에 이르러 부처가 되고자 하는 의지를 불태운다.

이렇게 비유의 방식 더 정확히 말하면 우의(allegory)의 진술 방식으로 조근조근 이야기 선을 형성하면서 서술해 나감으로써 생경하고 난해하기만한 불교 전문 용어들의 함의를 친숙하게 다가오게 한다. 여기서 이야기 선의 형식은 양식적 서사(epic)가 아니라 수사학적 층위의 서사임은 말할 것도 없다. 발화자의 의도를 효과적으로 전달하기 위한 서술 전략이라는 것이다.

그러나 이러한 깨달음이 발화자 자신의 영역으로 끝나서는 안 되므로 중생들을 제도(濟度) 해야겠다는 의지를 풀어내고자 하는 것이 이 작품의 중간 부분이다. 그래서 발화자는 중생들을 돌아보게 된다.

인간을 싱각호니　　　　　슬프고 셜운지라
념불 마는 즁싱드라　　　멋싱을 살냐 호고
셰ᄉ(世事)만 탐착(貪着)호야　이욕(愛慾)의 즘겻는다
ᄒᄅᆫ도 열 두 시오　　　　흔 둘도 셜흔 날애　　어늬 날애 한가(閑暇)
　　　　　　　　　　　　　　　　　　　　　　　홀고
청뎡(淸淨)흔 불셩(佛性)은　사름마다 ᄀ자신들　어늬 날애 싱각호며
흥사공덕(恒沙功德)은　　　볼ᄂᆡ구족(本來俱足)혼들　어늬 시예 나야 쓸고
셔왕(西往)은 머러지고　　　지옥(地獄)은 갓갑도쇠
이보시소 어로신네　　　권(勸)호노니 종졔션근(種諸善根) 시무시소
금싱(今生)애 ᄒ온 공덕(功德)　후싱(後生)애 슈(受)호ᄂᆞ니
ᄇᆡ년 탐믈(百年貪物)은　　ᄒᄅ 아젹 듯글이오
삼일 ᄒ온 념블은　　　　　ᄇᆡ쳔 만겁(百千萬劫)에　다흠 업슨 보뵈로쇠

　　작품의 첫머리를 1인칭으로 시작하여 발화자 중심으로 서술을 펼쳐나
가다 보니 자연적으로 발화자의 감정 표현이 드러나게 된다. 속세의 인간
을 돌아보니 슬프고 서러운 감정을 떨칠 수 없다는 것이다. 그래서 마침
내 청자인 중생들을 불러내며 그들을 자신의 의도대로 제도하기 위해 충
고와 부탁, 명령을 서슴지 않는다. 서술의 지향을 발화자 중심에서 청자
중심으로 전환하고 있는 것이다. 더 정확하게 말하면 서두 부분의 발화자
중심 서술은 감정 표현을 매개로 하여 청자를 효과적으로 불러내기 위한
수단이었던 것이고, 이 작품의 의도적 서술 지향은 청자 중심이었던 것이
다. 자신 속에 들어 있는 불성(佛性)은 깨달을 겨를 없이 세속 일에만 탐
욕과 집착을 버리지 못하고 애욕에 빠져 염불을 하지 않고 지내는 중생
들을 바라보니 슬프고 서러운 감정을 주체할 수 없는 것이지만 그러기에
더욱 청자인 중생들을 기필코 교화해서 제도해야 하겠다는 작자의 의도

를 드러내지 않을 수 없는 것이다. 그래서 중생들에게 그들의 그러한 행태야말로 서방정토인 극락세계로 가는 길은 멀어지고 지옥이 가까워진다는 충고를 아끼지 않는다.

청자인 중생들을 향한 발화자의 슬픈 감정은 너무도 강렬하여 서두 부분에서 안정된 4음 4보격을 거의 흩트리지 않고 유지하던 발화가 여기서는 한꺼번에 많은 말을 쏟아내느라 6보격으로 늘어난 경우가 상당히 많으며, 하나의 구(句)가 불안정한 5보격으로 실현되는 모습도 보인다. 주지하는 바와 같이 가사의 율격은 4음 4보격 연속체로 안정된 율동현상을 보이는 것이 정상이지만, 청자를 자기 의도의 방향으로 행동하도록 만들려는 의지가 강렬할 때는 이러한 파격적 율동현상을 보이게 되는 것이다. 참고로 가사 작품의 행을 결정짓는 화행(話行) 단위의 구분은 문장의 종결법이 나타나는 '통사적 서술 분단'을 기준으로 삼되, 중세 국어에서 문장 종결법의 사용은 현대 국어와 같이 빈번하지가 않고 연결어미로 지속되는 경우가 허다하므로 이럴 경우는 사건이나 행위, 장면 등의 친소(親疎) 관계와 밀착 정도에 따른 통사적 서술 분단으로 화행을 단위 짓는 방식을 택하면 될 것이다. 앞에 인용한 작품의 화행 구분도 이런 방식의 서술 분단을 따른 것이다.

그런데 청자 중심 서술 지향으로 전환된 이 부분을 자세히 보면 진한 글씨로 인용한 데서 확인되듯 청자가 두 번 설정되어 있으면서 어법을 달리하고 있음이 눈에 띈다. "염불 마는 중생들아"에서는 '~해라'체로 되어 있고, "이보시소 어르신네"에서는 경어법을 사용하여 각기 어법을 달리하고 있는 것이다. 이는 이 작품의 청자를 일반 백성에 한정하지 않고 귀족 계층까지 아우르고 있음을 말해준다.

이 작품의 마지막 부분은 "어와 슬프다 우리도 인간애 나왔다가 넘불 말고 어이 흘고 나무아미타불"이란 발화로 종결된다. 이렇게 작품의 종결 부분에서도 "어와"라는 감탄사에 이어 "슬프다"라는 자기감정의 표출을 거침없이 드러내고 있는 것은 발화자가 중생들을 제도하겠다는 불교적 이념성을 경직되게 노골화하기보다 그러한 이념성을 '다정하게' 전달하려는 '문학성'에 더 비중을 두고 있음을 의미 한다. 즉 나옹화상은 중생들에게 극락왕생의 길을 깨우침에 있어서 논리적 이성보다는 정감적인 감성으로 교화하는 길을 택함으로써 이 작품이 메마른 교조적 이념성에 함몰되지 않고 윤기 있는 문학성으로 감화력을 드높이고 있다 하겠다(앞에서 살펴본 우의적 이야기 진술 방식 또한 종교적 이념성을 탈색(脫色)시키고 '문학성'을 드높이는데 중요한 기능을 함은 말할 것도 없다). 그리고 작품의 최종 종결을 염불과 기도의 끝에 흔히 호명(呼名)하는 '나무아미타불'로 마무리하고 있는데, 이는 가사의 발생이 장르상으로 화청에 맥을 대고 있음을 확인케 하는 대목이라 할 것이다.

3. 신득청의 작품성향과 가사의 이념성

나옹화상의 〈서왕가〉가 자칫 메마르고 경직되기 쉬운 종교적 이념성을 우의적 이야기 형식으로 조근 조근 풀어나가면서 1인칭 서술자의 인격적 목소리를 통해 '다정하게' 정감적으로 펼쳐냄으로써 문학성을 한층 드높인 작품 성향을 보였다면, 신득청의 〈역대전리가〉는 그와는 사뭇 다른 성향을 보여주고 있다. 작품의 서두 부분을 인용해 보기로 한다.

> **貪虐無道(탐학무도) 夏桀伊難(하걸이는)/**　　　(2음보)
> 丹朱商均(단주상균) 不肖爲也(불초ㅎ야)
> 堯舜禹矣(요순우의) 禪位相傳(선위상전)
> 於以他可(어이타ㄱ) 不知爲古(부지ㅎ고)/　　　(6음보)
> 妹喜女色(매희여색) 大惑爲也(대혹ㅎ야)
> 可憐割史(가련홀사) 龍逢忠臣(용방충신)
> 一朝殺之(일조살지) 無三日高(무삼일고)/　　　(6음보)

淫虐尤甚(음학우심) 宰辛伊難(재신이는)/　　　(2음보)

所見無識(소견무식) 自疾爲多(즈질ᄒᆞ듸)

夏桀爲鑑(하걸위감) 全昧爲高(전매ᄒᆞ고)/

妲己冶容(달기야용) 狂惑下也(광혹ᄒᆞ야)

又亡國(우망국) 自甘爲尼(자감ᄒᆞ니)/

六七聖人(육칠성인) 先王廟乙(선왕묘를)

保存何里(보존ᄒᆞ리) 亡國人達(망국인들)

業矢孫可(업실손ᄀᆞ)/　　　　　　　(5음보)

微子仁兄(미자인형) 保宗吉奴(보종길노)

去國時乙(거국시를) 曼羅西羅(만ᄂᆞ셔라)/

殺剖比干(살부비간) 觀心活濟(관심홀제)

佯狂爲奴(양광위노) 箕子至仁(기자지인)

何故得罪(하고득죄) 若此漢古(약차ᄒᆞ고)/　　(6음보)

※ / 표시는 화행 단위,

괄호로 음보수를 보이지 않은 것은 기본 보격인 4음보임

　이렇게 서두에서부터 확인되듯이 이 가사는 중국의 상고대인 하(夏)나라와 은(殷)나라 시대의 역사적 자취를 시작으로 역대 제왕을 중심으로 한 치란(治亂)과 흥망을 시대 순으로 조목조목 예를 들어 서술한 것으로, 이런 사적을 통해 천리(天理)를 따라 순응하여 왕도정치를 구현한다면 영원무궁한 안락(安樂)이 보장된다는 치세의 방도를 임금께 상주(上奏)하는 내용을 담고 있다. 작품의 청자가 대중이 아니라 지체 높은 임금님인 만큼, 개진하고자 하는 메시지가 정감적인 감성으로 다가가기보다는 논리적인 이성을 통해 설득력을 가져야 하므로 작품의 서두부터 종결부분까지 일관되게 발화 주체로서의 1인칭 서술자의 감성적 목소리는 배제되어 있는 것이 서술 특성으로 지목된다.

　또한 전달하고자 하는 메시지가 청자인 임금에게 생경하고 낯 설은 전

문성을 띠는 내용이 아니라, 중국의 역대 통치자에게서 귀감으로 삼는 역사교과서라 할 『통감(統監)』 정도만 학습한 이라면 누구에게나 친숙한 것이어서, 굳이 전달하고자 하는 내용을 조근 조근 우의적 이야기 형식으로 쉽고도 재미있게 풀어가야 할 이유도 없다. 그 대신 전달하고자 하는 정보가 '사실성'에 입각해야 하고 '논리적'인 짜임이어야 설득력을 가질 수 있고, 그래야 청자인 임금이 그 내용을 받아들여 정치의 귀감으로 삼고자 할 것이므로 무엇보다 '논리적 사실성'이 극도로 요구되는 작품 성향을 가질 수밖에 없다.

이 작품이 시종일관 이미 역사적 평가가 난 중국 역대 제왕과 주변 인물의 성공과 실패의 사례를 사적(史蹟)에 입각해 조목조목 '자상하게' 보여주면서 그 원인과 결과를 논리적으로 진술하고 있음은 청자가 통치의 정점에 있는 임금이라는 점이 작용한 데 기인한 것일 터이다. 『통감』 정도도 접해본 경험이 잘 없는 오늘날의 독자에게는 작품 전체가 온통 중국의 역대 사적으로 엮여 있어서 쉽사리 친근감을 갖기 어렵지만, 당시의 임금을 비롯한 위정자들은 익히 알려진 진부한 내용일 수 있는 것이다.

그럼에도 불구하고 이러한 내용을 임금께 올려 귀감을 삼도록 건의하고자 한 이유는 당시 불교가 말기적 폐단을 보이고 있는 데다 요승(妖僧) 신돈의 국정 농단이 극에 달하여 통치 질서가 어지러워지고 백성의 삶이 도탄에 빠져 있는 상황이었기 때문이다. 당시 비록 신돈이 주살되기는 했지만 여전히 권신(權臣, 권문세족)과 결탁한 불교의 말폐는 계속되고 있어 성리학에 조예가 깊은 신진 관료인 작자 신득청이 불교를 계속 숭배함은 망국의 조짐을 보이는 흉조이니 거기에 미혹되지 말고, 오랜 옛날부터 큰 성인(聖人)이신 공자의 말씀을 받아들여 밝은 정치를 펴야한다고 다음과 같은 사적을 들어 불교 배척의 논리를 편다.

事佛明帝(사불명제) 繪像咸焉(회상흠은)
亡國之兆(망국지조) 不知河高(부지ㅎ고)/

夷狄君長(이적군장) 之於刀以(지어되이)

蘭臺石室(난대석실) 其高眞可(그고진マ)/

史策庫(사책고) 無三日魯(무삼일로)

佛經閣(불경각) 刀也難高(되야는고)/

垂統萬世(수통만세) 罔測爲多(망측ᄒ다)/　　　(2음보)

王家事佛(왕가사불) 代作爲也(대작ᄒ야)/　　　(2음보)

覆宗絶祀(복종절사) 這人君伊(저인군이)

佛門矣奴(불문으로) 日於羅(일어나)

荒迷迷減(황미미멸) 道也難以(되야는이)/　　　(6음보)

明心見性(명심견성) 韓丹末隱(한단말은)

一身破作(일신파작) 二物而羅(이물이라)/

羅到南(나도남) 南道乃家(남도늬가)

到也本可(되야본マ)/　　　(3음보)

獲罪天矣(획죄천의) 無所禱難(모소도는)/　　　(2음보)

萬古大聖(만고대성) 孔子末三(공자말삼)

日月中天(일월중천) 發斤末魯(발근말노)/

布在方冊(포재방책) 墨卿跡而(묵경적이)

乃嫩狎喜(늬눈압희) 發可益高(발マ잇고)/

師父訓書(사부훈서) 河如室齊(하여실제)

乃貴聰明(늬귀총명) 又在下尼(우재ᄒ니)

無見無聞(무견무문) 底羅韓古(져라ᄒ고)/　　　(6음보)

　　이와 같이 불교 도입에 적극 앞장 선 후한(後漢)의 명제(明帝)가 유학이
나 역사와 관련한 서적을 보관하는 사책고를 없애고 불경을 모셔놓는 불
경각을 만드는 등 왕실이 적극 나서 불교를 섬겨서 왕통이 만세토록 이
어지길 바라는 망측한 일이 벌어지고 있음을 비판적 시각으로 서술해 놓
았다. 나아가 불교의 중심 교리인 '견성(見性)'을 예로 들면서, 사람의 마

음속에 감추어져 있는 불성(佛性)을 깨달아 미혹(迷惑)에서 벗어나면 부처가 될 수 있다는 논리는 한 몸을 쪼개어 둘로 나눠서 나도 남이 되고 남도 내가 되는 경우가 성립되어야 말이 된다고 어불성설(語不成說)이라 비판하고 있다. 결국 대안은 불교의 허망한 논리보다 만고의 큰 성인이신 공자를 비롯한 유가 스승들의 가르침으로 눈과 귀를 밝혀야 한다는 주장을 편다. 이러한 주장은 불교가 극도로 성행했던 당시의 상황으로서는 받아들이기 어려운 혁명적인 것이어서 배불(排佛)은 공민왕이나 우왕도 정책으로 받아들이지는 않았다.

여기서 주목되는 것은 이 작품의 율조를 이른바 자수율로 파악하여 4·4조가 중심이 되는 기계적인, 단조로운 율동 실현을 보이는 것으로 잘못된 이해를 보이지만, 가사의 율동 현상을 통제하는 율격, 곧 보격(步格)의 측면으로 살펴보면 앞에 인용한 서두부에서나 여기 인용한 중간부에서도 다양한 율동 실현을 보인다는 것이다. 즉 가사의 기본 보격인 4보격을 일탈하여 때로는 2보격 혹은 3보격으로, 때로는 5보격 혹은 6보격으로 실현되는 경우가 허다하다. 이러한 율동적 다양성은 왜 일어난 것일까. 그것은 아마도 이 작품이 창작 당시 암송용으로 텍스트화 되기보다 거문고나 가야금 같은 악기 반주에 얹어 창곡용으로 부르는 가사가 아니었을까 추정된다. 이 작품을 전하는 전거 문헌에 작자가 때때로 임금 앞에서 이 노래를 '암송'했다 하지 않고 '창주(唱奏)'했다는 기록을 보이기 때문이다. 조선 시대 가사 작품을 살펴보면 악곡에 얹어 부른 작품일수록 율동적 다양성을 보이고, 암송으로 향유되거나 전승되는 작품일수록 판에 박은 기계적 율동 실현을 보이는 데서 확인된다.

사실 이 작품은 철저한 '유가 이념'이란 잣대에 입각하여, 저 상고 시대에 왕도정치를 저버리고 탐학무도한 폭정을 일삼은 걸주(桀紂)의 비판에서 시작하여 환관 조고의 아첨과 아부에 넘어가 어리석은 정치를 편 진시황, 전한 무제의 구선(求仙), 후한 명제의 사불(事佛) 등등 남송(南宋)대에 이르기까지 나라의 흥망성쇠에 관련한 통치자가 경계로 삼을 만한 사적을 조목조목 '역거(歷擧)'(차례로 듦)하여 빡빡하게 펼친 텍스트여서 무미건조함의 극치를 보인 작품이라 할 것이다. 따라서 시적 텍스트로서의 율동적 다양성마저 보이지 않았다면 얼마나 팍팍한 작품이었을까 상상하기 어렵지 않다. 이에 더하여 작자가 악기 반주에 실어 가창으로 구연(口演)했기에 청자인 임금이 그나마 경청할 수 있었을 터이다.

> 天理此間(천리차간) 順命爲面(순명ᄒ면)
> 無恨爲尼(무한ᄒ이) 安身日世(안신일세)
> 比干見殺(비간견살) 殷仁而羅(은인이ᄂ)
> 止則止道(지즉지도) 聖人日世(성인일세)
> **一章歌言(일장가언)** 荒澁爲那(황삽ᄒᄂ)
> 節節懇惻(절절간측) 刀也西羅(도야셔라)
> 人君爲鑑(인군위감) 爲也時面(ᄒ야시면)
> 傳世無窮(전세무궁) 爲狎時古(하압시고)
> 人臣取則(인신취측) 爲也時面(ᄒ야시면)
> 永命無窮(영명무궁) 都如難而(되여ᄂ니)
> **於噫乎(어희호)** 世世上(세세상)
> 爲君臣以也兮(위군신이야혜).

이 작품의 마무리 부분이다. 제왕을 중심으로 한 치란(治亂)과 흥망을 시대 순으로 조목조목 예를 들어 서술한 데 이어 결론으로서 이런 사적을 통해 천리(天理)를 따라 하늘의 명령에 순응하여 왕도정치를 구현한다면 영원토록 신상(身上)의 평안함이 이루어진다는 것과 이러한 천리를 임금은 귀감으로 삼고, 신하는 본보기로 받아들여 바른 정치로 나아간다면 영세무궁을 보장 받을 수 있다고 천명한다.

그리고 인용부분에서 진한 글씨로 표기한 '일장 가언'이란 지칭에서 드러나듯이 이 가사는 암송이 아니라 가창으로 실현되는 '한 편의 노래(一

章歌言)'라는 점을 분명히 하고 있다. 아울러 작품의 청자로는 임금에 한 정하지 않고 신하도 포함하고 있음을 마지막 부분에서 다시 확인할 수 있다. 또한 마지막 화행의 첫 음보에서 진한 글씨로 표기한 바와 같이 감 탄사로 표출한 것은 나옹화상의 〈서왕가〉에 보이는 가사 전통을 수용한 것이기도 하지만 신라의 사뇌가 이래 고려의 속악 악장 등 우리말 노래 의 오랜 전통을 이은 것이라 하겠다.

4. 발생기 가사의 문학사적 의의

가사라는 장르는 4음 4보격의 율격적 통제를 받으며 진술하는 '노래하 기'라는 서술 **억제**의 담화 방식을 양식적 특성으로 가지면서, 서술의 평 면적 **확장**이라는 그 반대 지향의 담화 방식을 양식의 본질로 하는(이에 대한 상론은 성무경, 「가사의 존재양식 연구」, 성균관대 박사학위논문, 1997 참조) 독특한 역사적 장르다. 그래서 가사는 '자상하게' 서술하는 '다 갖추어 **말하기**' 지향과 '다정하게' 서술하는 '**노래하기**' 지향의 양 극단적 대립을 동시에 융합하여 충족하는 중간영역에 있으면서 그 대립을 중화 시켜 미감을 창출하는 담론 특성을 갖는 것으로 파악된다(이에 대한 상론 은 필자, 「가사의 장르적 특성과 현대사회의 존재 의의」, 『한국고전시가 의 전통과 계승』, 2009 참조). 그런데 말하기로만 계속하면 너무 경직되 어 미감이 살아나지 않아 '다정하게' 될 수 없으며, 노래하기로만 계속하 면 언어 절약으로 인한 서술 내용의 모호성 때문에 설득력이나 논리적 명징성이 약해져 '자상하게' 될 수 없다. 가사는 근본적으로 이 두 가지 대립 지향을 포용-융합시킨 문학 양식인 것이다.

그런데 실제로 가사 문학사를 일별해 보면 이 두 가지 대립 지향을 교 묘하게 잘 융합시킨 텍스트가 있는가 하면, '자상하게 말하기' 쪽으로 기 울어지거나 '다정하게 노래하기' 쪽으로 더 경사된 텍스트도 허다하게 볼 수 있다. 앞에서 검토한 발생기 가사의 두 작품도 〈서왕가〉는 '다정하게 노래하기' 쪽으로 비중이 더 가 있고, 〈역대전리가〉는 '자상하게 말하기' 쪽으로 비중이 더 가 있다. 그렇게 된 연유는 〈서왕가〉의 경우 '암송'의 전승 방식이 중심이어서, 암송의 지루함을 덜기 위해 다정하게 노래하기에 비중을 두는 텍스트화 방식을 택한 것으로 보이고, 〈역대전리가〉는 무미건조한 내용의 일방적 나열을 덜기 위해 '가창'이라는 연행 방식과 더불어 텍스트 자체의 율동의 다양성으로 보상하는 텍스트화 방식을 택한 것으로 보인다.

발생기 가사 작품의 이러한 두 가지 작품 성향은 후대에 다기한 양상으로 계승된다. 먼저 불교 가사인 〈서왕가〉의 전통은 조선 후기에 오면 동학가사, 천주교가사, 유교가사 등 종교 가사들 간에 치열한 경쟁 장르로 되면서 종교적 이념 전파와 포교라는 실질적 목적에 구속되어, 암기하기 좋고 전파하기도 좋은 이른바 4·4조의 단조로운 기계적 율격으로 편향되고 말아 '문학성'을 거의 상실하고 만다. 조선 후기에 이르러 대부분의 불교 가사가 종교적 목적을 달성하기 위해 '문학성'을 버리고 '이념성'으로 기울어진 연유가 이러한 기계적인 '암송' 수단에 의한 포교 목적이 바탕에 깔려 있기 때문이다. 불교 가사에서 나옹화상이 성취한 문학성을 후기 가사에서 찾아보기 어렵게 된 연유가 여기에 있다.

그에 비해 신득청의 〈역대전리가〉는 여러 가지로 문학사적 의의를 갖는다. 우선 가사가 불교라는 특정 종교의 이념가사라는 울타리에서 벗어나 유가적 교양을 갖춘 학자 관료 계층으로 넘어오는 계기를 마련했다는 것이다. 그리고 가사가 암송 수단으로만 머물지 않고 악곡에 올려 가창으로 연행되는 텍스트로 창작한다는 새로운 전통을 수립하는 단초를 마련했다는 데에 큰 의미가 있다. 신득청의 이러한 방향 전환은 조선 시대로 넘어 오면서 정극인 같은 유가적 교양을 갖춘 사대부 계층이 가사를 창작하고 향유하는 밑바탕이 되었고, 다시 정극인을 시발점으로 호남 지방이 가사문학의 산실이 되는 문학적 풍토를 마련하는 불씨가 되었던 것이다. 그래서 호남지방을 중심으로 가사는 신득청이 보였던 유가 '이념성'마저 탈색하고 텍스트의 시적 기능을 더욱 강화하여 마침내 정철의 송강가사를 탄생시켜 '문학성'의 정점을 이루는 데까지 나아가게 되었던 것이다.

제2부
고전시가의 양식 이해

한중 현대시와 시조체시 및 가사체시

1. 시작하는 말

한국과 중국 두 나라는 오랜 기간 동안 정치, 경제, 문화 등 다 방면에 걸쳐 지속적인 영향의 수수 관계를 통하여 상호 발전과 경쟁의 역사를 써 왔다. 문학의 경우 중국의 한시에 대응하는 시조와, 사부(辭賦)에 대응하는 가사 등을 통하여 중국문학에 대응한 한국만의 문학 갈래를 창작, 발전시켜 왔음은 주지하는 사실이다.

음영(吟詠)을 요하는 자리와, 단아하고 정제적이며 서정적인 시상을 함축적으로 드러내고자 하는 경우엔, 한시와 함께 그와 대응한 시조를 사용했으며, 산수의 아름다운 정경에 대한 감상을 하나씩 들추어 말하거나, 어떤 사실을 전달하거나 피력하는 데 있어서는 처음과 중간 끝이라는 서사구조를 통하여 서술로써 드러내고자 했는데, 이른바 〈추풍사(秋風辭)〉 등의 사(辭)와 〈적벽부(赤壁賦)〉 등의 부(賦)가 그것이거니와, 한국문학에서는 서술시와 가사 등을 통하여 그런 임무를 수행하고자 했다.

하지만 중국은 자유시 이전에는 시가에서 구격률(舊格律, 근체시 형식)을 사용하는 것이 시 형식의 자연스러움이었다. 하지만 자유시 발생 이후에는 시가에서 구어(口語), 절주(節奏)의 사용이 시의 자연스러움이라는 주장 등을 내세우면서,[1] 근·현대시의 형식 창출과정에서 소네트 등 서구시의 영향을 받아들여 자유시파, 격률시파, 상징시파 등이 여러 형식 실

---

[1] 赵黎明, 『古典詩學資源與中國新詩理論建構』, 人民出版社, 2015, 27면.

험을 거치면서, 엄격한 규율의 고전 시사(詩詞) 형식에서 탈피하여, 중국 현대시라는 새로운 자유시 형식을 만들었다. 그런데 그 형식은 다소의 차이는 있지만, 1930년대 현대파, 1940년대 구회파(九葉派)로 이어져 중국의 전통 고전시 형식과는 완전히 멀어지고 말았다.

한편, 한국은 근·현대시의 형식을 모색하는 과정에서 민요 등 전통 시형식을 중심과 바탕으로 하여, 현대라는 시대정신을 담아내는데 부합한 시형을 만들었는데, 이는 함축적인 시조체 시형 및 서술적인 가사체 시형이 그것인바, 이런 결과는 중국과는 크게 다른 점이라 하겠다.

2. 한중 현대시의 출발

한국과 중국의 시 형식은 오랜 역사를 지녔지만 본격적인 근·현대문학이 시작되면서 각기 상이한 길을 걷기 시작했다. 한국은 전통시의 중심위에서 현대시 형식을 안착시켰지만, 중국은 전통을 버리면서 현대시 형식을 만들었다. 중국의 경우 일정한 격률(格律)과 엄격한 규범을 갖춘 근체시 곧 율시(律詩)·절구(絶句)·배율(排律) 등은 압운(押韻)을 할 뿐만 아니라, 글자의 평측(平仄)에 맞게 배열을 해야 하므로, 글자 수나 구(句) 수도 엄격히 지켜야 했는데 이런 전통은 이미 당나라 때 이루어졌다.

하지만 중국은 아편전쟁(1840~1842) 이후 량치차오(梁啓超), 샤쩡유(夏曾佑) 탄쓰퉁(譚嗣同) 등에 의하여 1895년 전통시의 개혁에 관한 토론을 벌여 새로운 명사(新名詞)를 사용해 특이한 느낌을 전달하는 시를 창작해야 한다는 등 신학시(新學詩)를 주장하였으며, 뒤를 이어 청일전쟁(1894 ~1895) 이후엔 황쭌셴(黃遵憲)의 신파시 운동과 량치차오의 시계혁명(詩界革命, 1899)으로 의경(意境)을 새롭게 하고, 어구를 새롭게 한다는 전통시 개혁운동을 벌였다.[2]

이러한 시계혁명은 전통시의 구격률(舊格律)을 완전히 타파하지 못하고 구시체(舊詩體)의 형식 틀을 지키는 가운데 신사상, 신의경(新意境), 신명사(新名詞)를 집어넣는데 그쳤으나, 문학혁명(1910년대 후반~1920년대 초 문학. 사상 개혁 운동) 이후부터는 백화시(白話詩)가 등장하면서 중국시는 완전히 새로운 국면을 맞이하였다.

이에 대해 후스(胡適)는 "신문학의 언어는 백화이고, 신문학의 문체는 자유롭고 격률에 구속되지 않는 것이다. (…중략…) 5·7言 8구의 율시는 결코 풍부한 재료를 수용할 수 없고, 28자의 절구는 결코 정밀한 관찰을 써낼 수 없으며, 길이가 일정한 7언· 5언은 결코 높고 깊은 이상과 복잡한 감정을 구성지게 표현해낼 수 없다."3고 하여 전통적인 시 형식을 완전히 타파하고 사실적인 묘사를 중시하는 신시(新詩)를 주장했다.

이러한 백화시 주장이 실험적인 측면이 강하여 크게 성공한 것은 아닐지라도, 그것은 중국시의 전통적 형식과 내용으로부터 완전히 탈피하여 새로운 형식과 내용을 제시해 중국 현대시 발전의 기초를 다져놓았다는 평을 듣는다.4

물론 이들 백화시파에 의해 중국 현대시의 형식이 완성된 것은 아니다. 중국 시단에서는 백화시의 자유 형식과 관련하여 여러 논의가 있었다. 그 첫 번째 주자가 귀모뤄(郭沫若)이다. 미국의 월트 휘트만과 독일의 괴테의 영향을 받은 그는 백화 신시의 결함을 보완하여 완미한 신시 작품을 처음으로 완성했는데, 특히 순수한 내재율을 지닌 자유시를 지향하면서 서정과 상상을 강조하여 시의 본분은 오로지 서정에 있으며 시라는 것은 정서 자체의 표현이라고 하여5 개성의 절대적 자유를 강조하였다.

뒤를 이어 영미시의 특징을 중국시에 적용시키려는 노력으로 신격률(新格律) 시를 연구한 사람은 루즈웨이(陸志韋)였다. 그는 여러 가지 체제

---

2 홍석표, 『중국현대문학사』(개정판), 이화여대출판부, 2015, 45~47면.

3 홍석표, 위의 책, 156~157면 재인용.

4 홍석표, 위의 책, 165면.

5 홍석표, 위의 책, 166면.

를 실험하며 신격률을 창조하려고 의식적으로 애를 썼다. 이후 1926년 서구 유미주의 영향을 받은 신월파(新月派)의 구성원이었던 쉬모즈(徐志摩), 원이둬(聞一多), 주샹(朱湘), 천명자(陳夢家), 팡웨이더(方瑋德), 류멍웨이(劉夢葦) 등이 「詩鐫」을 통하여 시의 형식미 곧 화해(和諧)와 균제(均齊)의 미를 중시하면서 고전시의 엄격하고 고정된 격률은 배제하되, 좀 더 자유롭고 다양한 격률을 만들려고 노력했는데 이때부터 중국 신시는 새로운 단계로 접어들었다.[6]

신격률파는 자연(自然) 절주(節奏)를 중시했는데 임경(林庚) 같은 이는 모든 시가(詩歌)는 일반형식과 특수형식이 있다면서, 특수형식은 곧 민족 언어형식으로 중국 시가형식은 예로부터 하나의 규율을 따랐는바, 그것은 다름 아닌 반두율(半逗律)로서 모든 시가의 행(行)은 중간에 휴지(逗)가 있다는 것이다. 이러한 생각에서 그는 서양의 음보 혹 톤(頓)의 방식은 중국에서는 통할 수가 없으므로, 신시의 절주(節奏)는 필수적으로 전통형식 곧 반두율의 계승이라 할 수밖에 없다는 주장을 폈다.[7] 이런 생각은 중국 현대시가 전통을 버린 것이 아니라는 것으로 참 궁색한 변명이다. 왜냐하면 모든 백화시에서 반두율이 존재하지 않을 뿐만 아니라, 신시는 각기 훌륭한 절주를 가지고 있기 때문이다.

앞서 말한 궈모뤄가 주장한 자유시와 신월파가 주장한 격률시(格律詩)의 구별은 압운(押韻)을 하느냐 하지 않느냐에 있었다. 격률시에서 리듬이란 규칙적인 음절(音節) 단위로써 만들어진다는 것이었는데, 자유시는 그런 형식조차 별 관심을 두지 않았다.

이러한 백화시의 산문화 경향으로 시에서 음악미가 무시되고, 궈모뤄의 지나친 개성 강조와 자유 중시에 의해 시에서의 함축미가 상실되자, 많은 사람들은 무절제한 감정의 직접적인 노출보다는 감정의 억제와 의

---

6 홍석표, 위의 책, 175~176면.

7 赵黎明, 『古典詩學資源與中國新詩理論建構』, 人民出版社, 2015, 24면.

경의 함축미 및 음악미를 요구하게 되었는데, 앞서 소개한 신격률파와는 다른 1920년대 초에 보들레르와 베를렌느의 영향을 받은 리진파(李金髮), 무무톈(穆木天) 등의 상징시파들이 그들이다. 상징시파들은 시에서 내용의 함축, 감정의 절제, 암시의 강조 등을 중시한 시를 통하여 5·4운동 후에 중국 사회에 만연하기 시작한 청년 지식인들의 상실감을 어루만져주었다.

중국의 신시는 외래시의 영향을 받아 앞서 말한 바와 같이 자유시파, 격률시파, 상징시파 등을 거쳐 성장하면서 고전 시사(詩詞)에서 완전히 탈피하여, 중국 현대문학의 주요한 한 갈래로 자리 잡았으며, 신격률시와 상징시는 1930년대 현대파의 시로 계승되거나 흡수되고, 현대파의 시는 1940년대 구화파(九葉派)로 이어졌다.[8] 하지만 현대를 앞세운 다이왕수(戴望舒), 볜즈린(卞之琳), 허치팡(何其芳) 등 현대파 시인들은 시에서 문자의 아름다움이나 음률(音律)과 운각(韻脚) 보다는, 이미지의 아름다움을 추구하는데 노력함으로써 시 형식에 대한 논의는 일단 뒷전으로 물러나게 되었다.[9]

하지만 그렇다고 해서 중국 학계에서 현대시 형식에 대한 논의를 소홀하게 할 수는 없는 형편이었는지라 나름의 대안 모색과 함께 현대시가 서구의 영향을 받아 형성된 데 대한 해명이나 설명뿐만 아니라, 오랜 전통의 근체시의 규율(規律)을 포기한 데 대한 논의는 끊임없이 있었다. 그 가운데 대표적인 예를 들자면 조여명(趙黎明) 같은 학자이다.

그는 신시의 절주(節奏, 리듬)는 하나의 기준으로(遵) 정할 수 없으며, 하나의 형식(式)이 있을 수도 없고, 하나의 표준(格)으로 구속할 수도 없는 것으로써, 신시 형식의 탐색은 개방적일 수밖에 없다고 하면서, 이러한 리듬은 중국 고금의 각종 리듬(시형) 형식의 단순한 규합이 아니라, 구

---

8 홍석표, 위의 책, 191면.
9 홍석표, 위의 책, 191면.

어口語 리듬(시형)이 주체가 된 각 문체의 정수(菁華)를 널리 모아서 만든 새로운 유기종합체(有機綜合體)라고 했다.[10]

어쨌든 중국의 현대시는 근체시라는 엄격한 시 형식의 규율을 버린 데서 탄생했는데 그 명분은 엽공초(叶公超)가 말한 바에서 드러난다. 그는 신시(新詩)는 최고의 아름다움과 최고의 역량이 있는 언어를 사용하여 쓴 것이고, 구시(舊詩)는 최고의 아름다움과 최고의 역량이 있는 문언(文言)을 가지고 쓴 것으로 백화(白話)와 문언(文言), 설화(說話)와 음악(音樂)은 신구(新舊)의 구분점이 된다는 것이다.

이런 점을 안다면 무익한 신구 시 형식의 논쟁에서 벗어날 수 있을 뿐만 아니라, 신시 절주를 만드는 방향을 찾을 수 있을 것이라는 주장을 폈다. 이어 그는 신 절주 건설은 새롭게 음보를 메꾸는 운동이 아니라고도 했다. 평상거입(平上去入)과 궁상치우(宮商徵羽) 등 전통 음운은 신시에는 사용하기가 마땅치 않고, 5·7을 개량한 형식 또한 신시라 하기에는 맞지 않을 뿐만 아니라, 시의(時宜)를 담아내는데 제한이 많다고 했다.[11] 이는 결국 중국의 현대시 형식은 그 당대의 역사적 임무를 다 했던 근체시의 엄격한 규율을 벗어나, 새로운 시대가 요구하는 새로운 역사적 임무를 수행할 신 절주 곧 신 형식의 창출이 필요하다는 것으로 받아들여진다.

중국인의 현대시 형식에 대한 고민은 다음의 말에서 큰 공감으로 다가온다. "고인이 만든 일련의 정치한 격률(格律) 유산은 후대인들에게 크게 자랑거리가 되었다." 하지만 그 유산은 우리를 윤택하게 해주었지만, 아울러 쉽게 해결하기 어려운 문제를 안겨주었다.

곧 결국 시에서 격률이 있는 것이 시의 자연스러움인가, 아니면 격률에 구애받지 아니한 자유자재한 것이 시의 자연스러움인가? 시 형식의 혁명은 응당 어떤 역사와 논리에 의하여 진행되어야 하는가? 이는 문제 중의

---

10 赵黎明, 『古典詩學資源與中國新詩理論建構』, 人民出版社, 2015, 30면.

11 위의 책, 27면.

문제이면서 중국 시학에서 스핑크스의 수수께끼 같은 것으로서 중국 시단의 혼란스러움이지만 당장 철저하게 해결할 기미가 없는 실정이다.[12]

한편, 한국의 현대시 형식은 그 형성 과정과 결과에서 중국과는 많이 다르다. 한국의 현대시는 기존의 역사적 갈래를 바탕으로 만들어졌기 때문에 일단 생소하거나 낯설지 않아서 전통의 단절이나 외래 형식의 무조건적 수용이라는 말과는 거리가 멀다.

문학 작품이 나오기까지에는 굳이 『거울과 램프』에서 주장한 M. H. 에이브럼즈의 비평이론을 들고 나오지 않더라도, 작품이 생성된 당대 사회의 여러 정황이나 상황이 반영되지 않을 수 없는 바이거니와, 특히 새로운 장르의 형성에 있어서는 특정 또는 선행 장르가 당대적 소임을 다하고 양식으로 변화된 것의 단순한 영향사나 일방적 수용사라거나 또는 장르 생성은 특정 작가의 관습적 문학 행위쯤으로 치부해서는 곤란한 점이 한 둘 아니다. 한국 시가사에서 명멸했던 시가를 예로 들더라도 어떤 경우든 변화와 지속 그리고 새로움이라는 측면이 고려되지 않고는 온당하게 설명되어질 수 없는 장르가 대부분임은 이를 잘 말해준다.

쉽게 말해서 신라 10구체 향가는 전 4구와 후 4구 그리고 결 2구로 삼분되며 결 2구의 처음에는 감탄사로 대변되는 시상 전환이나 마무리 역할의 어구가 위치한다. 이는 시조의 초장 중장 종장의 3장 구조와 흡사하며 특히 종장 첫 구의 "두어라" 등의 시상 전환 또는 마무리적 기능을 지닌 어구의 배치까지 닮았다. 그렇지만 시조는 향가 그대로의 수용 또는 이행이 아니라 그 나름대로의 시대적 사명에 부응하기 위하여 종장 두 번째 음보의 음량(音量)을 늘이거나 상보적(相補的) 장르인 사설시조와 가사를 마련하는 등 그만의 독특한 형식적 장치를 하고 있음을 간과할 수 없겠다.

양식이론에 따르면 어떤 역사적 장르이건 그것이 당대적 사명을 다 하

<hr>

12 赵黎明, 『古典詩學資源與中國新詩理論建構』, 人民出版社, 2015, 31면.

고 나면 사라지는 것이 아니라 양식으로 전환되어 새로운 장르 출현의 기저 자질로 작용을 하기 마련인데, 그때의 모습은 예전 역사적 장르 그대로의 모습이 아니라는 것이다. 역사적 장르는 그 당대적 의무를 다 하면 양식으로 변(전)화되는데 새로운 시대가 요구하는 당대적 수요와 사명 및 필요에 의해 알맞게 변형 또는 굴절되어 다른 양식들과의 복합화 된 모습으로 새로운 장르 형성에 기여하기 마련인데 문제는 이런 경우 어떤 양식이 주도적 역할을 하느냐는 매우 중요한 사안이다.

다시 말해서 새로운 장르 출현에 주도적 역할을 수행한 자질이 자생적인 양식 중의 하나인가 아니면 외래적인 것의 영향인가의 논의는 결코 소홀히 할 수 없는 문제이다. 이글은 바로 이와 같은 취지에서 마련되었거니와 우리 시가사의 큰 흐름을 시조적인 유형과 가사적인 유형으로 대별하고 이 두 유형이 때로는 상보적으로 때로는 경쟁적으로 혹은 순차적으로 순환을 이루고 혹은 서로 혼합되기도 하여 시대적 요청과 필요에 의해 당대적 모습으로 구체화된다는 신념에 바탕하고 있다.

이와 같은 논의의 근저에는 두 장르 공히 관습적인 장르로서 오랜 역사를 지녔다는 점과 4음 4보격의 친숙하고 안정된 전통적 율조를 속성으로 하고 있다는 점이다. 이는 달리 말해서 두 장르가 구체적인 모습을 갖추기까지에는 오랜 시간이 경과되었을 것이며, 그러는 동안에 역사상의 많은 양식들 이른바 민요, 상대가요, 무가, 향가, 군가, 경기체가, 고려가요, 판소리, 이야기(외래 자질로서 한시도 포함) 등이 기저 자질로서 음양의 역할을 하였을 것이라는 장르사적 운동 상황을 염두에 둔 것이다.

또한 두 유형은 이와 같은 공통적인 점을 지닌 것과는 달리 시조가 그 주제나 내용상의 구체적인 성격과는 크게 상관없이 그 형식의 정제整齊됨과 세련된 언어의 조탁성을 지향하며 함축과 생략 등 문학적 형상성을 주로 하면서 비유와 상징을 통한 단형의 형식을 본령으로 삼는 반면에, 가사는 관습적이라는 장르의 속성 외에도 개방성을 지녔으며[13] 그 표현에 있어 서술과 제시를 자재롭게 실현할 수 있다는 점, 열거와 반복을 통해 길이에서 자유로움을 누릴 수 있다는 점, 일정한 서사구조(처음-중간-결말)를 지녔다는 점 등에서는 서로 비교되는 바가 크다고 하겠다.

문제는 시조와 가사의 장르 형성에 어떤 자질이 주도적 역할을 하였는가에 달려있지만 이는 쉽게 결판날 사안이 아니다. 이 문제를 위해서는 시조와 가사의 장르적 속성이 무엇인가를 규명하는 쪽의 접근이 보다 바람직하달 수 있으나 이 또한 쉬운 문제는 아니다. 이에 대해서는 달리 자리를 마련하여 논의하기로 하고 이 자리에서는 기존의 여러 양식을 가지고 새로운 장르의 모색 운동을 활발히 시도했던 육당의 경우를 통하여 개화기라는 격동의 시대, 가치관의 혼란과 새로운 질서가 요구되는 혼미한 시대, 한 마디로 새로운 장르를 갈구하는 시대에 그에 적합한 새로운 시 형식을 창출해 내는데 주도적 역할을 했던 자질이 어떤 것이었는가를 살펴보고 이를 토대로 현대 가사의 가능성을 전망하고자 한다.

그렇게 함으로써 새로운 시가형식을 창출하기 위하여 요구되는 주요 기저 자질이 무엇이었는가를 역으로 추단할 수 있을 것이며, 그를 통하여 현대라는 새로운 시대에 부응되는 바람직한 현대시 형태, 곧 현대 가사의 부활까지도 가능할 수 있을 것이라는 희망을 가져본다. 나아가 오늘날처럼 민족의 주체성과 문화의 정체성에 대하여 지대한 관심이 요청되고 있는 시점에서 현대시의 다양한 제 유형을 단순한 시대적 문화의 복합 현상으로 치부한 채 국적 불명의 형식으로 무책임하게 처리할 것이 아니라, 전통과 현대의 조화적 측면과 주도적인 것과 관여적(關與的)인 것의 역할을 분명히 함으로써 시가사의 정통적 맥락 속에서 현대시의 적자적(嫡子的) 성격을 온당하게 자리 매김할 수 있을 것으로 생각한다.

이와는 달리, 문학연구 방법론 중에서 장르에 대한 연구만큼 많이 논의되고, 열띤 논쟁을 벌여온 것도 드물었다. 그럼에도 불구하고 장르론적 문학연구 방법론이 그 열기를 덜하거나, 긴장을 완화하지 않고서 꾸준히

---

13 김학성, 『국문학의 탐구』, 성균관대학교출판부, 115~133면.

계속해서 더욱 박차를 가하고 있는 것은 한편으로는 아직도 이 분야에 대한 연구가 만족할 만한 기대에 도달하지 못했음을 시사함과 동시에 다른 한편으로는 매우 지난한 노력을 요하는 문제임을 인식케 해준다.

문학연구가 으레 그러하겠지만 특히 장르비평은, 비평가의 시각과 연구태도 및 입장에 따라서 다양할 수밖에 없다. 그러므로 정적이고, 정체적인, 다시 말해서 비 역동적인 단순한 분류차원의 가시적인 현상에 대한 장르비평은 문학을 사회적인 제반 상황과 관련하여 총체적인 것으로 파악하지 못하고 오로지 분류라는 명목만을 지닌 채로, 여러 문제를 남기게 될 뿐만 아니라 문학형식의 부단한 생명력에 대한 해명을 기대할 수 없다. 그렇게 된다면 문학작품의 형식에 대한 단순한 고찰은 결코 문학외적인 분류차원을 넘어설 수 없을 것이며 그로 인해 기존 장르의 옹호론에 머물고 말 공산이 크다.

김준오 교수의 "특히 80년대 민중문학의 충격은 한국 현대문학의 장르비평적 검토는 물론 장르개념에 대한 근본적 반성을 야기시키고 있다. 왜냐하면 일부의 민중문학론자의 이론과 작품이 장르의 구분을 포기하거나 거부하고 있는 것처럼 느껴지기 때문이다."[14]라는 발언은 기존 장르의 옹호론처럼 느껴지기 십상이지만 그러나 좀 더 음미해 보면, 김교수의 발언은 시사하는 바가 크다.

그의 주장은 우리시대의 시인들이 기존 장르의 형식을 위협하고 있다는 사실이다. 그러나 기존 장르에 대하여 개인이나 일부 단체가 그것을 포기하거나 거부한다고 해서 그것이 하루아침에 파괴되거나 소멸되지는 않는다. 또한 우리 문학사의 어떤 시대에 존재하여 찬란한 꽃을 피웠던 역사적인 장르를 어느 개인이나 단체가 그것을 선호하여 오늘날에 재 부흥 시키고자 한다 해도 쉽사리 과거의 영광을 얻을 수 없음은 가람과 육당의 시조 부흥운동이 실패한 선례에서 익히 보아온 바다.

---

14 김준오, 〈장르개념의 변화〉, 「대학신문」, 서울대학교, 1985, 2면.

곧 세계관의 변화 없이는 일조일석에 개인이나 일부 단체에 의하여 기존 장르가 파괴되지 않는 법이다. 사회가 혼미하고 세계관이 전도될 때 기존 장르에 도전하여 나타난 새로운 형식은 새로운 장르가 아니라, 하나의 양식(mode, 논지의 전개상 편의를 위하여 부름)에 해당한다. 이 양식은 장르 창출에 없어서는 안 될 중요한 매개체이다.

장르의 변화에서 가장 흥미 있는 것은 어떤 장르가 다른 장르의 속성이나, 형식, 특징 등을 포섭, 혼합 또는 복합하는바 이러한 '잡종'은 순수 장르 분류론자들에게는 순수한 장르의 파괴나, 단절, 또는 소멸이라는 괴이한 현상으로 받아들여질 것이다. 그러나, 시대의 변화나, 가치관의 혼란으로 기존 세계관이 흔들리고 사회가 불안정하게 되면, 이른바 '순수장르'라는 형식 틀로써는 다양화되고, 복잡 미묘해진 시대 변화의 조류에 문학이 대처할 수 없게 될 뿐만 아니라 문학이 사회를 선도하기는커녕, 도리어 다양한 문화의 소용돌이에 휘말려, 문학의 존재 이유가 불분명해지고 말 것이다.

급변하는 시대적 상황에서 오직 언어예술만이 '순수성'을 간직한 채 남아 있어야 되지 않느냐고 반문할지도 모른다. 그러나, 문학적 집적물은 자신이 속한 시대의 문화, 경제, 역사, 종교 등 사회전반의 반영물이라는 것은 두 말할 필요가 없다. 한국문학사를 되돌아보건대 세계관이 바뀌고, 사회가 혼란될 때마다, 거기에 따른 수많은 새로운 문학형식이 시도되었다가 사라지곤 했다 이러한 '새로운 문학형식' 그 자체를 우리는 '장르'라고 잘못되게 불러 왔다. 그렇기 때문에 개화기 시절에 여러 가지 시 형식을 시도하고 아울러 시조라는 고전 장르의 부흥을 위해 노력했던 육당을 장르인식이 결여된 자라고 했으며, 또한 시(詩)와 가(歌)에 대한 명확한 해명이 없고 시의 서정성이나 순수성에 대한 개안이 없었던 자라고 불러 왔다.[15]

---

15 정한모, 『한국 현대시문학사』, 일지사, 1981, 178면.

이와 같은 견해는 육당의 여러 시 형식의 시도를 통해 볼 때 (뒤에 상술하겠지만 육당 자신은 많은 시 형식을 시도했다.) 충분히 납득할 만한 사실이다. 또한 장르의 순수성을 주장하는 순수 장르론자들의 입장에서 볼 때, 육당의 그러한 다양한 시 형식의 시도는 퇴보된 시인, 나아가서는 시대에 역행하는 시인으로 지탄받아 당연하다.

그렇다면 과연 우리는 육당을 장르인식이 결여된 이른바 잡동사니 형식을 시도한 시인이라는 딱지를 붙여 둔 채로 만족할 수 있을까 의문이다. 여기에서 잠시 현대시 쪽으로 눈길을 돌려보자 현대시인(특히 지성을 자부한 몇몇 시인)들은 여러 가지 전통적인 역사적 양식을 수용하여 그것들을 현대시라는 형식 속에다 혼합하여, 포섭, 결합시키는 작업을 게을리 하지 않고 있다. 곧 육당이 시도한 바와 같은 '잡동사니'적인 시를 쓰고 있다. 그러면 이들은 장르인식이 결여되어서 그와 같은 지난한 작업을 하고 있는 것인가? 그렇지만은 않은 것 같다. 그들이 시도하고 있는 새로운 형식은 그 자체가 바로 장르 창출이 아니라 양식(mode)을 통한 실험이기 때문이다.

이러한 배경에서 오늘날 농경과 산업 그리고 정보화의 물결을 넘어 제 4, 5의 물결을 일으키며 다문화 시대, 세계화로 나아가는 길목에서, 수많은 정보와 그에 따른 다양한 표현과 표출의 홍수 시대에서, 적폐된 현실의 모순과 불합리 등을 과연 기존의 시 형식만으로, 오늘의 현실을 온전하게 담아낼 수 것인가는 의문이 아닐 수 없으며, 그런 맥락에서 가사체시형, 곧 현대가사의 부활의 의의가 둥지를 틀 수 있을 것으로 예견된다.

3. 이론적 배경

1) 양식(mode)의 개념

본고에서 주장하는 양식에 대한 개념을 설정함에 있어서는 A. 파울러의 저서에 힘입은 바 크다.[16] 양식은 기억에서 쉽사리 사라지지 않는 장르상의 한 개념으로서, 그 종류는 매우 많아서 오히려 불분명할 정도다. 모든 장르는 여기에서 출발하지만 명사적 개념어인 장르와는 달리 형용사적인 개념으로 쓰인다. 즉 장르 생성에 관여한 다른 자질들을 수식 또는 형용하여 그 쓰임새가 매우 복잡하므로 언뜻 보면, 애매모호(Vague)할 정도이다. 하나의 완전한 외부적 형식(external form)을 갖추지마는 물론, 완성된 형식은 더욱 아니다. 양식은 또한 비조직적인 것이므로 정상적인 상태에서는, 몇몇의 다른 양식과 결합하여 새로운 양식으로 변형이 가능하다. 변형되기 이전의 양식이 부분적, 파편적인 것이라면 변형을 거친 후는 전체적(comprehensive)인 것이 된다.

부분적, 파편적인 것일 때 그것은 단지 하나의 고정되지 않은 기존 장르의 맛(color)을 경험한 혼합물 (기존한 순수 장르에 동참했다가 거기에서 제외되거나 탈락된 부분이므로)인 것이다. 다시 말해서 이와 같은 양식은 축소적이면서도, 모가 나지 않아서 여러 가지 자질들과 쉽게 결합할 수 있다. 또한 양식은 그 신호체계가 매우 다양하여 어떠한 종류의 역사적 장르와도 쉽게 교신이 가능하다. 나아가, 비문학적 요소인 지리적(topographical), 신화적(mythological), 계시적(apocalyptic)인 요소도 양식으로서 활동하게 되는데, 이것들은 특히 유명한 전원시나 에세이 단편소설 등의 장르 형성에는 중요한 역할을 한다. 모든 종류의 양식이 구체적

---

16 Alastair Fowler, 「Kinds of literature: An Introduction to the theory of genres and Modes」, Harvard University press, Massachuse, Cambridge, 1982, 106~129면.

으로 이름 지어지고 인식되어진 것만은 아니다. 풍자시 같은 것에서의 짧은 스타일의 경구는, 말할 수 없이 효과적인 수법이지마는 어느 시대 어느 사회에서나 나타날 수 있는 아주 평이한 양식이기 때문에, 올바로 인식되지 않고 있다. 바꾸어 말하면 풍자(satire)는 끈질긴 생명력과 오랜 역사성을 지닌 양식이라 하겠다.

희극, 비극, 로망스 등은 매우 친숙한 양식이므로 한 가족으로 취급된다. 결국 희극에 비극적인 요소가 강하게 작용할 수 있음은 물론 그 역도 또한 가능하다. 로망스에 희·비극적인 성격이 강하게 작용할 수 있는 것은 이와 같은 이유에서 이다. 양식은 시대에 따라 변하는 것이어서 중세 로망스의 양식과 19세기 로망스 장르의 그것은 결코 똑같은 것이 아니다. 또한 앞으로 나타날 어느 장르에서는 또 다른 변모된 모습으로 나타날 것이다.

그러므로 시대의 변천에 따라서 양식의 변화는 그것에 부수하며, 그렇기 때문에 양식이 제한을 적게 받으면 받을수록 그 만큼 문학형식의 다양성이 보장받게 된다. 마지막으로 양식은 전쟁을 겪은 후에 개개인의 신분적 동요가 일어날 때라든가 아니면 사회가 극도로 혼미한 상태에 빠진다든가, 또는 가치관의 전도가 심한 때 등, 다시 말해서 사회의 불안정한 시기에 그 기능을 최대한으로 자유롭게 발휘한다는 것이다. 이상에서 필자는 양식에 대한 개념을 살폈다. 이제 이와 같은 양식론을 바탕으로 다음의 논의를 전개해 보기로 한다.

2) 육당의 시 형식 실험

(1) 여러 시 형식의 시도

앞서 말한 바와 같이 육당은 여러 가지 시 형식을 시도하였을 뿐만 아니라 고전시가 장르의 하나인 시조를 부흥하려고 부단한 노력을 경주했던 시인이었다. 김학동 교수에 따르면, 유육당은 ⟨3 · 4⟩, ⟨3 · 3 · 3 · 3⟩조에서 ⟨4 · 4 · 4 · 4⟩조, ⟨5 · 5 · 5⟩조, ⟨6 · 4⟩조, ⟨3 · 3 · 5⟩조, ⟨6 · 6⟩조, ⟨7 · 5⟩조, ⟨8 · 5⟩등에 이르기까지 실로 가능한 다양한 시 형식을 시도했었다.[17] 아래서 그의 시를 들어서 살펴보기로 하자.

㉠ 3 · 3 · 3 · 3조의 형식

이 형식은 우리의 민요에서 익히 보아온 형식임은 두 말할 여지가 없다. 육당이 이러한 민요 형식을 수용한 것은 그의 전통문학에 대한 깊은 애착을 나타냄과 동시에 시 형식에 대한 지대한 관심을 보인 것이다. 다음 작품을 보기로 하자.

눈감고　감안이　가슴에　손대니
손끗헤　써르를　울리는　것잇네

무언가　무언가　놀라워　하다가
얼풋이　께치니　그걸세　그걸세

내피를　돌리며　내숨을　쉬우며
내입을　버리며　내손을　놀리며

깃버서　웃기며　슯허서　울리며
운명을　부리며　기회를　만드러

맘대로　쓴대로　내마음　쇠둑여

17 김학동, 『한국 개화기 시가연구』, 시문학사, 1981, 114～115면.

가즌짓 식이는 그무슨 힘일세

하자고 덤뷔어 못이룰 것업는
재조와 세력의 더날이 그걸세

.... 〈이하생략〉....................

위의 인용한 〈보배〉(고려대 아세아문제연구소, 『최남선전집』 5(현암
사, 1973, 340면)는 1917년 『청춘』 제11호에 실렸던 것으로 전체 26연이
다. 재주와 세력을 보배로 삼으면, 이 세상에서 안 될 일이 없다고 격려하
고 있다.

ⓒ 4·4·4·4조의 형식

이 형식은 전형적인 가사의 4음 4보격의 형식인데 규칙적인 리듬 때문
에 전달력이 강하고, 동질 세력 간의 화합과 이질세력의 동질화에 도움을
주는 형식장치임은 가사에서 익히 본 바다.

버드나무 눈트라고 가는비가 오는고야
개나리 진달네꽃 어서퓌라 오는고야

보슬보슬 나려와서 촉은촉은 축여주매
질적질적 저즌흙이 유들유들 기름돈다.

아츰나절 저녁나절 나무기슭 기슭마다
참새무리 들네임을 벌서부터 드릿스니

늙은제비 젊은제비 긴날개   번득이며
넷집차저 오는쏠도 이비위엔 보이렸다

이비는   방울마다 목숨의씨 품엇나니
나무거니 풀이거니 맞는놈은 싹이나며

이비는   오는족족 목숨의샘 부룻나니
사람이고 물건이고 더럭더럭 긔운나네

..................〈이하 생략〉..................

위의 시는 〈봄의 앞잡이〉[18]로 1917년 4월 『청춘』 제13호에 실린 전체
20연으로 구성되었다. 〈유들유들〉, 〈질적질적〉 등의 같은 단어를 반복함
으로써, 생동감을 느끼게 한다. 또한 규칙적인 리듬은 읽는 이로 하여금
흥을 돋게 하고 있다.

ⓒ 7·5조의 형식

우렁차게 토하는 기적 소리에
남대문을 등지고 떠나 나가서
빨리 부난 바람의 형세 같으니
날개 가진 새라도 못따르겠네
(…하략…)

1908년에 지은 〈경부철도가〉인데 이 7·5조의 형식은 종래의 학계에

---

18 『최남선 전집』, 341~342면.

전통적인 것이냐, 아니면 비전통적인 것이냐를 놓고 논란이 많았던 것이다. 이규호 교수에 의하면, 이 형식은 맹목적으로 일본시가에 영향받은 것이 아니라, 삼국 이래로 우리 문학사의 전시대를 점철해 온 5언이나 7언 한시가 잠복된 상태에서 개화기라는 시대를 맞이하여 오랜 동면을 털고 일어나 〈언문풍월〉〈장단구악부체〉〈층시〉 등의 실험적 양식을 거쳐서 육당에게 접맥된 것이라 한다.[19]

육당은 당시 일본에 유학했던 바 있다. 그러한 그가 일본 시가에 접했었을 것은 분명하다. 그 결과 일본 시가의 형식에 친숙했을 것이라는 추측은 어렵지 않다. 그러므로 그가 시도한 〈7·5〉조 형식에 있어서도, 일본 시가의 영향을 전적으로 배제할 수는 없을 것이다. 그의 〈경부철도가〉가 일본인 大和田의 〈철도창가〉를, 그의 여러 신체시가 일본 『신체시초』에 실린 작품들과 여러 면에서 유사하다는 주장이 있는가[20] 하면 이에서 한 발 나아가 임종찬 교수는 육당이 일본 시가에 나타난 7·5조 형식을 시범으로 보이자 김동환(산넘어 남촌에는, 누가 살길래, 해마다 봄바람이, 남으로 오네) 이은상(수줍어 수줍어서, 다 못타는 연분홍이, 부끄려 부끄려서 바위틈에 숨어피다, 그나마 남이 볼세라 고대지고 말더라: 진달래) 등이 뒤를 이어 그를 계승했다고 했다.[21]

그러나, 우리에게 중요한 것은 〈7·5〉라는 형식 실험에 있어서 그것의 주가 무엇이고 종이 무엇인가에 있다. 결국, 한문학이 국문학의 당당한, 일부로서 받아들여지고 있는 오늘의 시점에서 볼 때 〈7·5〉조 역시 전통 시가 형식에서 비롯된 양식화의 한 모습으로 보아야 할 것이냐는 생각이다.

---

19 이규호, 『개화기 변체 한시연구』, 형설출판사, 1986, 73~122면.
20 박철석, 『한국현대문학사론』, 민지사, 1990, 371~376면.
21 임종찬, 『개화기 시가론』, 국학자료원, 1993, 57면.

ⓔ 기타 형식

1) 질거움과 태평의 크나큰비흘
   모든 것에 골고루 난화주라신
   하날명을 받드신 우리 태황조
   이세상에 오심에 네게로로다.
   .... (중략) ....
   사나움게 뛰노난 물결갓흔중
   쏩힌바된 너의가 가장크거니
   억만목이 소리를 가지런히해
   너의덕을 질겁게 기리리로다

2) 내압헤노힌 꼿반도는 윈큰것의 점이니
   모든빗나고 고은일이 네게로서 시초라
   네한나라를 위해서나 윈세계를 위해나
   제일하기엔 용감하고 남위하얀 자비해
   적고큰너의 모든소망 내압헤서 이루라
   장하고대하고 부하라 진왕선왕 미하라.

위에 든 1)과 2)는 잘 알려진 바와 같이 『태백산시집』에 실린 작품들로
서 1)은 〈태백산가 其一〉이며, 2)는 〈태백산가 其二〉이다.²² 그런데 여기
서 우리의 관심을 집중시키는 것은 1)은 〈4·3·5〉조이고 2)는 〈5·4·
4·3〉조라는 사실이다. 같은 소재를 사용한 같은 제목의 연속된 작품에
서조차 자수율을 달리한 것은 과연 무엇을 의미하는가? 이외에도 육당은
〈모르네 나는〉에서 5·5·5조를 실험하는 등 여러 형식을 실험함으로써

---

22 김학동, 앞의 책, 126면 재인용.

당시 상황에 적합한 시 형식을 모색했던 것으로 생각된다.

이런 노력은 앞서 소개한 바와 같이 육당의 장르 인식에 대한 결여만으로 돌리기에는 석연치 않은 점이 있다. 우리는 이와 같은 여러 시 형식의 시도 그 자체를 장르적인 현상으로 파악할 것이 아니라, 앞서 밝힌 대로 시대상의 혼란과 세계관의 난립에서 기인하는 자연스런 양식들의 시도로 보아야 할 것이다. 즉 기존의 시 형식이 창출된 시대적 배경과 세계관으로써는 불안정한 개화기 사회현실과 확대된 개화 지식을 대변해 낼수 없는 것이었다. 왜냐하면 육당은 개화 지식을 보급시키는데 열중했던 사상가였기 때문이다. 사회 계몽가인 그에게는 확대된 지식의 양을 보다 잘 전달하기 위해서 새로운 형식의 문학적 도구가 절실히 필요했던 것은 분명하다.

"그가 자유시·산문시의 경지에까지 시를 몰고 가지 못한 것은 그가 새로운 지식을 습득하였음에도 불구하고 그것을 받아들일 문화적 계층이 아직 형성되어 있지 못한 사실과 밀접하게 관계되어 있다."라는 김윤식 교수의 진술은[23] 두 가지 측면에서 받아들여야 한다.

첫째, 육당에게 자유시나 산문시의 경지를 기대한 점은 바로, 새로운 장르의 창출을 기대한 것과 같은 것인데, 그렇다면 무리한 기대가 아닐 수 없다. 왜냐하면 장르란 앞서 살핀 바와 같이 개인이나, 몇몇 단체의 힘으로 일조일석에 만들어지는 것이 아니기 때문이다.

둘째, 새로운 지식을 받아들일 만한 문화적 계층이 형성되지 않았다는 진술은 바로 정곡을 찌른 것이라 하겠다. 여기서 새로운 지식을 수용할 수 있는 문화적 계층이 형성되지 않았다는 것은, 바꾸어 말하면 기존의 유교적 질서나 세계관의 질곡에서 벗어나지 못하여 기존 세계관에 대적할 수 있는 새로운 세계관이 마련되지 못한 상황이거나 아니면 너무나 많은 세계관의 난립으로 통일된 하나의 지향점이 없었다는 말로 표현할

---

23 김윤식·김현, 『한국문학사』, 민음사, 1973, 112면.

수 있다. 개화기의 앞 뒤 상황을 미루어 볼 때 그 원인으로 전·후자의 두 요인을 모두 간과할 수 없다. 여러 세계관이 난립되어 있었기 때문에 하나의 통일된 양식적 시도로는 여러 계층을 두루 만족시킬 수 없었을 것이다. 그런 점에서 육당의 다양한 시 형식의 시도는 오히려 지극히 당연한 결과라고 아니할 수 없다. 왜냐하면 주지하다시피 그는 모든 계층을 가능한 두루 포섭하여 교화시켜야 할 사상가였기 때문이다.

결국 김윤식 교수의 진술은 육당에 대한 재평가의 발단을 마련한 것이 되었고 양식론적인 접근은 그것을 뒷받침할 수 있는 것이라 하겠다. 이상과 같은 점에서 육당이 시도한 여러 시 형식 실험은 그의 장르에 대한 깊은 인식에서 말미암은 것이로되, 그것을 수용할 수 있는 공감층의 힘이 미약하여 하나의 새로운 장르 창출로까지 나아가지 못하고 양식의 시도에 그치고 만 아쉬움을 남겼다. 그러나 그것은 육당의 장르에 대한 인식부족이거나 그의 문학에 대한 능력의 한계라고 단적으로 얘기해서는 안될 성질의 것이다, 오히려 다양한 양식의 실험은 문학에 대한 그의 남다른 열정을 보여준 것이라 생각되며, 이와 같은 양식에 대한 그의 지대한 관심 중의 일부는 필연적으로 사상가적인 의무감에서 말미암은 것으로 사료된다.

(2) 시조 형식의 부흥

그의 시조 부흥운동은 세 가지 측면에서 다시 새겨 볼 수 있다.

① 기존의 역사적 장르를 본래 모습 그대로 답습하려 했다는 점
② 그것을 개화기라는 시대적 상황 하에서 시도했다는 점
③ 기존의 시조 장르를 다소 변경시켜 시도했다는 점

○ 기존 형식의 답습

①의 입장 즉 기존의 시조라는 역사적 장르를 본래 모습 그대로 답습하려 했다는 것은 다음 사실에서 시사하는바 크다.

개화기에 난립했던 다양한 세계관 중에는 유교적 이념을 바탕으로 한 세계관이 조선시대 못지않게 만만찮은 지지 세력을 갖고 있었다. 그러한 사실이 육당에게는 예사로 받아들여지지 않았을 것이다. 왜냐하면 결국 그는 사상가였기 때문에 가능한 한 자기 사상에 대한 많은 공감층의 확보를 필요로 하였기 때문이다. 그 결과 유교 이념을 지지하였던 다수 계층을 포섭한다는 것은 중요한 관심이었다. 유교적 이념을 기반으로 하는 계층을 수용하기 위한 가장 손쉬운 방법은 유교적 이념을 세계관으로 하여 창출되었던 시조장르가 안성맞춤이었음은 재언을 요하지 않을 것이다.

이렇게 보면 육당의 시조 부흥운동은 세심한 장르론적 관심에서 비롯한 것이라 할 수 있겠다.

한편, ②의 입장 즉 개화기라는 시대적인 상황에서의 그러한 시도는 결국 양식의 개념에서 밝힌 바와 같이 양식은 전쟁을 겪은 후에 개개인의 신분적 동요가 일어날 때라든가, 아니면 사회가 극도로 혼미한 상태에 빠진다든가 또는 가치관의 전도가 극심할 때 등 다시 말해서 사회가 불안정한 시기에 그 기능을 최대한으로 자유롭게 발휘한다는 사실을 역으로 입증하는 것이라 하겠다. 요컨대 육당은 유교이념의 지지층을 자기와의 공감대층으로 흡수하기 위해서 고전시가의 시조양식을 조금도 변화시키지 않고 그대로 사용했다고 할 수 있다.

○ 변형된 형식

위에서 들어 보인 ③의 입장 곧 역사적으로 존재하였던 시조장르를 다소 변형시켰던 의도는 무엇인가? 그것을 알기 위해 먼저 아래 구체적인 작품을 예로 들어보자.

　　태백에 꽃이피니 부귀가 쌍전이라
　　대민국의 저런역사 영원토록 한갈갓다.
　　태황조 크신 힘은 만년무강이로다.

　위에 든 것은 〈태백에〉[24]라는 제목을 갖고 있는 전체 7수의 연작시조 가운데 첫 수이다. 무엇보다 먼저 눈에 띄는 것은 종장이다. 평시조의 종장 구성법인 〈3·5·4·3〉에서 벗어나 안정감을 깨뜨리고 있다. 이것은 조선시대 선비의 유장한 기품을 탈피하고 있으며 종장 첫 구 또한 주로 감탄사가 실현되었던 종래의 구조와는 분명 다르다.

　이와 같이 시조 형식에 변화를 시도한 것은 육당에게 있어서는 불가피한 것이었다. 유교를 세계관으로 굳건히 신봉하였던 계층에게도 개화기라는 격동기는 피할 수 없는 상황이었다. 그들 역시 쏟아지는 개화문물에 대하여 초연할 수 없었다. 결국 그들 중의 일부 계층은 개화사상이나 신문명에 어느 정도 개방을 허용하고자 했던 것이다.

　다시 말해서 조선시대 모습 그대로의 유교적 질서나 세계관에 다소 변화를 가함으로써 시대적 상황에 현명히 대처하려는 것이었다. 요컨대 그들에게 있어서 조선시대 모습 그대로의 시조 형식은 급작스런 시대상황에 비추어 볼 때 현실을 수용하는데 부적합한 그릇이었음은 당연한 것이다. 그리하여 그들은 기존의 다소 억압되고 규제된 형식에서 벗어나 다소 탄력있는 형식을 찾았다. 이에 육당은 민감하게 그들의 변화에 따라 시조 형식에 변화를 시도함으로써 일부 개방적인 유교세력도 포섭하려 했었을 것이다. 이와 같은 입장에서 볼 때 육당의 시조 형식의 변형은 지극히 당연한 시대적 요청의 결과였다.

---

24 임선묵, 『근대 시조 대전』, 홍성사, 1981, 45~46면.

그렇다면 육당의 경우를 포함한 개화기(격동기, 애국·계몽기 등)에 시도되었던 여러 유형의 시를 어떻게 처리할 것인가? 육당이 시도했던 3·3·3·3, 또는 4·4·4·4, 혹은 7·5나 5·5·5 등의 시와 그가 제작한 시조를 비롯하여 개화기의 여러 시조, 독립신문, 태극학보 등에 실린 여러 시들은 대체로 그 길이에 있어서 단형을 지향하고 있으며, 음보는 4음보를 유지하지만, 정통 시조의 연장 또는 계승이라 하기에는 다소 거리가 있음을 감안하여 범박하게 시조체시라고 부르고자 한다. 그렇게 함으로써 기존의 신체시 개념 규정에 대한 논쟁의 종식은 물론 한국 시가사의 단절 극복과 나아가 우리 문학의 주체적이며 자생적인 발전사를 통하여 우리의 자존과 우월성에 대한 긍지와 함께 미래 우리 시가의 모습을 예측하는데 기여할 수 있을 것으로 판단된다.

3) 80년대 현대시의 형식 실험

80년대의 젊은 시인들 특히 고정희, 하종오, 이동순, 김용택, 신경림, 김지하 등이 실험했던 여러 시 형식을 두고 순수 장르론적 관점에서 볼 때 '장르규범의 파괴' 또는 '장르론의 포기'라는 지적은 당연하게 보인다. 여기서 우리는 논지의 전개를 위해 앞서 들어 보인 김준오 교수의 지적을 다시 한 번 상기해 보자.

"특히 80년대 ① 민중문학의 충격은 한국 현대문학의 장르 비평적 검토는 물론 ② 장르 개념에 대한 근본적 반성을 야기시키고 있다. 왜냐하면 일부의 민중 문학론자의 이론과 작품이 ③ 장르의 구분을 포기하거나 거부하고 있는 것처럼 느껴지기 때문이다."라는 김 교수의 진술은[25] 필자 나름대로 세 가지 측면에서 면밀히 살펴 볼 필요가 있다고 생각된다.

---

25 앞의 신문, 같은 곳, ①②③번호는 필자.

① 민중 문학의 충격

② 장르 개념에 대한 근본적 반성

③ 장르의 구분을 포기하거나 거부함

①의 '민중 문학'이 충격을 준다는 것은 바꾸어 말하면 '비 민중문학'은 충격을 주지 않는다는 역의 논리가 성립됨은 그리 어렵지 않다. (여기서 충격이라는 개념은 기존 장르의 형식에 대한 도전을 의미하는 것이다.) 그러면 왜 하필 민중문학만이 기존 장르 체계에 대한 전면적 반성을 요구하며 나아가 민중문학론자들이 기존 장르를 적극적으로 포기하고 거부하려는 것일까? 여기에 대한 해명은 단적으로 말해서 기존 세계관이나 장르가 민중문학론자들의 그것과는 크게 괴리된 데 기인한다고 하겠다. 또한 ②와 ③에 대한 진술은 양식적 개념에서 바라다보면 더욱 분명해진다. 80년대 젊은 시인들이 시도한 다양한 즉 현대시라는 시 형식은 그 자체가 곧 바로 새로운 장르 틀은 아닌 것이다. 이러한 시각에서 잠시 현대시의 실현 양상을 들어보기로 하자.

㉠ 민요형식의 수용

에헤 꽃핀다고 다핀 것은 아니란다.
에헤 잎진다고 다진 것은 아니란다.
에헤 떠난다고 다간 것은 아니란다.
(어랑어랑 어화 어랑어랑 어화)26

예로 든 〈서울사랑〉은 전체 8연으로 구성되어 있는데 제1연에서 제5연까지는 (어랑어랑 어화 어랑어랑 어화)라는 후렴구를 매연 반복하고 있으

---

26 고정희, 『이 시대의 아벨』, 문학과 지성사, 1985, 39면.

며 제6연에서 제7연까지는 〈어이 넘차 어허 넘차 어허어이 넘차〉라는 후렴구를 쓰고 있다. 즉 제1연에서 제5연까지 사용된 후렴구는 민요 〈신고산 타령〉을 연상시키며 제6연에서 제7연에 따르는 후렴구는 〈뱃노래〉를 떠올리게 한다.

또한 〈에헤 꽃핀다고 다핀 것은 아니란다〉와 〈에헤 잎진다고 다진 것은 아니란다〉의 반복법, 열거법, 대구법은 민요에서 흔히 나타나는 형식이다. 이와 같이 현대시에 민요적인 요소를 과감히 수용한 것은 새로운 양식의 시도이지 결코 새로운 장르의 시도가 아님에 다시 한 번 주목해야 한다.

이와 같은 시를 우리는 무어라 불러야 할 것인가? 필자는 이를 현대시 중 '가사체시'라고 불렀으면 하는 바람이다. 왜냐하면 앞서 말한 바와 같이 가사는 장르의 속성상 개방성과 관습성으로 인하여 가사 형성 이전의 여러 역사적 장르가 양식화된 여러 양식들을 수용하여 당대적 요청에 적합한 시 형식으로 만든 것이므로 그 속에는 한시를 비롯하여 민요, 군가, 시조, 고려가요, 악장 등 기존의 역사적 장르의 편린(片鱗; 양식)이 많이 들어 있다. 한편 시조와 가사장르를 현대시에 교묘히 접맥시킨 경우를 들어보자.

ⓛ 시조형식의 수용

얇은 紗 하이얀 고깔은
고이 접어서 나빌레라
파르라니 깎은 머리
薄紗 고깔에 감추오고
두 볼에 흐르는 빛이
정작으로 고아서 서러워라
빈 臺에 黃燭불이 말없이 녹는 밤에

오동잎 잎새마다 달이 지는데

소매는 길어서 하늘은 넓고

돌아설 듯 날아가며 사뿐히 접어올린 외씨보선이여.

(…중략…)

이밤사 귀또리도 지새는 三更인데

얇은紗 하이얀 고깔은 고이 접어서 나빌레라.

위의 시는 주지하는 바와 같이 조지훈의 〈승무〉다.[27] 조지훈은 지절(志節)의 시인이며 학자요 고고한 선비로서 자아와 자연의 동일성을 추구한 시인으로 알려져 있다. 서익환의 지적대로 그는 세칭 청록파 시인으로 식민 통치 말기에 민족의 얼과 정서를 지키기 위하여 숨어서 시를 쓴 민족 시인이다.[28] 그에게 있어서 4음보의 유장한 율조는 거의 몸에 배일 정도였으며 그와 같은 체질화 된 시조의 리듬은 쉽사리 파기 도는 방기할 유산이 아니었을 것이다. 그의 체질화된 선비 문화적 삶의 부분 부분들이 위의 시와 같이 시조체가 바탕이 된 시형, 곧 시조체시형을 창안하였을 것이라 생각한다.

필자는 이와 같이 단아하고 조화로우며 균형감각과 세련미를 지니고 있는 현대시를 '시조체시'로 부르고자 한다. 다시 말해서 안정된 율조로 읽히면서 함축과 생략이 본령을 차지하고 비유와 상징을 통하여 개인의 서정을 주로 담고 있는 단형의 정적지향(情的志向)의 시를 시조체시로 이름 하고자 한다. 이에는 물론 현대시조라는 장르 속(屬)이 포함됨은 물론이다.

현대 시조가 살아남기 위해 아니 본연의 목소리를 분명히 내기 위해 자유시에 가까운 실험을 하는 경우 그것은 오히려 더욱 자유롭게 열려

---

27 〈승무〉, 미래사, 2000.

28 서익환, 『승무』, 미래사, 2000, 141면.

있어야 한다는 신범순의 주장은[29]무엇을 의미하는가? 그것은 시조의 정형 속에 스며있는 시조의 시조됨 곧 3장과 6구의 기본 틀을 낡고 퇴행적인 것으로 방기하는 것이 아니라, 그것을 기준으로 그 정형의 진정한 의미를 통하여 변형, 일탈 등이 왜 나오지 않으면 안 되었는가를 밝혀야 된다는 것이었다. 이른바 시조의 현대적 실현 양상은 정통 시조를 중심으로 이루어져야 한다는 말로, 이는 다름 아닌 현대 시조와 자유시의 경계를 구획하는 기준이라 하겠다.

ⓒ 가사형식의 수용

> 짱아짱아 예쁜 짱아 붙는데로 붙어라
> 울너머로 가지마라 똥물먹고 죽을라
> 하늘높이 날지마라 거미줄에 얹힐라
> 먹이파리 동동가물치 송사리 동동
> 잠자리 꼬리에다 지푸라기 꽂아날리며
> 철없는 저 아이들 강가에 몰리어 노는데
> .... (중략) ....
> 짱아짱아 예쁜짱아 붙는데로 붙어라
> 높이높이 날지마라 거미줄에 얹힐라
> 　　　　　　　 -물의 노래(제5연)-

예로든 이동순의 〈물의 노래〉[30]는 1에서 16번까지의 작품번호를 갖고 있는 가사체의 장시이다. 가사의 4음 4보격을 유지하면서도 리듬의 반복에서 야기되는 단조로움을 덜기 위해서 음절수 배려에 세심한 주의를 쏟

---

29 신범순, 〈현대 시조의 양식 실험과 자유시에의 경계〉, 「2000 만해 축전」, 만해사상실천현양회, 2000, 145~146면.

30 이동순, 『물의 노래』, 실천문학사, 1983.

고 있음을 직감할 수 있다. 또한 작가의 주석에 의하면 〈짱아짱아~송사리동동〉까지는 전래동요인 〈잠자리 잡는 노래〉에서 따온 것이라 한다. 〈짱아짱아~붙어라〉와 〈높이 날지마라~거미줄에 얹힐라〉를 연의 맨 처음과 맨 마지막에 각각 반복구로 실현시키고 있는 것은 민요와 개화기가 사[31]에서 두루 나타나는 현상이다. 이와 같은 시는 함축이나 생략 보다는 서술(敍述)과 제시(提示)를 주로하면서 반복(反復)과 열거(列擧)를 통하여 확장(擴張)된 문체를 생성해 낸다. 그러면서 일정한 서사구조 곧 스토리를 갖고 있다. 따라서 이 경우는 정적 세계의 지향 보다는 경물적(景物的)인 서술 세계를 지향(志向)한다. 그래서 이 또한 가사체시형에 속함은 물론이다.

ㄹ 굿 형식의 수용

현대시라는 순수 서정장르에다 한때 터부시되었던 무당의 푸닥거리를 과감히 수용한 것은 일단 충격이 아닐 수 없다. 고정희가 바로 그 대표적 시인인데 그는 〈사람 돌아오는 난장판〉-마당굿을 위한 장시-에서 전체 세 마당으로 구성된 굿 노래를 보여주고 있다.[32]

첫째 마당은 제1과장 홍도깨비춤, 제2과장 청도깨비춤, 제3과장 은도깨비춤, 제4과장 상여꾼의 춤 등 전체 네 과장으로 되어 있다.

둘째 마당은 제5과장 무당춤, 제6과장 박수춤, 제7과장 살풀이춤, 제8과장 원귀들의 춤 등 역시 네 과장으로 구성되었고

마지막 셋째 마당은 제9과장 예수칼춤, 제10과장 이승 환생춤, 제11과장 난장판춤 등 세 과장으로 된 굿거리 형식이다.

---

31 졸고, 「개화기 가사연구」, 성균관대학교 대학원, 1985, 17~20면.

32 고정희, 『초혼제』, 창작과 비평사, 1996.

홍도깨비 벌려보세 벌려보세 도깨비잔치 벌려보세 人峙에 초
장치고 도살잔치 벌려보세
  (거드름 장단으로 한바퀴 칼질하고 외사위로 빠르게 망나니 폼으로 춤
  추다가 중앙에 자리를 잡으며)
쉬이- 동쪽 것들 잠잠하라
쉬이- 서쪽 것들 잠잠하라
쉬이- 북쪽 것들 잠잠하라
쉬이- 남쪽 것들 잠잠하라
(얼쑤 절쑤 지화자자 으르륵--고수)
(끄덕이·용트리·사방치기·삼진삼퇴·너울질·
활개펴기·활개꺾기 하고 나서 다시 중앙에 자리를 잡으며)
홍도깨비 이곳에 당도하여 사면을 둘로보니
          도깨비불이 너울너울하고
          허수아비들 넓죽넓죽 절을 하니
          보기도 좋고 기분도 좋다마는
          내 오늘 잔칫날 불원천리 달려왔는디
          (달려왔는디. 〈추임새〉-장고 떵쿵.)
          아 이게 뭔 냄새여?
          티우 방귀 냄샌가 아민 똥 냄샌가
          뭐가 이다지도 향긋혀?
          (코를 쫑긋거리다가 고개를 끄덕이며)
          오호, 알것다 알것어
          한 상 떡벌어지게 바치라 하였는디
          땀 냄새 눈물 냄새 가난 냄새렸다
          칠칠맞은 여편네 속것 냄새
          떼거지들 몰려앉은 궁상 냄새렸다
          수년만의 잔칫상에 합수 냄새 대접사라!

(엄하고 화난 투로)

으흐응, 이런 고얀 것들

아 이게 내 잔치라고 벌린 거여?

오냐, 두고 봐라

이 밤이 새기 전에 요절복통 내주리다

주제넘는 것들 풍지박산 만들리라

(풍지박산 내주리라. 〈추임새〉)

(…하략…)

위와 같은 시를 우리는 현대시의 하나로 대하고 있다. 그렇다면 이는 어떤 면에서 시라고 하는가? 물론 대화체에 관심을 두면 영락없는 극 장르이다. 사설에 중점을 둘 경우 시라고 하겠는데 그 역시 우리가 일반적으로 접해온 시와는 분명 다르다. 그렇다면 고정희는 현대시가 무엇인지 잘 모르고 혼자만의 실험적인 시를 쓴 것일까? 그렇게 생각한 사람은 아마 아무도 없을 것이다. 뭔가 할 말이 많은데 그것을 시로써 다 드러내고 싶을 경우 우리는 무가와 판소리 그리고 가사라는 기존의 훌륭한 시 전통을 갖고 있다. 시인은 그 가운데서 무가의 형식을 수용하여 당대적 가치와 요구에 맞게 변형하여 현대시라는 그릇에 담은 것이다. 이른바 고정희류의 현대시 형식인 셈이다. 물론 리듬에 있어서 3음보와 4음보의 혼합 또는 그 외 다른 음보의 실현까지도 발견되지만 그것이 주제 실현이나 전달에 필수 불가결한 영향력을 행사하는 주된 율조가 아니라는 사실을 감안하여 정통 가사와는 다른 가사의 개방성과 관습성 그리고 4음보의 유장한 리듬이 주를 이룬 가사체시로 부르자는 주장이다.

ⓜ 판소리 형식의 수용

환장허겄네 환장허겄어

아, 농사는 우리가 세빠지게 짓고
쌀금은 저그덜이 편히 앉아 올리고 내리면서
며루 땜시 농사 망치는 줄 모르고
나락도 베기 전에 풍년이라고 입맛 다시며
장구 치고 북 치며
풍년 잔치는 저그덜이 먼저 지랄이니
우리는 글먼 뭐여
신작로 내어놓응게 문뎅이가 먼저 지나간다고
기가 차고 어안이 벙벙혀서 원
아, 저 지랄들 형게 될 일도 안 된다고
올 농사도 진즉 떡 쪄먹고 시루 엎었어
아, 입은 비뚤어졌어도 말이사 바로 혀서
풍년만 들면 뭣 헐 거여
안 되면 안되어 걱정
잘 되면 잘 되어 걱정
풍년 괴민이 더 큰 괴민이여
뭣 벼불고 뭣 벼불면 뭣만 남는당게
재주는 곰이 부리고 돈은 뙤놈이 따먹는 격이여
아, 그렇잖아도 환장헐 일은 수두룩하고
헐 일은 태산 겉고 말여
생각허면 생각헐수록
이 갈리고 치떨리능게 전라도 논두렁이라고
말이 났응게 말이지만 말여
거, 머시기냐 동학 때나 시방이나
우리가 달라진게 뭐여
(…하략…)

위에서 보는 바와 같이 김용택은[33] 〈마당은 비뚤어졌어도 장구는 바로 치자〉에서 맺고 풀며, 밀고 당기는 등 긴장과 이완의 수법을 주로 하면서 일정한 서사구조를 지니며 행간과 바깥에 은근 살짝 양념 격으로 풍자를 집어넣는 판소리 수법을 수용, 자기 나름의 시 형식으로 변형하여 실현시키고 있다. 이 작품 외에도 그는 가사체, 타령조, 판소리체 등을 수용하여 현대시의 새로운 모델을 만들고 있다. 이 또한 4음량의 기본 음량에다 여러 리듬을 혼합한 혼합 리듬을 취하고 있지만 그 실제는 4음보를 기준 리듬으로 하고 있음이 확인된다. 따라서 이러한 시 형식의 형성에 주된 역할을 한 양식이 바로 가사였음을 알기에는 크게 어렵지 않을 것이다. 그런 측면에서 이런 시 형식 또한 가사체시로 부르고자 한다.

ⓗ 이야기체의 수용

> 만물의 이치는 음양이 근본이라
> 화합하면 태평하고 상극하면 서로 싸워
> 싸우는 것 중간에 항용 기이한 기이한 곷이 핀다 전하나니
> 이 꽃을 두고 일러 사꾸라라 부르것다.
> 我東方이 牛島로서
> 넓적한 대륙과 길쭉한 島國에 기어 밤낮으로
> 동서남북 왼갖 잡것들이 서로 들어와 맞서 끝없이 불질하는 중에
> 金姓, 木姓이 도한 다투고
> 폭군과 백성이 노상 부딪쳐
> 하루도 욕질에 매질, 칼질에 팔매질이 멈출 날 없으니
> 그 사이에 맞아죽는 자 부지기수요
> 安竹間에 송장이 산더미 같이 쌓이고

---

33 김용택, 『마당은 비뚤어졌어도 장구는 바로 치자』, 미래사, 1991.

隋唐間에 흐르는 피가 내를 이뤄 끝없은즉

뼐없고 뼈없는 자 애오라지 바라는 것 그저 제 한 몸 安命

保身뿐이것다

구년 큰물에 햇빛 바라듯 나무아미타불

십년 가뭄에 비 기다리듯 관세음보살

돌쌓아 단 모으고 이제나

몸씻어 재계하고 저제나

保身秘法을 학수고대하던 중에 홀연

櫻子라 이름하는 聖人이 나타나

하루는 목멱에서 처세술 공부하는 앵군이란 놈 앞에 놓고 설

법하여 가라사되

아무 해 거쳐서 아무 해 당하면

지각 있는 놈 살고 지각없는 놈 죽으리라

앵군이 물어

그때가 언제이오니까

櫻子 답하여

그때가 이때니라

(…하략…)

　　위는 1972년 월간 『다리』에 연재된 〈앵적가(櫻賊歌)〉의 일부인데 말이
노래이지 이야기체라고 함이 더 적절한 시이다. 김지하 본인의 주장대로
라면 담시(譚詩) 곧 이야기시다. 1970년대 정가(政街)에서 사꾸라 논쟁이
한창일 때 각계각층을 총체적 불신으로 내모는 등 해박하고 날카로운 서
술로써 당시 사회를 풍자하고 있는데 마치 한 편의 우화 민담을 읽는 감
동을 자아내고 있으며 그 결말을 "눈물도 웃음도 아닌 기이한 꽃 한 송이
피어 있더라, 일러 전해 오것다."로 끝맺음하고 있어 오래 전부터 전해 내
려온 이야기 같은 느낌이 들도록 결구했다.

위의 〈앵적가〉는 언뜻 리듬이 없는 산문처럼 보이지만 율독을 해보면 4음보의 리듬으로 친숙하게 율독 된다. 물론 시의 내용상, 한 음보에 실리는 음의 량이 4음을 벗어난 경우가 많은데 이는 그만큼 긴박감을 살려내는 효과를 거둘 뿐만 아니라 4음보의 유장한 율격이라 해서 음풍농월적(吟風弄月的)인 내용만을 담거나 유장한 완보(緩步)의 호흡만을 지닌다는 오해를 시원하게 불식시키고 있다. 4음보의 리듬일지라도 담겨진 내용에 따라서 얼마든지 급박한 호흡으로 율독할 수 있음은 판소리의 아니리에서 익히 보아온 예이다. 위는 반복과 열거의 수사를 통하여 대상을 풍자하거나 강조하고 있음이 눈에 띄며 서술과 제시로써 이야기를 확장해 가고 있는데 그렇게 하는데 있어서 주도적 역할을 하는 양식은 다름 아닌 가사 자질이다. 따라서 이러한 시 역시 가사체시로 부르고자 한다.

이상에서 본 바와 같이 현대시에 전래동요와 가사형식, 굿형식, 민요, 무가, 이야기체, 시조체 등을 접합시킨 것은 분명히 기존 시형에 대한 불만족에서 비롯된 새로운 시형의 모색을 위한 시인의 진솔하고 간절한 몸부림이다. 결국 이러한 장르의 모색을 위한 몸부림은 지식층(김지하의 대설 〈남〉, 이동순의 〈개밥풀〉, 김용택의 〈맑은날〉〈섬진강〉, 하종오의 〈벼는 벼끼리 피는 피끼리〉, 신경림의 〈달넘세〉〈새재〉〈농무〉, 고정희의 〈이 시대의 아벨〉〈초혼제〉 등) 시인들에서 꾸준히 계속되고 있는 현상이다.

이러한 사실은 우리 시대가 그만큼 복잡하고 어수선하여 어느 하나의 시 형식으로 또는 기존의 시 형식으로는 모두 담아내지 못할 만큼 할 말이 많다는 증거이면서, 새 시대를 담을 새로운 부대의 필요성 곧 새로운 시 형식의 개발(창안, 출현)에 대한 갈망의 강한 의지적 반영으로 보인다. (비록 어려운 과업일지라도)

다른 한편으로 기존 장르에 젊은 지성 작가들의 날카로운 통찰력은 현실적 세계관과 그들이 이상으로 추구하는 세계관과는 매우 괴리된 상황에 놓여 있음에서 기인함을 주목해야 한다. 기존의 견고한 고정된 장르에 대한 불만과 해체는 여러 역사적 양식의 차용이나 혼용 등 다양한 형식 실험으로 드러났다. 복잡하고 불투명한 사회상황에 따른 온갖 문제의 발생과 정치적, 지적 권위 등에 대한 불신과 불만 등에서 비롯되는 이런 현상은 결국 다양한 문학 양식의 조합 등 다양한 실험을 거쳐, 새로운 문학을 탄생시키는 발판이 될 수 있을 것으로 판단된다.

4. 가사시의 부활과 창작방법

잘 아는 바와 같이 가사는 고려 말에 승려들의 불교 포교 목적으로 탄생하였다. 그렇게 탄생한 가사는 조선에 이르러 사대부들의 지적취미와 강호한정, 충신효제, 우국애민 등의 내용과 규방 부녀자들의 신세한탄, 자녀교육, 시집살이를 말한 도구 등으로 유행하였고, 조선후기에 이르러선 서민층에 의하여 신분제 차별의 부당함, 인간적 권리의 옹호 등을 대변하는데 이용되었다. 이어 동학교도, 천주교신자 등에 의하여 각기 자신들의 종교를 포교하는 수단으로 애용되었으며, 항일 저항 시인들에 의하여 애국과 항일의 도구로서도 크게 각광 받았다. 뿐만 아니라 기행을 좋아한 사람들의 기행체험은 물론 현실을 비판하고자 하는 사람들의 현실참여 수단으로 애용되는 등 가사는 명실 공히 전 국민의 문학으로 오랜 전통을 지닌 소중한 우리의 문화유산이다.

가사가 이렇게 많은 사람들에 의하여 오랜 동안 사랑을 받은 이유는 무엇보다도 그 창작의 용이함에 있다고 하겠다. 가사는 민요, 한시, 경기체가, 고려가요, 시조 등과 같이 운율(리듬)이 있는 문학이기에 시가문학의 범주에 든다. 쉽게 말해서 가사는 시(詩)의 하나로서 그 창작 방법은 시 창작 방법과 다를 바 없겠다. 다만 가사의 정체성은 곧 가사의 형식적 특징에 있는데 그것은 4음량 4음보의 운율을 가진 서사가 있는 시라는 점이다. 여기서 '음'은 글자 수(數)보다는 글자 양(量)을 말하고, '음보'는 글자가 모여서 이룬 마디(걸음걸이)를 뜻한다. 예를 들어 조선조 선조 시대에 창작된 정철의 〈관동별곡〉을 보기로 하자.

강호에 병이 깊어 죽림에 누웠더니
관동　팔백 리　방임을 맡기시니

이렇게 시작되는 〈관동별곡〉의 경우 첫째 줄은
강호에①
병이 깊어②
죽림에③
누웠더니④
①②③④와 같이 네 걸음걸이를 4음보라고 한다. 이와 같이 가사는 한 행(줄)이 4음보로 이루어져야 한다는 것이 원칙 아닌 원칙이다. 하지만 2음보를 중첩시켜도, 아니 1음보로 한 행을 대신하고 나머지 3음보로 뒤를 이어도 흠 될 것은 없겠다.

그 다음으로 ①의 '강호에'는 3음 ②의 '병이 깊어' ③의 '죽림에'는 3음, ④의 '누웠더니'는 4음으로 되어 있다.

그런데 겉모양으로는 ①의 '강호에'가 3음으로 보이지만, 그것을 읽을 때(낭송, 읊조림)는 그 '음량'이 4음량이 된다. 다시 말해서 '강호에+α' 곧 α가 더 있는 것처럼 읽혀진다.

여기서 우리는 우리나라 시문학의 매력에 감탄 하지 않을 수 없겠는데, 이는 우리의 시문학은 음수로 읽히는 것이 아니라, 음량으로 읽힌다는 점이다.

이는 일본시나 중국시는 시구 중에 한 글자만 빠져도 시가 되질 않지만, 우리는 그와는 판이한 경우로서 우리의 시는 읽는 사람 곧 독자를 위한 시라는 점이다. 이를 관습적 율독이라 할 수 있다. 관습적으로 그렇게 읊조렸다는 말과 같다.

쉬운 예로 고등학교 시절에 김소월의 〈진달래꽃〉이란 시를 배웠을 것이다.

　　나보기가역겨워①

　　가실때에는②

　　말없이고이③

　　보내드리우리다④

　이 경우 ①은 일곱 자(7음) ②는 다섯 자(5음)로 보이므로 이를 7·5조라고 부르고 그렇게 배웠다. 그런데 '조'라는 말은 일본에서 나온 말로 우리의 '음'이란 말과 비슷하다.

　위의 시는 보이는 데로 말하면 ①7음, ②5음, ③5음, ④7음 곧 7·5조라고 할 수 있는 것인데, 앞서 말한 바와 같이 우리의 시는 읽는 사람 편의로, 곧 관습적으로, 되어 있다고 했듯이, 위의 시를 다시 한 번 읽어 보자. 그러면 ①의 '나보기가역겨워'는 '나보기가'와 '역겨워'로 ②의 '가실때에는'은 '가실'과 '때에는'으로 나뉘어 읽힘을 알게 될 것이다.

　그러므로 김소월의 〈진달래꽃〉은

　　나보기가역겨워 가실 때에는

　　말없이고이 보내드리우리다.

와 같이 한줄(행)이 네 걸음걸이 (4음보) 읽히는 전통적인 우리의 관습 시 형식을 따르고 있는 것이다. 그러기에 우리는 김소월의 시에서 전통적인 가락을 맛볼 수 있는 말이 나온다.

　'나보기가'는 4음 '역겨워'는 3음, '가실' '고이' '보내'는 2음, '드리우리다'는 5음 등으로 각기 눈에 보이는 음의 수는 다르지만, 우리시는 읽힘(독자 위주)을 4마디씩 때론 3마디씩 관습적으로 하면서, 음의 양을 중시하므로, 실제로 모두가 '4음량'으로 읽힌다.

　다시 말해서 '가실'은 '가시이일' '고이'는 '고오오이' 등으로 길게 읽힌다는 것이다.

이를 장음화(長音化) 원리라고 하는데, 우리말의 아름다움을 살린 우리 시의 매력이라고 하겠다.

한편 '드리우리다'는 5음으로 보이지만, 읽을 때는 4음량으로 빨리 읽힌다. 이를 단음화(短音化)의 원리라고 하는데, 우리시의 율독에는 이처럼 장음화와 단음화의 원리가 있어서 시의 리듬에 완급(빠르고 늦음)을 자동 조절해 주고 있다.

지금까지의 말을 요약하면 가사는

강호에(1음보) 병이 깊어(1음보) 죽림에(1음보) 누웠더니(1음보)-(관동별곡)

와 같이 한줄(행)이 4음보로 이루어지며 각 음보를 이루는 음(글자 수)은 최소 2음에서 최고 5음까지라는 것이다.

다음으로 가사의 형식에서 주의를 요하는 것은 마지막 행(줄)의 규칙이다. 3, 5, 4, 3원칙은 시조와 전통 가사에서 두루 지켜온 것으로, 마지막 행 첫 음보는 3음절, 두 번째 음보는 5음절 이상, 세 번째는 4음절 원칙이나 자유롭고, 네 번째 음보는 3음절 원칙이나 자유롭다. 결국 가사의 마지막 형식은 ㉠3, ㉡5음절 이상, ㉢4(융통), ㉣3(융통) …3, 5, 4, 3으로 시조의 종장 규칙과 같다 하겠다. (어즈버(3) 태평연월이(5) 꿈이런가(4) 하노라(3))

하지만 이는 전통 가사의 형식에 준한 규칙으로 이에 대해서는 앞으로 시조와의 관계 등 활발한 논의가 있어야 할 것으로 생각된다.

다음은 가사의 형식 구성이다.

가사가 시의 DNA를 잃지 않는 한 그 길이가 길건 짧건 간에 시임에 분명하다. 이는 한문학에서 부(賦)가 2백 행 또는 그 이상 길어도 길이에 상관없이 시의 갈래에 속하는 것과 같다. 다만 부를 서정시로 볼 것이냐 아니면 서사시로 볼 것이냐의 문제가 있듯이. 가사 또한 그 갈래 귀속에는 여전한 문제가 있다. 『오늘의 가사문학』이 창간된(2014년 여름) 이후 가사의 형식에 대해 편집 위원 간에 진지한 토론이 있었다. 가사의 형식 틀을 정하고, 그에 따른 창작을 유도해야 한다는 주장과, 가사가 시이기 때문에 시의 형식은 산문, 극, 이야기체(담시) 등으로 다양하므로 가사의 형식을 정하거나 제시해서는 안 된다는 것이 그것이었다. 물론 둘 다 일리 있는 목소리임은 분명하지만, 현대시조가 오늘날의 모습으로 정착하기까지 숱한 토론과 형식 실험 등 많은 시행착오가 있었음을 감안하여 우선은 관망하기로 했다.

가사가 관습적인 4음량 4음보의 친숙하고 용이한 리듬을 갖고 있지만 그렇다고 가사의 시됨, 곧 문학성을 지닌 가사문학 창작이 쉽다는 말은 아니다. 가사 창작 또한 시를 짓기 어려워하는 이유와 별반 다를 바 없겠으나, 다만 서사구조(처음-중간-결말)를 담을 수 있음은 긴장, 함축, 밀도, 긴밀 등에 신경을 곤두세우지 않아도 좋고 또 할 말을 갖추어 드러내고자 하는 현대인의 심정과 잘 맞아떨어지므로, 짧은 현대시나 시조의 창작보다는 더 자유로울 수 있을 것이다.

가사는 앞서 말한 바와 같이 한 줄(행)이 4음량 4음보로 구성된 서사구조를 가진 시이다. 장편의 시이기 때문에 아무래도 그 속에 담기는 내용이 많을 수밖에 없다. 시조와 가사는 하나의 짝으로서 짧은 내용을 노래 부를 필요시에는 시조를, 긴 내용을 읊조리고 싶을 때에는 가사를 각각 창작했다. 다시 말해서 가사는 많은 내용을 담고 있으므로 그 내용 전개가 서사-본사-결사, 봄-여름-가을-겨울, 도입부-전개부-결론부 등 다양한 방법으로 구성될 수 있겠다. 송순의 〈면앙정가〉나 정철의 〈성산별곡〉 등은 봄-여름-가을-겨울의 계절 변화에 따라 자연 경관을 읊은 대표적 가사이다.

오늘날과 같이 복잡하고 다단한 시대를 살아가는 현대인들은 사회 또는 국가에 대해서 하고픈 말이 많을 것이다. 자기가 하고픈 말을 하고자 할 때, 은유나 직유 또는 상징이나 풍자의 수법을 동원하거나 의인법 등의 수사적 기교를 빌려와 마음껏 말을 하되, 상대방에게 설득력 있게 하기 위해서는 논리적 전개가 필요한 것이다. 가사를 창작할 때에도 자기가

하고픈 말을 어떻게 전달할 것인가를 생각다 보면, 자기 나름의 내용 전개 방식 곧 좋은 구성법이 떠오를 것이다. 이처럼 가사란 단적으로 말해서 형식은 시의 몸뚱어리를, 내용은 소설의 몸뚱어리를 지닌 이른바 '산문적 운문체'라 할 수 있겠다.

요컨대 가사는 한줄(행)이 4음량 4음보로 된 그 형식의 자유로움과, 길이에서의 자유로움 때문에 현대인들도 누구나 손쉽게 쓸 수 있는 700년의 전통을 가진, 우리의 소중한 문화유산이다. 일본인이 하이꾸를 소중히 가꾸듯 우리도 시조와 가사 등 우리의 문학 유산을 갈고 닦아 길이길이 발전시켜 나가기를 바란다.

5. 마무리

지금까지 필자는 한국과 중국의 현대시 형성 과정 및 한국 현대시 형성과 전통 시가와의 관련에 대하여 살폈다. 중국의 경우 전통시 형식으로 대변되는 근체시라는 규범적, 격식적인 형식 장치를 버리고 서양의 소네트 등 외래 양식을 받아들여 현대시 형식을 창안해냈다는 말을 했다. 이와는 달리 한국은 전통시가의 여러 형식들을 조합, 결합, 수용, 변형 등의 실험을 거쳐, 현대시 형식으로 시조체 시형과 가사체 시형을 창출했음을 보였다. 이런 정착이 있기까지 양식적 관점에서 육당과 현대 시인들의 새로운 장르 모색에 대한 열정에 대하여도 살펴보았다. 이제 결론에 대신해서 몇 가지 사실을 부기하고자 한다.

육당의 여러 유형의 시 형식 모색에 대한 실험적 행위는 기존의 학자들이 주장한 바와 같이 그의 장르에 대한 인식의 결여에서가 아니라, 오히려 투철한 장르적 관심의 소산임을 밝혔다. 육당이 여러 시 형식의 실험을 개화기라는 혼란기 곧 세계관이 난립된 상황에서 당대의 적극적 수용 의지로서 시도했다는 점에서는 양식들의 개념에서 본 바와 같이 지극히 자연스러운 결과라 하겠다.

한편, 현대 시인들이 시도한 다양한 시 형식의 실험은 현대라는 공시적 상황에서, 단선적이며 일방적인 외래 시 형식의 수입설이나 영향론과는 달리, 오랜 시가사의 발전적 원리와 자기 정체적 주체성에 입각하여 자주적이며 자생적인 시 형식의 개발이라는 큰 그림 속에서 역사적 장르들의 양식적 결합을 통한 진지한 시도라는 데에 그 의의를 두고자 한다.

그러므로 이에 대해 그들이 장르를 거부한다거나 포기하는 것이 아님은 분명히 해 두어야 할 것이다. 다양한 양식적 결합에 따른 새로운 장르의 모색은 한국 시가 발전에 있어서 매우 바람직할 뿐만 아니라 주체적이며 자생적인 시 형식의 창출이라는 점 등에서 적극 장려되어야 마땅하다. 이는 또한 민주주의와 다문화라는 다양하게 열린 사고의 자유로운 분출이라는 탄탄한 기반에서 가능한 실험인 만큼 미래 지향적인 정신 활동의 긍정적 에너지로 평가해야할 것이다.

오늘의 시가 실험의 다양함과 사고의 자유를 통해서 당대가 요구하며 마땅히 있어야할 바람직한 시 형식의 창출로 혼미하고 무질서하며 몰 주체적인 위기 상황을 극복하고, 자기 정체를 이루어 그로써 시가사의 적자(嫡子)로서 전통을 계승함은 물론 시대의 요구에 부응하는 민족적 역량을 유감없이 발휘할 수 있기를 기대해 본다. 그러므로 이와 같은 시험적(試驗的) 시작(詩作)에 대해 시인 자신은 물론 학계와 평단은 적극적 지원과 격려를 아끼지 말아야할 것이며 독자들 또한 이를 긍정적으로 수용하고 적극 향유하여야 할 것이다. 왜냐하면 이는 달리 문학 행위의 치열성만이 아니라 문학이 사회를 이끌어 나가기 위해 큰 틀을 탐구하고 모색하는 진지한 활동이기 때문이다.

다른 한편, 필자는 이 자리에서 한국 현대시를 시조체시와 가사체시로 양 대별 하자고 주장하였는바, 이는 두 장르가 지니는 공통점과 차이점에서 우리 시가사의 전모를 일목요연하게 통찰(洞察)할 수 있다고 확신하기 때문이다.

우선 두 장르는 관습적 장르로서 오랜 기간을 우리 민족과 함께 동고 동락해 왔다. 그 기간에 무수히 갈고 다듬어졌으며 그러는 사이에 우리들 가슴과 뇌리 속에 체질화 되었다. 체질화, 이는 매우 중요한 유전적 인자 같은 것인데, 시에 있어서 4음 4보의 친숙한 리듬이 바로 그것이다. 시는 곧 리듬이며 그것이 다름 아닌 4음 4보라는 생각은 만가를 부를 때나 김매기 노래나 보리타작 노래를 부를 때, 자장가를 불러 주거나 신세타령을 할 때 등 때와 장소에 관계없이 노래를 하는 경우엔 언제든지 자연스럽게 튀어나왔다.

그래서 한국인의 시적 생체 리듬은 4음과 4음보가 핵심 자질이 되었던 것이다. 그러면서 시조는 시조 나름대로 함축과 생략을 통하여 단아(端雅)하고 정제(整齊)되며 조화로움의 정적(情的) 세계를 추구했는데 이는 『논어』〈옹야〉의 군자박학어문(君子博學於文) 약지이례(約之以禮)의 군자학(君子學)과 어느 정도 관련이 있다고 보아진다.

다시 말해서 군자는 배움에 있어 널리 하고자 하므로 문에 있어서도 고찰하지 않음이 없으나 그러나 예로써 요약하지 않으면 반드시 한만(汗漫)함에 이르게 되어 결국 도에 위반된다고 생각했다. 또한 시조의 주된 담당층의 세계관이 유학이었기에 시조는 오랜 시간을 지내왔지만 그 리듬의 체질화에 비해 훨씬 제한된 정도로 그 개방에 인색했다.

개방은 거의 한시의 경우나 고사 또는 전거에 국한되었는데 그러다 보니 시조는 확장이나 늘림 보다는 세련과 정제, 자유로움과 개방 보다는 엄격함과 폐쇄적인 지향을 보였다. 따라서 우리의 현대시 가운데 서경(敍景) 보다는 서정의 세계를 지향하며 함축과 생략, 상징과 비유를 통하여 문학적 형상화를 추구하는 시편들을 통틀어 시조체시로 부르고자 한 것이다.

반면에 가사는 시조의 보완 장르로서 관습성 못지않게 개방성을 강하게 지닌 장르였다. 가사는 창작 과정에서 필요한 경우 한시는 물론 시조, 잡가, 무가, 민요, 만가, 판소리 등 여러 장르를 별 거리낌 없이 받아들였다. 그 속성이 이처럼 관습적이요, 개방적이다 보니 가사는 제작에도 크게 까다롭지 않는데 그 길이의 무제한과 그 형식의 자유로움은 서술의 확장을 기반으로 가능한 것이었다. 이러한 가사는 갖춰 말하기라는 독특한 특성에 의하여, 그러한 창작의 요구가 발생하거나 필요할 경우엔 언제라도 문학사의 전면에 나타나 자신의 임무와 역할을 충실히 수행하였다. 그 결과 지금 남아 있는 가사 작품 수가 국민 장르로 알려진 시조 보다 훨씬 많다는 점과 그 주된 작자에 여성도 많다는 점 등에서 이런 사실은 확인되고도 남는다.

우리의 현대시가 담아내는 내용은 다문화와 글로벌이라는 현대의 다양한 세계관의 시대적 산물임은 재언을 요치 않는바, 다양한 세계관에 따른 다양한 목소리는 자연스러운 분출이 아닐 수 없을 것이다. 그러므로 어떤 엄격하고 폐쇄적인 그릇을 가지고는 그 다양한 개성을 담기에는 한계가 있을 수밖에 없음이 사실이다.

현대시의 형식이 민요풍을 띄거나 시조 풍, 또는 굿거리 풍, 판소리 가락, 이야기 체 등 다양하게 실현되고 있음은 현대시가 난공불락의 완성된 고정 장르가 아니라, 아직도 형성되어지고 있는 '유동 장르'(지그문트 바우만의 유동 근대, 액체 근대처럼)라는 사실을 증명한다. 아울러 장르의 완성이란 어느 특정한 외래 사조의 일방적인 영향만으로 결코 완성되어질 성격이 아니라는 사실을 암시하고 있음을 간과해선 안 될 것이다.

가사체시는 이처럼 다양한 시대가 요구하는 다양한 삶의 모습을 비교적 자유롭게 담아내기에 적합한 장르로서 개방성과 관습성에 입각하여 길이나 형식 등에서조차 자유로운 시를 말한다.

결국 현대가 요구하는 시 형식의 완성은 우리 시가사의 오랜 역사 기간 동안에 실현되었던 여러 양식들의 혼합이나 결합 또는 그것들의 변형이나 굴절 등을 통하여 이룩될 수밖에 없을 것이며, 그 경우 주된 자질은 리듬에 있어서는 4음 4보가 될 것이며, 길이는 단형 또는 장형의 두 형식으로 실현될 것임이 분명하다.

또한 지향세계의 경우 서정적 지향과 서경 또는 서사적 지향으로 대별될 것인데, 전자의 경우는 함축과 생략, 상징과 비유를 통해 단형화를 추구할 것이며, 후자는 서술과 제시, 반복과 열거를 통해 서술된 서사구조를 추구할 것이다. 이 둘은 때로는 같은 작품에까지 나타나 서로 경쟁할 수도 있을 것이며, 때로는 서로 상보적으로 협력하기도 하는 등 경쟁과 상보의 관계를 지속하면서 한국인의 시심(詩心)과 함께 발전을 거듭할 것이다.

사설시조의 담당층 문제

1. 들어가는 말

사설시조에 대한 지금까지의 논의는 주로 그 내용의 분석을 통한 작품 자체의 연구보다는 그 작자층에 대한 논의로 집중되어 왔음은 부인하기 어려운 실정이다. 그것은 문학 담당층에 대한 논의가 작품의 형식이나 내용 등의 문제와 별개의 것이 아니며, 또한 새로운 장르의 형성에는 장르 담당층과 형식적 구조 및 의식(세계관)의 동질성이라는 세 가지 최소한의 기본 요건을 갖추어야 한다[1]는 점으로 미루어볼 때 작자층에 대한 논의를 결코 소홀히 할 수 없음에서 기인한 것이라고 생각된다. 그럼에도 불구하고 정작 사설시조 작자층에 대한 명쾌한 규명에는 아직도 미흡한 점이 많이 남아 있음을 인정하지 않을 수 없다. 이 점에서 본고는 사설시조와 평시조의 관련을 중시하면서[2] 사설시조 작자층에 대한 기존의 논의를 살펴고 거기에서 드러나는 문제점 해결의 방향을 제시하고자 함이 목적이다.

2. 기존 논의의 검토

사설시조 작자층에 대한 기존의 연구는 발생의 문제와 함께 줄기차게

---

1 김학성, 「사설시조의 장르형성 재론」, 『국문학의 탐구』, 성균관대학교출판부, 1987, 91면.
2 김학성은 주 1)에서 사설시조는 평시조와 대립되는 장르가 아니다. 종속 또는 하위 장르라고 했다. 이 글은 이 같은 입론에 크게 힘입고 있음을 밝힌다.

논의되어 왔다. 발생시기와 관련하여 살핀 경우에도 그 작자층의 문제는 단연 으뜸으로 부각될 수밖에 없었다. 그와 같은 기존 논의는 대체로 ① 작품외적인 측면의 접근, ② 형식적인 측면의 접근, ③ 음악적인 측면의 접근, ④ 음악과 문학적 측면의 접근 등으로 유형화할 수 있겠다. 논의의 전개상 위의 순서대로 검토해 나가기로 한다.

1) 작품외적인 측면의 접근

이 견해는 작품외적인 시대정신과 사설시조 담당층의 세계관을 밀접하게 연결시킨 논의로서 임·병 양란 이후에 서민의식이 싹트고 발달하여 "그들이 양반 계급의 율문형식의 문학을 상속받아 그것을 자기네의 문학으로 만들려고 발버둥친 고민의 문학으로 여기에는 관념적인 것을 싫어하는 구체적인 묘사를 꾀하고 있으며 시가 될 수 있는 사물의 여하를 판단할 문학적 교양을 갖지 못했기에 검버섯이나 뼈새바위 같은 것이나 심한 경우에는 이, 벼룩, 모기까지 노래했다."[3]고 하여 시조형식이 무너지면서 사설시조가 파생되어 왔다는 주장을 보였다. 이러한 논의는 한 발짝 더 나아가 사설시조의 내용 중에는 인간성을 노골적으로 드러내며 참다운 인간미를 발견할 수 있는 것이 있는데 이는 근세의 실학정신의 노출이라 하기에 이른다.[4]

한편, 사설시조의 "내용, 형식, 작가 등을 구체적으로 분석 고찰해 보면 시조와는 엄청나게 이질적인 성격을 띠고" 있으며[5] 그 작자층도 "신진사인작가·창곡가·창극가·부녀자·기녀·민요시창자 몰락한 양반 등으로 되어 있다. 이렇게 되면 이것은 시조적인 잔해가 형식에 약간 남아 있을

---

3 고정옥, 『고 장시조 선주』, 정음사, 1949, 5~17면.

4 조윤제, 『한국문학사』, 탐구당, 1979, 368면.

5 장덕순, 『한국문학사』, 동화문화사, 1978, 342면.

뿐 모든 면으로 시조와는 이질적인 것이 아닐 수 없다."⁶고 하여 시조와 사설시조와의 관계는 대립적인 것이라는 주장을 하기에 이르렀다. 다시 말해서, 시조의 향유층(작자층)이 양반 관료에서 중인, 서리 또는 평민층으로 옮겨지면서 귀족시조(양반시조)나 평시조의 형식이 파괴되고, 적나라한 인간성을 표현한 사설시조가 발생했다고 하여 평시조와 사설시조와의 관계를 대립적인 장르로 간주한 것이다.⁷

그러나 이러한 견해들은 사설시조 작가 중에서 양반 사대부 작가 변안렬(1333~1390)의 〈불굴가(不屈歌)〉, 고응척(高應陟, 中宗 26~宣祖 38)의 6首, 정철(鄭澈, 中宗 31~宣祖 26)의 2首, 강복중(姜復中, 明宗 18~仁祖 17)의 3首, 백수회(白受繪, 宣祖 7~仁祖 20)의 2首, 채유후(蔡裕後, 宣祖 32~顯宗 1)의 1首 등을 무시한 점, 탈 중세적, 반 유교적 및 반윤리적인 내용의 사설이 오로지 중인 이하 평민층에만 대응되는 고유한 현상이 아니며, 중요한 것은 양반 사대부에게도 질탕한 오락을 즐기는 생활의 양면—근엄한 모습과 이와는 달리 다소 이완된 모습—이 있다는 점 등으로 미루어 볼 때, 또 사회 경제적인 변화 및 발달과 문화 현상과의 관계가 반드시 일대일의 대응관계라고 하기만은 곤란하다는 점을 감안할 때 이는 납득하기 어렵게 된다.

다른 한편 이와 유사한 견해로 사설시조의 생성이나 향유층에 대하여이는 숙종 대(1675~1720)에 창곡(唱曲)이 분화되면서 시조창에서 사설시조창이 새로 출현한 것으로서 그 향유층은 창(唱)을 전문으로 담당했던 창곡가들로 보는 것인데, "사설시조는 숙종시대 창곡가 구룹과 기녀들의 유락적 또는 유리적 생활 가운데서 발생하여 만횡·소용으로 부른 노래로 영조시대 경정산가단에서 세련되고 정조 이후에 많은 가곡조로 분화

---

6 장덕순, 앞의 책, 같은 곳.

7 이러한 견해는 우리어문학회편, 『국문학개론』(일성당서점, 1949); 박을수, 『한국시조문학전사』(성문각, 1978) 등에서 두루 주장되어온 것으로 지금까지 학계에서 정설처럼 여겨져왔다.

되고 현행조는 더 내려와서 잡가의 영향을 받은 것이며 작자들인 무명씨는 사회적 풍조로써 평민적인 감정을 읊을 수 있는 창곡가(가객)·중서·여기 등이며 유락적인 양반도 끼어 있다."[8]는 것이다. 이 주장은 사설시조 발생을 숙종 대 곧 17세기 중반 이후로, 그 주된 담당층과 작자층은 양반이 아닌 창곡가 또는 중서층으로 보는 점은 앞의 견해와 유사 하지만, 앞선 견해들은 17세기 이후 서민의식의 각성과 산문화의 추세 및 영·정조 이후 실학의 정신을 사설시조의 발생 동인으로 보고서 작품에서 그러한 요소를 찾아내어 대응시키려 하는 반면에, 이 견해는 사설시조에 대한 전반적인 문제의 해결을 주로 음악적인 측면에만 의존하려 들기에 문학적인 논의는 자연 소홀히 하고 말았다. 또한 중·서층 가객이 사설시조를 새로 개발해 낸 것이 아니라 주로 창곡면에서 곡조를 세분화시킴으로써 기존의 창곡에 변화를 가져다주었음을 기억할 때 그들을 사설시조 작자층으로 보는 것은 납득하기 어렵다.

2) 형식적인 측면의 접근

시조의 형식적인 분류는 가람(1892~1968)에 의해서 평시조·엇시조·사설시조 등으로 구분되었는데[9] 그의 분류는 음악적인 입장에서 한 것으로 이후 문학으로서의 시조를 다루는 여러 논자들까지도 그 같은 분류법을 따르는 결과를 빚었다. 그에 의하면 평시조의 형식은 정격이고 사설시조는 변격이며, 엇시조는 그 중간 형식이라는 것인데 문제는 이와 같은 단순한 형식 분류가 아니라 평시조와 사설시조와의 관계 설명이 있어야 할 것이다. 그는 평시조는 3章 6句로서 각 장은 두 구로 구성되며, 한 句는 두 개의 음보로 되어 있다고 주장한다.

---

8 김동욱, 「사설시조 발생 고」, 『국어국문학』 1~12 합병호, 국어국문학회, 10면.

9 이병기, 〈시조란 무엇인가〉, 《동아일보》, 1926년 11월 24일~12월 13일.

이에 반해 사설시조는 초장과 중장이 모두 제한 없이 길며 종장도 어느 정도 길어진 것[10]이라든가, 초장·중장·종장에 두 구절 이상 또는 종장 처음 구라도 너무 길지 않은 형식[11]이라는 것, 평시조의 규칙에서 어느 두 구 이상이 각각 그 자수가 10자 이상 벗어난 것으로 이러한 파격구는 대개가 중장(제2행)의 첫째 또는 둘째 구이며, 종장이나 초장도 규칙에서 벗어나고(심지어는) 모두가 각각 평시조 규칙에서 벗어나는 형식[12]이라는 것, 종장의 처음 구를 제외한 어느 구절을 막론하고 하나만이 길어진 것을 중형시조 또는 사설시조[13]라고 하는 것, 사설시조는 그 자수가 70자에서 803자까지의 분포를 보이는 것으로, 시조 3장 중에서 초장과 종장은 대체로 엇시조의 중장의 자수와 일치하고, 중장은 그 자수가 제한 없이 길어진 형식이라는 것[14] 등으로 그 형식에 대한 논쟁은 다양하게 진행되어 왔다.

문제는 평시조를 정격으로 본다면, 거기에서 벗어난 다른 형식의 개념 규정을 어떻게 하느냐이다. 앞서 소개한 여러 주장들은 평시조에서 벗어난 것을 비 정격으로 보려는 의도에서 나온 견해들임이 분명하다. 그리하여 평시조의 형식에서 조금 벗어나면 엇시조 이고, 그 보다 더 많이 벗어나면 사설시조라는 등 편의상의 분류 수준에 머물러 있음을 알 수 있었다.

중요한 것은 길이의 길고 짧음이 아니라, 그 형식과 내용의 관계를 밝히는 것이다. 평시조는 3장으로 되어 있고, 그 3장이 각각 4개의 음보로 한 행을 이루고 있음에 반해, 사설시조는 4개의 음보 대신에 4개의 토막이 있는데, 4토막 형식이 한 행을 이루면서 전체 3장으로 되는 구조로서, 토막의 길이는 음보보다 그 범위가 짧을 수도 길 수도 있으며, 또는 무한

---

10 고정옥, 『국어국문학 요강』, 대학출판사, 1949, 396면.

11 이병기, 『국문학 개론』, 일지사, 1965, 117면.

12 이태극, 『시조개론』, 새글사, 1956, 73면.

13 정병욱, 『시조문학사전』, 신구문화사, 1966, 38면.

14 서원섭, 『시조문학연구』, 형설출판사, 1977, 26면.

대로 그 범위가 확장될 수도 있지만, 한 개의 행은 반드시 4개의 단락으로 구분된다[15]는 것이다. 이렇게 볼 때 사설시조는 평시조의 4음보 형식과는 다른 것으로, 이는 한 행 속에서 4개의 단락이 존재하는 형식구조이다. 이것이 평시조와 사설시조의 분명한 형식 차이다. 여기에서 지금까지 엇시조냐 사설시조냐의 시비가 있었던 다음의 시조를 살펴보고 엇시조의 개념을 살펴보자.

> 즁놈도 사름인냥ᄒ여 자고가니 그립두고
> 즁의 숑낙 나베읍고 내 쪽도리 즁놈 베고
> 즁의 長衫 나 덥습고 내 치마란 즁놈
> 덥고 자다가 깨두르니 둘희 ᄉ랑이 숑
> 낙으로 ᄒ나 족도리로 ᄒ나
> 이튿날 ᄒ던일 생각ᄒ니 홍글항글 ᄒ여라(청구영언.552)

위 시조에 대해 고정옥은 앞서 예시한 바와 같이 엇시조로 규정하면서 "평시조의 초·중장 중 어느 한 장이 자수에 있어서 무제한한 시조다. 종장에는 큰 변화가 없다."라고 했다.[16] 이에 따르면 위의 시조는 〈즁놈도~그립두고〉까지가 초장이고, 〈즁의 숑낙~쪽도리로 ᄒ나〉까지가 중장인데, 이 부분이 길어졌으므로 평시조가 아닌 엇시조라는 것이다. 그런데 그렇게 길어진 이유가 무엇이며, 왜 평시조 보다 길어진 형식이면서도 무한정 길어지지는 않았는지 등에 대한 설명이나 언급은 없다.

한편, 앞서 소개한 정병욱의 견해 즉 "종장의 제1구를 제외한 어느 구

---

15 「사설시조의 역사와 전망」, 김학성, 장순하, 전형대 좌담, 『현대시조』 여름호, 1987, 24면.
김학성의 토막이라는 용어는 그 동안에 음보가 감당하지 못한 내용을 수용해 낼 수 있는 편리한 용어로 보인다.
16 고정옥, 앞의 책, 396면.

절이나 하나만 길어진 것은 중형시조 또는 엇시조라 하고, 두 구절 이상
이 길어진 것을 장형시조 또는 사설시조가 된다."는 엇시조와 사설시조의
관계를 모호하게 설명한 것이 되고 만다. 진동혁에 의하면 엇시조는 "대
체로 숙종 조 이후에 지어진 작품이 많고, 평민작가와 무명씨작가의 것이
많은 것으로 현존하는 고시조의 약 7%가 이에 속한다."[17]고 한다.

숙종 이후에 지어진 것으로 평민작가와 무명씨 작가의 작품이 많다는
진술은 엇시조만의 고유한 것이 아니라, 사설시조와도 그 소재적 차원에
서는 맥락이 일치한다는 것을 알 수 있겠는데 그렇다면 엇시조와 사설시
조는 따로 구분해서 분류할 성질의 것이 아니며, 시조의 분류에 있어서
형식 요건만을 기준으로 할 것이 아니라, 그 소재나 기법은 물론 의미 단
락까지를 고려해야 한다는 시사를 받게 된다.

시조의 작가들이 엇시조라는 중형시조 형식을 생각하고, 의도적으로
길게 제작하였는지의 여부가 밝혀지지 않아서 현재로선 확실한 진단이
불투명하지만, 그와 같은 창작의도가 아직까지 드러나지 않고 있는 현금
의 상황을 고려하고, 창사의 자수가 음악의 형태를 제약하지 않는다는 음
악과 창사와의 관계를 감안하면서, 시조가 대체로 연회의 현장에서 가창
으로 전승되었다는 전승의 실제 상황 등을 살필 때, 음절수에 있어서의
다소 신축성은 크게 중요한 것은 아니라는 판단이다.

정형에서 자수가 몇 자 늘어난 것을 크게 중시하여 그에 따른 형식규
정을 하는 것은 형식과 내용이 부합되지 못한 비합리적인 분류 작업이
되고 말 공산이 크다. 그러므로 위에 예시한 시조 등과 같이 형식과 내용
에 있어서 평시조와 현격한 차이가 있는 것은 일괄하여 사설시조 또는
장형시조라 함이 바람직하다고 생각되며 이러한 경향으로 최근의 연구
방향이 설정되고 있음을 볼 수 있다.[18]

---

17 진동혁, 『고시조문학론』, 형설출판사, 1988, 24면.
18 임종찬, 『시조문학의 본질』, 대방출판사, 1986, 36~44면에서는 평시조와 장형시조의
구분만을 쓰고 있으며, 김대행, 『시조유형론』, 이화여대출판부, 1989, 42면에서는 엇시조(중

대체로 앞선 견해들을 종합컨대 평시조의 형식구조에서 형식 및 내용이 일탈된 시조를 사설시조라 한다면, 이러한 시조 형식의 대표작은 변안렬(1333~1390)의 〈불굴가〉일 것이다. 형식적인 측면의 접근자들은 현존하는 사설시조 중에서 그 형식이 가장 오랜 것을 찾아 그것의 출현 시기를 기점으로 사설시조의 작자층을 해명해 보려는 견해이다. 변안렬의 〈불굴가〉, 고응척(1531~1605)의 6수의 시조, 정철(1536~1593)의 〈장진주사〉 등을 중심으로 판단해 볼 때, 사설시조의 발생시기는 그들이 활동한 명종대(1546~1567)로 올려 잡아야 하며[19] 그 주된 담당층은 양반사대부라는 것이다.

한편, 정철, 박인로, 채유후, 이정보, 김화진, 김영, 익종(翼宗) 등의 양반 사대부들을 사설시조의 작가로 보고 일부의 지배 계급도 적극적으로 참여하고 있음을 밝히면서 "더욱이 이들은 결코 몰락한 양반이 아니라, 당대의 중신으로서 활약하던 지배 계급의 핵심적인 인물들임을 우리는 주목해야 한다. 즉 정철이 우의정을, 채유후(蔡裕後)가 이조판서를, 이정보(李鼎輔)가 예조판서를, 김화진(金華鎭)이 이조판서를, 김영(金鍈)이 형조판서를 역임한 당대의 핵심적인 인물"임을 그 예로 들고 있다.[20] 이와 같은 주장은 기존의 작품외적인 논의가 사설시조를 평시조와의 대립적인 것으로만 간주하고 그 주된 담당층(작자층)은 중인, 서리층으로만 보려는 데서 한 발 나아간 점이어서 주목을 요한다. 그러나 이 견해 역시 문헌에 나타난 몇 안 되는 유명작가에 너무 의존하고 있다는 점과 무명씨로 나타난 많은 작품을 소홀히 했다는 점 등에서 문헌실증주의가 갖는 방법적 한계를 드러내었다는 비판을 받기에 이르렀다.[21]

형시조) 설정의 불필요함을 들고 있다.

[19] 최동원, 『고시조론』, 삼영사, 1980, 30면.

[20] 정병욱, 『한국고전시가론』, 신구문화사, 1976, 161면.

[21] 조태영, 「사설시조의 작자층」, 장덕순 외, 『한국문학사의 쟁점』, 집문당, 1987, 385면.

3) 음악적인 측면의 접근

시조 연구에서 음악적인 방법론의 태도는 평시조뿐만 아니라 사설시조 역시 唱으로 불려 졌으니 자연 음악적인 측면을 중시해야 한다는 입장이다. 이에는 앞서 소개한 김동욱의 견해와 함께 강길운, 장사훈 등의 주장이 있다. 강길운은 삼국시대 이전이나 삼국시대 초엽에 창곡 창으로 6음보 3행의 노래(그는 향가의 3구 6명을 6음보 3행의 노래로 본다: 인용자)가 있었고 이것이 시조와 사설시조의 원초형이 되었다는 것이다. 즉 가곡창에서 사설시조창으로의 분화에 앞서 사설시조 자체만의 독창적인 창곡이 삼국시대부터 있었다는 것인데[22] 이 주장은 너무나 막연한 추론에 입론하고 있어서 보다 확실한 실증적 뒷받침이 요구된다고 하겠다.

한편, 장사훈은 시조가 파괴되면서 사설시조가 생겨난 것이 아니라고 하면서, "시조가 퇴색되면서 사설시조가 대두했다고 체계를 세우게 되면 그것은 마치 가곡에서 삼삭대엽 이전의 곡조가 무너지면서 만횡 등의 여러 곡이 대신하였다는 말이 되며 또한 민요도 사설민요나 엮음민요가 나타나자 아리랑, 수심가, 난봉가 등이 퇴색했다는 주장이 되고 말므로"[23]는 논리에 맞지 않다는 것이다.

이에 따르면 평시조와 사설시조 모두가 양반층 또는 풍류객들의 遊樂의 현장에서 가곡의 음악 형식 내에서 똑같이 불려진 것으로, 가곡이 가창될 때에 계면조 제곡의 순서가 초삭대엽 → 이삭대엽 → 중거 → 평거 → 두거 → 삼삭대엽 → 소용 → 언롱 → 평롱 → 계락 → 우락 → 언락 → 편락 → 편삭대엽 → 언편 등으로 초삭대엽 이하 삼삭대엽까지는 아정한 노래를 부르다가, 소용에서부터 그 이하 곡들은 아정한 음악이 아니라 외설스럽고 골계적인 내용의 사설시조를 불렀음을 볼 때, 양반시조와 사설시조

---

22 강길운, 「평시조·사설시조·가사의 발생」, 『관악어문연구』 제3집, 서울대 국어문학과, 15면.

23 장사훈, 「엇시조와 사설시조의 형태론」, 『국악논고』, 370면.

즉 평민시조가 따로 별개로서 존재한 것이 아니라, 시조창이라는 장르 속에는 양반층의 욕구를 반영하는 두 가지 형태가 있었다고 주장한다.[24]

이러한 견해는 평시조와 사설시조를 대립적인 장르가 아니라 그 둘은 함께 공존한 형태라고 하는 것이므로, 이에 따르면 사설시조는 평시조의 형식이 무너지면서 파생되어 나온 기이한 형식의 문학이거나 혹은 평시조가 서민의식의 발현에 발맞추어 사설시조로 발전된 것이라는 종래의 견해들을 부정하고, 이를 뛰어넘는 주장으로 판단된다.

그러나 이 주장 역시 문제점을 갖고 있다. 그것은 다름이 아니라 현존하는 가곡창 한 바탕의 짜임새에 의거하여 그것을 중심으로 추론을 하였기에 발생하는 문제이다. 이런 주장에 앞서 먼저 가곡창 분화에 대한 확실한 자료적 뒷받침이 요구된다. 왜냐하면, 현존하는 가곡창의 분화는 숙종 대에 이루어 졌음이 통설로(앞의 김동욱 견해 참조) 인정되고 있기 때문이다. 만약 지금까지의 통설대로 숙종 대의 가곡창 분화를 인정한다면, 그리하여 그때 사설시조 창법이 새로 나타났다고 한다면, 문학으로서의 사설시조 형식 발생은 숙종 대 이전으로의 소급이 불가능하게 되며, 따라서 문헌에 전하는 현존 사설시조 작품 중에서 숙종 대 이전의 것들에 대한 처리가 어렵게 된다. 아울러 사설시조는 결국 평시조에서 파생되어 나온 것이라는 기존의 논의로 되돌아가고 말 공산이 크다.

4) 음악과 문학적 측면의 접근

이 견해는 음악적인 측면의 연구 성과와 그간의 문학적 연구 성과 등을 바탕으로 하여 제기된 것으로 음악이나 문학 중에서 어느 한 쪽만으로 경사되지 않고 가능한 한 그 둘의 관계를 최대한으로 고려하되 어디까지나 사설시조가 문학임을 중시하여 결국 사설시조의 독특한 미학의

---

24 장사훈, 「고려가요와 음악」, 『고려가요 연구』, 새문사, 1982, 171~172면.

규명에 이르고자 한 태도이다. 이 견해가 갖고 있는 음악적인 측면의 자료로는 『진본 청구영언』과 『악학습령』(일명 『병와가곡집』)이다. 이들의 주장을 살펴보면 다음과 같다. 진본 청구영언에서 김천택이 〈만횡청류〉를 지칭하여

蔓橫淸類 辭語淫哇 意旨寒陋 不足爲法 然其流來也已久 不可以一時廢棄 故特顧于下方

이라고 말한 점을 들어 만횡청이라는 곡조는 사설시조를 얹어 부를 수 있는 창법이라고 전제하면서 '사설은 비록 음탕하고 외설스러우며 뜻이 비천한 것이지만 이와 같은 창법이 오래되었다.'는 점에 주목한다. 그리하여 사설시조의 발생 시기를 가능한 한 위로 올려 잡으려 한다. 그와 같은 추정의 실마리는 다음에서도 뒷받침 되고 있다.

어흥아귀뉘옵신고건너불당에동령승이내올너니
홀거사내홀로자시는방안에무스것ᄒ랴와겨신고
홀거사내노감토버셔거ᄂᆞᆫ말겨퇴내곡갈버셔걸어왓노라

위의 작품은 사설시조로서 그 내용은 동냥승의 음란한 행위를 풍자한 것이다. 그런데 이 작품 뒤에

此一篇 昔在樂戲之曲 近者別將朴後雄(卽古名唱尙健之子) 以淸音之淸聲
(屬黃鐘太呂少商也) 一曲別作付于管絃 悅人耳目心志樂也 世上豪傑欽慕以膾
炙矣 此所謂騷聳(가람본 청구영언)

이와 같은 기록이 『가람본 청구영언』에 있음을 중시하고, 이는 악학습령(樂學拾零)에서 우리말 어투의 사설시조는 락희조(樂戲調)로, 한문투의

그것은 편삭대엽(編數大葉)으로 분류되어 있음을 주목한다. 즉 락희조가 오래전에 있었던 형식이라는 것과 흥청거리는 롱조(弄調)로 부르는 창법이라는 것에 착안한 것이다.

악학습령에서 이형상(李衡祥, 1653~1733)은 한문어투의 사설시조 사설은 편삭대엽에, 우리말어투의 그것은 락희조로 분류했는데, 이것을 나중에 김천택이 청구영언에서 이 두 성향의 사설을 한데 합쳐 만횡청류로 포괄시켰다면서 16세기경에 이미 사설시조만을 부르는 창곡이 있었으므로 사설시조 발생을 17세기 이후로 잡을 것이 아니라 이보다는 더 올려 잡아야 한다는 것이다.

한편, 이들은 문학적인 연구를 아울러 수행한 결과 사설시조에 표출된 세계관은 서민층의 비판 정신이나 저항 정신이 아니라, 양반 사대부계층의 근엄함과 질탕함의 양면이 담긴 것이 대부분이라는 내용 분석에 주목한다.[25] 뿐만 아니라 형성기의 사설시조는 한문어투에 익숙한 향촌의 양반들 곧 사대부 계층이나 이에 준하는 향리층의 인물이 모인 娛遊의 자리에서 향유되었으며 그러한 자리에서 분위기가 엄숙함을 유지할 때에는 근엄한 사설의 평시조와 사설시조를 아정(雅正)한 곡조에 실어 부르거나, 아니면 기생이나 가객들로 하여금 부르게 하고서 그것을 즐기다가, 취흥이 돋아 지고 술에 취해 흥청거리는 분위기가 절정에 달하게 되었을 땐, 분위기에 걸맞은 희락적인 내용의 사설시조를 락희조나 만횡청의 곡조에 얹어 즐겼을 것이라고 보았다. 그러므로 사설시조의 발생에 있어 주된 역할을 한 계층은 양반 사대부층이라는 것이다.[26]

김학성의 이상과 같은 논의는 지금까지의 그 어떤 논의 보다 논리적인 체계를 갖고 있을 뿐만 아니라 방증 자료의 제시에 있어서 설득력이 있는 것으로 보인다. 특히 문학적인 힘만으로 충분한 해명이 곤란한 사설시

---

25 김학성, 「사설시조의 장르형성 재론」, 『국문학의 탐구』, 성균관대학교출판부, 1987, 113면.
26 김학성, 앞의 글, 101면.

조의 작자층 규명에 대해, 음악 쪽의 자료를 적절하게 이용하여 보다 합리적인 결론 도출에 나선 점은 주목을 요한다.

그에 따르면 사설시조는 평시조의 종속 장르 또는 하위 장르이지, 결코 대립적인 관계에 있지 아니하며, 그 사설이 담고 있는 내용은 서민의식의 세계관에서 도출된 것이 아니라, 양반 사대부층이 오유(娛遊)의 현장에서 즐겼던 것으로서, 결코 지배층에 대한 날카로운 풍자, 비판의식 및 저항 정신은 찾아보기 어렵다는 결론에 이른다.

이에 대해, 조태영은 위의 견해가 사설시조 형식의 발생기와 사설시조 장르의 발생기를 따로 나누어 설정한 데 대해 "고려시대 신흥 사류층이 관료로서 상층 지배층에 참여하는 것은 무신정권 후 부터는 이들의 관료 진출이 현저하여져서 이들 사회에서 사교와 오유의 자리를 가지는 것이 일상사가 되었을 것"이라고 하여 사설시조가 양반 사대부층이 즐기던 오유의 현장에서 발생하였다면 그 시기를 15세기 후반으로 잡을 것이 아니라, 고려 말로 올려 잡아야 할 것이라고 했다.[27]

그러나 이러한 조태영의 비판적 주장 역시 그 자체의 모순을 안고 있다. 즉 잔치마당 자체만을 중시한다면, 그리하여 잔치가 있는 곳에서 사설시조가 발생했다면 그러한 잔치의 마당이야 얼마든지 이른 시기로까지 거슬러 올라가야 되겠기에 굳이 고려 말로 한정할 타당한 논리적 기반이 서지 않게 된다.

김대행은 평시조(단형시조)와 사설시조(장형시조)[28]와의 관계는 정격과 변격의 관계이기 때문에 그 둘은 대립관계에 있는 경쟁 장르가 아니라는 점에서, 뿐만 아니라 둘 다 오유(娛遊)의 현장에서 노래로 불려진 연행의 산물로 보인다는 점 등을 들어 앞선 김 학성의 논의와 맥을 같이 하고 있다.

---

27 조태영, 앞의 글, 388면.
28 김대행은 평시조 대신 단형시조, 사설시조 대신에 장형시조라는 용어를 사용하고 있으나 논지의 전개상 일관성을 갖기 위해 평시조, 사설시조 등의 용어를 사용했다.

정격이 있는 곳에는 언제나 변격이 있기 마련이며, 연행의 관습이나 인간의 통성에 비추어 볼 때 오유의 현장에서 처음의 아정한 곡조와 후반의 취흥이 돋고 분위기가 엄숙함을 벗어났을 때 흥청거리는 곡조가 뒤따르는 것은, 오늘날 전하는 가곡창의 한 바탕 짜임새만 보아도 확인될 뿐만 아니라, 인간 보편의 유희 본능 양상에 비추어 볼 때도 합당한 것이라고 할 것이다.[29] 그리하여 시조라는 단형의 형식은 이미 고려 중엽에 형성되었고, 사설시조 또한 같은 시기에 발생했으며 그 작자층은 양반 사대부층이라는 것이다.

요컨대, 이는 시조창 연행의 관습을 중시한 것으로 시조의 연행이 주로 연희에서 불려졌으니 연희에서는 당연히 느린 아정한 음악에서 시작하여 빠른 흥청거리는 음악으로의 진행이 있기 마련이기에 평시조와 사설시조는 동시에 고려 중엽에 발생했다는 것이다. 그러나 이는 사설시조가 인간 유희의 보편적 본능에 의해 연희에서 생성된 것이라고 하면서도 현존의 가곡창 한 바탕 짜임새가 그 마지막에서는 다음에 보이는 〈태평가〉가

이랴도 태평성대(太平聖代)
저랴도 성대(聖代)로다.
요지일월(堯之日月)이요
순지건곤(舜之乾坤)이라
우리도 태평성대이니
놀고놀려 하노라(가곡원류)[30]

마련되어 있음에 중시하고, "엄숙한 음악에서 흥겨운 음악으로, 그리고 다시 체모를 갖추는 음악으로 돌아가는 연행방식이 보여주는 것은 결국

---

29 김대행, 앞의 글, 112~114면.
30 장사훈, 『국악사론』, 대광문화사, 1983, 260면에서 재인용.

장형시조의 연행이 은근한 내밀의 즐거움이었으리라는 점이다."라고 하여 앞에서 "장형시조가 취흥이 도도한 음악으로 연행되었다."라고 주장한 그의 다른 진술과 모순되는 발언을 하고 있다.

왜냐하면 은근한 내밀의 즐거움은 평시조만으로도 충분히 그 맛을 느낄 수 있는데 군이 아정하지 않는 음악을 애용했다는 말은 쉽게 납득되지 않기 때문이다. 또한 서울지역의 가곡창에서만 마지막에 〈태평가〉가 마련되어 있어서 연희의 마지막에 그 노래를 좌중이 모두 부르면서 비뚤어진 갓을 바르고, 풀어진 옷고름을 바르게 하는 등의 격식을 차리지만, 지방의 연희에서는 그와 달리 가곡창을 한 바탕 부르고 끝낸다거나 아니면 취흥이 도도한 상태에서 그대로 끝내는 경우도 있음을 상기 할 때, 〈태평가〉로 마무리 짓는 서울의 현상을 보편적인 연행 규칙으로 받아들이기 어렵다고 여겨진다.

또한 "서울 중심의 사설시조 창법은 지른 목에 한하여 전창되며 이것은 지름시조와 대조되고 있지만, 남도에서는 이와 반대로 평탄한 사설시조가 있다."라든가 "서울 지방의 시조는 음악적인 면에 많이 치중되어 발전해 온 듯하지마는 남도의 사설시조는 그 음악적인 효과 보다는 오히려 내용에 있어서 사의, 억양, 강유 등을 참작하여 가며 교묘히 표출하는데 그 생명이 있다."[31]고 하는 진술을 감안할 때, 김대행의 주장은 현행 서울 지역의 가곡창 형식 즉 음악적인 면에 너무 경도된 것이 아닌가 생각한다. 우리의 주된 관심은 문학일 수밖에 없으며 음악은 어디까지나 참고 대상이라는 점을 환기할 때 앞으로의 사설시조에 대한 논의는 사설의 다양함에 치중한 남도의 사설시조에 그 초점이 맞춰져야 하겠다.

---

31 장사훈, 『국악논고』, 337면.

3. 기존 논의의 성과 및 그 한계

지금까지 살펴본 기존의 논의는 크게 다음의 두 가지로 나누어 볼 수 있다.

첫째, 17세기 이후 서민의식의 각성과 산문화의 추세 및 실학의 영향 등으로 인해 평시조의 담당층은 문학의 일선에서 물러나고, 서민층(평민층)이 문화의 주체세력으로 등장하면서 그들의 의식이나 세계관 등을 담은 사설시조가 문학사에 등장했다는 것이다. 그러므로 이러한 사설시조는 평시조와는 그 형식은 물론 내용에서도 상이한 대립 장르가 된다는 것이었다. 따라서 사설시조는 평시조 그대로의 전개가 아니라, 담당층과 내용·형식 등 모든 면에서 이질적인 장르라는 주장이다.

둘째, 사설시조와 평시조는 대립되거나 또는 별개의 이질적인 장르가 아니라 그 둘은 서로 병행한 것으로 사설시조가 시조에 종속된 형식이라는 것이다. 이에 따르면 평시조와 사설시조는 담당층은 동일하지만 그 내용에 있어서 평시조는 표(表)의 역할을, 사설시조는 리(裏)의 역할을 수행하는 〈안팎의 관계〉로서, 결국 그 둘은 서로 배타적이지 않다는 입론이다.

그렇다면 먼저 첫 번째의 논의부터 살펴보기로 한다. 이는 앞서 말한 바와 같이 지금까지 거의 통념화 된 주장으로 문학과 그것이 탄생한 시대의 사회·경제적인 현상을 일대일의 도식적 대응관계로 파악하려는 입장이다. 사설시조의 경우 그것이 17세기 이후 서민의식의 발현으로 생겨난 것이니 만큼, 그 작품 내에는 반드시 서민의식이나 그들의 세계관이 반영되어 있다고 보고 그와 같은 요소를 발견하는데 주력한다. 그 결과 평시조에서 지배적이지 아니한 사설시조의 내용 즉 반윤리적이며 반유교적인 음방(淫放)한 내용의 사설은 양반사대부들의 성향과는 상이한 서민문학의 특징이라고 간주하기에 이른다.

그러나 그와 같은 사설시조의 작품 성향은 서민적인 소재를 양반들이 빌려온 것에 지나지 아니함을 잊어서는 안 될 것이다. 사설시조 작품이 서민의 애환적인 삶의 모습을 담고 있거나 그들의 지배계급에 대한 비판적이거나 저항적인 정신을 담고 있지 않음에 주목한다면, 사설시조는 결코 서민문학일 수는 없다. 더구나 18세기 이후 중인 가객층에게 사설시조의 주도권이 넘겨진 다음에도 여전히 서민문학으로의 지향은 활발하지 못했다. 이 같은 점은 김수장, 안민영 등의 사설시조를 살필 때 확연히 드러나는 사실이다. 사설시조의 경우 18세기에 간접적, 소극적으로 신분제한에 대한 저항의식을 보이기 시작하였지만, 19세기에 이르러서도 치열한 비판의식과 불평을 토로한다거나, 그들끼리 강한 결집력을 과시하여 당시의 주도 세력인 양반사대부들에 필적하는 사회 세력으로서, 자아의식의 발로 등은 담아내지 못하고[32] 말았다. 그러므로 사설시조에 나타난 음방하고 질탕한 내용의 사설은 서민의식의 반영이라 하기는 곤란한 점이 한둘 아니다.

그럼 이제 두 번째 논의를 살피기로 하자. 두 번째 논의의 대상은 음악적 도움을 받아서 진행된 견해들임은 앞서 밝힌 바와 같다. 특히 현존 가곡창 연행의 짜임새와 연행관습에 크게 의존하거나 (김대행·조태영) 또는 청구영언이나 악학습령에 제시된 악곡의 분류 방법이나 태도에 주목한 견해(김학성)로 대별된다.

앞서 본 바와 같이 현행 가곡창의 짜임새는 초삭대엽부터 삼삭대엽까지는 느린 곡조이지만, 소용 이하는 빠른 곡조이다. 이는 초삭대엽에서 삼삭대엽까지가 정격이라면, 그 이하는 변격이 되는 것이다. 이렇게 가곡창 한 바탕의 짜임에는 느린 곡조와 빠른 곡조가 늘 함께 공존하고 있음을 알 수 있겠는데, 이러한 가곡창조에다 시조를 얹어 불렀을 때 느린 곡조에는 평시조가, 빠른 곡조에는 사설시조가 사용되었음을 알 수 있다.

그러므로 평시조와 사설시조는 양반 사대부층의 연희에서 동시에 발생했다는 주장을 할 수 있게 한다. 근엄한 양반 사대부들은 연희에서 처음

---

32 정옥자, 『조선후기 문화운동사』, 일조각, 1988, 224~225면.

은 아정한 음악에 따라 점잖은 내용의 사설을 노래한다. 그러나 취흥이 돋고 분위기가 질탕해지면 아무리 근엄한 양반 사대부층이라도 그러한 분위기에 걸맞은 음방한 내용의 사설시조를 요구하게 되는데 이것이 인간의 유희 본능적인 통성이라는 것이다.(김대행)

이러한 주장은 이제까지의 논의가 주로 문학을 당대의 사회ㆍ경제적인 현상과 일대일의 도식적 관계를 갖는 것으로 여긴 데서 그 한계를 드러낸데 비하면, 상당한 진전이랄 수 있겠다. 사설시조가 연희의 현장에서 인간의 유희 본능적 통성에 의하여 발생했다는 것은 "시가 그 원초적 문화창조의 능력이며, 이는 놀이에서 나오는데 그 놀이는 분명히 성스러운 것이지만, 그러나 항상 그 신성함에도 불구하고 쾌활한 탐닉ㆍ환락ㆍ흥겨움과 접해 있다."[33]는 서정시 발생의 보편성과 관련짓고 있음이 주목된다.

하지만 사설시조의 경우는 평시조를 통한 상당한 수준의 창에 대한 소양을 요구한다는 점을 중시할 때, 나아가 사설시조 창은 익히기에 용이치 않다는 점을 감안할 때 사설시조와 평시조가 고려 중엽(김대행)이나 고려 말엽(조태영)에 동시에 발생했다는 것은 앞으로의 더 많은 논의를 거쳐야 할 것이다. 그렇게 볼 때 사설시조 발생과 관련한 작자층의 문제는 아직도 명쾌한 결론에 이르지 못했음을 알 수 있다.

그런데, 사설시조의 작자층을 양반 사대부층-향촌의 향리층 혹은 향반의 사대부층-으로 보되 그 발생 시기는 15세기 후반인 세종ㆍ세조 이후라는 주장[34]은 주목을 요한다. 다시 말해서 이는 고려 중기에 평시조가 발생하였으며, 이로부터 상당한 기간이 지난 15세기 후반에 이르러 양반 사대부층의 필요에 의해서 사설시조가 발생되었다는 것이다. 즉 고려시대 중기에 이미 시조의 형식이 다져지고 발전되어 간 후,[35] 상당한 시간

---

33 김윤수 역, 『호모루덴스』, 까치, 162면.
34 김학성, 앞의 글, 109면.
35 김학성, 「고려시대 시가의 장르현성」, 앞의 책, 62면.

이 지나간 후에 사설시조의 형식이 생겨났다는 것이 되므로, 평시조와 사설시조의 동시 발생설 보다는 설득력을 지닌다.

또한 평시조창에 대한 상당한 소양을 갖춘 후에 사설시조창이 발생했을 것이라는 추정은 상당한 설득력을 지닌다. 지금까지 살핀 두 번째의 논의들은 평시조의 근엄한 분위기와 활달한 사설시조의 분위기는 서로 대립적이지 않고 병행 또는 종속되면서 그 운명을 같이한 장르라는 데에 귀착된다. 이렇게 보면 사설시조는 그 작자층에 있어서는 평시조 그대로의 전개이고 그 내용면에서는 평시조와 〈안팎의 관계〉를 지닌 것이라 할 수 있겠다.

4. 앞으로의 연구와 전망

지금까지 살핀 논의들은 사설시조의 발생과 그 작자층에 관한 것이었다. 여러 견해가 제시되었음에도 불구하고 사설시조의 작자층을 밝히는 데는 아직 미흡한 감을 감출 수 없다. 특히 많은 작품이 무명씨로 되어 있어서 작자층을 밝히기에 매우 곤란함을 느낀다. 그 결과 여러 논의는 어디 까지나 추론에 머물고 있으며 이러한 추세는 작자층에 대한 믿을만한 객관적 자료가 제시되지 않고는 계속될 공산이 크다. 그것을 극복하기 위해서는 지금까지의 추론에서 제기된 입론을 뒷받침할 수 있는 타당한 근거의 발굴 및 제시가 절실하다.

먼저 사설시조 작품의 내용을 면밀하게 분석한 다음 거기에서 나온 결과를 통해 작자층을 연역해 내는 것은 하나의 방법일 수 있다. 다음으로 가능한 것은 현행 시조창 연희가 전승되고 있는 현장의 답사를 통한 방법이다. 시조가 演行의 문학이라면 그 연행의 독특한 관습이나 전통이 있기 마련이다. 그러므로 현행 시조창 연행의 과정을 면밀히 추적해 나가다 보면, 사설시조 발생기의 모습을 어느 정도 파악할 수 있으리라 생각된다.

시조창 사설이 어디 까지나 구전되었고 나중에 각 가집에 기록되었음을 감안할 때 구전의 과정에서 많은 부분이 변개·굴절되었다 할지라도, 구비자료의 성격상 어느 정도 전통적인 본래의 모습을 지니고 있기 마련이다.

따라서 시조창 연행의 분위기 변화에 따른 사설의 변화가 어떤 모습으로 일어나는가? 연희판의 주체는 누구인가? 주체 외의 다른 성향의 참여자는 없었는가? 또 있다면, 그들의 역할은 무엇인가? 주체와 그들과의 관계는 어떠한가? 등에 대한 세밀한 조사를 해 낸다면, 사설시조 작자층과 그에 따른 변화의 제 모습을 밝힐 수 있으리라 생각된다. 그렇게 한다면 막연한 추론의 단계를 벗어나 사설시조 본래의 놀이 문학적 속성에 맞는 현장감 있는 문학연구가 되리라 믿는다.

요컨대 앞으로의 연구는 연희판의 주체 및 작품 자체에 대한 면밀한 분석과 연행 예술로서의 전통과 관습에 대한 현장론적 연구가 뒤따름으로써, 연희장의 분위기 변화에 따른 노래 말의 변화 추적 등에서 보다 설득력 있는 사설시조 작자층의 해명이 가능할 것으로 기대된다.

가사에 투영된 나무와 의미망

1. 나무와 문학

우리문학에 나무가 등장하는 첫 사례는 〈단군신화〉의 신단수(神檀樹)가 처음이 아닐까 생각한다. 이때의 나무는 보통의 나무가 아니라, 신에게 제사를 모시는 단 곧 제단이 있는 곳을 표식해주는 신성한 표지물이자, 환인의 아들 환웅이 하늘나라에서 지상의 나라로 내려오는데 이용된 사다리 역할을 하는 키가 매우 크고 튼실한 그런 신목이었다. 이는 두 말할 필요도 없이 나중의 문학적 소재로 자주 차용 되었는데, 성황당에 있는 당목이나 신목, 노거수 등에 치성을 바치고 그를 신격화한 경우 등이 그로부터 유래한다.

나무가 모여 이룬 숲이 주목을 받은 경우는 계림(鷄林)에서 잘 나타나는바 계림은 물푸레나무 · 홰나무 · 휘추리나무 · 단풍나무 등의 고목이 울창하며, 신라 왕성(王姓)인 김씨의 시조 김알지(金閼智)의 탄강(誕降) 신화와 관련 있는 숲이다.

『삼국유사』에 따르면 탈해왕 4년 8월 4일 밤, 호공(瓠公)이 반월성 서쪽 마을을 지나가는데, 마을 옆 숲이 황금 궤에서 나오는 광명으로 가득 차더니, 흰 닭 한 마리가 울고 있어서 탈해왕에게 보고하였다. 왕이 그 숲으로 가서 궤를 열어보니 사내아이가 있어 알지라 이름하고, 금궤에서 나왔다 하여 성을 김(金)이라 하였다, 라고 했다는데 계림이라는 명칭은 숲에서 닭이 울었다는 데서 연유되다가, 나중에 나라 이름으로 쓰였다. 신라의 신성한 숲이라 하여 현재까지 보존되어 오며, 100여 주의 고목들이 아직도 옛날을 증언하고 있는 듯하다.

이렇게 신화에 등장한 나무나 숲은 동양은 물론 서양의 문학에서 익숙하게 소재나 제재로 차용되어 다양한 이미지와 상징적 의미망을 지니거니와 중국 도연명의 〈오류선생전〉에 나오는 버드나무라든가, 영국 잉글랜드 지방의 대표적 민담인 〈잭과 콩나무〉에 나오는 콩나무 등은 지금도 인구에 회자되는 대표적인 예라 하겠다.

또한 나무 중에서 대표적인 몇 나무를 대상으로 많고 중한 의미를 부여한 경우도 많았으니 그 가운데 매, 난, 국, 죽은 사군자라 하여 특별한 사랑을 받았음은 잘 아는 사실이다. 뿐만 아니라 개별 나무를 대상으로 작품의 주인공을 삼은 경우도 적질 않았는데 백거이의 〈양죽기〉와 고려시대 이곡이 〈죽부인전〉에서 대나무를 주인공으로 내세운 경우가 대표적이라 하겠다.

2. 시가와 나무

시가 중에서 나무를 소재나 제재로 차용한 경우는 아무래도 한시의 경우가 많을 것으로 생각된다. 나무 중에서도 대나무는 특히 주옥같은 시편을 이루는데 귀한 시적 재료가 되거나 주인공이 되었다. 〈진서(晉書) 왕희지전(王羲之傳)〉에 따르면 왕희지 같은 사람은 "다만 대나무를 가리키며 이분이 없이 어찌 하루인들 지낼 수 있으리오"라고 하여 대나무를 차군(此君)이라하여 공경했으며, 소동파는 〈녹균헌〉에서 "식사하는데 고기가 없어도 되지만, 집안에 대나무가 없을 순 없다네. 고기 못 먹으면 사람은 야윌테지만 대나무가 없다면 속인이 된다네. 사람 야윈 것은 다시 살찔 수도 있지만, 선비가 속되면 고칠 도리가 없다네"라고 하여 대나무를 고결한 인격체의 대명사로 숭상했다.

우리나라의 이인로 역시 대나무를 숭상했거니와 〈죽취일이죽(竹醉日移

竹〉〉 곧 '죽취일(음력 5월 13일)에 대나무를 옮겨심다.'라는 글에서 "그대 대나무의 깨끗한 절개는 쇠처럼 굳고, 빈 배속에는 온통 아무것도 없구나."라고 하여 대나무를 절개와 청빈의 대표로 높였다. 이색 역시 〈차군루기(此君樓記)〉에서 "고요한 적막을 깨뜨리는 소리가 들려오면, 반드시 고뇌(苦惱)가 맑고 시원한 심경으로 화할 것이니, 차군의 도움이 이미 많도다."라 하여 대나무를 높였는데 이는 대나무를 두고 말한 하나의 예에 불과할 것이다.

우리나라의 고시조 가운데서 다루어지고 있는 나무는 "백운이 일어나니 나무 끝이 흔들린다/ 밀물에 서호요 썰물에 동호가자/ 아희야 백빈홍료는 곳곳이 경치로다."와 같이 일반적으로 나무라고만 한 경우를 비롯하여, 소나무, 대나무, 버드나무, 오동나무, 계수나무 등 구체적인 나무 이름을 든 경우, 그리고 고송(古松), 창송(蒼松), 세류(細柳), 양화(楊花), 벽류(碧柳), 녹수(綠樹), 만수(萬樹), 천수(千樹), 초목(草木), 계화(桂樹), 계화(桂花), 단풍(丹楓), 죽림(竹林), 죽경(竹逕), 죽창(竹窓) 등과 같이 결합된 물상을 지칭하는 어휘로 등장하는 경우 등 다양하고 풍부하게 실현되고 있다.

3. 가사란 무엇인가

가사는 가사(歌辭)와 가사(歌詞) 두 가지 문자로 표기되는데 지금은 일반적으로 앞의 가사(歌辭)는 문학의 갈래 명칭으로, 뒤의 가사(歌詞)는 가곡의 노랫말 명칭으로 구분하여 쓰고 있다. 따라서 여기서 말하는 가사는 문학사의 한 역사적 갈래로서 존재하였고 지금도 창작, 향유되는 가사(歌辭)를 말하는 것임은 두말할 필요가 없겠다.

가사는 우리 문학사에서 일종의 이단아 곧 독특한 갈래(형식과 내용을 아우르는 말)로 학계의 오랜 동안 뜨거운 논쟁의 대상이 되어왔는데 특히 갈래(장르: Genre)의 귀속 문제에 있어서는 더욱 그랬다. 나중에 다른 지면을 통하여 다시 자세히 언급하겠지만 가사의 갈래 문제 논의는 늘 쟁점의 중심에 있다 해도 과언이 아니다.

그만큼 가사는 형식이 독특하고 내용이 풍부하며 매 시대마다 자기가 맡은 바 시대 요청에 따른 자신의 소명을 충실하게 수행했다. 그런 이유로 가사의 갈래를 규정하는데 있어 조윤제 박사의 "시가와 문필의 중간적 형태"라는 말이 논쟁의 도화선이 되어, 전통적 문학 갈래의 3 구분법인 서정, 서사, 극 등 큰 세 갈래(Gattung)의 어느 하나에 귀속되는 작은 갈래 (Art)로 볼 것이냐, 아니면 전통의 세 양식 외에, 서양에서 엘리어트의 〈황무지〉 같은 것을 귀속시키는, 교술 갈래라는 다른 큰 갈래의 범주에 넣을 것이냐, 그도 아니면 서정, 서사, 극, 교술 등이 혼합된 복합(혼합) 갈래로 볼 것이냐, 혹은 가사가 관습적 장르로서 운문(율문)이라는 서정 형식 (lyric form)에 바탕하면서 서정, 서사, 교술 등의 성격을 지향한다고 전제하여 서정적 서정, 서사적 서정, 교술적 서정 등 세 유형으로 볼 것이냐, 아니면 傳述로 볼 것이냐 등 실로 다양하게 제시되었다.

일반적으로 가사는 4음량 4보격의 유장(悠長)한 율문체로 비교적 자유로운 형식을 지니며 내용, 소재, 표현 방식, 규모, 구성 등은 특별한 제약이 없고 매우 다양하며, 노래로 불러지기(歌唱) 보다는 읊조려지면서(吟詠) 창작자층과 향유자층이 사대부에서부터 평민은 물론 아녀자, 종교인 등에 이르기까지 그 층이 아주 두터운 문학으로 알려져 있다.

이렇게 독특한 면모를 가진 가사는 어느 때 어떤 이유로 발생하였는가? 라는 발생설에 관심이 모아짐은 당연한 것인바, 이는 갈래 발생과 그 발생원인, 창작자층과 향유자층 등에 대한 이해로 이어지기 때문에 관심의 대상이 아닐 수 없다. 이에 대해 최초의 가사 작품은 누구의 무엇이냐 하는 문제는 중요한 관심사였다.

곧 가사는 고려 말에 발생한 갈래로서 이는 승려들이 어려운 불경(佛經)의 내용을 관습적으로 익숙한 4음량(音量, 글자 수와 상관없이 한 토막으로 읽혀지거나 읊조려지는 데 소요되는 글자의 양) 4보격(步格, 한 행을 이루거나 한 행이 아니더라도 읽혀지거나 읊조려지는 데 소요되는 네 개의 토막)의 쉬운 율문에 담아 포교를 위한 수단으로 쓰기 위해 만들었다는 주장으로, 나옹화상 혜근의 〈서왕가〉〈승원가〉 등을 그 예로 내세우는 주장이 그것이다. 하지만 이들 작품은 한글 창제 반포(1446) 이전에 제작된 것이어서 언제, 누가 위 작품들을 한글로 기록했느냐의 문제에 부딪히게 된다.

다른 주장은 조선시대 발생설을 들고 나서는 사람들인데 정극인의 〈상춘곡〉을 그 예로 제시한다. 조선시대 사대부들이 유교적 안목에서 유학의 경전을 쉬운 율문 형식에 담아 국민 교화를 목적으로 했거나, 아니면 객관적 사실의 나열이나 열거를 통해 그들의 세계관이나 주의나 주장을 널리 알리거나 전달하려는 목적에서 창작한 것이라는 주장이다.

하지만 이 주장 역시 정극인(1401~1481)이 조선 성종 때 지은 것이라 하지만 그것이 실린 문헌은 그의 문집인 『불우헌집』으로 그것은 1786년 정조 10년에 간행되었으니 작가와 문헌이 갖는 3백여 년의 차이를 어떻게 설명해야 할 것인지 여전하게 문제는 남는다.

가사는 그 종류를 나누는데 있어서도 여러 주장이 분분하다. 곧 가사를 짓고 즐긴 사람에 중심을 맞추어 양반가사, 평민가사(서민가사), 규방가사(내방가사)로 나누는가 하면, 전해오는 양식에 따라서 문헌가사와 가창가사로, 또는 다루고 있는 제재와 내용에 따라 유배가사, 충신연군가사, 기행가사, 창의(倡義)가사(의병가사), 종교가사, 개화기 가사(애국 계몽기 가사) 등으로 나누기도 한다.

어떻게 나누든 간에 그 논란의 여지는 있게 마련이다. 위와 같이 나눈다 해도 최초의 양반가사, 기행가사, 평민가사 등은 누구의 어떤 작품이며 언제, 왜 그 작품을 지었는지 등의 문제는 쉽게 해결될 사안이 아니다.

가사는 갈래의 발생, 규정뿐만 아니라 그 작품들의 시대 구분에 있어서도 설이 분분하다. 그도 그럴 것이 최초의 가사가 고려 말이라면 1920년대 〈신의관 창의가〉 등까지는 약 700여 년의 역사를 가지는 셈이 되고, 〈상춘곡〉을 기준으로 보더라도 500여 년 이상 지어지고 읽혀졌음은 부인할 수 없는 사실이다. 항차 현재에도 가사 낭송대회 또는 창작대회가 이어지고 있음에랴……

현재 전하고 있는 가사 작품은 대략 1만여 편 이상으로 추정되거니와 담양의 한국가사문학관 소장본만도 수 천여 편에 달한다. 이런 숫자는 국민문학으로 알려진 고시조가 5천여 편 미만인 점을 감안하면 엄청난 분량임을 알게 한다.

이제 우리는 가사가 독특한 문학 양식이다, 갈래 규정이 용이하지 않는 귀중한 문학유산이다, 700여 년 이상의 오랜 역사를 지닌 국민문학이다, 그 작품 수가 매우 많다 등의 행복한 자아도취적 흥타령에 머물 것이 아니라, 이를 유네스코 세계기록 유산에 등재시킴으로써 세계적인 열린 마당에 내어놓고 각국의 학자들이 본격적인 연구를 할 수 있도록 멍석을 깔아야 할 것이다.

필자는 시조와 가사는 서로 뗄 수 없는 상보적 관계의 갈래라 보거니와 서정시의 응축적 매력을 지닌 시조와는 달리 유장(悠長)한 흥취와 생각을 읊고 여러 경험의 서술과 이념의 설득을 성취하는데 효용을 지닌 가사에 대해 발생, 전개 등 역사적 흐름, 갈래적 성격 규명, 시대적 소명과 내용 분류 등에 대하여 하나씩 점검하는 기회를 가져야 한다고 생각한다.

가사는 고려 시대부터 조선 전·후기는 물론 애국 계몽기까지 줄곧 당대적 요청에 의해 형식과 내용의 다채로운 모습을 통하여 그 시대적 소임을 다 했으며, 사대부 가사, 평민가사, 규방가사 등 신분과 계층에 따른 내용과 형식의 다양한 실현은 물론 의병가사 등 이념과 동학가사, 천주교 가사, 불교가사 등 세계관의 차이에 따라 각자 고유한 내용으로 당대 요청적 소명을 충실하게 수행했음은 결코 간과할 사안이 아니다.

우리 문학사의 흐름을 고대문학의 서사시/서정시의 혼재-삼국시대의 정읍사, 향가 등 서정시/서사시/한시의 혼재-고려시대의 경기체가/속요/시조/가사/한시의 혼재-조선시대의 시조/가사/한시의 혼재-오늘날의 시조/현대시의 혼재 등으로 미루어 보건대 어느 시대를 막론하고 짧은 서정시와 긴 서사시가 공존해 왔음을 알 수 있는바 오늘날에도 시조와 현대시 등의 짧은 서정시 형태 외에도 가사와 같이 길면서 서사적 유전자를 지닌 시형태가 요구됨은 문학사의 자연스러운 흐름일 뿐만 아니라, 생활이 복잡하고 지식과 정보가 다양한 현대인의 삶을 반영하는데 적합한 문학양식임은 재언을 요치 않을 것이다.

바로 이런 점에서 가사문학 부흥 운동은 우리의 문학사 계승이라는 숭고한 사명을 지니고 있으며 바로 그 점에서 오늘날도 그 존재 의의를 충분히 지닌다 하겠다.

4. 가사와 나무

가사의 경우는 한시나 시조처럼 나무를 소재로 차용하거나 중심 시상 전개의 어휘로 드러낸 경우는 흔하지 않다. 가사 작품 중에서 나무가 등장하고 있는 대표적인 사례는 최송설당(1855~1939)의 〈분죽(盆竹)〉이거니와 이는 작자의 고향 금릉(지금의 김천)에서 옮겨온 분죽을 보고 고절(孤節)과 청풍(淸風)을 갖추었다면서 그러한 대나무를 자신의 인품과 동일시하는 등 그 전고와 그를 통한 형상화가 두드러진 수작이라 하겠다.

금릉고원 일총죽을 옥분에 옮겨다가
金陵故園 一叢竹　玉粉
창전에 놓아두고 일일시시 상대하니
窓前　　　　　日日時時

너와 나와 둘 사이에 지취정의 한 가지라
　　　　　　志趣情義
지취도 같거니와 정의도 한량없다
志趣　　　　　情義
네가 비록 초목류나 고절청풍 갖추어서
　　　　草木類　高節淸風
군자 숙녀 굳은 절의 마디마디 맺혔구나
君子淑女　　　節義
겉은 곧고 안은 통해 맑은 곡조 마땅키로
순임금이 통소지어 취성구곡 남훈전에
　　　　　　吹成九曲　南薰殿
봉황이 춤을 추니 봉안죽이 네 아니며
　　　　　鳳眼竹
소상강수 저문 날에 황영이비 슳은 눈물
瀟湘江水　　　皇英二妃
방울방울 피를 이뤄 한 점 두 점 떨어져서
온 일신에 점쳤으니 소상반죽 네 아니며
　　　　　瀟湘斑竹
낙가산하 보타해중 자죽으로 울을 삼고
珞伽山下　普陀海中　紫竹
천연하게 앉았는데 상투 짠 저 동자는
감로수병 수양가지 억조창생 살리려고
甘露水甁　垂楊　　億兆蒼生
대령하고 섰는 형상 관음죽이 네 아니냐
　　　　　觀音竹
송설당전 차군죽은 고절청풍 벗이되어
松雪堂前　此君竹　高節淸風

일보평안 하여보세

日報平安

　　전체 18행으로 구성된 짧은 가사인데 고향 금릉에서 옮겨온 옥분에 심어진 대나무와 자신의 지취(志趣), 정의(情意)가 한 가지라는 말로 시상을 열었다. 이어 비록 대나무가 초목의 종류이지마는 군자와 숙녀가 지니는 높은 절개와 맑은 인품을 마디마디에 가졌다면서 서정의 고조로써 대나무를 칭송했다. 이어 순임금이 남훈전에서 대나무로 만든 통소를 불어 백성들의 고통을 풀어주시던 그 대나무 곧 봉안죽 같기도 하다 했고, 순임금의 두 황비 아황과 여영이 순임금이 창오에서 죽자, 상강(湘江)을 헤매며 슬피 울었는데, 그때 뿌린 눈물이 대나무에 얼룩이 되어 반죽(班竹) 또는 상비죽(湘妃竹)이 생겨났다는 전설을 끌어와, 마치 그 대나무에 얼룩진 눈물처럼 임의 죽음을 애통해 하는 현모의 절절함 같기도 하며, 중국 절강성 보타산에 있는 관음보살의 화신이 억조창생을 살리고자 감로수 약병을 들고 있는 관음죽(觀音竹) 같기도 하다면서 가사 특유의 문체인 열거와 진술을 통하여 대나무의 형상을 여러 가지로 이미지화하였다. 그런 다음 자신이 거처하는 집 앞에 있는 대나무는 높은 절개와 맑은 인품으로 자신의 친구가 되어 날마다 날마다 평안을 알린다는 말로써 마무리하였다.

　　이처럼 가사에서 나무를 단독으로 읊은 경우는 이 외에도 개화기 때 민영환의 순절을 두고 읊은 〈혈죽가〉를 비롯하여 개화가사 몇 수가 전해지고 있지만 앞서 말한 바와 같이 그 예가 매우 드물다. 여기서는 여러 가사에서 소재나 어휘로써 차용된 경우를 중심으로 가사에 투영되었거나 차용된 나무에 대하여 몇 가지로 나누어 소략하게나마 살펴보는 기회를 갖도록 하겠다.

① 극락의 형상화-소나무, 대나무

정극인의 〈상춘곡〉과 함께 최초의 가사로 학계의 주목을 받고 있는 나옹화상의 〈서왕가〉에서는

"산 첩첩 수 잔잔 풍 슬슬 화 명명하고/ 松竹은 낙락한데/ 화장 바다 건너 저어 극락세계 들어가니"

와 같이 극락을 형상화했는데, 그 곳은 산이 첩첩하고 바람은 화풍하게 불며 꽃이 환하게 밝게 핀 곳으로, 소나무와 대나무가 무성하게 우거진 곳이라 했다. 곧 서방세계인 극락의 형상화에 송죽이 소재로 차용되고 있는 경우이다.

② 풍월주인의 처소-소나무, 대나무, 복숭아나무 등

정극인의 〈상춘곡〉은 강호 전원 가사의 백미로 알려져 있거니와 강호 전원에서 풍월과 함께 주인이 사는 곳을 다음과 같이 형상화하고 있다.

"천지간 남자 몸이 나만한 이 많건마는/ 산림에 묻혀 있어 지락을 마다겠나/ 수간모옥을 벽계수 앞에 두고/ 松竹 울울리에 풍월주인 되었구나/ 엊그제 겨울지나 새 봄이 돌아오니/ 桃花 杏花는 석양리에 피어 있고/ 綠楊방초는 세우 중에 푸르구나/ 칼로 말아냈나 붓으로 그려냈나/ 조화신공이 사물마다 화려하다/ 수풀에 우는 새는 춘기를 못 이기어 소리마다 교태로다."

위에서 보는 바와 같이 자연과 벗을 삼아 자연에 사는 사람, 곧 풍월의 주인장이 사는 거처는 일단 수풀(숲) 속이다. 그 숲은 달리 말하여 산림(山林)인데 여기에는 푸른 계수나무, 소나무, 대나무, 복숭아나무, 살구나

무, 푸른 버들 등이 어우러진 화해롭고 아름다운 곳이다. 이른바 물아일체의 모두가 하나 된 곳으로 여기에 등장하는 나무는 각기 부분 집합으로 봄의 향연이라는 합집합에 적극적으로 참여하고 있다. 풍월주인의 거처는 이처럼 여러 나무가 화해하고 조화를 이루고 있는 물아일체의 공간이다.

③ 호연지기의 공간-소나무와 대나무

면앙정 송순은 호남 시단의 맹주로서 송강 정철, 제봉 고경명, 백호 임제 등의 제자를 양성하여 조선 중기 호남 시단은 물론 한국 시단을 빛낸 인물이거니와 그 스스로 〈면앙정가〉를 지어 강호전원가사의 전통을 이으면서 송강의 〈성산별곡〉 등이 탄생할 수 있도록 영향을 준 인물이다. 그는 〈면앙정가〉에서

"무등산 한 활기 뫼가 동쪽으로 뻗어 있어/ 멀리 떨쳐 나와 제월봉이 되었거늘/ 무변대야에 무슨 짐작 하느라고/ 일곱 구비 함께 뭉쳐 문득문득 벌렸난 듯/ 넓은 바위 위에 松竹을 헤치고/ 정자를 앉혔으니 구름 탄 청학이 천 리를 가리라"

는 면앙정 송순이 1533년에 자신의 호를 딴 면앙정이라는 정자를 지으면서 무등산 한 줄기가 떨어져 나온 곳, 곧 제월봉 아래 터를 잡은 뒤 소나무와 대나무가 우거진 곳을 베어 내고 그 곳에 정자를 짓고 보니, 자신이 청학이 되어 한 번의 날개 짓에 천 리를 갈 것 같다는 호연지기의 기상을 드러내 보이고 있다. 여기서 소나무와 대나무가 상징하는 바는 명당의 터라는 의미로 받아들여진다. 그만큼 예로부터 대나무와 소나무는 귀한 장소에서 식생하는 나무였음을 알 수 있게 하는데 바로 그렇게 귀한 곳에, 이른바 명당에 정자를 앉혔으므로 정자의 주인은 청학이 되는 듯 천리를

나를 것만 같다는 호연한 기상이 생기는 것 아니겠는가. 조선시대 선비는 정자 하나를 세울 때에도 그 공간적 위치 설정에 매우 신중했음을 감안할 때 이런 설명은 자연스럽게 받아들여진다.

④ 본연지심 보존 공간-살구나무, 매화나무

양녕대군의 증손으로 추성수(지금의 담양군수)에 봉해진 이서는 역모에 무고되어 14년간 담양에서 유배 생활을 하였다가 풀려난 인물이다. 그는 유배에서 풀렸지만 담양에 머물러 살면서 중장통의 〈낙지론〉을 모방하여 〈낙지가〉라는 가사를 지은 인물이다. 자신이 거처하는 담양의 형세를 먼저 말한 뒤

"토계 삼등 높이 쌓고 수주 杏花 심었으니/ 태화지기 공부자의 현가일곡 의의하여/ 순첨 야반 배회하고 수점 梅花 살펴보니/ 안락와중 소강절의 점역 일권 역력하다/ 인개 요순 본연지심 조존 불사 하여보세"

흙으로 계단을 삼단으로 쌓아놓고 살구꽃나무 몇 그루 심어 놓으니 큰 화합의 기운이 돌아 공부자의 거문고 한 곡조가 어렴풋이 들리는 듯하다고 말 한 뒤, 한 밤중이 되도록 달을 따라가며 배회하다가 몇 점의 매화꽃나무를 살펴보니 작은 집에 살아도 편안함을 잊지 않았던 소강절(송나라 도학자 소옹)의 집이 역력하다고 하였다. 이어 사람들이 모두 요임금 순임금과 같이 어질고 착해서 본래 타고난 그 마음을 붙들고 잃지 않기를 바란다 했다. 공자는 살구나무 아래 행단을 만들어놓고 그곳에서 제자들을 가르쳤는데 그 이후 향교나 서원 등에 살구나무(혹자는 행杏을 은행나무라고도 함)나 은행나무를 심어놓고 그 나무의 열매가 많고 튼실한 것처럼 많은 제자들의 학업이 그러하기를 기원하는 기원수로 삼았다고 한다. 여기에서 살구나무(은행나무)는 기원수의 역할로, 매화나무는 안분지

족의 공간을 뜻하는 상징수로 차용되었다.

⑤ 은일 처사의 공간-매화나무

조선 전기 짧은 은일가사를 지었던 이인형은 〈매창월가〉를 통하여 임포의 생활을 흠모했다. 그는 만년에 고향에 용두정과 광풍정 등의 정자를 짓고 후학 양성에 힘썼는데 위의 가사에서 매화나무를 등장시켜 중국 절강성 항주에 있는 서호 근처의 고산에 은거했던 처사 임포의 거처를 흠모하는데 원용하고 있다.

"梅花 창에 달이 뜨니 매창의 풍경이어라/ 매화는 어떠한 매화인고 임처사의 매화로다/ 빙기 옥혼과 맥맥 청소에 음영하던 매화로다"

매화 핀 창, 거기에 달이 비치는 풍경이다. 그런데 그 매화는 다름 아닌 매처학자(梅妻鶴子) 곧 매화를 아내로 삼고 학을 아들로 삼았던 사람, 고산(孤山)처사의 장본인, 은일처사의 대표자, 바로 송나라 임포의 처소에 있는 바로 그 매화이다. 그 매화의 자태는 얼음처럼 깨끗하고 흰 살결이며 백옥처럼 맑은 정신을 지녔다. 그러니 맑은 달, 살랑대는 봄바람결에 시를 읊조리고 싶지 않겠는가. 임포가 은거했던 중국 항주의 고산에는 지금도 갖가지 많은 매화가 옛 사연을 말하는 듯 청향을 발하고 있는데 매화와 은일처사의 결합은 이런 경우가 절묘하다고 할 것이다.

⑥ 쓸쓸함의 대변-대나무, 오동나무

매계 조위는 점필재 김종직의 문인으로 무오사화에 연루되어 의주로 유배되었다가 순천으로 이배되었는데 그 곳에서 최초의 유배가사인 〈만분가〉를 지었다. 초나라 굴원이 〈천문〉을 지어 자신의 원통하고 분한 마

음을 풀어냈는데 이 작품 또한 그와 흡사한 것으로 알려졌다. 조위는 위 작품에서 자신의 쓸쓸한 처지를

"백옥 같은 이 내 마음 임 위하여 지켰더니/ 장안 어젯밤에 무서리 마구내려/ 일모 脩竹에 취수도 냉박쿠나/ 유란을 꺾어 쥐고 임 계신 데 바라보니/ 약수 가려진 데 구름 길이 험하구나" (…중략…) "성문 모진 불에 옥석이 함께 타니/ 뜰 앞에 심은 난이 반이나 시들었네/ 梧桐 저녁 비에 외기러기 울며 날 때"

를 보자. 일모(日暮) 수죽(脩竹)이라 했으니 해는 져서 어두운데 그나마 대나무 큰 키가 사방을 가리고 섰다. 그런데 입고 있는 것은 여름날 입은 홑옷뿐이다. 향기로운 난꽃을 꺾어 임에게 보내고 싶지만 험한 구름이 가려 건네 줄 방법이 없다. 난과 구름이 함축하는 바가 의미심장하다. 성문 곧 궁궐 안에서 모진불이 일어나 옥과 돌이 함께 타고 만다는 표현 역시 상징과 함축이다. 그런데 엎친데 덮친격으로 뜰 앞의 모란이 반이나 죽었다고 하면서 오동나무에 저녁비가 내려 기러기가 둥지를 틀지 못하고 울면서 정처 없이 떠난다고 했다. 유배객이 되기까지 자신의 동료들이 희생당한 사연부터 초라하게 된 신세 등을 뭉뚱그려 함축적으로 말하고 있다.

⑦ 봄의 형상화-밤나무, 복숭아나무, 버드나무

〈서호별곡〉은 늦봄의 한가한 때를 맞아 뱃놀이를 하면서 부른 선유(仙遊)가사의 일미를 보인 작품인데 허강이 한강을 유람 하면서 그 주변의 풍경과 운치를 읊은 것이다. 곡조 표시가 있어 가사가 음영과 가창으로 향유되었음을 반증하는 작품이기도 하다. 허강은 〈서호별곡〉에서 봄이 오는 모습을

"벽강 임천과 栗리 전원의 할 일이 바야흐로다/ 桃花 금랑의 무창 새 버들이 가지마다 봄이로다"

라고 노래했다. 궁벽한 산림 속, 겨울 내내 얼어붙었던 돌 사이로 샘물이 졸졸 흐른다. 밤나무 숲 한적한 마을에 바야흐로 일손이 바빠진 것이다. 왜냐하면 복숭아나무에서는 금빛의 꽃이 피어나고, 버드나무에서는 가지가지 파란 움이 돋아나는 계절이 왔기 때문이다.

⑧ 넉넉함과 평화로움의 대변-뽕나무, 삼나무

가사 작품 중에는 박인로의 〈태평사〉 등 전쟁 체험을 노래한 것이 더러 있는데 양사준의 〈남정가〉는 을묘왜변(1555) 당시 김경석의 막하에 들어 남정군(南征軍)으로 활동하다가 전남 영암에서 왜구를 물리치고 지은 가사이다. 전쟁으로 피폐해진 삶을 극복하고 넉넉하고 평화로움을 갈망하는 작자의 소망은

"화곡이 리리하고 桑麻가 봉봉이로다/ 국부 민안하여 태평을 하리로다"

로 드러나거니와 화곡(禾穀)은 곧 곡식이요, 이리(離離)는 잘 자라서 고개를 숙인 모양이니 넉넉한 풍년을 뜻한다. 또 상마(桑麻)는 뽕나무와 삼나무인데 봉봉(芃芃)하다함은 무성하게 잘 자라서 전원의 모습을 갖추었다는 뜻이니 다름 아닌 전쟁으로 상처 입은 산하가 제 모습을 찾아서 평화롭다는 말이다.

⑨ 〈성산별곡〉과 노송, 오동, 복숭아나무 등

〈상춘곡〉〈면앙정가〉를 이어 강호가사의 일미로 꼽히는 〈성산별곡〉은

송강이 50대 후반에 담양군 남면 성산(星山, 별뫼)에 머물면서 지은 가사인데 사계절의 변화와 그에 따른 흥취를 서사-본사-결사 등 서사구조에 담은 것으로 본문에 나오는 식영정과 서하당 주인 문제, 제작 시기 등에 대하여 학계에 논란이 있었다.

"송근을 다시 쓸고 죽상의 자리보아", "매창 아침볕의 향기에 잠을 깨니", "도화 핀 시냇길이 방초주에 이어 있네", "도원은 어디인가 무릉이 여기로다", "장송을 차일 삼아 석경의 앉아보니", "오동 서릿 달이 사경에 돋아오니", "짝 맞은 늙은 소나무를 조대에 세워두고", "만수 천림을 꾸며서 내는구나"

등에서 보는 바와 같이 송근(松根), 매창(梅窓), 죽상(竹床), 도화(桃花), 도원(桃源), 장송(長松), 오동(梧桐), 노송(老松), 만수(萬樹), 천림(千林) 등 모두가 전원의 아름답고 한적하며 편안한 분위기를 돋우는데 동원되어 시어로서 훌륭한 역할을 하고 있다. 특히 무릉도원에 꼭 필요한 복숭아나무는 이곳 성산이야말로 이상적인 공간이요, 질서와 조화의 공간임을 구성하는 필수적 요소로 차용되었음이 주목된다. 특히 눈이 와서 별천지를 창조하였다는 말을 함에 있어 "만수(萬樹) 천림(千林)을 꾸미어 내는구나"라고 말함으로써 복숭아나무와 함께 별세계는 여러 나무로써 꾸며진 곳이라고 말한 대목이 눈에 든다.

⑩ 〈권의지로사〉와 가시나무, 대나무, 잣나무

가사에는 도덕적인 내용을 담은 교훈가사가 많이 있다. 이는 불승들이 불경의 난해한 내용을 친숙하고 쉬운 4음 4보의 운율에 담아 쉽고 편안하게 대중들이 접할 수 있도록 불교가사를 제작한 것과 마찬가지로, 유학자들은 유학의 교리와 내용을 사대부가사에 담아서 교화와 깨우침, 수양의 자료로 삼으려는 의도로 교훈가사를 지었다. 위의 〈권의지로사(勸義指路

辭))는 유가적 윤리 규범을 후학들에게 가르치고자 제작된 가사이다. 이런 가사를 들어 교술가사라고도 하거니와, 가르치고 전달하고자 하는 내용을 조목조목 들어 열거하고 보여주는데 적합한 시 형식 곧 가사 장르를 차용한 좋은 예라고 하겠다.

이 가사의 작자는 이황 또는 조식으로 알려졌거니와 내용이 대동소이한 이본도 여럿 있는데 유교적 내용이다 보니 아마도 작자를 두 사람 중 한 사람으로 착각하는 오류가 생겼을 것으로 보인다. 여기서는 퇴계의 〈성학십도〉에 함께 있는 내용을 저본으로 했다.

"중욕이 가시되어 가는 길 가로막고/ 인심이 잔도되어 가는 길 끊어졌다/ 소상 竹 베어내어 가시를 쓸어치우고/ 공정 栢 베어내어 잔도를 이었도다"

여기서 가시나무는 인의예지의 길을 가로 막는 방해물로 형상화되었고, 소상의 대나무는 이 가시나무를 쓸어내는 데 쓰는 빗자루와 같은 역할로, 공정의 잣나무는 학문과 인의예지를 수양하는 데 필요한 끊어진 다리를 잇는 교량의 역할로 각각 차용되고 있다.

⑪ 〈금보가〉와 버드나무, 오동나무, 뽕나무 등

중국 상고의 태평성대를 열었던 순임금은 남훈전에서 다섯줄의 거문고를 타면서 백성의 고통을 덜어주고 민안을 도모했다고 한다. 하지만 거문고로 연주되던 이름다운 음악이 변성되어 남녀 간의 음탕한 음악으로 된 것을 탄식한 이른바 세상 사람들을 경계한 가사가 〈금보가〉인데 이런 류의 가사를 경세가사(警世歌辭)라 한다. 위 작품은 이황의 작으로 전해지나 확실한 근거는 밝혀지지 않고 있으며 기승전결의 4단 구성을 지녔다.

"옥루사창 花柳중의 백마금편 소년들아", "창오산 벽계변의 절로 죽은 석상 梧桐", "扶桑 만년지에 칡같이 얽힌 당사", "소상 斑竹지로 줄줄이 골라내어", "남산 松柏지에 공작의 소리로다"

여기서 '화류'는 음탕하고 타락한 정황을 형상화하는데 차용되었고, '돌위에서 자라는 오동'은 아주 귀한 거문고를 만드는데 꼭 필요한 존재로 부각되었다. '부상'은 신목(神木)으로서 만 년을 산다는 나무인데 여기서는 오래된 폐습을 형상화하는데 차용되었으며, '반죽'은 줄을 고르는데 꼭 필요한 도구로 동원되었다. '송백'은 공작이 깃들어 아름다운 소리로 노래하는 곳으로 형상화되어 나무를 제재로 하여 시적 분위기를 조성하는데 적절하게 활용한 점이 주목된다.

⑫ 〈관동별곡〉과 대나무, 장송, 뽕나무 등

담양에서 칩거하고 있던 송강 정철이 45세의 나이로 강원도관찰사가 되어 원주에 부임한 후 3개월 뒤에 담양에서부터 시작하여 관동 팔경 등 강원도의 승격을 두루 유람하였는데 그때의 여정과 감회, 각 고을의 풍속 등을 담은 가사를 지었는데 다름 아닌 〈관동별곡〉이 그것이다. 기승전결의 4단 구성인데 활달하고 시원하며 웅건한 문체로 기행가사의 백미라는 평을 듣는다. 서포 김만중은 〈서포만필〉에서 우리나라의 진짜 문장은 〈관동별곡〉, 〈사미인곡〉, 〈속미인곡〉 등 3편뿐이라는 극찬을 했다.

"강호에 병이 깊어 竹林의 누웠더니", "우개 지륜이 경포로 내려가니/ 십리 빙환을 다리고 다시 다려/ 長松 울창한 속에 싫도록 펼쳤으니", "扶桑 지척의 명월을 기다리니/ 서광 천장이 보이는 듯 숨는구나", "松根을 베고 누워 선잠을 얼핏 드니"

강호의 전원의 대명사로서 죽림, 대숲을 들고 있음이 주목된다. 여기서

'죽림'은 담양이 대나무 고을이라는 별칭이 있으므로 담양이라는 뜻과 강호나 전원이라는 뜻을 함축한 것으로 이해된다. 담양에서, 달리 강호에서 야인으로 4년여 이상을 묻혀 지내고 있었는데 뜻밖에도 강원도관찰사라는 벼슬을 내리시니 얼마나 감격했겠는가? 하여 〈관동별곡〉을 구상하면서 송강은 죽림을 먼저 떠올렸을 것으로 생각된다. 경포대의 아름다운 모습을 소개하면서는 커다란 소나무 곧 장송(長松)을 차용하여 그 뒤에 감춰진 비경이 경포대라는 상상을 하도록 했다. 또한 밤이 되어 달을 기다리는 장면을 말함에 있어서 달은 동해 가운데 살고 있는 부상(扶桑)이라는 나무 곧 만년 묵은 신목(神木)에서 나온다는 표현으로, 신화적 상상을 하였는데 '부상'으로써 신비로운 의경을 창출하는데 효과를 거두었다. 이어 한가하고 편안한 낮잠을 자는데 적합한 것이 소나무 뿌리, 송근이라고 함으로써 소박한 지방관의 모습을 형상화하는데 성공하고 있다.

⑬ 〈미인별곡〉과 배꽃, 해당화, 춘백, 계수나무 등

미인이란 누구를 지칭하는가? 미인은 아름다운 여자를 말하는데 사대부가 미인이라고 할 때는 대개 임금을 두고 이른 말이다. 송강의 〈사미인곡〉〈속미인곡〉 등이 그 대표적 사례이거니와, 여기서 소개하는 미인은 그와는 달리 기녀를 두고 찬미하고 있어서 주목된다. 양사언은 조선 중기 선비인데 글씨와 시문에 능했던 인물로 형 사준, 아우 사기와 더불어 중국 송나라의 소순, 소식, 소철 삼부자인 삼소에 비기어 조선의 삼소라 불리었다.

"진환을 낮게 여겨 누굴 위해 내려왔나/ 양자는 梨花 일지에 달빛이 절로 흘러드는 듯/ 백사 장정의 海棠 春栢이 흩어져 피었는 듯", "주순 설치로 반만큼 웃는 양은/ 선궁 삼색 桃花 하룻밤 빗기운에/ 절로 피어 가는 듯 은병 속에 앉았는 듯/ 월중 항아 桂樹를 의지하는 듯", "도연명 栗里 삼경의 松菊이 흩어진 듯"

한 기생을 두고 무산(巫山)에서 내려온 신녀(神女)의 화신이라는 신화적 사유로써 시상을 일으킨 뒤 그의 모습을 조목조목 들어 설명하면서 하얀 배꽃 한 가지에 달빛이 절로 흘러들어온 듯한 하얀 얼굴, 백사장 흰 모래 밭, 긴 모랫벌에 붉은 해당화와 춘백 꽃이 흩어져 피어 있는 듯한 입술, 붉은 입술에 하얀 치아로 살짝 웃는 모습은 신선궁의 삼색 복숭아 꽃이 빗 기운에 절로 피어 은 병풍 속에 살며시 앉았는 듯 하고, 단정한 맵시는 달나라의 항아가 계수나무를 의지하는 듯 하며, 푸른 저고리와 노란 치마를 입은 자태는 도연명이 밤나무 숲에 살면서 세 갈래 길을 만들어 놓았는데 각 길에 소나무와 국화가 여기저기 피어 있는 것 같다고 하였다. 이처럼 〈미인별곡〉에서는 기생의 외모를 찬탄하는데 있어 배나무, 해당화, 춘백, 계수나무, 소나무 등을 차용하여 시적 효과를 얻고자 했다.

⑭ 〈사미인곡〉과 매화나무

시적 감각이 예민했던 탓일까? 송강 정철은 남들과 잦은 불화를 일으켰던 인물이다. 선조 18년(1585)에는 동인의 공격을 받아 4년여 동안 담양 창평에 가 있었는데 그때 선조를 미인에 비유하여 자신의 연모지정을 쓴 연군가사가 바로 〈사미인곡〉이다. 미인이 문학 작품에 처음 등장한 것은 중국 초나라의 굴원이 쓴 〈이소〉이다. 이후 사대부들 사이에서 미인은 임금으로 통하였는데 앞서 보인 양사언의 〈미인별곡〉은 다른 경우라 할 것이다.

"창밖의 심은 梅花 두세 가지 피었구나/ 가뜩이나 냉담한데 暗香은 무슨 일인가/ 황혼의 달이 따라와 베개 맡에 비치니/ 느끼는 듯 반기는 듯 님이신가 아니신가/ 저 梅花 꺾어내어 님 계신데 보내고자/ 님이 너를 보고 어떻다 여기실까"

여기서 매화는 말이 없는 침착한 여인, 아주 이성적이고 분명한 이지적인 여인, 그러면서 세속의 잡스러운 모든 것을 다 떨쳐내고 고상한 인품을 소유한 여인 등을 함의한다. 냉철하고 이지적이지만 은근한 여자의 곱고 맑은 향, 곧 암향을 발산하는 여인으로 다름 아닌 송강 자신이다. 이제 4년여에 걸쳐 수양도 많이 했고 반성도 충분히 했으므로 탈속의 경지에 이른, 그리하여 선조 임금의 마음을 거슬리거나 누를 끼칠 염려가 없다. 그래서 그런 자신을 이제는 당당하게 선조에게 보이고 싶은 것이다. 선조는 그런 송강을 어떻게 대할 것인가? 무척이나 조심스럽고 두렵기까지 하다. 하지만 임에게 쉽게 보낼 수가 없다. 산이랑 구름이 험하게 가로막고 있기 때문이다. 물론 산과 구름은 송강을 시기하고 미워하는 동인들의 부류임은 두말을 요치 않는다.

⑮ 〈도산가〉와 복숭아나무, 소나무 바람 등

〈도산가〉는 일명 〈두곡선생가사〉라고도 하는데 조선 중기 고응척이 지은 전쟁 피란가사로 은일적 성격이 짙다. 전쟁이 일어나자 노인과 이이들을 데리고 심산궁곡으로 숨어들어 그 곳에서 한가롭고 평화로이 지낸다는 내용이다. 다음에서는 복숭아나무와 소나무가 심산궁곡을 형용하고 차용된 경우를 본다.

"노부휴유 어이할까 심산궁곡 찾아가니/ 桃花유수 떠도는데 松風 蘿月 임자 없어/ 삼간모옥 이룬 후에 수경 석전 손수 매어/ 소사채갱 때를 이어 상봉하솔 연명하니/ 분분 세사 네 아는가 별유천지 땅이로다", "松牖운창 열어 놓고 삼척 桐琴 비껴 안고/ 고산유수 두 곡조로 대현 소현 섞어 타고/ 상금 조고 그지없다 소상 斑竹 섞였는데/ 화표별학 노니난 듯 강산 고촌 두세 집이/ 竹林심처 잠겼는데 호동 팽게 안주 놓고/ 일배 일배 취한 후에 와침 松根 잠든 후에"

심산궁곡, 이른바 전쟁의 참화나 피해가 없는 평화로운 곳, '별유천지'는 복숭아꽃잎이 물에 떨어져 둥둥 떠내려가고, '소나무' 우거진 곳에 시원한 바람이 때맞추어 불어오며, 담쟁이넝쿨 우거진 '숲' 사이로 달님이 방긋 방긋 얼굴을 내미는 곳이다. 그런 별유천지를 형상화 내는데 딱 필요한 구성 요소가 '도화'와 '송풍' 그리고 '나월'이다. 뿐만 아니라 '소나무로 만든 의자'에 앉아 구름이 드나드는 창문을 열어놓고 '오동나무로 만든 조그만 거문고'를 끌어안고 태평시절의 음악을 듣는데 그 옆에서 '반죽'이 고요한 분위기를 돋운다. 이어 무성한 '대나무 숲'에 싸인 오두막집에서 닭을 삶아 안주를 준비하게 한 뒤 술을 취하게 마시고 '소나무 뿌리로 만든 베개'를 베고 편안한 잠에 든다는 것이다.

⑯ 〈명월음〉과 계수나무, 매화나무, 대나무

달은 시인의 영원한 화두 중의 하나이다. 시인치고 달을 읊지 아니한 사람은 아마 없을 것으로되, 그 달이 상징하는 바는 시인마다 개인 상징이 되어 다를 것이다. 또한 달이 등장하는 시편에는 으레 그 달빛을 시기하는 상대 곧 구름 같은 것이 있기 마련인데 그 구름은 대체로 먹구름이기 십상이다. 가사에서 달을 읊은 대표적인 작품은 〈명월음〉이다. 이 가사는 조선 후기 임란에 참여하여 난리를 겪고 난 뒤에 지은 것으로 작자는 최현이다. 기승전결의 4단 구성으로 연군가사 계열에 속한다. 그렇다면 여기에 나오는 달과 구름의 관계는 충신과 간신의 상징물일 가능성이 높다고 하겠다.

"동창이 채 밝거늘 수정렴을 걷어놓고/ 요금을 비스듬히 안고 봉황곡을 타서 짚으니/ 성성이 청원하여 태공의 들어가니/ 파파 桂樹아래 옥토가 돌아본다"

위는 달이 제 모습을 환히 비추어 온 세상을 밝게 해주어 걱정 없이 동창 앞에 앉아 거문고를 안고 〈봉황우의곡〉을 타고 노니 소리마다 맑고 멀리까지 울리어 마치 하늘나라에 들어간 듯하고, 달나라 계수나무 아래 산다는 옥토끼가 노래 소리에 뒤를 돌아본다고 했다. 여기서 계수나무는 선경(仙境) 곧 별 세계를 형상하는 상징물이다.

"중문을 닫아놓고 정반의 따로 서서/ 梅花 한 가지 桂影인가 돌아보니/ 처량한 암향이 날 따라서 근심한다"

여기는 구름이 달을 가려 달빛이 희미해지더니 점점 더 아득해진다는 말에 이어진 내용이다. 먹구름이 몰려오니까 거듭거듭 문을 닫아놓고 뜰 아래 홀로 서서 매화를 바라보니 가지 가득 수심에 가득 차 있는 게 아닌가? 매화가 향내를 제대로 발휘하지 못하자 그 까닭이 계수나무 그림자 때문인가 싶어서 살펴보았더니, 그게 아니라 먹구름 때문이라고 하여 수심한 나와 암향의 매화를 동일시함으로써 비극적 시상을 더욱 고조시켰다. 구름이 몰려와 문을 굳게 닫는다는 표현, 구름 때문에 매화가 향기를 제대로 발산하지 못한다는 표현 등은 그 상징적 암유가 감동을 자아내기에 충분하다.

"소렴을 지워놓고 동방에 혼자 앉아/ 금작경 닦아내어 벽상에 걸어두니/ 제 몸만 밝히고 남 비출 줄 모른다/ 단단 환선으로 긴 바람 부쳐내어/ 이 구름 다 쓸고자 기원 綠竹으로/ 일천장 비 만들어 저 구름 다 쓸고야"

위는 구름을 쓸어내기 위해서는 빗자루가 필요한데 그것도 길이가 천장이나 되는 빗자루가 필요하므로 기수 가에 자라고 있는 푸른 대나무를 베어서 만든다고 했다. 일반적으로 시조나 한시 등에서 대나무가 상징하는 지조나 절개 등과는 전혀 다르게 쓰인 경우이다. 먹구름을 쓸어버리기 위해 필요한 빗자루를 만들기 위해 녹죽이 차용된 점이 흥미롭다.

⑰ 〈용사음〉과 복숭아나무, 자두나무

임진왜란 때 전쟁에 참여한 뒤 그 체험을 쓴 가사를 창의가사라 하는데 조선 중기 최현은 〈용사음〉을 지어 전쟁의 비극과 전쟁에 임하는 관장들의 나태한 태도, 의병장들의 칭찬, 조선 관리들의 무능함 등을 비교적 담담한 문체로 진술하고 있어 많은 느낌을 갖게 한다.

"먼 곳 군공은 들을수록 귀가 찬데/ 가까운 곳 적세는 볼수록 눈에 차다/ 뒤를 따라 구경터니 남의 덕에 찻잔 잡고/ 초두 난액은 서둘던 공이 없다/ 송상현 김제남 고경명 조헌 정담/ 질풍이 아니 불면 경초를 누가 알리오/ 桃紅 李白 할제 버들조차 푸르더니/ 일진 서풍에 낙엽송 뿐이로다"

먼 곳에서 들려오는 우리 군대의 연패 소식은 귀에 차게 많은데, 가까이에 보이는 적군의 세력은 눈에 가득 많아진다는 대비로써 안타까움을 말했다. 이어 선봉에 서서 창의한 의병들을 보고는 구경만 하다가 그들이 거둔 전공을 뺏어서는 자기 것인 양 자랑한다고 하여 분한 마음을 드러냈다. 송상현 등 의병장들의 공이 허사로 돌아간 것을 안타까워하면서 질풍이 불어봐야만 뿌리 굳은 풀이 버텨내고 살아남음을 알 수 있다했는데 의미심장한 함축을 담았다. 이어 복숭아꽃 붉게 피면 자두나무도 하얗게 꽃을 피우고, 버드나무도 덩달아 푸름을 뽐내지만, 한바탕 바람이 불고나면 모두가 다 우수수 낙엽이 되고 만다면서, 남의 공이나 가로채고 시늉만 하는 사이비 관장들의 비겁한 행동에 비분강개한 마음을 털어놓고 있다. 여기서 붉은 복숭아꽃, 하얀 자두 꽃, 푸른 버드나무는 모두 줏대 없는 위정자나 관장들을 지칭하는 상징어들이다.

⑱ 〈입암별곡〉과 낙락장송

〈누항사〉등 가사 9편, 시조 68수를 지은 노계 박인로는 69세에 은일가 사로 분류되는 위 가사를 지었다. 경북 영천시 죽장면 입암에서 여헌 장 현광과 더불어 노닐면서 시조 〈입암이십구곡〉을 짓고 이어 이 가사를 지 어 은일의 뜻을 담았다.

"정운령 높은 재에 가는 구름 머무는 듯/ 격진령 둘렀으니 세로를 끊었구 나/ 경운야 돌아드니 은자의 취미로다/ 야연림 落落松에 모연이 잠겼어라/ 초은동 찾아드니 숨는 사람 부르는 듯/ 심진동 어디인가 松下의 동자로다"

위에 등장하는 지명의 이름들이 참 재밌다. 정운령(停雲嶺)은 구름도 멈춰가는 고개란 뜻이며, 격진령(隔塵嶺)은 진세 곧 세속과 분리된 고개 이며, 경운야(耕雲野)는 구름을 가는 들판이다. 여기에 뿌연 연기 같은 것 이 일어나는 곳, 안개가 사는 곳은 야연림(惹煙林)으로 낙락한 소나무 곧 소나무가 울창한 곳이다. 이 곳은 바로 어떤 곳인가? 다름 아닌 은자가 사는 곳으로 달리 심진동이라 부른다. 소나무 아래 오두막이 한 채 있고 시중드는 아이가 있다. 낙락장송과 소나무들이 심진동을 형상화는데 요 긴하게 차용되었다.

⑲ 〈영남가〉와 복숭아나무, 대나무, 소나무

노계는 75세 되던 해에 영남 안절사 이근원이 선정을 베풀다가 임기가 만료되어 떠나게 되자 백성들이 만류했다는 소식을 듣고 위 가사를 지어 그를 송찬했는데 이런 가사를 송찬(頌讚)가사라 한다.

"열읍 수령이 이상국의 법을 받아/ 애민 일심이 원근 없이 다 같으니/ 엊그제 석호촌이 武陵桃源 되었는가/ 竹院 松窓에 현송성을 이었거늘/ 綠楊 정반에 격양가를 불러내니/ 무회씨적 사람인가 갈천씨적 사람인가"

석호촌은 두보의 시 〈석호리〉에 나오는 마을인데 그곳은 "날 저물어 석호촌에 묵노라니, 밤 되자 징병하는 관원이 왔네, 할아범은 담을 넘어 달아나고, 늙은 할멈 문 열고 나가서 맞네, 관원의 호통은 어찌 그리 노엽고, 할멈의 울음은 어찌 그리 괴로운가, 할멈이 나가서 하는 말을 들으니, 아들 셋이 업성 싸움에 나가, 한 아들이 편지를 보내왔는데, 두 아들이 얼마 전에 전사했다네, 산 사람은 근근이 살아가겠지, 죽은 놈은 영영 끝이 아닌가, 집안에는 달리 사람이 없고, 있다면 젖먹이 손자 있을 뿐, 며느리가 있으나 못 움직이니, 치마하나 변변한 것이 없다하네, 늙은 몸 비록 힘은 없어도, 이 밤에 따라가고자 하니, 서둘러 하양의 부역에 나가, 아침밥 거리라도 짓겠다하네(하략)"

이렇게 못된 관리들이 판치는 곳, 석호촌은 임란 후 우리의 전국적 상황과 별반 다를 바 없다. 그런 가운데 이근원 같은 관리가 선정포덕(善政布德) 했으니 여러 읍의 수령들이 본을 받아야 마땅하지 않겠는가? 석호촌과 반대되는 곳을 설정함에 있어 복숭아나무를 차용하였는데, 편안하고 안정된 생활공간 곧 무릉도원은 대나무가 심어진 정원이 있고, 소나무 바람이 드는 창문이 있으며, 푸른 버들나무가 심어져 있는 정자가 있는 공간으로 형상화했다.

⑳ 〈강촌별곡〉과 소나무

〈강촌별곡〉은 여러 작자설이 있으나 차천로가 지은 것이라는 설이 가장 유력한데 강호한정을 노래한 가사이다.

"인간 부귀를 절로 두고 물외 연하 흥을 못이기어/ 만학 松林 수풀 속에 초옥 수간 지어두고/ 청라 연월 대사립의 백운 심처 닫아두니/ 적적 松林 개 짖은들 료료설학 제 뉘 알리/ 松柵 자지 노래하고 석전 춘우 밭을 가니/ 당 우 천지 이 아닌가 갈천 맹민 나 뿐이라"

세상의 부귀공명을 떨쳐내고 세상 밖에서 노을이나 안개와 같이 노는 재미로 시상을 일으켰는데, 세상과 결별한 공간을 형상함에 있어 소나무 숲, 푸른 담쟁이덩굴, 소나무 울타리, 대나무 사립문 등이 동원되었다.

㉑ 〈규원가〉와 매화나무, 버드나무

〈규원가〉는 허난설헌이 지었다고 전해지지만 작자에 대해서는 허균의 첩 기생 무옥이 지었다는 설도 있다. 분명한 것은 여성 작자가 규방의 답 답한 심정을 읊은 내용으로 규방가사의 일종이다.

"옥창의 심은 梅花 몇 번이나 피고지고/ 겨울밤 차고 찬데 자욱이 눈 섞 어치고/ 여름날 길고 길제 궂은비는 무슨 일인가/ 삼춘花柳 호분절에 경물 이 시름없다", "죽림 푸른 곳의 새소리 더욱 섧다"

위는 예쁜 나이에 시집와서 백년해로 하려했더니 이내 늙자 누구 하나 관심을 갖지 않는다는 자탄의 말로 시상을 연 다음에 이어지는 내용이다. 눈 오는 모습이 바라 뵈는 작은 창문 옆, 매화나무를 심었다. 그 매화나무 에 꽃이 피고 지기를 몇 번이나 했을까? 또 차가운 겨울밤에 자욱하게 눈 은 내려 쌓이고 삭풍은 또 얼마나 거칠게 불었던가? 어디 그뿐인가. 길고 긴 여름 날 궂은비는 무엇 때문에 그리도 퍼부었는가? 봄이 무르익자 꽃 과 버드나무는 호시절 만났다며 좋아하고 경치와 물색도 아무런 걱정이 없는데, 오로지 나만 홀로 규방을 더듬는 신세라며 한탄한다. 여기에 등 장하는 매화나무는 외로움과 힘겨운 고독의 매개물이다. 반면 때를 만난 버드나무는 임을 못 본 지 오래된 시적화자와는 대조적인 상황 연출의 형상물이다. 대나무 숲 속에서 울어대는 새도 혼자인가 보다. 그 소리가 서러운 것은……

㉒ 〈희설가〉와 소나무

이 가사는 18세의 시재(詩才) 홍계영이 지었다. 19세를 일기로 조선후기를 짧게 살다간 홍계영, 그는 천재였으나 그 때문에 요절했다. 홍계영은 2,241자의 기다란 가사를 지어 눈이 오는 모습을 절로 흐르는 농염한 정서로 드러냈다. 애상조로 흐르는 시상이 햇볕에 쉽게 녹고 마는 눈처럼, 작자의 덧없는 일생을 말한 것 같아 슬픈 마음이 드는 내용이다.

　"동창이 욱욱하며 태양이 밀어오르니/ 가가의 처마에 비 소리는 무슨 일인가/ 내 한 말 가져다가 눈에게 이르나니/ 네 시절 얼마나인가 삼동이 거의 다지/ 춘계 桃李는 천시를 슬퍼하고/ 추풍 백로는 일조를 원망하니/ (…중략…) 천산만곡에 네 얼굴 보려한들/ 어디 가서 얻겠는가/ 인간 만사들이 같음을 탄식한다/ 앞산을 바라보니 능설하는 저 소나무/ 사시에 울울하여 천고에 蒼蒼하니/ 초목 만물 중에 너 같으니 또 뉘런가/ 세모 심기는 蒼松에게 의탁하고/ 청시의 높은 조는 백설에게 비기노라"

눈을 모욕하는 듯 겨울 찬바람에도 끄떡 않고 서 있는 저 소나무, 사시사철 울창하고 오래도록 푸르기만 하다. 초목과 만물 중에는 이렇듯 소나무만 한 것이 없다. 그러니 한 마음을 끝까지 지니기는 소나무에게 의탁하고, 맑은 날 높은 노래는 백설에게 의탁한다는 말을 했다. 여기에 등장하는 소나무는 시조 등에서 일반적으로 형상된 소나무의 상징을 차용하였는바 굳은 지조나 절개의 표상으로 이미지화했다.

㉓ 〈속사미인곡〉과 복숭아나무, 자두나무

미인계 가사의 전통을 이은 가사가 여럿 있는데 〈속사미인곡〉도 그 가운데 하나이다. 작자 이진유는 동국진체로 유명한 원교 이광사의 백부로 중국에 사신 갔다가 돌아오는 길에 화를 만나 추자도로 유배를 당했는데 그때 그 곳에서 쓴 서정성이 짙은 가사이다.

"도중 수십 리에 일년초 희한하다/ 조석 밥 못 잇는데 방 덥기를 생각할까/ 정조 대명일에 소국의 떡을 쑤어/ 갯물에 절인 배추 상찬으로 올랐으니/ 어와 이 모양은 생전의 처음 보네/ 춘풍 桃李花를 못 본다고 원망하랴/ 가을이 다 지도록 菊花를 못 보거든"

섬 안 수십 리 길에 널리듯 피어 있는 일년초 꽃들을 처음 대하는 작자, 희한하다고 말할 수밖에. 작자는 섬에 위리안치(圍籬安置)된 묶인 몸이다. 죄인이기에 바닷물에 절인 배추와 고기 없이 끓인 떡국을 마다할 여유가 없다. 더구나 봄바람에 피어나는 복숭아꽃과 자두꽃을 감상하고 느낄 처지가 아님은 물론 가을의 대명사인 국화꽃 향기를 즐길 수도 없다는 열악한 상황을 이렇게 드러냈다. 여기서 복숭아꽃과 자두꽃은 평화롭고 자유로운 봄날을, 국화꽃은 절서의 순조로운 운행에 따라 풍성한 결실을 알리는 그런 전령사로 형상되었다.

㉔ 〈개암가〉와 등나무, 아가위나무

〈개암가(皆岩歌)〉는 작자 조성신의 고향인 경북 영양군 입암면에 있었던 개암정 주변의 자연 경관과 승경을 동류들과 더불어 감상하고 병든 자신의 회포를 토로한 서정가사이다. 꿈을 빌어 표현한 입몽과 각몽의 구성수법과 임금을 생각하는 연주의 정이 물씬 풍겨나는 가사이다.

"藤蘿를 후려잡고 석국을 디뎌 밟아/ 운창을 바삐 열고 주인 영감 배읍하니/ 矍鑠할사 선풍도골 거룩할사 수고강령/ 세 가지 棠棣花는 춘당에서 함께 놀고/ 오색의 영아희는 노래자가 부러울까", "임술 추는 명년이라 이 날에 다시 노세/ 소학사 옛 풍류를 손으로 옮겨 붙여두고/ 일배주 가득 부어 만년 축수 다시 하니/ 남산 松柏 푸르렀다 축수를 마친 후에"

등나무와 담쟁이나무를 휘어잡고 돌길을 밟아서 주인 영감을 찾아뵈었더니 건강하고 힘이 넘쳐 선풍의 도골 같다는 말을 했다. 여기서 등라는 곧 장애물 또는 극복하기 힘든 난관 같은 것을 뜻하는 말로 차용되었다. 또한 아가위나무는 산앵도나무라고도 하는데 보통 사랑의 화신으로 불린다. 세 가지 아가위나무가 부모님이 계신 곳에 활짝 피었으며 어린아이처럼 자식들이 부모님 앞에서 다섯 가지 채색 옷을 입고 재롱을 부리니 옛날 효자인 노래자가 부럽지 않다고 했다. 여기서 아가위나무는 집안 자식들의 사랑, 효심 등을 상징한다. 임술년 가을은 소동파가 적벽에 놀러 갔던 때를 말하는데 동파가 적벽에서 지었던 〈적벽부〉를 손수 베껴서 벽에 붙여놓고 만년을 축수했더니 영감님이 소나무와 잣나무처럼 푸르게 되었다는 말을 덧붙였다. 여기서 잣나무와 소나무는 젊음을 뜻하는 상징어로 차용되었다.

㉕ 〈농가월령가〉와 살구나무, 사과나무

정약용의 둘째 아들 정학유는 〈농가월령가〉를 통하여 달 따라 실천해야 할 농사일과 철마다 다가오는 풍속 및 지켜야 할 여러 예절을 알려주고 있다. 여기에는 대대로 내려오는 여러 덕행과 부모에 대한 효심, 형제 간의 우애 등은 물론 우리나라의 일 년을 그림으로 그려서 보여주는 듯한 서경적인 모습과 처음, 중간, 나중의 서사구조로 전달 또는 가르쳐주는 교술적인 진술이 특징적으로 다가온다. 한편으로는 우리 풍속과 전통에 대한 서정과 다른 한편으로는 산수 자연과 풍경에 대한 서경적인 감상을 동시에 맛볼 수 있도록 꼼꼼한 구성력을 보였다. 이는 달타령과 같은 열두 때 가사인데 혹자는 월령체가사라고도 한다.

"한식 전후 삼사일에 果木을 접하니/ 단참 인참 울릉桃며 문배 찜배 능금 사과/ 엇접 피접 도마접에 행차접이 잘 사나니/ 청다대 정릉 梅는 고사에 접을 붙여/ 농사를 필한 후에 분에 올려 들여놓고/ 천한백옥 풍설 중에 춘색을 홀로 보니 실용은 아니로되 산중의 취미로다"

삼월을 모춘(暮春)이라 하면서 삼월에 할 일 가운데 과수나무 접붙이기를 설명한 대목이다. 한식 3, 4일 전에 나무 접을 붙이는데 살구나무, 복숭아나무, 배나무, 사과나무, 능금나무, 매화나무 등을 예로 들었다. 이렇게 붙여서 키운 나무들은 이른바 산중 곧 시골 생활의 취미에 적합하다는 말을 했다. 이들 나무가 책력이 없는 시골 생활에 시간을 알리고 계절을 알리는 중요한 정보매체가 되었던 시절이 있었을 것이다.

5. 마무리

이상에서 필자는 가사문학에 투영된 나무에 대하여 소략하게 살펴보았다. 글의 앞부분에서 가사에 대한 일반적인 의미를 살핀 다음, 이어 가사에 등장하는 나무에 대하여 여러 작품을 대상으로 개관해보았다. 가사에 등장하는 나무의 종류는 소나무, 대나무, 복숭아나무, 매화나무, 살구나무, 오동나무, 밤나무, 버드나무, 뽕나무, 가시나무, 잣나무, 계수나무, 춘백, 배나무, 자두나무, 등나무, 아가위나무, 사과나무 등으로 다양하였는데 그 중에서도 소나무와 대나무, 매화나무가 가장 많았다.

가사에서의 나무는 〈혈죽가〉처럼 단독으로 그 나무가 가사의 주제와 직접적인 관련을 맺은 경우는 매우 드물었고, 주로 어떤 분위기나 장면을 묘사하거나 특정 공간이나 장면을 형상화하는데 보조적 역할을 하는 것으로 파악되었다. 보조적 역할이란 한 예로 극락을 형상화하는데 있어서 산이 첩첩하고 물이 잔잔하며 바람이 솔솔 불고 꽃은 활짝 핀 곳인데 한 마디로 소나무와 대나무가 무성한 곳이라고 한 경우가 그를 말한다.

이런 비슷한 예로써 풍월주인의 처소와 관련하여선 소나무, 대나무, 복숭아나무가, 호연지기의 공간을 말하는데 있어선 소나무와 대나무가, 본연지심의 보존을 위한 공간 표현에는 살구나무와 매화나무가, 은일처사의 공간에 매화나무가, 쓸쓸한 분위기의 연출에 대나무와 오동나무가, 봄의 형상화에 밤나무, 복숭아나무, 버드나무가, 넉넉함과 평화로움의 대변에 뽕나무와 삼나무가 각각 보조적인 역할을 하고 있었다.

이와는 달리 나무가 가사의 각 작품에 등장하여 한 장면이나 상황을 연출하거나 설명하는데 또는 시적 분위기를 자아내는데 어떤 역할을 하는지에 대하여도 살펴보았다. 가령 〈성산별곡〉에서 노송과 오동나무, 복숭아나무는 전원의 아름답고 한적하며 편안한 분위기를 연출하는데 차용되고 있다. 이와 동궤의 예로써 〈권의지로사〉 등 여러 가사에서도 나무는 훌륭한 소재로써 또는 제재로써 나름의 역할을 하였던 것으로 생각된다. 더 많은 자료를 대상으로 더 면밀한 분석은 후고를 기약하면서 소략한 글을 마무리한다.

가사시의 매력과 창작 방법

1. 논의의 출발

본고는 전통 시가문학의 하나인 가사 전통을 현대에 계승하고, 나아가 현대 가사시 창작의 열과 분위기 제고에 기여하고자 마련되었다. 일부 학자들은 가사는 전시대적 체재(體裁, Genre)로서 역사적 소명을 다 하고 현재는 문학사의 전면에서 두각을 드러내지 못한다고 하는데(金大幸, 가사의 終焉과 문학의 本質) 그러한 가사를 오늘의 시점에서 다시 들고 나선 데에는 그만한 이유가 있어야 할 것이다. 그것은 한마디로 현대와 가시시의 효용성과 필요성일 것이다. 현대에도 가사시는 활발하지는 않지만 그 효용성과 필요성에 의해 제작되고 있는바 배드민턴 이용대 선수를 기리는 〈용대찬가〉나 수영 선수 박태환의 비애를 노래한 〈박태환 비가〉 등이 그것이다.[1]

또한 가사시의 효용성과 필요성에 동의한다면 그 다음은 가사가 무엇인가에 대한 개념의 이해가 있어야 할 것이다. 왜냐하면 일반인을 포함하여 많은 시인들이 가사에 대하여 잘 모르고 있기 때문이다. 가사가 무엇인지 모르기 때문에, 안다고 하여도 피상적인 이해 수준에 머물고 있는 형편이어서, 현대 가사시 창작에 대하여 소극적일 수밖에 없으며 이른바 한물 간 형식으로 폄하하기까지 하는지도 모를 일이다.

---

1 金學成, 「가사의 現代的 繼承方向」, 『우리 시가의 위상과 현대화』, 보고사, 2008, 324~337면.

본고는 가사가 왜 발생하였으며 그 정체성으로부터 가사의 매력을 살핀 뒤, 가사가 이룩한 성과와 저력을 들어 현대 가사시의 매력과 창작 방법을 제시하고자 준비되었다.

2. 가사의 발생

가사시가 현대에도 활발히 지어져야 한다는 주장을 하기 위해서는 가사의 현대적 효용성과 필요성에 대한 설득력 있는 설명이 있어야 할 것임은 앞서 말한 바이거니와 가사시 창작을 위해서는 먼저 가사의 발생에 대한 탐색이 효과적이라 생각된다. 왜냐하면 그 발생 과정을 추적하여 가보면 현대 가사시 창작에 도움이 될 만한 단서가 있을 수 있기 때문이다.

주지하는 바와 같이 가사는 고려 말 불교의 대중화를 도모했던 선승(禪僧)의 필요에 의해 발생되었다. 선승들은 불교에 대해 잘 모르는 대중에게 불교의 선리(禪理)를 설파하거나 전파 또는 전달하기 위해 여러 가지 방편方便을 고민했을 것이다. 이는 그 전부터 노래로 불려오던 범패(梵唄)나 한찬(漢讚) 등 불교 노래를 통해서는, 경전 내용의 직접적인 설법이나 참선(參禪) 등의 방편을 가지고는, 자신들의 목표를 이루기가 어렵다고 판단했다.

따라서 학습을 통한 수련이 필요한 불교 노래와 어려운 경전 내용의 직접적인 설법이나 참선 등의 방편 외에, 쉬우면서도 효과적인 다른 어떤 포교 방편을 찾고자함은 절실한 요구였다. 그 결과 선승들은 마침내 음성(音聲) 설법(說法)이라는 방편을 찾아냈다. 그 음성 설법의 방편이 바로 가사 형식이었는데, 가사는 감화력과 설득력을 고도화할 수 있는 문학적으로 세련된 형식이면서, 4音 4步格이라는 운율이 대중과 친숙한 것이므로 무엇을 암송(暗誦)하거나 기억하는데 도움을 준다고 생각했다.

여기서 문학적으로 세련된 형식이라는 말은 미적 완성도를 높이기 위해 여러 가지 문학적 기법을 활용한다는 것이다. 곧 대화체 같은 극적 서술 장치, 스토리 형식, 우화, 에피소드[逸事], 액자(額字) 형식(型式) 등 서사기법의 자유로운 활용, 정서적 감동을 유발하는 정감적 목소리로 내밀한 감정을 표출하는 기법, 작자를 숨기고 다른 사람의 목소리를 빌린 고도의 서술 전략, 음보의 배열에 의한 구조의 균형화 꾀하기, 여러 수사를 동원한 문채를 다채롭게 하는 문체적 기법의 활용 등을 이른다.

다음으로 암송하거나 기억하기에 도움을 주는 것으로 4音 4步格이라는 규칙적인 운율이 주는 효과의 미감을 충분히 살렸다는 것이다. 규칙적인 운율(rhythm)은 이질적인 것을 동질화 하며, 중요한 것을 선택하여 부차적인 세부 사항을 배제하고, 전체적인 미적 통일적 분위기를 조성하며, 통일적인 질서 부여 및 회상과 환기의 효과가 있다는 점을 십분 활용한 것이었다.[2]

결국 가사는 선승들이 불교 선리의 전파나 확산의 필요성에 의해서 창안된 문학 형식으로 조선시대를 거쳐 개화기와 일제 강점기까지 어떤 내용이나 사실을 전술하고자 할 때면 어김없이 나타나 그 소임을 다한 체재(갈래)였다.

3. 가사의 개념

가사(가사시)는 가사(歌辭)와 가사(歌詞), 가스로 표기되는데, 구체적인 실현태로서 이 세 가지는 3가지 층위와 연관된다.[3] 곧 가사(歌詞)는 들을 거리로서의 가창(歌唱, 歌唱을 전제한 吟詠 포함)에 비중을 두는 말이며, 가사(歌辭)는 일단 볼거리로서의 완독물(玩讀物)로 지어지되 필요에 따라

---

2 G. Lucas, 김학성, 앞의 글, 재인용. 같은 곳.

3 金學成,「歌辭의 正體性과 談論」,『한국고전시가의 정체성』, 성균관대학교 대동문화연구원, 2002.

가창과 완독의 양가성(兩價性)을 지니면서 음영(吟詠)에 비중이 두어질 때, 가사는 한글[韓語]을 언어표현의 중심 소통 수단으로 삼는 문화권으로 전이되어 문본(文本, 텍스트)화 될 때 연관되는 말이다.

한국문학의 갈래[體裁] 명칭으로서 가사(歌辭)는 고려 말 승려계층에 의해서 형성되고, 조선조 사대부들에 의하여 완성, 향유 되다가 조선후기에는, 그 작자와 향유층이 서민, 의병, 부녀자[閨房] 등으로 확대된 다음, 개화기에는 애국 계몽가 및 항일운동자, 종교인(동학, 천주교 등)에게까지 이어져 약 700년의 수명을 누리는 동안, 매 시대마다 당대적 요구에 따라 그 역할을 충실히 다 한 문학 형식으로 평가된다.

4. 가사의 성격과 정체성

가사는 민요, 향가, 한시, 경기체가, 고려가요, 시조 등과 같이 운율(rhythm)이 있는 문학이기에 시가문학의 범주에 든다. 하지만 여타 시가와 달리 가사는 서정 갈래[體裁]에 들지 않으며 다음과 같은 정체성을 가진다. 곧 가사는 4음 4보격의 율격으로 세세하게 펼쳐 서술하고 품품목목(品品目目) 갖추어 서술하므로 말이 길어진 장가(長歌)이면서, 가사의 제목에 붙어 있듯 가(歌), 곡(曲), 사(詞) 등의 명칭이 시사하는 바대로 노래하기와 친연성을 갖는다. 이는 달리 말해서 가사는 다 갖추어 말하기라는 서술 지향과 노래하기라는 창(唱) 지향이라는 상충적(相沖的)인 지향을 갖는 시라는 말인데, 가사의 아름다움은 이 두 가지 상충적인 지향을 절묘하게 조화·융합해 내는데 있다.[4] 이 경우 절묘하게 조화하고 융합해 낸다는 말은 서술의 억제와 서술의 확장을 조화롭게 실현한다는 상당히

---

4 김학성, 「歌辭의 樣式 特性과 現代的 可能性」, 『우리 시가의 위상과 현대화』, 보고사, 2008, 266~302면.

숙련된 시 쓰기를 의미한다.

결국 가사가 노래하기 지향일 때는 억제된 서술로써 가창(歌唱)의 형식[可聽, 沈守慶, 遣閑雜錄]으로 창작·향유 되어 정감을 배태(胚胎)하고, 다 갖추어 말하기 지향일 때는 서술의 확장으로써 장편의 완독물(玩讀物)로 나타나 사유(思惟)라는 합리성과 설득력을 배태하는 바, 이 둘이 조화되고 융합되면 노래하기와 다 갖추어 말하기의 속성을 함께 지닌[可聽而可觀] 가창과 음영[玩讀]의 어느 쪽으로도 향유가 가능한 중형(中型)의 가사가 된다.

또한 가사는 작자가 직접 서술에 참여함은 물론 작가의 인격이 언어행위에 구현되는 등 작가의 인격적 목소리로 발화하는 담론 특성을 가짐으로 작가와 화자가 분리되지 않고 동질성을 가진다. 이때 발화의 중심에 따라 구체적인 담론 현상이 다르게 나타나는데 화자 중심 발화는 화자의 의도를 드러내는데 주목적이 있으므로 표현적 언어로 진지성에 가치를 두는 담론이며(俛仰亭歌 등), 청자 중심 발화는 청자의 설득이 긴요하므로 선언적 언어로 정당성에 가치를 두는 담론이고(敎訓歌辭 등), 지시 대상에 중심을 두는 발화는 대상물을 알려주거나 설명하는데 주목적이 있으므로 지시적 언어로 사실성에 가치를 두는 담론이며(紀行歌辭 등), 전언적(傳言的) 중심 발화는 텍스트 자체를 향유하는데 주목적이 있으므로 시적 언어로 탐미성(耽美性)에 가치를 두는 담론으로(12가사) 실현된다.

가사의 체재(體裁, Genre)는 전술(傳述)에 속하는데[5] 전달(傳達)할 내용을 문면(文面)에 의도적으로 드러낸다는 점에서 여타의 문학 체재와 구분된다.

이런 전술은 전통 한문학 가운데 문文의 성향을 지향하는 서(書), 서(序), 발(跋), 기(記), 녹(錄), 논(論), 설(說), 책(策), 명(銘), 행장(行狀) 등과 같은 산문 기록문학으로 수필의 영역에 배속된다. 그렇다면 가사는 수필

---

5 成武慶, 「歌辭의 存在 樣式-傳述」, 『가사의 시학과 장르실현』, 보고사, 2000, 45~66면.

인가? 수필은 정제(整齊)된 문학적 형식으로서의 구조화를 지향하지 않으며, 율격의 통제를 받지도 않는다. 따라서 가사는 수필일 수 없다. 다만 가사가 보고 듣고 느낀 대로 사실을 기록하고 메시지를 전달하여 알리는 데에 그치지 않고, 여러 서술 기법과 전략, 문체와 수사를 수반하며 4음 4보의 율격적 장치를 지닌다는 점에서 율문적 수필이라 하겠다.[6]

5. 가사에 대한 오해

가사가 4음 4보격의 운율을 가진 유장한 율문체시라는 말을 혹자 간에 잘못 알고 있는 경우를 종종 보았다. 이를 마치 가사가 4음 4보를 한정 없이 늘려 길게 쓰는 것이라면서 문학적 소양이 덜하거나 문학 수련이 덜 된 사람이나 쓰는 글이라고 이해하는 경우인데 그것은 오해이다. 가사가 4음 4보격을 지닌 무한 연속체라는 말은 화행(話行)들이 연속적으로 문장 단위의 서술을 위해 개방되어 있다는 말이며, 이 문장 단위들은 무엇인가를 전술(傳述)함에 충실하기 위해서는 유기체적 서술의 통제를 받는다.[7]

그러므로 가사의 길이는 화행(話行)들의 연속 가능한 유연한 개방성에 힘입어 길어질 수 있지만, 그렇다고 해서 무한히 길어질 수만은 없다. 왜냐하면 가사가 문학성을 지니기 위해서는 서술적 질서 곧 내부적 형식(서사구조 등)을 지니면서 종결되어야 하기 때문이다.

또한 4음 4보격이라는 무한 연속체 특유의 율격은 노래하기와 결부되어질 때는 정감을 배태하는 장치이고, 서술하기와 친연성을 지닐 때는 사유(思惟)라는 합리성과 설득력을 배태하는 장치이기에, 이 둘 곧 정감과

---

6 김학성, 「가사의 현대적 계승」, 『우리 시가의 위상과 현대화』, 보고사, 2008, 324~337면.
7 성무경, 「가사의 존재 양식-전술」, 『가사의 시학과 장르실현』, 보고사, 2000, 45~66면.

사유의 절묘한 조화를 기해야 명작이 될 것임은 두말할 여지가 없겠다.

또한 가사가 詩이므로 시에 걸맞은 문학성을 갖고 있음을 깨달아야 한다. 가사라고 하여 무작정 말을 길게 늘려 놓은 것, 음풍농월의 강호한정(江湖閑情)이나 읊은 소모적 흥타령[唱哼嗨謠] 아니라는 인식의 전환이 요구되며, 가사도 시인이 썼다는 작가에 대한 예우가 있어야 할 것이다.

현대 가사시 창작이 활발하게 이루어지 아니한 데는 학계의 책임도 상당함을 감출 수가 없다. 한마디로 가사시 문학에 일반인이나 비전문가가 접근할 수 있도록 배려한 노력이 너무나도 적거나 미미한 실정임은 누구의 잘못인가? 다시 돌아다 볼 일이다. 가사 연구가 진행된 지 오랜 시간이 지났으면서도, 가사야말로 700년 전통을 지닌 유한한 문학 유산이라고 자부하면서도, 지금까지 소량의 가사를 대상으로 한 주석집 내지는 원문과 현대역을 겸한 가사 관련 서적 몇 권 외에는 변변한 가사작품 해설서 하나 갖추고 있지 아니한 실정이고 보면 참 안타까운 마음이 든다. 이는 한시나 시조가 여러 가지 해설서를 마련하여 저변 독자층 확보에 나섬은 물론 특집을 내거나 이지엽, 최한선 교수 등이 주축이 되어 시조 100편 선집 등을 두 차례나 발간하는 등 저변 독자층 확보에 적극적으로 나선 것에 비하면, 더욱 한심하다는 생각을 떨칠 수가 없다.

그간 몇 몇 학자들에 의하여 가사의 미학이나 담론적 특징이 밝혀진 만큼, 이제라도 가사에 대하여 독자가 만족할 만큼 접근, 이해, 감상 등이 이루어질 수 있도록 '가사작품 해설서', 또는 '가사 감상' 안내서 등이 시급히 마련되어야 할 것으로 생각된다. 만시지탄의 아쉬움이 있기는 하지만 한국가사문학관에서 『가사시 100인선집』을 기획하고 있으며, 가사 주석 및 해설서를 발간할 예정인 것은 참으로 대행한 일이며 앞으로 그 역할이 크게 기대된다.

이야기가 여기까지 진행되다 보면 가사 작가들, 특히 가사의 대가로 알려진 송순(宋純)이나 정철(鄭澈) 등 조선의 사대부들은 논(論), 설(說), 행장(行狀), 한시(漢詩; 오언 정구와 율시, 칠언 절구와 율시, 배율)시조, 가사, 서(序), 서(書), 발(跋), 명(銘), 기(記), 문(文), 책(策), 부(賦), 사(辭) 등 서정(抒情), 서사(敍事), 교술(敎述), 전술(傳述) 등 문학의 여러 체재(體裁)에 두루 능했다. 이는 무엇을 의미하는가? 다름 아닌 그들의 문장 수업 또는 글쓰기 수양이 매우 치열했음을 뜻한다. 우리말도 아닌 한자를 통하여 자신의 사상과 감정을 자유자재로, 그것도 훌륭한 문학적 수사(修辭)를 곁들여 적절하게 토로해 냈다는 것은 오늘날 글 쓰는 우리를 숙연케 한다.

문인은 글을 쓰는 사람이며 시인은 시를 쓰는 사람으로 행세하면서 예우 받기를 원한다. 그러한 인식은 우리 사회의 통념이다. 문인이든 시인 이든 글을 쓰는 사람이라면 조선시대 사대부들처럼 어떤 시든 어떤 글이든 쓸 줄 알아야 훌륭하다할 것이다. 어떤 형태의 시는 쓰고 또 어떤 형태는 시는 쓸 줄 모른다거나, 스스로 능하지 못함을 탓하기 전에 그 능하지 못한 것을 부정 또는 폄하한다면 그것은 결코 바람직하다고 할 수 없을 것이다.

6. 현대와 가사시

앞서 필자는 가사가 선승들이 불교 선리(禪理)의 설파나 전파, 확산의 필요성에 의해서 창안된 문학 형식으로 조선시대를 거쳐 개화기와 일제 강점기까지 어떤 내용이나 사실 곧 화제를 전술하고자 할 때면 어김없이 나타나 그 소임을 다한 체재라고 했다. 그렇다면 현대에 있어 전술 체재인 가사의 효용성이나 필요성은 어떠한지 알아볼 필요가 있겠다.

그에 앞서 필자는 전통의 가사와 달리 현대인의 필요와 수요에 의해, 현대시 발생 이후 현대에 지어져 현대시와 경쟁 관계에 있는 가사 형식의 시를, '가사시'라고 부르고자 한다. 왜냐하면 현대가 요구하는 가사시는 가사 그대의 복원이 아닐 뿐 아니라, 현대라는 새로운 수용자 층과 담당 층의 요구에 의하여 새로 지어진 것이며, 현대시가 감당하기 어렵거나 현대시로 표현하기에는 무언가 미흡한 점이 있는 내용을 담고 있는 것이라는 점 등 때문이다. 물론 '현대 시조'처럼, '현대 가사'라는 명칭을 부여할 수도 있지만, 그 현대라는 시간적 개념의 모호함과 그것이 앞으로 100년 1000년 후에도 가능할지 등, 여러 문제를 안고 있다고 생각하여 그런 용어에의 동의가 어려웠다.

현대는 사람들의 가치관이 다양하고 삶의 행태가 각양각색이어서 참할 말이 많은 사회다. 어른은 젊은이에게 젊은이는 어른에게 가치관의 차이 등으로 인해 할 말이 많으며, 가진 자는 가진 만큼 보다 나은 삶의 질을 요구하고, 가지지 못한 사람은 기본적인 생존권이 보장되지 못해서 분통을 터트리는 등 불만과 불평의 하고 싶은 말이 많다. 민생을 외면한 정치권의 무능함과 몰상식을 향한 불만을 비롯해서 강대국의 강압적이고 위압적인 외교와 역사 왜곡 등 현실비판과 회의의 목소리도 높다.

이기주의적인 사고의 팽배와 개인주의적 사고방식 때문에 욕구와 충족의 불균형이 자주 생겨나 참 할 말을 많게 한다. 최근 들어선 각종 규제와 감시에 따른 인권 침해나 사생활 침해에 따른 볼멘[生氣的口吻] 목소리 또한 만만치 않다. 여기에 각종 지식과 정보의 풍요는 또 할 말을 많게 한다. 자연채식주의 바람, 건강과 여행 바람, 인문학 강좌, 각종 답사 열기, 공개 토론장 등은 전문가는 전문가대로 일반인은 일반인대로 하고픈 말이 많게 자극한다. 각종 SNS 등을 통한 글쓰기 바람은 이른바 하고픈 말이 많은 현대사회를 대변한다. 지식인은 지식인대로, 종교인은 종교인대로 이른바 할 말이 많은 시대이다. 누군가를 향하여 자세하고 자상하게 털어 놓아야만 속이 뚫릴 것 같은, 다 말하지 않고는 견디지 못할 것 같은, 맺힌 것이 많은 사회이다.

이처럼 하고픈 말이 많은 현대인들에게 서술의 억제를 통한 서정의 함축적 분출이라는 시조시와 더불어 가사시 창작은 시대적 요청이 아닐 수 없겠다. 또한 현대시가 자꾸 산문화 경향을 보이는 것은 가사시와 상보

관계가 아니라는 반증이며 SNS 등에 4음 4보격의 가사시체 형식이 빈번하게 소개되고 있음과, 계간지 『오늘의 가사문학』에 다양한 독자의 가사시가 연재되고 있으며, 〈한국가사문학대상공모전〉에 많은 공모자가 모여들고 있을 뿐만 아니라, 2016년에는 김종 교수의 본격 현대 가사시 『간절한 대륙』이라는 가사시집이 발표되어 가사시 창작열을 올리는 데 기여를 했는데 이런 여러 사업에 힘입어 현대인의 가사시에 대한 소용(所用)이 날로 증가될 것으로 전망된다.

이렇게 현대에는 가사시가 필요한 만큼, 그 가사시는 작자가 의도하는 화제를 4음 4보격의 연속체로, 다정하고, 자상하게, 알리고, 전달하는 등 확장된 서술로 전달하되, 다양한 서술 전략에 의해 미적 완성도를 높임은 물론, 그로 인하여 독자들에게 감화력과 설득력, 충분하게 주는 시 형식으로 자리매김 되어야 할 것이다.

7. 가사시 창작 제언

필자는 앞에서 가사시 창작의 당위성을 얻기 위해서 가사시 형성과 가사시의 정체성 등에 대해 먼저 말한 뒤, 이어 가사시 창작의 효용성이나 실용성을 들었다. 그리고 가사가 각 시대별로 당대적 요구에, 또는 담당층의 요구에 응답하는 등 가사의 시대적 임무와 역할 수행에 대하여 그 충실성을 말했다.

앞서 살핀 바와 같이 가사는 강호한정을 노래한 강호가사를 비롯 연군과 그리움, 유배 체험, 유학 이념, 기행 체험, 역사 사실, 전란의 폐해나 모순, 서민 의식, 종교 포교, 의병 활동, 규방 생활, 화전 등놀이, 풍속, 애정, 제사, 개화에 관련한 것 등 실로 그 내용이 다양했다. 뿐만 아니라 그 서사구조나 서술 전략, 문학적 수법 또한 다양함을 보았다. 따라서 그러한 가사의 소임과 문학적 성과 등을 양식적 방법과 스캠퍼 기법 등을 통하여 창의적으로 활용하다 보면 현대 가사시 창작에 큰 도움을 받을 것으로 생각된다. 왜냐하면 현대가 가사시의 효용성을 필요로 하고, 무언가 전술할 메시지가 많은 시대이기 때문이다.

고전 가사 형성은 양식 Mode(R. Fowler) 이론과 SCAMPER(E. Bob) 기법에 의해 설명되어 질 수 있다. 친숙한 4음 4보격의 운율은 교술 민요나 서사민요 등에서 그 뿌리를 찾을 수 있겠는데 거기에 향가나 무가, 군가, 한시 등의 양식적 결합이나 변용에 의한 것이었을 공산이 크다. 여기에 중국의 한시나 사, 부, 궁사, 사, 악부 등의 운문적 성향이 강한 문학 형식의 자질적 영향도 배제할 수 없을 것이다.

또한 가사의 수필적 성격은 논, 설, 행장, 서(序), 서(書), 발, 명, 기, 문, 책 등 산문적 성격을 지닌 여러 문학의 양식적 자질도 작용했을 것이다. 관심은 어떤 양식적 자질이 가사시 형성에 주도적 역할을 했으며, 어떤 자질이 부수적 역할을 했느냐 그것인데 지금으로서는 명확히 밝히기 어렵다.

이러한 가사 형성에 관여한 운문과 산문, 희곡 등의 여러 자질들은 오늘날 현대 가사시 창작에도 여전히 유효하리라는 생각이다. 왜냐하면 가사는 개방성과 관습성을 지지고 있어서 가사 내에 극적, 서사적, 서정적, 교술적 성격을 두루 포섭하여 서술의 확장은 물론 시적 미감에 차용하고 있기 때문이다.

한편, 양식은 기억에서 쉽사리 사라지지 않는 장르상의 한 개념으로서, 그 종류는 매우 많아서 오히려 불분명할 정도다. 모든 장르는 여기에서 출발하지만 명사적 개념어인 장르와는 달리 형용사적인 개념으로 쓰인다. 즉 장르 생성에 관여한 다른 자질들을 수식 또는 형용하여 그 쓰임새가 매우 복잡하므로 언뜻 보면, 애매모호(Vague)할 정도이다.

양식은 하나의 완전한 외부적 형식(external form)을 갖추지마는 물론, 완성된 형식은 더욱 아니다. 양식은 또한 비조직적인 것이므로 정상적인 상태에서는, 몇몇의 다른 양식과 결합하여 새로운 양식으로 변형이 가능하다. 변형되기 이전의 양식이 부분적, 파편적인 것이라면, 변형을 거친

후는 전체적(comprehensive)인 것이 된다.

모든 종류의 양식이 구체적으로 이름 지어지고 인식되어진 것만은 아니다. 풍자시 같은 것에서의 짧은 스타일의 경구는, 말할 수 없이 효과적인 수법이지마는 어느 시대 어느 사회에서나 나타날 수 있는 아주 평이한 양식이기 때문에, 올바로 인식되지 않고 있다. 바꾸어 말하면 풍자(satire)는 끈질긴 생명력과 오랜 역사성을 지닌 양식이라 하겠다.

양식은 전쟁을 겪은 후나, 개개인의 신분적 동요가 일어날 때라든가, 아니면 사회가 극도로 혼미한 상태에 빠진다든가, 또는 가치관의 전도가 심한 때 등 다시 말해서 사회가 불안정한 시기에 그 기능을 최대한으로 자유롭게 발휘한다는 것이다(Alastair, Fowler, 1982).

이러한 양식은 가사시 형성에 음양으로 많은 작용을 했을 것인데, 현대 가사시 창작에도 그대로 응용할 수 있다고 생각한다. 현대 작가들의 각종 형태의 여행 등 다양한 체험, 다양한 갈래의 독서량이나 체험 등을 통한 풍부한 소재와 넉넉한 상상력 등은 가사시 창작에 크게 영향 작용할 수 있으리라는 확신이 든다. 특히 현대와 같이 사회적 안전망을 비롯하여 불안하고, 가치관이 흔들리며 혼재될 때는 그에 부합한 문학 형식을 찾아 양식들 간의 충돌, 교섭, 변용, 결합 등 더욱 활발한 활동으로 현대가사의 창작에 크게 기여하리라 생각된다. 이는 물론 가사의 개방성과 관습성으로 볼 때 당연한 귀결인지도 모른다.

또한 에벌(Bob. Eberle, 1971)의 SCAMPER 技法은 창의성과 관련 깊은 이론이다. SCAMPER는 대체하기(substitute), 결합하기(combine), 적용하기(adapt), 수정하기(modify), 확대하기(magnify), 축소하기(minify), 변용하기(put to the other uses), 제거하기(elminnate), 역발상 하기(rearrange) 등의 머리글자를 의미하는데, 본래는 상상력 증진을 위한 창조적 놀이와 활동을 위해 개발된 기법이다. 이런 기법 역시 현대 가사시 창작에 많은 도움을 줄 수 있을 것으로 기대된다.

다시 말해서 현대시나 시조시 등으로부터, 혹은 한시나 유행가로부터 익힌 예술적 기법이나 소설, 수필, 희곡 등 여러 성격의 서술 문학적 소양은 모두 적절히 대체되고, 변용되거나 부가 또는 제거되는 과정을 거쳐서 아름다운 가사시 창출에 기여할 수 있을 것으로 기대된다.

이 경우 이들 일곱 가지(본래 아홉 가지) 자질들 중 어느 하나가 주도적 역할을 하면서 모두 어울려 함께 작용하여 무언가 새로운 것을 만들어낼 수도 있지만, 다른 경우 이들 중 어느 하나만의 활동으로도 새로운 무엇을 만들어 낼 수 있음은 당연하다.

필자는 산(山) 시학(詩學)을 말한 바 있다.(『여의도 갈 배추』, 자전적 시론, 2016) 산(山)은 생장(生長)과 소멸(消滅)의 의(意)가 있고, 변화와 혁신의 신(新)이 있다. 이런 의와 신은 ㉠雲 ㉡雨 ㉢風 ㉣水 ㉤火 ㉥陽 ㉦土 등 칠동(七動)의 변합과 결합을 통하여, 만물을 생성, 생장, 쇠퇴 소멸시킨다. 칠동의 변합과 결합은 조화를 이루거나 갈등을 하는데 전자는 물론 후자의 경우조차도 돌변과 돌연의 일들이 자주 생겨나 이때 역시 창조적 무엇이 나타나기 마련이다.

칠동을 이루는 일곱 개의 각 기(氣)들은 저마다 意와 新이 있다. 구름만 보더라도 색과 모양이 다양하고 다른 것들과의 변합이나 결합에 따라 무궁무진한 생성력과 소멸력을 지닌다. 필자는 오래 동안 산을 들고 나면서 산이 갖는 의신(意新)의 원리를 찾아내기에 이르렀는데, 나의 시학은 바로 이런 산 시학에 기반을 둔 것이며 이는 양식 이론을 주장한 파울러와 스캠퍼의 기법을 제창한 에벌의 이론에 힘입은 바 크다.

이 칠동은 문학에 있어 ㉠수사적 기교, ㉡서사 구조, ㉢서술 전략, ㉣갈래적 속성, ㉤주제를 위한 소재 및 제재, ㉥작가, ㉦사회 등과 비견될 수 있거니와, 이 칠동들은 홀로 또는 서로 도움과 짝짓기를 하거나, 서로 경쟁도 하면서, 낳아 길러주기도 하고, 쇠하게 하기도 하며, 소멸시키기도 하여, 결국은 새롭게 작품을 '창조하는 시학'의 교량이 될 수 있을 것이다. 이런 시학은 오늘날 현대 가사시 창작에 크게 유효하리라는 생각이 든다.

또한 앞서 말한 대체하기(substitute), 결합하기(combine), 적용하기(adapt), 수정하기(modify), 확대하기(magnify), 축소하기(minify), 변용하기(put to the other uses), 제거하기(elminnate), 역발상 하기(rearrange) 등은 하나의 오브제(objet)처럼, 상호 연결 또는 결합되어 기대 이상의 창의적인 결과를 가져올 수 있을 것이다.

아울러 기존 가사문학이 거둔 ① 선명한 주제 제시 방법(서왕가, 권선지로가, 십계명가 등), ② 다채로운 형상화의 기법(서왕가, 관동별곡, 면앙정가 등), ③ 좌절과 한탄의 직설적 드러냄(용담사, 화전가 등), ④ 자유로운 서술의 확장(면앙정가, 관동별곡, 북천가, 연행가, 농가월령가 등), ⑤ 자연 친화와 술회 토로(면앙정가, 성산별곡, 상춘곡 등), ⑥ 비유의 신선함(권선지로가, 관동별곡, 성산별곡, 면앙정가 등), ⑦ 호방한 시상(관동별곡, 북천가, 일동장유가 등), ⑧ 조목조목 열거하기(계녀가, 농가월령가, 화도구가 등), ⑨ 간절한 사랑의 표현(속미인곡, 송여승가 등), ⑩ 낭만과 풍류의 과시(북천가, 상춘곡 등), ⑪ 전쟁의 참화와 보고(태평사 등), ⑫ 절박한 심정의 토로(사미인곡, 북천가 등), ⑬ 세상살이 풍자(농부가, 화전가 등), ⑭ 불효자의 탄식(제문 등), ⑮ 풍수지리에 대한 설명(호남비결가 등), ⑯ 동참의 설득과 호소(신의관 창의가, 개화가사 등) 등은 일정한 서사구조 속에서 서로 음양의 주도적 또는 종속적 역할을 하면서, 당시대적 요구와 수요에 부응하면서 가사시 창작에 도움을 줄 수 있을 것으로 기대된다.

요컨대 가사시는 일정한 서사구조를 갖는 서술로 확장된 율문이다. 서사의 전개는 서술이 담당을 하는데 서술의 경우, 시조가 지니는 억제 지향이라기보다는 확장의 성향을 가지고 있으므로 형상화의 구체성, 비유, 풍자 등 수사의 자유자재한 구사 등을 통하여 주제의 선명한 제시에 매우 유용하다.

가사는 강호 산수 자연을 노해하든, 간절한 사랑을 뿜어내든 조목조목 갖춰서 말하기에 친숙하고 특별한 형식적 제약을 갖지 않으므로 누구든 쉽게 창작할 수 있는 열린 시 형식이다. 주제 전달이나 메시지 전달에 효과적이어서 현대의 정보화 사회에 매우 적합한 전술 매체이다. 하고픈 말이 많고 지식이나 정보량이 넘치는 현대인들에게 그들의 마음 속 무언가를 드러내어 전달하고 알려주기에 매우 적합한 시 형식이라는 점에서 가사시의 활발한 창작을 기대해 마지않는다.

송강가사의 문화 콘텐츠화 방향

1. 시작하는 말

주 5일제가 정착되면서 한국의 여가 문화 내지 관광 행태가 그 이전과 는 많이 변했음은 주지하는 바다. 특히 인문학이 대두되면서 문화관광 또 는 인문관광이란 말이 자연스럽게 생겨나 놀이나 유흥 위주의 관광 행태 는 탐구나 탐방, 체험 또는 답사 형태로 바뀌었다.

또한 소득 수준의 향상과 더불어 여가의 확대는 건강과 웰빙(well-being) 을 앞세운 많은 유형의 여가 문화를 생산하는 계기가 되었고, 특히 의학 의 발달에 따른 평균수명의 연장은 건강에 대한 관심과 함께 힐링(치유; healing)이라는 새로운 레저 및 관광 유형을 만들어 내기에 이르렀다. 이 와 더불어 노년층의 증가는 관광 행태나 문화 소비에 있어 옛일을 추억 하는 회고적, 낭만적인 성격의 장소를 선망하거나 선호하는 경향을 강하 게 드러내고 있다.

그런 유행의 바람으로 전국은 제주의 올레길 등 온통 길 풍년을 낳아 지자체 마다 각기 한 두 개씩의 길을 만드는 바람에 국토는 상처투성이 가 되었으며, 편백나무 숲 등 산하의 숲은 치유의 공간이 아니라, 자연이 되레 치유를 받아야 할 처지에 놓이게 되었음은 실소를 자아내게 한다. 하여간 인문 자원의 문화 콘텐츠화 방향은 인문학 정신에 충실한 인간미 (휴머니티, humanity)가 바탕이 되어야함은 재언을 요하지 않거니와 이렇 게 변화된 여가문화와 관광 행태를 감안하지 않을 수 없을 뿐만 아니라, 지역민의 지역에 거주하는 존재 의의를 살리고 고품격 삶으로 인도하며 주민의 자긍심과 의지를 한데 통합하는 방향으로 나아가지 않을 수 없을 것이다.

2018년은 담양군이 정군 천년의 생일이다. 담양은 천년의 생일잔치 때 축제 대신 또 다른 밀레니엄(millennium)을 위해 원대한 도약과 발전의 청사진을 내놓아야 한다는 중차대한 계획을 수립하고 있다.

한국의 죽향(竹鄕), 또는 한국의 죽림(竹林)으로 알려진 담양은 천혜의 자연 환경 덕분에 청정과 생태 도시(ESSD: Environmentally Sound and Sustainable Development)의 브랜드로 그 독특한 가치를 뽐내는데, 요즈음 각광받고 있는 인문학적 인프라로는 면앙정 등 수많은 누정과 그 곳으로부터 잉태·순산된 학문과 문학 작품은 다른 지역과 동렬의 비교를 쉽게 불허한다. 따라서 담양이 이를 선용할 경우 그 발전의 양과 질은 무한할 것으로 사료된다.

청정이나 생태 등과 관련하여선 친환경 자연 도시를 이룩하여 주민의 만족은 물론 세계인의 주목을 끌고 있는 몇 사례가 있어 좋은 본보기가 될 것으로 판단된다. 먼저 브라질 남동부 파라나주에 소속한 인구 200만 명의 쿠리치바(Curitiba)는 세계 최고의 생태 도시로서 1990년 환경 분야 오스카상으로 불리는 유엔 환경 계획(UNEP)의 우수 환경상과 재생상을 받았는데 이곳은 친환경 대중교통의 천국으로 불린다. 그 결과 미국 타임지는 "지구에서 환경적으로 가장 올바르게 사는 도시"로 선정하였으며, "거대한 숲 속에 묻혀있는 녹색 도시" 등으로 알려지게 되었다.[1]

스웨덴의 남부도시 크로노베리 주의 주도(州都)인 인구 8만의 벡쇼 (Växjö) 시는 환경 예산(eco budget)이라는 환경 경영 시스템을 도입하여 이산화탄소(CO_2) 줄이기를 철저하게 실천하고 있는데, 2008년에 유럽 최고의 환경도시(The Greenest City in Europe)로 선정 되었으며, 같은 해 EU 집행위의 "지속 가능한 에너지상" 수상 및 발틱 해 도시 연합의 "최고의

---

1 네이버, 쿠리치바라는 희망

환경 실천상" 등을 받으면서 세인의 관심이 되었다. 이곳은 화석 연료 없는 도시(Fossil fuel free)를 만들기 위해 톱밥, 나무 찌꺼기 등을 사용한 바이오 연료로써 전기와 온수를 생산하여 주민에게 제공하고 있으며, 주민들도 쓰레기를 20가지로 분류하여 시청과 함께 관민이 일치되어 2025년 이산화탄소 70% 줄이기를 목표로 정책 개발 등 여러 노력을 아끼지 않고 있다.[2]

독일의 남서부 바덴뷔르템베르크주에 있는 프라이부르크(Freiburg)시는 "태양의 도시", "세계의 환경 수도", "녹색 도시" 등으로 알려진 인구 20만의 유명한 삼림지대인 슈바르츠발트(Schwarzwald: 흑림(黑林))의 관문 도시이다. 흑림이라는 말은 도시에 숲이 많아 햇볕이 들지 않을 정도로 깜깜하다는 의미인데 그만큼 도시가 숲으로 둘러싸여 있다. '태양의 도시'라는 별칭은 원전 건설을 대신해 태양열 에너지를 적극 활용하고 있다는 말이며, 1972년 독일 최초로 자전거 전용 도로를 건설하여 자동차 사용을 억제함으로써 녹색 도시의 명성을 얻게 되었다. 1986년 독일 최초로 환경 보호국을 설치한 이 도시는 태양 에너지를 효율적으로 활용하여 친환경 주택 단지를 조성하는데 성공하였고, 자전거 도로를 잘 설계, 운영하여 자동차 사용을 줄임으로써 친환경 도시를 가꾸는데 성공하였다.[3]

영국의 잉글랜드 북동지역에 위치한 인구 20만 명의 게이츠 헤드 (Gateshead)시는 쇠퇴한 탄광도시에서 문화 관광 도시, 예술적 재생도시로 탈바꿈하였는데 성공한 선례로 널리 알려졌다. 영국의 조각가 안토니 곰리(Antony Gomley)가 1만 개의 코카콜라 캔을 이용해 만든 북쪽의 천사 (Gateshead Angel of the North)라는 조각상이 두 팔을 한껏 벌려 방문객을 맞는 도시, 게이츠헤드시는 컬쳐 노믹스(culture와 economics의 합성어)의 대표적인 사례이다. 문화를 통한 창의적 차별화 등을 강조하는 새로운 도

---

2 네이버, 벡세(벡쇼)

3 네이버, 프라이부르크

시 발전의 논리인 컬처 노믹스는 피터 듀런드(Peter Duelund) 교수가 처음 사용한 용어인데[4] 제2차 세계대전 이후 제조업의 쇠퇴와 함께 몰락한 게이츠헤드가 지역문화를 테마로 도시 재생에 성공함으로써 이 말의 좋은 본보기가 되었다.

게이츠헤드시는 도시재생 계획을 공공미술을 기반으로 속도를 내었는데 그 중 하나가 기존 다리가 지니는 차량 신속 통행이라는 개념을 밀레니엄 브릿지(Millennium Bridge) 등 보행자 전용 다리로 바꾸어 시각적 아름다움과 보행자 편의 제공에 기여하고자 했으며, 도시를 떠나간 사람들이 흉물처럼 남겨놓은 공장 부지와 건물들을 리모델링하여 현대 미술관, 음악당 등 문화 공간으로 만들었다. 이 도시 재생을 총지휘한 감독자는 시의 문화와 역사, 정체성을 철저히 연구하여 주민을 위한 문화 서비스 제공을 우선으로 사업을 진행했는데 이 생각은 매우 주효했다. 곧 도시 내부에 거주하고 있는 지역 주민이 행복한 도시여야만 외부 관광객들도 만족할 것이라는 개발 방침에 주민들도 공감을 하고, 주민 스스로가 공동체를 만들어 자발적인 아이디어 회의를 통해 다양한 의견들을 내놓았으며, 이는 곧 대부분 사업에 반영되었다.

그 결과 힐튼호텔 등 세계적인 유명 호텔들이 개장을 했으며 대중 교통망이 확충됨에 따라 세계 최고 수준의 공연과 전시를 유치하게 되어 연간 1천 만 관광객, 8조원의 관광 수입을 올리는 이른바, 안 사람은 행복하고, 바깥사람은 즐거운 문화 도시로 부활했다.[5]

이상에서 소개한 세계적인 친환경 도시 또는 생태도시로 알려진 몇 곳들은 인공적인 노력을 통하여 얻은 명성임을 알 수 있겠는데, 바로 이 점은 천혜의 자연 조건을 가진 담양과 다르며 문화적 자산을 그리 많이 갖고 있지 않다는 점 또한 담양이 지니는 입지적 여권과는 사뭇 다르다. 따

---

4 위키미디어, 쇠퇴하던 도시 게이츠헤드는 어떻게 대반전을 이룬 것일까요?
5 위키미디어, 영국 게이츠헤드

라서 담양은 천혜의 자연 환경과 면앙정, 송강정, 식영정 등에서 창작된 시가문학 등 문화 자산을 잘 활용한다면 세계적인 문화 도시 담양, 세계의 친환경 수도 담양을 이룩하는데 여러 시일을 요하지 않을 것으로 사료된다.

한편, 한국가사문학관이 건립된(2000년 11월 11일 오전 11시 개관) 이후 담양은 두 가지 방면으로 가사문학에 대한 관심과 애정의 정책을 펼쳐왔다. 먼저 14년여의 시간 동안 담양은 가사문학의 자료수집, 번역과 해제, DB구축 등 가사문학 연구를 위한 주춧돌을 찬찬히 놓아왔으며, 다음으로 가사문학 전국 학술대회, 가사·시조 창작대회, 가사·시조 낭송대회 등을 통하여 가사문학에 대한 홍보와 계승 발전 전략을 일보 일보 착착 진행해 왔다.

이제는 이러한 기초 작업에서 진일보하여 가사문학을 통한 지역의 인문학적 브랜드 가치를 활용하여 주민의 삶의 질 제고와 고품격의 삶을 지향하는데 기여할 수 있는 전략 수립, 이른바 가사문학을 활용한 문화 콘텐츠 사업을 펼칠 때가 되었다. 이 글은 그러한 취지에서 준비되었으며 그 첫 번째 시도가 송강가사를 활용한 문화 콘텐츠화의 방향이라고 생각했다.

필자는 송강가사문학을 활용한 문화 콘텐츠 개발로써 흔히 말하는 관광객 유치를 위한 전략적인 내용이나 지역 경제를 활성화 한다는 취지에 일차적인 목적을 두고 글을 쓰지 않았다. 모든 정책과 전략, 방향은 우선 지역민의 삶의 질과 자긍심을 먼저 생각한 것이어야 하고, 그 우선하는 정책의 목표는 군민 개개인의 담양 거주 이유에 두어야함은 두말할 필요가 없겠다. 왜냐하면 그래야 다른 지자체 또는 다른 나라의 실패 경험을 되풀이 하지 않을 것이며, 자가당착의 모순과 사상누각의 보여주기 식 미봉정책이 수립되지 않을 것이기 때문이다. 시대적 조류인 인문학의 바람에 휩쓸려 무모한 외연의 확장이나 일관성이 결여된 전략의 변경은 추후의 일이라 생각한다.

이글은 안동에서 발견된 속칭 〈원이 엄마의 편지〉와 관련한 안동시가 보인 그간의 다양하고 체계적인 애정 표현과 노력, 집념 그리고 자긍심에 커다란 자극을 받아 구상된 것이다. 폄하 하려는 뜻에서가 아니라 망부(亡夫)를 그리는 내용인 〈원이 엄마의 편지〉와 님을 그리는 송강의 〈사미인곡〉과 〈속미인곡〉을 비교해보면 여러 면에서 차이가 많음이 사실이다. 문제는 무엇에 대한 수준의 우열 아니라, 무엇을 대하는 태도와 애정 그리고 관심이다. 이제 우리도 가사문학에 대한 소극적 태도와 얇은 애정을 바꿀 때가 되었다. 그 시작을 송강가사부터 하자는 것이 이글의 또 다른 작성 취지이기도 하다.

송강 정철(1536~1594)은 가사 4편을 지었다. 그 가사들은 모두 명편으로 이름 나 있음은 모두가 잘 아는 바다. 담양 지역에서 이에 관심을 가져야 할 중요한 사안은 그 명편들이 모두 담양과 생래적 관련을 맺고 있다는 사실이다. 이는 곧 담양이 그 명편의 고향임에 자긍을 가져도 된다는 말이다.

2. 담양과 송강

송강 정철은 서울시 장의동(지금의 종로구 청운동)에서 태어났지만 명종 6년(1551, 16세)에 담양(당시 창평)과 인연을 맺은 뒤, 17세에 문화 유씨 유강항의 따님과 결혼을 하였고, 이후 27세 벼슬에 나아가기까지 10여 년을 이곳에서 송순, 임억령, 김윤제, 김인후, 양응정, 기대승 등 큰 학자, 문인들과 사숙 또는 교유하면서 성장하였다. 이것이 담양과 송강의 첫 번째 인연이다.[6]

담양을 떠나 벼슬살이를 하던 송강은 선조 8년(1575, 40세)에 동서 분

---

6 졸저, 『문화와 문학, 그 상징과 속살』, 태학사, 2013, 246면.

당의 알력으로 대립이 심해지자 율곡에게 조정의 화합을 맡기고 담양으로 낙향하여 그 곳에서 2년여 간 지냈는데 이것이 담양과의 두 번째 인연이다.

이후 정계에 복귀한 송강은 선조 12년(1579, 44세)에 당쟁으로 인한 정치 현실의 암담함에 환멸을 느끼고 다시 담양으로 내려와 약 1년여를 머문다. 이것이 담양과의 세 번째 인연이다.

담양 생활을 하고 있던 선조 13년(1580, 45세) 1월, 송강은 강원도 관찰사를 제수 받고 임지로 떠났는데 이 무렵 〈관동별곡〉을 짓는다. 〈관동별곡〉의 첫 대목이 "강호에/ 병이 깊어// 죽림에 / 누웠더니// 관동 / 팔백리// 방임을/ 맡기시니"로 시작함은 이를 반영한 것이다.

선조 14년(1581, 46세) 송강은 1년여의 관찰사 임무를 마치고 내직으로 들어와 대사성이 되었다. 이때 정승 노수신(1515~1590)의 사직을 허락하지 않는다는 왕의 비답을 짓게 되는데 이것이 사헌부와 동인들의 탄핵감이 되어 같은 해 6월에 담양으로 내려와 전라도관찰사가 되기까지 약 6개월여를 지냈다. 이것이 송강과 담양의 네 번째 인연이다.

선조 18년(1585, 50세)에 송강은 조정 내부에서 파당을 만들어 나라 일을 그르치려 한다는 동인들의 공박 등에 밀려 다시 담양으로 내려온다. 이것이 송강과 담양의 다섯 번째 인연이며, 1589년(54세)까지 4년여의 기간 동안 담양에서 가사는 물론 시조와 한시 등 아름다운 작품을 많이 남겼다.

〈성산별곡〉은 그 제작연대가 분명치 않지만 여러 표현 수법이나 작풍의 분위기 등을 고려할 때 아마도 이 시기에 지어진 것으로 사료되며, 〈사민인곡〉, 〈속미인곡〉의 양 미인곡은 선조 20년(1587, 52세)에 지어졌다.

위에서 보는 바와 같이 송강은 모두 다섯 차례 담양과 인연을 가졌고 그 인연으로 한국을 대표하는 4편의 아름다운 가사 작품을 남겼다. 이는 절대 순도 백의 커다란 금송아지와 같다. 이제 금송아지가 집에 있다는 것만으로 만족할 것이 아니라, 어떻게 그것을 잘 활용하여 지역의 브랜드 가치와 주민의 '존재' 가치 및 의의를 높일 것인가 고민해야할 때가 되었다.

3. 담양과 송강가사

담양이 아니었다면 동방의 이소(離騷)7로 칭송되는 〈관동별곡〉, 〈사미인곡〉, 〈속미인곡〉 등과 강호·전원 가사의 백미로 일컬어진 〈성산별곡〉은 탄생하기 어려웠을 것이다. 송강과 송강가사는 전적으로 당대 담양의 인문학적 토양과 문화적 수준에 힘입은 바 크다 하겠다. 그렇게 말하려면 먼저 담양에서 터를 잡고 활동했던 훌륭한 인문학자들과 그들의 주요 활동 무대였던 누정을 들어야 할 것이다. 사촌 김윤제(1501~1572), 면앙정 송순(1493~1582), 석천 임억령(1496~1568), 하서 김인후(1510~1560), 송천 양응정(1519~1581), 서하당 김성원(1525~1597), 고봉 기대승(1527~1572) 등은 모두 송강을 만드는데 일조한 당대의 거목들이다.

16세에 담양과 인연을 맺은 송강은 담양에서 만들어진 인물이다. 다시 말해서 김덕령의 종조부로서 나주목사를 지내고 을사사화(1545)의 화를 피해 향리인 담양에 돌아와 환벽당을 건립하고 유유자적한 생활을 했던 김윤제에게는 행정과 정치의 경륜을, 면앙정을 건립하고 〈면앙정가〉와 〈면앙정 단가〉 등 시문학에 달관한 송순과 식영정에서 〈식영정 이십영〉, 〈면앙정 삼십영〉, 〈송대장군가〉 등 한시문에 조예 깊은 임억령으로부터는 시가문학을, 김인후와 기대승으로부터는 도학적 사유를, 양응정에게서는 의리와 신념을 배울 수 있었다.

또한 담양에는 당시 소쇄원(1530), 환벽당(1557 이전 건립), 식영정(1560 혹은 1563) 등 일동삼물(一洞三物)로 일컬어진 유명한 누정이 건립되어

---

7 김만중, 『서포만필』.

시문과 강학의 전통이 확립되고 있었는바 여기에 면앙정(1553), 서하당(1560), 죽록정(건립 연대 미상), 독수정(고려 말) 등 누정에서 베풀어졌던 시회와 강학의 인문학적 토대는 송강의 문학적 재능 계발에 음양의 자양분이 되었을 것이다.

송강과 담양에서 양 미인곡의 제작 관련은 소동파의 전후 양 적벽부와 중국의 황주(중국 호북성(湖北省)의 정치·경제 문화 중심지, 대별산(大別山) 남록(南麓), 장강(長江) 북안(北岸))와의 관련을 떠올리게 한다.[8] 소식(蘇軾, 1036~1101; 호 동파(東坡), 북송의 정치가, 경학가, 서법가, 화가, 문학가)은 호북성 황주에 4년간 유배되었다.

동파는 그의 나이 45세(송 신종 3년, 1080) 때부터 4년간 황주에서 고된 시련의 시간을 보낸다. 외직의 명칭이야 "책수검교상서수부원외랑 충황주단련부사 본주안치"였으나 이는 명목상의 직일 뿐 거의 유배나 다름없는 한직에 불과했다.[9]

동파의 생활은 물론 당시 황주의 지주(知州) 서군유(徐君猷)가 동파에게 호의적이기는 했으나 정치적 처지는 매우 험악한 정도여서 참소와 조롱을 두려워하는 상황이었고, 경제적으로는 매우 빈궁했는바, 황주의 빈한한 서생 마정경(馬正卿)의 도움을 받아 관청으로부터 수십 묘(畝)의 땅을 빌어 손수 경작하여 호구(糊口)로 삼았는데 이 황무지 땅이 옛 군영의 동쪽에 있었기 때문에 동파라는 이름을 붙이고 그것을 자신의 호로 삼았다.[10]

이 자리에서 중요한 것은 500년의 시차를 둔 두 사람이 어느 특정 지역과의 연고에 의해서 그 지역과 관련한 이름으로 호를 삼고, 불후의 명편을 전후 두 작품으로 남겼다는 사실이다. 전후 적벽부와 양 미인곡의 문

8 성원경, 「송강과 동파문학의 비교고」, 『인문과학논총』 제26집, 건국대학교 인문과학연구소, 1994, 130~131면.

9 王水照, 조규백 역, 『중국의 문호 소동파』, 월인, 2001, 103면.

10 조규백, 앞의 책, 104~105면.

학적 연구에 대한 비교 연구가 있기는 하지만, 여기서 그 문제는 논의에서 제외하기로 한다. 다만 여기서는 두 사람이 공히 4년간 중앙의 정계 중심으로부터 격리, 소외되어 다시 복귀하려는 강렬한 의지와 간절한 욕망을 문학이라는 그릇에 담아낸 것이, 특정 지역과의 연고에 의해 크게 성공할 수 있었다는 사실이다.

다시 말해서 동파의 경우 황주 유배 기간에 수필, 인물소전, 제발(題跋), 서간문 등을 많이 지었는데 이는 그 이전의 정론(政論), 사론(史論), 잡론(雜論) 등의 의론적(議論的)인 성격의 글과는 다른 것이었다.[11] 하지만 무엇보다도 동파가 황주에서 거둔 문학적 성과는 전후 양 적벽부에 오롯이 잘 나타나 있다 할 것이다. 유배된 지 2년 후 동파 나이 47세 때 그는 7월과 10월에 걸쳐 전후 적벽부를 남긴다.

〈전적벽부〉는 손님과의 대화 형식으로 전체 5단락으로 구성되었다. 신선의 선경에 오른 듯한 기분의 즐거움-노래와 음주의 흥겨움-통소 소리를 통한 자신의 비애 표출-손님을 위로하는 주인의 희망적인 말-비애가 기쁨으로 전환하여, 다시 즐거움으로 환원하는 구성이 그것이다.

작품은 독자들을 적벽 추야의 산, 수, 풍, 월이 교직하여 이루어내는 아름다운 경치 속으로 끌어들이고, 아울러 작자가 표연히 신선이 된 것 같은 환각의 느낌을 갖도록 서정을 유발시킨다. 나아가 애원의 통소 소리를 통하여 적벽대전에서 활약했던 오나라 주유와 위나라 조조 등 당대 이름을 날렸던 역사적 인물의 흥망을 추모하면서 시간과 공간의 양 각도에서 인생이란 짧고 왜소한 것임을 설명하고 생명체의 존재란 그 수명을 헤아릴 수도 없고 알 수도 없다는 미망과 추창(惆悵) 속으로 빠져든다.

끝으로 눈앞의 경물에 나아가 자연계의 변화와 불변의 도리를 드러내고, 작자의 활달한 정회를 표현함은 물론, 주어진 인연에 따르고, 만남에 따라 그에 편안해 하는, 사상의 정서를 드러내었다.[12]

---

11 조규백, 앞의 책, 109면.

이는 물론 동파가 주인과 손님의 대화를 차용하여 자기 내면의 독백적 감정을 즐거움-비애-즐거움이라는 3단계로 드러낸 문학적 수법이지만, 그가 이렇게 낙관적 결말을 지을 수 있었던 것은 불노의 사상에 경도된 정서적 안정과 북송의 신종(1068~1085)으로부터 다시 불러줄 것이라는 정치적 복귀에의 희망이 있었기 때문이었다.

그러나 3개월 후에 지어진 〈후적벽부〉는 〈전적벽부〉의 그윽하고 고요한 가을 분위기에서 쓸쓸하고 놀라우며 공포적인 겨울 분위기를 자아낸다. 여기서는 도사가 학으로 변화는 등 환상과 몽롱하고 허무한 색채가 농후하다. 세상을 초월하고자 하는 심정과 불노의 해탈 정신이 더욱 강하게 반영된 것이다.[13]

요컨대 동파는 중앙 정계로의 간절한 복귀를 자연계의 변(變)과 불변(不變)의 도리를 빌어 말함으로써, 피할 수 없으면 주어진 여건에 편안히 거한다는 수우안거(隨遇安居)의 자세에서 활달한 정회의 표현을 할 수 있었다고 보여진다.

한편, 송강의 〈사미인곡〉은 본의 아니게 님과 이별한 한 여인의 입장을 빌어 우시연군(憂時戀君)의 뜻을 노래한 것으로 적강(謫降) 모티프와 몽유(夢遊) 모티프를 적절히 활용하여 임을 그리는 절절한 심사를 아주 간절하게 드러내었다[14]는 평을 듣는 명품이다.

〈속미인곡〉은 〈사미인곡〉에서 못 다한 생각을 다시 펼쳐낸 것으로 임금에게 버림받은 자신의 처지를 님으로부터 버림받은 여인에 비유하여 연군의 간절한 정을 토로했다. 특히 한 여인의 독백체로 된 〈사미인곡〉과는 달리 두 연인의 대화체로 이루어진 〈속미인곡〉은 적강 모티프와 몽유 모티프의 적절한 사용과 대화체를 통한 전개와 점층적인 감정 고조의

---

12 錢伯城, 『古文觀止』, 上海古籍出版社, 2006, 892면.

13 조규백, 앞의 책, 146면.

14 박준규 · 최한선, 『담양의 가사문학』, 한국가사문학관, 2001, 31면.

구성으로 작품의 극적 효과를 획득했다는 평을 듣고 있다.[15]

세상을 초월한 듯 활달한 정회를 읊은 동파의 전후 적벽부와는 달리, 양 미인곡은 임을 그리는 절절한 마음이 읽는 이의 마음을 아리게 한다. 왜 그랬을까? 선조 임금에 대한 기대와 희망이 향리 칩거 3년이 지나면서 불안과 초조의 심리 상태를 낳은 까닭이었으리라 생각된다.

하지만 동파가 전후 적벽부에서 보인 활달한 정회는 송강의 〈성산별곡〉에서 볼 수 있는데 이는 식영정 4선으로 일컬어진 임억령, 고경명, 김성원, 정철 자신이 제작한 한시 〈식영정이십영〉과 임억령과 김성원이 각각 지은 〈서하당팔영〉 등과 작풍의 의취가 부합된다. 다시 말해서 서하당과 식영정 주인의 탈속하고 고아한 산중 사시 생활을 찬미한 내용으로 강호 은일가사의 성격을 지니며, 이는 송순의 〈면앙정가〉를 발전적으로 계승했다는 평가를 받는다.

송강은 선조 12년(1579, 44세)에 당쟁으로 인한 정치 현실의 암담함에 환멸을 느끼고 담양으로 내려와 약 1년여를 머문다. 이것이 담양과의 세 번째 인연임은 앞서 밝혔다. 담양 생활 1년여, 송강은 강원도관찰사를 제수 받아 임지로 떠났는데 금강산을 비롯한 관동 지역의 산수를 두루 돌아보며 느낀 감흥과 도백으로서의 포부를 드러낸 기행가사를 지었는데 바로 〈관동별곡〉이 그것이다.

담양에서의 칩거했던 사실을 말하는 것으로 시작하는 〈관동별곡〉은 "관동 산수의 아름다움을 일일이 들어서 그윽하고 괴이한 경관을 설진(說盡)하였는데 경물을 그려냄이 신묘하고, 시어를 엮어감이 기발하여, 참으로 악보 중의 뛰어난 작품이다."라고 홍만종은 『순오지』에서 밝히고 있다.[16]

결국 송강은 담양이라는 당대 성숙한 인문학의 큰 바다에서 여러 영양

---

15 박준규 · 최한선, 앞의 책, 36면.
16 박준규 · 최한선, 앞의 책, 42면.

분을 섭취함으로써 양 미인곡과 같은 절절한 사랑의 노래, 〈성산별곡〉과 같은 탈속하고 고아한 강호자연의 한정을 말한 노래, 〈관동별곡〉과 같은 신묘하고 호방하며 기발하면서도 자재(自在)롭고 섬세한 언어 부림의 기행 노래 등 불후의 가사 작품 4편을 제작하여 한국가사문학의 거봉이 될 수 있었다.

4. 〈원이 엄마의 편지〉와 안동시

원이 아버지에게
　　　- 병술 유월 초하룻날 집에서

당신 언제나 나에게 "둘이 머리 희어
지도록 살다가 함께 죽자"고 하셨지요.
그런데 어찌 나를 두고 당신 먼저 가십니까?
나와 어린 아이는 누구의 말을 듣고 어떻게
살라고 다 버리고 당신 먼저 가십니까?
당신 나에게 어떻게 마음을 가져왔고,
또 나는 당신에게 어떻게 마음을 가져왔었나요?
함께 누우면 언제나 나는
당신에게 말하곤 했지요.
"여보, 다른 사람들도 우리처럼
서로 어여삐 여기고 사랑할까요?
남들도 정말 우리 같을까요?"
"남들도 정말 우리 같을까요?"
어찌 그런 일들 생각하지도 않고
나를 버리고 먼저 가시는 가요.

당신을 여의고는 아무리 해도

나는 살 수 없어요.

빨리 당신께 가고 싶어요.

나를 데려가 주세요.

당신을 향한 마음을 이승에서

잊을 수가 없고 서러운 뜻 한이 없습니다.

내 마음 어디에 두고

자식 데리고 당신을 그리워하며

살 수 있을까 생각합니다.

이 내 편지 보시고 내 꿈에 와서

자세히 말해 주세요. 꿈속에서

당신 말을 자세히 듣고 싶어서

이렇게 글을 써서 넣어 드립니다.

자세히 보시고 나에게 말해 주세요

당신 내 뱃속의 자식 낳으면

보고 말할 것 있다 하고 그렇게 가시니,

뱃속의 자식 낳으면 누구를 아버지라

하라시는 거지요?

아무리 한들 내 마음 같겠습니까?

이런 슬픈 일이 하늘 아래 또 있겠습니까?

당신은 한갓 그 곳에 가 계실 뿐이지만,

아무리 한들 내 마음 같이 서럽겠습니까?

한도 없고 끝도 없어 다 못 쓰고 대강만 적습니다.

이 편지 자세히 보시고 내 꿈에 와서

당신 모습 자세히 보여 주시고

또 말해 주세요.

나는 꿈에는 당신을 볼 수

있다고 믿고 있습니다.

몰래 와서 보여 주세요

하고 싶은 말, 끝이 없어 이만 적습니다.

- 임세권(안동대 사학과 교수) 풀이

위는 1998년 안동시 정상동 택지개발지구에서 이름 모를 무덤을 이장하던 중에 미라 한 구가 발견되었는데 그 안에 같이 있던 편지다. 처음에는 시신을 보호하는 외관을 보고 최근의 무덤인 것으로 생각되었으나 발굴 작업이 진행되자 400여 년 전 조선시대의 무덤이란 것을 알 수 있었다. 그리고 무덤 속에서 온전히 그대로 보존되어 있는 옷가지와 여러 가지 소품들 중에 요절한 남편을 그리는 애절한 사연이 담긴 아내의 편지, 남편의 회복을 기원하면서 자신의 머리카락과 삼으로 엮은 미투리가 함께 발견되었다.

무덤에선 아들 원이가 입던 옷(저고리)과 원이 엄마의 치마도 나왔다. 주인공의 형(이몽태)이 동생에게 쓴 만시(輓詩) 〈울면서 아우를 보낸다〉와 형이 쓰던 부채에 적은 만시도 있었고, 주인공이 부친과 주고받은 편지도 여러 통 발견됐다. 발굴된 의복은 40여 벌에 이른다. 부친과 나눈 편지엔 전염병 관련 내용이 자주 등장하는 것으로 보아 무덤의 주인은 당시 전염병을 앓다 숨진 것으로 추정된다. 부친과 편지를 주고받았다는 건 이응태가 처가살이를 하고 있었다는 걸 뜻한다.

무덤 속의 주인공은 고성 이씨 이응태(李應台, 1556~1586)였다. 그가 젊은 나이(31세)에 병석에 눕자 아내(원이 엄마)는 남편의 병이 낫기를 기원하면서 자신의 머리카락과 삼을 엮어 정성껏 미투리를 삼았다.

그러나 남편은 그 신을 신어 보지도 못하고 끝내 저 세상으로 가버리고 말았다. 진실로 서로를 사랑하며 백발이 될 때까지 함께 해로하고자 소망했던 이들 부부의 육신은 비록 떨어져 있을지언정 영혼은 지난 세월 동안에도 줄곧 함께였다. 긴 어둠의 세월 속에서 사랑을 지켜온 것은 아내가 써서 남편의 가슴에 고이 품어 묻어둔 마지막 편지였다. 풀이에서 "당신"이라고 한 것은 편지 원문에는 "자네"라고 되어 있어 16세기 부부 간의 호칭에 대한 당시의 어투를 살필 수 있게 하는 재미가 있다.

위에서 본 바와 같이 〈원이 엄마의 편지〉는 망부를 그리는 아내의 편지이다. 어찌 보면 가로 58.5㎝, 세로 34㎝의 편지 한 장이지만, 안동시는 이를 그렇게 단순하게 여기지 않았다. 안동시와 안동대학은 손을 맞잡고 이의 문화 콘텐츠 화에 열과 성을 다 했고 지금도 노력을 아끼지 않고 있다. 안동시가 지금까지 기울인 노력과 성과를 살펴본다.

① KBS 다큐-추적 미스테리 "미라 그것이 알고 싶다", 1998년 5월 28일.

② 월영교 건설-안동댐 보조 호수를 잇는 한국 최장의 목책교로 384미터, 2003년.

③ 안동 아가페상 공원 조성-높이 3미터의 원이 엄마 상 조상, 고성 이씨 문중 정자 귀래정 인근의 도로변 녹지공원, 2005년 4월 7일.

④ 가요제-안동 아가페상 제막 기념, 제 1회 안동 아가페 가요제 페스티벌, 2005년.

⑤ 편지 비-"원이 엄마 편지 비", 안동시 정상동 대구지검 안동지청 앞, 2005년.

⑥ 국악-"원이 아버지에게", 연변대 박위철 교수 작곡, 2005년.

⑦ 소설 〈능소화〉-조두진 작, 출판 예담, 2006년, 2년 10개월 만에 6만부 판매.

⑧ 무용작품-"450년 만의 외출", 안동대 정숙희 교수 외 정숙희 무용단, 2006년 6월 8일 안동공연, 9월 23일 포스코 효자 아트홀, "412년 만의 햇빛" 등 공연.

⑨ 국악-"무한지애(無限至愛)-원이아버지에게", 국악 안동 국악단, 박위철 교수 작곡, 제4회 안동 국악제 공연, 2006년 11월 26일.

⑩ 애니메이션-5분 36초, 안동시, 2006년 12월 22일.

⑪ 『내셔날지오그래픽』 소개-2007년 11월호.

⑫ 가요-"원이 어매", 안동 가수 이미숙, 2008년 12월 22일, 소년소녀가장돕기

콘서트, 첫 앨범의 10번째 곡.

⑬ 원이 엄마상 조상-정상동 무덤 근처.

⑭ 앤티쿼터지 표지 소개-"웅태의 무덤: 한 조선인과 그를 사랑한 사람들의 편지"라는 제목으로 "한국에서 출토된 미이라가 어떻게 만들어졌는가?", "당시의 묘제는 어떠했는가?", "묘제의 문화적 배경은 무엇인가?", "이응태 부인 원이 엄마, 그들의 가족 관계가 보여주는 한국사회는 어떠했는가?" 등을 다루고 있음. 『ANTIQUITY』, 2009년 3월호.

⑮ KBS TV 역사스페셜-"조선판 사랑과 영혼", 2009년 6월 26일.

⑯ 국악-"연리지", 민속악연주단 선풍, 2009년.

⑰ 창작 오페라-"원이 엄마", 안동대 박창근 교수 총 예술 감독, 2009년 10월, 안동대 솔뫼문화관 초연, 원작 〈능소화〉.

⑱ 중국에 소개-중국 국영 CCTV 4, 2009년.

⑲ 영화-"우리 만난 적이 있나요", 임진평 감독, 박재정, 윤소이 주연, 2010년 주식회사 시네마토그라프 · 안동시 공동 제작, 경상북도 후원, 안동 배경 촬영.

⑳ 고고학 저널-『아키올로지:Archeologie』, 2010년 3/ 4월호.

㉑ 다큐 제작-KBS "한국의 재발견", 안동 편, 2011년 11월 19일.

㉒ 학술대회-『앤티쿼티』지 표지 게재 인연으로 2012년 세계 미라 학회 안동 유치.

㉓ 애니메이션-15분용, 안동시.

㉔ 칸타타-"잃어버린 꿈-원이 아빠에게", 예음커뮤니케이션, 안동대 조성룡 교수 작곡, 주관: 경상북도 무대공연작품 제작지원사업팀, 2010년 11월 23일, 안동대 음악관.

㉕ 상표 등록-안동대학교, 〈원이 엄마의 편지〉, 〈미투리〉 상표권 등록, 2011년 3월.

㉖ 오페라-"원이 엄마", 안동대 조성룡 교수 감독.

㉗ 관현악곡-"412년 간의 침묵, 그 후", 안동대 조성룡 교수 작.

㉘ 한글 패션쇼-한불 수교 120주년 기념 파리 패션 박람회의 한글 패션 특별
전에 원이 엄마의 편지 새긴 한 복 전시, 디자이너 이상봉, 2006년.
㉙ 뮤지컬-"불멸의 사랑", 김광보 연출, 안동 예술의 전당, 2012년 12월 27일.
㉚ 넌버벌댄스 뮤지컬-"연리지", 서원대 연극영화학과 서상규 연출, 대구 동
구 문화체육관, 2012년 7월 19일.
㉛ 3D 제작-2012년 3D 영상콘텐츠 제작 지원 공모사업 선정, 사업비 8억 6천
만 원으로 한, 영, 일, 중, 터키어 등 5개국 언어로 제작, 3D 입체 영상관
에서 상시 상영 예정. "이스탄불-경주 세계 엑스포 2013"에서 상영.

위에서 보는 바와 같이 안동시와 경상북도, 그리고 안동대학은 관학 합
동으로 〈원이 엄마의 편지〉를 활용한 문화 콘텐츠 개발에 지속적이고 열
정적인 노력을 기울여왔다. 월영교와 아가페상은 많은 시민과 관광객이
찾아와 사진을 촬영하는 등 사랑을 확인하고 백년해로를 약속하는 장소
로 애용되고 있다. 오페라, 뮤지컬, 가요제, 칸타타, 무용 등의 공연은 시
민 삶의 질 제고와 고품격 삶의 향유에 크게 기여하고 있다.
안동시는 TV 등 언론 매체를 통한 홍보는 물론 소설과 가요 제작, 전문
학술지까지 동원하여 위의 편지를 알림으로써 안동의 브랜드 가치를 한
껏 제고하였다. 그리고 나서 영화 등 여러 콘텐츠를 만들어 지역의 홍보
는 물론 지역민의 자긍심을 높이고 지역 주민의 안동 거주 존재 의의를
다지는 데 총력을 쏟고 있다.

5. 문화 콘텐츠화 실례

여기서는 명소를 콘텐츠화한 곳(선종 소림사 음악대전), 지역을 콘텐츠
화한 곳(유바라시), 명품을 콘텐츠화한 경우(대홍포차), 인위적으로 명품
을 만든 경우(마연일기), 유명작품의 콘텐츠화(무녀도), 유명한 인물의 콘

텐츠화(윤이상), 역사, 전설, 지역 유산을 콘텐츠화한 경우(송성 천고정) 등에 대해 살펴보고, 그를 바탕으로 송강가사의 콘텐츠 화를 위한 디딤돌로 삼고자 한다.

1) 명소 콘텐츠 화의 사례–선종 소림사 음악대전

중국 하남성(河南省) 등봉시(登封市) 소림사에서 제작한 〈선종 소림사 음악대전〉은 2007년 4월 27일 초연하여 지금까지 매일 밤 8시에 일회 공연한다. 그 연원은 불교 음악이 범패(梵唄)와 선악(禪樂)의 두 종류로 나뉘는바 그 가운데 선악은 중국 선종 문화를 이루는 중요한 부분으로 이는 달마대사가 직지인심(直指人心), 견성성불(見性成佛)이라는 대승불교의 이념을 중국에서 설파한 이래, 고대 악사들은 고대의 선승들이 일상생활에서 증득(證得)한 인생 철리를 통해 시가를 창작하고 거기에 악곡을 붙인 일종의 고악(古樂) 이른바 범패악(梵唄樂)을 만들어 불렀다는 사실에 주목했다.

그런데 범패악은 고대 인도의 4구, 6구, 8구 등 3종의 게(偈)가 주를 이루는 것이었다. 하지만 선악은 종종 여러 구가 연결된 것으로 긴 시가 형식의 표현을 했는데 마치 명대 감산대사(憨山大師)의 〈성세가(醒世歌)〉나 근대 허운선사(虛云禪師)의 〈피대가(皮袋歌)〉 등 같은 것이 그것이다. 중국의 숭산(崇山)은 중국 5악 중 중악으로 그 지위와 경관이 수려하며 중국 선종의 조종으로 문화가 매우 풍부할 뿐만 아니라 선무(禪武)와 선의(禪醫, 中醫)로도 유명하다. 나아가 역대 선사들이 일상생활에서 터득한 인생 철리를 바탕으로 창작한 불가(佛歌)와 선시(禪詩)가 널리 퍼져 전해진 것에 근거하여 이 대전을 만들게 되었다.

이 대전은 중국어와 영문으로 내용에 대한 자막이 소개되며 2,800여 개의 컴퓨터 그래픽 조명과 600여 명의 무술 공연, 무대 면적 5킬로미터, 세계 최대의 인공 달, 세계 최다 승려의 합창 게송(偈頌) 등으로 유명하다.

구성은 수악(水樂), 목악(木樂), 풍악(風樂), 광악(光樂), 석악(石樂) 등 5장으로 이루어져 있는데 준비물 투자 3억 5천만 원(인민폐), 연출 투자 1억 1천 5백만 원(인민폐)의 막대한 자금이 투여되었다.

담순(譚盾)이 음악을 만들고 총감독을 한 이 대전은 1시간 20분 공연되며 입장료는 980원, 428원, 248원 등 좌석에 따라 가격이 다르다.

문제는 이렇게 막대한 투자에 비해 여러 가지 악조건이 도사리고 있어 성공에는 상당히 부정적인 면이 적질 않다. 그 이유는 첫째 노천극장에서 공연하는 관계로 바깥 기온이나 날씨의 조건에 따라 공연에 제한을 받을 수 있다. 실제적으로 4월에서 11월까지만 공연을 할 뿐만 아니라, 우천시에는 관객이 거의 없는 실정이다. 아울러 입장료 또한 가장 싼 가격이 한화 4만 5천을 상회하고 있어 여행객들에게는 부담스러운 점이 없질 않다. 또한 자막의 경우 중문과 영문만 지원되고 있어 한국인 등 다른 언어권 관람객에게는 별 흥미를 느끼지 못한다는 문제점을 드러내고 있다.[17]

2) 명작 콘텐츠 화의 사례-뮤지컬 무녀도 동리

뮤지컬 〈무녀도 동리〉는 경주 출신 김동리 선생의 〈무녀도〉를 음악극으로 만든 작품이다. 〈무녀도〉는 1936년 5월 『중앙』에 발표된 단편소설이다. 작자는 발표 후 여러 차례 개작을 했고, 그 중에서도 특히 중요한 의미를 지니는 개작은, 1947년에 작가가 바로 이 작품을 표제작으로 하여 을유문화사에서 창작집을 발간할 때 손을 본 것이다. 이 개작에서 그는 여주인공 모화의 아들을 기독교도로 설정하고 그가 어머니의 무속 신앙과 맞서다가 죽게 함으로써, 개작본이 최초의 판본보다 훨씬 강렬한 긴장미와 깊은 비극성을 갖도록 만들었다.

오늘날 〈무녀도〉를 논하는 사람들은 대부분 개작된 텍스트를 대상으로

---

17 바이두, 禪宗 少林寺 音樂大典

삼고 있다. 그렇다고 해서 최초의 〈무녀도〉를 무시해도 좋다는 것은 아니다. 그것은 그것 나름대로 중요한 문학사적 의의를 갖고 있기 때문이다.

ⓐ 개작된 〈무녀도〉를 보면, 모화라는 무당과 기독교도인 아들 욱이의 대립이 작품 전개의 축을 이룬다. 모화와 욱이는 서로 상대방이 사귀邪鬼에 씌었다고 생각하며, 상대를 구원해 주려 한다. 그러한 두 사람의 대립은, 엑스타시 상태에서 모화가 휘두른 칼에 욱이가 찔리는 사태로까지 발전한다.

이것이 빌미가 되어 욱이는 결국 몇 달 뒤에 죽고, 얼마 후 모화도 굿을 하다가 죽게 된다. 이 모든 일을 옆에서 겪은 욱이의 씨 다른 여동생 낭이는, 찾아온 자기 아버지를 따라 길을 떠난다.

이상과 같은 줄거리를 갖고 있는 개작 본 〈무녀도〉는 비극적 주인공으로서의 자격을 충분히 갖춘 여주인공 모화의 매력, 한국의 종교적 전통에 대한 작가의 깊이 있는 관심이 주는 감명, 탁월한 구성과 문체의 힘 등으로 일찍부터 높은 문학성을 인정받아 왔다. 작가 자신도 이 작품에 대하여 남다른 애착을 나타내어, 1978년에는 이 작품을 다시 〈을화〉라는 장편으로 확대 개작까지 한 바 있다.

ⓑ 뮤지컬 〈무녀도 동리〉는 절뚝거리는 아버지와 딸이 경주 최 부자 집으로 찾아가는 장면에서 시작된다. 최 부자 집에 도착한 부녀는 그림 한 장을 펼쳐 놓는다. 그 그림이 〈무녀도〉다. 그러면서 그림의 내력이 소개된다.

〈무녀도 동리〉는 소설에서의 첩첩산중, 대나무가 우거진 숲, 별이 초롱초롱 빛나는 깊은 밤, 그리고 풍랑이 이는 바다, 비와 눈이 쏟아지는 하늘 등을 영상으로 처리해 극적효과를 높였고, 오케스트라 박스에서 연주자들의 연주도 적절하게 어우러져 명연주가 되었으며, 출연자들의 열연과 열창, 그리고 안무는 시종일관 관객을 극에 몰입시키는 역할을 한다.

이 뮤지컬을 제작한 경주문화재단 측은 천년 고도 경주시의 문화적 자산으로 만들어진 〈무녀도 동리〉가 경주 지역 사회의 즐거운 축제 분위기를 자아낼 수 있는 공연으로 자리 잡을 수 있도록 하겠다는 의욕을 보였다.

뮤지컬 〈무녀도 동리〉는 개막부터 예약이 만료되는 등 대 성황을 이루었는데 앞으로의 성공 여부는 좀 더 지켜봐야할 것으로 판단되지만, 소설의 명성을 뮤지컬이라는 다른 방법으로 새롭게 선보임으로써, 무한한 잠재적 문화 수용자층의 다양한 욕구 충족은 물론, 시대적 조류에 힘입어 고품격 문화 수준의 기대 지평에 부응한 사례라 할 것이다.

3) 인위적으로 명품을 만든 경우-마연일기(馬燕日記)

작품명: 마연일기

원작자: 마연(2002년 당시 15세 여중생)

번역자: 프랑스《해방보(解放報)》북경 주재 기자, 중국명 한석(韓石), 피에
　　　　르[彼埃爾], 아스키[阿斯基]

성　격: 일기

주지하는 바와 같이 중국은 56개 민족으로 이루어진 국가인데 그 중 한족이 약 90%를 차지하고 나머지 10% 가량이 55개 소수민족이다. 그 중 우리와 가까운 재중 중국 동포는 조선족이라 하여 소수민족으로 분류하고 있다.

조선족 자치구처럼 소수민족은 5개의 자치구를 이루고 사는데 〈마연일기〉의 주인공 마연은 중국에서 가장 가난한 지방의 하나로 알려진 영하회족자치구(寧夏回族自治區) 출생의 여중생이다. 이곳은 1972년 연합국 양식개발서(联合国粮食开发署)가 인정한 인류가 생존하기에 가장 부적합한 지역이다. 이 자치구의 동심현(同心縣) 예왕향(預旺鄉) 장가수촌(張家樹村)에 15세의 한 여중생이 있는데 그녀는 여린 어깨에 가난의 무게를 짊어지고 자주 공부를 그만 두어야 하는 상황에 처했지만, 초등학교 3학년 때부터 쓰기 시작한 일기가 4권이나 된다. 그녀는 하루도 빠지지 않고

일기를 썼는데 이 일기가 우연한 기회를 맞아 〈마연일기〉라는 제목으로 2002년 프랑스에서 출판되어 서점가에서 인기 순위에 올랐고 나중에는 중국어, 영어, 독어, 이태리어, 서반아어, 일어 등 21개 언어로 번역되어 유럽과 일본에서 잘 팔리게 되었다. 중국어로는 2003년에 화하출판사(華夏出版社)에서 같은 이름으로 출간되었다.

〈마연일기〉는 중국 서부 시골 여학생의 일상생활을 적은 것으로 그녀의 공부에 대한 갈망, 가난 때문에 학교를 그만 두어야할 지도 모른다는 불안감, 어머니로부터 상급 학교 진학을 하지 말라는 고통스러운 분위기에 따른 심경 표현, 공부를 하여 운명을 바꿔보겠다는 결심 등이 주 내용을 이룬다.

극단적 가난이 엄습하는 변방의 생활상, 어려운 환경 속에서도 시들지 아니한 인성의 찬란한 빛, 아리따운 소녀들의 넉넉한 생활에 대한 동경과 자신이 처한 가난한 삶에의 곤혹스러움, 친구에 대한 관심과 사랑, 운명에 대한 불굴의 항쟁, 배움과 사회 발전에 대한 갈구 등을 담은 이 책은 마연 본인의 운명을 바꾸었을 뿐만 아니라, 같은 지역에 사는 많은 학생들의 운명, 심지어는 남존여비의 관념과 가난에 체념하는 데에 익숙하고, 패배감에 뿌리가 깊게 박힌 고향 사람들의 운명까지도 바꾸어 놓은 계기가 되었다.

그녀는 어머니, 두 남동생과 함께 사는 회족 출신의 여중생이다. 그녀가 사는 곳의 대부분 여자 아이들은 초등학교 3학년이면 학교를 그만 두고 14세 또는 15세가 되면 결혼하여 아이를 낳는다. 초등학교 3학년 때 마연에게도 학교를 그만두어야 할 위기가 왔다. 그녀의 집안 사정상 그녀와 두 남동생이 함께 학교를 갈 수 없는 형편이었기 때문이다. 마을의 전통은 남존여비가 분명했기 때문에 아무리 학업 성적이 우수하달지라도 마연의 학업 포기는 당연한 것이었다.

어머니는 마연을 꾸짖으며 말씀 하시기를 "학교에 가봤자 책도 없잖아, 네가 먼저 양을 길러라. 양이 크기를 기다려 그것을 팔아서 다시 학교에 가면 책도 살 수 있을 것이다." 마연은 어머니의 말을 믿고 날마다 풀을 베어 양에게 주고, 밥을 지어 두 동생을 먹이고는, 틈만 나면 양에게 달려가 그 앞에 꿇어앉아 어린 양들을 바라보며 어서어서 크게 자라기를 기도했다.

그러는 동안 같은 또래의 아이들이 학교를 오가는 모습을 볼 때마다 그녀는 강물 같은 눈물을 흘리곤 했다. 그것을 보자 어머니는 고집을 꺾지 않을 수 없으셨다. 학교를 그만 둔 지 21일 만에 마연은 다시 학교에 갔고 그 해 전교에서 1등을 차지했다.

마연은 초등학교 3학년부터 일기 쓰기를 습관으로 했는데 이는-여자 아이는 공부를 많이 할 필요가 없다고 고정이 된-어머니의 경색된 마음을 움직이기 위한 것이었다. 그녀는 빼곡하게 일기가 적힌 4권의 뭉치를 어머니에게 주고 편지까지 곁들여서는 그것을 남동생을 시켜 어머니에게 읽어드리도록 했다. 일기를 들은 어머니는 "만약 내가 너를 진학시키지 못한다면, 나의 눈물이 평생 마르지 않을 것이다."라고 말한 뒤 돈을 빌려 그녀를 중학교에 진학시키기로 결심했다.

이로부터 얼마 뒤 마연은 운명을 바꿀 돌발적인 전기를 맞는다. 그것은 다름 아닌 프랑스 《해방보》 기자인 한석(韓石, 중국명) 일행이 그녀가 사는 소산촌을 찾아 온 것이다. 마연의 어머니는 딸의 편지와 일기 3권을 한석 일행에게 전했다. 한석 일행은 북경으로 돌아온 후 그 일기와 편지를 프랑스어로 번역하게 되었는데 그런 과정에서 한석은 어린 여학생의 일기에 무한 감동을 받았다. 그는 즉시 마연의 마을로 돌아와 마연을 만났다. 그곳에서 마연은 그에게 말했다. "나는 집이 가난하기 때문에 더욱 더 공부를 잘해야 합니다. 만약 내가 공부를 잘하여 지식이 쌓이면 보다 좋은 일자리를 찾을 것이고, 그렇게 되면 우리 부모님들은 반평생 행복하게 지낼 수 있을 것입니다……"

이제 마연은 다시는 학업을 그만 둘 걱정은 하지 않아도 된다. 중국 기자가 그녀에게 꿈을 물었을 때 그녀는 "나의 현재의 바람은요…… 기자가 되는 거예요. 저 한석과 같은 기자 말이에요. 저는 저와 같이 어려운 처지의 사람들을 돕고 싶고요, 학교를 그만두는 아이들을 돕고 싶어요. 그리하여 그들이 학교에 진학해서 운명을 바꾸도록 하고 싶어요."라고 했다.

2001年7月30日 星期一 (晴)

　　今天下午我写日记的时候，找我的钢笔，可是它不见了。我就问两个弟弟见了没有，他们说没有。我就在昨天写日记那儿找，也没有找着。我就问母亲，你见了没有？母亲说，她看我把笔、本子都放在炕上，她怕我丢掉，就放抽屉里了。可是我在抽屉里也没找着。我的心都碎了。

　　你们也许会笑，一支钢笔，还值得你去伤心吗？你们不知道这支钢笔的来历，是我两学期积攒的零花钱，没有花，就买了它。我看别的同学每人有两、三支钢笔，而我连一支都没有，我就忍不住买了一支。这支钢笔的苦处其实就是我的苦处。母亲给我零花钱的原因，是我一天到晚只能吃到两顿黄米饭，她给我钱就是让我买几个馒头吃。我硬是挨饿，把钱给积攒下来了。为了这支钢笔，我不知吃了多少苦。它让我学会了什么是艰苦的生活，什么是幸福的生活。每次看到它，我就像看到了母亲。可是我令母亲失望了。我真没用，还在学校里过着牛马不如的生活，如今连女中都没有考上。活着还有什么意思呢⋯⋯

2001년 7월 30일 월요일 (맑음)

　　오늘 오후 내가 일기를 쓰려고 연필을 찾았는데 보이질 않았다. 나는 곧바로 두 남동생에게 보지 못했냐고 물었다. 그들은 보지 못했다고 했다. 내가 어제 일기를 썼던 곳에 가 보았지만 역시 찾을 수 없었다.

　　나는 어머니께 연필을 보지 못하셨냐고 물었다. 어머니는 내가 연필과 공책을 부뚜막 위에 놓아 둔 것을 보셨다고 하시면서 내가 그것을 잃어버릴까봐 서랍 속에 넣어두셨다고 했다. 하지만 내가 서랍 속을 찾아봤지만 연필은 없었다.

내 마음은 완전히 무너져 내렸다. 여러분은 웃을 수 있습니다. 한 자루 연필 때문에 그렇게 상심할 필요가 있느냐고 말입니다. 하지만 여러분은 저 연필의 내력을 몰라서 그럽니다. 나는 두 학기 동안의 용돈을 모아서 그것도 한 푼도 쓰지 않고 모아서 그 연필을 샀습니다.

다른 친구들은 각기 두 세 자루의 연필을 갖고 있는 것을 보았습니다만 나는 단 한 자루도 없었기에 꼭 한 자루라도 사지 않고는 배길 수가 없었습니다. 그 연필이 처한 고통은 바로 나의 고통입니다. 어머니께서 저에게 용돈을 주셨던 까닭은 제가 하루 종일 아침부터 저녁까지 기장밥 두 그릇만 먹기 때문에 어머니는 제가 만두라도 몇 개 사먹으라고 용돈을 주신 것입니다.

돈이 모아지는 동안에 나는 매우 배가 고팠습니다. 그 연필을 사기 위해 나는 많은 고통을 먹어야 한다는 것을 알지 못했습니다. 그 연필은 나에게 무엇이 艱苦한 생활인가를 알게 해주었고, 또 무엇이 행복한 생활인가도 알게 해주었습니다.

내가 그 연필을 볼 때마다 나는 어머니를 떠올렸습니다. 그런데 어머니를 실망시켜 드리고 말았군요. 나는 정말 쓸모가 없군요. 아직도 학교에서는 소나 말보다 더 못한 생활을 하고, 여중 생활 내내 상급 학교 진학 시험을 치를 수 없으니까요. 이러니 살았다고 한들 무슨 의미가 있는 것인지……

위에서 보는 바와 같이 〈마연일기〉는 어찌 보면 중국 시골 중학교 여학생의 일기에 불과했지만 그것을 프랑스 기자가 입수하여 세상에 알림으로써 유명해졌다. 마연은 2007년 12월 프랑스에 초청되어 유학을 갔다. 그녀의 일기가 출판되자 수많은 프랑스 사람들은 감동을 받았고, 앞을 다투어 그녀를 돕기 위한 기금을 모았는데 그것이 계기가 되어 영하아동기금회(寧夏兒童基金會)가 발족되었다. 여기서 모아진 기금은 영하 지역 및 기타 지역의 학업을 포기할 수밖에 없는 가난한 아동들을 돕는데 보내진다고 한다.

마연의 일기는 이처럼 자신의 어려운 환경 속에서도 시들지 아니한 인성의 찬란한 빛, 아리따운 소녀들이 누리는 부유한 생활에 대한 동경과 곤혹스러움, 친구에 대한 관심과 사랑, 운명에 대한 불굴의 항쟁, 배움과 사회 발전에 대한 갈구 등을 담고 있는데 이는 한 기자의 노력에 의해 명작이 된 경우로서, 마연 본인의 운명을 바꾸었을 뿐만 아니라, 같은 지역에 사는 많은 학생들의 운명, 심지어는 남존여비의 관념에 뿌리가 깊게 박힌 고향 사람들의 관습까지도 바꾸어 놓을 계기를 만들어준 콘텐츠의 실례라 하겠다.

이 경우는 원작이 주는 진솔한 인간미와 번역의 중요성, 언론 매체 및 출판을 통한 해외 마케팅 전략이 유효한 사례라 여겨진다. 우리말과 같이 형용사, 부사, 관형어 등이 발달한 언어로 된 작품을 번역할 경우, 어떻게 원작의 숨결과 표현 미학을 되살려 낼 수 있느냐의 문제, 적절한 매체를 통한 조직적, 체계적인 홍보 전략 등이 중요함을 알려주는 좋은 사례라 여겨진다.[18]

4) 지역을 콘텐츠 화한 곳–유바리 시

일본 북부 홋카이도에 있는 유바리(夕張) 시는 인구 12만의 도시였는데 '지방 자치의 교과서'로 알려져 우리나라 등 많은 나라에서 그 곳을 지방 자치의 본보기로 삼았었다. 이 도시는 눈 축제로 유명한 일본의 3대 환락지인 삿포로에서 1시간여 떨어진 거리에 위치한다. 64억 톤이라는 일본 최대의 석탄 매장 지역인 이곳은 1916년 이후 한국인 징용자들이 끌려와 고된 노역의 고초를 겪은 비극의 땅이기도 하다.

탄광 도시인 유바리 시는 1970년대 후반 대체 에너지 파동으로 탄광이 문을 닫자 '탄광을 관광으로'라는 표어를 내걸고 도시의 재활에 나섰다.

---

18 바이두, 馬燕日記

유바리 시의 공무원이었던 나카타 데츠지(中田鐵治) 시장은 1980년에 석탄 박물관 건립을 필두로 여러 건물을 짓기 시작하여 2003년 그가 암으로 세상을 그만두기까지 6선의 민선 시장으로, 24년 동안 연임하면서 무려 60개의 문화 관광 시설을 건립하였다. 그에 소요된 예산은 시비, 국비, 민간 자본 등을 합하여 216억 엔(한화 2,500억 원)이었다.

유바리 시가 건립한 주요 시설은 석탄 박물관, 석탄 생활관, 수상 레스토랑인 망향, 세계의 동물관, 패밀리스쿨(숙박 시설), 그린 대극장(야외무대), 대유원지, 유원지 철도, 자전거 터미널, 유바리 멜론성, 멜론성 재배장, 로봇 대과학관, 어드벤처 홀(유원지), 로즈가든(공원), 자전거 로드(공원), 멜론성 2공장, 영상관, 담수어 양식장, 석탄 박물관 채탄 작동관, 노란 손수건 광장, 유바리 녹명관, 숙박시설 해바라기, 호텔 슈파로, 온천 유파로, 유원지 로라류주, 화석 전시관, 생활 역사관, 스키장, 전시장 센터 하우스, 시네마 전시실, 레스이 온천, 전시 시설 희망, 오토 캠프장 등 굵직한 것만도 30여 개가 넘는다.

이 중에서 관광 개발의 핵심은 석탄 역사촌인데 이는 수천 대를 동시에 주차할 수 있는 주차 시설과 야산을 활용한 '유바리 꿈의 언덕' 이라는 이름을 가진 꽃밭, 메인 건물인 석탄 박물관, 놀이 기구, 과학관, 탄광 생활관 등 32개 시설에 모두 1,100억 원을 쏟아 부었다.

유바리 시 공무원이었던 나카타 시장은 유바리의 미래는 관광 밖에 없다는 확신으로 부시장 시절에 학습, 휴식, 여가의 관광 개발 개념으로 이미 유바리 개발 계획을 완성했다. 그리하여 한때는 잘 나갔다. 1980년 인구 4만여 명일 때 관광객은 55만 명, 1985년 인구 3만여 명일 때 관광객이 184만여 명, 1991년 인구 2만 명일 때 관광객은 230여 만 명이 찾아와, 일본 전국 지자체의 자극제가 되어 온 나라를 온천과 리조트 천국으로 만드는데 앞장을 선 것이다.

그러다가 경기 침체와 장기 불황이 찾아와 유바리의 성세는 점점 기울어지기 시작하여 마침내 파산의 지경에 이르렀다. 유바리의 몰락은 시장과 공무원 그리고 의회의 합작으로 이루어진 것이었다. 1990년 미쓰비시라는 마지막 탄광이 문을 닫을 무렵, 인구는 12만에서 2만으로 줄어 있었다. 인구의 급감에도 불구하고 시장과 의원들은 하나가 되어 경쟁적으로 특별행사를 남발했고 이에 뒤질세라 공무원들은 유바리 영화제를 만들어 박자를 맞추었다.

"아무리 차입금을 갖다 써도 마지막에는 국가가 책임질 것"이라고 호언한 나카타 시장은 홋카이도 신문 광고 대상, 전국의 단체장 상을 수상하는 등 그 유명세는 우리나라에까지 자자했다. 지난 1994년 우리의 태백시 등 한국의 공무원들은 '폐광지역 재생 모델'을 배우기 위해 몰려가기도 했다.

하지만 유바리 시는 2006년 6월 17일 일본 지자체로서는 처음으로 파산을 선언했다. 지금 유바리는 시민세가 연간 3,000엔에서 3,500엔, 소득세 6%에서 6.5%, 경자동차세 연간 7,000엔에서 1만 5,000엔, 하수도 사용료 1,470엔/10m³, 체육관, 야구장, 운동 공원 이용료 500엔에서 700~750엔 이상, 중학교는 4개가 1개로, 초등학교는 7개가 1개로 축소 또는 통폐합, 공무원 월급 30~40% 삭감, 공무원의 각종 수당은 모조리 삭감하고 30% 이상을 조기 퇴직으로 유도하였고, 의원 정수는 18명에서 9명, 공중 화장실, 노인 복지관, 시립 미술관 등은 폐쇄, 시 공무원은 390명에서 143명으로 감축했으며 이밖에도 시장 월급은 70% 삭감했고, 부 시장은 아예 없앴으며 시립병원과 시민회관은 민간에게 이관하고, 구급 환자 서비스는 폐지했으며 고령자 의료시설 통원버스 요금은 4배나 인상했다.

이상에서 본 바와 같이 유바리는 자체 재정 능력을 감안하지 않고 무리한 투자와 장·단기 발전 계획의 잘못된 수립, 시장과 공무원 및 시의원의 그릇된 판단과 그와 맞물려 불어 닥친 경기불황 등에 겹쳐 파산의 지경에 이르렀다.

이제 와서 만시지탄이나마 유바리의 32세 젊은 시장은 관용차와 판공비를 없애고 시장의 70% 삭감된 월급을 보충하느라 부인을 방과 후 교사로 근무케 하여 가정을 꾸리게 하는 등 유바리 재건에 노력을 아끼지 않고 있다. 이제 유바리는 탈 원전의 바람을 타고 다시 불어오는 석탄에 대한 훈풍에 힘입어 재기를 노리고 있다. 지역 특산물인 멜론을 팝콘으로 개발해 큰 효과를 얻고 있으며 기존 관광물을 민영화하는 데도 노력을 기울이고 있지만 아직 유바리의 미래는 어둡기만 하다.

유바리의 이런 파산 사태는 저출산, 고령화, 소득 감소에 따른 세수 감소, 복지비의 증가 등 세출 증대에 다른 지자체의 재정 부담이 늘고 있는 우리나라에 경종을 울리고 있다. 관광 입군 또는 관광 입국을 외치면서 무리한 문화 관광 콘텐츠 개발이나 세몰이 식의 선심성 이벤트 축제나 행사, 막대한 예산과 에너지를 쏟고 있는 각종 사업은 주민의 합의를 거침은 물론 자발적 참여와 함께 그 정체성과 철저한 미래 진단을 거쳐 신중하게 추진되어야 할 것으로 사료된다. 자칫 유바리가 3,520억 원이라는 빚덩어리를 시민에게 안겨준 것과 같은 불행한 사태가 우리에게 있지 말라는 법이 없을 테니까.[19]

5) 특산품을 콘텐츠 화한 경우-대홍포차

중국이 차의 고장임은 두루 아는 사실이다 그 중에서 대홍포차(大紅袍茶)는 복건성(福建省) 무이산(武夷山)에서 나오는 차로서 차중의 왕으로 불린다. 대홍포차는 전통적인 제작 기술 때문에 국가 비물질 문화유산으로 등록된 이후 중국의 오룡차(烏龍茶)를 대표하는 것으로 세계 무형(비물질) 문화유산에 등재되었다. 무이산 측에서는 장예모, 왕조가, 번약 등 높은 수준의 창작 기획 능력이 있는 사람들의 힘을 빌어 유원하고 중후한 차문화의 내적 함의를 재현하여 누구나 쉽게 접할 수 있고, 문화 여행 항목으로서 여러 사람이 느낄 수 있도록 미려한 자연 산수의 농축을, 한

19 이건상, 〈긴급진단 지자체 파산 위기〉, 《전남일보》, 2013.10.28~30.

바탕 높은 수준의 예술 공연물로 만들었는데 〈인상 대홍포〉가 그것이다.

〈인상 대홍포〉는 복건성 무이산에서 심혈을 기울인 중점 문화 여행 항목이다. 우리에게는 주희의 〈무이구곡가〉 때문에 익히 알려진 무이산의 산수 풍광은 사람들을 매료시켜 되돌아감을 잊게 한다고 알려져 왔다.

〈인상 대홍포〉는 두 개의 특징을 가지고 있는데 하나는 고사성이요 다른 하나는 참여성이다. 옛날 고사를 활용하고 주민을 참여시킨다는 두 방향에서, 차의 역사를 보여줌은 물론 각 단계의 제다 공예 및 지금까지 전해 내려온 유채(儒菜), 초방(炒房), 와거(蝸居) 등의 용어, 대왕과 옥녀의 애정 고사, 대홍포의 내력 등을 설명한 뒤, 현대인이 지니는 번뇌 등은 한 잔의 차로써 씻겨 행복해지고 깨달음에 이를 수 있음을 의도하고 있다.

〈인상 대홍포〉는 차를 통하여 산, 문화, 생활 그리고 특히 화해로운 삶의 이념을 설명하고 모든 사람들이 번뇌, 원한, 고통과 답답함 등을 다 내려놓고 차를 마심으로써 차가 주는 편안함과 화해로움을 느낌은 물론 아름다운 생활을 향수할 수 있도록 유도하고 있다.

무이산의 산정에 왕관처럼 보이는 대왕봉은 감동적인 고사를 갖고 있다. 대왕봉은 왕의 위엄이 있다 하여 붙인 이름이고, 신하가 사모를 쓰고 있는 모습과 같다 하여 사모암, 하늘을 받치고 있는 기둥과 같다 하여 천주봉 등으로 불리기도 하는데 전국시대 위나라 왕자 건(虔)이 봉우리 남쪽에 성을 쌓고 연단(煉丹)을 하였으므로 위왕봉이라 부르기도 하며, 웅장한 봉우리가 동남쪽을 진압하는 듯 보이고 여러 봉우리들이 모두 그쪽을 향하여 절하는 것처럼 보인다 하여 선학왕으로도 불린다.

여기에는 대왕과 옥녀의 전설이 전해온다. 아주 오래 전 아름답고 선량한 마음씨를 지닌 선녀가 있었는데 그녀는 옥황대제의 총애를 받은 딸이었다. 어느 날 그녀는 혼자서 몰래 무이산에 내려왔는데 그만 대왕과 눈이 맞고 말았다. 그런데 얼마 되지 않아서 그 사실은 옥황대제에게 알려졌다. 대제는 철판괴(鐵板怪)를 보내어 옥녀를 데려 오라고 했다. 하지만 옥녀가 죽을지언정 아버지의 명령을 따를 수 없다고 거절했다. 화가

난 대제는 두 사람을 두 개의 돌로 만들어 버린 뒤 둘이 서로 바라볼 수 없도록 철판괴를 둘 사이에 놓아버렸다. 대왕의 부인 낭랑은 자기 딸 때문에 매우 가슴이 아팠다. 그래서 거울 하나를 물속에 넣어두고 그 거울을 통하여 서로 상대를 볼 수 있도록 해주었다.

〈인상 대홍포〉는 놓칠 수 없는 훌륭함이 다섯 있는데 첫째는 시각상의 충격력, 둘째, 익살스럽고 유머러스한 대사, 셋째, 기술력과 예술상의 새로움, 넷째, 고도의 과학 기술의 운용, 다섯째, 선명한 주제 등이 그것이다. 이는 단순한 가무가 아니라 아주 훌륭한 고사요, 미려한 전설이다. 각 극은 차가 주가 되면서 역사, 민속, 산수가 융합되어 하나의 다문화로 귀일(歸一)하며, 차문화라는 독특한 것으로써 무이산의 특질을 돋보이게 하고 있다.

또한 불교의 인과 윤회를 상징하는 전생(前生), 금생(今生), 내생(來生) 등 삼생(三生)을 말함에 있어 삼생석(三生石)이 등장하는데 이는 중생이 자기가 지은 선악의 업력에 따라 육도(六道) 가운데 여기서 죽으면 저기서 사는 등 끊임없이 순환함을 말하여 순성의 함양을 의도하였다.

한편, 대홍포차의 명칭 유래와 관련한 재미있는 일화가 있다. 1385년 명나라 홍무 18년 정현이라는 선비가 과거를 보기 위해 상경을 하던 중 무이산 주변을 지나다가 돌연 병을 얻었는데 복통이 너무 심해 견디기 어려웠다. 우연히 천심(天心) 영락선사(永樂禪寺)의 한 스님을 만났는데 스님은 자기가 가지고 있던 차 잎을 꺼내 끓여주었다. 그런데 신기하게도 그 차를 마시자마자 병과 통증이 그쳤다.

과거에서 장원을 한 후 전에 왔던 곳을 찾아가 스님에게 사의를 표하고 차 잎의 출처를 묻고는 대홍포를 벗어 차나무 떨기를 세 번 둘렀는데, 그것은 차나무 위를 덮어준다는 의미였다. 그런 연유로 대홍포라는 이름이 생겨났다. 장원한 선비는 주석 통에 대홍포를 넣어서 경성으로 돌아갔다.

장원이 임금을 알현한 후에 우연히 황후가 병을 얻었는데 백약이 무효였다. 장원이 주석 통에서 차 잎을 꺼내 황후에게 바쳤는데 황후가 그것을 끓여 마시고 건강이 점점 좋아지자 황제가 매우 기뻐서 홍포 한 벌을 하사하면서 장원에게 명령하기를 그대가 직접 구룡과(九龍窠)에 가서 차나무 위를 감싸주고 왕의 은혜를 보여주라고 했다.

아울러 사람을 파견하여 차나무를 감시하게 하고 차 잎을 채취하여 모두 다 진상하라고 하면서 사사로이 숨김이 없도록 하라 했다. 이로부터 무이암차 대홍포는 황실 전유의 진상 차가 되었고, 대홍포라는 이름이 세상 사람들의 입으로 전해지게 되었다.

한 전설에 따르면 조정에서는 매년 관리를 파견하여 직접 입고 온 대홍포를 벗어 진상하는 차나무 위에 걸치게 하였는데 이로써 대홍포 차나무가 되었다고도 한다.

〈인상 대홍포〉는 5분마다 1번씩 360도 회전하는 관중석을 갖추고 있으며, 출연진은 95% 현지인을 고용하고 있다. 총 투자액 1억 5천만 원(인민폐, 한화: 약 2천 7백억 원)이 투입된 1,988석의 규모인데 2010년 1월에 초연을 했다. 매일 밤 8시에 공연을 시작하는데 시간은 75분이다. 표 값은 보통표 168원, 귀빈석 238원, 존 귀빈석 600원이지만, 할인을 받을 경우 각 50원, 60원, 88원이면 입장이 가능하다.

〈인상 대홍포〉는 〈인상 유삼저(劉三姐)〉, 〈인상 여강(麗江)〉, 〈인상 서호(西湖)〉, 〈인상 해남도(海南島)〉의 뒤를 이은 인상 시리즈 작품으로 장예모, 왕조가, 번약 등 '인상(印象) 철삼각(鐵三角)'이 창작한 다섯 번째 작품이다. 이 작품 이후 〈인상 무릉(武隆)〉이 나오는 등 장예모 사단의 인상 시리즈가 이어지고 있는데 심히 염려스럽다.

우선 막대한 제작비가 그렇고 다음으로는 참신성의 결여이다. 공연물 하나가 2천억 원을 넘어 근 3천억 원을 육박한다니 무리한 기획이 아닐 수 없다. 또한 작품성 또한 일률적이어서 오십보백보라는 혹평을 면하기 어렵다. 지역민에게 일시적인 일자리를 창출해주고 다소의 문화적 욕구를 충족해 주며 고품격 삶의 향유에 기여한다 할지라도, 다른 곳과의 차별

없는 기획과 지나친 투자는 결국 일본의 유바리 시에서 보여준 바와 같이 부메랑이 되어 고스란히 지역민의 부담으로 되돌아올 공산이 크다.[20]

6) 유명한 인물의 콘텐츠 화—윤이상

통영시는 국제적인 음악가 윤이상(1917~1995)에 대해 여러 방면으로 콘텐츠 화를 시도했다. 윤이상에 대한 통영시의 문화 콘텐츠 화를 위한 노력을 보이면 다음과 같다.

㉠ 윤이상 기념공원(도천 테마파크)

2010년 통영시 도천동에 조성한 이 공원에는 윤이상의 생가를 복원하고 윤이상의 거리를 조성하였다. 윤이상 기념관(전시실)에는 윤이상 관련 유물이 전시되고 있고, 카페와 기념품 가게, 로비의 기능을 한 에스파체, 그리고 각종 공연과 세미나 등을 할 수 있는 메모리 홀 및 야외 행사장인 경사광장 등이 있다. 이곳은 홈페이지가 잘 꾸려져 있어 어린이는 물론 전문가들에게도 도움을 주고 있다.

㉡ 통영국제음악당(통영시 도남동 소재)

아시아의 대표 음악축제인 통영국제음악제와 세계 젊은 예술가들의 향연장인 윤이상 국제음악콩쿠르의 도약을 위해 건립된 통영국제음악당은 2013. 11. 8(금) 오후 2시에 문을 열었다. 총 사업비는 52,000백만 원이 소요되었으며 사업기간은 2010년 3월~2013년 11월이었는데 부지 33,058㎡에 연면적 14,618㎡로 지상 5층 건물이다. 시설로는 음악전용 메인 홀

---

20 바이두, 印象 大紅袍

(1,300석), 블랙박스(300석), 리허설 룸, 카페테리아, VIP라운지, 옥외 데크, 전망대 등으로 구성되었다.

음악당 앞에 들어서면 통영 바다의 파도 소리가 건물 지붕에 집음(集音)되어 생생하게 들리도록 치밀하게 설계를 했는데 달뜨는 밤에 통영의 밤 바다를 바라보면서 팔딱이는 파도소리를 듣는 재미는 매우 환상적이다.

ⓒ 통영국제음악제

현존하는 현대 음악의 5대 거장 중 한 사람인 윤이상을 기리기 위해 2002년 처음 시작된 음악축제로 2002년부터 통영현대음악제에서 통영 국제음악제로 명칭이 바뀌었다.

아름다운 통영의 봄 바다를 무대로 펼쳐지는 통영국제음악제는 윤이상을 기리는 음악제에서 보다 발전하여 세계적으로 활동하는 국내외 정상의 음악가들의 작품과 연주가 하나 되는 음악축제로 자리 잡았으며 특히 음악제의 하이라이트라 할 수 있는 프린지 페스티벌은 아마추어와 프로작가, 어린이에서 어른까지, 아무런 선별과정을 거치지 않고 음악을 매개로 누구나 주인공이 되어 참여하는 행사로 큰 호응을 얻고 있다.(매년 3월 개최)

ⓡ 윤이상 국제음악콩쿠르

경상남도, 통영시, 경남MBC가 주최하고 재단법인 통영국제음악제가 주관하는 윤이상 국제음악콩쿠르는 경남 통영 출신의 세계적인 작곡가 윤이상의 음악적 업적을 기리고 이를 통해 국제 문화교류에 이바지하며 전 세계의 재능 있는 젊은 음악인을 발굴, 육성하기 위해 창설되었다.

본 콩쿠르는 첼로, 피아노, 바이올린 부문에서 매년 10~11월경 번갈아 개최 되며, 2003, 2006, 2009, 2012년의 첼로 부문, 2005, 2008, 2010년의 피아노 부문, 2004, 2007, 2011년의 바이올린 부문에 이어 2013년에는 다시 피아노 부문이 개최 되었다.(매년 11월 개최)

   ⓜ 윤이상 동요제

   2012년 통영국제음악제 10주년을 기념해 처음 열린 이 동요제는 통영의 작곡가 윤이상이 작곡한 동요들을 재발견하고 보급하기 위해 마련됐다. 참가 어린이들이 윤이상의 동요들을 편곡해 부르며 마음껏 동심의 세계를 표현하도록 의도된 것이다.

   윤이상이 남긴 〈외로운 등댓불〉, 〈구름〉, 〈봄바람〉 등 70여 곡의 동요들을 통영국제음악제의 새로운 음악 프로그램으로 개발할 계획을 갖고 있다.

   ⓗ 통영뮤직포털

   통영시는 홈페이지에 통영뮤직포털을 개설하여 작곡가 윤이상, 윤이상의 삶, 클래식 음악 정보, 윤이상 기념 공원, 통영 국제 음악제 등에 대해 상세 정보 제공 및 안내를 친절하게 하고 있다.[21]

   이상에서 본 바와 같이 통영의 윤이상 사랑은 대단하다. 통영은 세계적인 음악가 윤이상을 앞세워 국제적인 음악 도시 통영으로 그 위상을 착실하게 다지고 있다. 박경리, 김상옥, 김춘수, 유치환 등 문학에서도 큰 인물이 많은 통영은 우리나라를 대표하는 문학 도시로 알려져 있거니와 윤이상의 명성을 발판으로 세계적인 음악 도시로의 도약은 천혜의 자연 풍광과 더불어 결코 요원한 꿈만은 아닐 것이다.

   문제는 윤이상과 관련한 문화 콘텐츠와 여러 사업들이 지역민의 합의

---

21 통영시청 홈페이지

와 자발적 참여 등 지역민과 얼마나 밀접한 관련을 맺고 있느냐 일 것이다. 사업은 특정의 주최자들이 하는 것이라는, 주민과 동떨어진 행사가 되지 않도록 주민을 배려한 프로그램 개발과 진행도 고려되어야할 것이다.

통영국제음악당은 지난 1992년 북한에 건립된 윤이상 음악당 때문에 많은 논란 끝에 막대한 예산을 들여 탄생 시킨 음악당인 만큼 그 활용과 운영은 주민의 삶의 질 제고와 자긍심의 배양 등 치밀한 계획과 투철한 운영 철학이 뒤따라야할 것이다.

7) 역사, 전설, 지역 유산을 콘텐츠 화 경우-송성 천고정(宋城 千古情)

중국 절강성 항주시는 중국 7대 고도의 하나로 영은사, 서호, 용정차 등으로 널리 알려진 관광도시이다. 항주는 남송의 수도로서 민족 영웅 악비(岳飛) 장군이 활약했던 곳이며, 당나라 때 백거이(白居易)와 송나라 때 소동파(蘇東坡) 등이 관리로 근무하면서 큰 업적과 아름다운 시편을 많이 남긴 것으로도 유명할 뿐만 아니라, 매처학자(梅妻鶴子)의 은인거사로 알려진 송나라 시인 임포(林逋)와 관련한 고산(孤山), 육화탑에 얽힌 〈백사전(白蛇傳)〉 전설과 남녀의 애정을 주제로 한 〈양산백(梁山伯)과 축영대(祝英台)〉 이야기가 사람들의 몸과 마음을 붙드는, 이른바 하늘엔 천당, 땅엔 소항(蘇杭)으로 회자되는 아름다운 곳이다.

지난 1996년 항주시는 송성 예술단을 설립하여 이른바 〈송성 천고정〉이라는 가무극을 만들어 1997년부터 지금까지 성황리에 공연하고 있다. 서막을 포함하여 전체 5장으로 구성된 이 가무극은 서막으로 양저지광(良渚之光), 제1장 송궁연무(宋宮宴舞), 제2장 금과철마(金戈鐵馬), 제3장 서자전설(西子傳說), 제4장 매력항주(魅力杭州) 등으로 전개된다.

항주시는 남송 수도의 모습을 그린 〈청명상하도(淸明上河圖)〉를 기본으로 남송의 수도인 송성을 재현하고, 가무극 〈송성 천고정〉을 만들어 "건축은 형체요, 문화는 혼이다."는 송성의 경영 이념과 "나에게 하루를 빌려주면, 그대에게 천 년으로 되돌려준다."라는 주제를 통해 매년 1,300여 회 공연으로 약 600만 명의 관중을 맞이하고 있다. 지금까지 공연 회수는 15,000여 회, 누적 관람객 수는 4,500여 만 명, 400여 명의 일자리 창출은 고사하고 경제적 수익은 인민폐 40억 원 이상으로 집계되고 있다.

〈송성 천고정〉은 조명, 음향, 무대 장치, 출연진의 복장 등에서 세계 최고의 선진 가무극으로 알려져 있거니와 여기에 형식, 집단 무도, 잡기, 유행하는 의상의 표현 등이 하나로 조화를 이루고 있음도 오랜 인기의 비결이기도 하다.

이 가무단의 특징 중의 하나는 극단원의 선발, 교육, 출연 기회 등에 있어서 우승열태(優勝劣汰, 잘하면 쓰고 못하면 버림)와 능진능출(能進能出, 잘하면 더욱 잘하게 지원해줌)의 시스템을 도입, 실행하고 있는데 매년 출연자를 대상으로 심사를 하고, 심사 결과에 따른 상금과 퇴출을 부과하고 있다. 또한 우수한 출연진에게는 기본적 지원을 아끼지 않는데 절강대학 등 여러 관련 단체와 제휴하여 연기자로서의 소질과 수양, 다양한 이해력과 감성 능력 등을 교육시켜 준다.

성수기에는 하루에 10여 회를 공연하면서 하루 최대 5만여 명을 수용하고 있는 이 가무극은 전체 출연진이 400여 명이며, 이 중 일급 연기자가 약 40여 명으로 이들의 월급은 기본급만 인민폐 5,000원 이상이다.

세계 3대 가무극의 하나인 이 극은 "낮에는 절을 보고, 밤에는 잠만 잔다."는 항주의 여행 시장 격식을 크게 바꾼 결과를 가져왔는데, 이 가무극을 통하여 야간에 볼거리가 없었던 항주시에 많은 여행객을 유치할 수 있게 됨으로써 여행 공백을 메우는 커다란 계기가 되었다.

〈송성 천고정〉은 옛 월나라 땅에 이룩된 8천 년에서 5천 년 전으로 거슬러 올라가는 양저(良渚)의 찬란한 신석기 문화가 하, 은, 주 문명의 주요 성분이 되었다는 내용으로 서막을 연 다음, 제1장 송궁연무는 남송 시대 경제, 과학 기술, 문화, 예술 등 4대 방면에서 인구 1백만의 항주가 세계적 저명한 도시로 번성했던 화려한 모습을 연출한다.

제2장 금과철마는 동남의 형승지요, 오나라의 수도였고, 예부터 비옥했던 전당강의 삼각주, 안개에 싸인 버드나무와 그림 같은 다리들, 바람에 나부끼는 푸른 나뭇가지의 몸부림, 올망졸망 십만여 가구의 주민들 모습 등 항주의 화려하고 번화한 도시 풍모를 시기한 북방의 금나라가 1127년 변경(汴京, 북송의 수도)을 공격하자 송 휘종의 아홉째 아들 조구가 항주로 도망하여 수도를 정하고 남송 왕조를 열어 금나라에 대응하는 내용으로 구성되었다. 조구는 송의 고종으로 불리거니와 이 당시 악비 장군의 활약이 대단했지만 그는 시기하는 자들의 모함에 의해 비극적인 죽음을 맞이하고 만다.

제3장 서자전설은 동해 명주(明珠)로 불리며 송나라 인종이 "동남 제일주"라 극찬했을 만큼 아름답고 명승고적이 풍성한 '인간 천당' 항주의 역사와 전설 등이 소개된다. 특히 백사와 허선의 비극적 사랑 이야기, 중국의 로미오와 줄리엣으로 불리는 양산백과 축영대의 사랑 이야기, 여기에 서호의 자연과 백거이, 소동파, 임포 등이 남긴 문학 자산 등 인문 경관이 무대에서 휘황찬란하게 연출되어 사람을 황홀케 한다.

마지막으로 제4장 매력 항주는 동방 휴한(休閑)의 수도, 품격 있는 생활의 도시로서 매력이 무궁한 항주를 소개하는데 실크의 고장, 아름다운 서호의 풍정, 건강에 좋은 용정차, 천년 고찰 영은사 등을 통하여 항주가 최적의 관광도시라는 홍보적 내용으로 결말짓는다.[22]

〈송성 천고정〉은 앞서 말한 바와 같이 역사, 지역의 자연유산, 기층의 전설과 인물 등 인문 자원, 지역 특산품 등을 활용하여 만든 문화 콘텐츠인데 매우 성공적인 사례로 손꼽는다. 이 가무극은 "문화가 혼이다."는 경영 이념이 주효했는데 매년 새롭게 스스로 변화와 갱신을 게을리 하지 아니한 모습, 인재 발굴과 양성에 투자를 아끼지 아니한 경영 철학, 인문 유산과 자연 유산을 조화롭고 창의적으로 활용하는 지혜 등 우리가 본받

---

22 바이두, 宋城 千古情

아야 할 점이 적잖은 것 같다.

6. 논의 및 마무리

우리는 인문학의 시대, 인간 존재의 가치 담론이 주목받는 시대를 살고 있고, 앞으로도 그런 시대를 살아 갈 것이다. 아니 그렇게 살아가야 할 것이다. 인문학은 사람을 다루는 학문이며, 인생에 대한 학문이다. 그래서 어떻게 사는 것이 더 행복하고 바람직한가? 인생이란 무엇인가? 무엇이 더 나은 인생인가? 라는 질문에 대해 진지한 성찰을 하는 것이 인문학의 핵심이어야 한다[23]는 말은 그래서 호소력이 있다.

필자는 돈이라는 경제적 가치보다는, 사람의 존재 가치를 중시하는 인문학적 사고에서 송강가사의 문화 콘텐츠 화에 대해 생각을 해보려고 했다. 이런 생각은『예기(禮記)』의 〈학기(學記)〉에 "수유가효불식 부지기지야, 수유지도 불학부지기선야"란 말에서 그 출발했다. "아무리 맛있는 음식이 있을지라도 먹어보지 않으면 그 맛을 알지 못하고, 아무리 훌륭한 도가 있을지라도 배우지 않으면 그 훌륭함을 알지 못한다."는 위의 글귀는 송강가사를 두고 무엇에 초점을 맞추어, 어떤 가치를 찾고자 하는지를 분명히 해야겠다는 목표 설정에 대한 지침이 되었다.

한국은, 적어도 담양은 송강가사라는 훌륭한 문학적 자산(『예기』에서 말한 맛있는 음식, 훌륭한 도)을 갖고 있다. 그런데 그 자산의 가치가 얼마나 되는지, 그 가치가 무엇인지 등은 아직 구체적으로 생각해 본 적은 별로 없었다.(『예기』에서 말한바 대로 음식의 맛을 보거나 도를 배우지 않음) 이 경우 송강가사의 가치를 논하는 문제는 물론 돈으로 환산할 수 있는 경제적 가치보다는, 인간의 가치를 탐구하는 인문정신에 바탕을 둔

---

23 김무영,『인문학은 행복한 놀이다』, 사이다, 2013, 28면.

것이기에, 콘텐츠화의 방향 또한 관광자원화를 통한 지역 경제 활성적 차원 보다는, 지역민의 지역에 사는 존재 이유나 존재 가치 및 삶의 질 제고에 초점을 두어야 한다는 생각을 중시기를 제안한다.

필자는 논의에 도움을 받기 위해 다양한 자원을 대상으로 문화 콘텐츠화를 먼저 이룬 몇 사례를 들어보였다. 그것은 〈선종 소림사 음악대전〉과 같이 명소를 대상으로 한 것, 〈무녀도 동리〉처럼 이름 난 작품을 대상으로 한 것, 〈마연일기〉처럼 인위적으로 기획. 홍보하여 만든 경우, 〈유바리〉시의 사례처럼 특정 지역을 대상으로 관이 주도하여 지나치게 외연을 확장하다 실패한 것, 〈인상 대홍포〉처럼 지역 특산품을 대상으로 홍보와 함께 관광 수입 창출을 위한 것, 〈윤이상〉처럼 유명한 인물을 대상으로 지역의 자긍심과 함께 브랜드 가치를 높이고자 한 것, 〈원이 엄마의 편지〉처럼 특정 유물을 대상으로 다양한 콘텐츠 화를 시도한 것, 〈송성천고정〉처럼 옛날 고도로서의 역사적 위상과 인지도를 십분 활용하고, 〈백사전〉, 〈양산백과 축영대〉 등 민간에서 전해지고 있는 전설 등 인문자원과 월나라 서시를 닮아 아름답다는 서호 등 자연 자원을 융·복합하여 지역민의 결속은 물론 지역을 알리고 나아가 흥미 요소를 가미하여지역민의 삶의 질 제고와 함께 자긍심을 제고할 뿐만 아니라, 관광객의구미를 당기게 함으로써 지역 경제 활성화라는 수익 창출에까지 성공한것 등을 예로 보였다.

이런 다양한 사례의 장점과 성공은 우리에게 큰 시사점이 될 것이며, 단점과 실패의 아픔은 타산지석의 교훈으로 삼아야 할 것이다. 특히 이들사례에서 우리가 주목할 것은 무엇 때문에 콘텐츠 화를 하는가? 곧 콘텐츠 화의 목적과 방향이다.

앞서 『예기』에서 말한 바와 같이 '맛있는 음식을 먹어보고, 그 맛을 아는 것'과 '훌륭한 도를 배워서 그 훌륭함을 아는 것'에 견주어 볼 때, 지금까지 우리는 송강가사가 참으로 맛있는 음식 같은 것이고, 훌륭한 도 같은 것임은 잘 알고 있었지만, 정작 본격적인 시식은 해보지 않았거나, 했다손 치더라도 왜 먹고, 왜 배우는지에 대해서는 그 이유를 진지하게 따져 묻지 않았다.

지금 우리가 송강가사를 '맛보고 배우는' 일은 반드시 해야 할 어떤 임무 같은 것이지만, 중요한 것은 왜 맛보고 왜 배우는가의 목적이 분명해야 한다는 것이다. 우리는 경제적 가치 창출 중심으로 송강가사의 콘텐츠화 밑그림을 그리지 말아야 함은 앞서 말했다. 그런 의미에서 보면 〈선종 소림사 음악대전〉, 〈인상 대홍포〉, 〈유바리〉 등의 예는 경계하거나 지양해야 할 것이다.

위의 경우는 막대한 예산 투자를 통하여 관광객을 흡입하고 그로써 지역을 발전시키거나 지역 경제를 활성화하려는 목적에서 의도되었다. 위의 예는 우리나라와 같이 재정 자립도가 낮고, 생산 활동 인구가 감소하고 있는 지자체의 모범 사례가 되기 어려울 것으로 판단된다.

〈원이 엄마의 편지〉, 〈마연 일기〉, 〈무녀도 동리〉, 〈윤이상〉, 〈송성 천고정〉 등은 일단 문화 콘텐츠 화를 위한 하나의 기준이 될 수 있다고 생각한다. 특히 〈원이 엄마의 편지〉는 그 시대, 내용 등에서 송강의 양 미인곡과 매우 닮았다. 물론 그 둘의 질적 수준이야 비교가 곤란하지만, 둘 다 16세기 후반에 지어진 것이면서, 어떤 대상을 향한 그리움 내지는 원망을 담고 있음은 비교의 대상이 되기에 부족함이 없겠다.

잘 아는 바와 같이 송강의 〈사미인곡〉과 〈속미인곡〉은 임 곧 왕의 사랑을 그리워한 연군의 내용이며, 원이 엄마의 편지는 죽은 남편을 그리는 연부의 내용이다. 하지만 둘을 대하는 담양과 안동의 생각은 많은 차이가 있음 또한 비교의 대상이 된다.

앞에서 보인 바와 같이 안동은 위 편지를 가지고 문화 콘텐츠로 할 수 있는 시도는 거의 다 했다고 할 정도로 풍부하고 열정적으로 준비했다. 위 편지를 대하는 안동시의 열정과 노력에 삼가 경의를 표하게 한다. 물론 안동시가 위 편지를 여러 문화 콘텐츠로 만드는 목적이 무엇이며, 주민의 합의나 참여가 어느 정도인지는 분명치 않을 뿐만 아니라 그런 작업이 성공한 사례인지는 아직 판단할 수 없는 단계이지만, 안동시가 보인 진정성과 열정 그리고 자긍심은 우리에게 많은 것을 생각하게 한다.

송강가사의 경우 안동시가 보여준 바와 같이 오페라, 뮤지컬, 소설화, 대중가요, 무용극 등은 시도해볼 만한 콘텐츠 항목이라 사료된다. 이 경우 송강가사의 탄생지인 담양의 역사적 위치와 의의, 담양이 갖고 있는 금성 산성 등 문화유산과 그 역할, 담양의 누정과 시가 문학의 전통과 박상, 송순, 임억령 등 유명한 시인들의 생애와 업적, 몽성산(몽선산, 삼인산), 추월산 등과 관련한 설화, 숙종 비로서 영조를 낳은 동이의 이야기 등은 훌륭한 극적 요소가 되리라 생각된다.

특히 송강가사가 조선시대라는 배경과 연주(戀主)라는 내용, 그리고 당대의 문화적 의미망과 문화사적 의미가 아날로그 세대에게는 역사에 대한 회억과 추억의 반추로 동질성을 강화시켜주며, 디지털 세대에게는 사랑이라는 만인의 공통 주제에 대한 관심과 흥미 나아가 교육이라는 관심거리를 제공해주는 등 언제나 당대적 문화조류를 선도할 수 있는 개연성을 지니고 있음도 주목해야 할 것이다.

〈마연일기〉는 무엇보다도 번역의 중요성을 일깨우고 있다. 마연의 일기가 제아무리 순박하고 진솔하여 인간의 감성을 자극하는 호소력이 있다 할지라도, 번역한 내용이 널리 대중성을 획득하지 못했다면 과연 21개 국가에서 그와 같은 선풍적 인기를 끌 수 있었겠는가?

우리는 차제에 송강가사의 번역 사업에 관심을 가져볼 때가 되었다. 그간 일부 작품에 대하여 번역하는 등 외국으로의 소개 시도가 있었지만, 본격적인 번역 작업은 엄두도 내지 못한 실정이다. 이에는 지속적인 예산 확보와 유능한 번역자의 발굴이 매우 중요할 것이다.

뮤지컬 〈무녀도 동리〉는 경주시가 천년고도의 정체성을 경주 시민에게 널리 알리기 위하여 제작하였는데, 경주시민을 대상으로 한 공연의 반응이 매우 좋아 서울 국립박물관으로 옮겨가 공연되었다. 이는 아날로그 세대들에게 이미 획득된 작품의 명성을 현대적 감각에 맞게 뮤지컬이라는 문화 매체로 재탄생시킨 예로써, 디지털 세대를 새로운 작품 향유층으로 받아들이고, 아날로그 세대에게는 향수를 불러일으키게 함으로써, 결국 작품의 수용자 층을 넓히고 두터운 지지층을 확보했다는 평을 듣게 되었다.

담양의 경우 2018년, 담양군 창설 천 년을 눈앞에 두고 있다. 천년 담양의 정체성을 살리고 문화 담양군의 브랜드 가치를 제고하여 담양 군민의 자긍심 고취와 담양 존재의 의의를 살리는 차원에서 뮤지컬이나 오페라 제작을 제안한다.

그 내용은 담양의 역사, 누정의 고장, 시가문학의 산실, 청정과 생태의 청죽골 등이 포함되어야 하겠으며, 주축은 이미 수용자 층이 두텁게 확보된 송강가사 등 시가문학을 바탕으로 인문과 자연 그리고 역사적 사실들이 융·복합 되었으면 한다.

〈윤이상〉은 그 출신, 사상, 업적 등 여러 면에서 관심의 대상이 되는 인물이며 국내뿐만 아니라 국외까지 심지어는 북한에까지 그 명성이 자자함은 다 아는 사실이다. 통영시가 진행한 개인 윤이상에 대한 추모 사업 내지 여러 문화 사업은 우리나라에서는 보기 드물게 그 범위가 국내는 물론 세계적이면서 규모 또한 크다 하겠다. 통영시의 열정과 배짱이 주목되거니와 앞으로의 성패는 주민의 합의와 예산의 뒷받침일 것이지만, 가장 중요한 것은 내용(프로그램)과 운영의 묘이다. 누구를 위하여 윤이상 관련 사업을 하는지는 결코 간과해서는 안 될 일이다.

〈송성 천고정〉은 담양군이 모델로 삼을 수 있는 가장 성공적인 사례라 하겠다. 그 이유는 역사, 지역의 자연유산, 기층의 전설과 인물 등 인문자원, 지역 특산품 등을 활용하여 만든 문화 콘텐츠 이면서 인구 150만 광주광역시와 경계를 같이 하고 있음은 물론, 광주가 전남 관광의 출발점에 있어서 고정 관람객을 안정적으로 확보할 수 있다는 점 등 때문이다. 이 가무극은 "문화가 혼이다."는 경영 이념 아래 매년 새롭게 스스로 변화와 갱신을 게을리 하지 아니한 모습, 인재 발굴과 양성에 투자를 아끼지 아니한 경영 철학, 인문 유산과 자연 자원을 조화롭고 창의적으로 활용하는 지혜 등 우리가 본받아야 할 점이 적잖은 것 같다.

담양의 경우 송강가사 등 시가문학의 산실이라는 명성을 십분 살리려면 한국가사문학관과 연계하여야 할 것이다. 그러기 위해서는 〈면앙정가〉를 필두로 송강가사 등 가사문학 자료에 대한 유네스코 세계 기록유산으로의 등재 노력이 강력하게 추진되어야 할 것이다. 또한 몇 년 전 15, 6세기 세계 문학 공원을 기획한 경험을 되살려 시가 문학촌이나 시가 문학공원 같은 문학 공간을 조성할 필요가 있겠다. 그 안에 담아야 할 콘텐츠는 실로 여러 가지가 있겠는데 우선 글쓰기 마을, 시가 문학관, 시가문학 인물실 등을 생각해 본다.

끝으로 매년 개최되는 담양 대나무 축제와 관련한 송강가사 콘텐츠 화사업과 현대 가사시 100선 발간 등을 제안한다. 대나무 축제는 매년 열리고 있는 담양의 대표 축제이지만, 대나무와 관련한 담양만의 그 무엇을 느끼기에는 부족한 감이 너무 많다. 따라서 송강가사 등 시가문학의 산실이라는 명성에 걸맞은 축제 콘텐츠 개발은 더 이상 미룰 일이 아니다. 아울러 가사시의 부활과 창작열을 고취하기 위하여, 현대적 감각을 지닌 현대의 작가들이 현대 가사시집을 창작할 수 있도록 지원을 아끼지 말았으면 한다. 그리하여 현대 시인이 쓰는 가사는 물론이고, 가사로 쓰는 수필이나, 동화, 동극 등 다채로운 가사시의 향연이 펼쳐질 수 있도록 멍석을 잘 깔아주기 바란다.

또한 '글쓰기 축제'의 개최도 제안한다. 미국의 아이오와 주에서는 매년 여름에 글쓰기 축제를 열고 있다. 이는 그곳이 플래너리 오코너, 존 어빙, 테네시 윌리엄스, 커트 보네거트 등 유명한 문호들이 그 곳 아이오와 대학 출신이라는 명성을 이용한 문화 콘텐츠 운영이다. 이 축제는 아이오와 대학에서 1주일 혹은 주말 과정으로 진행되는데 유명한 작가들과의 만남 등 그 과정이 무려 130개 이상이다.[24]

여기에 사람들이 몰리는 까닭은 꼭 작가가 되기 위해서가 아니라 '영감'을 얻기 위함이며, 박력 있고 당당한 자신과 대면할 수 있기 때문이라고 한다. 이 축제는 그 과정의 운용이 흥미로운데 초보자를 위한 소설 작법의 경우, "폭풍이 몰아치는 캄캄한 밤이었다."라는 첫 문장을 주고, 그 뒤를 이어 소설을 쓰라는 과제를 주는 것이 그것이다. 송강가사 〈성산별곡〉의 첫머리 "어떤 지날 손이 성산에 머물면서/ 서하당 식영정 주인아/ 내 말 들어 보소"로 시작하고, 그 다음은 축제 참여자가 이어가는 형식 등의 가사 따라 지어보기 등을 제안한다.

담양이 송강가사를 가지고 할 일은 매우 많다. 송강가사 패러프레이즈 대회, '새로 쓰는 사미인곡', '나의 속미인곡' 등은 물론 가사와 한시를 포함하여 시가문학을 활용한 콘텐츠 개발을 제안하며, 아울러 힐링(치유)과 쉐어링(공유)의 시대적 요구에 부합하는 시가문학의 음악화 내지는 미술화, 연극화 등도 함께 시도되기를 기대해 본다.

---

24 팸 그라우트, 김지영 역,『당신의 인생을 바꾸는 100대 여행지』, 북노마드, 2011, 27~28면.

성산별곡과 송강 정철

1. 들어가는 말

문학작품 속에 형상된 인물과 사물이 비록 실제 생활에 근거를 둔 것이라 할지라도 작품은 작가의 미의식이 가미된 주관적 창조 행위의 소산이기에 실제 생활 속의 그것과는 일치하지 않기 마련이다. 문학예술의 형상화는 실제 생활의 객관적 반영일 뿐만 아니라, 문학예술가의 주관적 창조[1]라는 말은 따라서 매우 중요한 진술로 받아들여진다.

〈성산별곡〉을 이해함에 있어서 우리는 그 작품 속에 형상화된 인물에 관심을 가지지 않을 수 없으며 아울러 작품 속에서 시종 커다란 역할을 수행하는 화자(persona)에 대한 천착은 곧 작품의 주제는 물론 본질적 이해의 관건이기도 한다.

지금까지의 학계에 드러난 바의 〈성산별곡〉에 관한 문제는 먼저, 그 작품 속에 형상된 인물과 사물에 관한 것으로서 이는 곧 식영정(息影亭)과 서하당(棲霞堂)의 주인(主人) 문제로 귀착되는 것이었다.

다음으로는 〈성산별곡〉의 작자와 제작연대에 관한 것으로 특히 작자에 대해서는 송강 정철의 제작설과 석천 임억령의 제작설, 서하당 김성원 제작설이 제시되어 뜨거운 논쟁을 일으켰다.

첫 번째의 문제는 문학작품 속에 형상된 인물이나 사물을 실제 생활 속의 그것과 일대일의 대응 관계로 파악하려는 태도로서 문학작품에 대

---

1 蔣孔陽, 金一平 옮김, 『형상과 전형』, 사계절, 1987, 25면.

한 작가의 주관적 창조력을 소홀히 한 데서 야기된 것이다. 이는 〈星山別曲〉의 가사 내용을 실제 생활의 일부로 귀속시킴으로써 작가의 예술적 상상력에 의한 주관적인 창작정신을 망각했다는 지적을 면하기 어려운 경우이다.

두 번째의 문제는 작품에 대한 전반적이고 깊이 있는 통찰력의 결핍에서 야기된 것으로 어느 한 쪽만의 단면을 크게 확대시킨 태도에서 초래된 결과이다. 문학작품의 이해는 총체적인 방법으로 행해져야 함은 재언을 요치 않는다. 어느 한 어구에 지나치게 집착 또는 강조하는 태도는 작품의 전체적인 분위기를 간과할 위험을 내포하기 마련이다.

따라서 본고는 문학작품이 실제 생활 속에 존재하는 인물과 사물을 바탕으로 작가의 상상력이 발동하여 생성된 주관적인 창조적 형상물임을 중시하는 태도를 견지하여 작품의 총체적이고 깊이 있는 이해에 도달함으로써 앞서 제시한 문제점을 해결하고자 함이 그 목적이다.

2. 성산별곡의 작품세계

〈성산별곡(星山別曲)〉은 인재(忍齋) 김성원(金成遠)의 『서하당유고(棲霞堂遺稿)』와 송강(松江) 정철(鄭澈)의 『송강가사(松江歌辭)』에 전하고 있는 가사문학으로 성산(星山)[2]을 지나는 한 나그네가 식영정과 서하당 주인을 칭송하면서 성산의 사시(四時) 변화를 노래한 것으로 알려져 왔다.

〈성산별곡〉은

A) 엇던 디날손이 星山의 머믈며셔
    棲霞堂 息影亭 主人아 내말듯소

---

2 星山은 현재 全南 潭陽郡 南面 芝谷里에 소재한 山名.

人生 世間의 됴흔일 하건마는
엇디 흔 江山을 가디록 나이녀겨
寂寞 山中의 들고아니 나시는고[3] (중략)

위와 같이 시작하여 아래와 같이 끝을 맺는다.

B) 人心이 ᄂᆞᆺᄀᆞᆺᄐᆞ야 보도록 새롭거늘
  世事는 구롬이라 머흐도 머흘시고
  엇그제 비즌술이 어도록 니건ᄂᆞ니
  잡거니 밀거니 슬ᄏᆞ징 기후로니
  ᄆᆞᄋᆞᆷ의 미친시름 져그나 ᄒᆞ리ᄂᆞ다
  거믄고 시욹언저 風入松 이야고야
  손인동 主人인동 다니저 ᄇᆞ려셰라
  長空의 ᄯᆞᆺᄂᆞᆫ 鶴이 이골의 眞仙이라
  瑤臺 월하의 힝혀아니 만나산가
  손이셔 主人ᄃᆞ려닐오ᄃᆡ 그ᄃᆡ긘가 ᄒᆞ노라

위에 보인 A)와 B)의 부분은 〈성산별곡〉의 이해에 있어서 모든 문제
해결의 실마리를 갖고 있다. 따라서 A)와 B)를 온당하게 이해하는 것은
곧 〈성산별곡〉의 바른 이해와 직결된다.

전체 8개의 단락으로 나눌 수 있는 위의 가사는

제1단 : 棲霞堂·息影亭 主人에게 지나가는 나그네가 묻는 내용
제2단 : 息影亭의 자연경관과 주인의 기상
제3단 : 星山의 春景과 주인의 생활

---

3 星州本 松江歌辭 이하 마찬가지임.

제4단 : 星山의 閑暇한 夏景

제5단 : 星山의 月光과 秋景

제6단 : 星山의 冬景과 山翁의 모습

제7단 : 古今聖賢에 대한 흠모와 豪傑들의 興亡과 志操

제8단 : 眞仙으로 자처하는 主人과 손님

〈성산별곡〉의 이해에서 가장 중심이 되는 것은 앞서 보인 A)와 B)부분이다. 어떤 나그네와 서하당·식영정 주인과의 관계 즉 서하당·식영정 주인은 어떤 인물인가? 나그네와 서하당·식영정 주인은 같은 인물인가 아니면 다른 인물인가? 등이 A)부분을 통하여 제기되는 문제라면 또한 어떤 나그네의 정체가 서하당·식영정 주인과 다르지 않으며 나그네가 곧 서하당·식영정 주인으로서 성산동의 진선(眞仙)임을 암시해 주는 곳이 B)부분이다.

어쨌든 〈성산별곡〉은 표면적인 내용을 볼진대 어떤 나그네가 성산에서 서하당·식영정 주인과 더불어 혹은 그 주인으로 행세하면서 철따라 아름답게 변화되는 성산의 춘경(春景), 하경(夏景), 추경(秋景), 동경(冬景) 등을 완상(玩賞)함에서부터 고금 성현을 흠모하면서 마음에 맺힌 시름을 잊기 위해 술과 거문고로 주인과 나그네가 한데 어울려 험한 세사를 달래는 내용까지를 담고 있다. 그러나 가의(歌意)의 내용을 좀 더 깊이 있게 천착해 보면 나그네와 주인이 결코 다른 인물이 아니라 동일인임을 알 수 있다. 그것은 곧 앞에 인용한 B)부분에 나타나 있다.

그러므로 나그네의 정체와 서하당과 식영정 주인의 정체를 분명하게 이해하는 것은 〈성산별곡〉 이해의 핵심이 된다.

따라서 먼저 서하당·식영정의 주인문제를 규명하지 않을 수 없다.

3. 서하당과 식영정의 주인

엇던 디날손이 星山의 머믈며서
棲霞堂 息影亭 主人아 내말듯소

위의 구절을 이해함에 있어서 지금까지의 견해는 크게 두 가지로 엇갈려 있음이 학계의 실정이다. 여기서 말하는 서하당과 식영정의 주인이 인재 김성원(1525~1597)을 지칭한다는 견해와 석천 임억령(1496~1568)을 지칭한다는 견해가 그것이다.

인재 김성원은 정송강의 처외재당숙(妻外再堂叔)이라는 족친(族親)의 관계뿐만 아니라 석천·하서 김인후 등을 모신 그들의 문하생으로서 두 사람은 평소 교친이 두터운 사이로 서로를 매우 공경하고 위하는 사이였다.

松江高峯霽峯諸賢爲道義交
迭相塤箎往來不絶松江尤加敬
每呼以霞丈爲有星山別曲行于世[4]

위의 기록은 인재의 36세 때 연보에 있는 것인바 김성원은 당대 호남의 문객이요, 논객이며 풍류객인 송강 정철(1536~1593) 고봉 기대승(1527~1572) 등의 여러 어진 사람과 도의로써 정분을 맺었던 인물이다. 그들은 서로의 의기가 상합하여 상호 번갈아 가면서 훈지상화(壎箎相和) 곧 형과 아우 되어 화목하게 지냈으며 늘 왕래가 끊이지 않았음을 알 수 있다. 그 중에서도 특히 송강은 김성원을 더욱 존경하여 그를 매양 하장(霞丈) 곧 서하당 어른이라고 불렀으며 또한 그를 위하여 〈성산별곡〉을 지었는데 그것이 세상에 전한다고 했다.

---

4 「年譜」, 『棲霞堂遺稿』.

이렇게 보면 정 송강이 처외재당숙이며 동문수학인 김성원을 위하여 〈성산별곡〉을 지을 수 있었을 것이라는 견해가 나올 수 있는 것이다. 따라서 서하당과 식영정 주인은 곧 김성원이라는 등식이 자연스럽게 성립될 수 있을 법하다. 이러한 주장은 다음의 기록에도 힘입고 있다.

嘗言一小成少以榮親矣不復應擧

築棲霞堂于昌平之星山爲終老計

自是優遊林泉沈潛書籍不知日之將夕 (中略)

又嘗構一小亭推與石川晨夕陪從

講討交至卽息影亭是已百世之下

聞其風者覺凜然起懦也5 (下略)

위의 인용문 또한 김성원의 나이 36세 때인 경신(1560)의 연보이다. 이에 의하면 김성원의 인물됨은 일찍부터(구체적으로 몇 살인지 알 수 없다) 과거와 같은 세속적인 영달에는 뜻을 두지 않았던 것을 알겠다. 그는 창평 성산의 기슭에 서하당을 짓고 임천(林泉) 가운데서 서적에 침잠하며 여러 벗들과 도의(道義)와 풍류(風流)를 즐기는 것으로써 노후의 계책으로 삼았던 인물이다.

또한 식영정을 복축하여 석천을 모시고 새벽부터 밤늦도록 강의를 듣고 토론을 했던 인물로 나타나 있다. 박준규 교수는 이러한 『서하당유고』의 김성원 연보에 따라 식영정의 창건자는 김성원이며 창건 시기는 경신(1560)이라고 한 바 있다.6 서하(西河) 임헌회(任憲晦, 1811~1876)의 〈서하김공묘갈명〉에도 같은 맥락의 기록이 보인다.

---

5 4)와 같은 곳.

6 박준규, 「성산의 息影亭과 星山別曲」, 『국어국문학』 94호, 국어국문학회, 1985, 12~13면.

愛星山泉石築棲霞堂息影亭
邀一時賢士大夫遊賞酬唱
松江爲作星山別曲其瀟灑出塵之想邈焉[7]

위에서 보는 바로는 김성원은 서하당과 식영정을 짓고서 당대의 어진 사대부들을 맞이하여 풍류를 즐겼음을 알 수 있다. 뿐만 아니라 정 송강이 그러한 김성원의 맑고 깨끗하며 출진한 모습을 찬미하여 〈성산별곡〉을 지었다고 한다.

위의 『서하당유고』뿐만 아니라 『식영정기(息影亭記)』를 쓴 석천 임억령에 따르면,

金君剛叔吾友也乃於蒼溪之上
寒松之下得一麓構小亭
柱其隅空其中苫以白茅翼以涼簟
望之如羽蓋畫舫以爲吾休息之所
請名於先生[8] (下略)

위와 같이 김성원은 식영정을 지어서 자기의 스승이자 장인인 석천에게 휴식의 장소로 제공하였으니 이로 미루어 본다면 서하당과 식영정을 복축한 사람은 곧 김성원이 분명한 듯 보인다.

또한 다음의 기록에서도 그러한 사실을 뒷받침 할 수 있다.

日夕始到息影亭卽剛叔別墅
先生倚檻寓賞頗極從客

---

7 棲霞金公墓碣銘幷序 3面, 『棲霞堂遺稿』.
8 林億齡, 「息影亭記」, 『石川集』, 麗江出版社, 1989, 263면.

夜入棲霞堂秉燭
窮歡興闌而罷
斯亦一時勝事也[9] (下略)

　　이는 선조 7년인 1574년에 제봉(霽峯) 고경명(高敬命, 1533~1592)이 광
주목사 갈천(葛川) 임훈(林薰, 1500~1584)의 초청으로 서석산(瑞石山, 지
금의 光州 無等山)을 등정할 때의 감회를 기록한 기행문이다.

　　고제봉은 김성원과는 동문수학으로 그들의 친교는 앞에서도 말한 바와
같이 매우 두터웠던 모양이다. 선조 7년(1574)은 임석천이 세상을 떠난
뒤이며 김성원의 나이 50세가 되던 해이다.

　　고제봉이 서석산을 등정한 것은 만력(萬曆) 갑술(1574) 초여름이니 이
때 석천은 서하당과 식영정을 떠난 뒤이다. 석천은 이미 1568년에 73세로
세상을 떠났던 사람이다.[10]

　　그렇다면 위에서 식영정을 강숙(剛叔) 곧 김성원의 별서라고 못 박고
있음은 잘못된 지적이 아님을 알 수 있겠다. 김성원이 임억령을 위하여
정자를 지어 주었다고 할지라도 임억령이 죽은 뒤까지 정자를 비워두고
스승의 정자라고 했을 리가 없겠기에 더욱 그렇다.

　　이러저러한 사정으로 인하여 〈성산별곡〉의 서두에서 말하는 서하당과
식영정의 주인은 김성원이라는 주장이 제기되기에 이르렀다.

　　이와 같은 견해는 김사엽 교수가 〈송강가사신고〉[11]에서 주장한 이후 학
계에 별 이의 없이 받아들여져 정설화 되기에 이르렀다. 단적인 예로 『한
국문학통사』를 저술한 조동일 교수는 "성산별곡은 서하당(棲霞堂)이라고
한 김성원(金成遠)이 식영정(息影亭)이라는 정자에서 노니는 데 찾아가

---

9 「遊瑞石錄」, 『國譯霽峯全書』, 한국정신문화연구원, 1980, 18면.
10 「石川年譜」, 『石川集』, 406면.
11 김사엽, 「松江歌辭新攷」, 『慶北大論文集』 제2집, 1958.

주인의 생활을 흠모하면서, 적막한 강산에 묻혔어도 모든 시름을 잊을 만한 즐거움을 누린다는 것을 아주 화려한 문체로 나타냈다."12 한 것이 그 것이다.

이와 같이 정설화 된 듯한 학계의 견해에 이견을 제시한 것은 정익섭 교수에 의해서이다. 그는 〈석천집과 성산별곡〉에서 〈성산별곡〉에서 지칭하는 서하당과 식영정의 주인은 김성원이 아니라 임억령이라는 것이다.

정교수는 말하기를 김성원은 우선 인물로 보나 학문 또는 관력으로 보아 석천에 비할 바가 못 된다고 전제하고 그런 인물은 〈성산별곡〉의 가사에서처럼 〈선옹〉 또는 〈진선〉이라고 하는 칭호를 가지고 경앙(敬仰)할 대상이 아니라고 했다.

반면에 석천은 그 인물됨에 있어 탈속고매(脫俗高邁)한 인물로서 호남의 사종(詞宗) 또는 김하서(金河西) 인후(麟厚)와 안순암(安順庵) 축(軸)과 더불어 삼고(三高)로 칭송받던 사람이고 보면 〈성산별곡〉의 찬미 대상은 석천으로 보는 것이 타당하다13는 것이다.

정교수는 기존의 학설은 그 문제의 발단이 김사엽 교수가 주창한 『서하당유고』에만 전적으로 의존하고 있는 데서 생겼다고 단정하고 『석천집』의 〈행적기략(行蹟紀略)〉과 〈신도비명(神道碑銘)〉을 보지 못한 탓으로 일방적 주장에 빠지게 되었다고 반박했다.14 『석천집』에는 김수항(金壽恒)이 석천의 행적을 대략하여 기술한 〈행적기략〉이 있으며 이가원 교수가 쓴 〈신도비명〉이 있다.

먼저 김수항이 지은 〈행적기략〉15을 보면

---

12 조동일, 『한국문학통사』 2, 지식산업사, 1983, 310면.

13 丁益燮, 「石川集과 星山別曲」, 東國大學校 韓國文學硏究所篇, 『한국문학연구』 제12집 1989, 216면.

14 정익섭, 앞의 글, 215면.

15 『石川集』, 302면.

嘗愛昌平星山洞水石之勝

卜築就居扁其堂曰棲霞亭曰息影

有記文及題詠諸詩

及還海南猶往來棲息

松江鄭相公作星山別曲以美之 (下略)

위의 기록은 석천이 세상을 등진 110년 뒤인 숙종 사년 무오년(1678)에 문곡 김수항(1629~1689)이 엮은 것으로 앞서 말한 바와 같다. 〈행적기략〉에서는 임석천이 창평에 있는 성산의 물과 돌이 아름다운 곳을 사랑한 나머지 몸소 서하당과 식영정을 지었으며 뿐만 아니라, 식영정 기문과 여러 시편을 제작하였음을 알 수 있게 한다. 이러한 문곡의 기록은 그가 당대의 대문장가였다는 사실을 감안할 때, 수긍이 가는 점이 없지 않으나, 다른 한편에서 석천이 세상을 떠난 지 약 100년 정도의 시간이 지난 뒤로써 석천에 대한 세상 사람들의 기억이 여전히 남아 있을 수 없다는 점에서 분명 주목을 요한다.

지금까지 확인된 바로 석천에게는 성산에서 읊은 약 400여 시편이 있으며 식영정과 서하당을 읊은 시편 또한 각각 20詠과 8詠이 『석천집』에 보인다. 특히 〈식영정 20詠〉에 대해서는 당시의 거유(巨儒)인 면앙정(俛仰亭) 송순(1493~1582)을 위시하여 송강 정철, 인재 김성원, 제봉 고경명 등이 차운하였을 만큼 유명하였다.

또한 〈서하당 8詠〉에 대해서도 인재와 송강의 차운시가 전하고 있다.

한편, 이가원 교수가 지은 〈신도비명〉[16]을 보면

嘗愛昌平星山洞水石之奇

屬女婿金成遠築棲霞堂復起小亭

---

16 『石川集』, 296면.

揭之以息影有自記又有雜詠二十絶

鄭松江澈公作星山別曲以美之 (下略)

위의 〈신도비명〉은 『석천집』의 영인을 앞두고 유족의 청탁으로 석천 사후 400여 년 뒤인 을유(1986년) 5월에 지은 것이다. 이 기록 또한 서하 당과 식영정의 주인은 임석천임을 알려주고 있다. 〈신도비명〉은 전해오 는 여러 기록물에 의하여 제작된 것이기에 참조한 기록물에 따라서 그 내용은 얼마든지 다를 수밖에 없겠는데 이에 따르면 석천은 창평 성산동 의 물과 돌이 기이한 곳을 사랑한 나머지 자기 사위인 김성원을 시켜서 서하당을 구축케 하였으며 또다시 식영정을 짓게 하고는 자신이 그에 대 한 식영정 기문과 잡영 20詠을 제작하였음을 밝히고 있다.

따라서 〈신도비명〉에 의하면 서하당과 식영정의 주인은 곧 임억령임 을 분명하게 해 준다. 그런데 〈행적기략〉은 석천이 세상을 떠난 지, 110 년이 지난 후의 기록이기에 아쉽지만 신뢰 가치가 덜하고, 〈신도비명〉은 석천 사후 418년 뒤의 것이고 보니 그 자료로서의 신빙성 문제는 더 상존 한다. 어쨌든 정익섭 교수의 주장은 〈행적기략〉과 〈신도비명〉을 근거로 할 때 서하당과 식영정의 주인은 곧 임억령이 분명하다는 것이다.

이렇게 되고 보니 문제는 해결된 것이 아니라 오히려 더 복잡하게 되 고 말았다. 앞서 보인 바와 같이 『서하당유고』의 기록이나 『석천집』의 기록이 당사자들의 생존 시의 것이 아니라 그들 사후에 후손들에 의하여 작성된 것이라는 점에서 이러한 자료에 대한 일방적인 신임은 신중히 사 려 되어야 마땅하기에 더욱 그러하다.

앞서 말한 『서하당유고』는 김성원의 6대 손인 김중기(金重器, ?~1735) 에 의하여 행장(行狀)이 작성되었다. 그러나 이것이 언제 작성되었는지에 대해서 지금으로 소상히 알 길이 없다.

또한 『석천집』에 보이는 〈식영정기〉는 명종 18년 계해년(1563) 석천의 나이 68세에 지어진 것으로 나타나 있어서 언뜻 신빙이 갈 듯도 하지만,

석천의 연보 또한 문곡 김수항의 〈행적기략〉에 의거한 것이어서 김수항의 〈행적기략〉에 대한 신빙성의 논의 없이는 그것 또한 전적으로 믿기는 곤란하다.

한편 고경명의 〈유서석록〉의 기록을 참고할 수도 있겠으나 그의 다른 글에서는 서하당의 주인을 임석천으로 명기하고 있어서 객관적인 진술은 기대하기 어렵다.

가령 그의 〈기몽〉이란 글에 이르기를 "하물며 성산은 석천이 평일에 우거하고 노닐던 땅이니 반드시 여기에 권련할 것이 분명하다. 구름을 타고 정호음(鄭湖陰)을 끌어서 서하관(棲霞館)에 임하는 것을 또 어찌 의심하랴?"라고 했는데[17] 위의 기록에서는 서하당이 석천의 거처임을 분명히 하고 있는 등 앞의 〈유서석록〉과는 다르게 말하고 있어서 진술이 일관되지 않는다. 결국 위의 기록에 의한다면 서하당과 식영정의 주인을 김성원이라고 한 학계의 주장은 그 자료에 있어 철저한 고증이 뒤따르지 않는 한, 신빙할 만한 것이 되지 못한다는 사실을 알 수 있겠다.

한편, 다른 자료인 『석천집』에 등재된 〈행적기략〉과 〈신도비명〉에는 앞서도 밝힌 바와 같이 서하당과 식영정의 주인을 임억령으로 명기하고 있지만, 〈행적기략〉은 임석천 사후 110년 후에 작성된 것이고 보면, 그 자료로서의 신뢰성이 의심되지 않을 수 없다.

이는 김수항이 〈행적기략〉의 찬술 과정과 찬술 의도에서 밝히고 있으니 다음의 기록에서 확연히 입증되는 사실이다.

先生平生著述最多多散軼不收沒後
後承零替又屢經寇難家乘舊籍
無一存者至其官歷行治沒無可徵
今得遺稿一帙於昌平金姓人家卽公外裔也

---

17 『국역 제봉전서』, 앞의 책(상권), 496면.

遂取以梓之仍犕記先生始卒大略如此

且撫外史所錄數段及諸賢詩什之相唱和發揮者

以附其下以備後之欲知公者所考信云[18]

이에 의하면 석천에 대한 기록이 자손의 영체(零替)와 왜구의 잦은 침략 등으로 인하여 유실되어 상고할 것이 전혀 없었는데 창평 김씨 소장인 석천의 유고 한 질을 얻어서 참고 하여 선생의 생몰연대를 대강 기록하고 그 외에 외사(外史)에 기록된 몇 편의 글과 여러 사람들이 석천과 주고받았던 시편을 추가로 기록하여 훗날 선생을 알고자 하는 사람들의 고신할 바가 되게 한다고 하였으니, 김수항이 〈행적기략〉을 쓸 당시에도 석천에 대한 소상한 기록이 없었음을 짐작케 한다. 그러므로 부득이하게 여기저기에서 글을 모아 석천의 일대기를 거칠게나마 엮음으로써 후세인에게 참고가 되게 하고자 했음을 쉽게 할 수 있다.

결국 〈행적기략〉이 어떤 글을 구체적으로 참고 하였으며 또 창평 김씨 집안에 전하고 있었다는 문헌이 어느 정도의 신빙성이 있는 것인지 분명하게 알 수 없다. 다만 그의 외손 감목(監牧) 김전(金墊)이 산망(散亡)한 석천의 유고를 수습하였다[19]고 하니 앞선 〈행적기략〉에서 말한 창평 김성인(金姓人)은 아마도 그를 지칭한 것이라 생각된다.

그렇다고 해도 위의 〈행적기략〉을 전적으로 신빙할 만한 근거가 없다. 왜냐하면 석천의 문집은 여러 차례에 걸쳐서 간행되었는데 윤고산의 증조부 귤옥(橘屋) 윤광계(尹光啓, 1559~?)가 석천의 외손 김전 의 부탁을 받고 『석천집』의 서문을 쓴 것이 광해군 11년 기미년(1619)으로 이때 이미 세상에는 또 다른 석천의 문집이 간행되었지만, 병화(兵禍) 등으로 인하여 없어지고 말았기에 여기저기에서 석천관련 기록들을 모으거나 구전

---

18 『石川集』, 앞의 책, 302면.

19 「石川先生集序」, 『石川集』, 56면.

된 자료들을 모아서 석천의 생애를 결구하였기 때문이다.

先生集行于世且久及丁酉兵燹之後
毀滅無餘監牧乃能收拾散亡[20] (下略)

위의 기록에서 알 수 있듯이 광해군 11년 기미년(1619) 이전에 이미 다른 석천의 문집이 간행되었으나 정유년(1597)의 병화로 인해 훼멸되었던 것으로 판단된다.

최근에는 융경 육년(1572)에 제주도에서 목사 소흡(蘇瀹), 감목(監牧) 이천(李薦), 훈도(訓導) 정언식(鄭彦湜) 등이 간행한 『석천선생시집』 목판본 4책 7권(1,179수 수록)이 고려대학교 대학원 도서관 만송문고(晩松文庫)에서 발견 되었다.[21] 이 문집은 윤광계가 서문을 쓴 석천문집 보다 47년이 앞선 것으로 석천 사후 4년 되던 해에 간행되었음을 알 수 있다.

현재로서 석천의 문집이 모두 몇 차례 걸쳐 간행되었는지 그 내력을 소상히 밝힐 수는 없다.[22] 다만 추측컨대 석천이 세상을 떠난 직후에 그의 문집이 간행되었을 가능성은 배제할 수 없을 것이다. 이는 그가 호남시단에 있어서 차지하는 위치와 역할을 감안할 때 쉽게 짐작 할 수 있겠다.

따라서 아직 확인되지 않았지만 그 개연성만은 존재하고 있다. 다음에 두 번째로 간행된 것이 앞서 보인 고려대학교 대학원의 만송문고에 소장된 목판본으로 추측된다. 그 다음에 세 번째로 간행된 것이 외손 김전에 의한 것이라 보여 지는데 그때 앞서 말한 윤광계의 서문이 첨가된다. 이는 광해군 11년(1619)에 해당되며 석천 사후 52년이 되던 해이다. 다음으로 추측할 수 있는 것이 숙종 4년(1678)에 간행된 네 번째의 문집으로 이

---

20 「石川集序」, 『石川集』, 56면.

21 林南炯, 「石川集續刊辭」, 1990.

22 석천집의 간행에 대해선 정익섭 교수의 앞의 글 참조.

때 문곡 김수항의 석천에 대한 〈행적기략〉이 첨부된다.

이렇게 볼 때 〈행적기략〉은 세 번째 간행본을 참고로 하였을 가능성이 짙음을 짐작할 수 있다.[23] 그렇다면 세 번째 간행본에 나타난 윤광계의 서문이 알려주듯이 이 간행본은 김성원의 아들이자 석천의 외손인 김전에 의하여 주도된 것이다. 간행 의도는 석천의 유고가 산망하여 제대로 전하지 않기 때문에 그 유고들을 수습하여 널리 전하고자 함이었다.

이로 미루어 세 번째 간행된 문집의 체제나 내용이 어떠한 것인지를 짐작할 수 있을 것이다. 그 문집이 믿을 만한 것이 아니었기 때문에 김수항 자신도 〈행적기략〉에서 아쉬움을 나타내고 있는 것이 아니겠는가? 그렇기 때문에 앞서도 보인 바와 같이 김수항 자신이 몸소 외사(外史)에 수록된 기록을 모으고 제현(諸賢)들과 수창한 시문을 참조하여 〈행적기략〉을 지었을 것으로 판단된다.

또한 이가원 교수가 지은 〈신도비명〉은 주로 김수항의 〈행적기략〉을 바탕으로 하면서 간혹 석천의 시문을 참조한 비문이기 때문에 서하당과 식영정의 주인을 밝히기 위한 근거자료로 삼기에는 부족한 감이 없지 않다.

한 가지 추측되는 점은 김수항이 외사에서 참조했다는 기록이 숭정 계묘(1663)에 송강의 현손(玄孫) 장암(丈巖) 정호(鄭澔, 1648~1736)에 의하여 지어진 〈식영정 중수기〉에 나타난 것이 아닌가 한다. 〈식영정 중수기〉에 의하면 "식영정은 곧 임석천이 남긴 건물이다."라고 못 박아 말하고 있는데

息影亭卽故林石川遺址也
石川當明廟乙巳
知士禍將作絶意遊官
退歸南中構一小亭於昌平星山之下

---

23 졸고, 「석천 임억령 시문학 연구」, 성균관대 박사학위논문, 1994.

扁之息影作記以見志

亭之北有棲霞堂舊基 (中略)

今其子姓零替只有外裔若干人

不能保守舊業轉輾爲他人物[24] (下略)

위의 기록에서 보듯이 식영정은 임석천이 남겨 놓은 건물이 분명하다. 위의 기록은 장암이 어떤 문헌을 참고하여 기술한 것인지 확실하지 않지만, 이미 이때에 이르러 서하당[25]은 건물이 없어지고 옛터만 남아 있는 상태였음을 알 수 있다.

식영정 또한 석천의 자손들이 미미한 나머지 제대로 보존하지 못하여 다른 사람의 물건이 된 것도 알려주는 기록이다. 〈식영정 중수기〉는 〈행적기략〉보다 15년 앞서 지어진 것이고 보면 김수항이 이것을 참고 했을 가능성은 배제할 수 없을 것으로 사료된다.

요컨대 우리는 『서하당유고』와 『석천집』을 통하여 서로 상반된 기록을 접하게 된 나머지 〈성산별곡〉의 A)부분에서 지칭하고 있는 서하당과 식영정의 주인이 누구인가에 대한 명쾌한 해답을 얻지 못했다. 현재로선 석천 자신이 직접 기술한 〈식영정기〉가 가장 믿을 만한 것으로서, 이에 의하면 김성원이 정자 하나를 지어서 자기 장인이자 스승인 석천의 휴식 공간으로 제공하려 한다면서 정자의 이름을 청하자, 여기에 석천이 정자 이름을 『장자』의 〈잡편 제삼십일〉에 나오는 식영에 입각하여 식영정이라고 했음을 알 수 있다. 따라서 그 소유주는 석천이 살아 있었을 때에는 석천의 정자였지만, 석천이 죽은 뒤에는 김성원의 거처가 되었다가 다시 다른 사람의 소유물이 되었을 가능성이 높다. 따라서 액면 그대로의 식영정과 서하당의 소유적 주인은 석천과 김성원 두 사람 외에 여러 명으로

---

24 『石川集』, 320~321면.

25 현재 건물은 1995년 재건한 것임.

봐야 옳을 듯하다.

서하당과 식영정의 복축에 대하여는 사실 장암 정호의 〈식영정 중수기〉와 김수항의 〈행적기략〉 그리고 이가원 교수의 〈신도비명〉을 보면 나중의 기록 일수록 그 기술이 보다 구체화되고 있음을 알 수 있다. 그러나 이러한 기록들은 『서하당유고』와는 대조적인 것이어서 일견 그 신빙성이 있어 보이지만 현재로선 『석천집』의 기록이나 『서하당유고』의 그것이나를 막론하고 서하당과 식영정의 주인문제를 밝히기 위한 자료로서의 신빙성에는 문제점이 남아 있다.

이상에서 살핀 바와 같이 지금까지 여러 논자들이 서하당과 식영정의 주인을 밝히려고 노력한 것은 〈성산별곡〉을 보다 올바르게 이해하기 위한 것 이외에는 아무런 의도가 없었을 것이다. 그러나 작품의 이해를 위한 의도가 오히려 혼란만을 초래하고 말았음을 확인한 셈이다.

결국 〈성산별곡〉의 온당한 이해를 위해서는 그것이 유명한 시인 사대부가 지은 문학 작품이라는 점을 먼저 인식해야 할 것이다. 〈성산별곡〉이 사대부 문학인 이상 그것은 사대부의 시학을 반영한 것이 분명하다. 사대부 시학이란 무엇을 뜻하는가? 사대부들은 물아일체의 경지를 심미적·정서적 가치의 최고로 표방하였으며 이는 곧 그들의 움직일 수 없는 시학의 기반이었다.[26]

우리가 〈성산별곡〉을 이해하는 데 있어서 물아일체의 사대부 시학은 매우 중요하다. 나중에 상술되겠지만 〈성산별곡〉의 A)부분에 등장하는

엇던 디날손이 星山의 머믈며셔

棲霞堂 息影亭 主人아 내말듯소

여기에서 지나가는 손님은 곧 서하당과 식영정 주인과 동일 인물이라

---

26 김학성, 「가사의 장르성격 재론」, 『국문학의 탐구』, 성균관대학교출판부, 1987, 126면.

는 점을 간과해선 안 된다. 어떤 지나가는 손 곧 나그네는 화자(speaker)이면서 곧 청자(hearer)이다. 그렇기 때문에 B)부분에서 단적으로 '손인동 主人인동 다니저 부려셰라'라는 물아일체의 진술이 가능했던 것이다.

그러므로 〈성산별곡〉을 이해하는 데 있어서 중요한 것은 곧 어떤 지나가는 나그네의 정체를 밝히는 것이 우선의 문제인 것이다. 우리가 간과해서 안 될 것은 문학작품 속에 존재하는 어떤 대상이나 기술물은 객관적인 대상으로 실제 생활에 존재하는 사상(事象)일 수도 있지만, 그것은 작가라는 주관적인 자아의 미학적인 감각에 의해서 선택되고 조직되어진 서정적 형상물(形象物)[27]이라는 사실이다.

따라서 문학작품 속에 형상된 사람이나 사물이 비록 실제 생활 현장에 근거를 둔 것이라 할지라도 특히 서정적 작품은 작가의 세계관에 기반한 시창작 태도와 미의식이 투영된 주관적인 창조 행위의 소산이기에 실제 생활 속의 그것과 작품의 질서 속에 자리 잡은 그것은 일치하지 않기 마련일 것은 재언을 요치 않을 것이다.

그럼에도 불구하고 그간 학계에서는 〈성산별곡〉에 형상된 서하당·식영정의 주인을 실제 생활의 실제 인물과 일대일로 대응시키려 한 데서 문제를 야기시켰던 것이다.

이제 〈성산별곡〉에서 관건이 되고 있는 나그네의 정체를 밝힘으로써 작품의 본질적인 문제 해결에 임하고자 한다.

4. 정송강(鄭松江)과 성산별곡

1) 작자문제

〈성산별곡〉의 A)부분에 등장하는 나그네의 정체를 밝히는 작업은 곧

---

27 김학성, 앞의 글, 127면.

본 가사의 작자 구명과 일치한다. 그간 학계에서는 〈성산별곡〉의 작자에 대하여 크게 두 가지 견해가 제시되어 왔다.

첫째는, 〈성산별곡〉은 송강 정철의 작이라는 것으로서 이는 학계에 알려진 일반적인 견해이다. 그러나 이에 있어서도 송강이 그것을 제작한 시기에 대해서는 그 설이 매우 분분한 실정으로 아직까지 합치된 결론에는 이르지 못하고 있다.

이에 대해서는 다음 장에서 다시 논의할 것이다.

둘째는, 〈성산별곡〉이 석천 임억령의 작이라는 견해가 그것인데 이는 강전섭 교수가 〈성산별곡의 작자에 대한 존의〉[28]에서 주장한 것이다. 이는 지금까지 송강의 작이라는 통설에 반론을 제기한 것이어서 일단 주목을 요한다. 그에 따르면 〈성산별곡〉이 이와 같이 작자에 있어서 견해를 달리하게 하는 것은 숙종 연간에 이르러서야 가집 〈송강가사〉에 그 모습을 나타내고 있기 때문이라[29]는 것이다.

숙종 이전의 문헌에서 〈성산별곡〉이 송강의 작이라는 증언이나 전설 따위마저도 찾아 볼 수 없기 때문에 의문을 지닌다고[30] 하였다. 그러나 〈송강가사〉가 간행된 숙종 연간을 볼진대 의성본은 송강의 현손 정호가 의성에서 숙종 22년 병자(1696)부터 숙종24년 무인(1698)에 걸쳐서 간행한 것이고, 관북본 또한 같은 인물이 숙종 30년 갑신(1704)부터 숙종 31년 을유년(1705)에 걸쳐 함흥에서 간행한 것이니 두본 모두 전계한 김수항의 〈행적기략〉이 지어진 후가 된다. 이렇게 되면 강 교수는 김수항의 석천에 대한 〈행적기략〉을 보지 못했다는 결론에 이른다. 즉 〈행적기략〉은 숙종 4년 戊午(1678)에 지어진 것이니 〈송강가사〉 의성본이 간행된 병자(1696)보다는 18년이나 앞선 것으로서 여기에 다음과 같은 기록은 주목을 요한다.

---

28 姜銓燮, 「星山別曲의 作者에 대한 存疑」, 『韓國古典文學研究』, 大旺社, 1982.
29 이에 대한 자세한 논의는 강전섭 교수의 위 논문, 52~55면 참조.
30 강전섭, 앞의 글, 52면.

嘗愛昌平星山洞水石之勝卜築就居

扁其堂曰棲霞亭曰息影有記文及題詠

諸詩及還海南猶往來棲息松江鄭相公

作星山別曲以美之至今播[31] (下略)

이는 앞서도 인용한 바 있듯이 석천이 성산의 승경을 사랑한 나머지 서하당과 식영정을 짓고 그와 관련된 기문 및 시편까지 제작한 사실에 대해 송강이 〈성산별곡〉을 지어 석천을 찬미한 것이라고 되어 있다. 서하당과 식영정의 주인이 임석천이라고 한 것은 앞에서 논의한 것이니 별도의 문제로 돌리고 나면 〈성산별곡〉이 송강의 작이라는 사실만은 분명해 보인다. 이로써만 보아도 강전섭 교수가 지녔던 의아함은 저절로 해결된 셈이다.

이와 아울러 『서하당유고』의 기록 역시 다시 주목할 필요가 있겠다.

愛星山泉石築棲霞堂息影亭

邀一時賢士大夫遊賞酬唱

松江爲作星山別曲

其瀟灑出塵之想邈焉[32] (下略)

여기에서도 송강이 김성원의 소쇄하고 출진한 기상을 흠모하여 〈성산별곡〉을 지은 것으로 되어 있다. 앞서의 〈행적기략〉에서는 임석천을 위한 찬미로써, 위의 『서하당유고』 행장에서는 김성원을 위한 찬미로써 〈성산별곡〉이 지어졌다고 했다.

어쨌든 두 기록에서 분명히 알 수 있는 것은 〈성산별곡〉을 지은 작자

---

31 「行蹟紀略」, 『石川集』, 앞의 책, 302면.

32 「棲霞金公墓碣銘幷序」, 『棲霞堂遺稿』.

는 송강 정철이라는 사실이다.

한편 『석천집』과 『서하당유고』를 살피건대 〈성산별곡〉이 송강의 작이라고 하는 데는 일치를 보이고 있지만 그 찬미의 대상이 다르게 나타난 이유는 무엇일까? 그것은 아마도 〈성산별곡〉 중에서 앞서 소개한 A)부분에 기인한다고 생각된다.

김성원이 식영정을 지어서 장인이자 스승인 석천의 휴식 공간으로 제공하였다는 것은 앞의 〈식영정기〉에서 석천 자신도 밝히고 있는 바다. 그러므로 김성원 후손의 입장에서 보면 서하당을 포함하여 식영정의 주인은 김성원이 될 것이다. 그렇기에 『서하당유고』의 연보와 행장에서 모두 서하당과 식영정은 김성원이 지은 것이라 하였던 것이리라.

반면에 석천의 입장에서 보면 서하당과 식영정은 그의 거처이니 〈행적기략〉과 연보에서 그렇게 명시하였음은 당연하다. 그렇다면 서하당과 식영정의 주인 문제는 〈성산별곡〉의 A)부분이 성산을 지나던 한 나그네가 세상의 좋은 일 마다하고 적막한 강산을 갈수록 사랑한 나머지 속세엔 뜻을 두지 않았던 서하당과 식영정 주인의 고매한 인품을 흠모한 내용이라고 이해한 데에서 빚어진 것이었다는 사실을 알게 하는데 이는 절을 달리하여 논하기로 한다.

김성원의 〈서하김공묘갈명병서〉와 임석천의 〈행적기략〉에서는 두 사람이 모두 고매한 인품의 소유자로서 성산의 승경과 임천 속에서 풍류를 벗 삼아 일생을 보낸 인물임을 강조한 다음, 송강이 〈성산별곡〉을 지어 그 점을 찬미하였다고 함으로써 문집 편찬 서술의 객관성을 보장받으려 했음이 분명하다. 이점은 조선시대 문집 편찬자들의 성향을 감안할 때 충분히 납득이 가는 바이다. 여하튼 위의 기록들에서 우리는 송강 정철이 〈성산별곡〉을 지었다는 것만은 숙종 조 이전에도 이미 알려져 있었음을 알 수 있다. 따라서 〈성산별곡〉은 송강의 작품이라고 믿어도 문제가 없을 것이다.

그러면 〈성산별곡〉을 일단 정송강의 작품이라 할 때 성산을 지나는 나그네의 정체는 곧 송강 자신이라고 주장하기 위해서 이제 그것의 구체적인 제작시기를 천착할 필요가 있다. 왜냐하면 이미 밝힌 바와 같이 김성원의 『서하당유고』의 〈서하김공묘갈명병서〉와 『석천집』의 〈행적기략〉 및 석천의 연보를 전적으로 수긍할 수는 없기 때문이다.

2) 제작 년대 문제

김성원의 『서하당유고』와 『석천집』에 의하면 송강은 20대에 〈성산별곡〉을 지은 것으로 되어 있다. 『서하당유고』의 연보 경신(1560)에 의하면 "송강우가경매호이하장위유성산별곡행우세"라고 하였는바 김성원의 36세인 경신(1560)은 송강 25세가 되는데 경신 이후 몇 년 사이에 〈성산별곡〉이 지어졌으리라는 추정을 가능케 하고 있다. 그러나 구체적으로 그 정확한 시기를 밝힐 수는 없는 실정이다.

이에 대해 김사엽 교수는 "〈성산별곡〉은 상기한 바와 같이 하당 삼십육세 때 곧 송강 이십오세(明宗十五年 庚申 A.D. 1560) 때 作이었다."고 단정했다.[33] 하지만 이는 『서하당유고』의 김성원에 관한 연보를 잘못 해석한 것으로 판단된다. 다시 말해서 『서하당유고』 중 연보의 경신년 조 내용 가운데 나오는 '송강이 성산별곡을 지어 김성원을 찬미했다.'는 기록은 그 내용의 진위는 차치하고라도, 바로 경신년에 〈성산별곡〉을 지은 것은 아니라는 사실이다. 이는 "경신년에 김성원을 위하여 〈성산별곡〉을 지었으니 세상에 전한다."라고 단정하기는 어렵다는 서수생 교수의 반박[34]과도 합치된 생각이다.

『석천집』의 말미에 붙은 석천 연보에서도 명종 18년 계해(1563)에 〈식영정기〉가 완성 되고 같은 해에 〈성산별곡〉이 지어졌다고 했으니 이로

---

33 김사엽, 「송강가사신고」, 『경북대논문집』 제2집, 1958, 7면.

34 徐首生, 「松江의 星山別曲의 創作年代是非」, 『어문학』 24호, 한국어문학회, 1971, 5면.

말하면 송강의 나이 28세에 해당된다. 김동욱 교수는 〈식영정기〉가 지어진 해를 참고해 볼 때 〈성산별곡〉은 계해(1563) 이후에 지어진 것이라 하였다.[35]

이와 맥락을 같이하여 박준규 교수는 식영정이 건립된 것은 경신년이며 식영정에서 "임천에 일유하고 시문에 열중하는 서하-김성원 지칭(필자) -를 기리고 더욱 존경하여 그를 찬미하여 지은 가사다."라고 한 뒤 "따라서, 송강의 30세 전후는 서하가 이미 불혹에 접어든 나이이므로 가사의 내용을 보아서도 〈성산별곡〉이 이때의 제작이라 하는 데는 큰 무리가 없을 것이다."고 하였다.[36]

그러나 이미 앞서 말한 바와 같이 『서하당유고』와 『석천집』의 연보를 전적으로 신빙할 수 없을 뿐더러 『서하당유고』에서는 경신 곧 1560년에 〈성산별곡〉이 지어진 것처럼 기록하고 있으며, 『석천집』에서는 계해(1563)에 지어졌다고 하니 어느 기록이 옳은지 쉽사리 판단하기 곤란하다 할 것이다.

따라서 박준규 교수가 〈식영정 20영〉과 〈서하당 8영〉이 계해에 지어졌다고 하면서 "성산별곡이 이 같은 한시를 바탕으로 한 것을 전제하면 이는 송강 28세 이후의 작이요, 석천이 생존했을 때의 일로서, 송강 33세 이전의 제작으로 추정된다."고 한 것[37]은 가사의 내용과도 잘 부합되지 않는 등 의문의 여지를 갖는다.

왜냐하면 『송강집』에 나타난 연보에 의하면 송강은 28세 되던 계해에는 공조좌랑(工曹佐郞), 30세 을축(乙丑)에는 수찬(修撰), 33세 무진(戊辰)에는 이조좌랑(吏曹佐郞) 등의 관직을 받고 있을 때로 성산을 떠나 있었으니 성산에 일 년 이상 머물면서 성산의 사시의 승경을 노래한 〈성산별

---

35 金東旭, 『韓國歌謠의 研究』(續), 二友出版社, 1980, 157~158면.
36 박준규, 앞의 글, 19면.
37 박준규, 앞의 글, 24면.

곡〉을 제작했으리라고는 판단하기 어렵기 때문이다.

　더구나 〈식영정 20영〉과 〈서하당 8영〉이 지어진 이후 그것을 바탕으로 〈성산별곡〉이 제작되었다면 굳이 30세 전후의 시기로 한정할 이유가 없을 것이다.

　또한,

　　　山中의 벗이업서 黃卷을 싸하두고
　　　萬古 人物을 거스리 혜여ᄒᆞ니
　　　聖賢은 ᄏᆞ니와 豪傑도 하도할샤
　　　하ᄂᆞᆯ 삼기실졔 곳무심 ᄒᆞᆯ가마ᄂᆞᆫ
　　　엇디 ᄒᆞᆫ시운이 일락일배 ᄒᆞ얏ᄂᆞᆫ고
　　　모ᄅᆞᆯ일도 하거니와 애ᄃᆞᆯ음도 그지업다
　　　箕山의 늘근고불 귀ᄂᆞᆫ엇디 싯돗던고

　위에서 보는 바와 같이 이러한 진술은 임석천, 김인재 그 누구에게도 해당하는 말이 될 수가 없다. 『서하당유고』, 『석천집』 등을 볼 때 두 사람은 정치현실에 뜻을 두지 않았던 사람들이다. 특히 임석천은 담양부사를 끝으로 스스로 성산의 임천에 안긴 인물이기에 더욱 가사의 내용과는 거리가 있다. 김인재 역시 벼슬 따위엔 별 흥미가 없었음을 앞서 보였는바, '상언일소성소이영친의불부응거'에서 분명히 알 수 있다. 따라서 위의 가사 내용은 송강 자신이 스스로에게 한 말이 분명하며 가의(歌意)의 의미상 그가 환해 현실을 떠나서 고생한 때에 지은 것이 아닐 수 없겠다.

　한편, 정익섭 교수는 〈성산별곡〉에서 찬미한 대상은 김성원이 아니라 임석천이라고 하면서 "성산별곡은 송강 30세를 전후한 2~3년 사이에 지어진 것으로 볼 수 있다."고 한 다음 『석천집』의 연보 중 '명종 이십일년 병인 작공북루시'라고 쓴 밑에 주석으로 된 '시일여정사룡정철양응정백광훈공수창언'을 근거자료로 제시했다.

즉 정익섭 교수에 따르면 송강은 30세를 전후한 몇 년 사이에 성산에 들리러 왔는데 그때까지도 아직 속세를 등지고 식영정에 우거하면서 신선처럼 풍류를 즐기고 있는 석천을 보고 감동을 받은 나머지 〈성산별곡〉을 지었다는 것이다.[38] 만약 그렇다면 자기의 스승이며 흠모해 마지않았던 石川을 보면서 기산(箕山)에서 절개를 지킨 채 요(堯)임금이 천하를 주겠다고 제의를 하자 못들을 말을 들었다면서 시냇물에 귀를 씻었던 소부(巢父)와 허유(許由)의 행동을 원망스럽게 탓하고 있는 것인지 납득되지 않는다.

> 人心이 ᄂᆞᆽᄀᆞᆺ투야 보도록 새롭거늘
> 世事ᄂᆞᆫ 구롬이라 머흐도 머흘시고
> 엇그제 비준술이 어도록 니건ᄂᆞ니
> 잡거니 밀거니 슬ᄏᆞ징 기후로니
> ᄆᆞᄋᆞᆷ의 미친시롬 져그나 ᄒᆞ리ᄂᆞ다
> 거믄고 시옭언저 風入松 이야고야
> 손인동 主人인동 다니저 ᄇᆞ려셰라

위에서 보듯이 〈성산별곡〉이 그의 30대에 지어진 것이라면 앞서 보인 바와 같이 순탄하게 벼슬에 있는 송강에게 맺힌 시름은 도대체 무엇이며 유유자적하게 임천(林泉)에서 풍류를 즐기며 신선처럼 지내는 석천의 시름은 과연 무엇이기에 실컷 술을 마신 뒤 제자와 스승의 본분을 잊어버릴 정도였을까?

또한 40세나 차이가 나는 스승이자 진선(眞仙)으로 받들었던 석천을 대하여 마주 앉아 스승과 제자의 직분을 잊을 수 있었겠는가? 정익섭 교수의 견해대로라면 존경해 마지않았던 석천을 대하여 '주인인동 손인동 다

---

38 정익섭, 앞의 글, 213~214면.

잊어버릴' 만큼 만만하게 대할 수 있다니 어딘지 모르게 부자유스러움을 떨칠 수 없다.

앞의 서두에서 얘기 한 바와 같이 A)부분과 B)부분은 매우 중요한 진술로써 〈성산별곡〉의 작자는 물론 제작시기 및 그의 찬미대상에 대하여 문제해결에 실마리를 제공해 준다.

특히 B)부분을 보면 '세상의 인심이 각각의 사람 얼굴과 같이 가지각색이어서 살아갈수록 새롭게(각박하게)만 느껴지니 세상의 일이란 검은 먹구름 같이 험하기도 험하구나! 술이나 실컷 마시고 마음에 맺힌 시름 잠깐 잊어보자꾸나!' 이와 같이 외치고 있는 것을 볼 때, 〈성산별곡〉을 지은 시기는 송강 자신이 사환(仕宦) 길에서 벗어나 있을 때임을 짐작할 수 있겠다. 물론 이러한 가정은 〈성산별곡〉의 찬미 대상이 김성원이나 임억령이 아니라는 전제에서 본다면 더욱 분명해 진다.

시각은 달리 했지만 조동일 교수는 〈성산별곡〉이 김성원을 흠모한 것으로서 "그가 마치 신선의 경지라도 체득한 것처럼 자랑했지만 험한 세상에 나아가서는 뜻을 이룰 수 없기에 부득이 물러났다는 것을 계속 암시했다."고 했으니[39] 이는 곧 〈성산별곡〉이 어느 누구를 찬미한 것이 아니라 좌절의 상황과 심경을 토로한 문학이라고 주장하고 있는데 이는 필자에게는 시사하는 바가 크다고 하겠다.

결국 이렇게 생각한다면 〈성산별곡〉의 제작 시기는 송강의 50대 이후 관직에서 물러나 있던 시기로 잡는 것이 타당할 것이다. 송강의 40대에 대하여 그 환력(宦歷)을 살펴볼진대 40세 되던 을해(乙亥)부터는 어머니 공인안씨(恭人安氏)의 상을 고양(高陽)에서 치룬 뒤로써 비교적 순탄한 사환길에 올랐다. 40세에 성균관사성이 된 뒤 45세 강원도관찰사가 되기까지 사로(仕路)의 행진은 큰 단속 없이 계속되었다.

물론 동·서 양당의 분쟁 속에 휘말려 43세 되던 무인 십일월에 사간

---

39 조동일, 앞의 책, 310면.

원 대사간에서 물러났으나 동년십이월 성균관 대사성이 다시 되기도 하였으니 순탄한 것만은 아니었다. 강원도관찰사의 임기를 마친 뒤 이듬해 신사 6월에 사헌부의 탄핵을 받고 8월에는 전라남도 창평으로 물러나지만 동년 12월에 특명으로 전라도관찰사를 제수받게 된다.

신사년 8월에서 12월까지 약 넉 달 동안 창평에 머물게 되는데 이때 〈성산별곡〉을 지었을 것이라는 견해[40]도 있다. 그러나 가사의 내용을 면밀히 검토해 볼 때 아무래도 '엇디 흔江山을 가디록 나이녀겨 적막 산중의 들고 아니 나시눈고'의 구절 등 가사의 내용이 걸림돌이 된다. 잠시 머문 것을 들어서 위와 같이 토로 했다고는 생각되지 않기 때문이다.

한편 서수생 교수는 〈성산별곡〉의 내용은 "호탕 화려한 관로생애와 같이 본곡의 시사 또한 연군 처완함루의 지정이 보이지 않고 청랑하고도 아릿다운 산수미가 곡진히 읊어져 있다."고 한 다음 40세 되던 해 부터 45세 〈관동별곡〉을 지을 때까지 사이에 고장(故庄) 성산에 있을 때 서하당을 위하여 지은 것[41]이라 하였는바 이 또한 〈성산별곡〉의 화자를 송강으로 보고 청자를 김성원으로 보는 경우가 되는데 그렇다면 고작 넉 달 동안의 체류 기간밖에 아니었는데 어떻게 일 년 간의 일을 술회할 수 있었는지 납득되지 않는다.

하지만 서수생 교수의 주장대로 처완함루(悽惋含淚)의 연군(戀君)의 지정(至情)이 보이지 않은 것과 격정과 흥분이 나타나지 않은 점 등으로 보아 아무래도 동서 양당의 분쟁이 극도로 심한 시기의 작품으로 보기에는 마땅하지 않아 보인다. 만약 동서 양당의 분쟁으로 성산에 물러나 있을 때의 작품이라면 연군에 대한 지정을 표출했을 것이 분명하다.

그것은 〈관동별곡〉을 통해서 쉽게 확인되는 바이다. 〈관동별곡〉은 송강이 이옥의 옥사가 있는 뒤로 관직에서 물러나 있었는데 그의 45세 되던

---

40 조윤제, 『朝鮮詩歌史綱』, 太學社, 1988, 286면.
41 서수생, 앞의 글, 12면.

경진(1580)에 강원도관찰사를 제수받자 죽림에 누웠다가 "관동 팔백리에 방면을 맛디시니 어와 성은이야 가디록 망극ㅎ다."고 할 정도로 그 기쁨을 감추지 못하고 있다. 분쟁에 휘말렸다가 기사회생하는 자의 기쁨을 노래했으니 그 환희야 얼마나 컸겠는가?

그러나 〈성산별곡〉은 소외와 좌절 속에서 부득이 임천에 묻혀 있음을 표출하고 있으니 필시 오랜 동안에 퇴거(退去) 기간에 제작되었음을 짐작할 수 있다.

그렇다면 〈성산별곡〉은 구체적으로 언제 제작되었을까? 앞서 살펴본 바 있는 송강의 연보를 다시 보기로 하자. 송강 47세 임오에는 예조참판 48세 계해에는 형조참서를 거쳐 예조판서를 제수 받았다. 49세 갑신에는 숭정대부 의정부우찬성겸지경연사에 이르렀으니 47세부터 49세까지는 환로에 있었던 것이 분명하다.

이렇게 본다면 〈성산별곡〉이 송강의 40대에 이루어진 것으로 보기에는 그럴만한 제작 동기나 제작 기간이 뒷받침되지 않는다. 이런 저런 사정으로 볼 때 아무래도 〈성산별곡〉은 송강의 50세 이후에 제작되었을 가능성이 높다고 사료되는 바, 송강은 50세 을유에 판돈령이 되었는데 동년 8월에 양사의 논척을 받고 고양에 머물다 곧이어 昌平으로 돌아온다. 그로부터 54세 기축 십일월 특명으로 우의정에 임명되어 다시 환로에 나가기까지 약 5년 동안 창평에 우거하였으니 아마도 〈성산별곡〉은 이 시기에 제작된 것이 아닐까 한다.

송강 정철은 서울시 장의동(지금 종로구 청운동)에서 태어났지만 명종 6년(1551, 16세)에 담양(당시 창평)과 인연을 맺은 뒤, 17세에 문화 유씨 유강항의 따님과 결혼을 하였고, 이후 27세 벼슬에 나아가기까지 10여 년을 이곳에서 송순, 임억령, 김윤제, 김인후, 양응정, 기대승 등 큰 학자, 문인들과 사숙(私淑) 또는 교유(交遊)하면서 성장하였다. 이것이 담양과 송강의 첫 번째 인연이다.[42]

담양을 떠나 벼슬살이를 하던 송강은 선조 8년(1575, 40세)에 동서 분당의 알력으로 대립이 심해지자 율곡에게 조정의 화합을 맡기고 담양으로 낙향하여 그 곳에서 2년여 간 지냈는데 이것이 담양과의 두 번째 인연이다.

이후 정계에 복귀한 송강은 선조 12년(1579, 44세)에 당쟁으로 인한 정치 현실의 암담함에 환멸을 느끼고 다시 담양으로 내려와 약 1년여를 머문다. 이것이 담양과의

세 번째 인연이다.

담양 생활을 하고 있던 선조 13년(1580, 45세) 1월, 송강은 강원도 관찰사를 제수 받고 임지로 떠났는데 이 무렵 〈관동별곡〉을 짓는다. 〈관동별곡〉의 첫 대목이 "강호에/ 병이 깊어// 죽림에/ 누웠더니// 관동/ 팔백 리// 방임을/ 맡기시니//"로 시작함은 이를 반영한 것이다.

선조 14년(1581, 46세) 송강은 1년여의 관찰사 임무를 마치고 내직으로 들어와 대사성이 되었다. 이때 정승 노수신(1515~1590)의 사직을 허락하지 않는다는 왕의 비답(批答)을 짓게 되는데 이것이 사헌부와 동인들의 탄핵감이 되어 같은 해 6월에 담양으로 내려와 전라도관찰사가 되기까지 약 6개월여 지냈다. 이것이 송강과 담양의 네 번째 인연이다.

선조 18년(1585, 50세)에 송강은 조정 내부에서 파당을 만들어 나라 일을 그르치려 한다는 동인들의 공박(攻駁) 등에 밀려 다시 담양으로 내려온다. 이것이 송강과 담양의 다섯 번째 인연이며, 1589년(54세)까지 4년여의 기간 동안 담양에서 가사는 물론 시조와 한시 등 아름다운 작품을 많이 남겼다.

〈성산별곡〉은 그 제작연대가 분명치 않지만 여러 표현 수법이나 작풍의 분위기 등을 고려할 때 아마도 이 시기에 지어진 것으로 사료되며, 〈사민인곡〉〈속미인곡〉의 양 미인곡은 선조 20년(1587, 52세)에 지어졌을 가능성이 높다.

---

42 졸저, 『문화와 문학, 그 상징과 속살』, 태학사, 2013, 246면.

이에 대해 가람 이병기 교수는 "사십칠세에 대사헌, 그 이듬해에 판돈 령이 되어 조신의 자휘와 양사의 논척을 받고, 고양에 퇴거하였다가 창평 으로 갔었다. 이리하여 한 오년동안 창평에서 그 처의 외척인 금성원의 산정을 얻어 있었으니 수석과 구학으로 더불어 벗도 삼고, 국사를 걱정하 며 군은을 생각하였다. 〈성산별곡〉·〈사미인곡〉·〈속미인곡〉도 이때 지 은 것이다."라는 견해를 피력한[43] 바 있으니 이는 주목을 요한다.

〈성산별곡〉의 앞서 인용한 A)와 B)부분을 살펴 볼 때, A)에서는 오랫동 안 君의 곁을 떠나서 다시 환로에 오를 수 있는 기회를 얻지 못한 심정을 표출하고 있으니 '인생 세간에 됴흔일 하건마ᄂᆞᆫ'은 환로에 대한 강렬한 미련을 토로한 것으로 '적막 산중의 들고 아니 나시ᄂᆞᆫ고'는 자신의 퇴로 가 오래되었으나 불러주지 않은 君에 대한 원망의 심회를 나타낸 것으로 각각 이해할 수 있다.

그렇게 볼 때 B)부분의 '人心이 ᄂᆞᆺ ᄀᆞᆺᄐᆞ야 보도록 새롭거ᄂᆞᆯ 세사는 구름 이라 머흐도 머흘시고'의 구절이 자연스럽게 해결된다.

요컨대 〈성산별곡〉은 송강의 50세에서 54세 사이 창평에 퇴거하고 있 었을 당시에 제작되었을 것으로 생각되니 이는 歌意의 내용, 문체, 진술 상황, 발화내용, 분위기, 작가의 정치 현실적 상황 등을 감안할 때 보다 설득력 있어 보인다.

5. 성산별곡과 사대부 시학

〈성산별곡〉은 텍스트 자체의 표면적 진술만을 놓고 볼 때 성산을 지나 는 한 나그네가 서하당과 식영정의 주인이 세상의 좋은 일을 마다하고 적막한 강산을 갈수록 사모하여 세상과는 인연을 끊고 유유자적하게 지

---

43 李秉岐·白鐵, 『國文學全史』, 新丘文化史, 1980, 131면.

내는 모습을 흠모한 내용이 된다. 즉 성산의 승경 속에서 사시의 변화가 가져오는 흥취를 만끽하고 고금의 성현을 흠모하면서 술과 거문고를 벗삼아 세상사를 잊고 사는 서하당·식영정 주인의 풍류적 삶을 자세히 드러내고 있다고 볼 수도 있겠다. 그러나 이러한 이해는 텍스트의 표면적인 진술에만 초점을 맞춘 결과에서 기인하는 태도이다.

〈성산별곡〉은 성산의 승경을 감상하러 온 나그네가 서하당과 식영정 주인의 고매한 인품과 풍류적 생활을 기록한 객관적인 보고서가 아니다. 따라서 서하당과 식영정 주인의 실제 모습을 지향한 객관적 대상에 대한 객관적 진술은 더욱 아닌 것이다.

조동일 교수가 상춘곡을 교술시로 보면서 〈상춘곡〉의 진술적 특징은 "관심이 주관적 감흥에 집중되어 있기 보다는 풍경이라는 객관적 대상을 향하고 있으며, 그러기에 풍경을 되도록이면 있는 그대로 자세히 나타내고자 한다."라고 하였는데[44] 이는 작품 속에 형상화된 사물이나 인물을 객관적으로 존재하는 객관적 대상으로 파악하려는 태도로서 가사문학을 교술 장르로만 규정하려는 입장에서 빚어진 결과라 생각된다.

그러나 가사를 장르가 복합된 문학으로 파악하려는 김학성 교수에 의하면 상기한 〈상춘곡〉은 사대부적 서정의 정신이 교술적·서사적인 지향을 포괄한다[45]는 것인데 이는 조선전기 서정적 가사에 대한 탁견이 아닐수 없다.

〈성산별곡〉은 서하당과 식영정 주인의 성산 생활을 객관적으로 드러내 보이려는 것이 아니므로 서하당·식영정의 주인은 객관적 대상 즉 실제의 인물로 존재하는 것이 아니다. 서하당과 식영정의 주인은 곧 자아(화자)의 은유로써 존재하는 것이 된다.

그러므로 '인생 세간에 됴흔일 하건마는 엇디 흔강산을 가디록 나이녀

---

44 조동일, 「歌辭의 장르 規定」, 『어문학』 21집, 한국어문학회, 1969, 68면.

45 김학성, 앞의 글, 137면.

겨 적막 산중의 들고아니 나시 는고'에 이르러선 자아가 바로 서하당·식영정의 주인과 일체가 되어 쏟아내는 장기간에 걸친 소외에 대한 탄식이다.

주인인 석천이 떠나고 퇴락한 모습만 앙상하게 지니고 있는 식영정이라는 물(物)과 임금의 곁을 떠나 성산의 산속에서 오랫동안 퇴거해 있는 아(我) 곧 송강 자신의 신세가 일체된다고 느끼는 순간, 그때 터져 나오는 탄성은 찬미가 될 수 없으며 자연의 완상은 더욱 아니다.

사대부의 시학은 이와 같이 물아일체(物我一體)의 경지를 최고의 심미적·정서적인 가치로 표방하는 것이거니와 두 말할 필요도 없이 물아일체의 경지는 어약연비(魚躍鳶飛)한 조화로움의 상태를 최고로 추구한다. 그러나 〈성산별곡〉의 A)부분은 그렇지가 않았기에 지금까지 논객들의 다양한 견해를 불러 왔는지도 모른다. 조화롭지 못한 물과 아의 일체 그것이 곧 송강이 〈성산별곡〉에서 실천한 사대부 시학의 일단 이었다.

〈성산별곡〉을 이해하는데 있어서 이러한 사대부의 시학적 태도를 견지하는 것은 매우 온당한 자세라 하겠다. 물아일체의 부조화적 일체에서 터져 나오는 탄식이 다름 아닌 A)의 부분이라면, B)부분에서는 물과 아의 조화로운 일체를 강력하게 갈망하고 있다. 그리하여 자신의 환로에로의 복귀를 간절히 염원했다. 즉 B)의 뒷부분 '장공의 쩟는 학이 이골의 진선이라 요대 월하의 힝혀아니 만나산가 손이셔 주인드려닐오딕 그딕 긘가 ᄒ노라'에 이르면 물의 구체적 대상이 학으로 형상화 되고 그것이 곧 진선으로 제시되어 임금의 곁에서 노닐고 있는 송강 자신의 모습에 다름없다.

아는 서하당과 식영정에서 자연과 벗 삼아 소일하는 그런 주인이 아니라, 장공을 자유롭게 날아다닐 수 있는 학과 일체이고자 한다. 따라서 아는 자유를 잃고 소외와 실의에 처한 상황을 벗어나고자 간절히 염원함을 알 수 있다.

이렇게 이해할 때에만 송강이 의도한 텍스트의 내면적 진술의 의미를 읽을 수 있을 것이다. 그러므로 아가 물과 일체이기를 갈망하는 간절한 심정의 은유적 발로가 '손이셔 主人ᄃ려닐오ᄃᆡ 그ᄃᆡ귄가 ᄒᆞ노라'이다.

이와 같이 〈성산별곡〉을 사대부 시학인 물아일체의 시적 진술태도에서 살필 때 서하당과 식영정의 주인은 실제로 존재하는 객관적 대상이 아니라 시적 화자의 마음을 형상화한 문학적 진술임을 알 수 있다. 따라서 문학적 진술에서 서정적 자아의 은유인 형상물을 실제 객관적 대상의 존재로 이해하려 해서는 곤란하다.

〈성산별곡〉은 불우한 입장에 처한 화자가 서하당과 식영정의 주인으로서 형상화되고 있으니 두 정자의 주인은 작품외적 세계에 실재하는 세계상이 아니다. 그러므로 굳이 서하당과 식영정의 주인을 김성원이나 임억령으로 간주하려는 것은 작품의 내면적 진술을 알아차리지 못한 데서 기인한 것이다.

요컨대 〈성산별곡〉은 A)에서 송강이 서하당과 식영정 주인의 풍류를 흠모하여 그를 진선(眞仙)으로 칭송한 것이 아니라, 관직에서 물러나 오랜 기간 불우한 처지로서 관직 생활과는 멀어져 있는 자신을 세상의 좋은 일 마다하고 성산에만 머물러 유유자적하게 지내고 있는 서하당과 식영정의 주인이라고 은유적으로 진술했으며, B)에서는 오랜 퇴거 생활을 벗어나 하루 속히 관직의 길로 돌아가고 싶은 심정의 토로를 자유롭게 長空을 나는 학과의 일체로 표출한, 사대부 시학을 충실히 실천해 옮긴 전형적인 작품이다.

여기에서 우리는 〈성산별곡〉이 양 사인곡보다는 먼저 제작된 것임을 짐작할 수 있을 것이다. 그 이유는 〈성산별곡〉의 진술 태도는 양 미인곡에 비해서 절박하지 않음을 보여주기 때문이다. 〈성산별곡〉의 진술태도인 대화적 수법은 송강의 가사에서 두루 확인되는 그의 서술전략의 하나였다. 특히 양 미인곡에서 그 대화적 서술전략이 구체화 되고 있음은 주지의 사실로서 대화의 상대는 모두 자기 자신의 형상화였다.

6. 맺음말

이제 앞에서 논의 한 사실들을 간추려서 제시함으로써 맺음말에 대신하고자 한다. 〈성산별곡〉의 이해에 있어서 그간 학계에 문제가 되었던 것은 작자 문제와 제작 시기 그리고 찬미의 대상 등이었다.

필자는 『석천집』의 〈행적기략〉과 『서하당유고』의 연보 및 행장의 기록을 들어 작자는 송강 정철이라는 점을 보였다. 또한 제작 시기에 대해서는 가사의 내용이 오랜 퇴거의 생활을 반영하고 있는 점을 감안할 때 송강의 50세에서 54세에 이르는 어느 시기 작품임을 제시했다.

이전의 논자들은 시가 사실의 전달을 본분으로 하지 않음에도 불구하고 찬미 대상에 초점을 맞춘 나머지 그들의 생존시기로 제작시기를 잡으려 하다 보니 무리한 추측을 빚었던 것도 지적했다.

찬미의 대상에 대해서는 많은 지면을 할애하여 충분한 논의를 보였는바 김성원이나 임억령 그 누구도 아니며 바로 송강 자신의 은유적 형상화임을 보였다. 문학작품은 객관적 실존 대상에 대한 자세한 보고서가 아니라는 점을 그 이유로 제시했다.

특히 〈성산별곡〉의 서사 부분과 결사 부분에 중점을 두어 고찰한 결과 서하당과 식영정의 주인은 실재한 인물의 지칭이 아님을 알 수 있었다.

또한 사대부의 기본 시작태도인 물아일체의 서정시론에 비추어 볼 때, 〈성산별곡〉의 화자는 서하당·식영정 주인과 동일인임이 드러났다.

성산에 묻혀 사는 서하당과 식영정의 주인은 곧 관직에서 경국제민에의 꿈을 펼치지 못하고 어쩔 수 없이 물러나 한거 중인 화자와 일체라고 함으로써, 불우한 송강 자신의 처지와 심경을 은유를 통한 대화적 수법에 의한 내적 진술로써 토로하고 있음을 밝혔다.

하지만 결코 불우하게 인생을 마치지 않겠다는 신념과 관직에로의 염원을 장공을 나는 학과의 일체로써 실현화한 것은 과히 송강다운 풍모라 아니할 수 없겠다.

송강 자신으로 형상화된 서하당과 식영정 주인의 내면적 진술을 읽어 냄으로써 순탄하게 관직에 재임하고 있을 때의 작품이 아니라는 점도 아울러 지적했는데, 이로써 〈성산별곡〉의 문학적 형상화에 대한 본격적인 연구의 단초를 놓았다고 생각한다.

요컨대 〈성산별곡〉은 오랫동안 환로에서 벗어난 송강 자신의 불우한 처지를 퇴락한 식영정과 서하당의 낡은 모습과 일치시킨 데서 비극적 서정의 분위기를 자아내는 한편, 다른 한편으로는 장공을 자유롭게 나는 학과의 일체를 갈망함으로써 관직에 대한 강한 집념을 낭만적 서정의 분위기에 담아서 신념적으로 드러낸 물아일체의 사대부 시학에 충실한 서정시라 하겠다.

제3부
호남시단의 특성 이해

호남 시단의 서술시 전통

1. 시작하는 말

현대의 과학문명은 물질의 팽창과 확대를 통해 현대인에게 놀랄만한 편의와 속도를 제공한 대신 현대인들로부터 정신의 황폐와 척박을 가져와 침잠과 온유 그리고 음미의 멋을 박탈하였음은 주지하는 바다. 그 결과 자연을 매개로 한 균형과 조화를 중시해 온 동양적인 삶이 기형적인 형태로 변화된 것은 실로 유감스럽고 안타까운 일이 아닐 수 없다.

건설이란 미명으로 생명의 원천인 자연환경 특히 숲과 해안선 등이 사라지고 속도와 편의를 중시한 결과 자동차 등의 배기가스가 과량으로 배출되어 기온 상승에 따른 각종 해괴한 이상 현상이 속출하여 현대인의 목숨을 위협하고 있음은 두루 아는 사실이다. 뿐만 아니라 자연환경 파괴에 따른 자연정화 시스템의 오불(誤不) 작동과 환경파괴가 가져온 각종 음식물의 오염된 실상은 기형아출산은 물론 각종 병인(病因)이 되어 기존의 제반 사회질서를 잠식하고 있음은 실로 안타까운 일이 아닐 수 없다.

이러한 삶과 생존의 대 위협 앞에 만시지탄의 감이 없지 않으나, 인류는 금세기에 들어 수많은 인명을 앗아가고 평생 쌓은 업적과 부를 휩쓸어간 쓰나미나 허리케인 등 자연재해의 원인은 과학 문명이 빚어낸 지구 온난화를 비롯한 환경오염과 같은 자연 생태 질서의 파괴에 있음에 인식을 같이 하기에 이르렀다. 그 결과 물질 만능과 과학문명 일변도의 종래적 가치관에서 벗어나, 자연환경과 정신문명에 대해 관심을 쏟게 되었는데 그러한 추세는 여러 부분에서 다양한 변화의 시도로 이어지고 있는바 각 지방자치 단체의 전통과 정신문화에 기반한 지역 발전의 모델 구상이 그것이다.

잘 아는 바와 같이 고려 말 조선 건국이 이루어지자 고려의 유신(遺臣)들은 고개를 넘어 남쪽인 영남과 물을 건너 남쪽인 호남으로 낙남(落南)하여 각기 그 곳에서 착근하여 발화하고 결실하였는바 우리는 그 후손들이다. 그 가운데서 특히 호남행을 택했던 대부분의 사람들은 호남에 연고가 없거나 있다손 치더라도 희미한 정도에 그친 사람들 이었다. 그렇다면 무엇 때문에 그들은 하고 많은 지역 중에서 호남을 택하여 둥지를 틀었던 것일까? 거기에는 분명 그럴만한 여건이나 요인이 있었을 것이기에 그에 대한 해답은 곧 척박과 황폐로 치닫는 오늘의 문제를 해결함은 물론 인구의 감소 등으로 고심하고 있는 남도에 사람들의 이목을 집중시킬 수 있는 방안 마련의 단초가 될 수 있으리라 생각한다.

여말의 역성혁명(1392)과 수양대군의 계유정난(1453), 기묘사화(1519), 을사사화(1545) 등 일련의 쉼 없는 국가적 환란은 뜻 있는 자의 현실 도피 내지는 현자피세(賢者避世)의 유행을 낳았거니와 그러한 영향의 중심 지역이 다름 아닌 남도임은 두루 아는 사실이다.

남도 가운데 고개를 넘어 낙남한 세력을 영남이라 부르고, 물을 건너 낙남한 세력을 호남이라 부르거니와 이 두 지역으로 낙남한 사람들은 지역의 선택에서 그 동기가 사뭇 상이했다. 영남으로 낙남한 사람들은 대부분 그곳에 재지적(在地的) 기반이나 연고가 있었음에 반하여, 호남행을 택한 사람들은 그 곳이 무연고 지역이거나 먼 연고만 있는 경우가 대부분이라는 점이다.[1]

그렇다면 광주의 충주박씨, 담양의 문화류씨, 홍주송씨, 나주의 강화최

1 조원래, 「사화기 호남사림의 학맥과 김굉필의 도학사상」, 『동양학』 제25집, 단국대학교 동양학연구소, 1995, 260면.

씨, 장흥의 진주정씨, 함평의 양성이씨, 해남의 원주이씨, 고흥의 고령신씨, 여산송씨, 나주의 창녕조씨, 순창의 고령신씨, 순천의 순창조씨 등이 이곳 남도를 찾아 입향한 까닭은 어디에 있을까? 물론 여러 이유가 있겠으나 주된 이유는 서울로부터의 원격성에 따른 재화(再禍)를 당할 위험성의 감소, 남도가 지니는 기후의 따뜻함과 그에 따른 물산의 풍부함 및 풍요로운 물산에서 우러나는 넉넉한 인심 등 은둔의 적지(適地)라고 판단했기 때문이었다.[2] 은둔의 적지라고 했거니와 은둔의 원인은 반 발자국만 내디뎌도 파란이 일어난 불합리하고 모순투성이인 정치현실 때문이었다.

선비의 낙남은 한마디로 복잡한 현실로부터의 탈출, 그것은 오늘날 도시인이 전원이나 자연을 찾아 떠나는 것과 일맥으로 상통한 바가 적질 않다. 복잡한 현실의 질곡에 갇힌 도시인을 남도 지역으로 흡입시킬 수 있는 요인, 그 해답은 이미 앞서 말한 바와 같이 고려 말, 조선 초의 낙남인에 의하여 제시된 바다. 주지하는 바와 같이 남도는 중앙으로부터 원격한 거리에 위치하고 있다. 물론 정치적 의도 또한 배제할 수 없지만, 그 원격성에 따른 물류비용의 증대 등은 이곳의 산업화를 낙후 또는 더디게 하였으며, 그 결과는 오늘의 시점에서 되레 중시되어 청정 환경지역으로 남을 수 있는 행운을 얻었다.

다시 말해서 서울로부터의 원격성은 역설적으로 웰빙 시대의 개막과 더불어 서울 등 대도시 사람들의 흡입 요인이 되기에 충분하다는 것이다. 뿐만 아니라 따뜻한 기후 덕으로 얻어진 풍부한 물산 또한 먹거리 관광의 주요 자원이 되기에 안성맞춤이거니와 청정 환경과 따뜻한 기후가 생산하는 맛깔스럽고 다채로우며 청정 환경은, 오염과 공해에 찌든 도회지 사람들을 손쉽게 붙잡을 수 있는 중요한 자산이다.

어디 그뿐인가? 풍부한 물산이 가져다 준 넉넉한 인심 역시 다정한 이웃집 같은 소박한 정의 원천으로서 숨 가쁘게 돌아가는 일상과 각박한

---

2 조원래, 앞의 글, 같은 곳.

인심에 식상된 도회지 사람들에게 훌륭한 관광자원임은 재언을 요치 않는다. 법고창신이라 했거니와 옛 것으로부터 새로운 것을 창조한다 함은 일찍이 남도에 낙남했던 여말 선초 남도 입향조들의 혜안과 슬기로부터 현대 남도의 인구 감소 또는 관광의 방향타를 조정하는 것을 두고 이름이 아니겠는가?

바야흐로 21세기는 문화의 세기요, 지방화의 시대이다. '지역이 세계의 중심이다.'라는 인식의 확산에 따라 세계는 앞 다투어 지역을 혁신시키고자 노력하고 있으며 그를 바탕으로 질 높은 삶과 보람 있는 인생을 실현시키려고 애쓰고 있다. 문학 연구에서도 지방문학사가 등장하고 있으며[3] 각 지자체들의 발전 전략에서도 종전의 양적 성장 전략을 버리고 이제는 혁신 주도로 전환하고 있다.[4] 지역혁신은 국가 주도의 집중과 투입에 의한 양적 팽창의 성장이 아니라, 지역의 전통에 입각한 연구와 개발, 그리고 새로운 것의 생산과 낡은 것의 개혁, 문화활동의 증대 등으로 새것을 창출하고 지역의 발전을 도모하는 것을 말함은 재론의 여지가 없다.

이와 같이 세계를 '단위'로 생각하는 시각에서 볼 때, 있는 곳이나 크기는 그리 중요한 문제가 되지 않게 되었다. 지역을 하나의 단위로 생각하기 때문에 이른바 거대한 크기의 중앙이라는 곳도 국가를 이루는 하나의 단위이며 지역이라는 작은 군 단위 또한 국가를 이루는 단위라는 사실은 지역의 위상을 더욱 돋보이게 하고 있다.

문제는 지역이 어떤 실체의 중심부에 들거나 핵심 역량을 지니기 위해서는 지역의 역사 문화적 전통을 기반으로 한 인적 네트워크, 또는 일 할 수 있는 주체들의 클러스터 형성 등으로 힘의 결집이 있어야 한다. 지역 역량이 곧 국가의 역량이라는 전제 아래 선진국들은 지역 역량 강화에

---

3 조동일, 『지방문학사』, 서울대학교출판부, 2004.
4 국가균형발전위원회, 『세계의 혁신체계』, 한울아카데미, 2004, 4~27면.

힘을 쏟고 있으며 그 일환으로 지역 혁신체계를 구축하는데 전력을 투구하고 있다.[5]

어쨌든 지식정보화와 글로벌화의 영향 등에 힘입어 이제는 지역이 제반 단위의 핵심으로 떠오르고 있다. 이는 곧 앞서 말한 바와 같이 지역의 경쟁력이 곧 국가 경쟁력의 근간이라는 말이기도 하거니와, 그만큼 지역에 대한 관심은 날을 더하여 늘어가고 있다. 이른바 '지역의 시대'가 도래한 것이다.[6] 중심단위가 지역이 된 사회, 이른바 지역사회는 그 만이 갖고 있는 고유한 역사와 전통을 기반으로 할 때 지역 수준 이상의 막강한 경쟁력을 가질 수 있음은 재언을 요치 않는다.

이와 같은 맥락에서 지역문학 연구 또한 사적인 전통이나 특징 등에 대하여 다양하고 구체적이면서도 체계적으로 이루어져야 하거니와 그와 관련하여 서술시의 전통과 같은 시 형식에 관한 연구 또한 그 의의를 찾을 수 있을 것이다.

한편, 금준미주(金樽美酒)는 천인혈(千人血)이요, 옥반가효(玉盤佳肴)는 만성고(萬姓膏)라. 촉루낙시(燭淚落時)에 민루락(民淚落)이요, 가성고처(歌聲高處)에 원성고(怨聲高)라. 판소리 〈춘향가〉에서 이몽룡이 내뿜은 이 가슴 시린 시 한 수. 술이 백성의 피요, 안주가 백성의 기름을 짠 것이라는 폐부를 찌르는 이 비수. 사또의 연석(宴席)에 모인 각 고을 수령의 간담을 서늘케 했던 이 추상(秋霜) 같은 질타는 왜 그리 우리에게 친숙한 것이며 읽는 이의 가슴을 시원하게 맑혀주는지. 어디 그뿐인가?

판소리는 구구절절 꼬고 비틀며 당겼다 튕기는—서술시적 발화— 우리네 이웃들의 삶의 이야기를 담은 그릇이 아니던가. 이 익숙한 느낌, 이 백성의 힘, 아니 민중의 힘은 대체 어디에서 나오는 것일까? 그것은 오랜 세월 남도인의 가슴에 켜켜이 적층된 전통의 에네르기가 분출된 것이 아

---

5 앞의 책, 10면.

6 국가균형발전위원회, 『이제는 지역이다』, 디자인 모브, 2004, 4~5면.

니겠는가? 우리는 이런 시를 현실 비판시 또는 현실 풀이시나 풍자시 혹은 대서사시라고들 하거니와 이러한 시들은 어느 날 갑자기 또는 누군가에 의하여 일시에 만들어진 급조품이 아님에 주목을 요한다. 남도를 지키고 이끌어 온 문학의 힘, 그것은 유구한 전통에서 뿜어 나오는 적층(積層)의 힘이 아니겠는가? 적층이란 다름 아닌 전통이요 전통은 곧 역사라 하겠다.

본고는 다름 아닌 호남 한시문학이 지니고 있는 유구한 풀이적 서술시의 흐름을 찾아 나선 것이다. 왜냐하면 그것은 부딪힘이 있을 때마다 다시 말해서 서술시적 상황이 전개될 때 마다 늘 적극적인 역할을 수행하면서 당대적 의의로 당당하게 자리매김 했기 때문이다.

호남지역 시문학뿐만 아니라 시문학연구의 중요한 목표 중의 하나는 시학(詩學)의 구명과 그에 따른 문학의 성취도를 찾아내는 일일 것이다. 더군다나 삼국 시대 이후 지금까지 면면히 이어져 온 한문학에 대한 연구는 그것의 유구한 생력을 가능케 한 뿌리가 무엇이며 매우 다양하게 분기되어 발전해 온 창작배경이나 원리 등이 어떤 것인가의 연구에서부터 각 시대마다 주된 창작과 향수의 담당층에 대한 문제 및 시대정신과 문학의 임무 또는 역할 등 실로 다양한 사안들에 대하여 진지한 논의를 거쳐야 할 것으로 사료된다.

이와 관련하여 호남지역의 한문학에 대한 연구 또한 통시적 관점인 시대적 고찰에서부터 문예미학적인 여러 측면의 검토 등 실로 이루 헤아릴 수 없을 만큼 미해결의 과제가 산적해 있음은 연구거리가 많아서 행복하다기 보다는 과제의 중압감에 밤잠을 설칠 일이다. 이런 거대 문제에의 접근은 자칫 수박 겉핥기식으로 넘어갈 공산이 있어서 그 어떤 분야보다도 깊이를 중시하는 인문학의 사명에 위배될 공산이 매우 크다.

주지하는 바와 같이 호남지역은 문화와 예술의 고장으로 널리 회자 되어 왔다. 어떤 이는 조선시대 이 지역은 풍류를 숭상했다면서 도학(道學)을 숭상한 영남과 대비하여 말하지만, 이는 자칫 도학과 풍류는 조화될 수 없다는 오해는 물론 도학과 문학의 우열 논쟁을 불러올 공산의 소지가 다분하다. 단적으로 풍류가 퇴계와 율곡 등 도학자의 시에서도 도도하게 발현되고 있을 뿐만 아니라, 상심(賞心)과 상자연(賞自然)을 바탕으로 한 산수문학에 두루 존재하는 시적 형상화의 한 기교 또는 미의식의 발로라는 점을 간과할 수야 없잖은가?

본고는 조선 전기 눌재 이후 석천, 면앙정, 송재, 송천, 행당, 풍암, 조선 후기 다산과 초의, 치원, 경회 등에 이르기까지 500여 년 이상 동안 면면히 지속된 호남시단에서의 서술시적 전통과 그 의의를 밝힘으로써 호남 시학의 규명에 실마리 하나를 제공하고자 집필되었다.

2. 호남시단 한시 연구

시를 공부하는 사람이라면 시학사 저술에 욕심을 갖지 않을 수 없거니와, 항차 호남처럼 시심이 도도하게 면면한 지역에 이겠는가. 유구한 역사와 전통을 지닌 호남 한시단(漢詩壇)을 살피는 방법에는 여러 접근 시각이 있을 수 있겠다. 시·군별 성과 고찰, 학맥에 따른 연구, 불교문학에 대한 연구, 누정 문학에 대한 연구, 현실 풀이시로서의 성격을 지닌 서술시 및 서사시적 전통과 연작시 연구 등이 그것들일 것이다. 본고는 호남 시학의 규명을 위해 호남 한시단 연구의 단면적 모습을 일별한 뒤, 시대적 요청이 있을 때마다 어김없이 출현해 그 임무와 의의를 다 한 장편시 또는 부(賦) 문학을 서술시적 시각으로7 개념 짓고, 호남시단에서 서술시가 시문학 창작의 주된 조류를 이루면서 면면히 이어져 전통이 되어온 과정을 살피고자 한다.

---

7 졸고, 「풍암 서술시의 이해론적 전세와 미학」, 『고시가연구』 제11집, 한국고시가문학회, 2003.

1) 시·군별 연구

호남 시사를 연구하기 위해서는 우선 호남 지역 각 시군의 문학을 대상으로 시대적, 갈래적 고찰을 주축으로 하면서 동시에 그 지역 시인들의 공통된 시학 구명과 그로 인하여 획득한 미학 등 시적 성과를 찾아내는 작업일 것이다. 물론 여기에는 전남의 영광과 전북의 고창처럼 한때 동일 문화권에 속했던 경우라든가, 전남에 제주도가 속해 있었던 경우처럼 근대에 들어 인접 시·도 또는 시·군에서 분리된 경우 등 행정 구역 단위가 문화와 역사적 구분 단위와 항상 일치하는가에 대한 논란이 없지 않지만, 이는 작업을 진행하면서 문제점을 보완해 가야 할 것으로 생각된다.

지금 각 지자체별로 가장 기초 작업인 문집해제 작업(장흥, 나주, 강진 등) 등이 진행되고 있으며 산발적인 국역 작업이 나타나고 있지만, 연구 인력이나 재정적 뒷받침 등에서 시학사의 저술 등 구체적 결과물을 얻기까지 아직은 요원하지만 지금까지 얻어낸 결과만도 엄청나다는 사실을 감안할 때 지속적이면서도 체계적인 연구가 요망된다.

일례로 근대 호남 시단의 근대 대표 인물인 왕석보(王錫輔)와 그 일가에 대한 얘기를 보자. 왕석보(1816~1868, 자는 윤국(胤國), 호는 천사(川社), 개성인)는 구례 광의면 천변리에서 태어났는데 정유재란 당시 석주관 전투에서 공을 세운 왕득인(王得仁)의 5대조 왕정(王淨, 구례 입향조)의 후손이다. 12세 때 부친을 잃은 천사는 정시(庭試)를 보러 갔을 때 과거꾼들이 청탁을 일삼는 행위를 보고 출세에의 뜻을 접고 구례 연곡으로 이사한 뒤(1846년 31세 때) 학문에 정진하였다.

노사(蘆沙) 기정진(奇正鎭, 1798~1876) 선생의 문하인 천사는 시에 뛰어난 재주를 지녀 임억령(1496~1568), 백광홍(1522~1556), 백광훈(1537~1582), 임제(1549~1587), 최경창(1539~1583) 이후 다소 적막해진 호남 시단의 자존을 세운 시인이다.

특히 매천은 고죽과 옥봉 이후 2백 년 동안 호남의 문단이 음왜(淫哇)

하고 용루(冗陋)했다고 한 뒤, 스승 천사가 봉성(남원)을 시향(詩鄕)으로 추켜세웠다고 했다.[8] 이와 같은 왕천사는 대종교 창시자 나철, 우국지사 황현, 궁내부 비서관으로 고종의 최측근이었던 죽파(竹坡) 김봉선(金鳳善) 등을 제자로 두었다.

왕천사는 장남 왕사각(王師覺, 1836~1895)을 두었는데 자는 임지(任之) 요 호는 봉주(鳳洲)였다. 매천은 어린 시절 봉주의 문하에서 수학했는데 매천의 아들도 그러했다. 곧 2대가 한 스승을 모신 것이다.[9] 봉주는 구례 만수동에서 기거했는데 매천과는 30년을 교유한 셈이다. 봉주는 시재가 뛰어났으나 과거에의 뜻을 접고 오봉산으로 들어가 후학 지도에 전념했다. 그는 시를 모으지 않았으나 아버지 천사와 손자 경환이 모아『봉주시집』을 펴낼 수 있었다.[10] 매천은 봉주의 시가 근체시에 뛰어나고 남송(南宋)의 범성대와 육유를 모범으로 삼았기에 음미할수록 옛 맛이 난다고 했다. 내용에서는 불평과 풍자가 많다고 했는데 이는 당대 현실의 반영으로 생각된다.

왕사천(王師天, 1842~1906)은 천사의 차남인데 자는 측지(則之)요 호는 소금(素金)이다. 어려서부터 명석하여 부친의 사랑을 받았다. 약초에 관심이 많아 약국을 경영하면서 여러 선비들과 두루 사귀었다. 추금(秋琴) 강위(1820~1884)와도 교분이 두터웠다. 1878년 창강(滄江) 김택영(1850~1927)은 강위의 소개로 알게 되었는데 소금의 역할로 매천의 시가 창강에게 알려지기도 했다. 성격이 호탕하고 의리가 뛰어난 그는 시에도 재주가 많았다.

왕사찬(王師瓚, 1846~1912)은 천사의 셋째 아들이다. 자는 찬지(贊之)

---

8 사천시집서,『봉주시집』, 전남대 국문학과 김정환 선생에 따르면 왕수환의 편지〈여김 창강서〉에 조부 천사의 시는 1,400수이며, 선고 봉주의 시는 1,200수, 숙부 사찬의 시는 2,000수라고 했는데, 실제로 확인한 결과 천사의 시는 350수, 봉주는 1,229수, 사찬은 1,556수이며, 왕수환의 시도 1,000수가 확인 된다고 한다.

9『사천시집』, 상봉주대인서(上鳳洲大人書).

10 매천,『봉주시집서』.

요 호는 소천(小川)이다.[11] 성품이 크고 깨끗하여 구차함을 즐기지 않을 뿐만 아니라 부귀한 자에게 굽히지 않았다. 매천은 소천이야말로 영남 우도 남파(南坡) 성혜영, 호남 우도 석정(石亭) 이정직과 함께 남방의 삼대 시인으로 꼽았다.[12] 만당의 이상은을 추종했던 소천, 송시(宋詩)를 좋아했던 매천은 시에 대해 논쟁을 벌이기도 했다.[13]

이처럼 왕씨 일가는 네 부자 외에도 손자 대까지 뛰어난 인물들이 줄을 이었다. 봉주 왕사각의 큰 아들 운초(雲樵) 왕수환(王粹煥, 1865～1925)과 둘째 아들 옥천(玉泉) 왕경환(王京煥, 1873～1943) 그리고 경환의 아들이면서 수환의 양자였던 왕재일(王在一, 1903～1960) 등은 모두 근대 구례 사림문화의 선두로서 보석 같은 존재였다. 운초 왕수환은 호양학교의 초대 교장 및 한문교사였는데 매천의 제자였다. 애국사상 고취에 여념 없었던 운초, 그는 매천문집 간행에 적극적 역할을 하였으며 가계 문집인 조부 천사, 아버지 봉주, 중부 소금, 계부 소천 네 분의 시문을 모아『개성가고(開城家稿)』를 간행하고 창강과 중국인 학이태(郝爾泰)의 서문 및 본인이 쓴 네 분의 행장을 실었다.

왕경환(王京煥, 1873～1943)은 매천의 제자로서 한시에 해박한 불교 신자였으며 금강경 외우기를 좋아했다. 그의 아들 왕재일은 일본 식민지 정책의 부당함에 반대하고 백부이자 양부인 운초에게 교육을 받으면서 항일 정신을 키웠다. 1926년 성진회(醒進會)라는 독서 모임회를 조직한 뒤 총무를 맡아 광주학생독립운동의 주동이 되어 2년 6월의 감옥살이를 했다. 오직 조국의 독립만을 위해서 사생활을 모두 버린 그는 해박한 실력으로 〈호남절의사〉〈전라남도사〉〈광주시보〉 등의 편찬위원을 했다.

이어 토지면 오미리에 자리한 운조루(雲鳥樓)와 관련한 선비들을 만나

---

11 『소천만고』가 전하는데 1,200여 수의 시가 전함.

12 수왕소천육십세서(壽王小川六十歲序).

13 화소천론시육절(和小川論詩六絶).

본다. 19세기 중반에는 구례에 이름난 문인들이 상당수 들어와서 활동했는데 이산(二山) 유제양(柳濟陽)은 이들과 교유하면서『이산시고』라는 귀중한 업적을 남겼다. 주지하는 바와 같이 운조루는 중요민속자료 제8호로 유이주(1726~1797)의 소유였다. 운조루는 유이주의 사촌 유이익(1737~1792)의 9남 1녀 중 차남으로 태어난 유덕호가 지었다. 그는 유이주를 따라와 집 짓는 일을 도운 뒤 그의 양자가 되어 재산을 물려받았다. 운조루의 사랑채에는 이산루(二山樓), 족한정(足閒亭), 운조루(雲鳥樓), 귀만와(歸晩窩) 등의 현판이 붙어 있고 아래 사랑채 또한 누마루가 있는 곳에 귀래정(歸來亭), 일명 농월헌(弄月軒) 등의 현판이 붙어 있는데 이는 이곳이 사림의 모임 장소로써 시회(詩會)나 강학(講學)의 공간이었음을 알게 한다.

이렇게 진단하는 근거로는 유제양의『시언』, 그의 손자인 유형업의『기언』및 황현의『매천집』과 왕사찬의『개성가고』윤종균의『유당시집』등에서 운조루가 한말과 일제시대 구례 문단의 중심지였음을 간접적으로 밝히고 있기 때문이다.『이산시고』의 주인공 유제양(1846~1922)은 자를 낙중(洛中), 호는 난사(蘭榭), 쌍봉(雙峯), 안선(岸船), 이산(二山) 등으로 불렀는데 문화인이다. 그는 아버지 유견룡(1817~1851)과 어머니 전주 최씨 사이에서 토지면 오미동 운조루에서 태어나 운조루의 5대 주인이 되었다.

6세 때 부친을 여의고 다음 해 조부마저 잃은 그는 편모슬하에서 자라면서 숙부 유택선의 지도 아래 8세 때부터 글을 읽기 시작하여『효경』,『사기』, 사서(四書)를 마친 뒤 스스로 과거 공부를 하고 한, 위, 당, 송의 여러 시를 익힘으로써 그 이름이 이른 나이에 퍼졌다. 그는 천사 왕석보를 스승으로 모시고 천사의 아들 봉주 왕사각, 소금 왕사천, 소천 왕사찬, 그리고 매천 황현 등과 교유하면서 호남아집(湖南雅集)이라는 시회를 결성하였다. 특히 왕사찬과는 동갑내기로서 평생지기였는데 함께 주고받은 시가 많다. 둘이서 함께 낸 시집이『산천창수집(山川唱酬集)』이다.

1870년 창강 김택영이 지리산 일대를 찾았을 때 이산과 만나 수창했는데 이때의 인연으로 창강이 중국으로 망명한 후에도 『이산시집』의 서문을 받는 등 서신 교류를 통하였다. 뿐만 아니라 하동의 추금(秋琴) 강위(1820~1884)의 고제 남파(南坡) 성혜영(成蕙永)과는 평생 시우(詩友)로 사귀었다.

또한 김제 출신으로 약관에 이미 시문으로 이름을 떨친 해학(海鶴) 이기(李沂, 1848~1909), 역시 김제 출신의 석정(石亭) 이정직(李定稙, 1841~1910), 순천의 유당(酉堂) 윤종균 등과도 교유하는 등 당시 사림의 거목들과 친분을 두터이 하면서 문화의 일단을 이끌었다. 이산은 매천을 통하여 영재(寧齋) 이건창(1852~1898)에게 자신의 시집 『안선시초(岸船詩草)』의 정정을 구하기도 했다. 매천의 평생 문우(文友)였던 이산에 대하여 매천은 〈유이산수시서(柳二山壽詩序)〉에서 성우벽어시(性又癖於詩) 공근체(攻近體) 지근만편(至近萬篇)이라고 했다.[14]

『이산시고』는 4권 4책의 필사본으로 아직 간행되지 않았다. 이 가운데 '시고'는 3권 3책으로 천, 지, 인이라 분책 되어 있으며, 나머지 1권은 이산만필(二山漫筆)로 권2만 남아있는 결본이다. 천, 지, 인 속에서 도합 1,348수의 시가 있으며 이산만필에는 설(說), 명(銘), 서(書) 등이 있다. '인'은 속집인데 중국에서 보내온 창강의 〈이산시고서〉가 있다. 본인이 직접 시를 골라 모은 선시집이라는 의미 등 여러 면에서 깊은 천착을 요하는 문집이다. 또한 그의 생활 일기(1851~1922)는 손자 유형업의 일기(1898~1936)인 『기언』과 함께 근대 초엽 농촌 생활 문화의 파악에 중요한 기록이다.

이밖에도 구례 지역과 관련하여 다루지 못한 석정(이정직), 해학(이기), 지촌(권홍수), 석전(황원) 율계(정기), 고당(김규태), 효당(김문옥) 등에 대해서도 체계적이며 구체적인 연구가 이어진다면 호남 시단에 대한 연구

---

14 『매천전집』 권4.

성과는 더욱 풍성할 것으로 기대된다.

2) 학맥에 따른 연구

다음으로 정신사적 전통 이른바 학맥에 따른 특징을 연구하는 접근이 있을 수 있겠는데 이는 학맥이나 학풍을 중시한 태도로 스승과 제자의 사승 관계를 중시한 연구 태도라 하겠다. 이 작업이 원만히 이루어진다면 사상이나 신념 또는 시대관에 따른 시학의 구명에 그 보다 더할 나위가 없겠으나 기축옥사(1589-정여립 모반사건) 이후 호남지역 재지 세력 간의 대립과 임진왜란(1592)으로 인한 인재의 손실(양대박 장군, 고경명 장군과 큰 아들 종후, 셋째 아들 인후의 순절 등)에 따른 구심력과 학맥의 쇠미, 인조반정(1623) 결과 경기·충청지역 서인 세력의 정치권 장악 및 충청지역 서인 사림에 의한 율곡 학파의 적통(嫡統) 계승 등으로 호남사림의 맥이 활발치 못한 점 등을 감안하여 그 학맥이나 사상적 흐름을 복구하는 연구 방법이 우선되어야 한다는 과제를 안고 있는 등 적잖은 선결 과제를 안고 있다.

ㄱ 점필재-한훤당-신재-하서-송강 또는 ㄴ 점필재-한훤당-정암/눌재-학포-송천-송강-기암 ㄷ 눌재-면앙정/석천-조계-서하당-송강 ㄹ 지지당-학포-송강/옥봉, ㅁ 점필재-한훤당-신재-하서 ㅂ 율곡-화담-사암 ㅅ 점필재-금남-유계린/임우리/어초은-석천/미암-행당-풍암 ㅇ 미암-송강-고암 ㅈ 퇴계-고봉-제봉-청계 ㅊ 율곡-일재-하서-고봉 ㅋ 반계-존재-다산-규남-오남-경회 ㅌ 노사-성재-송사-녹천 ㅍ 매천-왕석보-소금-김택영 ㅎ 노사-천사-봉주-소금-소천 등에 대한 심도 있는 연구도 요망된다.

3) 불교문학에 대한 연구

호남시단에서 불교문학의 흐름에 대한 사적 고찰도 가능하거니와 이는 우선 그 전통의 유구함과 성과의 다대함에서 의의를 찾을 수 있겠다. 호남지역 불교문학 또한 선시, 경기체가, 시조, 가사 등 여러 갈래적 고찰이 가능하지만, 그 가운데 선시(禪詩)의 전통은 신라시대 진감국사 혜소(慧昭, 774~850: 전주) 이후 19세기 백파(白坡) 긍선(亘璇, 1767~1852)이나 아암(兒庵) 혜장(惠藏, 1772~1811), 그리고 초의(草衣) 의순(意恂, 1786~1866) 등에 이르기까지 1000여 년 동안을 부단하게 부침(浮沈)해 오면서 일정 부분 때에 따라서는 한문학의 발전과 전개에 상당히 깊이 기여해 있다.

진감국사 혜소(慧昭)는 신라 후기에 중국에 구법(求法)하여 우리나라에 최초로 범패(梵唄)를 전했던 스님이다. 고려에 들어서면 불교문학이 활발히 전개되는데 무의자(無衣子) 혜심(慧諶, 1178~1234: 화순)은 지눌의 간화선법(看話禪法)을 계승한 유학자 출신(사마시)의 승려로서 시집 두 권을 남길 만큼 선시(禪詩)에도 장처를 지녔다. 또한 강진 만덕산 백련사의 제 2세와 제 4세 법주로서 시작 활동에 활발했던 정명국사 천인(天因, 1205~1248)과 진정국사 천책(天頙, 생몰 미상)이 주목되는데 특히 천인은 『정명국사 시집』 3권을 남겨 고려 선시사에 큰 획을 그었다.

누가 조선을 숭유억불(崇儒抑佛)이라 했던가? 조선시대에 들어서도 선시의 전통은 식을 줄 몰랐다. 잦은 사화(士禍) 등의 사회적 혼란과 정치 현실의 불합리와 모순이 심화되자 따른 뜻 있는 선비들의 귀산림(歸山林) 등은 선승(禪僧)과의 활발한 교유 기회를 마련함으로써 되레 한시문 제작의 열의를 일으켰다.

부휴(浮休) 선수(善修, 1543~1615: 오수)는 사명당(四溟堂) 유정(惟政)과 더불어 이난(二難)으로 칭송되었는데 『부휴당집』 가운데 시들은 일품으로 알려져 있다.

한편, 사계(沙溪) 김장생의 제자인 봉곡 김동준과 우의가 깊었던 진묵(震黙) 일옥(一玉, 1562~1633: 김제)은 '석가모니 부처님의 작은 화신'으로 일컬어졌는데 『통감』 등 역사에 밝았다.

또한 임란 때 전투에 참가하여 나라를 구했던 혜감선사(慧鑑禪師) 태능 (太能, 1562~1649: 담양)은 운곡(雲谷) 충휘(沖徽), 송월(松月) 응상(應祥) 과 함께 법문 삼걸(三傑)로 불렸다. 그는 부휴와 청허(淸虛)의 제자로서 수 백 명의 제자를 두어 소요(逍遙)학파를 형성하였는데 『소요당집』 가운 데는 시와 게송(偈頌) 200여 편이 전한다.

나주 출신 침굉(枕肱) 현변(懸辯, 1616~1684)은 윤선도가 양자로 삼으 려고 애를 썼을 정도로 총명했는데 고산이 광양에 유배되었을 때 지었다 는 〈창랑가(滄浪歌)〉는 널리 알려져 있으며 저서에 『침굉집』이 있는데 한 시는 물론 가사문학 〈귀산곡〉 〈태평곡〉 〈청학동가〉 등과 시조 한 수가 전 한다.

중관(中觀) 해안(海眼, 1567~?)은 무안 출신인데 시문집을 간행했을 정도로 시문 제작에 열의를 보였는데 승병장으로서 전공을 세우기도 했 다. 또한 연담(蓮潭) 유일(有一, 1720~1799: 화순)은 유학의 경전에도 밝 았던 학승인데 『임하록』 『도서과목병입사기(都序科目幷入私記)』 등의 저 서가 유명하다. 추사가 비문을 써준 백파(白坡) 긍선(亘璇, 1767~1852: 고 창)은 〈문집〉 4권 등 수십여 종의 저서를 남긴 학승인데, 초의 의순과 선 쟁론(禪爭論)이 유명하다.

다산 정약용과 교분이 두터웠던 아암(兒庵) 혜장(惠藏, 1772~1811)은 연담 유일의 제자인데 다산과 주고받은 주옥같은 선시는 물론 변려문에 도 매우 능했다. 또한 무안 삼향 출신의 초의(草衣) 의순(意恂, 1786~1866) 은 정약용, 김정희, 홍석주, 신위 등 당대의 명사들과 교유가 깊었는데 다 경(茶經)으로 칭송되는 〈동다송〉을 남김은 물론 『초의시고』 2권 2책 등 아름다운 선시를 많이 남겼다. 이밖에도 경허(鏡虛) 성우(惺牛, 1849~1912: 전주), 학명(鶴鳴) 계종(啓宗, 1867~1929: 광양) 등 호남지역 불교문학인 에 대한 체계적이고 집중적인 논의는 호남시학의 구명은 물론 한시 연구 에 시급한 과제로 여겨진다.

4) 누정문학에 대한 연구

호남의 누정은 왕조교체기(1392), 수양대군의 쿠테타(1455), 연산군 때의 사화(1498 무오, 1504 갑자) 중종 때의 사화(1519 기묘, 1545 을사) 등을 거치면서 집중적으로 건립되기 시작하였으며 그에 따라 그 곳에서 창수창화(唱酬唱和)된 누정문학이 문학의 한 장르로 성장해 갔음은 주지의 사실이다. 왕조 교체기에 전신민에 의해 건립된 담양의 독수정을 위시한 조선 초기의 정자는 물론 조선 중·후기의 누정은 강학, 휴식, 그리고 시문 제작의 중심지였다.

여기에서 눈여겨봐야 할 것은 누정 제영의 형식과 내용이다. 호남시인이 주를 이뤄 제영을 남긴 면앙정, 식영정, 소쇄원, 환벽당, 풍영정, 운조루, 백운동 원림 등의 시편들은 그 형식의 연작형태가 눈에 띄거니와 이는 그만큼 풍부한 시정(詩情)의 반영이라는 측면과 무언가 할 말이 많다는 현실에의 불만을 대변한 것으로 이해할 수 있겠다.

또한 그 내용은 대체로 평담(平澹)하고 자율(自律)한 경지의 내용을 담았거나 아니면 귀거래(歸去來)나 귀전원(歸田園)의 의지나 기쁨을 드러내고 있다. 특히 귀거래에의 갈망이나 의지는 호남시단뿐만 아니라 퇴계 등 영남시단에서도 즐겨 표방되었지만, 그 귀거래에 대한 이해와 수용의 태도 및 각도는 다소 달랐다.

이는 자유 의지에 의한 물아일체적(物我一體的) 귀거래인가 아니면, 귀거래를 통한 현실적 갈등 해소의 방편인가의 차이 곧 귀거래의 수용태세의 차이라 하겠는데, 눌재의 자연친화적 시 세계 실현이나 하서의 도학적 시 세계 성취는 퇴계, 농암, 송암, 노계 등의 경우와 크게 멀지 않다고 하겠지만, 석천 등의 예처럼 귀거래를 현실적 갈등 해소의 방편으로 받아들인 경우는 그 성격이 다르다고 하겠다.

정치 현장에서 빚어지는 불합리와 모순 등 현실적 갈등의 심화, 이른바 서술시적 상황의 지속, 이는 곧 뜻 있는 선비의 비판 대상이 되지 않을 수 없거니와 그렇게 하여 토로된 누정문학의 한 조류는 귀거래를 통한 현실적 불만의 해소로 실현화 되었다. 석천의 귀거래 수용의 일단을 살피기로 한다.

석천(石川) 임억령(林億齡, 1496～1568)의 자는 대수(大樹)요 호는 석천 (石川) 또는 하의도인(荷衣道人)으로 선산인(善山人)이다. 6대조 만(蔓) 때 전남 영암으로 옮겨와 살다가 해남으로 이거하였는데 석천은 해남에서 태어났다. 고(考) 우형(遇亨)은 이조판서를 증받았으며 숙부 우리(遇利)는 점필재 김종직의 제자인 금남(錦南) 최부(崔溥)의 문하로서 학식과 덕망 이 남달랐는데 석천은 숙부를 통하여 도학의 정통과 접맥되는 등 그의 영향을 다대(多大)하게 받았다. 또한 석천이 일찍이 부친을 여읜 까닭에 그의 모친은 눌재(訥齋) 박상(朴祥)과 육봉(六峰) 박우(朴祐)의 문하에 그 의 동생 백령(百齡)과 함께 들어가 수학하게 했는데 그때 눌재는 석천과 그의 동생 백령의 인물됨이 다름을 보고 석천에게는『장자』를 가르쳐주 면서 '큰 문장이 될 것'이라 했으며 백령에게는『논어』를 가르쳐주면서 '족히 큰 벼슬을 하리라' 했는데 그 예언은 적중했다.

석천이 눌재와 만난 것은 눌재가 담양부사로 와 있을 때(1515)였는데 그것은 당시 호남 사림의 본류인 광라장창(光羅長昌)으로 석천이 합류한 셈이었다. 석천에게 있어서 눌재는 단순한 학문적 스승이 아니라 정신적 지주와 같은 존재였다. 두 사람의 관계에 대해서는『눌재집』과『석천 집』에 잘 나타나 있거니와 눌재가 도학자로서 지녔던 인품과, 의리와 명 분을 중시한 학문적 소신은 석천의 인격 형성에 큰 영향을 끼쳤다.

석천의 인물됨에 영향 작용한 또 한 사람은 외숙부 박곤(朴鯤)이다. 전 주통판(全州通判)을 지낸 박곤은 임진왜란 때에 구국의 선봉장이었던 회 재(懷齋) 박광옥(朴光玉)의 부친으로 학문과 인품이 뛰어나 석천에게 늘 아버지와 같은 역할을 해주었던 존재였다. 석천의 소탈하고 세속에 구애 받기 싫어한 성격과 앞서 말한 스승들의 가르침과 그 영향은 석천의 시 학 형성에 크게 작용하였는바, 소위 시 형식에서의 자유로움 추구, 현실적 생활인의 모습발견, 당대 보편적 관심사의 지향, 사사로운 개인적 문제의 관심 지양, 애국애민 정신의 발현, 현실 갈등 해소의 시 세계 등이 그것이다.[15] 석천은 중종 20년(1525)에 병과에 급제한 뒤 관직에 나아가 사간원(司諫院) 사간(司諫)과 홍문관(弘文館) 응교(應敎) 등도 거쳤으나 영광군수, 강원도 관찰사, 담양부사 등 주로 외직을 거치는 동안 민중의 삶과 벼슬길의 풍파를 직·간접으로 체험하면서 현실의 모순과 불합리에 염증을 내기 시작했다.

특히 기묘사화(1519)로 수기치인(修己治人)의 실천 철학을 내세워 현실의 모순과 불합리를 개혁하고 바로 잡고자 했던 도학파가 철퇴를 맞고 이의 파장으로 스승인 눌재가 타격을 받게 되자 벼슬에의 흥미가 점점 멀어졌다. 31세 성수침(成守琛)의 청송당에서 지은 〈청송당기(聽松堂記)〉에서는 자잘한 기교로써 꾸며대는 인위의 부자연함을 지양하고, 자연스런 성정의 드러남 곧 천연의 음률관(音律觀)을 훌륭히 피력했거니와, 이는 그의 처세관이자 문학관으로서 시종여일 그와 함께했다. 동생 백령이 문정왕후의 힘을 믿고 윤원형(尹元衡) 등과 함께 을사사화(1545)를 일으키려 했을 때 금산군수(錦山郡守)였던 그는 사화의 부당함과 명분 없음을 지적하면서 가담을 극구 만류했으나 끝내 듣지 않자 〈무제〉시 곧 '호재한 강수 안류막기파 고주의조박 풍랑야응다'의 시를 읊으며 벼슬을 그만 두고 향리에 은거한 사실은 유명하다.

또한 퇴계 이황(李滉)과 논쟁했던 시창작 방법론 역시 석천의 천연을 강조한 음악관과 문학관을 잘 대변해주거니와 『퇴계선생문집』에 있는 〈희임대수견방론시(喜林大樹見訪論詩)〉가 그것이다. 석천의 인물됨과 문학관은 당대의 주류인 성리학적 문학관에서 상당히 진보된 것으로 이른바 조선 후기에 본격적으로 대두된 문예주의적 문학관을 실천했다는 시사적(詩史的)인 위치를 점한다. 이른바 석천의 기질과 호남사림의 영향은

---

15 졸고, 「석천 임억령 시문학 연구」, 성균관대 박사학위논문, 1994, 12~56면.

모순된 현실을 비판하고 그것을 극복·시정하려는 문제의식과, 제한된 세계로부터의 개안(開眼)을 가져와 문예주의적 문학관을 형성하였고 그것의 실천 행위는 〈송대장군가(宋大將軍歌)〉와 같은 서사한시(敍事 漢詩) 곧 서술시의 제작으로 나타났다.

이와 같은 석천의 또 다른 변모는 62세(1557) 때 담양부사로 내려온 뒤부터 본격적으로 발휘되기 시작한 누정문학에서의 평담(平淡)하고 자율(自律)한 서정시 세계의 구축이 그것이다. 『장자』의 식영(息影)사상을 수용한 성산의 식영정과 서하당 생활은 식영정 시단의 우두머리로서 호남 시단은 물론 조선시대 누정시의 진수를 탄탄하고 심대하게 뿌리박은 단초가 되었다. 그는 이곳에서 식영정 시단을 이끌며 송강(松江), 서하(棲霞), 제봉(霽峰) 등과 더불어 성산(星山)의 사선(四仙)으로 자임(自任)하면서 주옥같은 누정시문을 남겼는데 이는 당시의 한시단을 살찌움은 물론 〈성산별곡〉과 같은 훌륭한 국문시가(國文詩歌) 탄생의 자력(資力)이 되었음은 재언을 요치 않는다. 그의 문하에는 고경명, 김성원, 양응정, 박순, 기대승, 정철 등 당대의 걸출한 인물들이 출입하였다. 이와 같은 석천의 시는 크게 서정시와 서사시로 구분되거니와 귀거래를 동경(憧憬)하는 시편들은 대부분 서정시에 속한다. 앞서 소개한 석천 시학의 형성에는 많은 사람의 영향이 있었는데 그 중에서 도연명의 경우는 더욱 강력한 것이었다.

어쨌든 석천의 〈식영정 20영〉은 면앙정, 서하당, 제봉, 송강 등이 잇따라 수창하는 등 누정문학의 전범이 되다시피 하였거니와 이밖에도 송순의 면앙정 시단과 김윤제의 환벽당 및 양산보의 소쇄원 시단 등은 시가문학 산실로서 오랜 동안 수많은 작품을 낳았거니와 이에 대한 사적이며 체계적인 연구 또한 요망된다.

한편, 누정문학 연구는 예상 밖의 성과를 올릴 수 있거니와 양대박의 〈면앙정 30영〉이 그 좋은 예이다. 양대박은 앞서 말한 바와 같이 남원의 이언방(伊彦坊) 동대(東臺, 지금의 남원군 주생면 상동)에서 삼남(三南)의 갑부 후예로 태어났다. 시단의 큰 인물인 호음(湖陰) 정사룡(鄭士龍)에게서 시를 배워 시재(詩才)를 널리 날린 청계는16 지금까지 알려진 바의 의병장 보다는 오히려 시인이라고 해야 더 그의 진면목에 어울릴 듯하다. 그는 과거(科擧)에는 오른 적이 없지만 뛰어난 학식과 시문(詩文)에의 재주, 신의와 의리를 중히 여기는 인품의 소유자로서 주위뿐만 아니라 멀리까지 그의 명망이 자자했던 인물이다.17

또한 대제학 황경원(黃景源)이 쓴 〈묘갈명〉에 따르면 그는 어려서부터 침착하고 신중하며 부모님의 상을 당했을 때 3년의 시묘 살이를 하는 등 효성 또한 지극했다고 한다.18 그의 명망과 인품은 우계(牛溪) 성혼(成渾, 1529~1589)과의 사제지간의 정으로 맺어졌으며, 우계는 제자를 관계(官界)에 추천하기도 하였다. 우계와의 인연은 청계에게 많은 명사를 만나게 되는 결정된 계기가 되었다. 곧 사암(思菴) 박순, 송강(松江) 정철과 도의지교(道義之交)를 맺었던 청계는 당대의 훌륭한 학자로 칭송된 우계(牛溪) 성혼의 문하에서 충서(忠恕)의 생활철학과 성리학에 대하여 가르침을 받았던 덕분이었다. (청계의 스승에 대해서는 호음 정사룡과 우계 성혼이라는 두 주장이 있다. 족보 등에는 우계로 되어 있다.)

청계는 집의(執義) 벼슬이던 부친이 경기도 과천의 양재역(良才驛) 벽서사건(1547)에 연루되어 불행한 최후를 마친 것을 보고 벼슬에의 뜻을 접고 학문에만 열중하였다. 그의 생평을 살피기 위해서는 그와 관련된 기록에 대하여 먼저 말하지 않을 수 없겠다. 양대박에 대한 전언은 『왕조실록』 등의 역사적 기록 외에 『양대사마실기(梁大司馬實記)』가 지금까지의 알려진 바로는 가장 충실하다. 위의 '실기'는 정조 20년(1796) 왕명에 의하여 간행된 것인 바 그 내용은 전체 11권이다. 그 가운데 권1에는 창의(倡義)와 관련된 〈종군일기(從軍日記)〉 등과 기문, 가장(家狀), 전(傳-양대박

---

16 안대회, 「양대박의 실기」, 강혜선 편, 『정조의 시문집 편찬』, 문헌과 해석사, 2000, 250면.

17 앞의 실기, 6면.

18 『양대사마 실기』 권1, 묘갈명, 이하 '실기'라 표기함.

의 전기), 신도비명, 묘갈명, 묘표 등이 실려 있다. 권2는 포충(褒忠), 정려(旌閭), 사시(賜諡)에 관한 내용이다.

필자가 관심을 갖고 시인 양대박을 새롭게 주목하는데 근거한 자료는 '실기' 가운데 권3과 권4 그리고 권5이다. 『양대사마실기』는 정조의 명에 따라 간행된(1796) 양대박 삼부자 곧 양대박, 큰 아들 경우, 둘째 아들 형우의 문집이다. 『양대사마실기』는 대사마 본인인 청계의 창의에 관한 기록과 그가 남긴 시문 및 경우와 형우 두 아들의 글들을 모은 삼부자의 문집이면서 아울러 김근순, 유득공, 서유구 등 당대 최고의 엘리트 학자들에 의하여 기존에 간행 또는 미 간행된 청계 관련 시문의 교감 또는 교정집이라 하겠다.

한 시대를 대표할 만큼 초특급 문인이었던 양대박, 그는 임지왜란이 일어나기 훨씬 전인 1584년(선조 17)부터 일찌감치 작은 연못이 있는 교룡산(蛟龍山) 아래에 집을 짓고 매화나무, 대나무, 학 등과 벗하면서 청계도인(靑溪道人)이라고 자호하면서 지냈음을 알 수 있는 바, 청계도인과 지금의 청계동과는 얼마만큼 관련이 있는지 이로써는 분명치 않다. 문인으로서 뿐만 아니라, 무인으로서 면모도 지니고 있었던 양대박, 그는 밤을 새워 병서를 탐독하였다.

청계는 박순, 정철 등을 스승처럼 따랐던 것으로 알려지고 있다.[19] 위 중에서 정유길과 권벽은 1572년 명나라 사신을 원접하였을 당시 각기 원접사와 종사관으로서 제술관 이었던 청계와는 교분이 두터웠음을 알 수 있다.

한편, 옥봉, 임제, 손곡과의 관계는 시사(詩社)를 만들어 서로 사귄 점이 주목된다.[20] 〈청계집발〉에서 조위한은 청계의 아버지가 문장으로 이름을 날렸다고 전제한 뒤 그 아들 청계는 타고난 재주(천재天才)가 탁월하여 시로써 이름을 날렸다고 했다. 이어 만년에는 고죽(孤竹), 백호(白

---

19 양태순, 「청계 양대박의 생애와 한시」, 『한국한시작가연구』 6권, 한국한시학회, 2001, 510면.

20 실기, 『청계집발』.

湖), 손곡(蓀谷), 송계(松溪) 등과 함께 시모임(시사(詩社))을 결성하여 문장력을 키우는데 전념 하였는데 노두방(老杜房)과 소장공(蘇長公)을 숭상했다고 했다. 여기에서 옥봉(玉峯) 대신에 어떤 연유로 고죽(孤竹)을 들고 있는지 알 수 없다. 다만『옥봉집』과『백호집』에 따르면 백광훈, 이달, 임제, 양대박 등 네 사람이 (용성) 남원에서 만나 서로 수창(酬昌)하였는데 광한루 등에 가서 읊었던 시편을 모아〈용성수창록(龍城酬唱錄)〉또는〈용성광한루주석수창(龍城廣寒樓酒席酬唱)〉(백호집)이란 이름으로 일컬었음을 알 수 있다.

이로써 생각건대 청계는 시사(詩社) 곧 시모임은 고죽, 백호, 손곡, 송계 등과 하였으며, 광한루에서의 모임과〈용성수창록〉의 제작은 옥봉, 손곡, 백호, 청계 네 사람이 참여한 것은 아닌지 궁금하다. 요컨대 청계는 그 교유한 인물들이 한결같이 당대 시로써 이름난 호남 사람(이달은 경기도)들 이었음을 알 수 있는 바, 이는 그가 시인으로서 그 위상이 어떠했는지를 짐작하고도 남게 한다.

청계가 남긴 시편은 천여 편이 넘었다고 한다. 하지만 임진왜란 때 대부분 일실되고 그의 두 아들 경우, 형우 형제가 외우던 70여 수와 남아 있는 100여 수 등을 모았으나 200수가 넘지 아니한 분량이라고 했는데[21] 유고(遺藁)라고 제명(題名)된 '실기' 가운데 권3과 4에는 고·근체시라 하여 공히 167수씩을 싣고 있어, 그 숫자상의 상이함에 대해서는 앞으로 상고가 요구된다.

지금 우리가 접할 수 있는 청계의 한시에 대한 연구는 양태순 교수의 선구자적 업적이 있는 바 그는 청계에 대한 행장이나 연보가 마련되어 있지 아니한 까닭에 그의 한시에 대해 시기별 접근이나 고찰이 불가능하다면서 작품 제작의 공간적 배경을 중심으로 ① 향리에서 지은 시, ② 한양 일대에서 지은 시, ② 원접사 사행길의 시, ② 탐승의 시 등으로 나누

---

21 안대회, 앞의 글, 256면.

어 고찰했다.[22] 향리에서 지은 시 가운데 〈청계(靑溪)〉는 『대동시선』에도 실린 명작으로 『학산초담』이나 『시평보유』 등 시화집에서도 호평한 시인 데 특히 경련(頸聯)의 "산 귀신은 밤에 쇠솥의 불을 엿보고/ 물새는 가을 에 돌집의 연기 속에 잠드네" 곧 산귀야규금정화(山鬼夜窺金鼎火) 수금추 숙석당연(水禽秋宿石堂烟)은 산(山)/ 수(水), 야(夜)/ 추(秋), 금(金)/ 석(石), 화(火)/ 연(烟), 규(窺)와 숙(宿)의 동정(動靜) 대응과 더불어 명(明)과 암 (暗), 그리고 상(上)과 하(下) 등의 조응관계가 이루어져, 읽는 이의 감흥 유발이 자연스러우면서도 기묘하기가 짝이 없다. 이 시에 대해 명나라 사 신 주지번(朱之蕃)이 손을 씻고서 읽었다는 『대동시선』의 언급은 전적으 로 수긍이 가는 바다.

청계의 향토와 관련한 시편은 30여 편으로 보인다.[23] 다음으로 한양 일 대에서 읊은 시는 15여 수인데 그 가운데서 〈송손곡객유용성(送蓀谷客遊 龍城)〉은 『기아(箕雅)』와 『대동시선』에 뽑힌 명작이다. 다음은 원접사 사 행길에서 읊은 시편들인데 모두 60여 편으로 11수를 제외한 나머지는 다 른 사람의 시에 차운한 것들이다. 그는 적절한 허사의 단련을 통한 표현 미의 획득, 동사나 형용사의 조탁으로 역동적인 묘사 등이 남다른 특징을 지닌 것으로 요약할 수 있겠다. 당시(唐詩)를 법 받고 강서시파(江西詩派) 에 넘나든 그의 호남시단에서의 역할과 위상은 다름 아닌 누정시 〈면앙 정 30영〉에서 유감없이 발휘된다.

3. 서술시 및 서사시적 전통의 연구

호남지역 한시문단의 연구를 원만하게 수행하기 위해서는 각 시대, 동

---

22 양태순, 앞의 글, 517면.
23 양태순, 같은 글, 같은 곳.

일 문학권 지역, 계층, 담당층과 수용자층 등에 따라 형식의 변화와 전통의 굴절 및 창조의 진폭이나 각도를 찾아내어 그 의미를 부여하는 일이다. 이 작업이야말로 매우 바람직한 태도이겠으나 이를 위해서는 여러 시대, 여러 작가군에 대한 연구가 선행되어야 하며 동시에 사상·역사·사회·경제·정치사적 연구 성과의 축적이 뒷받침되어야 한다는 큰 산이 가로막고 있는 실정이다.

그나마 손쉬운 대안적 한 가지의 방법은 시의 성격과 그것을 담고 있는 시 형식의 전통을 추적하는 일이다 우리 지역 각 시대 각 시인의 작품을 대상으로 두드러진 형식을 추출한 뒤 그것의 역사적·당시대적 의미와 미학을 밝히는 작업일 것이지만 이 역시 현재의 연구 성과로서는 소기의 결과를 얻어내기 어려운 실정이다.

위안되는 바는, 『광주권 문집해제』(1992)와 『전남권 문집해제』 1·2 (1997) 및 경인문화사의 호남문집 시리즈 그리고 전라남도가 후원한 『향토문화연구자료 총서』 33권(1989, 보경문화사) 간행과 보경과 아세아문화사 및 민족문화 추진위원회의 『한국문집총간』 간행, 그리고 각 지자체(나주, 장흥, 강진 등)의 문집해제 간행, 『호남인물 기초자료』(전남대학교호남학연구단, 2006), 『호남유배인 기초목록』(2017) 등이 간헐적이지만 이루어지고 있다는 점에서 전체를 조망할 기회가 머잖아 도래하리라는 희망을 가질 수 있겠다.

뿐만 아니라 전주에 민족문화추진위원회 분원설치에 따른 활발한 활동 및 근·현대의 한문학 자료에 대하여 김대현 교수를 중심으로 한 호남한문학연구실의 문집 수집과 해제작업이 활발히 진행되고 있는바, 여러 회원의 왕성한 연구열은 호남 지역 한문학 연구의 미래를 밝게 하고 있다. 특히 앞서 보인 바와 같이 『이산유고』, 『개성가고』 등의 시문집 발굴과 그에 대한 연구 등은 실로 귀한 성과라 아니할 수 없겠다.

또한 전남대학교의 호남문화연구원, 전주대학교와 전북대학교, 순천대학교 석·박사과정에서의 한문학 연구자 배출을 위시하여 조선대학교의 한문학과 역시 우리의 기대를 더욱 고무시키고 있다. 어쨌든 호남지역 한문학의 전개 양상을 통하여 무슨 의미를 부여하는 일은 위에서 보인 바와 같이 여러 지난한 과제들이 산재해 있음이 사실이다.

한편, 호남지역의 한문학 가운데 면면히 맥을 이어온 문학의 실체적 운동에 주목하는 태도는 지금의 실정과 사정으로 이 지역 한문학의 사적 전통을 일별하는 대안적 방법이 될 수 있을 것이다. 곧 건국 이후 시대적 상황의 모순과 불합리-서술시적 상황-에 능동적으로 대처하는 가운데 발생한 서술시와 삼정(三政; 전정, 군정, 환곡)의 문란 등에 따른 인권의 질식과 생활의 질곡에서 잉자(孕字)된 서사시의 제작 등에 대한 고찰이 그것이다.

필자는 호남한문학을 공부하는 후학으로서 늘 마음에 빚을 여러 가지 지고 있는바 그것은 다름 아닌 최부, 박상, 송순, 이항, 김인후, 기대승, 기정진 등 도학자의 문학과 유형원, 위백규, 신경준, 정약용, 윤정기, 하백원 등 실학자의 문학에 대해 실상에 접근하는 활발한 연구를 하지 못하고 있다는 점이다. 이런 기회가 있을 때마다 스스로를 채찍하면서 연구에의 각오를 다지지만 늘 부족함 때문에 마음이 편하지 못하다.

호남지역 한문학의 유구한 역사에서 줄기차게 이어지는 실체적 맥이 여럿 일진대 구체적으로 그것은 어떤 것일까? 다시 원점으로 돌아가서 이몽룡이 토해냈던 그 간담을 서늘케 하고 응어리진 폐부를 말끔히 씻어주는 그 힘의 원천은 어디에서 연유하며, 말 하지 않고는 못 배기는 그 입심은 또 어디에서 나오는지. 그 하나는 다름 아닌 서술시의 전통에서 연유한 것이 아닐까.

필자의 생각으로 호남 한시 역사를 통관하고 있는 특징, 두 가지 중 하나는 서정적 낭만성이요, 다른 하나는 현실 풀이적 서술시라 생각한다. 여기서 풀이라는 말은 대응 의지나 태도, 극복 방법 등의 의미와 크게 다르지 않다. 이런 서술시 속에는 서사 한시 역시 서술을 주된 자질로 한다는 점에서 함께 다룰 수 있으리라 생각한다. 서술시의 힘, 그것은 두 말할 필요도 없이 서술적 상황의 전개와 그에 대한 능동적 대응 의지와 실천에서 나온 것이거니와, 그 시원은 금남 최부와 호남 사림의 종장 눌재 박상부터라고 생각한다. 물론 앞으로의 연구 결과와 자료의 통섭에 따라 인물이나 시대를 재론할 수 있겠지만 우선은 이와 같은 시각에서 출발한다.

1) 눌재의 서술시

시 창작의 원리나 방법은 분명 어떤 시학에 기반 한 다음에 가능한 것인 만큼 특정 지역에서 무언가 이어지는 '시학'이 감지된다면 그것은 여러 다른 개인을 아우르고 각기 상이한 시대와 가치관을 통섭할 수 있는 귀한 원형질 같은 것이 되기에 충분할 것이다.

조선 초기 눌재 박상(1474~1530)으로부터 조선 후기 다산 정약용(1762~1836), 초의 장의순(1786~1866), 치원 황상(1788~1863), 경회 김영근(1865~1934), 그리고 민중의 희노애락이 담긴 판소리까지 무언가 분명하게 이어져 내려오는, 비록 각 시기마다의 정치적 득실과 각 개인의 인간적 취향에 따라 다소의 굴절과 변화는 있을지라도, 끈끈하게 이어져 온 그 무엇, 필자는 그 중의 하나를 풀이적 '서술시' 맥락이라고 부르면서 그 원류를 눌재 박상으로부터 잡고자 한다. 이는 호남 한시 사에서 고려시대의 업적을 뛰어넘은 아픔이 없지 않으나 지금까지의 연구 성과에 제약을 받지 않을 수 없는 고충과 필자의 한계에 기인한다.

> 菟裘之西 도구(노은공의 은거지)의 서쪽
> 蒼髥高峙 소나무 높이 솟은 곳에
> 有鳥來巢 새가 날아와 둥지를 틀고
> 卵化三子 새끼 세 마리를 낳았겠다
> 始黃口之毄扚 처음에는 노랑부리를 움직거리더니
> 終雪衣之翏飛 마침내 하얀 털로 날기를 익혔다
> 初若翩於尋丈 처음엔 한 발 정도 퍼덕이더니

忽欲凌乎希夷 홀연히 먼 데로 날아 갔다

狀窈窕而可觀 생김새는 예뻐서 볼만하고

聲瀏亮而宜聞 소리는 맑아서 듣기 좋았다

背鴻鵠而不伴 홍곡들과는 즐겨 벗 삼지 않았으니

豈燕雀之爲群 어찌 연작이 끼어들 틈 있겠나

(…중략…)

乃命童子 이윽고 아이에게 일러두기를

以戒機關 덫 같은 것 못 놓게 했지

詫健翼之無羈 건장한 날개 짓 자유롭게 뽐내며

抱明心而自適乎 밝은 마음 품고서 만족해 보였지

吾愛爾之軒昂 나도 새의 의기양양함 사랑하여서

擬靑田之神鶴 청전산의 신령스러운 학에다 비견했었지

如何不懼 어찌하여 두려움 없이

浪游澤國 물 많은 장소를 마구 노닐었는지

虞人備機 동산 지킴이는 덫을 설치하고선

知撮偏塞 한 눈 팔고 막혀 있는 것 잡을텐데

童子驚告 동자가 놀라서 알려오기를

大鳥被攫 큰 새가 잡혔는데

爭觸手而拔毛 다투어 손으로 털을 뽑으니

染紅血於縞衣 흰 옷에 붉은 피 낭자했다네

顧六翮之已摧 온 날개 죽지가 부러져 나가니

向九霄而含悲 하늘 향해 슬픔을 하소연하네

余謂大鳥 내가 이르기를 큰 새여

何至此極 어쩌다 이렇게 되었단 말가

(…중략…)

安知萬里之禽 어찌 알았으랴 만 리를 나는 새가

遽見兩手之得 갑자기 손안에 갇히고 말 줄을

天耶人耶 하늘을 원망하랴 사람을 원망하랴

爾鳥何愚 그대 새여 어찌 그리 어리석은고

畢弋網羅 자루 주살 큰 그물 작은 그물 등

旁羅以候 벌리고서 기다리고들 있는데

爾自就罹 그대 스스로 가서 걸려들다니

余又誰尤 나는 또 누구를 원망하겠는가

爾不聞蓬萊千仞 그대 듣지 못 했는가 높은 봉래산이

海上一碧 바다 위에 푸르게 솟아 있다는 것을

絶人間之機事 세상의 간사한 일 끊어버리고

淡方壺之風月 선경의 풍월이나 맛 보자구려

琅玕肉芝 대나무 열매와 살찐 영지는

可以療飢 굶주림쯤이야 떼울 수 있지

嗟爾大鳥 아, 그대 큰 새여

爾胡不歸 그대 어찌 돌아가지 않는가

崑崙玄圃 곤륜산의 신선이 사는 곳과

閬月梧桐 곤륜산의 오동나무에는

世網不到 세상의 그물 따윈 얼씬 못하고

但見靈蹤 신선의 발자취만 보일 뿐이라네

天禾玉梅 진귀한 식물과 향기론 매화를

可以得唉 먹을 수 있다는데

嗟爾大鳥 아, 그대 큰 새여

爾胡不適 그대 어찌하여 그 곳으로 안 가는가

又不聞剛風世界 또 그대 듣지 못 했는가 신선의 세계가

去天一握 하늘에서 한 뼘 거리에 있다는 것을

　　　　　　(…중략…)

嗟爾大鳥 아, 그대 큰 새여

爾胡不之 그대 어찌하여 가지 않는가

嗟爾大鳥 아, 그대 큰 새여

爾胡不若 그대는 어찌 그렇게 하지 않는가

謾要肥而賈禍兮 부질없이 살찐 고기 바라다 화를 입었으니

得無愧於鴛鸞 어찌 봉황새에 부끄럽지 않으리오

卷道德於覆巢之邦 둥우리 뒤엎는 데서 도덕 감춤은

乃喆人之炳幾 이른바 철인의 빛나는 예견이지

爾旣有羽毛之美 그대는 이미 날개털의 어여쁨 지니었건만

胡不卷而避機 어찌하여 감추고서 덫 망에 걸려드는가

噫匹夫無罪 아, 사나이가 무슨 죄 있으리요

懷璧其罪 구슬 품으면 그것이 죄인 것을

物之有材 물건이 쓸 데가 있으면

禍之所會 재앙이 몰려드는 법

蚌之剖兮以珠 조개는 진주 때문에 쪼개어지고

桂之伐兮以食 계수나무는 먹을 수 있기에 베어진다

籠鸚鵡者以語 앵무새는 말을 해서 새장에 갇히고

韝鷹隼者以搏 송골매는 때릴 줄 알기에 매여 산다

苟自安於不材 진실로 쓸모없음에 스스로 편히 여겨

庶可終乎天年 타고난 목숨 무사히 마치기를

櫟社老而免斧 상수리나무 늙도록 도끼 면하고

鷦鷯小而能全 뱁새는 작아도 제 생명 누린다

天胡畀汝以美質 하늘은 어찌하여 그대에게 재주 주고서

又胡不與其所安 또 다시 안주할 장소는 주지 않았을까

然則乃何 그렇다면 어쩌면 좋은가

吾將處乎材與不材之間 나는 장차 중용을 지키리다

위에서 보듯 〈애대조(哀大鳥)〉는 눌재 자신의 입장이나 처지를 큰 새에

빗대어 풀이한 것인데 크게 보면 당대 선량한 선비들의 불우한 처지를 우회적 기법으로 비판한 풍자적 내용이다. 자신을 비롯한 뜻있는 선비들을 큰새, 조개, 계수나무, 앵무새, 매 등에 비긴 비유가 참신하거니와, '사나이가 무슨 죄 있으리요, 구슬 품으면 그것이 죄인 것을'의 대목에 이르면 당시 시대상황에서 올바른 선비의 입지가 어떠했는지 짐작하고도 남음이 있는 대목이다.

이와 같이 현실비판의 논리적 대응이나 능동적 대처는 신선세계 지향, 귀거래에의 동경 등으로 풀어내기 십상인데, 위에서 보듯 당시의 정치 현실은 다름 아닌 자루, 주살, 크고 작은 그물 망 등 사방이 옭아맬 수 있는 도구로 둘러싸인 '덫 망' 그 자체였다. 이런 무섭고 불합리한 상황에 대처하는 선비의 자세는 '귀거래'라는 소극적인 대응 방식과 서술시를 통한 현실 풀이의 의지 표명이라는 대응 방식으로 나타났다.

물론 현실의 모순과 불합리성 등은 달리 서술시적 상황이라고 말할 수 있거니와, 서술시적 상황은 개인에 따라 보다 심각하게 받아들여질 수도 있는데, 그런 경우는 서사시의 제작을 통한 전투적 자세로써 개혁 의지를 강하게 드러내거나 현실의 모순을 신랄하게 꼬집거나 풍자하여 자신의 심정을 풀이한 것으로 나타나기도 했는바, 면앙정 송순이 그러하다.

2) 면앙정의 서사시

조선시대 사대부는 주지하는 바와 같이 경국제민(經國濟民)을 모토로 하였던 만큼 현실의 모순과 그에 따른 백성들의 생활고 문제를 중요하게 느끼고 심각하게 받아들였음이 당연한 것이었다. 그러나 조선사회의 기본적 모순이 심화된 현상과 더불어 백성들의 생활이 이루 말 할 수 없이 비참하게 되었음에도 불구하고 여기에 따뜻한 눈길을 돌려주는 사대부가 많지 않았음은 기이한 현상이 아닐 수 없다.

많은 사대부들이 외면한 백성의 문제를 면앙정 송순(1493~1582)은 회

피하지 않고 정면에서 추켜들었던 사람이라는 점은 잘 알려진 사실이다. 백성의 현실적 처지와 입장에 대한 송순의 시각은 그의 애민정신에서 비롯된 것인데 당시 횡행된 관리들의 가렴주구 등 착취의 전횡은 이를 목도(目睹)하여 비판하고 풍자하는 데에 머무르지 않고 그 상황을 개혁하려는 실천적 의지가 작용되어 그로 하여금 서사한시의 세계를 열게 하였다.

면앙정이 현실의 비판과 개혁의 의지를 시세계에 구체적으로 실현하고자 했을 때 정제되고 세련된 서정시 양식이 부적합했음은 당연한 것이었다. 서사한시의 경우 개별화된 인물의 등장과 사건의 진행, 시간과 공간적 배경 등이 기본요건으로 갖추어져야 하는데[24] 한마디로 서사한시의 제작은 백성의 현실적 입장에 시인의 대한 문학적 실천에서 비롯한 것이다. 『면앙집』에는 〈전가원(田家怨)〉〈문개가(聞丐歌)〉〈문인가곡(聞隣家哭)〉〈탁목탄(啄木歎)〉 등의 서사한시가 있는데 이들은 모두 체제의 모순에 따른 백성들의 삶에 대한 갈등을 다루고 있다.

曉夢初罷驚剝啄	새벽 꿈 깰 무렵 문 두드리는 소리에 놀라
推枕起聽歌聲長	베개 밀치고 들으니 타령소리 길게 늘어진다.
呼兒走出問所由	아이야, 나가서 웬일인지 물어봐라.
知是老丐謀朝糧	늙은 거지 한사람 아침밥 빌러왔다는구나
不憂不哀乞語傲	그거지 시름없고 애걸도 않고 구걸하는 소리조차 의젓한데
腰下只見垂空囊	허리춤에 찬 동냥자루 빈자루가 늘어져 보이는구나.
招來致前詰其由	그 늙은이 내력이나 알아보려 불러서 오게 하니
白綻一衣無下裳	누덕누덕 기운저고리에 아래는 가리지도 못했네.
云我曾爲富家子	"저 본래 태어나길 부잣집 자식으로
衣餘篋中粟餘場	장롱 가운데 의복이 남아돌고 마당에 곡식도 남았었지요.

---

24 졸고, 앞의 논문, 160면.

膝下兒孫床下妻　슬하에 아들손자 알뜰한 아내 옆에 있고

人生一世無他望　이 한세상 살아가기 남 부릴 게 없었지요.

椎牛行酒聚比隣　동네친구들 불러 모아 고기 굽고 술잔 돌리고

嬉嬉笑語頻開長　늘 잔치를 벌이어 웃고 얘기하고 재미있게 놀았으니

謂是天公賦命好　호팔자 타고났다 남들이 샘을 내고

自擬基業傳無疆　나또한 믿었다오. 가업이 무궁히 전하리라고.

吁嗟人事若不常　슬프다! 인간사 덧없음이여.

甲子年間遇狂王　갑자년 어름에 미친 왕 만나고 보니

朝生一法餘蛇虺　아침에 나온 법령 독사와 같고

暮出一令如虎狼　저녁에 나온 법령 호랑이 같고

風雷行處不暇避　폭풍 우레 치는 곳에 피할 겨를 전혀 없어

無翼奈何高飛翔　본디 날개 없으니 높이 날수도 없어.

父祖經營百年産　조상대대로 받은 백년의 가업이

敗之一日猶莫當　졸지에 망하려니 하루아침 거리밖에.

家破田亡餘赤身　집도 땅도 다 잃고 남은 것은 맨몸뚱이

升天入地無可藏　하늘로 날아갈까 땅으로 꺼질까? 일신을 가눌 길 없어

妻東子西我復南　아내는 동쪽으로 자식은 서쪽 나는 남쪽으로

雲分雨散情茫茫　구름처럼 흐르고 빗물처럼 흩어져서 천지간에 아득하게
　　　　　　　　되었소.

飄零于今三十年　영락한 떠돌이 신세 이제 어언 삼십년

死生憂樂已相忘　생사도 잊은 지 오래이니 근심 기쁨 생각이나 있으리

人間何處不可住　이 세상 어디 간들 발붙일 곳 없으랴

一杖一瓢行四方　지팡이 하나 표주박 하나로 사방을 돌았다오.

區區形骸知幺麽　구구한 이 육신 별 것 아닌 줄 알았으니

求人猶足救死亡　남에게 비는 것이야 목숨하나 건지면 족하다오.

腹中繼食飢不害　뱃속에 넣는 음식 주림이나 면하면 되고

身上繼衣寒不傷　몸 위에 걸친 옷가지 추위를 막아주는데

更無餘憂來相干　무슨 근심 다시 남아 나에게 덤벼들 게 있으리오.
優遊卒歲於康莊　이 한 몸 한가롭게 노닐며 평안히 해를 마치리라.
公侯將相縱有榮　정승이고 장군이면 영화롭기야 하지마는
君看前後紛罹殃　그대도 보셨지요. 걸핏하면 재앙에 걸리던 일"
出門揮杖歌復高　지팡이 흔들고 문을 나서 노래 소리 다시 높으니
白首意氣何軒昂　백수노인의 의기가 어찌 저리도 헌앙한가?
得喪已知不關我　득실이 자신과 관계없음을 스스로 깨달은 때문이지.
莫言丐者皆尋常　비렁뱅이 거지라고 모두 심상하게 보지 말아라.[25]

위의 시는 〈문개가(聞丐歌)〉인데 전체 44구로 된 7언의 서사한시이다. 전체 구성은 3단락으로 되어 있다. 첫째 단락은 제1구~제8구까지인데, 새벽녘에 늙고 초라한 거지가 타령조로 아침밥을 구걸하는 내용이다. 타령조 소리에 이상하게 여기어 나가 살피게 함으로써 두 번째 단락과 자연스럽게 연결 지어져 있다. 제9구~제40구는 두 번째 단락으로서 늙은 거지의 넋두리이다. 자신의 내력과 함께 거지가 된 이유가 광왕(狂王) 곧 미친왕(연산군)의 폭정 때문이라고 분명히 밝혔다.

조상대대로 물려받은 전답은 아침·저녁으로 생겨나는 독사보다 더 독하고 호랑이 보다 더 무서운 법령 때문에 하루아침에 빼앗겨 버렸음을 말한 뒤, 맨몸뚱이로 처자식이 서로 각기 유리걸식하게 되었다고 했다. 그러면서도 정승이나 장군들이 걸핏하면 재앙에 걸려 화를 당한다고 하여 당시 당쟁의 무서운 회오리를 극명하게 드러내 풍자하고 있다. 세 번째 단락은 제41구~제44구까지인데 비록 거지의 신세이지만 지팡이 흔들고 노래 소리 높여 부르는 이유가 속세의 득실이 자신과 무관하다는 이치를 깨달았기 때문이라고 했다. 바로 이시의 주제부분인데 토지로부터 유리된 농민 가운데 주체적 인간이 출현한 것이다.[26]

---

25 『면앙집』 권1.

면앙정이 지니고 있었던 애민정신과 현실 비판 태도는 이와 같은 주체적 인간의 출현요인과 그들의 행로에 대한 각별한 관심을 불러일으켰다. 이른바 주체적 인간상의 전형적 모델은 서사한시의 출현동인이 되었는데, 이러한 인물군상은 조선후기에 이르러 자율적·상업적 시민으로 성장해 나갈 수 있도록,그가 단초를 보인 것이라 사료된다.

애민정신이 충만한 면앙정의 눈에 비친 당대적 모순과 불합리는 시인으로 하여금 이와 같은 시를 쓰지 않고는 배겨내지 못하게 했을 것이다. 송순은 이런 시를 통하여 백성의 고통과 아픔을 나름대로 위로하고 다듬어 주었다고 생각된다. 따라서 이런 시편은 송순 자신의 답답함을 푸는 것이면서, 아울러 백성들의 현실적 불만과 억울함을 풀이한 것이기도 하다는 점에서 그 의의를 더한다고 할 것이다. 이밖에 〈문인가곡(聞隣家哭)〉 등도 앞서 소개한 바와 비슷한 내용인데, 가렴주구 때문에 행복한 가정이 파탄되어간 비극적 상황을 보여준 풀이시이다.

3) 석천의 서사시

석천 임억령(1496~1568)의 시 세계는 누정문학을 중심한 서정적 세계와 현실 참여가 중심이 된 장편의 서술시와 서사시의 세계로 대별된다. 아래에서는 먼저 서사시로 알려진 〈송대장군가〉를 살펴보기로 하겠는데 이는 퇴계와의 논쟁에서 보여 준 그의 시관 곧 문학관이 극명하게 드러나고 있음이 주목된다.

己酉十月海珍叟　기유년 시월에 해진(해남) 고을 늙은이
遠來道康江村寓　도강 땅(강진) 강촌으로 멀리 와서 머물렀네.
山如怒馬振鬣騖　산줄기 성난 말처럼 갈기를 떨쳐 내닫고

---

26 임형택, 『이조시대 서사시』 상, 창작과비평사, 1992, 64면.

水作盤龍掉尾走　강물은 서린 용처럼 꼬리를 꿈틀거리며 달려오누나.

梗楠橘柚不足數　느릅나무 석남 귤 유자 이런 등속이 셀 수 없거니

生此偉人英而武　위인을 낳아도 저처럼 영특하고 날랠밖에.

力拔山兮氣摩宇　힘은 산을 뽑고 기개 천지를 휩쓸어

目垂鈴兮須懸箒　눈은 왕방울 같은데 수염이 빗자루 달아맨 듯

上接擣藥月裏兎　위로 손을 뻗으면 달 속의 토끼를 붙잡고

生縛白額山中虎　흰 이마 호랑이를 산 채로 잡아 묶으리라.

腰間勁箭大如樹　허리에 찬 화살 크기는 나무 둥치만 하고

匣中雄劍遙衝斗　칼집에 든 큰 칼은 북두칠성 찌르겠네.

六十里射若百步　활을 당기면 육십 리를 백보 거리처럼 날아

嵯峨石貫如幣履　활촉이 높다란 벼랑에 헌 짚신 꿰듯 박히더라네.

項籍縱觀彼可取　옛날 항우는 진시황을 보고 "저 자리 내가 차지하리!"

韓信頗遭淮陰侮　영웅 한신도 회음(淮陰) 땅에서 수모당한 일 있었더니

長鯨豈容一杯魯　큰 고래 어이 배부르랴 한잔 박주를 마시고

蟠龍或困草間螻　승천 못한 용 풀 섶에서 개미에게 곤욕을 보기도 하지.

千尋巨海夜飛渡　천 길이나 깊은 바다 한밤중에 나는 듯 건너와

萬疊窮谷聊爲負　만첩 산중 외진 골짝에 몰래 둔을 치고서

能教野犬吠白晝　들개들을 부려서 대낮에 짖어대게 하고

盡使海舶山前聚　바다에 뜬 선박들 죄다 모여들게 하니

邊人皆稱米賊酋　변방 사람들 그이를 일컬어 미적추(米賊酋)라 불렀다네.

王師慴息安能討　관군도 기가 질려 숨죽이는 판이니 누가 감히 덤비리오.

那知天借女兒手　어이 알았으랴 하늘이 계집아이 손을 빌어

一夜弦血垂如縷　하루밤새 활시위에서 피가 줄 줄 줄.

壯骨雖如草木腐　장사의 남긴 육신은 진작 초목과 더불어 썩었으되

毅魂尙含風雷怒　의연한 그 혼백 상기 노염을 품어 바람 우뢰 사나우니

爲鬼雄兮食此土　영험한 귀신이 되었도다 이 땅에서 받들어져

揷稚羽兮木爲塑　신장대에 꿩 깃 흔들리고 거룩한 그 형상 나무에 새겨졌네.

彼何人兮怪而笑	저 어인 사람들인고? 신당을 괴상하다 비웃으며
毁而斥之江之滸	부수고 허물어 물가에 버리다니!
百年蕭條一間廟	백년 풍상에 당집 한간 쓸쓸한데
歲時伏獵鳴村鼓	철따라 복날이며 섣달이면 북소리 두둥둥
翩翩落日野巫禱	뉘엿뉘엿 해질 무렵에 무당이 굿을 하는데
颯颯西風寒鴉舞	우수수 하늬바람에 갈까마귀 춤을 춘다.
靈之來兮飄天雨	신령님 내려오시니 하늘에 빗방울 날리고
神之床兮瀝白酒	신령님 모시는 상에 막걸리 한 사발.
嗟呼此豈淫祠類	아! 이 어찌 음사(淫祠)로 칠 것이냐?
甚矣諸生識之陋	너무하구나! 그대 유생들 지식이 그리도 고루한가.
剪紙招魂着自古	종이를 오려 초혼하는 풍습 예로부터 있었나니
往往下降叢林藪	신령이 수풀에 하강하는 일 전에도 더러더러 보았더니라.
公之勇健是天授	장군의 용맹이야 하늘이 점지하신 바이니
天之生也誰得究	하늘이 점지하신 뜻을 그 누가 안단 말인가.
悶見蒼生塗炭苦	도탄에 빠진 우리 백성 고통을 민망히 여겨
故遣將軍欲一掃	일부러 장군을 내려 보내 한번 청소하도록 한 것이로다.
時無駕御英雄主	당세에 영걸스런 군주가 없었으니 적소에 쓰이지 못하고
長使奇才伏草莽	갸륵한 인재로 하여금 초야에 영영 묻히게 하였구나.
若教生漢遇高祖	만약 한나라 때 태어나서 유방 같은 영주를 만났던들
不曰安得四方守	"어이 용맹한 인재를 얻어 사방 지킬고"란 말 나오지 않았으리.
功名肯與噲等伍	아마도 세운 공명이 번쾌 따위와 어깨 나란히 앉을 터이요
灞上棘門俱乳臭	패상 극문의 장수들 모두 젖비린내 나는 무리로 보였으리.
又使生魯見尼父	또한 만약 노나라에 태어나 공자 같은 성인을 만났던들
不曰自吾得子路	"내가 자로(子路)를 얻고 부턴" 이런 말씀 나오지 않았을 게고
鏃而礪之括以羽	살대촉 뾰족이 갈고 깃털을 꽂으면

升堂必在仲由右　승당(升堂)을 하여 필시 자로의 윗자리에 앉았으리.

聖朝如今帶戎虜　오늘의 세상에 왜구들이 횡행하여

邊隅隨處羅防戍　해변의 곳곳에 진지며 수루 벌여 있는데

時時惕掠海島賈　도서로 다니는 장사꾼들 때때로 약탈을 당하고

歲歲蕩盡司贍布　해마다 이로 인해 사섬포를 탕진하는 형편이라.

明君包容每含垢　밝은 임금이사 너그러이 허물을 덮어서 용납하는데

邊將儒弱長縮首　변경을 지키는 장수들 나약하여 움츠러만 들다니

只是朝廷乏牙爪　오직 이 나라 방어를 한 몸에 책임진 신하들아

坐令蜂蠆暄庚午　예전 경오년에 독벌 전갈이 한바탕 난리친 걸 보았었지?

壯公我髮竪　장하도다 장군이시어 나의 머리털 일어서고

貴公吾腰俯　장군이시어 나의 허리 절로 굽혀진다.

在古時未遇　그 옛날 때를 만나지 못했으니

於今骨已朽　오늘엔 뼛골이 하마 사라졌겠구료.

生爲海中寇　살아서 해적의 두령이요

死棄海中霧　죽어서 바다의 안개 속에 버려져서

淸山本無墓　청산에 무덤조차 남기지 못했으니

遺民誰爾後　여기 백성 중에 그대의 후예 누구일까?

問之於古老　고로에게 물어 물어서

首尾得細剖　자초지종 자세히 알았구나.

太史徵人口　역사를 기술하는 이 구전을 증거로 삼아야

列傳猶不誤　열전에 착오가 적다오.

莫道吾詩漏　나의 이 시 엉성하다 마오

庶幾國史補　애오라지 국사에 보완이 되리라.

위의 〈송대장군가(宋大將軍歌)〉는 전체 78구의 장편으로 1구에서 64구까지는 7언의 형식이며 65구부터 78구까지는 5언 형식으로 마무리 했다. 주목을 요하는 바는 〈송대장군가〉는 〈금릉태수준옹장편〉[27]의 끝부분에

서 "한 칼로 왜놈과 되놈을 평정하리다."라고 결론 삼아 말한 부분 및 〈송장군(宋將軍)〉[28]에서 "신이하고 기이한 징(徵)을 누가 대적하랴" 등 다소 애매하고 추상적으로 언급하고 말았던 부분에 대해 구체적 진술을 보여주고 있다.

〈송대장군가〉는 다음과 같이 9단락으로 나누어지며 그 각각의 단락은 전체의 구조를 이루는데 역동적으로 기여하고 있다.

① 산천의 수려한 정기는 영웅을 탄생시킬 형상이다. (1구~6구)

② 송대장군(宋大將軍)은 기개, 용모, 화살, 칼, 무용, 신비한 능력 등에 있어서 비범한 존재 곧 미적추였다. (7구~23구)

③ 관군과의 대결에서 승리하였으나 계집아이가 활시위를 끊어서 죽고 말았다. (24구~26구)

④ 장군은 이 땅에서 백성들에 의해 받들어 뫼셔졌다. (27구~30구)

⑤ 유생들은 장군의 신당을 음사淫祠라 하여 부수고 허물어버렸다. (31구~42구)

⑥ 송대장군(宋大將軍)의 용맹은 도탄에 빠진 백성을 구제하도록 점지하신 바이지만 영걸스런 군주를 만나지 못해 뜻을 제대로 펴지 못했다. (43구~56구)

⑦ 왜구들의 만행이 횡행하나 장수들이 움츠려든 바람에 경오년의 난리를 당했다. (57구~64구)

⑧ 거룩한 송장군은 때를 만나지 못하여 뜻을 이루지 못했고 후손 또한 있지 않다. (65구~71구)

⑨ 고로에게 물어 이글을 지은 것은 국사에 보완이 되게 함이다. (72구~78구)

---

27 『석천집』, 123면.

28 『석천집』, 127면.

①에서 ⑨까지는 〈송대장군가〉를 그 줄거리를 좇아 나누어 본 것이다. ①은 필시 영웅이 탄생될 지령(地靈)에 대한 묘사로서 인걸지령(人傑地靈)이라는 옛말을 형상화해 놓은 부분이다. ②는 송대장군의 인물됨 곧 민중영웅에 대한 구체적인 묘사를 한 대목인데 이러한 민중영웅의 이야기는 그 근원이 대부분 민담으로서 실제로 있었던 일의 사실적 형상이라기보다는 자아가 세계보다 우위에 있다는 가정을 구체화한 것이다.[29]

이러한 민중영웅은 고귀한 혈통을 타고 난 인물이 아니라, 그 반대로 미천하고 보잘 것 없는 인물이 대단한 투지를 발휘하여 어떤 고난과 시련을 극복한 다음 승리의 영광을 차지하여 왕이 된다는 유형구조를 지니는데[30] 여기 등장하는 송대장군은 위와 같은 민중영웅의 이야기 유형구조를 온전히 갖추고 있는 것 또한 아니다. 〈송대장군가〉에서 송대장군의 신분에 대한 구체적인 언급이 나타나 있지 않으므로 그의 신분이나 혈통에 대한 자세한 내력은 알 길이 없다. 다만 전, 후의 문맥으로 미루어볼 때 민중 영웅적 성격의 신분을 지닌 것이라고 생각해볼 수는 있을 것 같다.

이러한 인물의 설정은 석천 자신이 앞의 〈고기가(古器歌)〉에서 취했던 태도와는 전혀 다른 것으로서 주목을 요한다. 〈고기가〉에서는 양웅정을 상징한 〈정(鼎)〉의 내력 곧 신분적 위상에 대해서 고귀한 혈통을 지닌 것으로 설정했었다. 이는 석천이 민중의 문제적 현실을 직시하고 그에 대한 해결의 실마리를 찾고자 했을 때, 민중적 성향을 지닌 민중영웅이라는 인물을 설정했다는 의미가 되거니와 그것은 분명히 〈고기가〉에서 보다는 진일보한 작가의식의 반영이 아닐 수 없다. 다시 말해서 〈고기가〉는 귀족영웅을, 〈송대장군가〉는 민중영웅을 각각 등장시켜 석천 당대의 문제를 해결하려했음을 알 수 있겠다.

〈송대장군가〉에서 송대장군에 대한 인물묘사는 매우 디테일하게 처리

---

29 조동일, 『한국문학통사』, 지식산업사, 205면.
30 조동일, 앞의 책, 같은 곳.

되었는데 이러한 디테일의 진·위 여부는 작품의 감동과 긴밀한 관계를 지닌다는 것은 주지의 사실이다. 제7구의 송대장군 기개에서부터, 제8구의 눈과 수염, 제9구의 손, 제10구의 흰 이마, 제11구의 화살, 제12구의 칼, 제13구의 활 등은 송대장군이 영웅적 인물로서 평범하지 않다는 것을 매우 호방한 분위기로 묘사했다. 제15구, 16구에서는 중국의 역대인물들과 송대장군을 대비시키고 있는데, 항우가 진시황에게 왕자리를 내놓으라고 호령했던 것처럼 송대장군 또한 그러한 기개를 지녔다고 했다. 그렇지만 만고의 영웅 한신이 회음淮陰 땅에서 수모를 당했던 것처럼, 또는 승천하지 못한 용이 풀섶에서 곤욕을 당하듯이 위대한 송대장군도 그렇게 될 것이다는 운명적 예언을 16구~18구에 담았다.

19구부터 24구까지는 미적추로서 송대장군의 능력과 행위에 대한 묘사 부분인데 그가 쌀을 빼앗아 백성들을 구휼했다는 복선을 담았는데 그 복선에 대한 사실적 해명은 제29구의 '영험한 귀신이 되었도다! 이 땅에서 받들어져' 와 제31구, 제32구의 '저 어인 사람들인고?, 신당을 괴상하다 비웃으며' '부수고 허물어 물가에 버리다니!'에서부터 제39구의 '아! 이 어찌 음사로 칠 것이냐?' 및 제40구 '너무하구나! 그대 유생들 지식이 그리도 고루한가?' 등에서 이루어졌는바, 제29구를 보면 송대장군이 사당에 뫼셔져 받들어지고 있음을 알 수 있다.

그런데 숭배하는 사람들은 상층의 집단이 아니라는 사실을 제31, 32 및 39구와 40구에서 알 수 있는데 이는 송대장군이 미적추로서 상층집단에게는 못된 행위라고 여겨질 만한 일 곧 그들로부터 쌀을 빼앗아 백성구휼에 앞장섰던 것임을 확신케 한다. 그러므로 백성들로부터 철 때나 복날과 섣달에 받들어 모셔진 것이리라.

③에서는 송대장군이 죽게 된 이유를 말했는데 분명하게 처리하지는 않았지만 계집이 쏜 화살을 맞고 피를 흘리며 죽어갔다고 했다. 그 계집이 누군인지, 무엇 때문에 송대장군을 죽였는지에 대해선 언급이 없다. 다시 말해서 ②와 같은 훌륭한 인물이 ③처럼 죽어간 것이 쉽게 납득가

지 않지만, 어떻게 생각하면 ②와 같은 인물이기에 또 그렇게 죽어갈 수도 있다는 묘한 생각이 들기도 하는 것이다.

④와 ⑤는 〈송대장군가〉의 주제를 담은 부분이거니와, ④때문에 ⑤가 있음은 당대적 현실로서는 당연하다고 생각된다. 석천은 ④와 ⑤를 통하여 그의 유자적(儒者的) 본분에 입각한 애민정신의 일단을 보여주었는데 그가 이와 같은 문제에 관심을 가질 수 있었던 것은 그의 시학에 말미암은 것임은 재언을 요치 않을 것이다. ④와 ⑤의 대결적 구도는 당대 현실의 축소판이라 할 수 있는데, 그 둘의 대결에서 ④의 패배는 '백성의 도탄과 관리의 가렴주구로 이어져 ⑥의 도래(advent)를 가져왔던 것이라 하겠다.

다시 말해서 ⑥은 당대 백성들의 소망이요 바람 이었던바 석천의 입을 통하여 그것이 〈송대장군가〉로 형상화 된 것이다. 그러므로 석천의 당대 현실을 직시하여 문제를 들춰내고 그것을 해결하려한 시창작 정신이야말로 가히 문예지향주의적이며 근대지향적인 문학정신의 일단이 아닐 수 없는 것이다.

다시 말해서 석천의 당대 현실에 대한 해결 의지는 제44, 제45, 제46구에서 명쾌하게 제시되고 있는데 "하늘이 점지하신 뜻이야 그 누가 안단 말인가? 도탄에 빠진 우리 백성 고통을 민망히 여겨, 일부러 장군을 내려보내 한번 청소하도록 한 것이로다."에서 볼 수 있다. 이는 석천이 방관자적 입장에서 또는 위압적이고 고압적인 자세에서의 피상적 현실인식이 아니라, 실천·의지적 현실중시의 경험에서 체현된 리얼리즘적 현실 파악의 반영이라고 평가된다. 그러므로 석천은 과감하게 제47구에서 '당세에 영걸스런 군주가 없었으니 적소에 쓰이지 못하고'를 내뱉을 수 있는 것이다.

이는 〈고기가〉에서의 입장과는 또 다른 면이라 하겠는데 〈고기가〉에서는 〈고기〉가 쓰이지 못한 것은 아직 그 쓰일 시기가 도래하지 않았다는 입장을 지니고 있었으며, 성주(聖主)가 북궐에 계시므로 머지않아 〈고기〉가 제대로 쓰일 것임을 확신한 입장에 있었다. 그러나 〈송대장군가〉

에서는 위에서 말한 것처럼 영걸스런 군주의 부재를 꼬집고 있으니 문제의 심각성을 최대한으로 그것도 정면에서 제기하고 있는 것이다.

석천의 판단은 백성의 도탄과, 관리의 횡포 및 가렴주구 등 당대 현실의 제반 문제는 성주(聖主)의 부재(不在)라는 데로 귀결된다. 성주의 부재가 국내 문제 뿐만 아니라 국외의 문제로까지 확대되어 백성의 생활이 설상가상으로 어렵게 됨은 물론 국가존망의 위기적 상황으로까지 치닫게 되었다는 내용은 ⑦에서 말했다. 그러므로 ⑥의 설정과 ⑦은 필연적인 인과관계를 맺도록 짜여져 있다. 〈송대장군가〉는 후반에 이르면 ④와 ⑤, ⑥과 ⑦처럼 상호 필연적인 연결고리를 지니도록 그 구성이 치밀하게 되어 있음도 주목을 요한다. 그만큼 석천은 현실의 문제와 그에 대한 해결의지에 있어서 치밀하였으며 그러한 사고가 뛰어난 시인적 역량과 함께 작품 구성에 오롯이 투영되었다고 생각된다.

⑦은 삼포왜란(三浦倭亂, 1510 庚午)의 폐해를 말한다. 곧 동래의 부산포, 웅천의 내이포, 울산의 염포 등에서 일본 거류민들이 쓰시마 영주의 군대와 합세하여 폭동을 일으켰는데 그들은 부산포와 내이포를 점령하고 염포가 있던 웅천까지 위협하는 등 만행을 부렸다. 이는 그 사건에 대한 언급인데 비교적 사실적으로 그려냈다고 보여진다. ⑧은 시인의 송장군(宋將軍)에 대한 추회의 내용이며 ⑨는 〈송대장군가〉의 창작 목적을 밝힌 것으로 서기국사보(庶幾國史補)가 그것이다.

현실의 모순과 백성의 비참한 생활상을 시세계에 담아내려했던 석천은 철저하지는 않았다 하더라도 서사시적(敍事詩的) 상황의 전개에 문학을 가지고 능동적으로 참여할 수 있는 현실주의적 태도를 지닌 시인이었다. 그의 시학(詩學)이 말하여주듯 석천은 항상 개인적 문제와 관심보다는 보편적인 문제와 관심사를 진지하게 담아내려 했는데, 이러한 태도에서 당대 현실 생활인의 모습이 그의 시세계에 담겨지게 된 것이다. 그런데 위 〈송대장군가〉의 경우 목도이문(目睹耳聞) 한 것 중에서 이문(耳聞)한 것에만 전적으로 근거하여, 당시의 서사시적 상황을 대처하려한 데서 사실성(reality)의 퇴색 곧 추상성이 노출되는 대목이 생겨났음을 알 수 있겠으며, 또한 그의 시가 낭만적 정서를 바탕으로 하면서 주제 표출에서 심각성을 배제하려는 자세를 지향했기 때문에 현실의 핍진한 반영과 그로 인한 첨예한 갈등구조로까지 작품을 끌고 나아가지 못했다고 생각한다.

그렇지만, 석천이 당시의 보편적 문학관에서 벗어나 문예지향주의적인 문학관을 지님으로써 당대의 모순적 현실의 객관적 반영인 서사시의 세계를 걸을 수 있었다고 생각한다. 또한 눌재 이후 호남시단의 한 조류였던 서술시 또는 서사시적 상황 전개에서 그에 합당한 시 형식을 통하여 능동적, 주체적으로 대응한 석천의 작가정신 그리고 시인으로서의 역량은 한국한문학사 상의 중요한 위상의 일단(一端)이면서 동시에 호남 시단의 한 특징으로 보아야 할 것이다.

이렇듯 서술시적 상황은 개인에 따라 서술시의 제작으로 나타나기도 하였지만 조선 초기를 지나 조선 중기에 이르러서도 호남시단의 글쓰기 양식의 하나로 자리 잡았다. 다음에서 송재의 서술시를 보기로 한다.

4) 송재의 서술시

송재(松齋) 나세찬(羅世纘, 1498~1551)은 전남 나주군 거평면(居平面) 남산촌(南山村)에서 참판공 빈(彬)과 해평(海平) 윤씨와의 사이에서 둘째 아들로 태어났다. 가난했으나 학행과 청백으로 이름난 가문에서 엄격한 교육을 받았기에 6세 때부터 쇄소(灑掃)하는 예절과 응대하는 의식으로 사람들을 감동시켰다.

7세 때부터 문장을 지을 줄 알았으며 8세 때 『소학(小學)』을 읽었는데 이는 훗날 그의 철학적 기반의 자력(資力)이 되었다. 9세 때 〈영사후(詠射帿)〉라는 활 쏘는 과녁을 보고 시를 지어 주위 사람들을 놀라게 했다. 글 읽기를 좋아하여 연송달효(燃松達曉)토록 경사(經史)와 전적을 궁구했다.

余竊悲衆芳之消歇　그윽이 온갖 꽃이 시듦을 슬퍼하여

悶元和之無常　조화의 무상함을 민망히 여기노라

般紛紛其櫟壽　잡다한 상수리나무는 오래 살고

椴又欲無乎松篁　산도는 또 송죽을 더럽히려 하도다.

聞後凋於古訓　나중에 시든다는 것 옛말에서 들었으니

願依君子之娬　군자의 아름다운 절개를 의지하고파

于以求兮山之曲　혜산의 골짜기로 찾아 갔더니

驚枯槁而獨立　마르고 말라 외로이 섰음에 놀랐도다.

夫何物中之鍾英　아, 어찌하여 식물 중의 영화로운 것이

空憔悴於衆木　공연히 뭇 나무 중에서 초췌해졌는고.

　　　…(中略)…

旣云不挫於歲寒　추운 날씨에도 꺾이지 않는다 했거늘

孰能病夫高姿　누가 높은 자태를 병들게 했을까.

苟非樵火之或失　나무꾼의 불장난 실수가 아니라면

恐二氣之有違　음양의 조화가 어긋났단 말인가.

夫孰云栽培而傾覆　누가 재배하고서 엎는단 말 하는가

抑物理之難知　만물의 이치란 알기 어렵도다

桃李兮娬春　복숭아 도리 꽃 봄날이라고 뻐긴다만

縱妍醜之混色　곱고 추한 빛 혼합됨 아닌가.

變亂兮可見君子　변란의 세상이라야 볼 수 있는 군자는

只恃之風雪　다만 풍설 속에서 미더운 것이거늘.

今反不如乎凡卉　이제는 되레 뭇 꽃만 못하니

孰英華之可及　어찌 꽃으로 따를 수 있으랴.

　　　…(中略)…

余獨以汝而可恃　내 유달리 너를 믿을 만하다 했음은

固植物之最秀　식물 중에서 가장 뛰어났기 때문인데

猶不保舊時之峻茂　오히려 옛날의 무성함을 보존치 못하며

尤不忍其孤瘦　더욱이 외롭고 깡마른 모습 참지 못하고

已矣枝葉之殞黃　벌써 가지와 이파리 누렇게 떨어졌구나

惟昭質其未虧　오직 밝은 본질만은 이그러지지 않아

覽鐵樹其若玆　무쇠 나무 같은 앙상함만 보겠구나.

又況揭車與江蘺　더구나 게거나 강리 같은 향풀들이야.

自萌蘗而拱把　작은 싹에서 아름드리 될 때까지

幾風雨於溪壑　몇 번이나 계곡에서 풍우에 시달렸는가

何昔日之勁草　어찌하여 옛날의 굳센 식물이

今胡爲乎黃落　오늘에는 누렇게 떨어지는가

觀乾坤之黙運　건곤이 말없이 운행함을 보노라면

物雖剝而必復　만물이 비록 다하여도 반드시 회복하나니

…(中略)…

病苟不至於根本　병이 만약 뿌리에까지 이르지 않았다면

豈無元氣之一脈　어찌 원기가 소생할 일맥이 없으랴

白日忽其遲暮　백일이 문득 저물어 가니

恐孤根之委絶　외로운 뿌리 마를까 걱정이구나

恨旣無造化之大手　조화의 큰 솜씨 없음을 한탄하여

立山中而掩泣　산 속에 서서 눈물을 감추노라

嗚呼天地中間　아, 천지의 중간에서

自守崔貴　제 분수 지킴이 제일이니

一榮一悴都外事　한 번의 영화성쇠 분수 밖의 일이로다

窮兮何傷達兮何喜　궁한들 어찌 슬프고 달한들 어찌 기쁘랴

栢不自病　잣나무는 병 되이 여기지 않는데

吾獨汝悲　내 홀로 너를 슬퍼한다.

栢乎栢乎　잣나무여 잣나무여

…(中略)…

物豈獨而如此　만물 가운데 어찌 유독 이와 같은가

生死雖曰在己　생사는 비록 나에게 있다지만
吾誰恃乎　내가 누구를 믿겠는가
嗚呼天地　아, 하늘이시여, 땅이시여.

위는 〈애병백부(哀病栢賦)〉라 제목한 78구의 장편이다. 송환기가 서문
에서 말한 바와 같이, 한때에 선비들 사이에서 회자된 작품으로 기묘사화
로 사기가 추락하고 정의와 절의가 꺾이는 시대현실을 병든 잣나무에 비
유했다. 송재는 『소학』의 실천궁행 철학으로 수신한 신진사류들이야말로
지치(至治)의 왕도정치를 실현할 수 있는 주역이라고 믿었던 인물이다.
위에서 잣나무는 바로 신진사류로서 개혁 세력들의 아름다운 절개를
상징한 것이다. 세한연후(歲寒然後) 지송백지후조(知松柏之後凋)라 하여
'선비는 궁할 때에 절의(節義)를 볼 수 있고, 세상이 어지러울 때에 충신
을 알 수 있다.'고 하여 '배우는 자들은 덕에 완비하여야 한다.'고 가르침
을 받아 왔는데, 갑자기 그러한 잣나무가 마르고 말라서 외롭게 되었다는
심각한 말로써 시상을 일으켰다. 그렇게 된 이유를 나무꾼의 실수에 의한
불장난이나 음양 조화의 어긋남이라 하여, 당시에 조정을 농락한 김안로
(金安老) 일파를 지목하여 풍자했다. 그러한 천신들에 대하여 도리(桃李)
라고 비유한 기교와 단정한 용기가 주목되거니와 천신들의 화이부실(華
而不實)하고 실속 없음과 허망하여 미덥지 못하다는 일갈은 가슴을 서늘
케 한다.
반면에 잣나무로 상징된 군자는 변란(變亂)에서 오히려 더 미더운 것이
거늘, 이제 뭇 꽃만도 못하게 초췌해졌다고 하여 기묘사화의 참상이 어떠
했는지를 상상케 했다. 그러나 만물이란 쇠하면 다시 회복하는 것이 이치
이므로 아직 뿌리는 상하지 않았기에 소생의 희망이 있다는 강한 신념을
드러내었다.
문제는 백일(白日) 곧 왕의 태도인데 왕이 실천궁행의 정치적 이념에
별 관심이 없어서 간신히 살아 있는 뿌리까지 마를까 봐서 슬프다고 했

으니 이 작품은 중종이 소인배들을 가까이 한 채, 왕도정치를 실현하겠다는 신념의 도학자들을 내치고 멀리하여 위민의 정치를 하지 못한 실정을 신랄하게 풍자한 것으로 호남시단의 풀이적 서술시 전통을 계승한 수작이라 하겠다.

5) 송천의 서술시

송천 양응정(1519~1581)은 조선 중기의 호남시인이다. 그는 지치주의(至治主義)의 실현을 위하여 수기(修己)를 『소학』의 정신에 입각하여 실천하고자 노력했던, 조광조(趙光祖)와 뜻을 같이 하여 기묘명현(己卯名賢)으로서 반대파들에게 탄압받았던, 학포(學圃) 양팽손(梁彭孫)의 셋째 아들로, 전남 화순에서 기묘년(1519)에 태어났다.

학포는 부친 양이하(梁以河)와 호남 사림의 큰 맥을 형성하여 조선유현연원(朝鮮儒賢淵源)의 19인 중 호남 출신으로는 유일한 사람이면서, 송순(宋純)과 안처성(安處誠) 등을 배출했던 지지당(知止堂) 송흠(宋欽)의 문하에서 경사(經史)의 대의(大義)와 학문의 벼리를 배웠다.

학포는 자식들에게 '전업학문(專業學問)'할 것을 강력히 권면했는데, 자식들이 자신의 전철을 밟지 말기를 '참과거도득허명(參科擧徒得虛名)' 곧 '과거에 참여해서는 한갓 쓸 데 없는 이름만 얻었다.'는 우의적인 말로써 경계했다.[31] 학포의 집안은 유학의 경전(經典)에 많은 관심을 가졌던 것으로 알려져 있거니와 송천이 모친을 잃은 상실감 속에서도 예서(禮書)와 경서(經書)를 강구하는데 게을리 하지 않은 점, 내직(內職)에 있을 때든 외직(外職)에 머물러 있을 때든, 언제나 유학의 경전에 마음을 쏟은 점, 관직에서 물러나 있을 땐 가문에 오랜 동안 지속되어온 경전의 토석(吐釋)에 심혈을 기울인 점[32] 등은 그런 사실을 잘 입증해 준다.

---

31 이집, 「송천선생 행장」, 『국역 주해 송천집』, 1988.

어쨌든 송천은 조부·부친의 영향에 힘입어 경전의 깊은 세계를 개척하였음이 분명하며 그의 그러한 역량은 문하에 문도들이 모이게 했던 한 요인 이었을 것이다. 송천은 실제 56세 때인 1574년(선조 7)에 경주부윤을 그만 둔 뒤 3년 후에 박산(博山, 광주시 광산구 박호동 박산)으로 돌아와, 47세(1565)에 이미 건립해 두었던 조양대(朝陽臺)와 임류정(臨流亭)에서 경전의 세계에 침잠하거나 문하생들을 가르치는 일에 전념하였다.

송천이 유명한 기묘명현 학포의 아들로서 유학 경전의 심오한 이해를 얻어 후학들을 가르쳤다는 위의 사실들을 안다고 할지라도, 또한 그가 정자를 지어 두고 문하생들을 가르치는데 열중했다 할지라도, 그러한 사실들이 그의 시를 이해하는 데에는 별다른 정보를 제공해 주지 못함이 사실이다. 다만, 그의 문하에 많은 문생들이 몰려든 이유가 과연 위의 사실 외에 또 다른 뭔가 있지 않겠는가라는 논의의 지속성을 제공해 준다는 점에서 가치 있는 것으로 생각된다.

주지하는 바와 같이 송천의 문하에서는 송강 정철을 비롯 조선시대 8 문장으로 알려진 고죽(孤竹) 최경창(崔慶昌), 옥봉(玉峯) 백광훈(白光勳) 등 삼당 시인으로 이름난 시인들이 배출 되었다. 최경창의 8문장 반열에 대해서 김태준의 『조선한문학사』[33]에서는 견해를 같이 하지만, 이순인(李純仁)의 『고담유고(孤潭遺稿)』에서는 그 순서를 조금 달리하고 있다.[34] 하지만 최경창이 문장으로 이름났던 것만은 부인 못할 사실이다.

炎光將晦黃霧塞　염광이 꺼지려는가 누런 안개만 자욱하고
五候門闌炙手熱　오후의 집 드나들며 열을 내는 사람은 많구나.
阿權附勢孰扶顚　권세에 아부하기에 넘어지는 집 잡아줄 이 없고

---

32 위의 책, 310면.

33 이가원, 『조선문학사』 상, 태학사, 1995, 548～549면과 박세채의 「고죽시집후서(孤竹詩集後敍)」, 『한국문집총간』 제50책·『고죽유고(孤竹遺稿)』, 34면.

34 이가원, 앞의 책, 같은 곳.

大位高官徒哺啜	지체 높은 고관들은 제 배 채우기에 정신없네.
朱家男子槐里令	주씨 집의 한 남자가 괴리령이었는데
正氣鐘生天下傑	정기 받고 태어나서 천하의 호걸이 되었지.
未忍天高白日暗	태양이 어두워지는 꼴 차마 볼 수가 없었으며
神器將爲外家竊	신기를 외가에서 훔쳐 가게 생겼기에.
茫茫九關虎豹怒	망망한 궁궐에서 범처럼 성을 내어
上書求見奮忠烈	임금님께 상서하고 충렬을 뽐내었다네.
巨猾當前上不悟	앞에 닥친 큰 도둑을 님은 도대체 알지 못하니
佞臣夢蔽憤所切	아첨하는 신하들이 님의 눈을 가린 탓이리라.
尙方有劒光耿耿	상방에 있는 칼이 번쩍 번쩍 빛나는데
何惜賜臣刀濡血	못된 놈 목 베는 것이 무엇이 아까워서
廷辱師傅罪敢辭	사부를 궐정(闕廷)에서 대놓고 욕 했다고 하는구나.
誠恐心腐釖鋒折	칼날이 끊어질세라 마음이 썩는데
天威未霽赫雷霆	임금은 멋모르고 벼락같이 화만 내네.
攀檻雖摧猶直舌	잡은 난간 부러져도 바른 말 멈추잖고
小臣地下從逢干	소신이야 지하에 가 용봉(龍逢) 비간(比干) 따르겠지만
聖朝如何等辛桀	성조가 어찌하여 걸(桀) 주(紂)와 같으리까?
當年大呼凜生風	당시에 부르짖던 늠름한 그 위풍에
餘響已振狐狸穴	여우와 살쾡이들 놀라 구멍 찾았으리라.
奸諛古來幾五崔	예로부터 간신들이 오최(五崔)가 몇몇인가?
忠憤如公眞一薛	그대 같은 충분이야 설거주 하나로세
果令此釖得見試	그 때 과연 그 칼을 거기에서 썼더라면
何有持危安抗陧	나라가 어지럽고 위태로움 없었을 것을.
輯檻旌直信無補	그의 곧음 표시하자고 난간은 갈지 않았으나
嘆息皇輿依舊轍	무슨 소용 있었던가 전철을 되밟고 말았으니.
憂國深衷永固結	그 이의 우국충정 영원히 뭉쳐지고
疾佞一憤終不泄	간사람을 미워한 마음 끝끝내 풀 길 없어

照爲日星峙爲嶽   해가 되어 비치우고 산이 되어 서 있다네.

烈烈正氣無時滅   열렬하던 그 정기 없어질 날이 없으오리.

君不見西京一代盡媚竈   장안일대가 모두 아첨하는 무리임을 그대 보지

않았나

子雲淸修亦汚節   깨끗하던 자운도 더럽혀지고 말았지 않던가?

위의 시는 〈절함(折檻)〉이라 제(題)한 34행으로 이루어진 장편의 7언 고시체이다. 위의 시는 한나라 성제 때 괴리령(槐里令) 주운(朱雲)과 재상 장우(張禹)와의 갈등으로 빚어진 역사적 사실을 바탕으로 이야기가 구성되었다.

주운은 장우가 재상으로서 본분을 망각하고 성제의 총성을 흐리게 할 뿐만 아니라, 아첨배의 농간에 놀아나느라고 백성들의 집이 허물어지는 등 그들이 질곡에서 신음하는 것을 모르는 척, 자신의 사리사욕만 챙기고 있으니 상방(尙方)에 있는 검으로 쳐 죽여야 한다는 것이다. 이에 대해 성제는 그렇지 않다면서 주운을 어사로 하여금 끌어내게 하였는데 주운은 끝까지 난간을 붙들고 충성심을 표하느라 그만 난간을 부러뜨리고 말았다. 이에 좌장군 신경기(辛慶忌)란 자가 성제께 호소하기를 충신이므로 죽이지 말고 용서해 달라고 하여 죽임을 면했으며 부러진 난간은 보수만 한 채, 주운이 보인 충성의 정표로써 남겨 두었다는 것이다.

위의 사실은 『통감(通鑑)』의 한기(漢紀)에 나오는데 죽음을 각오한 채, 임금 궁궐의 난간을 부러뜨리면서도 자신의 우국충절을 굽히지 않았던 충신의 본보기로써 입에 오르는 이야기다. 위의 시와 『통감』의 내용을 비교해 보면 사실에 대한 인식은 『통감』쪽이 훨씬 분명하게 해준다. 이렇게 볼 때 송천이 〈절함〉을 제작한 이유가 역사적 사실의 전달 또는 그것을 인식시키려는데 있지 않음을 알 수 있게 한다.

송천이 중국 한나라의 주운 고사를 시화하여 부친 또는 자신이 처한 현실을 극복 또는 해결하고자 했음이 분명하다. 부친의 일로만 생각한다

면, 중종 14년(1919)에 남곤(南袞)·심정(沈貞)·홍경주(洪景舟) 등의 훈구파들이 조광조 일파가 반역을 꾀한다고 무고하여 김정(金淨)·조광조 등이 사사되거나 축출된 바람에 학포가 연루되어 불우한 처지가 되었는데 학포는 그에 대해 늘 울분과 분노를 지니고 살다가 끝내 그로 인해 죽었다. 송천은 자신이 존경해 마지않았던 부친의 한을 자신의 한으로 여기고 그것을 풀어주고자 했거니와, 조광조 등이 죄가 없다고 끝까지 충언할 신하 하나 없었던 것과, 무고에 대해 별다른 생각 없이 경솔하게 처리해 버렸던 중종의 어질지 못한 인품에 대해 〈절함〉은 강한 불만을 드러냄으로써 부친의 맺힌 한을 풀어보려 했다고 보여진다. 그러므로 주운은 역사적 인물이 아니라 부친 또는 자신의 화신에 다름 아니다. 그렇기에 서술방식은 시인이 주인공이 되어 사건을 맺고 풀어 가는 주인공 고백적 시점을 주로 썼다. 간혹 현장감을 획득하고 생동감을 얻으려는 의도가 작용하여 등장인물들 간의 대화적 서술 방식이 채용되기도 했음은 특이하다.

이 시에서 주목되는 것은 시인 자신이 투영되어진 주인공과 간신배에 대한 형상화 부분이다. 『통감』의 기록에 비해 곧 사실의 기술을 중시하는 사가의 기록에 비해, 명송(銘頌)을 주된 임무로 하는 시인의 서술인 만큼 주인공에 대한 형상화는 사실의 전달보다 더 중요하다는 점을 충분히 인식하고 있음이 돋보인다. 그러면서도 간신배(장우)의 형상화 또한 여우·살쾡이 등으로 분명하게 각인시키고 있음도 주목된다.

주인공 주운의 형상화는 '범처럼 성을 내어'(9행), '임금께 상서하고 충렬을 뿜내었다네'(10행), '잡은 난간 부러져도 바른 말 멈추지 않고'(18행), '소신이야 지하에 가 용봉·비간 따르겠지만'(19행), '성조가 어찌하여 걸·주와 같으리까?'(20행) 등에서 볼 수 있다.

주운이 불의를 보고 솟아오르는 분노를 이기지 못한 모습이 눈앞에 그려지도록 분명하게 각인시키고 있으며, 임금께 진정(陳情)하는 장면이 상상되도록 했다. 또한 죽음을 각오하면서도 끝까지 할 말은 하겠다는 신념과, 간신을 처단하고야 말겠다는 의지가 문면에서 읽어지고도 남음이 있게 했다. 송천은 주운을 이렇게 형상화하여 곧 주운의 인물됨을 기리고 새기어(명송) 그가 하고 싶은 말 곧 주제를 효과적으로 전달하는 수단으로 삼고자 했음이 주목된다. 이 시의 주제를 분명하게 알기 위해서는 이야기의 구성방식을 파악하는 일이 효과적이라 생각된다.

전체 34행으로 짜여진 이 시는 제1행에서 4행까지가 도입부이다. 이는 시인이 주운의 사건을 직접 목도(目睹)한 것처럼 서술하고 있는데 그러한 서술태도가 환기하는 정서는 위기감과 긴장감이다. '황무사색(黃霧四塞)'은 설화 또는 소설에서 자주 애용되는 어구로서 '국난'의 징조를 뜻한다. 송천은 이처럼 시의 도입부에서부터 나라가 위태롭다는 긴장된 상황 설정을 분명히 했는데 이는 당시 조선 사회의 객관적 현실을 비유했다고 이해하기에 어렵지 않다. 이를 또한 자신의 개인적 정황으로 말한다면, 부친이 희생된 기묘사화(1519)를 빗대었다고 볼 수도 있겠는데 그러한 생각은 제5행 이후에서 더욱 확신을 갖게 한다. 도입부에서 상황의 급박함과 심각성을 말하여 주인공이 궁궐까지 직접 뛰어 들어가지 않을 수 없는 상황을 복선처럼 꾸몄으니 시인의 치밀성이 돋보인다.

제5행에서 제20행까지는 사건의 전개부로서 주인공과 임금과의 대결과 갈등, 그로 인한 긴장으로 되어 있다. 시인이 진정 하고픈 말, 시인이 가슴에 새겨둔 그 말이 임금과 관련된 말이었기에 함부로 쏟아내지 못하고 주운의 고사를 빌어와 빗대어 대리 진술케 하고 있는 부분이다. 제21행부터 제34행은 마무리 부분인데 전개부에서 제기된 긴장감과 위기감이 해결되지만 여전히 갈등이 풀리지 않고 있음에 주목할 필요가 있다. 임금이 있는 구중궁궐일지라도 진정 할 말이 있으면 뛰어 들어가 진언해야 된다는 용기와 충성심을 말하려 했다기보다는, 임금이 진실된 목소리를 들을 줄 알아야 하며, 진실과 거짓을 분명히 구분할 줄 알아야만이 폭군을 면할 수 있을 것이며, 비극과 모순이 해결될 것이라는 충언을 '깨끗하던 자운도 더럽혀지고 말았다네'로 교술적으로 힘주어 말했다.

어떤 문제가 제기되고 그로 인해 갈등이 일어나 긴장감이 고조되다가 문제가 해결됨으로써 긴장 또한 해소되는 것은 사실 전달을 목적으로 하는 서사구조의 일반적인 구성 방식이겠다. 그러나 위의 시는 사실 전달에 제작 의도가 있지 아니할 뿐만 아니라, 주운의 충성심을 기리고 새기고만 말일 또한 아니었다. 이 시는 다름 아닌 왕의 불명(不明), 불민(不敏) 및 언로 곧 충간(忠諫)의 막힘과 그로 인해 발생되는 엄청난 비극을 말하고 자한 것이었다. 단적으로 '장안 일대가 모두 아첨하는 무리'(33행)라고 한 데서 그것을 확인할 수 있는데 주제가 집약된 부분이다. 한 가지 주목을 요하는 것은 시의 끝부분에 작자가 직접 개입하여 교술적인 술회로써 끝맺음을 하는 점이다. 이 시는 자신의 화신인 벼슬아치 주운을 주인공으로 하여 임금과의 갈등을 서사화 한 것이기에 달리, 사대부 계층을 시적 대상으로 삼았기에 민중성(대중성)이라든가, 소박하고 투박한 민중의 생활상을 찾아보기 어렵다. 묘사 보다는 서술이 주가 되어 전개시켜 나가고 있어서 언어의 지시적 기능이 시를 선명하게 만들어 준다.

사건의 배경은 서술적 화폭 속에 시간과 공간이 모아지는 축약적 배경을 설정하고 있는데, 이는 서사한시에서 주로 쓰는 방법이다. 과거의 시간에 다른 공간에서 일어났던 일을, 송천의 시대에 조선에서 일어난 일로써 생동감 있고, 밀도 있게 제시해 보이기 위해서는, 시·공을 한데로 축약시키는 배경설정이 효과적임은 재언을 요치 않는다. 이렇게 역사적 인물을 형상화하여 종국적으로 송천이 하고 싶었던 말은 무엇일까? 여우와 살쾡이 같이 교활한 아첨배들을 물리치지 못하여 백성들의 집이 무너지는 것도 모르는 왕, 제 뱃속만 채우기에 급급한 벼슬아치의 행태를 모르는 왕, 충신을 몰라보고 물리치는 왕, 진실된 목소리를 들으려 하지 아니한 왕, 주위에 온갖 아첨배들만을 가까이 두고 있는 왕, 그런 현명치 못한 왕을 풍자하고자 했던 것이 아니겠는가. 만약 그렇게 본다면, 이는 분명 기묘사화에 연루되어 희생되었던 부친의 한풀이로써 제작된 것이며, 그 풀이의 방법은 바로 역사적 인물의 형상화를 통한 풍자라 하겠다. 시간과 공간, 사건과 인물 등 조선과는 전혀 무관한 소재를 시적 질료로 하여 당대 자신과 관계있는 울림을 획득하고, 있으니 이른바 성동격서(聲東擊西)의 수법이요, 홍운탁월(烘雲托月)의 전략이 아니겠는가?

이렇게 볼 때, 이 시는 작게는 부친과 자신의 한풀이를 위한 '풀이시'라 하겠으며 크게는 송천의 진정한 우국충정이 드러난 '애국시'라 하겠다. 필자는 송천 한시에서 위의 작품이 가장 송천다운 맛을 지녔다고 생각하며 교술적 서술시의 대표적 사례로 보고자 한다.

6) 행당(杏堂)의 서술시

윤복(尹復, 1512~1577)의 자字는 원례(元禮), 호는 석문(石門) 또는 행당(杏堂)이며 본관은 해남(海南)이다. 1512년(중종 7) 5월 12일 해남현 동문(海南縣 東門) 밖의 집(현재의 해남군 해남읍 해리)에서 어초은 윤효정(尹孝貞, 1476~1543)의 넷째 아들로 출생했다. 7세 때에 큰 형인 귤정(橘亭) 윤구(尹衢, 1495~1549)에게서 배운 이래 15세 무렵에는 유학의 경전과 백가의 제서에 통달하였다. 1533년 22세 때 남원윤씨(1516~1551, 생원 순(洵)의 딸)에게 장가들었다.

1534년 윤 2월 생원시에 이등(二等) 제일인(第一人)으로 입격(入格)하고, 27세 때인 1538년 9월에 별시(別試) 문과에 을과(乙科) 제일인으로 급제하여 벼슬길에 올라 성균관 학유(學諭), 학록(學錄), 학정(學正), 박사(博士) 등을 지냈다. 32세 때인 1543년 2월 6일 외간상(外艱喪)을 당하자 주자가례에 따라 정성을 다해 3년 복을 마쳐 주위의 칭송을 듣더니 1546년에 성균관 전적(典籍, 정6품)이 되었다. 이듬해인 1547년 8월 5일 모친을 위해 외직을 원하여 승의랑(承議郎)으로 부안현감에 제수된다. 그때 마침 흉년이 들어 백성들이 굶주려 죽어가자 밤낮으로 전력을 다해 구휼하는 등 애민정신을 보였다.

1549년 정월 22일 내간상(內艱喪)을 당하였고 1551년 내간의 상을 벗었다. 3월 15일에 봉직랑(奉直郎, 종6품)에 올라 예조좌랑 겸 춘추관 기사관

(禮曹佐郎 兼 春秋館記事官)이 되었다. 6월 16일에 통선랑(通善郎, 정5품) 예조정랑이 되었는데, 이때 사인 윤부(尹釜), 검상 송찬(宋贊)이 평소 친하게 지내던 의기(醫妓)가 벌 받는 것을 보고 패초랑청(牌招郎廳)이 장차 입정(立庭)하여 만류코자 패(牌)를 촉급하게 발하였으나 5~6번에 이르러서야 부득이 멈추고 부(府)로 가면서 비리를 꾸짖고 바로 나가 돌아보지 않으니 나이든 관리들이 탄복하였다 한다.[35]

1551년 7월 13일에는 전라도사 겸 춘추관 기주관(記注官)이 되었는데 당시 관찰사인 삼가정(三可亭) 박수량(朴遂良)이 매번 큰일을 결정함에 공과 상의하여 처리하는 등 그를 매우 중히 여겼다. 전라도사로 있을 때에는 일록인 〈전라도 도사시일록(全羅道 都事時日錄)〉을 남기기도 했는데, 이는 8월 6일 대궐에 나아가 배사(拜謝)를 한 이래 10월 19일까지 73일간의 일기이다.

1553년 9월 19일에는 낙안군수에 임명되었는데 1555년 여름 왜구가 변방의 성을 연하여 함몰시킴에도 열읍의 수령들이 적절한 조치를 못하고 어찌할 바를 모를 때, 그는 성을 지키고자 분연히 일어나 성을 다듬고 호령하여 질서 있게 대처하니 당시 방어사 남치근(南致勤)이 여러 읍을 순행(巡行)하다가 이곳에 이르러 말하기를 '옛날의 명장도 능히 이에 미치지 못할 것'이라며 칭찬을 그치지 않았다고 한다.

1556년 병으로 사임하였다가 1560년 4월 23일에 통정대부에 올라 행 한산군수 겸 춘추관 편수관이 되고, 1562년 광주목사가 되었는데 다시 병으로 사임하였다. 1564년 53세 때 종부시 첨정이 되었고 1565년(명종 20) 6월 15일에는 안동대도호부사에 제수되었다.

안동도호부사 시절에 퇴계 이황(1501~1570) 선생이 관직에서 물러나 도산에 머물러 있음을 듣고, 틈을 타 찾아가 때때로 안부를 물었고, 경의 (經義) 가운데 난구(難句)를 논하였으며, 시사(時事)를 변석(辨析)하는 등

---

[35] 앞의 『행당선생유고』, 516~517면.

선생과 함께 하느라 저물어도 돌아갈 것을 잊었다고 한다.[36] 뿐만 아니라 서로 헤어져서는 서신을 통하여 성리(性理)에 대해 논하기도 하였는데 퇴계 이황이 행당 윤복에게 보낸 서신은 27장이나 전한다. 이 서신은 『퇴계선생문집(退溪先生文集)』 원집에는 2편만이 등재되었는데 1869년에 〈도산전서〉(퇴계선생전서)가 간행되면서 원집에 실린 2편을 포함하여 26편이 모두 실렸다.[37]

행당은 안동부사를 사임하고 집으로 돌아 간 뒤에도 퇴계 문하에서 배우고 있던 강중, 흠중, 단중 등 세 아들을 통해 서찰을 주고받았음을 알 수 있다. 행당이 안동부사로 재임할 당시의 행적 가운데 드러난 것은 안동향교의 중건을 들 수 있다. 2년에 걸쳐 묘우(廟宇, 대성전) 보수, 명륜당·행단(杏亶: 강학 장소)·누대·동재·서재·동무·서무·신문·협문 등을 중건하고선 안동향교중수기를 남긴다. 행당은 안동부사로 부임한 이듬해(1566년)부터 세 아들(강중, 흠중, 단중)과 생질 풍암 문위세를 퇴계에게 보내 정사亭舍에 머물면서 배우도록 했다. 퇴계가 이들에게 보낸 서신도 6편이 전한다. 그리고 『회암서절요(晦庵書節要)』[38]를 행당에게 보냈는데 현재까지 후손(강진 도암 윤대현)에게 전해지고 있다.

윤복은 1567년 10월 병으로 인하여 안동도호부사를 사임하고 집으로 돌아 온다. 이 때 퇴계가 보낸 서신 가운데 '호남과 영남은 멀리 아득하게 천리 길이 넘는데도 악수로써 정을 나누며, 이별하기도 또한 불가능함에 한이 더욱 깊어지기만 한다.(湖嶺遼闊不啻千里握乎敍別亦不可得恨益深耳)'라는 내용과, 퇴계가 보낸 시 가운데 행당이 차운한 내용에 '남으로 온 우리의 도 큰 공정(工程)이 되었는데, 교도가 순순(諄諄)하여 의리가 밝혀졌

---

36 앞의 『유고』, 520면.

37 앞의 『유고』, 423~466면, 1565~1568의 3년간.

38 주희의 『주자대전』에서 주희의 서간문을 퇴계가 요약 또는 편집한 책으로 이황이 편집할 당시에는 『회암서절요』라 했는데 이후 제자들이 『주자서절요』라 달리 불렀다. 14권 7책이다.

다.(南來吾道大工程 敎導諄諄義理明)'라는 내용으로 볼 때 고향으로 돌아와서도 두 사람의 정리가 각별했음을 알 수 있겠다. 행당은 집으로 돌아와 있으면서도 유가 서적의 경의(經義)에 잠심하였고, 유가 선현의 잠명서(箴銘書)들을 아들들에게 남겨 주어 부지런히 배우도록 권하였다. 전남 강진의 백련서사(白蓮書舍)에 거처하면서 집안 형인 해빈 윤항, 졸재 윤행과 왕래하면서 자연을 즐기며 학문을 논하였다.

1571년 9월 10일에는 사성(司成), 1572년 9월 14일 수찬(修撰), 12월 13일 장령(掌令), 1573년 1월 10일 교리(校理), 1월 28일 집의(執義)가 되고 3월 2일에는 병으로 인하여 정사(呈辭)를 하자, 임금이 조리할 동안 말미를 주도록 명하기도 했다. 3월 22일 부수찬(副修撰), 3월 27일 집의(執義)에 임명된다. 4월 18일 동부승지(同副承旨), 6월 22일 좌부승지(左副承旨)에 임명된다. 그리고 같은 해 9월 19일 충청 관찰사(忠淸觀察使), 10월 18일 나주 목사 등에 임명되지만 신병으로 인하여 귀향을 반복하였다.

한편 『행당선생유고』에 전하는 〈은대일록(銀臺日錄)〉이 주목되는 바이 일록은 1572년 4월부터 1573년 9월까지의 일록이다. 은대(銀臺)는 왕명을 출납하던 승정원의 별칭임을 감안 할 때 승지로 있던 시기의 기록으로 볼 수 있다. 문집에 실리게 된 경위는 자세히 알 수 없지만, 중요한 자료라 생각된다. 1572년 기록은 4월 23일, 5월 16일, 5월 29일 3회에 지나지 않지만 『선조실록』이나 『선조수정실록』에는 이 일자에 해당하는 기록이 없으므로 더욱 귀하게 여겨진다. 1573년 일록은 4월 19일부터 9월 12일까지 120일 분의 기록이다. 4월 18일에 승정원의 동부승지로 임명되어 6월 22일 좌부승지가 되었다가 9월 19일 충청관찰사로 보임된 점을 감안한다면, 승지로 임명받은 다음날부터 승지로 있던 기간 중의 일록인 셈이다.

다만, 6월 25일부터 7월 11일까지와 중간 중간 며칠 분이 빠져 있다. 이 〈은대일록〉의 기사가 있는 날짜를 『선조실록』과 비교하여 보면 〈은대일록〉의 120일분 가운데 42일분에 해당하는 내용이 『선조실록』에는 빠져있다. 반면에 『선조실록』에 있는 날짜에서 〈은대일록〉에 빠진 부분은 12일분에 해당된다. 행당은 병으로 귀향하여 있을 때에도 책을 벗 삼아 유유 자적하게 한가로운 노년을 도모코자 했는데 1574년 겨울 죽정산(竹井山) 서쪽 화곡(禾谷)의 기슭에 한 칸 집을 짓고 노년을 보냈다. 1576 8월 병을 얻어 1577년 1월 1일 66세의 나이로 세상을 뜨자 그해 4월 4일에 강진현 서쪽 20리에 장사 지냈다.

哀時命之不及古人 슬프다, 시절의 명령이 고인에게 미치지 못함이여
夫何余生之苦晚 어찌 여생이 만년에 이르러 고통스러운가
燁燁其侵長兮 번쩍번쩍 빛나며 점점 자라남과 같음이여
日忽忽而不及 세월은 문득 다하는데 따르지 못함이 있네
進號呼而莫余聞 나아가 부르짖어도 내게는 들림이 없고
退靜黙又莫余知 물러나 고요히 침묵해보지만 나는 알지 못하네
紛危獨離而異兮 분분한 위태로움과 유별난 헤어짐이 남들과 달랐음이여
羌衆非之所嗤 아, 온갖 잘못된 비웃음을 받음이여
雖見缺其亦何傷 비록 이지러짐을 볼지라도 어찌 상심할 것인가
惜初心之而違 처음 먹은 마음이 어긋남에 안타까워하도다
昔余之既有知兮 예부터 나는 이미 아는 바가 있었으니
動必師乎古之人 움직일 땐 반드시 옛 사람을 스승 삼으리라
喜稷契之生虞 직설 때문에 우 임금이 나왔음에 기쁘고[39]
幸遇湯於有莘 유신씨가 탕왕을 만난 것이 다행이로다
望夫人其既遠兮 그 사람들을 바라보니 이미 멀도다
尙遺風而增憤 아직 남긴 바가 있으니 분함이 더 하도다
味三釜之謨言 세 가마솥의 아름다운 말씀을 음미하여 보니[40]
知榮養之在訓 영화롭고 기름이 있는 훈계임을 알겠도다

---

39 요순시대의 유명한 신하인 직과 설, 직은 농업을 관장했고, 설은 교육을 관장했다.
40 은나라 탕 임금이 목욕하는 세 발 달린 가마솥에 새겼다는 글.

庶所習之有業 모름지기 익힌 바를 업으로 삼을 수 있다면

答天恩之錫余 천은이 나에게 주는 보답이 있었을 게다

何白日之莫與 어찌하여 백일하에 나누어주지 않았을까

吾謀曾十年其猶初 나의 십년 도모함은 처음과 같도다

歲辛未之首春兮 신미년[41] 초봄의 일이여

觀國光於上都 서울에서 국광[42]을 보았다네

時所美之惟賢 때는 아름다운 어진 사람들 뿐

果以我爲愚 과감히 말하건대 나는 어리석었지

君之門以九重兮 임금이 있는 곳의 문은 아홉 겹이고

又無左右爲之先容 또 좌우에서 선용해주는 이도 없었지[43]

爲孤羇而終歲 외로운 나그네로 일생을 마쳤으니

思不理之繽總 생각하니 도리에 맞지 않게 복잡했었네

旣毛檄之莫吾捊兮 이미 모의[44]처럼 내가 벼슬을 받들 수 없음이여

何獨樂斯之離居 어찌 홀로 즐기자고 이렇게 헤어져 살겠는가

嫋嫋兮秋風 하늘하늘 가을바람이 부니

木葉落兮堦除 나뭇잎은 섬돌에 떨어지네

整回駕余戒行 명에를 단정히 걸고 행장을 단속하여

排國門而軔懷 도성의 문을 여니 근심이 일어나네

親朋慰余而求餞 친한 벗이 위로하려고 전송연을 벌이는데

列前楹之樽罍 기둥 앞에는 술 단지와 술잔이 준비되었네

丈夫不慘於離別 대장부는 이별을 슬퍼하지 않는 법

間談笑云云 사이사이 담소가 오가고 말이 이어지고

其方諧澹握手 바야흐로 화락하며 담담하게 손을 맞잡고

---

41 1571년, 선조 4년, 행당 나이 59세.

42 임금의 성덕, 혹은 다른 것, 분명치 않음.

43 선용: 사람을 천거하기 위하여 먼저 명예를 칭찬함.

44 모격: 毛義奉檄, 후한 사람 모의의 고사.

而容與兮 서로를 인정하면서

間淸唱之與偕 사이사이 맑은 노래로 서로 화합하는데

馬矯首而悲鳴 말이 머리를 들고 슬피 우는도다

奚又申之以喚 어찌하여 또 거듭 부르는 것일까

催奮余袂以據鞍兮 거듭 소매를 재촉함에 안장에 몸을 실으니

腸憑互之如回 오장이 서로 의지하여 뒤틀리는 것 같구나

怊荒忽之無極兮 섭섭하고 정신의 흐릿함이 끝이 없음이여

慨余行之遲遲 서운하여 나의 발길 더디기만 하구나

粵匪吾之舊都 아, 나의 옛 도읍이 아님이여

胡隱忍而懷斯 어찌 참으면서 이를 생각하리요

惟文明之樂土兮 유일한 문명의 낙토여

翕衆美之在玆 뭇 아름다움이 여기 모여 있도다

憭守拙而莫售 슬프다, 어리석음을 지키느라 팔리지 못함이여

謂何顔於反面 무슨 낯으로 부모님을 뵈올까

望雙闕之巍巍 쌍관을 바라보니 높고도 높은데

涕浘流其若霰 눈물이 주르륵 싸락눈처럼 흐르네

慢不忍乎便辭兮 부질없이 편사[45]를 참지 못하고

勞余目於西眄 수고롭게 눈길을 서쪽으로 돌렸도다

旣去都而仰睇兮 이미 떠난 도성을 우러러 바라봄이여

羲輪半碧乎輾轉 태양은 하늘에서 돌고 돌구나

乘舲舡余沂江 배를 타고 강을 거슬러 오르는데

江容淹而不前 배가 깊이 잠기어 나아가지 못하네

固翻覆之難量 정녕 뒤집힐까 추측하기 어려워

恐摧抑而廻遭 두려워 마음 졸이며 뱃머리 돌렸네

賴棘棘而自持兮 가시나무를 의지하려고 그 것을 지닌 채

---

45 교묘하게 꾸며대는 말.

夸利涉乎大川 자랑스럽게 대천을 건너서 갔네

步余馬兮平蕪 무성한 잡초 길을 걷는 나의 말이지만

按余節兮野田 나의 절개는 전야에서 증험되리라

灌莽杳而無際兮 우거진 잡목 숲은 끝이 없고

深林翳翳其依發 깊은 숲속 어둑어둑 의지하듯 펼쳐졌네

長嘯之憀慄兮 긴 휘파람 소리 추위에 떨리는 듯

聊以舒吾憂思 애오라지 나의 근심 펼쳐본다

紛怡儻而若喜兮 여러 가지 알 수 없음에 기쁘기도 하지만

迷不知余所之 혼미하니 내 갈 바를 모르겠구나

逈平野之彌迤兮 저 멀리 넓은 들은 눈에 가득 들고

佳萬英之告斂 수만 송이 예쁜 꽃은 보고하듯 모여 있다

然稊莠之尙根兮 하지만 가라지풀들은 아직도 뿌리가 남아 있고

曾又見瘁於旱燄慮 일찍이 불볕 가뭄의 병폐도 보았으니

小人之失依兮 소인들의 의지할 바를 잃음이여

哀腹糠之亦歉 슬프다, 배를 굶주리고 흉년까지 듦이여

厚聖恩之益下兮 두터운 성은이여 더욱 아래로 내려서

省應助夫不瞻 살피고 마땅히 도움 준다면 넉넉지 않으랴

苟威政之多虎兮 가혹하고 위협적인 정치가 호랑이 보다 무서움이여

懼不奪則不魘 빼앗지 않고선 배부르지 못한다니 두렵도다

心不怡之長久兮 마음이 편안하지 않음이 오래됨이여

憂與憂其重仍 근심이 근심을 거듭거듭 낳는구나

曜靈晼晚其易陰 해가 지면 어둠이 오는 법[46]

怨西岑之峻嶒 서쪽 산의 첩첩함이 원망스럽네

戒夕露之濕衣兮 저녁 이슬에 옷이 젖을까 조심하지만

況瘦駘之凌競 더구나 늙고 지친 말이 불쌍하여라

---

46 요령: 뜨는 해, 원만: 지는 해.

聊可宿於民舍兮 잠깐 민가에 들러 자고 가려는데

目耿耿其不暝 눈이 총총하여 잠들 수 없네

望孟夏之短夜兮 초여름의 짧은 밤을 바라보니

何若歲其晦明 어찌하여 세월은 어둡고 밝음이 있는가

獨申朝而反側兮 홀로 밤새도록 뒤척이는데

哀蟋蟀之霄征 슬피 울던 귀뚜라미 하늘로 갔는가

忽僕夫之告戒兮 갑자기 종 녀석이 깨웠는데

尙晨鷄之無聲 아직 닭은 홰치지 않았네

忘脩路之夷阻兮 먼 길의 평탄함과 험함을 잊었는데

南指雲與列星 구름과 뭇별들 남쪽으로 흐르네

霜露慘悽而交下兮 서리와 이슬이 처참하게 섞여 내리니

占堅氷之將凝 아마도 단단한 얼음으로 굳어지겠지

寒風聿其永至兮 찬바람이 때맞춰 불어 닥칠 것이니

歎陰氣之憑陵 음침한 기운이 침범함을 탄식하노라

朝余行而夕至兮 아침에 떠나야 저녁에 이를 길

南路莫其羌永 남쪽을 향한 길 멀기도 하여라

願逕逝之不得兮 지름길을 원하지만 어쩔 수 없어

魂先歸而覲省 혼이 먼저 돌아가 부모님을 뵈옵네

顧隻行之無友兮 돌아봐도 홀로 가는 길에 벗 하나 없어

形顧影而相弔 몸이 그림자를 보고 서로 위로 하도다

信余性之樂水兮 나의 성품이 물을 좋아함을 믿기에

每臨溪而瀉抱 물가에 이르면 쏟아내고 움켜쥐곤 해본다네

溪流淸瑩而徹底 흐르는 시냇물 맑고 투명하여 바닥까지 보이니

庶可律乎吾心轉 바라건대 내 마음의 법도로 삼을만하네

盡原阡之曲直 언덕이란 모두 굽기도 하고 곧기도 한데

重見太嶺之嶔崟 거듭 태산의 준령이 높음을 보겠노라

一步九折而縈廻兮 한 걸음에 아홉 번 꺾이고 굽어 도니

直與太行乎爭危 곧은 길 큰 길 다투듯 위험하네

莟玄黃之力單兮 아, 말은 병들어 힘은 다 했는데

又重之以瘡痍 또 거듭 연장에 찔리는 상처를 당했네

噫昔姒氏之克勤 아, 옛날의 사씨[47]는 부지런하고 검소하여

足忘胝於乘樏 족히 부르틈도 잊고 썰매를 탔다는데

矧我馬之孔瘏兮 하물며 나의 말이 크게 지쳤으니

吾何瘝然乎載馳 내 어찌 무심히 타고 달리랴

着靑鞋而捫壁兮 푸른 가죽신 신고 벽을 어루만지듯이

憩石根而支頤 돌 뿌리에 앉아 턱을 괴고 쉬었네

歌行路之方難兮 길을 가며 노래하기는 정말 어려워

仰面看乎天宇 얼굴을 들고서는 하늘을 보았네

疾黶雲之蔽明兮 검은 구름이 빠르게 다가와 밝은 빛을 가리니

寔昔人之以愁 이를 옛 사람들 근심했었네

苦步徙倚而逡巡兮 괴로이 발걸음 오락가락 머뭇거리면서

付一慨於千古 한 번의 강개함을 역사에 부쳤도다

亂錦江之瀰漫兮 어지러이 금강의 물이 가득찼는데

兀中流余孤泳 위태로이 물가운데를 혼자 헤엄쳤네

俛百丈之淵深兮 굽어보니 백 장이나 깊은 물이요

又畏夫短狐之伺影 또 단호[48]가 내 그림자를 노려볼까 두려웠네

夕余邸乎空館兮 저녁에 집에 오니 공관처럼 텅 비웠고

人烟眇其蕭疎 밥 짓는 연기 아득히 쓸쓸하였네

在上世之淳厖兮 우리 선대 때는 순박하고 우람했는데

扉不關而洞虛 사립문 열린 채로 마을이 비웠네

視時世之不然兮 시절이 예와 같지 않음을 보니

---

47 중국의 우 임금.

48 물속의 독벌레.

命鍵鎖其固如神 명운의 자물쇠가 잠김이 귀신처럼 단단하다

悸氣憤交於胸中 두려움에 두근거리는 마음과 분함이 가슴에 교차하니

喟向誰而畢攄 아, 누구를 향하여 모두 펼칠까

夜奈半而肅駕 밤이 깊으니 수레도 엄숙히

履畏途之攙巖 높은 바위 위를 가듯 두려운 걸음이다

苟亞寧之是圖兮 진실로 편안함을 위하여 이를 꾀함이여

夫孰罷督乎難堪 무릇 누구라도 지치고 어리석으면 감당하기 어렵다네

心長懸於桑梓兮 마음은 언제나 상재[49]에 달려있기에

忽忘夫此身之在於馬上也 문득 이 몸이 말 위에 있음을 잊었네

逝莫息其詎止兮 가면서 쉬지 않으면 어찌 멈추랴마는

固不敢或遑乎 진실로 감히 황급히 서둘지는 않으리라

自放曼余眸兮 스스로 자유롭게 눈을 돌려봄이여

流觀白雲靄靄兮飛止 흰 구름이 뭉게뭉게 흐르다가 멈춤을 보고

點露鬐兮莽蒼 방울방울 상투처럼 푸른 풀잎에 맺힌 이슬

欣故山之伊邇 옛 놀던 산이 더욱 가까운 듯 기쁘도다

回首長安之風日兮 머리를 돌려 서울의 모습을 바라보니

迥復迥兮幾里 멀고 또 멀구나 몇 리나 될까

行行兮重行 가고 또 가면

北極兮南陬 북쪽 끝도 남쪽 귀퉁이 되리니

亂曰已矣 어려운 글귀에서 말한 것도 이뿐이라[50]

天長地遠歲不留 하늘은 넓고 땅은 멀지만 세월이 멈추지 않으니

過中無成 지나는 가운데 이룸이 없으면

秖挐憂欲 다만 근심이 되나니

釋階梯登九闕 (근심) 풀기 위해 사다리 타고 궁궐에 오른다

---

49 고향.

50 「초사」의 내용을 인용한 것이, 문장이 난해하다는 뜻인 듯.

全生實多死已綏 온 생애 실로 많은 일들, 죽어지면 편안하리

歸來舊土足自娛 옛 땅으로 돌아와 만족하며 즐기니

高堂歡合兄弟俱 부모님이 기뻐하시고 형제가 함께 하네

明昏奉省不違時 혼정신성을 밝게 하고 때 아니 어기니

和樂且湛亦可期 화락하고 즐거움을 기약할 수 있으리라

獲我所求夫何思 내가 구하는 바를 얻었으니 다른 무엇 생각하리

위의 〈남정부〉는 172행의 긴 시다. 행당이 만년에 흠모했던 도연명의 〈귀거래사〉를 연상케 하는데 연보에 따르면 그는 64세 때인 1575년에 향리로 돌아와 임천에 거닐면서 유유자적하였다.[51] 이 작품은 연보 등 여러 사실을 살펴볼 때 행당 본인과 직접적인 관련이 있는 작품은 아닌 듯하다.

특히 신미년 이라고 말한 해는 그가 60세 되던 1570년으로 예빈시정과 종부시정에 임명되었고 그 다음 해 병환으로 잠시 백련서사에 머물면서 행당(杏堂)이라 자호(自號)하고 해빈옹(海濱翁) 윤항, 졸재(拙齋) 윤행 등 형들과 정의를 다졌다. 그 후 다시 벼슬에 나아가 사헌부 장령, 홍문관 수찬, 우부승지, 좌부승지 등의 벼슬을 하였는데 "과감히 말하건대 나는 어리석었지, 임금이 있는 곳의 문은 아홉 겹이고, 또 좌우에서 선용해 주는 이도 없었지, 외로운 나그네로 일생을 마쳤으니, 생각하니 도리에 맞지 않게 복잡했었네"와는 앞뒤 관계가 맞질 않다.

〈남정부〉는 행당이 평소 바라던 귀거래의 염원을 노래한 것을 실천한 것처럼 말한 허구적 이야기로서 그 수려한 문장력이 주목된다. 글을 밀고 나아가는 힘이 잔잔하면서도 유려하여 읽는 이의 마음을 사로잡는다. ㉠ 지르고, ㉡ 풀며, ㉢ 펼쳐서, ㉣ 맺는 문장력은 행당의 글쓰기 방식임은 다른 부에서도 익히 보아지는 바다.

가령 "도성의 문을 여니 근심이 일어나네-지르고-친한 벗이 위로하려고

---

51 앞의 유고, 529쪽.

전송연을 벌이는데-풀고-기둥 앞에는 술 단지와 술잔이 준비 되었네-펼치고-대장부는 이별을 슬퍼하지 않는 법-맺고/사이사이 담소가 오가고 말이 이어지고-지르고-바야흐로 화락하며 담담하게 손을 맞잡고-풀고-서로를 인정하면서-펼치고-사이사이 맑은 노래로 서로 화합하는데-펼치고-말이 머리를 들고 슬피 우는 도다-맺고/어찌하여 또 거듭 부르는 것일까-지르고-거듭 소매를 재촉함에 안장에 몸을 실으니-풀고-오장이 서로 의지하여 뒤틀리는 것 같구나-펼치고-섭섭하고 정신의 흐릿함이 끝이 없음이여-펼치고-서운하여 나의 발길 더디기만 하구나-맺고/ 등이 그 것이다.

다음으로 주목되는 것은 행당 서술시의 서정성이다. 부 문학이 서술을 주된 문체로 전개되는 서술시라 할지라도 그 것이 결국 서정 갈래임을 감안할 때, 이는 함축적 또는 내포적 서정 시[52]라기 보다는 풀이적 또는 서술적 서정시임을 인정하지 않을 수 없다. 따라서 외연의 드러냄과 내연의 감춤이라는 긴장감의 조화로 울림을 크게 하는 단형의 서정시와는 맛의 차이가 있다.

다음에서 확인해 보자. "초여름의 짧은 밤을 바라보니, 어찌하여 세월은 어둡고 밝음이 있는가, 홀로 밤새도록 뒤척이는데, 슬피 울던 귀뚜라미 하늘로 갔는가, 갑자기 종 녀석이 깨웠는데, 아직 닭은 홰치지 않았네, 먼 길의 평탄함과 험함을 잊었는데, 구름과 뭇별들 남쪽으로 흐르네, 서리와 이슬이 처참하게 섞여 내리니, 아마도 단단한 얼음으로 굳어지겠지, 찬바람이 때맞춰 불어 닥칠 것이니, 음침한 기운이 침범함을 탄식하노라"에서 보듯 마치 판소리의 계면조 가락을 읊는 듯 시적 화자의 시정(詩情)을 펼쳐 보임은 독자의 가슴을 사로잡고도 남는다. 이러한 행당 시의 서정성은 고려시대부터 백련사 등지를 중심으로 활발하게 창작, 향유되었던 선시禪詩적 전통과 유관할 것으로 사료 되는바, 행당은 이를 나름의

---

52 김준오가 짧은 「시경」 시를 서술시라고 정의했는바 이는 서구적 개념의 서사시와는 다른 함축적 서정의 서술시를 말한다고 보여진다. 김준오, 앞의 글, 31쪽.

서정성으로 계승, 발전시켰는데, 이러한 서정의 맥은 바로 뒤 세대인 해암 김응정(1527~1630), 청련 이후백(1520~1578), 한벽당 곽기수(1549~1616), 죽록 윤효관(1745~1823), 아암 혜장(1772~1811), 경회 김영근(1865~1934) 등에게로 이어지다가, 근·현대에 이르러 영랑과 현구 등의 남도 색 짙은 서정시의 원류가 된 것으로 판단된다.

다음에서는 행당이 바랐던 귀거래의 염원을 단적으로 만날 수 있다. "마음은 언제나 상재에 달려있기에, 문득 이 몸이 말 위에 있음을 잊었네, 가면서 쉬지 않으면 어찌 멈추랴마는, 진실로 감히 황급히 서둘지는 않으리라, 스스로 자유롭게 눈을 돌려봄이여, 흰 구름이 뭉게뭉게 흐르다가 멈춤을 보고, 방울방울 상투처럼 푸른 풀잎에 맺힌 이슬, 옛 놀던 산이 더욱 가까운 듯 기쁘도다. 머리를 돌려 서울의 모습을 바라보니, 멀고 또 멀구나 몇 리나 될까 …(중략)… 옛 땅으로 돌아와 만족하며 즐기니, 부모님이 기뻐하시고 형제가 함께 하네, 혼정신성을 밝게 하고 때 아니 어기니, 화락하고 즐거움을 기약할 수 있으리라, 내가 구하는 바를 얻었으니 다른 무엇 생각하리"가 그것이다.

마음은 언제나 상재 곧 고향에 달려 있다고 하여 벼슬에 있으면서도 귀거래를 향한 마음을 떨쳐낼 수 없었던 조선시대 유학자의 일반적 지향을 말한 뒤, 옛 땅으로 귀거래를 실천하여서는 만족하며, 즐긴다. 부모 형제 모두가 기뻐하고, 혼정신성을 때 맞춰하니, 자식은 제 할 일을 하여 즐겁고, 부모는 효도를 받아 기쁘다, 이것이 바로 내가 구하는 바다, 저 벼슬에서의 규보파란(跬步波瀾)과는 멀어도 아주 멀다고 하면서 귀거래의 기쁨을 한껏 노래했다.

결국 행당은 귀거래를 통하여 자식된 도리를 다 하고 형제의 사랑을 실천하며 내성(內省)에 힘써 완성된 인격을 바랐었다. "아침에 떠나야 저녁에 이를 길, 남쪽을 향한 길 멀기도 하여라, 지름길을 원하지만 어쩔 수 없어, 혼이 먼저 돌아가 부모님을 뵈옵네, 돌아봐도 홀로 가는 길에 벗 하나 없어, 몸이 그림자를 보고 서로 위로 하도다, 나의 성품이 물을 좋아함을 믿기에, 물가에 이르면 쏟아내고 움켜쥐곤 해본다네, 흐르는 시냇물 맑고 투명하여 바닥까지 보이니, 바라건대 내 마음의 법도로 삼을만하네" 귀거래의 실천이 쉽지 않음을 먼저 말한 뒤, 이어 투명하여 바닥까지 보이는 물을 법도(法度)로 삼고자 한 것이 그 것이다. 지자요수(知者樂水)의 지혜 터득을 넘어 유학자로서의 완성된 인격을 향한 자기 수양, 곧 내성을 향한 유학자의 정신 지향에서 옷깃을 여민다. 이와 같은 내용의 작품으로 〈차감사불우부〉를 들 수 있다.

7) 풍암의 서술시

앞서 보인 서술시 또는 서사시와는 달리 사람의 내면이나 심성에 대한 주장을 설리적으로 드러낸 경우도 있다. 풍암과 행당의 경우가 특히 눈에 든다. 풍암 문위세(1534~1600)는 자는 숙장(叔章)이요 호는 풍암(楓岩)인데 본관은 남평으로 증조 창밀은 현감이었고 조(祖) 현(賢)은 봉사(奉事)로서 기묘사화(1519)에 연루되어 초야에 묻혀 지냈던 인물이다. 부(父) 량(亮)은 참의로 어초은(漁樵隱) 윤효정(尹孝貞)의 따님과 결혼하여 3남을 두었는데 공은 막내이다.

풍암은 전남 장흥군 부산면에서 중종 29년(1534)에 태어났다. 풍암의 아버지는 하늘과 땅 사이에 있는 것은 세대마다 날줄[經]과 씨줄[緯]을 짜는 것과 같다면서 위(緯)와 천지세(天地世) 넉 자로써 세 아들의 이름을 지었는 바, 장남은 위천(緯天), 둘째는 위지(緯地)며 풍암은 셋째로서 위세(緯世)였다.

풍암은 조선 중기 호남사림의 한 사람으로 정통의 사림 학맥을 이은 학자였을 뿐만 아니라, 문인 이었다. 뿐만 아니라 '약무호남시무국가(若無湖南是無國家) 곧 호남이 아니면 나라가 없다.'는 이충무공의 말대로 종묘사직을 풍전등화에서 구해낸 백의(白衣)의 의병장 이기도 하였다. 다시 말해서 풍암은 정몽주-길재-김숙자-김종직-최부-미암-행당-풍암으로 이어지는 도학의 정통학맥을 호남에서 계승한 학자였음에 주목을 요한다. 풍암의 어머니는 어초은(漁樵隱) 윤효정(尹孝貞)의 따님이었는데 이는 그가 호남사림의 정맥을 이을 수 있는 운명 같은 행운이었다.

어초은은 누구인가? 그는 다름 아닌 고산 윤선도의 고조부인데 금남(錦南) 최부(崔溥)의 문하로 사림의 정맥을 이어받은 학자였다. 어초은의 네 아들 윤구(尹衢), 윤항(尹衎), 윤행(尹行), 윤복(尹復)은 모두 이름난 선비였는데 특히 큰 아들 윤구는 최산두(崔山斗)·유성춘(柳成春) 등과 함께 호남삼걸(湖南三傑)로 칭송된 인물이었으며, 막내아들 윤복은 선조(宣祖) 때의 문신으로 권력과 명성을 붙좇지 아니한 학자였다.

풍암이 외숙부 귤정(橘亭) 윤구의 문하에서 학문한 것은 다름 아닌 호남 사림의 본류에 든 것과 마찬가지였다. 『소학』을 가르친 윤구는 일찍이 생질의 재능을 알아보고 '아종필위대유(兒終必爲大儒)'라 예단했는데 '이 아이는 마침내 큰 선비가 되리라'라 한 것이 그것으로[53] 외삼촌의 예단은 틀리지 않았다.

풍암의 평가는 크게 세 측면에서 이루어져야 한다고 생각되는 바, 첫째는 학자로서의 측면이 그것이요, 다음은 문인으로서 그의 문학적 성과와 미학에 대한 문학적 접근이 요구되며, 마지막으로 의병사적 측면의 역사적 인물로서의 조명이 그것이다. 앞서 말한 바와 같이 풍암은 외삼촌 윤구의 문하였을 뿐만 아니라 미암(眉巖) 유희춘(柳希春)과 퇴계 이황으로부터 학문을 익혔다.

풍암은 외삼촌 윤구와 미암으로부터 호남사림의 정맥 계승은 물론 학문하는 방법과 태도, 나아가 학문의 깊이를 다지는 행운을 지녔다. 그뿐만이 아니었다. 그는 당대 최고의 성리학자였던 퇴계 이황의 문하에 들어 친자(親炙)를 받았는데 그때 나이 14세(1547)였다. 퇴계는 일찍이 귤정으로부터 풍암에 대해 들은 바가 있었으므로 각별히 대해 주었다고 한다.[54]

---

53 『풍암선생유고』, 「행장」.

퇴계의 언행록 교인편(教人篇)에는 풍암과 주고받은 문답의 내용이 있는 바 특히 〈주객문답(主客問答)〉에 대한 문답은 풍암의 자질이 훌륭했음을 짐작케 하는 예라 하겠다. 퇴계의 문하에 있을 당시 풍암은 한강(寒岡) 정구(鄭逑)와 예문(禮文) 등의 서적에 대해 토론하는 등 서로 존중하는 사이로 교유하였다. 61세 이후 고향에 돌아온 풍암은 자녀들과 더불어 백운암(白雲菴)에서 조용히 성리학의 서적에 침잠하여 높은 학문을 이루었다. 이처럼 풍암은 타고난 자질에 훌륭한 스승과 뛰어난 친구를 통하여 학자로서의 역량을 갖추었는데 안타깝게도 많은 학문적 저술이 화재로 인하여 소실되고 말았으니 이 얼마나 안타까운 일인가.[55]

어린 시절 퇴계로부터 제갈량의 〈팔진도〉를 익혔던 풍암, 성리학자 퇴계는 경전이 아닌 병법을 무슨 연유로 격물치지(格物致知)의 일단이라면서 풍암에게 가르쳤을까? 퇴계의 미래에 대한 투시와 제자의 인생에 대한 운명을 예측한 것이 아니었을까? 어쨌든 풍암은 스승의 권유에 따라 틈틈이 병서를 익혔는바 그것이 훗날 종묘사직을 풍전등하에서 구해 낸 긴한 묘책이 되었다. 이러한 풍암의 의병사적 측면에서의 역할과 위상에 대한 역사적 평가는 시급히 이루어져야할 것으로 사료된다.

마지막으로 풍암이 거둔 문학적 성과와 그것의 시문학사적 의의에 대해 언급해 보자. 풍암은 앞서도 말한 바와 같이 문인이요, 학자며, 의병장이었다. 문인이었기 때문에 그가 남긴 작품이 적지 않았을 터인데 화재로 인한 소실 때문에 『풍암선생유고』에는 극히 적은 분량의 시문이 전할 뿐이다.

君子之篤誠　군자는 돈독하고 성실하여
恒拳拳於自修　항상 자신을 정성껏 수양하고

---

54 『풍암선생유고』, 「연보」.
55 『풍암선생유고』, 「행장」.

懼或移於物誘　물욕에 유혹될까 두려워하여

功必密於反求　반드시 자신을 반성하는데 힘쓰면

豈克己之無準　어찌 자기의 사욕 이김에 표준 없으리

　　　　　　(…중략…)

晨夕以致思逮　아침과 저녁이 다 하도록 깊이 생각하여

動靜以必察　행동을 반드시 살피는데 힘쓰고

平物欲之至險　지극히 험한 물욕을 가라앉히어

安人心之甚危　심히 위태로운 사욕을 안정시키고

明我天之皦日　하늘의 환한 햇빛을 밝히어

炯中襟之無私　사욕 없는 내 가슴 속을 드러내어

交天理之流行　하늘 도리의 유행함과 함께 흘러

藹心君之洞澈　내 마음이 밝아지듯 온화해 진다면

玆由己而爲仁　이에 나로 말미암아 인을 행할 것이요

終成德而上達　마침내는 덕을 이루어 위에 미칠 것이니

豈啻三月之不違　어찌 단지 석 달 동안만 인에서 떠나지 않겠는가

優可入於廣居　넉넉히 인仁의 집에 들 수 있으리라

何賤子之躁妄　어찌 천한 자의 조급함과 경망함으로써

矇不知夫復初　사람의 본성에 돌아감을 까마득히 모르고

紛巧言而令色　어지러이 교묘한 말과 예쁜 표정을 지으리오

　　　　　　(…중략…)

幸余學之爲己　다행히도 나는 위기지학을 배워

悟仁者之斯人　인을 한 것이 사람이란 것을 깨닫고

　　　　　　(…하략…)

위는 〈위인유기(爲仁由己)〉의 일부이거니와 본 바와 같이 풍암은 인(仁)을 행한 것은 자기에게 있음을 깨닫고, 사사로운 욕심을 이겨서 천리의 순행에 따르고자 했던 인물이다. 사욕을 이겨내면 동용(動容)하고 주

선(周旋)함에 있어서 예에 맞지 않음이 없고, 일상 생활하는 사이에 천리(天理)의 유행이 아님이 없음을 깊이 깨달았던 것으로 보인다. 공자가 안연에게 심법(心法)으로 전해 준 말씀을 존양성찰로 삼았기에 기시삼월불위(豈啻三月不違)라고 자신할 수 있었던 것이라 생각한다. 다시 말해서 공자가 『논어』〈옹야(雍也)〉편에서 안연에게 그 마음이 3개월 동안 인을 떠나지 않았다고 칭찬했던 사실을 상기하면서, 풍암 자신은 그 보다 더 오랫동안 인을 간직할 수 있다는 의지적 표현을 한 것이다.

풍암의 이와 같은 세계의 설정과 실천은 앞서도 말한 바와 같이 퇴계와 귤정의 영향이 큰 것으로 사료되는데 호남시단의 전통인 서술시의 세계를 이었으면서도 그 내용이나 주제의 지향점 등은 분명 풍암만의 다른 면이라 판단되며 이에 대해서는 그의 학문적 연원과 영향이 영남문단과 밀접한 점을 감안, 영남문단과의 비교 연구가 뒤따라야 할 것으로 사료된다.

8) 다산의 서술시

다산 정약용(1762~1836)은 광주군(현 남양주시)에서 정재원의 넷째 아들로 태어났다. 이익의 『성호사설』을 읽고 실학에 뜻을 두었는데 1783년 소과에 합격하여 진사가 된 이후, 1784년 정조에게 『중용』을 강론하였으며, 1789년 대과에 합격하여 벼슬길에 올랐다. 하지만 1790년 나라에서 금지하는 서학을 공부했다고 하여, 충청도 해미로 귀양 갔다가 곧 풀려났으며 1792년 홍문관 수찬이 되었다. 수원 화성을 쌓는 일을 연구하여 '수완성제'를 지었고, 1794년 경기도 암행어사가 되어 연천지방을 살폈다. 1797년 황해도 곡산 도호부사가 되어 어진 정치를 베풀었는데 그때 천연두로 고생하는 백성들을 위해 『마과회통』을 지었다. 1801년 2월 27일 신유박해 때 경상도 장기로 귀양 갔다가, 황사영 백서 사건에 관련되어 전라도 강진으로 이배되었다. 18년 동안 강진 다산(만덕산)에 머물면서 승려 아함 혜장은 물론 호남 시단의 여러 인물과 인연을 맺었다. 매반가를 전전하다가 외척인 해남 윤씨가의 도움을 받아 1808 이후 만덕산에 있는 정자로 옮겨 가 '다산'이라는 호를 쓰고, 치원 황상 등 특출한 제자를 양성함은 물론 500여 권의 저술 활동을 했다.

입문채록시　入門采綠蓰- 드는 길에 도꼬마리 캐고
출문견강리　出門見莊籬- 나는 길에 강리풀 본다.
연연작약화　娟娟芍藥花- 곱고 고운 작약꽃이
영락재도니　零落在塗泥- 진흙탕에 떨어졌구나
유녀안여화(옥)　有女顔如花(玉)- 어떤 여자 꽃다운 얼굴
비리읍로기　佊離泣路岐- 어디로 가는지 갈림길에서 울고 섰네
두상황과립　頭上黃莟笠- 머리엔 송낙을 쓰고
요대목면사　腰帶木綿絲- 허리엔 가사를 두르고
두간백팔주　脰間百八珠- 목에는 백팔염주 걸었으니
의이당마니　薏苡當摩尼- 율무로 만든 마니로다
　　　　　　(…중략…)
이시수기후　二廝隨其後- 중놈 둘이 뒤따르며
포효집장태　咆哮執長苔- 매를 들고 으르렁
최행부현문　催行赴懸門- 재촉하여 관가로 끌고 가는데
일보일비희　一步一悲噫- 걸음걸음 슬픔이요, 한숨이더라
문여하촌녀　問汝何村女- 어느 마을 여자인가?
여야운시수　女爺云是誰- 아버지는 누구시며
연부기하세　年復幾何歲- 나이 지금 몇인고?
운하속송위　云何速訟爲- 무슨 일에 잡혀가게 되었는가?
여부불능답　女俛不能答- 그 여자 고개를 숙인 채 대답을 못하는데
아모체치사　阿母替致詞- 옆에 가던 어미가 대신 말하더라
본시도강인　本是道康人- 저 아이 본래 강진 사람이온데

생소재성중 生少在城中- 어려서부터 읍내서 살았지요

아년일십팔 兒年一十八- 지금 나이 열여덟 살인데

팔자량기궁 八字良奇窮- 참으로 팔자도 기구합니다.

가작고가인 嫁作瞽家人- 시집이라고 간 것이 판수네라

고자부완흉 瞽者復頑凶- 소경은 성질까지 고약하여

아애삭기발 兒哀削其髮- 우리 아이 삭발하고 중이 된 것은

내위고소종 乃爲瞽所縱- 곧 그 굴레 벗어나기 위함이지요

체구신현관 締搆申縣官- 소경은 관가와 결탁하여 고발하니

관포질어풍 官捕疾於風- 붙잡으러 나오길 바람보다 빠릅니다

(…중략…)

이고가여고 而苦嫁與瞽- 하필 눈 먼 이에게 시집갔더란 말이오?

고자연기하 瞽者年幾何- 소경은 나이 몇이며

당유타가취 倘有他可取- 혹시 먼저 장가든 일 없더랬소?

답고연이고 答瞽年已高- 소경은 이미 나이가 높아

칠칠사십구 七七四十九- 칠칠 사십구 마흔 아홉이라오

전이재성초 前已再成醮- 전에 벌써 두 번 초례를 치러

아내제삼부 兒乃第三婦- 내 아이는 이제 세 번째 여자라

전부산이녀 前婦産二女- 초취에서 두 딸을 낳고

후부거일남 後婦擧一男 - 재취에서 아들 하나를 얻어

남연이성동 男年已成童- 사내자식도 이미 다 큰 아이요

소녀금입삼 少女今立三- 작은 딸이 지금 스물 세 살 이랍디다.

영당기구학 寧當棄溝壑- 차라리 구렁창에 버릴지언정

기금고위금 豈今瞽委禽- 이런 소경에게 시집보낼 리 있으리까

아불우부모 兒不遇父母- 저 아인 부모를 잘못 만난 탓이니

옹성유(유)영탐 翁性唯(猶)嚀酖- 우리 영감이 본래 주정뱅이거든요

문치수구서(구) 文雉受狗噬(口)- 아름다운 꿩이 개에 물린 격이라

한한나능감 恨恨那能堪- 한탄한들 이제 무슨 소용 있으리까

매인끽전다 媒人喫錢多- 중매장인 돈을 많이 먹고서

교사식언담(식) 巧詐飾言談(飾)- 말을 공교히 꾸며 하는데

언고부차인 言瞽富且仁- 판수님은 부자요 어진지라

혜택피여염 惠澤被閭閻- 혜택이 마을에 미치고

문전십경전 門前十頃田- 문전에 십경의 좋은 논

옥옥무일금 沃沃畝一金- 기름져서 한 이랑에 돈이 한 냥이요

고중팔백민 庫中八百緡- 곳간에 팔백 꿰미 돈

철쇄엄봉함 鐵鏁嚴封緘- 뒤주 속에 자물쇠로 봉해두었으니

전다위옹수 田當爲翁壽- 그 논은 영감께 축수로 바칠 게고

전당사옹감 錢當使翁紺- 그 돈은 영감께 쓰라고 드리리다.

옹무환무가 翁無患無家- 영감은 집 없다 근심 마오

복벽연중첨 複壁連重檐- 고래등 기와집이 당신 거요

옹무환무의 翁無患無衣- 영감은 옷 없다 근심 마오

세포퇴증겸 細布堆繒縑- 보름새 고운 베에 명주 비단 쌓일 테고

옹무환무기 翁無患無騎- 영감은 탈 말 없다 근심 마오

북마보참담 北馬步驂驔- 호마에다 딸리는 말을 둘 테고

옹노물우병 瓮老勿憂病- 영감은 늙어 병들 걱정 마오

고가다인삼 瞽家多人蔘- 판수 집엔 인삼이 썩어나지요

물물여천지 物物如川至- 온갖 물화 냇물처럼 밀려오리다.

언언여밀감 言言如密甘 - 중매장이 말마다 꿀인 양 달콤하니

옹이일하연 翁耳一何軟- 영감 귀는 어찌도 그리 여리고

옹성(장)일하감 翁性(腸)一何憨- 영감 마음은 어찌도 그리 어리석은지

이이허매인 爾爾許媒人- 그래 그래 좋다고 승낙하고

(…중략…)

오노무장계 吾老無長計- 나는 이제 몸도 늙고 여생이 막막하여

십구우기한 十口憂飢寒- 우리 식구들 기한을 걱정해야 할 판인데

행부득차서 幸復得此婿- 다행으로 이런 사위나 얻게 되면

필세무간난 畢世無艱難- 종신 간고를 모르고 살겠지

옹온좌수양 翁媼坐受養- 우리 영감 할멈 편히 봉양을 받으면

의이약태산 依倚若泰山- 마치 태산에 기댄 듯 좀 든든하겠나

변가재의상 便可裁衣裳- 얼른 옷감을 꺼내서 마름질하소

        (…중략…)

사린개래관 四鄰皆來觀- 온 동네 사람 모두들 구경와서

요요면신랑 遙遙眄新郞- 새 신랑 어제 오나 고개 들어 바라본다

        (…중략…)

행행지리려 行行至里閭- 신랑 행차 동구로 들어오는데

관자졸해황 觀者猝駭惶- 구경꾼들 놀라 술렁이네

안모흑여탄 顔貌黑如炭- 신랑이라 생긴 모습 얼굴빛 숯덩이요

험악불가당 險惡不可當- 험상궂기 어디다 견줄손가?

등갈교이순 藤葛交頤脣- 턱주가리 입살에는 등나무 줄기 얼기설기

와담만비방(방) 窩窞滿鼻傍(方)- 콧자리는 웬일인지 움푹이 파였구나

환(요)간시고인 還(遙)看是瞽人- 멀찍이서 봐도 분명코 눈이 먼 사람

백막몽양광 白膜蒙兩眶- 흰 창이 두 눈동자를 덮었는데

연가오육십 年可五六十- 나이도 오륙십은 됨직하여

        (…중략…)

아자수인기 我自受人欺- 나도 역시 남의 속임을 당했으니

        (…중략…)

계명신부출 鷄鳴新婦出- 새벽닭 울자 신부 나오는데

쇄체첨아상 洒涕沾我裳- 눈물이 제어미 치마를 흠뻑 적시었다오

계지물부연 戒之勿復然- 다시는 눈물 바람 하지마라 하고 타이르길

무나여명박 無那汝命薄 -네 명이 기박한 걸 어찌하랴

근심봉기추 勤心奉其箒- 어쨌거나 네 낭군 정성껏 모시고

물부유망작 勿復有妄作- 함부로 망령된 짓 해선 안 되느니라

송아지부가 送兒之夫家- 딸아이 시집이라 보내긴 하였으되

심회구처약 心懷久悽弱- 속마음은 두고두고 쓰라렸다오

미지이삼월 未至二三月- 그리고 두석 달이 채 못 되어

아환자서곽 兒還自西郭- 아이가 서문거리서 걸어오는데

의대홀이완 衣帶忽已婉- 옷이 몸에 헐렁한 꼬락서니

(…중략…)

성부린석재 性復吝惜財- 그는 또 성질이 재물에 어찌나 인색한지

승약생혐노 升龠生嫌怒- 곡식 한 홉 가지고도 화를 버럭 내고

이녀공참특 二女工讒慝- 게다가 두 딸이 고자질 얼마나 교묘한지

시험고시호 猜險苦豺虎- 고약한 품이 늑대 같고 호랑이 같아

일야조부언 日夜造浮言- 밤낮으로 백줴 없는 말 지어내어

요착격광고 謠諑激狂瞽- 살살 꼬아바쳐 눈먼 아비 충동이는데

언아절세포(백) 言兒竊細布(帛)- 내가 장롱에 고운 베 훔쳐내다

밀밀유아부 密密遺阿父- 몰래 몰래 제 아비 갖다준다

언아절미장 言兒竊米餦- 내가 뒤주의 양식을 퍼내다가

밀밀부아자 密密付阿姉- 몰래 몰래 제 언니 갖다준다

언아절전도 言兒竊錢刀- 내가 돈궤의 엽전을 훔쳐내다

(…중략…)

구욕투청지 久欲投淸池- 진작부터 깊은 물에 몸을 던지자 했으나

촌장고미경 寸腸苦未硬- 성질이 모질지 못해 어려워요

전문보림북 傳聞寶林北- 들으니 보림사 북쪽 계곡에

요조유승방 窈窕有僧房- 조용한 승방이 있답니다

아금계이결 兒今計已決- 저는 그리 가기로 작정을 했으니

물부생조당 勿復生阻搪- 제 발길을 막으로 마옵소서

(…중략…)

아아거수일 阿兒去數日- 아이가 다녀간 지 며칠이 지나

고래화분분 瞽來話紛紛- 소경이 급히 와서 수선스레 말하기를

조기견공금 朝起見空衾- 아침에 일어나 보니 금침이 비었는데

신부심부득 新婦尋不得- 신부는 어디 갔는지 찾아도 모르겠소
량여모유모 諒與母有謀- 친정어머니와 의논이 있었을 터요
비주우비닉 非走又非匿- 도망친 것도 아니요 숨은 것도 아니라
약각불원보 弱脚不遠步- 연약한 다리로 멀리는 못 갔을 테고
(…중략…)

고거근수일 瞽去僅數日- 소경이 다녀가고 며칠 못되어
유일녀승래 有一女僧來- 낯모르는 여승이 찾아와서 말하는데
운유일소부 云有一少婦- 하루는 한 젊은 새댁이
독행도승방 獨行到僧房- 우리 암자에 홀로 찾아왔더라오
장궤예방장 長跪禮房長- 방장스님께 꿇어앉아 인사를 드리고 나서
휘체부간장 揮涕敷肝腸- 눈물을 뿌리며 딱한 사정 호소하되
아본빈가녀 我本貧家女- 저는 본래 가난한 집 딸로 태어나
불행조영랑(부) 不幸早迎郎(婦)- 일찍 시집을 갔다가 불행히도
(…중략…)

아모기추흉 阿母起搥胸- 그 어미 일어나 가슴을 두들기며
포의지고가 抱衣之瞽家- 옷가지를 끌어안고 소경의 집으로 달려가서
아아금작승 阿阿今作僧- 우리 아인 지금 중이 되었다네
(…중략…)

고기주현문 瞽起走縣門- 소경은 일어나 관가로 달려가서
소첩자구날 訴牒恣搆捏- 제멋대로 꾸며 만든 소장을 올리니
판사엄여뇌 判詞嚴如雷- 원님의 판결하는 말 우뢰처럼 엄하여
함사(비)발건졸 緘辭(臂)發健卒- 건장한 사령을 풀어 보냈더라오
흑야타산문 黑夜打山門- 캄캄한 밤중에 암자로 들이닥쳐
마의피예졸 麻衣被曳猝- 장삼 입은 몸을 끌어내서
전구도현각 前驅到縣閣- 몰아세워 동헌 앞에 당도하니
관노유발발 官怒猶勃勃- 원님의 노여움은 어찌나 대단턴지
여행하편사 女行何褊斜- 부녀자의 행실 왜 그리 편협한고?

(…중략…)

고기파활발 瞽氣頗活潑- 소경의 기세 자못 펄펄하더라오

중소우도신 中宵又逃身- 우리 아이 한밤중에 또 몰래 빠져나와

찬정릉절얼 趲程凌帶嶭- 도망질을 쳐서 험준한 산마루 넘고 넘어

행지개천사 行至開天寺- 다다른 곳이 개천사라는 절이라

유체십여일 留滯十餘日- 이 절에서 십여 일 묵었을 제

고가심도차 瞽家尋到此- 소경 수소문하여 찾아냈더라오

(…중략…)

애재피주자 哀哉彼姝子- 애처롭구나, 저 아리따운 여자

부기고지필 夫豈瞽之匹- 어쩌다가 늙은 소경의 짝이 되었는가

골육인상사 骨肉忍相詐- 아비와 자식간에 서로 속이다니

전량시하물 錢糧是何物- 돈이다 곡식이다 이게 다 무어길래

이욕령지혼 利欲令智昏- 이욕이 사람의 슬기를 어둡게 하여

은애내능할 恩愛乃能割- 은정 사랑 모두 끊을 수 있단 말인가

차차여가옹 嗟嗟汝家翁- 딱하다 너희 집 아버지

궐죄합일달 厥罪合日撻- 그 죄는 날마다 매를 맞아도 싸겠지

부어상가담 腐魚尙可啗- 혹시나 상한 고기는 먹을지언정

고부수능닐 瞽夫誰能暱- 늙은 소경 남편으로 누가 좋아하리

기약청산중 豈若靑山中- 차라리 청산에 들어가

한자수병발 閒自守甁鉢- 부처님 모시고 살고 싶지 않으랴

여자개편심 女子皆褊心- 여자의 마음씀은 외곬이니

입지거능탈 立志詎能奪- 한번 세운 뜻 누가 능히 빼앗으랴

일향피곤독 一向被困督- 줄곧 시달림을 받고 보면

안지부자멸 安知不自滅- 제 스스로 목숨을 끊게 되지 않을까

애재피주자 哀哉彼姝子- 애처롭구나 저 아리따운 여자

돌돌부즉즉 咄咄復唧唧- 너나 없이 두런두런 혀를 차고[56]

위는 조선 후기 강진이라는 지역을 배경으로 경제적 우위를 힘 삼아 관권과 결탁한 소경과 상대적 빈곤에 시달리는 촌부와 그의 딸을 주인공으로 인신매매되는 사건으로 구성된 서사시이다. 여기서 강진은 전형적인 공간으로, 소경과 촌부 그리고 예쁜 딸은 전형적인 인물로, 또한 돈으로 사람을 팔고 사는 일은 전형적인 사건으로 설정된 리얼리즘적인 시라고 하겠다. 실제로 조선 후기에 들어 삼정(三政)의 문란은 말할 것도 없거니와 관리의 가렴주구는 이루 형언할 수 없는 지경이었다. 전형으로 제시된 위의 공간, 인물, 사건은 조선 후기 이 땅 사람들의 실제적 모습에 다름 아니었는바 이와 같은 서술시적 상황의 전개에 따른 서술시로의 현실 대응은 이처럼 500여 년의 시간을 두고 호남시단에서 면면히 지속되어온 전통이었다.

9) 초의의 서술시

초의(艸衣) 장의순(1786~1866)은 잘 아는 바와 같이 전남 무안 출생으로 다산(茶山, 1762~1836)과 추사(秋史, 1786~1856)는 물론이고 산천(山泉) 김명희와 금미(琴眉) 김상희 등의 추사 형제 및 유산(酉山) 정약연, 운포(耘逋) 정학유 등 다산의 두 아들 그리고 자하(紫霞) 신위, 정조의 사위인 해거재(海居齋) 홍현주, 진재(眞齋) 박종림 등 유교 문사와 교류가 활발했던 선승이요 학승이다.

『일지암시고』『일지암문집』〈동다송〉〈다신전〉〈초의선과〉 등의 여러 저술을 남기고 있는데 〈동다송〉은 한국 차의 다경(茶經)으로 불리운다. 선사의 시는 무엇보다도 그 길이의 장편과 연작시의 제작 등에서 눈에 띈다. 특히 유가와의 수답이 두드러진 가운데 그들과의 시는 최고 21수까지 연작되는 바 이는 짧고 함축적인 선시의 본령과는 다른 각도에서 이해를

---

56 임형택 역,『도강고가부사(道康瞽家婦詞)』, 성균관대학교.

요한다. 그러면서 〈도암십영(道岩十詠)〉 같은 시는 일반 사람들의 세속적인 취향을 노래하는 등 승려문학의 일반에서 일탈되어 있다.

〈도암10영〉열 수 가운데 다섯 번째인 〈응산초가(應山樵歌)〉를 보기로 한다.

雲山洞空山更幽　빈 하늘에 구름 몰리니 산은 다시 아득한대
林花寂寂水悠悠　고요한 꽃밭 속으로 물이 졸졸 흐른다
淸可一曲掀巖響　맑은 물소리 한 곡조 바위에 부딪히니
洗盡人間多少憂　세상의 근심이 어지간히 씻기는 듯

위에서 속세 떠난 대선사의 시라고 하기에는 너무나 인간적인 냄새가 풋풋하다. 속세를 떠난 출가의 몸이지만, 어찌 속세에 두고 온 인연들을 완전히 끊어낼 수 있겠는가. 가슴 속에 깊이 묻어둔 고(苦)와 집(集)의 인연들, 그로 인해 밀려드는 인간적 고뇌를 맑은 물소리에 담아서 씻어내겠다는 의지가 엿보인다. 담담하게 속세의 인연을 물소리로 풀어내려는 선사의 다짐이라니, 다음에 드는 시는 더욱 애잔하다. 열 수 중에 아홉 번째인 〈양포귀범(梁浦歸帆)〉이다.

梁湖水色接天池　양호의 물색이 하늘처럼 푸르니
秋淨偏憐一帆遲　가을 물 너무 좋아 돛단배는 더디다
玉鱠銀蓴輕解緩　농어회 순채 나물 지척에 있나니
令人長憶季鷹歸　나도 장한이처럼 고향으로 가고파라.

눈이 시리도록 푸름이 뚝뚝 지는 가을 하늘, 불현듯 일어나는 고향생각, 장한(張翰, 서진 사람)이가 고향의 농어회와 순채 나물이 먹고 싶어 벼슬을 버리고 떠났던 것처럼 나도 또한 가사장삼 버리고 고향으로 갈까 보다. 참으로 저리고 시린 세속에의 연정이 아닐 수 없다.

이뿐만 아니라 선사는 〈송월(松月)〉과 같은 장편시는 물론이고 연작시를 즐겨 지었는데 이에 대한 시사적 맥락에서의 접근과 그에 대한 해명이 요구됨은 재언을 오치 않는다.

특히 〈東莊奉別東老金承旨在元(동장봉별동노김승지재원)……〉의 시는 김재원, 김정희 등과 '동장'에서 이별하면서 지은 시인데 무려 21수의 연작체이다.

旅館違良知　여관에서 좋은 벗과 이별하고
竟日愁悄悄　종일토록 노심초사 근심했었네
獨憐霽後峯　비 갠 뒤의 봉우리 홀로 그리나니
妍妍露林表　숲 속에 맺힌 이슬 곱기도 곱구나

전체 21구가 한 주제로 이어지는 연작의 형태는 다름 아닌 장편시(서술시)의 전통과 무관하게 넘겨서는 안 될 뿐만 아니라, 이별의 시에서 노정되고 있는 섬세한 감각과 낭만적 정서 풀이 등도 면면한 호남시단의 시맥과 관련지어 살필 일이다.

夕陽芳草路　해질 무렵 꽃 내 나는 길을
鳴驕就駿駿　울음 지며 치닫는 말 걸음
臨高一遙送　높은데 올라서서 멀리 보내나니
秋山嵐氣侵　가을 산에 아지랑이 피어나네

스물 한 번째의 시인데 "시간적 순차에 따라 이어지고 있으니 오히려 한 편의 장시로 느껴질 정도이다."[57]는 정곡을 찌른 견해이지만, 이는 형식상의 연원이 어디에서 흘러나오고 있는지에 대한 우리의 관심과는 다

---

57 이종찬, 『한국불가시문학사론』, 1993, 730면.

소 거리가 있다 하겠다. 어쨌든 호남 한시사의 서술시적 전통은 이와 같은 연작시 형태로 이전의 시들과는 그 모습을 달리하면서 계승되고 있음을 잘 나타내 보이고 있다.

10) 경회의 서술시

경회(景晦) 김영근(金永根, 1865~1934)은 강진에서 태어나 조선 후기 호남 고전문학사의 대미를 장식한 동시에 강진 문학이 근·현대 문학으로 발전해 갈 수 있도록 이행기(移行期)를 충실하게 담당해 준 귀중한 문인이다.

경회는 아버지 부호군(副護軍) 도순(道淳)과 어머니 숙부인 창녕 조씨와의 사이에서 3남 3녀 중 셋째 아들로 태어났다. 경회의 가계에 대해서는 그가 직접 쓴 〈왕고 통정부군 표묘음기〉와 〈선비 숙부인 창녕 조씨 묘갈〉에 잘 나타나 있다. 위의 기록에 따르면 경회는 김해김씨 송정파로 승원(升元)이란 분이 영암으로 옮겨온 뒤, 그의 뒤를 이어 진태가 처음 강진에 터를 잡았다. 진태는 일엽과 수엽을 낳았는데 일엽(日曄)은 곧 경회의 조부이시다.

일엽은 재순과 도순 그리고 3녀를 두었는데 도순(道淳)이 곧 경회의 부친이시다. 도순은 전실(前室) 선산 김씨로부터 영욱, 영필, 영귀와 1녀를 두었으며, 후실(後室) 창녕 조씨에게서 영철, 영준, 영근과 3녀를 두었다. 경회의 생모 창녕 조씨는 부친 태종(泰宗)과 모친 여흥 민씨 철호(喆鎬)와의 사이에서 출생하였다.

이상에서 볼 때 경회는 명문 김해 김문과 창녕 조씨 사이에서 막내아들로 태어나 올곧은 가풍과 유학의 가르침을 통하여 훌륭한 선비로서 성장할 수 있는 여건을 타고 났다.

특히 덕인(德仁) 또는 복인(福人)으로 칭송받은 어머니 조씨는 신라 태사 창녕 부원군 계룡(繼龍)을 시조로 하는데 6세 겸(謙)은 고려 태조를 섬

겼고 덕공공주에게 장가들어 하성 부원군으로 봉해졌는데, 이로부터 대대로 벼슬이 이어져 창녕 조문은 평장사 8분을 배출한 명문이 되었다.

특히 양평군 익청(益淸)에 이르러 크게 드러났는데 양평군의 손자 상치(尙治)는 부제학을 지냈다. 이후 다시 4세를 지나 세풍(世豐)에 이르러 영천에서 영암으로 옮겨왔는데, 이분이 경회 모친의 10세조이시다. 명문에서 낳고 자란 경회의 어머니는 한마디로 '여자 중의 인걸(人傑)'이라 불렸다.

이렇듯 경회가 굳건한 신념으로 동학란을 비롯한 내환과 단발령, 을사늑약, 한일합방 등 외우에도 꿋꿋하게 학자로서 깨끗한 선비의 자세를 지닐 수 있었던 것은 부모로부터 이어받은 명문가의 전통과, 면면히 이어진 스승의 학맥적 영향이라 하겠다.

경회는 우암 송시열-정관재 이단상-삼연 김창흡-노소 김신겸-지암 김량행-수산 이우신- 화서 이항노-중암 김평묵·오남 김한섭을 잇는 정통 유학자였다.

특히 중암과 오남은 화서의 직접 제자로서 화서학파의 위정척사(衛正斥邪) 정신을 올곧게 이어받은 학자였던 만큼, 경회의 사상적 기반 또한 두 스승과 멀지 않았음은 당연한 귀결이었다. 이러한 경회의 학맥은 전 간재와도 거리가 있으며, 특히 정 다산이 강진에 유배 와서 가르친 제자들과도 분명 달랐음을 알 수 있다.

다시 말해서 조선 후기 강진은 간재의 학맥, 다산의 학맥, 경회가 이어받은 학맥 등 크게 세 줄기의 도도한 강물 같은 문화가 꽃피고 있었으니, 그러한 꽃들의 결실이 곧 강진의 근·현대 문화에 튼실한 주춧돌이 되었음은 재언을 요치 않는다.

경회는 김 오남의 학맥을 이어 받았지만, 오남의 스승인 기 노사 정진에 대해서 일방적인 추종은 하지 않았음을 〈경회집〉 곳곳에서 알려 준다. 그만큼 경회는 스승이 그러했듯 자신만의 독특한 세계관을 지니고 있었다는 말이 되겠거니와 이에 대해서는 후일 상고를 준비할 예정이다.

요컨대 경회는 한말 격동기를 살다간 위대한 유학자로서, 빛나는 시심

(詩心)과 지독한 향토애(鄕土愛)를 발현한, 자유자재(自由自在)한 시인으로서, 유학의 자존을 끝까지 지켜낸 선비로서, 길이 새겨지고 높이 평가되어야할 강진의 자랑이 아닐 수 없다.

경회는 5세 때 천자문을 배운 이래 〈격몽요결〉, 〈경사자집(經史子集)〉 등을 두루 익혔는데, 18세 때에는 지도에 유배 와 있던 중암 김평묵을 찾아가, 유학의 내용과 화서의 위정척사 정신을 배웠다. 이에 앞서 경회는 13세 때 오남 김한섭을 만난 이후, 과거의 폐단에 대해 절실히 느낀 바 있어, 과거 공부를 포기하고 오로지 의리의 학문과 수신의 공부에만 전념하였다.

경회는 전실 엄씨와 후실 최씨 사이에 3남 3녀를 두었으며, 문하로서 천석언, 김백진, 박효준, 정화선, 정학수, 마상덕 등이 있었는데 그들은 임종과 치상에 관여할 만큼 각별했던 사람들이다. 〈선고 경회당 부군 임종시 일기〉를 보면 죽기 보름 전까지 제자들에게 〈논어〉를 가르쳤음을 알 수 있으며, 특히 〈소학〉주를 바로 잡지 못하고, 〈논어쇄의〉를 기록하지 못한 것에 대하여 한으로 삼는다고 했으니 그의 학자로서의 진정성과 학문에 대한 치열성 앞에 삼가 머리를 숙이지 않을 수 없다. 아래 보이는 〈화전괴석가〉는 구한말 당시 어려운 시대 상황에서 소작인들이 겪었던 아픔과 고통을 담담하게 그려낸 경회의 애민관을 잘 드러내 보인 서술시이다.

화전괴석가(花田怪石歌)[58]

기북(畿北)[59]에선 논을 일(日)[60]로 세는데

---

58 김상준이라는 실재 인물을 통해 자신의 애민관을 노래한 걸작임. 최한선 외, 『국역 경회집』.

59 기畿: 서울에 있는 궁성으로부터 오백 리 이내의 땅.

60 날.

호남(湖南)에선 두(斗)[61]로 센다

날로 세든 마지기로 세든 말할 것이 없지만

상 중 하(上中下)로 땅의 등분이 있다

중토(中土)는 일 두락에 두 섬이 나고

상토(上土)는 일 두락에 서너 섬이 난다

하토(下土)는 삼 십 말만 나기도 하는데

스무 말이나 열 말이 나면 더 하토(下土)가 된다

옛날엔 부자도 순박하고 후하여

논을 주고 세(租)를 받아도 사람들이 싫어하지 않았다

두 섬(四十斗)[62]에 십두(十斗)만을 나누어 가고

석 섬 넉 섬에도 한 섬 넘게 받지를 않았다

그런데 어인 일인지 인심이 날로 야박해져서

부자들 수를 받음이 말할 수 없게 되었다

세금도 소작인(小作人)더러 내라고 하고

반이 넘게 수를 받으면서 오히려 적게 받았다고 한다

추수를 하여 두 섬을 내고 나면

소작인은 십 두(열 말)도 먹기 어렵다

석 섬 넉 섬에서 한 섬도 내어먹기 어렵다

게다가 또 전부를 바쳐버리기도 하여

일 년 동안 부잣집의 삯도 못 받은 종이 되고만다

또 곡식을 사서 수량을 채우기도 하니

고금에 이런 일도 있었던가 없었던가

더구나 새로운 말(斗)이 나온 뒤로는

말은 커졌는데 수(받아가는 양)는 줄어들지 않았다

---

61 두락, 마지기.

62 석(石): 섬을 가리키는데 열 말 또는 스무 말을 가리킴.

거기에 또 도리깨로 치고 치로 까불어

벼가 쌀처럼 안 되면 고함을 지르니

소작인은 고개를 떨구고 눈물을 닦으며

처자(妻子)는 서로 서러워 슬퍼한다

대농가(大農家)란 이름만 좋을 뿐

섣달도 못 되어서 식량이 바닥난다

거년에는 남촌에서 다섯 집이 도망을 치더니

금년에는 북쪽 마을 열 집이 비어버렸다

어째서 이지경이 되었느냐고 묻는다면

모두가 부자들의 조화(농간) 아닌가

아마도 하늘이 인종을 멸하려나보다

부자들도 또한 무슨 마음인가?

이미 태어나게 하고서 왜 다시 죽이려는가

날과 밤으로 높은 데서 내려다보기만 하는구나

우리 고을에 덕을 좋아한 사람이 있으니

김씨 상준(金氏相準)의 자(字)는 홍언(弘彦)이다

맨손으로 가산을 일궈 자못 가난하지 않은데

도저히 시속(時俗)을 따르지 않는다

타인은 논 수를 열 섬을 받는데

홍언은 그 절반을 넘지 않게 받는다

소작인들이 깜짝 놀라 너무 적다고 하면

홍언은 끝내 달리 하지를 않는다

소작인이 더 내려함은 실정이 아니지만

다른 부자와 비해 싸기에 그런 것이다

이것이 그전 세상이라면 보통의 예지만

지금 세상에는 실로 드문 일이다

집집마다 사람마다 홍언의 이름을 전해

홍언이 갑자기 활불(活佛)이 되었다

부자들은 이 말을 듣고 냉소(冷笑)를 하니

홍언이 갑자기 이상한 사람이 되었다

소작인들 모두가 홍언의 부자 되기를 빌어

해마다 논을 못살까 염려를 한다

사람마다 홍언의 논을 벌기를 원하여

날마다 찾아온 사람 수를 셀 수가 없다

비유하자면 꽃밭에 괴석(怪石)이 있음과 같고

또 비단 부채에 설죽(雪竹)을 그려놓은 것 같다

홍언이 반드시 뒤가 있을 줄 내가 알고

홍언이 반드시 복이 있을 줄 내가 안다

적선(積善)하면 경(慶)이 있다는 이치가 분명하고

여러 입은 쇠도 녹인다 함도 틀린 말이 아니다

내가 지금 노래를 지어 홍언을 노래하노니

깊이 부자들에게 나의 소견을 밝힌다

아! 내가 홍언을 위해서가 아니고

또한 부자들을 위해서도 아니다

궁한 백성들이 날로 떠도는 것을 차마 보지 못해 노래한다

어떻게 하면 우리 백만 동포가 모두 죽지 않고

마침내 서일(瑞日)이 떠오를 때를 볼 수 있을까?[63]

전체 75구로 된 장편 서술시 이다. 먼저 세금에 대한 말로써 시상을 일으킨 뒤, 부자들이 말되을 바꾸어 말 크기는 키우고 세곡으로 거둬들인 말 수는 그대로라는 말로써 심상치 아니한 분위기를 조성했다. 이어 옛날 부자와 오늘날 부자의 차이점은 순후(淳厚)하고 안 하고 차이라면서 부자

---

63 『경회집』, 아세아문화사, 1987, 3~4면.

를 직접 겨냥하여 불합리함을 토로하여 긴장감을 고조시킨 뒤, 농사를 지어봤자 세곡을 땅 주인인 부잣집에 다 바치고 나면, 섣달이 오기도 전에 식량이 떨어지고 없기 때문에 소작인들이 집을 비우고 도망을 가서 유리걸식한다는 말을 하여 사태의 심각성을 한층 고조시켰다. 이와 같은 농민들의 가혹한 현실 상황은 앞서 본 송순의 〈문개가〉에서 "집도 땅도 다 잃고 남은 것은 맨몸뚱이/ 하늘로 날아갈까 땅으로 꺼질까? 일신을 가눌 길 없어/ 아내는 동쪽으로 자식은 서쪽 나는 남쪽으로/ 구름처럼 흐르고 빗물처럼 흩어져서 천지간에 아득하게 되었소."와 다르지 아니한 상황이다. 면앙정과 경회가 근 4백년의 차이가 있음을 감안할 때, 송순으로부터 더 나아가지 못한 것은 경회의 한계라고 해야 될지 아니면 다른 설명이 필요한지 판단을 미뤄둔다.

경회는 농미들이 극한지경에 이르게 된 것은 모두가 부자의 탓이라고 (盡是富人造化功)한 뒤, 이것은 정녕 하늘이 백성을 멸종시키려고(定知天欲滅人種)한 것임을 알겠다며 하늘 곧 왕을 원망하면서 비극적 분위기를 최절정으로 이끌었다. 이어 김상준이라는 사람은 다른 부자와는 달리 소작인들의 입장에서 세곡을 다른 부자의 반만 받는 등 선행을 베푼다고 하여 시상의 반전을 기했다.

그런 김상준을 다른 부자들은 이상한 사람으로 보지만, 그는 '활불(活佛)'로써 추앙받는다면서 비유하자면 꽃밭에 나 있는 신기한 바위, 괴석(怪石)과 같고, 부채에 그려진 설죽(雪竹)과 같은 존재라고 했다. 아름다운 꽃밭을 더욱 운치 있게 장식해주는 신기한 바위나, 무더위를 물리쳐주는 부채에 그려진 눈 맞은 대나무 그림과 같은 존재, 그런 사람이 바로 김상준이라는 것이다. 물론 그가 실재 인물인지 아닌지 모르겠지만, 그 여부를 떠나 서술시적 상황에 대한 시인의 인식과 서술시 제작은 호남 시단의 선배들이 보여준 것과 크게 다르지 않다는 점에서 그 맥을 근대까지 계승했다고 할 것이다.

시인의 시상 마무리가 몇 번을 읽어도 그저 가슴 먹먹하게 한다. "내가 지금 노래를 지어 홍언을 노래하노니/ 깊이 부자들에게 나의 소견을 밝힌다/ 아! 내가 홍언을 위해서가 아니고/ 또한 부자들을 위해서도 아니다/ 궁한 백성들이 날로 떠도는 것을 차마 보지 못해 노래한다/ 어떻게 하면 우리 백만 동포가 모두 죽지 않고/ 마침내 서일(瑞日)이 떠오를 때를 볼 수 있을까?" 진정한 경국제민이란 이런 마음과 자세를 두고 한 말이 아닐까?

4. 마무리하는 말

인문학은 위기에 있는가? 인문학은 산에 산에 저만치 피어 있는 꽃이며 상아탑의 공허한 도서관을 채우는 박제된 지식일 따름인가? 결코 그렇지 않다. 이제는 인문학 중심으로 파괴된 생태계의 복원은 물론 물질에 찌들어 황폐화된 현대인의 척박한 정신에 샘물 같은 정서와 따스한 온기를 제공해야 할 뿐만 아니라 지역 발전의 기본적인 자양분이 되어야 할 때이다.

지자체가 시행되면서 지역이 그 어느 때 보다 집중적인 조명을 받고 있음은 주지하는 사실이다. 그도 그럴 것이 각 지자체는 인구의 감소 등 지역이 안고 있는 현안의 문제점들을 해결하기 위해 아이디어 백태를 연출하면서 생존 전략 수립에 열을 올렸다. 하지만 지난 몇 년 동안 지자체들의 지역발전 전략은 되레 많은 문제점을 낳았는바 그것은 다름 아닌 뿌리 없는 개발 위주의 전략에 따른 조화의 훼손과 생태계 파괴 등으로 온유와 침잠 나아가 음미의 멋과 맛을 박탈하여 마침내는 인간 생존의 위협을 초래하기에 이르렀다.

이 같은 문제를 해결하고자 각 지자체들은 인문학에 바탕 한 정신문화 곧 지역의 전통과 역사에 눈을 돌리게 되었으며 그에 따라 법고창신의 태도가 지역발전의 새로운 지침으로 떠오르게 되었다. 이와 더불어 지역

발전에 있어서 인문학도들의 책임과 역할은 매우 중요하게 인식되고 있으며 이는 인문학이 부흥할 수 있는 호기를 얻었음을 의미한다. 이른바 지역이 나라의 중심이 되고 있는 현 시점에서 지역문학사 또는 지방문학사의 출간은 지역에 착근한 향토와 사람에 대한 관심과 애정의 결과이거니와 이런 성과를 통한 지역의 발전 전략 수립은 몸에 밴 친숙함을 바탕으로 한 것이기에 지역민의 결속과 동질화를 통한 이탈 방지라는 실리적인 측면뿐만 아니라, 다른 지역과 차별화된 결과를 불러와 지역발전에 기여할 것임은 자명할 것으로 예견된다.

이런 시대적 요구와 당위성에 입각하여 필자는 호남의 발전 전략은 호남의 인문학적 성과에서 찾을 수 있다는 확신 아래 호남 인문학의 일부인 호남 한시단 연구에 관심 갖기 시작했는바 본고는 그런 연구의 일부 진행에 대한 보고서 성격이라 하겠다. 필자는 우선 작금의 호남(남도) 한시 단에 대한 연구 태도를 간략히 조감한 뒤 조선 초기 눌재 박상으로부터 조선 후기 다산 정약용이나 초의 장의순 및 판소리에 이르기까지 500여 년을 면면히 이어온 서술시적 글쓰기 전통에 대하여 살펴보았다.

중요한 것은 서술시 또는 서사시적 상황이 전개될 때 마다 도도하게 실현되어 당대적 의의를 다 한 호남 시인들의 서술시적 글쓰기 전통을 지적한 데서 한발 나아가 그것의 의미는 무엇이며 각 작가의 작품에 실현된 현실 인식의 낙차와 크기, 그로 인해 획득된 작품의 미학 내지는 현대적 계승 문제 등에 대한 해명일진대 본고는 아직 여기까지 이르지 못한 아쉬움이 많다.

호남 한시 단 연구의 현 단계는 시·군별 문학유산에 대한 연구, 학맥 곧 사승관계를 통한 전통 연구, 불교문학에 대한 사적 이해, 누정에서 이룩한 시단 중심의 누정문학에 대한 연구 등이 주를 이루고 있으며 여기에 필자가 관심 갖고 있는 서술시적 글쓰기 전통에 대한 연구를 보텔 수 있겠다. 시·군별 연구는 해당 시·군에 관계된 인물의 문집 수집과 그에 따른 문집의 해제와 작가론 등이 주를 이루는데 최근에 이룩한 구례의 왕씨 일가와 유씨 일가에 대한 연구 결과는 두 집안의 인물들이 맺었던 교유관계는 물론 매천 황현, 영재 이건창, 추금 강위, 창강 김택영, 해학 이기, 유당 윤종균, 남파 성혜영, 석정 이정직 등의 활약과 그들이 이룩한 시사적 업적뿐만 아니라 호남 시단에 끼친 영향과 의의를 살피는데 크게 도움을 줄 것으로 기대된다.

다음으로 학맥적 전통에 대한 연구는 사승관계를 통하여 계승되고 있는 어떤 정신이나 강조된 어떤 의미를 추적하는데 매우 유익하거니와 호남 한시 단에 있어서의 이 같은 연구는 아직 기대 수준에 미치지 못하고 있는 실정이다. 여기에는 여러 원인이 있겠지만 기축옥사 이후 호남 지방 재지 세력 간의 대립에 따른 학계의 분열, 임란으로 인한 제봉 고경명이나 청계 양대박과 같은 큰 인물의 상실, 인조반정 이후 경기·충청 지역 서인 세력의 집권에 따른 호남 사림의 상대적 소외 등이 그 주된 원인으로 지적되고 있다.

또한 불교문학에 대한 사적 이해는 단편적으로 이루어졌을 뿐 체계적이거나 지속적인 연구로는 이어지지 못하고 있는 실정이다. 시가에 있어서 국문시가와 한시(선시) 분야 공히 유구한 전통을 지닌 채 때로는 유자(儒者)의 그것들과 대립하고 때로는 공존하면서 이 땅의 정신문화를 이끌어온 것인 만큼 그 질긴 생명의 실체가 무엇이며 특징은 어떤 것인지 밝혀야할 것으로 기대된다.

다음으로 누정문학은 그 양과 질에 있어서 주목되거니와 특히 송순이 주도한 면앙정 시단, 석천이 주도한 식영정 시단, 소쇄처사가 이끈 소쇄원 시단 등은 주옥 같은 서정시의 산실이다. 호남의 누정은 정치적 사화기를 거치면서 본격적으로 건립되었는데 그 결과 호남 각 지역에는 누정문학의 유산이 엄청나다. 그 가운데서 송순, 임억령, 고경명, 박순, 김인후, 정철, 양산보, 김성원 등은 서정한시의 백미를 창출한 인물들인데 〈면앙정 30영〉〈식영정 20영〉〈소쇄원 48영〉 등은 그들이 한껏 뽐낸 수작으로 일컬어진다. 이와 같은 누정문학에 대한 사적, 체계적, 집중적 연구가 요망되거니와 그로부터 획득한 정신 유산의 현대적 계승은 지역 발전 전략의 중요한 자산이 될 것으로 사료된다.

한편, 호남지역 한문학의 유구한 역사에서 줄기차게 이어지는 실체적 맥이 여럿 일진대 구체적으로 그것은 어떤 것일까? 앞서 보인바 이몽룡이 토해냈던 그 간담을 서늘케 하고 응어리진 폐부를 말끔히 씻어주는 그 힘의 원천은 어디에서 연유하며, 말 하지 않고는 못 배기는 그 입심은 또 어디에서 나오는지…… 그것은 다름 아닌 서술시적 글쓰기의 전통에서 연유한 것이 아닐까. 분명 이는 호남 시학을 밝히는 주요한 단초임에 분명하거니와 호남 한시사를 통관하고 있는 서술시의 힘, 그것은 두 말할 필요도 없이 서술적 상황의 전개와 그에 대한 능동적 대처 태도에서 나온 것이며 그 시원은 호남 사림의 종장 눌재부터라고 생각한다.

조선 초기 금남 최부(1454~1504)와 눌재 박상(1474~1530)으로부터 조선 후기 다산 정약용(1762~1836) 그리고 민중의 희로애락이 담긴 판소리에 이르기까지 무언가 분명하게 이어져 내려오는, 비록 각 시기마다의 정치적 득실과 각 개인의 지향적 세계에 따라 다소의 굴절과 변화가 있을지라도, 꿋꿋하게 이어져 온 그 무엇, 필자는 그 중의 하나를 서술시적 글쓰기 방식이라고 부르거니와 그것은 부(賦)나 가(歌) 또는 사(詞), 연작시 또는 장편 시 등 다양한 형식이나 이름으로 오랜 세월을 이 땅 사람들과 같이 했는바, 분명 호남 한시단의 한 특징임에 틀림없다. 그 전통은 눌재, 면앙정, 석천, 송재, 송천, 행당, 풍암, 백호, 옥봉, 다산, 초의, 황상, 경회 등에게까지 계승되어 면면히 이어져 왔다.

앞으로의 과제는 왜 이와 같은 서술시가 호남 한시 단에서 하나의 글쓰기 방식으로 굳어져 오랜 세월 지속되었는가를 명확히 밝히는 일이다. 또한 이들 서술시인들이 서술시적 상황을 어떻게 받아들였으며, 그 결과 어떤 시적 성과를 이루었는지, 그것이 다른 지역, 같은 상황의 다른 시인들의 시와는 어떤 낙차를 보이고 있는지 등을 설명해 내는 것이다.

다시 말해서 상황 인식의 차이에 의한 서술시인들이 실현해 낸 낙차와 미학적 가치를 밝혀내는 작업이 뒤따라야 한다는 말이다. 물론 이와 같은 작업은 지역 정신문화의 의의를 밝히는 작업의 일환으로서 뿐만 아니라 지역 발전의 자양이나 질료가 되어야함은 재언할 필요가 없겠다.

또한 다산의 뒤를 이어 호남 한시 단 풀이시의 전통을 부(賦) 문학 32 편으로 훌륭하게 계승한 치원 황상이나 서술시를 통하여 호남 풀이시적 서술시의 맥을 이은 근세의 경회 김영근에 대한 연구 및 현대시와 가사 시로의 계승 관계 등에 대한 연구를 기대해본다.

호남시단과 도연명

1. 서언

조선시대 중기 학문이나 문장으로 이름을 날렸던 문명가 중에는 호남인들이 많았음은 허균의 〈성소부부고(惺所覆瓿藁)〉 등을 통하여 주지하는 사실이다.

특히 중종 대에 박상 형제, 최산두, 미암 형제, 양팽손, 나세찬, 임형수, 김인후, 임억령, 송순, 오겸 등을 비롯 뒤를 이어 박순, 양응정, 기대승, 고경명 등이 학문이나 문장에서 이름을 날린 배후에는 호남 지역에서 이어져 내려온 문학적 전통과 당대의 시대적 상황과 깊은 관련이 있다.

당시 조선은 연산군의 실정으로 정치기강의 해이와 관료의 부정 및 지방 서리의 가렴주구가 횡행하였다. 경제적인 면에서는 경제 질서가 깨어져 버리고 사경제(私經濟)의 발달 촉진과 그에 따른 병폐가 속출되었으며 특히 과전법(科田法)이 무너지자 지주들의 토지겸병(土地兼併)이 성행하여 병작제(並作制)가 보편화됨으로써 농민이 소유한 농토는 극히 적은 가운데 자영농이 줄어들어 백성들의 생활은 극도의 궁핍으로 치달았다.

뿐만 아니라 무오사화(1498) 갑자사화(1504) 기묘사화(1519) 신사무옥(1521) 을사사화(1545) 등으로 이어진 지식인들의 참화 및 세력쟁탈과 모함, 그에 따른 살육과 희생 또한 극심하였으니 이러한 혼란은 중국에서 동진(東晉)이 남조(南朝)·송(宋)과 교체되는 시기에 문벌사족들이 정국을 독점하고 군벌들이 권리를 쟁탈했던 현상과 크게 다를 바 없었다.

도연명은 바로 이러한 불합리한 사회 현실을 目睹하고 관리의 부패와 사회의 험난함을 깊이 느껴 〈귀거래혜사(歸去來兮辭)〉를 읊고 독선기신(獨善其身)의 유가사상을 귀은(歸隱)으로 실천했거니와 그의 귀거래의 실천과 〈귀전원거(歸園田居)〉〈이거(移居)〉〈회고전사(懷古田舍)〉〈음주(飮酒)〉 등의 전원 시편을 통한 순수한 전원에 대한 열망 및 〈도화원기(桃花源記)〉〈오류선생전(五柳先生傳)〉 등을 통하여 속세에서 벗어나 자연에서 초연하고자한 생활태도는 조선시대 선비들의 단순한 선망을 넘어선 흠모의 대상이었다. 이러한 도연명의 자세는 『중용』에서 말한 "君子素其位而行不願乎其外素富貴行乎富貴素貧賤行乎貧賤素夷狄行乎夷狄素患難行乎患難君子無入而不自得焉"[1] 곧 군자는 그가 처한 현재의 위치에 따라서 그의 도를 행한다는 말에 충실했던 것으로 인식되었다.

조선 선비들이 도연명을 흠모하고 숭앙한 것은 그의 귀거래를 통한 귀은의 실천이 돋보인 것이었거니와, 여기에는 이백(李白), 백거이(白居易), 맹호연(孟浩然), 주희(朱熹) 등 중국 문인들의 흠모적인 태도의 영향과 宋代 학자들의 호평도 크게 작용한 결과였다.

어쨌든 도연명에 대한 흠모 또는 존숭의 풍조는 호남시단이나 조선 시대에만 국한 된 것은 아니었다. 봉건시기에 중국의 일부 문인들이 득의할 때면 벼슬길에 나서서 조정이나 관청에 드나들다가도 실의 하였거나 조정에 불만이 있으면 전원에 은거하여 청고하고 담박한 생활을 하면서 자연경물을 벗 삼거나 시를 짓는 것으로 즐거움을 삼아 전원문학을 형성한 이래[2] 고려와 조선의 문인들은 자신과 시대가 상치할 경우 그것에 뜻을 같이 하는 사람들이 많아졌다

고려의 이인로(李仁老, 1152~1220)는 도연명의 오랜 전원생활 체험의 유토피아적 표현인 〈도화원기(桃花源記)〉에 영향 받은 작품을 『破閑集』에 남기고 있거니와, 영남의 이농암(李聾巖, 1467~1555), 이퇴계(李退溪, 1501

---

1 『중용』 14장.
2 위욱승, 『한국문학에 끼친 중국문학의 영향』, 아세아문화사, 1994, 135~137면.

~1570), 권송암(權松巖, 1532~1587), 박노계(朴蘆溪, 1561~1642)를 비롯한 많은 선비들도 도연명의 인격과 기절(氣節)을 숭상하고 그를 흠모하는 많은 시문을 남겼음은 두루 아는 사실이다. 평탄한 환계 생활을 보낸 퇴계까지도 〈陶山十二曲〉에서 '어듸가 든니다가 이제사 도라온고 이제나 도라오나니 년듸모음 마로리'처럼 귀거래는 특히 조선시대 양반의 간절한 동경이었다.[3]

그렇다면 조선시대 선비들은 어떤 이유에서 그렇게도 한결같이 귀거래를 동경하였는가? 그것은 물론 현실의 풍파 곧 당쟁에 근본적인 이유가 있었던바 앞서 말한 대로 귀거래가 연산군 이후 정치적 혼란기에 생활 동경이 된 것은 이를 뒷받침한다.[4]

물론 이처럼 귀거래가 생활의 동경으로까지 되는 데에는 토지에 기반한 생활근거가 확고하게 마련되어 있었기에 가능했음은 고려 문학인과의 비교에서 잘 드러난다. 고려 문인들은 생활이 토지에 근거한 것이 아니었던 까닭에, 그들의 문학에서 자연은 심화된 대상으로 나타나지 못한다. 그렇다면 귀거래는 완전한 현실의 도피인가? 아니다. 완전한 도피는 현실을 부정한 데서 나오는 것인데, 경국제민을 모토로 삼았던 조선시대 선비에게 귀거래는 경국제민의 뜻을 구하는 은구(隱求)요, 명철보신(明哲保身)을 꾀하는 독선(獨善)이었기에, 현실을 부정적 대상으로 여기며 무위(無爲)를 의지화한 죽림칠현(竹林七賢)의 현실 부정과는 다른 것이면서 동시에 도연명의 행위와도 차이가 있음을 알 수 있다. 도연명은 〈始作鎭軍參軍經曲阿作〉에서

目倦川塗異　강물 따라 타 고장의 풍경에도 싫증나고
心念山澤居　오직 산과 늪의 내 집 생각뿐이로다

---

3 최진원, 『국문학과 자연』, 성균관대학교출판부, 1977, 12면.
4 최진원, 위의 책, 14면.

望雲慚高鳥　뜬 구름과 높이 나는 새에게 부끄럽고

臨水愧遊魚　물에 노는 고기 보기 부끄러워라

眞相初在襟　본시 나의 뜻은 참된 삶에 있나니

誰謂形迹拘　어찌 외형의 세계에 구속 되리오

聊且憑化遷　잠시 변하는 시운時運따라 돌고 있지만

終反班生廬　결국 맑은 내 집으로 돌아오리다.

위에서 본 바와 같이 도연명은 6년여의 벼슬생활을 마감하고 귀은을 이상으로 여겨 다시는 현실의 정치 세계에 관심을 두지 않았다. 그는 귀은 한 뒤에 몸소 경작하여 생활의 밑천을 삼았으며 가난과 역경을 힘겹게 지키면서 농민과 가까이 했음은[5] 조선시대 대부분의 선비들이 현실세계에 뜻을 둔 채, 현자피세적인 청풍고취로서, 귀거래를 갈망한 전범이 되고도 남음이 있었다. 따라서 퇴계가 인경(人境)에 거처하되 스스로 시끄러움과 멀어진 도연명의 고풍(高風)을 탄앙(歎仰)한 것, 곧 속사(俗事)로부터 벗어나 마음속의 허정(虛靜)을 구한 도연명의 고절(高節)을 경모(景慕)한 것은, 퇴계 자신이 속사로부터 오염되려하지 않고, 순수자아를 지켜 가려고 한 모습이었다[6]는 지적은 매우 적절한 것으로 여겨진다.

이렇듯 고려로부터 조선에 이르기까지 많은 선비들이 도연명의 귀거래를 동경하여 그를 흠모하는 작품들을 수도 없이 남겼거니와, 특히 조선시대에 와서는 당쟁의 풍파가 거세짐에 따라 토지의 사유에 힘입어 현자피세의 귀거래가 크게 유행하였다.

그러나 현자피세의 귀거래도 따지고 보면 시대나 사람마다 차이가 있기 마련인데, 윤고산(1587~1671)의 경우 번언(煩言)과 적방(積謗)에 몰린 마음이 동서남북 그 어디에도 갈 수 없었기에, 마지막 선택으로 강호를

---

5 연세대학교 중국문학사전 편역실, 『중국문학사전』 2, 89면.

6 김태안, 「퇴계의 문학에 관한 一試攷」, 『퇴계학』 창간호, 안동대학교 퇴계학연구소, 1989, 114~122면.

찾지 않을 수 없는 경우가 있는가 하면, 정송강(1536~1593)처럼 귀은을 동경할 따름이지, 결코 실천으로까지는 옮기지 아니한 경우도 있었다.

이처럼 도연명의 귀거래 정신은 조선시대 선비들에게 영향을 끼친바 적지 않았을 뿐만 아니라, 그 귀거래의 성격도 다양했기에 접근하는 방법이나 태도에 따라 여러 성과가 찾아질 것임은 두 말할 필요가 없겠다.

본고에서는 이상과 같이 오랜 기간 동안 여러 사람에게 영향 작용한 도연명의 귀거래 정신 가운데 호남시단에 끼친 영향을 중심으로 그 성과를 살펴보려 하거니와 그 이유는 조선시대 호남의 선비들은 사화 등 정쟁이 심화되자, 귀거래를 실천하여 光·羅·長·昌이라는 지역적 연고를 중심으로, 승경지에 누정을 건립한 뒤, 사람을 부르고 그들을 중심으로 시단을 형성하여, 서로 왕래하면서 강학은 물론, 수많은 시문의 제작을 통하여, 훌륭한 작품과 인물을 배출하여, 국난의 극복과 함께 조선시단을 풍성하게 만들었기 때문이다.

호남시단을 말할 때 한시단과 국문시단으로 나눠 말들 하거니와 어느 경우든 눌재 박상의 영향은 지대했다. 왜냐하면 한시 단을 이끌었던 석천 임억령과 국문시단의 대표적인 면앙정 송순은 모두가 눌재의 문하였기 때문이다.

본고는 한시 단을 중심으로 도연명이 호남 시단에 끼쳤던 영향을 살펴려 하거니와, 국문시단의 경우는 면앙정(1493~1583)-송강(1536~1593)-고산(1587~1671) 등이 각기 나름대로의 귀거래를 갈망했을 뿐만 아니라, 훌륭한 시가 작품을 통하여 귀거래의 의지를 표명했지만 같은 자리에서 함께 논의할 공통항이 부족하는 등 별도의 연구를 요하기 때문이다.

한시단의 경우 눌재, 석천, 하서가 중심인물이거니와 그들은 학맥에서 점필재(佔畢齋) 김종직과 직·간접으로 연결된다는 공통점을 지닌다. 눌재(1474~1530)는 호남사림의 대표적 3맥 가운데 하나를 이끈 인물이며, 석천(1496~1568)은 강남의 사종(詞宗)으로 추앙받는 등 3,000여 수에 가까운 한시를 남겼으며 식영정 시단을 이끌면서 조선중기 한시 단을 풍요롭게 빛냈는데, 점필재의 문하 최부의 제자인 임우리에게서 수학하는 등 도학자적 자세를 가풍으로 이어받아 지닌 인물이다.

하서(1510~1560)는 문묘(文廟)에 배향된 18현 가운데 유일한 호남인으로 김굉필의 문하 최산두의 제자로서 많은 한시문 제작은 물론 성리학 이론에 밝아 기대승과 송강 정철에게 영향을 주었을 뿐만 아니라, 기묘명현의 원한을 개진하는 등 올곧은 선비로서 추앙된 인물이다.

이렇듯 눌재, 석천, 하서는 도학의 종장인 김 점필재와 관련을 맺는 인물이면서 호남 사림의 중핵지인 광·라·장·창에서 거의 동시대에 활동하면서 많은 제자를 배출했을 뿐만 아니라, 조선시대 호남사림의 대표적 인물이었으며 호남시단에서 우뚝한 업적을 남겼음은 물론 공히 도연명을 흠모하고 존숭하여 귀거래의 정신으로 현실을 극복하려 했다는 공통항을 지닌다. 이제 장을 달리하여 도연명에게 영향 받은 이들의 귀거래에 대한 인식과 그에 따른 시세계의 일단을 살펴보기로 한다.

2. 눌재의 귀거래 염원과 자연친화의 시 세계

사림의 종장 점필재에 의해 동국삼박(東國三朴)의 한 사람으로 불려졌으며 퇴계 등으로부터 기묘완인(己卯完人)으로 추숭된 눌재 박상(1474~1530)의 자는 창세요 호는 눌재인데 시호는 문간(文簡)으로 충주인이다.

증조고대까지 송경(松京)에 세거했는데 조고대에 충청도 회덕으로 이주했다가 고(考)가 수양대군의 왕위찬탈(1455)이 일어나자 벼슬길을 포기하고, 처향(妻鄕)인 광주 방화동(芳花洞) 봉황산(鳳凰山) 아래로 이거했으므로 눌재는 광주에서 태어났다. 포은, 야은으로 이어지는 유현연원(儒賢淵源)의 정통을 잇는 점필재 김종직의 문하인 백씨(伯氏) 박정(朴禎)으로부터 글을 배워 연산군 2년(1496)에 생원이 되고 1501년 정시을과에 급제한 뒤 교서관정자를 비롯 나주목사 등을 역임, 27여 년 동안 관직 생활을 하고 청백리에 녹선되었는데 성현(成俔), 신광한(申光漢), 황정욱(黃廷彧) 등과 함께 서거정(徐巨正) 이후의 사대(四大) 문장가로서 뿐만 아니라『東國史略』을 저술한 사가(史家)로서 국사의 보급에 기여했다는 평가를 받고 있다.[7]

이처럼 관리, 학자, 사가, 시인이었던 눌재는 출사 생활 중 목민의 자리와 학문하는 학자의 입장에서 때로는 작시(作詩)하는 시인이 되어 많은 시를 남겼다. 그는 620題 1,164수의 시를 제작하였는바 그것들은 대체로 내면적 여과를 거친 차분하고 완곡한 서정을 근간으로 하고 있다.[8] 눌재는 학맥상 의리 실천의 기풍(氣風)과 친숙해져 있었거니와 그의 제자인 임억령, 정만종(鄭萬鍾) 등도 의리를 중시한 도학자로 유명하다.

눌재는 송흠, 최부와 더불어 호남 사림의 3맥 중의 하나를 열었던 인물일 뿐만 아니라 의리를 중시한 도학자로서도 명성이 높았다. 눌재의 의리 중시 경향은 33세 때인 전라도사 시절 우부리(牛夫里)를 장살(杖殺)한 사건에서 확인된다.

그의 행동은 관리로서의 무사봉공(無私奉公)의 정신에서 나오거니와 중종 10년(1515)에 순창군수 김정(金淨, 1486~1521)과 함께 올린 〈청복고비신씨소(請復古妃愼氏疏)〉는 도학적 의리관의 형성에 공헌을 했을 뿐만 아니라 기묘사화(1519)의 원인(遠因)이 되었으며 이 사화는 사림정신으로서의 의리 중시 및 그 실천정신의 형성에 큰 영향을 미쳤다.[9]

이와 같은 눌재의 시문학은 현실인식에 민감한 작자의 비판적인 자세가 시적으로 표현되었다는 평을 받거니와 귀거래의 염원이 역력한 시들은 자연친화의 서정이 그런 식으로 발전되어 표출되었다.[10] 물론 이상과

---

7 朴翼煥,「訥齋의 生涯와 史學史上의 位相」,『눌재 박상의 문학과 의리 정신』, 광주직할시, 1993, 14면.

8 朴焌圭,「눌재 박상의 시문학 논고」, 위의 책, 147면.

9 尹絲淳,「朝鮮朝 義理思想 形成과 訥齋」, 위의 책, 18면.

10 박준규, 앞의 글, 164면.

배치되는 암울한 시대 상황에 눌리어 몇 번씩 유배와 외직 생활을 해야만 했던 그에게 술과 시는 더할 나위없는 배출구였음 또한 사실이다.[11] 눌재는 사화를 몰고 온 정치현실에서 환영받지 못한 처지였는데 그것은 오랜 관직생활을 주로 외직에 종사했음에서 확인된다. 그는 애민의식에서 목민(牧民)의 뜻을 이루고자 했을 뿐 출사에 대해선 별반 흥미가 없었다.

또한 삭직되고 귀양 간 지음(知音)들에 대한 그리움과 자연을 벗하고 전원에 은거하고자 했던 소망은 자연 귀거래에의 염원과 관직을 버리지 못함을 한탄한 시편으로 나타나게 되었는데 이 경우 도연명의 삶을 모방하거나 그에 대한 전고수용(典故收用)이 잦아져 시어에서도 도촌(陶村), 오두미(五斗米), 팽택령(彭澤令), 귀거래(歸去來) 등의 시어들이 많이 나타난 결과를 가져왔다. 눌재의 도연명에 대한 경도는 49세(1522) 때 『도정절문집』을 발간하고 그에 대해 발문까지 썼던 사실에서 단적으로 확인된다. 「눌재집」에는 〈기서적암〉〈술회〉〈송정한림파관남귀〉〈봉수석천운〉〈숙낙동역〉〈화적암운〉〈재유탄금대〉 등 벼슬살이에 대한 후회와 귀거래에의 염원을 내용으로 한 시편들이 적지 않다.

官作私田養一家	나라 것을 개인 것 인양 집안을 양육하니
聖恩如海浩無涯	성은은 바다처럼 끝없이 넓기만 하여라
三年報政何功効	삼 년 동안 벼슬살이 무엇을 했는가
萬目叢嗔幾譴訶	만인의 눈동자가 모두들 꾸짖는 듯하구나
告病共疑遲解綬	병가를 아뢰니 벼슬길에 미련 있다 하지만
行迷曾悔緩回車	길 잘못 들어 일찍 수레 돌리지 못함 후회하네
舟搖搖以輕颺去	배 흔들거리며 가벼운 바람에 불려 갔나니
彭澤淸風豈不嘉	팽택의 맑은 바람이 어찌 좋지 않으리

---

11 김성언, 「눌재 박상시대의 어둠과 문학적 초극」, 한국한시학회, 『한국한시작가연구』 4, 태학사, 1997, 122면.

〈무제〉라 제목한 7언 율시 2수 중 첫 번째이다. 도연명의 〈귀거래사〉 가운데 '주요요이경양 풍표표이취의'를 연상케 하는 시상의 전개가 눈에 든다. 함련(頷聯)의 표현으로 보아 1508년 35세로 임피현령으로 나갔다가 3년 만에 병을 이유로 〈술회〉 시를 남기고 광주 향리로 돌아온 때의 일로 짐작된다. 눌재는 벼슬살이가 뜻대로 되지 않고 어버이가 연로하여 봉양을 바라고 임피현령을 바랐는데, 공사에 청렴하고 명철하여 3년 만에 훌륭한 행정을 실현하였다.[12] 따라서 함련은 겸양적인 표현이 아닐 수 없겠는데 "만인의 눈동자가 모두들 꾸짖는 듯하구나"에서 보듯 그의 愛民하는 마음을 엿볼 수 있다. 경련(頸聯)은 경국제민(經國濟民)하고자 하는 조선 시대 선비의 겸선(兼善)과 현실 세계의 여의치 못한 괴리에서 나온 갈등을 말했는데 그러한 연유로 미연(尾聯)의 설자리를 자연스럽게 만들어냄으로써 의도했던 주지(主旨)를 곡진하게 나타내는데 성공하고 있다. 팽택은 도연명이 현령을 지냈던 고을 이름이거니와 도연명처럼 벼슬을 그만두고 귀거래 하고픈 자신의 심정을 드러내었다.

실제로 눌재는 이때 벼슬을 내놓고 향리로 돌아왔다. 이 시는 표현수법은 물론 분위기 등에 있어서조차 도연명의 〈귀거래사〉를 연상시키고 있어 눌재의 도연명에 대한 흠모의 정도가 어떠했는지 짐작케 한다. 다음의 여러 작품에서 눌재의 귀거래에 대한 동경은 쉽게 발견된다.

예컨대 〈경오귀원〉의

公不收將留負郭　벼슬에 맞지 않아 기름진 밭에 머무르려니
玆生俯仰出飢寒　이 인생 이러구러 굶주림은 면하겠네

〈기서적암〉의

食已浮人猶未罷　녹을 먹는 일 아직도 그만 두지 못하니

---

12 『눌재집』, 「연보」.

歸來何日釋公袍 어느 날 돌아가서 관복을 벗으리오

〈和高宜寧〉의

悔殺歸來晩 귀거래 늦음을 크게 뉘우치노니
田園草鬪新 전원에는 풀들이 다투어 새로우리

〈錦江吟〉의

秋日燥昭如闕里 가을 날씨는 闕里처럼 맑고 건조한대
暮江平淡似陶詩 저녁 강의 평담함은 도연명의 시 같구나

〈東峯山人, 山居百絶〉의

南山更種淵明豆 남산에 다시 콩 심으니 도연명의 콩이라
帶月歸來亦荷鋤 그를 닮아 호미 메고 달빛 아래 돌아오네

위에서 본 바와 같이 눌재는 관직에 나간 직후인 서른 중반부터 줄곧 귀거래를 외쳤지만 실제로 귀거래를 실천한 것은 앞서 말한 바와 같이 37세 때 임피현령을 그만 두고 향리로 돌아간 것이 처음이자 마지막이었다. 그렇다면 그가 왜 그렇게 귀거래를 동경한 것일까? 그것은 다름 아닌 자신의 의지와는 상반된 부정적이며 모순투성이인 정치현실을 극복하기 위한 방편으로써 정치 현실과 대립항인 전원을 찾았던 것이며 그 결과는 자연과의 친화를 가져와 도학자로서의 심성을 기름은 물론 모순된 현실의 고해를 슬기롭게 건너는 안식처를 마련할 수 있었다.

憔悴中原忽四年 충주에서 초췌하게 지낸 4년의 세월

故園歸興日悠然　고향으로 가고픈 생각 날로 더 하네
架書欠主新魚出　시렁의 책들에선 주인 없어 좀이 나고
墻笋尋人舊壁穿　담장의 죽순은 사람 찾느라 벽 뚫겠지
廚傳不堪筋力內　객지의 몸이라 음식은 근력에 부족하고
帽賜應落物論邊　무능하다는 허물 사람들 입에 오르리라
芭蕉葉大蕪菁長　파초 잎은 커지고 순무도 자랐을 것이니
月滿前川理釣船　앞 내에 달빛 데리고 낚싯배 손보리라

〈술회〉인데 48세 때 충주목사가 되었을 때 그 당시 눌재는 김세필(金世
弼), 김안국(金安國)과 더불어 강학했다. 파초, 순무, 만월, 낚싯배 등과 더
불어 지내고픈 자연친화의 의지를 잘 드러내고 있다. 도연명이 귀거래를
단행하여 정치 현실에의 불만과 모순을 시와 술을 통해 해소했던 것처럼
눌재 또한 술과 시를 좋아했다. 하지만 눌재는 술과 시 외에도 도연명을
통하여 자연과의 친화와 귀전원의 동경으로써 그 나름만의 서정적인 시
세계를 개척할 수 있었다.

孤憤祇憑詩裏遣　외로운 울분은 오직 시로써 삭혀내고
苦心時向酒邊恢　괴로운 마음은 때때로 술로써 푼다네
西風無限平生意　평생 지닌 무한한 뜻이라니 서풍 속에서
朗咏淵明歸去來　도연명의 귀거래사 낭랑히 읊는 것이라네

〈화귤정운〉인데 도연명을 통하여 자신의 입장과 처지를 달래고 있음
은 물론 그렇게 해서 나름대로 자연과 밀착된 서정적 시 세계를 개척하
고 있음이 주목된다. 조선시대 선비의 모토인 경국제민의 소망이 좌절되
고 조광조 등과 실현하고자 애썼던 지치의 이상이 산산조각 났을 때 과
연 그는 무엇을 의지하여 실패의 울분과 시대의 아픔을 분출할 수 있었
겠는가. 다름 아닌 바로 그 자리에 도연명의 귀거래가 先 경험의 세계로

써 존재하였고 무상한 정치 현실과는 너무나도 대조적인 만고불변의 자연이 그를 품어주었다. 그의 자연 친화적인 시 세계는 그런 연유로 열렸던 것이다.

3. 석천의 귀거래 의식과 갈등 해소의 시 세계

석천 임억령(1496~1568)의 자는 대수(大樹)요 호는 석천 또는 하의도인(荷衣道人)으로 선산인이다. 6대조 만(蔓) 때 전남 영암으로 옮겨와 살다가 해남으로 이거하였는데 석천은 해남에서 태어났다. 고(考) 우형(遇亨)은 이조판서를 증받았으며 숙부 우리(遇利)는 점필재 김종직의 제자인 금남 최부의 문하로서 학식과 덕망이 남달랐는데 석천은 숙부를 통하여 도학의 정통과 접맥되는 등 숙부의 영향을 다대하게 받았다.

또한 석천이 일찍이 부친을 여윈 까닭에 그의 모친은 눌재 박상과 육봉(六峰) 박우(朴祐)의 문하에 그의 동생 백령과 함께 들어가 수학하게 했는데 그때 눌재는 석천과 그의 동생 백령의 인물됨이 다름을 보고 석천에게는 『장자』를 가르쳐주면서 '큰 문장이 될 것'이라 했으며 백령에게는 『논어』를 가르쳐주면서 '족히 큰 벼슬을 하리라'했는데 그 예언은 적중했다.

석천이 눌재와 만난 것은 당시 호남 사림의 본류인 光·羅·長·昌으로 합류한 것이었는데 석천에게 있어서 눌재는 단순한 학문적 스승이 아니라 정신적 지주와 같은 존재였다. 두 사람의 관계에 대해서는 『눌재집』과 『석천집』에 잘 나타나 있거니와 눌재가 도학자로서 지녔던 인품과 의리와 명분을 중시한 학문적 소신은 석천의 인격 형성에 큰 영향을 끼쳤다.

석천의 인물됨에 영향 작용한 또 한 사람은 외숙부 박곤(朴鯤)이다. 전주통판을 지낸 박곤은 임진왜란 때에 구국의 선봉장이었던 회재(懷齋) 박

광옥(朴光玉)의 부친으로 학문과 인품이 뛰어나 석천에게 늘 아버지 역할을 해주었던 존재였다.[13]

석천의 소탈하고 세속에 구애받기 싫어한 성격과 앞서 말한 스승들의 가르침과 그들의 영향은 석천의 시학 형성에 크게 작용하였는바, 소위 시형식에서의 자유로움 추구, 현실적 생활인의 모습발견, 당대 보편적 관심사의 지향, 사사로운 개인적 문제의 관심 지양, 애국애민 정신의 발현 등이 그것이다. 석천은 중종 20년(1525)에 병과에 급제한 뒤 관직에 나아가 사간원 사간과 홍문관 응교 등을 거쳤으나 영광군수, 강원도 관찰사, 담양부사 등 주로 외직을 거치는 동안 민중의 삶과 벼슬길의 풍파를 직·간접으로 체험하면서 현실의 모순과 불합리에 염증을 내기 시작했다.

특히 기묘사화(1519)로 수기치인의 실천 철학을 내세워 실의 모순과 불합리를 개혁하고 바로 잡고자 했던 도학파가 철퇴를 맞고 이의 파장으로 스승인 눌재가 타격을 받게 되자 벼슬에의 흥미가 점점 멀어졌다. 31세 성수침(成守琛)의 청송당에서 지은 〈청송당기〉에서는 자잘한 기교로써 꾸며대는 인위의 부자연함을 지양하고 자연스런 성정의 드러남 곧 천연(天然)의 음률관(音律觀)을 훌륭히 피력했거니와 이는 그의 처세관이자 문학관으로서 시종여일 그와 함께했다. 동생 백령이 문정왕후의 힘을 믿고 윤원형 등과 함께 을사사화(1545)를 일으키려 했을 때 금산군수였던 그는 사화의 부당함과 명분 없음을 지적하면서 가담을 극구 만류했으나 끝내 듣지 않자 "호재한강수 안류막기파"의 〈무제〉시를 읊으며 금산 군수를 그만 두고 향리에 은거한 사실은 유명하다.

또한 퇴계 이황과 논쟁했던 시 창작 방법론 역시 석천의 천연天然을 강조한 음악관과 문학관을 잘 대변해주거니와 『퇴계선생문집』에 있는 〈희임대수견방논시〉가 그것이다. 석천의 인물됨과 문학관은 당대의 주류인 성리학적 문학관에서 상당히 진보된 것으로 이른바 조선 후기에 본격적

---

13 박준규·최한선, 『속세를 털어버린 식영정』, 태학사, 2000, 8면.

으로 대두된 문예주의적 문학관을 실천했다는 시사적인 위치를 점한다. 이른바 석천의 기질과 호남사림의 영향은 모순된 현실을 비판하고 그것을 극복·시정하려는 문제의식과, 제한된 세계로부터의 개안을 가져와 문예주의적 문학관을 형성하였고 그것의 실천 행위는 〈송대장군가〉와 같은 서사한시의 제작으로 나타났다.

석천의 또 다른 변모는 62세(1557) 때 담양부사로 내려온 뒤부터 본격적으로 발휘되기 시작한 平하고 自한 서정시 세계의 구축이다. 『장자』의 息사상을 수용한 성산의 식영정과 서하당 생활은 호남 시단은 물론 조선시대 누정시의 진수를 탄탄하고 심대하게 뿌리박은 단초가 되었다. 그는 이곳에서 식영정 시단을 이끌며 송강, 서하당, 제봉 등과 더불어 성산의 사선으로 자임하면서 주옥같은 누정시문을 남겼는데 이는 당시의 한시단을 살찌움은 물론 〈성산별곡〉과 같은 훌륭한 국문시가 탄생의 자력이 되었음은 재언을 요치 않는다.

그의 문하에는 고경명, 김성원, 양응정, 박순, 기대승, 정철 등 당대의 걸출한 인물들이 출입하였다. 이와 같은 석천의 시는 크게 서정시와 서사시로 구분되거니와 귀거래를 동경하는 시편들은 대부분 서정시에 속한다. 앞서 소개한 석천 시학의 형성에는 많은 사람의 영향이 있었는데 그 중에서 도연명의 경우는 더욱 강력한 것이었다.

常思元亮愛幽廬　도연명은 항상 오막살이 사랑하여
環堵蕭條草不除　둘러친 담에 자란 잡초 베지 않았네
不向塵中爲俗吏　세속을 향해 벼슬아치 되지 않고
便歸山下作潛魚　문득 산하 들어 잠긴 고기 되었네
春來細柳開名酒　봄이 오면 버들 아래선 좋은 술 마시고
風滿晴牕讀古書　시원한 창가에선 옛 글을 읽었다네
多少高風安可仰　여러 멋진 풍취를 어찌 다 바라리요
懶心君與此翁如　게으른 마음의 이 늙은이 그대와 같기를

〈차계소운〉이란 제목의 3수 가운데 첫 번째이다. 언뜻 '게으른 마음의 이 늙은이 그대와 같기를'에서 보듯, 도연명의 현실 불고적 처세를 그리워하고 부러워한 것처럼 보인다. 하지만 '문득 산하 들어 잠긴 고기 되었네'라고 했듯이 도연명의 이름이 잠(潛)인 것에 착안, 도연명은 물에서 놀아야 자연스럽다는, 이른바 앞서 얘기한 『중용』의 말을 하고 있다. 그렇게 볼 때 도연명이 자연에 귀거래한 것은 앞서 말한 『중용』의 내용과 같이, 처한 곳에서 낙도하는 이른바 물고기가 물속에 잠긴 것처럼, 지극히 자연스런 조화의 세계를 얻은 것이 된다. 달리 말해서 도연명의 의지가 귀거래였는데 그가 그것을 실천한 것은 자연스런 세계요 조화의 세계에 든 것이다. 도연명의 정치 사상은 유가의 치국평천하에서 우러나온 것이었으며 그의 귀은(歸隱)은 공성신퇴(功成身退)나 독선기신(獨善其身)의 실천인데 순자연(順自然)은 유가의 낙천지명을 발전시킨 것이다.

석천은 도연명의 현실과 이상의 조화로운 실천적 행위에 영향 받아 그 나름의 낭만적 정서를 형성할 수 있었다. 그러므로 그의 시 세계 속에서 자주 드러나는 귀거래의 표명은 진정한 자연에의 몰입이 아니라, 자신의 의지와 현실 세계와의 조화를 하고픈 의지 바로 그것의 다른 표현이었다.[14]

경국제민의 이념에 충실해야할 사대부로서 특히 의리와 명분을 추구하는 도학자적 입장에서 현실세계가 이데올로기의 지향세계와 조화·합일되기를 바라는 것은 간절한 소망일 것임에 틀림없다. 그런데 현실은 그러질 못하고 가망이 없어만 보일 때, 정치가이자 시인인 석천은 이미 조화의 경지에 도달한 도연명이 어찌 부럽지 않았겠는가?

석천이 도연명으로부터 얻었거나 얻고자한 것은 다름 아닌 현실적 모순과 문제의 해결을 위한 어떤 방편이었다. 요컨대 석천은 당대 현실에 대한 불만을 효과적으로 해소하기 위한 방편적 차원에서 도연명의 귀전(歸田)을 동원한 것이라 여겨진다.

---

14 최한선, 「석천 임억령 시문학 연구」, 성균관대 박사학위논문, 1994, 35~40면.

四月山風吹翠巒　사월의 산바람이 푸른 뫼 부리에 부니
落花隨水到人間　떨어진 꽃이 물 따라 속세에 이르렀네
深知不及陶元亮　도연명에 미치지 못함을 깊이 깨닫노니
一宿山中便出山　산중에 하룻밤 쉬었다가 다시 나왔네

〈차고운서암소절운〉의 두 수 가운데 첫 번째이다. 석천 스스로가 도연명처럼 귀거래를 감행하여 전원에서 생활할 입장이 아님을 극명하게 나태내 보이고 있다. 석천은 자기보다 앞서 혼탁한 시대를 살았으며 결코 덜하지 아니한 부정과 부패로 점철된 모순투성이의 사회를 경험한 도연명이 스스로의 삶의 목표와 이상을 바꾸어 그것을 현실세계에서 전원을 통하여 실현해 옮김으로써 우뚝한 한 경지를 개척한데 대해, 부러움과 흠모를 지녔음은 당연한 것인지도 모른다. 따라서 석천 자신의 시대가 이상과 자꾸만 괴리되어진다는 안타까운 심정을 '도연명이 생각난다' '오두막살이만을 사랑했다'는 식의 시적 표현으로 드러낸 것이다.

석천이 당대현실에 충실하면서 유자(儒者)로서의 이념을 실행에 옮기려했을 때 혹은 조야(朝野)의 자유로운 몸이 정치현실을 객관적인 자세에서 바라다보았을 때 이념과 현실 사이의 괴리는 너무나 컸으며 따라서 발생되는 갈등 또한 심각했었다. 파란의 정치 소용돌이와 그에 따라 부침하는 지우(知友)들을 통하여 때론 그 자신의 직접적인 체험에서 체득된 현실극복의 시적 대응은 다름 아닌 귀거래 의식의 차용이었다. 하지만 석천의 시에서 귀거래는 그 세계의 몰입 곧 현실부정이나 망세(忘世)의 은둔이 아니라 은구적(隱求的)인 것이었다. 요컨대 귀거래의 표명은 현실적 갈등 해결의 한 방편이었다. 다음의 시를 이를 잘 대변해준다.

木葉晴天雨　나뭇잎에선 갠 하늘에 비 소리 나고
江濤白晝雷　강물에서는 대낮에 우레 소리 난다
天邊千萬峀　하늘가엔 온 산에 뫼 부리가 솟아있고

客裏兩三杯　나그네 된 신세는 몇 잔의 술이 좋아라
張翰蓴鱸興　장한이는 순채 국과 농어 회를 찾았고
陶潛歸去來　도연명은 귀거래를 실천했다네
茅齋廻白首　오막살이에 백수 되어 돌아왔지만
壯志未全催　장한 뜻은 완전히 꺾이지 않았다네

〈추춘잡영〉 15수 가운데 첫 번째인데 갑신년(1524) 강진에 있을 때의 작품이다. 보는 바와 같이 가을바람이 불어오자 고향의 고채(菰菜)와 순갱(蓴羹) 그리고 농어회가 생각난다며 오(吳)나라 장한이 大司馬東曹掾이라는 벼슬을 그만두고 고향으로 돌아간 사실과, 도연명이 '吾安能爲 五斗米折腰鄕里小兒耶'라 하면서 장차 있을 독우(督郵)의 팽택령(彭澤縣) 순행 이전에 현령직을 버리고 귀거래 했듯이, 자신도 고향에 돌아왔지만 그렇다고 장지(壯志)가 미전최(未全催) 곧 경국제민의 큰 뜻이 완전히 꺾인 것은 아니라고 하여, 도연명처럼 정치 현실을 불고(不顧)한 세계를 개척하거나 그런 세계에 몰입할 수 없음을 드러내었다.

〈야서〉의

江南有二頃　강남에 두 이랑의 밭 있으니
沮溺與耕耘　장저·걸익이와 함께 갈아보려네

〈이사〉의

宦味年年薄　벼슬 맛은 해마다 엷어져만 가는데
羈愁日日加　나그네의 수심은 날로 더해만 가네
何時岩畔宅　어느 때나 바위 가에 집을 지어
村老話桑麻　촌노들과 농사일을 얘기할거나

옥당(玉堂)에 있을 때의 작이니 30대 초반의 것이다. 『석천집』 부주(附註)에 따르면, 몇 달 사이에 세 번이나 이사를 할 만큼 주거가 안정되지 못했다고 한다. 불안하고 착잡한 심경을 앞에다 말한 뒤 이어서 위와 같이 마무리했다. 현실을 부정하고 사대부의 본분을 망각하지 않는 한 완벽한 귀거래를 실천할 수 없음은 그 자신이 너무나 잘 아는 바다. 때문에 '벼슬 맛은 해마다 엷어져만 가는데, 나그네의 수심은 날로 더해만 가네'라고 했지만, 현실의 포기는 결코 쉬운 일이 아니었다. 이념과 현실의 부조화로 빚어지는 갈등의 낭만적 해소가 바로 이런 류이다. 〈차고운서암소절운〉〈추촌잡영〉〈팔거현〉〈종제대노만사와열〉〈추성우죽재〉〈오작교〉 등에서 귀거래를 표명하고 있지만, 그것은 다음에서 보는 바와 같이 현실적 갈등 해소의 낭만적 수법이다. 그렇기 때문에 그의 귀거래는 한낱 구두선적(口頭禪的)인 것과는 구별된다.

吏散庭沙鳥印蹤　아전들 떠난 자리에 새 발자국 찍혔는데
杏花疎影月明中　살구꽃 그림자 듬성듬성 달밤에 비치네
白頭剛厭烏紗帽　백발에 오사모 쓰기가 정말 싫어서
客去而懸客至籠　손님이 가면 걸어 뒀다가 손님이 오면 쓴다네

〈차객관운〉인데 추성 곧 담양에서 지은 것이다. 얼핏 해학어린 시선까지 섞어 놓았을 정도로 그의 시가 넉넉해 졌는데[15] 그의 말년에 평담자율(平淡自律)한 시의 경지는 이렇게 해서 열린 것이었다.

15 김동준, 「석천 임억령의 생애와 시 세계」, 한국한시학회, 『한국한시작가연구』 4, 태학사, 1999, 430면.

4. 하서의 귀거래 실천과 성정의 깨달음

하서 김인후(金麟厚, 1510~1560)의 자는 후지(厚之)요, 호는 담재(澹齋) 또는 하서(河西)이며 시호는 문정(文正)으로 울산인이다. 하서는 모재 금 안국(1478~1543)에게서 『소학』을 배워 수기안인의 기본을 체득했으며 면앙정 송순(1493~1582)을 찾아가 가르침을 받았다. 특히 그가 신재 최 산두(1493~1583)의 문하에 들어 『초사』및 주자의 학설을 공부한 것은 김종직-김굉필-최산두-김인후로 이어지는 도학의 정맥을 이은 것이기에 그 의미가 큰 것이었다. 이와 같은 도학적인 접선은 자신이 가르쳤던 인 종이 죽은 이후(1546) 전원에 돌아와 학문에 침잠할 수 있는 기반이 되었 을 뿐만 아니라, 『주역관상편』과 『서명사천도』 등의 역작을 저술할 수 있 었다.

31세 때 별시 문과에 급제한 뒤 승문원 부정자, 세자시강원 설서, 옥과 현감 등을 지냈는데 인종이 죽자 건강을 이유로 약 5년간의 벼슬살이를 그만 두고 전원으로 돌아갔다.

전원에 돌아와서는 전북 순창의 점암촌에 훈몽재를 짓고 본격적인 학 문과 작시 생활에 들었다. 하서는 주돈이의 『태극도설』과 장재의 『서명』을 연구하여 그 이치를 터득 하였을 뿐만 아니라 기대승, 이항 등에게 태극 도설과 사단칠정 등에 대해 강론하였다. 특히 노수신이 정암(整庵) 나흠 순(羅欽順)의 〈곤지기〉설을 좇아 주자의 인심도심설(人心道心說)에 대하 여 다른 의견을 제시하고 〈인심도심변〉을 저술한 것에 대해 이의 잘못을 지적하였는데 이것이 퇴계, 고봉 등으로부터 호응을 얻었다.[16]

하서의 문하에서는 조희문, 양자징(양산보의 아들), 유경렴(유희춘의 아들), 변성온, 기효간, 정철 등의 걸출한 인물이 많았다. 『하서집』에 약 1,600여 수의 시가 있는데 그 가운데 5언 절구와 율시 및 7언 절구가 많은

---

16 박준규, 『호남시단의 연구』, 전남대학교출판부, 1998, 295면.

등 대체로 절구에 관심이 컸음을 보여준다. 하서가 활동했던 시기는 기묘사화(1519) 을사사화(1547) 등 파란규보(波瀾跬步)의 사화기로서 지음(知音)들이 불우하게 되거나 사림간의 살육이 극심한 때였다. 이러한 시대적 아픔은 그를 전원으로 돌아가게 하기에 충분했으며 거기다가 존현 낙도의 이상정 치를 기대했던 인종의 죽음은 그를 실의와 좌절의 구렁으로 몰아넣고 말았다.

하서는 자신의 열악한 정치적 기반으로 조정현실의 병폐를 척결할 수 없음을 깨닫고 결신행의(潔身行義)의 자세를 견지하고 옥과 현감으로 나아갔으나 곧 그만두고 인종에게 불사로써 충절을 보였다. 을사사화(1545)와 양재역 벽서 사건으로 요순의 정치를 보좌할 것으로 기대되었던 유망한 인물인 송인수, 이약빙 등이 죽임을 당하고 이언적, 노수신, 유희춘, 임형수, 백인걸 등이 귀양 가거나 부처(付處)되었으며 자기까지도 그 사건에 연루시키고자 했던 음모에[17] 극심한 회의를 느끼고 성균관 전적 공조정랑 등으로 불렀으나 나아가지 않았다.

하서는 고향인 장성에 내려온 뒤 양산보의 소쇄원, 송순의 면앙정, 성수침의 파산(坡山) 등 승경을 유람하면서 성정을 지키고 도학을 심화시켰는바 〈태극도설〉〈홍범설시작괘도〉〈가례고오〉 등과 관련한 입장 표명 또는 저술을 남겼으니 정쟁으로 혼란한 조선사회는 하서에게 학문과 문학에의 정진을 가져다 준 셈이 되었다.

이상에서 살펴보았듯이 하서는 정몽주-길재-김숙자-김굉필-조광조(김안국, 최산두)-박상-송순-김인후로 이어지는 학문적 배경을 지닌 정통 도학의 계승자였는데, 도학에 바탕 한 지치(至治)의 이상이 좌절되었을 때, 도연명의 귀거래 결행(決行)과 전원에의 의취는 상심한 자아를 위안삼아 출과 처의 자세를 합리화하는데 큰 힘이 되었으며 이때 전원은 인간 본연의 성정을 깨닫게 해주는 원천이었다.

---

17 조기영, 『하서시학과 호남시단』, 국학자료원, 1995, 39~40면.

『하서집』에는 〈화지주〉〈증내〉〈민장경구서구제화병〉〈독귀거래사〉〈음주〉 등 귀거래를 실천한 도연명과 관련한 시들이 다수 있다. 하서는 송대 학자들인 갈입방, 심구의 주장처럼, 도연명이야말로 전원으로 돌아온 뒤 결신행의하는 심성을 갖고 세상을 걱정하는 현실 대응의 감각을 잃지 않았으며, 성진낙지(成眞樂志)하고 초월적 달관적인 융화의 사상을 지녔던 인물[18]이라 생각했다.

다시 말해서 하서는 도연명의 귀전을 현실과 단절된 현실불고의 자세가 아니라, 현실극복의 한 방편이라고 이해했다. 이렇게 볼 때 호남시단의 경우 하서에 이르러서야 앞서 말한 바와 같은 『중용』의 말씀에 충실한 군자의 출과 처에서의 도연명적 실천을 만나게 되는데 그가 시에서의 도학자적 자세 또는 도학적 시 세계를 이룩한 것은 도연명을 매개로 한 것이었다.

君看野鳥處樊籠	그대는 조롱에 든 들새를 보았는가
擧首奮翼思輕飛	머리를 들고 날개를 펼쳐 날기를 생각하네
淵明晋代一高士	진나라 도연명은 우뚝 솟은 선비인데
暫守彭澤還來歸	잠시 팽택의 원님하다가 전원으로 왔다네
羞將斗粟向鄕兒	다섯 말 곡식이 부끄러워서 아이들에게 왔나니
落落豈肯爲人覉	커다란 뜻이 어찌 남의 구속 즐겨하리
田園欲蕪三逕荒	전원 우거지고 세 오솔길을 묶어가나니
昨來形役今知非	어제의 속된 삶이 오늘에야 그릇됨 알았도다
往者已矣來可追	지난 일은 갔나니 오는 것을 좇아야 하리
孤舟輕颺風吹衣	외로이 배는 움직이고 바람은 옷깃을 스친다
(…중략…)	
休休萬物共自得	만물은 각기 편안한대를 스스로 얻었으니

18 조기영, 앞의 책, 107면.

委心去留夫何希　가고 머묾을 자연에 맡겼으니 무엇을 바라리

登臨騷詠興盡回　강호에서 노래 부르고 흥이 다해 돌아오니

樂天知命世所稀　제 운명을 알고 즐기는 사람 많지 않으리

　　　　　　（…하략…）

〈독귀거래사〉의 두 수 중 36구로 된 것의 일부이다. 도연명이 팽택 원 님을 그만 두고 귀전한 것에 대해 낙낙한 고사의 자재한 모습으로 칭송하고 있는데 그 이면에는 자신도 옥과현감을 그만 두고 '가고 머묾을 자연에 맡긴 채' 그곳에서 성정을 깨달아 낙천지명하고자 하는 소망을 담았다.

　바로 그런 경지에서 '강호에서 노래 부르고 흥이 다해 돌아오니'의 흥취가 획득될 수 있는 것이다. 그러한 소망은 다음의 시에서도 확인된다.

鳥止止丘隅　새는 날다가 언덕 모퉁이에 멈추나니

人當知所止　사람들도 마땅히 멈출 바를 알지어다.

動止日用間　날로 쓰는 사이 움직임을 멈추어야 하고

靜止方村裏　작은 마음 안에 고요히 멈추어야 한다.

仁敬止君臣　인과 경은 임금과 신하 사이에서 멈추고

慈孝止父子　사랑과 효도는 부모 자식 간에 멈춘다.

事物各有止　사물은 각각 멈추어야 할 바가 있나니

得止斯可喜　멈출 곳을 얻어야만 가히 기쁘리라.

食止於充服　음식은 배를 채우는 데서 멈추어야 하고

寢止於晨起　새벽에 일어나면 잠자리를 멈추어야 한다.

君言酒當止　그대 말에 술을 모름지기 멈춰야 한다는데

止酒亦有理　술을 멈추는 데도 또한 이치가 있도다.

　　　　　　（…중략…）

一止渾憂樂　한번 멈추면 근심과 즐거움이 뒤 섞여지고

再止忘人己　두 번 멈추면 남과 자기를 잊어버린다

一一止於酒　한 번 한 번 마시는 것 멈추다 보면
此止我知矣　이로써 내가 알려는 바에 멈추게 되리라
不止未爲道　멈추지 않는다면 도를 행할 수 없고
止道無涯涘　도에 멈추게 되면 티끌세상이 없어지리니
奚止千萬祀　그 그침 어찌 천만년뿐이겠는가

〈화지주〉는 20수의 고시인데 도연명의 〈지주〉에 화답한 시로서 『대
학』의 지어지선적인 입장에서 '止'의 의미를 파악하고 있다. 새가 날다가
지치면 모퉁이에 날개를 멈추듯 사람도 마땅히 멈춰야할 곳, 이른바 자연
스러운 데에 멈춰야함을 말하기 위해 조인, 동정, 인경, 자효, 사물 등을
들고 나섰다. 시의 내면에는 도연명의 귀전이 마땅한 바에 멈추었으므로
'부지미위도 지도무애사'의 구절이 가능함을 담았다. 곧 '마땅한 곳에 멈
추지 않는다면 도를 행할 수 없고 도에 멈추게 되면 티끌 같은 세상이 없
어지리라'는 도학자적 신념을 표명한 경지가 열려 있다.
　이는 하서가 당시의 현실적 여건상 인간 본연의 성정을 깨닫기 위해서
는 귀전해야 함이 마땅하다는 귀거래의 당위성을 말한 것이면서, 귀거래
를 실천한 후에 해야 할 바의 의지적 표명에서 획득된 세계를 들어내 보
인 것에 다름 아니다. 도연명의 귀거래를 통한 전원생활을 모범적인 삶의
철학으로 여겼던 하서였기에, 인종이 죽고 을사사화가 일어나는 등 현실
세계가 더욱 혼탁해지자 자신이 멈춰야할 곳은 환해의 현실이 아님을 깨
닫고 그 대안으로 자연을 찾은 뒤, 전원적 삶에 귀속되어 도학 탐구에 침
잠했다고 사료된다. 그렇기 때문에 〈음주〉에서

往往賢達人　지난 시절 현사와 달인들은
謾自傲風塵　스스로 속세를 업신여기기 일쑤였지
中間靖節翁　중간에 도연명 같은 늙은이는
憂世心獨勤　세상을 근심하며 홀로 마음 졸였지

하서가 도연명을 동경한 것은 현실을 불고한 유령이나 완적 등의 죽림칠현의 부류와 다른 유학의 경전으로 무장된 인물임을 밝히고 있다. 이른바 고고한 선비가 세상을 근심한 나머지 결단적으로 택한 것이 전원이었다고 생각했다. 따라서

常恨淵明不遇時　때를 만나지 못한 도연명은 한탄하다가
經綸大志沒東籬　경륜의 큰 뜻을 동쪽 울타리에 묻었지
沈冥麴蘖非徒爾　술에 취한 이유 가볍지 않나니
誰識心懷堯舜期　요순 지치 그리는 마음 그 누가 알까

〈우음〉인데 단적으로 도연명이 현실불고의 무리가 아니라, 요순시대의 지치를 꿈꾸는 유학자임을 말했는데 이상에서 보듯 하서는 귀전이야말로 자기가 처한 현실의 제반 문제를 해결할 수 있는, 마땅히 멈춰야할 공간으로 결론짓고 도연명을 따라 귀거래를 실천하였던 것으로 사료된다.

　강호 곧 전원에 임하게 되었을 때 그로부터 발견되는 미, 그것을 일러 강호 자연미라 할 수 있거니와 하서의 경우 자연미의 발견은 도연명의 귀거래 정신으로부터 유래한 것이며 그런 미의식의 바탕은 주자학 이념이라고 하겠다. 이렇게 해서 순성정(順性情)을 깨달은 도학적 시세계가 열리게 되었다. 이것이 이른바 이경재도(以景載道)요, 인물명도(因物明道)의 세계인 것이다. 다시 말해서 하서의 도연명에 대한 수용태도는 주자의 도학관(道學觀)에 의해 해명되어지는 바, 그 일단이 일련의 도학적인 것으로써 형상화 되었는데, 그것은 인물기흥(因物起興)의 興뿐만 아니라 입도차제(入道次第)의 道를 중시한 태도라 하겠다. 요컨대 하서의 도연명을 수용한 시세계는 자연을 통한 興과 道의 발견, 성정의 깨달음 그것이었다.

道喪千年聖路湮　도 잃은 지 오래 되어 성현의 길 막히니
中天白日晦精神　중천에 빛나던 해도 정신을 감추었네

烟光幸帶斜陽照　연광은 다행이도 사양을 띠었는데

霽月東來意更新　동산의 달 오르니 뜻이 다시 새롭구나

〈吟詩景范仲明〉의 21수 가운데 열아홉 번째로 주자의 〈무이구곡〉 중 제 1곡의 해시(解詩)라는 부제가 명기되어있다. '중천의 빛나는 해와 동산의 떠오르는 달'의 비유가 새롭거니와 해(孔子), 달(朱子)의 상징을 통한 입도(入道)의 차제(次第)가 눈에 환히 그려진다. 전원에서 동산의 달을 대하는 기쁨과 그를 통한 학문에의 희망을 노래하고 있다.

君看九曲武夷歌　그대는 무이 구곡가를 보았는가

進學工夫不在他　진학공부는 다른 데에 있질 않네

次第分明須默會　次第가 분명하니 묵묵히 체득 하게나

桑麻雨露總中和　상마우로는 모두가 다 中和라네

앞서 보인시의 열여덟 번째 인데 '상마우로(桑麻雨露) 見平川(이슬 맞은 뽕과 삼이 평평한 들판에서 보이네)', 곧 인간세상의 모든 일이 중화(中和)라는 『중용』의 말씀을 주자적 입장에서 나름대로 수용하고 있다. 다시 말해서 천하의 대본인 中과 천하의 달도(達道)인 화(和)가 지극한 상태, 곧 치중화(致中和)하여 천지가 제자리를 찾고, 만물이 잘 생육되는 도[19]를 자연에서 발견한 것이다. 이런 상항에서 한 걸음 나아가 이룩한 경지는 〈천명도〉로 나타나는데, 그것은 한마디로 우주만물의 성정을 표현한 그림으로, 모든 문제의 근원은 사사로움에서 비롯하지만 정성껏 노력한다면 본연의 올바름을 알아낼 수 있다는 것이 그 요지이다.[20]

시인이자 철학자인 하서가 자연으로부터 일상의 조화로운 흥과 학문하

---

19 『중용』 제1장.

20 백승종, 『대숲에 앉아 천명도를 그리네』, 돌베개, 2003, 404면.

는 차제를 통한 도의 발견은 그의 시가 이룩한 독특한 세계이다.

巖壑空枯槁	산골짜기에 있는 메마른 신세
枝疎根亦微	가지 성글고 뿌리도 부실하네
移庭苦不發	뜰에 옮겨도 꽃이 피지 않더니
得雨晚能肥	비를 맞고서 늦게야 살이 올랐네
桃李繁華後	화려한 도리 꽃 다 진 뒤라서
氷霜心事違	빙상의 심사가 뒤틀렸겠구려
猶堪伴寂寞	하지만 적막 속에 짝 될 만하니
滿眼駐春輝	눈에 가득 담겨있는 봄빛이여

〈무신춘우거〉인데 산골짜기의 메마르고 부실한 매화로 시상을 일으켰다. 비를 맞아 살이 오른 매화는 작자 자신의 입장과 처지를 상징적으로 나타낸 것인데, 자신이 전원에 들기 전후의 학문적 수준으로 이해된다.

이어서 도리가 지고난 뒤 빙상 속에서 피어나는 매화로부터 계절의 순환이 자연스럽게 오는 것처럼, 학문 곧 입도의 차제가 점점 깊어지고 높아짐을 상징적으로 말하였다. 이는 달리 말해서 눈서리 속에서도 꿋꿋하게 피어나는 매화를 발견한 흥취의 기쁨과 자연의 순환을 통하여 학문하는 과정과 절차를 말하고 있는 하서 시의 미학이라 하겠다.

5. 결어

본고는 귀거래를 먼저 실천한 도연명의 영향을 받은 호남 시인들 가운데 도학의 종장으로 추앙된 점필재 김종직의 학맥과 관련이 있는 눌재 박상, 석천 임억령, 하서 김인후의 시 세계를 살펴 본 것이다. 조선시대 호남사림들은 강호 자연에 묻혀 시단을 형성하는 등 주옥같은 시문의 제작과 강학 및 학문 탐구에 전념하였다.

그들은 당대 사회가, 거듭되는 사화와 정쟁으로 인하여 불합리와 모순이 횡행하자, 『중용』에서 말한 〈군자소기위이행불원호기외〉의 자세에 입각하여, 정치에 몸담고 있을 때는 그 책무인 경국제민의 소임을 다 하려 애를 썼으며, 정치에서 물러났을 때는, 정치와는 무관한 자연을 찾게 되었는바, 그런 과정에서 도연명의 〈귀거래〉 실천과 의지가 흠모되었다. 그들은 나름대로 도연명의 귀전(歸田) 선험을 수용하여, 불합리한 현실에서 생겨난 문제와 그로 인한 갈등을 각자의 고유한 방법으로 해소하였다. 하지만 그들이 각기 다른 시 세계를 개척했지만 한 가지 공통점은, 현실의 문제를 외면하려는 태도보다는, 어떻게든 해결하려는 의지를 가졌다는 점이며, 그 문제나 모순의 해결은 서술시를 통한 풀이였다는 점이다. 다시 말해서 위에 든 세 사람들은 도연명을 흠모하고 존숭하여 귀거래의 정신을 수용, 실천하는 것으로서 모순투성이의 현실을 극복하려 했다는 공통항을 지니는데, 그들이 실현해 보인 시 세계는 다음과 같이 요약할 수 있겠다.

눌재는 기묘완인(己卯完人)으로 추앙된 인물이었다. 그는 사화 등으로 인하여 지음(知音)들이 삭직되거나 귀양의 불행을 당하자 도연명이 그랬던 것처럼 전원에 퇴거하여 자연을 배경으로 많은 시편을 제작하였다.

〈화귤정운〉 등에서 보여주듯 그가 전원에서 제작한 시들은 현실 인식에 민감한 그의 비판적인 자세가 반영된 것들이 많거니와, 자신의 의지와는 상반된 부정적이며 불합리한 정치 현실을 극복하기 위한 것, 곧 자연과의 친화에서 체득한 충분히 발효된 서정적인 시 세계였다.

석천은 호남의 사종(詞宗)으로 추앙된 인물인데 당대의 주류인 성리학적 문학관에서 상당히 진보된 문예주의적(文藝主義的) 문학관을 보여주었다는 평을 받는다. 그는 서정적인 시 세계를 통하여선 평담(平淡)하고 자율(自律)한 경지의 시 세계를 펼쳐보였으며, 서사 한시로써는 당대의 모순과 불합리를 고발하거나 그에 대항하는 참여시를 제작했다는 평을 듣는다.

석천은 도연명이 보여준 현실과 이상의 조화로운 실천적 행위에 영향을 받아 그 나름의 낭만적인 정서를 형성하였으며, 그로부터 현실 갈등의 해소적인 시 세계를 실현하였다. 석천은 그의 시 〈추춘잡영〉 등에서 보듯이 도연명처럼 정치 현실에 대한 불고(不顧)의 경지가 아닌, 현실적 갈등의 해소적 공간으로써 귀전원의 세계를 실천해 보였다.

하서는 모재 김안국과 면앙정 송순 그리고 신재 최산두의 문하로 호남 도학의 정맥을 이은 도학자이면서, 권력의 정상에 가까이할 수 있는 처지, 곧 인종의 사부(師傅)였다. 하지만 인종이 뜻밖에도 이른 나이에 세상을 뜨자, 그는 귀전원하여 학문과 시문 제작에 전념하였다. 그는 도연명의 귀전을 현실 불고의 자세가 아니라, 현실 극복의 방편으로 이해하였는데 그것은 朱子가 도연명을 이해한 자세에서 영향 받은 바이다.

어쨌든 앞서 밝힌 『중용』에 충실하여 군자의 出과 處에서 도연명의 실천을 만난 하서는 도연명을 매개로 하여 그 나름의 도학적 시 세계, 성정을 깨우친 시의 경지를 이룩하였다. 다시 말해서 하서의 도연명에 대한 수용태도는 주자의 도학관에 의해 해명되어지는바, 〈음시경범중명〉 등에서 그가 보인 일련의 시편들은 자연을 통한 흥(興)과 도(道)가 발견되는 시 세계였다.

천하의 대본인 중(中)과 천하의 달도(達道)인 화(和)가 지극한 상태 곧 치중화(致中和)하여 천지가 제자리를 찾고, 만물이 잘 생육(生育)되는 도를 자연에서 발견하여 시로써 실천한 인물이 바로 하서였다.

이상에서 보듯 도연명은 호남 시단의 주축 시인이었던 눌재와 석천, 그리고 하서에게 당대적 현실의 불합리와 모순을 해결하고 대응하는데 일종의 나침반 같은 역할을 하였다고 보여 지며, 이런 도연명의 영향은 굴원 등과 더불어 호남 시단의 여러 시인들에게, 비슷한 상황이 생길 때마다 일정량 지속적인 영향력을 발휘한 것으로 사료된다.

호남시가의 풍류

1. 서언

호남의 시가문학에 대한 연구의 집적물은 날을 더해감에 따라 질과 양 공히 훌륭한 업적을 쌓아 오고 있다. 개인적인 연구자에서부터 시작하여 단체 또는 학술연구소 등의 활동에 이르기까지 호남지역에 연고를 둔 작가나 작품에 대한 연구는 다른 여타 지역의 그것보다는 월등했음이 사실이다.

특히 시가 지어진 곳이기도 하고, 승지로서 시적 대상이 되기도 하였던[1] 누각과 정자를 중심으로 시회를 베풀고 시정(詩情)을 나누는 가운데 시단이 형성되고, 그 시단을 중심으로 수많은 제영(題詠)을 하는 등 왕성한 시작활동을 지속해온 호남 시단은 한국시가사 상 가히 절대적인 위치[2]를 점할 수 있을 만큼 훌륭한 시가문학인과 작품을 창출해냈다.[3]

그러면서도 마한의 집단가무로부터 시작되어[4] 오늘날까지 유구한 역사와 전통을 지닌 호남시단만이 지니는 멋이나 창작정신 나아가 호남시가만이 갖고 있는 독특한 시학의 규명에는 소홀했음 또한 부인할 수 없다. 호남시가가 생성된 이후 그것이 오랜 세월 동안 지속되어온 데에는

---

1 박준규, 「국문학상 樓亭文學의 비중」, 제34회 국어국문학 연구발표대회 초록(1991), 3면.

2 정익섭, 「호남문학의 원류」, 『改稿湖南歌壇研究』, 민문고, 1989, 9면.

3 광주 근처에만도 100개의 누정이 산재해 있으며 그 곳에서 창작된 시편은 이루 헤아리기 힘들 정도다(광주직할시편, 광주고전국역총서 『樓亭題詠』, 1992 참고).

4 정익섭, 위의 글, 11면.

그만한 원리라던가 규칙들 혹은 미의식에 기반 한 규범 같은 것이 존재했기에 가능했을 것이요, 바로 그 점이 여타 지역의 시가와 다른 독특한 점이기도 할 것이다. 따라서 눌재(訥齋)로부터 시작되어 면앙정(俛仰亭), 석천(石川), 사암(思庵), 송천(松川), 제봉(霽峰), 송강(松江) 등으로 이어져온[5] 호남시단에서 그 시학의 규명작업은 결코 소홀히 할 수 없는 우리의 과제가 아닐 수 없다.

본고는 호남시학 정립 작업의 일환으로 우선 호남시가에 표방된 풍류(風流)의 양상에 대해 그 일단을 고찰하려는 데에 그 목표를 두었다.

일반적으로 풍류를 표방하고 있는 시편들은 산수시가(山水詩歌)가 대부분인데 풍류에 대한 인식의 차이로 인하여 도학자의 시가작품에는 풍류가 없다는 오해까지 불러오기도 한 바 있다. 예컨대, "영남에서 이언적, 이황, 조식 등이 나와 도학(道學)에 힘쓰면서 사림문학의 새로운 기풍을 일으킬 때, 호남에서는 이에 호응하는 움직임이 두드러지게 나타나지 않았다. 호남은 도학보다는 풍류를 앞세우는 고장이어서 한시를 지어 심상의 도리를 찾고자 하지 않았으며……"와 같은 조동일 교수의 지적[6]은 자칫 도학과 풍류는 조화될 수 없는 것으로 인식될 우려가 있거나, 또는 도학자의 시에는 풍류가 없다는 오해는 물론, 도학자의 사림문학이 풍류문학보다는 우월한 개념으로 잘못 이해될 소지가 다분한 것이다.

도학자인 퇴계의 시에도 풍류가 있고[7] 율곡의 〈고산구곡가〉[8]에도 풍류가 있음을 볼 때, 풍류는 호남시단의 전유물이 아니라, 상심(賞心)과 상자연(賞自然)을 바탕으로 하는 산수문학에 두루 존재하는 시적 형상화의 한 기교 또는 미의식의 발로임을 간과해서는 곤란할 것이다.

---

5 임형택, 「石川集解題」, 『石川集』, 驪江出版社, 1989, 16면. (이하의 『石川集』 인용은 본서에 근거함.)

6 조동일, 『한국문학통사』 2, 지식산업사, 1983, 384면.

7 최진원, 『국문학과 자연』, 성균관대출판부, 1981, 48~49면.

8 김병국, 「고산구곡가 연구」, 성균관대 박사학위논문, 1990, 109~122면.

또한 김사엽교수처럼 풍류를 인물 즉 작가의 인물됨에만 한정시켜 말할 경우 이 역시 풍류에 대한 편협 된 인식에서 기인한 것이라 생각된다.[9] 시에서의 풍류란 나중에 상론 하겠거니와 작가의 기질과 시인으로서의 역량이 조화를 이루어 내는 멋이란 점을 소홀히 해서는 곤란할 것이다.

이런 점에서 한국 산수시가 전반에 나타나고 있는 풍류에 대하여 그 개념을 분명히 하고, 그 시대적 의미의 변화를 살핀 다음, 호남시가 문학에 나타난 풍류의 양상을 석천과 송강을 중심으로 살펴보기로 한다. 호남시가에 나타난 풍류를 살피려는 이번 작업에 석천과 송강을 대비한 것은, 두 사람이 사제지간으로서 환로 역정과 활동 공간에 있어 많은 공통점을 지녔으면서도, 서로의 기질과 가치관이 매우 달라서 각기 표방하고 있는 시적 풍류가 다르리라고 여겨졌기 때문이다.

2. 풍류의 개념과 시대적 의미

도학자의 시가문학뿐이 아니라 시인묵객들의 시품 속에서도 보편적으로 표출되었던 풍류는 시 창작을 가능케 한 시학의 기반이 되었음이 분명하지만, 이에 대한 개념은 시대에 따라 다르게 통용되었다. 여기서는 먼저 풍류 개념과 시대적 의미 변화에 대하여 살펴보기로 한다.

1) 풍류의 개념

이희승, 『국어대사전』(풍류)

① 속된 일을 떠나서 풍치가 있고 멋들어지게 노는 일. 화조풍월(花鳥風月)

---

9 김사엽, 『이조시대의가요 연구』, 학원사, 1962, 357～363면.
김 교수는 취미(趣味)와 기주벽(嗜酒癖)의 측면에서 송강의 풍류를 보았다.

운치스러운 일

③ 음악을 예스럽게 일컫는 말

④ 정악(正樂) 가운데, 악기의 합주(合奏)

한글학회, 『우리말 큰 사전』(풍류)

① 풍치가 있고 멋스럽게 노는 일

② 멋스럽고 풍치가 있는 일

③ 음악의 예스러운 말

『조선말대사전』(풍류)

① 풍치 있고 멋스러운 일

② 전날에 풍치가 있고 멋스럽게 노는 일

③ 민족음악중주양식 또는 그것으로 연주되는 조곡형식의 악곡

위에서 본 바와 같이 사전적 의미로서 풍류는, 풍치와 멋이란 말로 집약된다. 풍치란 곧 훌륭하고 멋진 경치란 뜻이요, 멋이란 정취와 운치가 곁들여져 세련되고 아름다운 상태를 일컬음이니, 훌륭하고 멋진 경치가 있고, 그것을 운치 있게 표출해 내는 것을 풍류라 한 것이다.

다른 한편, 음악을 지칭하는 말이란 것도 알 수 있는데, 문학작품 특히 시가문학과 음악과의 관계 또한 무시할 수 없으니, 이 또한 관심 있게 살펴 볼 일이다.

한시의 경우 이에 대한 연구는 매우 지난한 과제일 것이다. 위의 사전적 개념에서 전자의 의미로는 풍월이란 말과 비슷한 것이 된다. 풍월이란 ① 청풍과 명월 ② 풍류를 즐기는 것 ③ 바람과 달에 부쳐 시가를 짓는다는 뜻이다.

그러나 이러한 의미의 풍류와 시학적 기반이 된 풍류와는 그 의미가 분명 다르다. 만약 풍류가 위와 같이 사전적인 의미 그것만이라면, 우리가 굳이 관심 있게 살펴 볼 필요가 없을 것이다. 풍류는 사전적 개념 그 이상의 의미를 지니고 각 시대마다 달리 통용되었으며, 또한 사전적 개념 그 이상이라야 시학적 기반으로 자리 잡을 수 있겠기 때문이다.

2) 풍류의 시대적 의미 변화

본 항에서는 시대마다 다르게 사용되어진 풍류의 의미에 대하여 신라, 고려, 조선시대의 순서를 따라 살펴보기로 한다.

신라시대의 풍류는 곧 현묘지도(玄妙之道)를 뜻했다. 최치원의 난랑비(鸞郎碑)의 서문을 보면 "국유현묘지도왈풍류(國有玄妙之道曰風流)"라는 말이 나온다. 여기서 국(國)은 국선(國仙)의 준말로 화랑(花郎)을 지칭하는데, 화랑이 연마하여 지니고 있는 현묘한 도가 곧 風流라는 것이다. 이에 따르면, 풍류는 사전적 개념과는 다른 도(道)의 차원으로까지 승화되어 있음을 알 수 있다.

또한 『삼국유사』의 효소왕대(孝昭王代) 죽지랑조(竹旨郎條)를 보면 "제32대(第三十二代) 효소왕대(孝昭王代) 죽만지도(竹曼之徒) 유득오급간(有得烏級干) 예명어풍류황권(隷名於風流黃券) 추일사진(追日仕進)"이라 하여 화랑도의 명부를 〈풍류황권(風流黃卷)〉이라 했으니, 여기서 풍류는 곧 화랑의 지칭임을 알 수 있다. 이렇게 보면 적어도 신라시대에는 풍류란 화랑과 관계있는 것으로 쓰였던 것이 분명하다.

한편, 위의 〈난랑비서문(鸞郎碑序文)〉에 보이는 "국유현묘지도왈풍류(國有玄妙之道曰風流) 설교지원비선사(說敎之源備仙史) 실내포함3교(實乃包含三敎)"라는 기록에서 국(國)을 신라로 보고 신라에는 현묘지도(玄妙之道)가 있는데 그것을 풍류라고 하며, 이는 유·불·선(儒·佛·仙) 3교의 성격을 포함하는 큰 종교로서, 3교(三敎) 이외의 독특한 성격을 지닌 것이라 주장하는 견해[10]가 그것이다. 그렇게 하면 곧 儒·佛·仙 3 교리 이외의 독특한 교리를 지닌 신라의 큰 종교가 풍류라는 말이다.

다른 한편, 풍류를 '화랑'으로 보고 그들이 실천한 오성적(悟性的) 측면의 수련 곧 인성의 함수양(涵修養)인 상마이도의(相磨以道義)와 감상적(感傷的) 측면의 수련으로 인정(人情)의 흥기(興起)인 상열이가악(相悅以歌樂) 및 성정(性情)의 통합적 발양(發揚)으로 전래적인 인품의 수양인 유오산수(遊娛山水)를 풍류도(風流道)라 한 견해[11]가 있어 주목된다.

이에 따르면 도와 의를 서로 연마하고 가와 악으로써 서로 화합하며, 산과 물을 찾아 유람함으로써, 다시 말해서 의의 실천을 통한 화에의 도달을 풍류도의 이상으로 본 것이다.

위에서 살핀 바와 같이 신라시대의 풍류는 화랑이란 지칭 이외의 유불선 3교의 교리를 포함하면서 그 외의 독특한 교리까지 지닌, 문자 그대로 신라만이 지니고 있는 현묘(玄妙)한 도(道)를 말하기도 하며, 또한 義의 실천을 통하여 인인군자(仁人君子)로서의 인품 수양은 물론, 상마(相磨)하고 상열(相悅)하여 화에로 나아가려는 의지를 뜻하기도 하였다.

결국 신라시대의 풍류는 사전적인 의미보다는 훨씬 큰 도의 차원인 것으로서, 이것이 시학적 기반이 되었다면, 곧 관념시 또는 철학시가 될 공산이 매우 컸을 것이다.

고려시대의 풍류는 우리가 앞서 밝힌 사전적 개념과 다소 가깝게 통한 점이 없지 아니하다.

퇴계는 도산십이곡발(陶山十二曲跋)에서 다음과 같이 말하고 있다.

오른편의 도산십이곡은 도산 노인이 지은 바다. 노인이 이것을 지은 것은 무엇 때문인가? 우리 동방의 가곡은 무릇 음왜함이 많아 말할 바가 되지 못

---

10 김범부(정설), 「風流精神과 新羅文化」, 주영하 외, 『한국인의 문화 유전자』, 한국국학진흥원, 229면.

11 윤영옥, 「풍류성」, 『고전시가의 이념과 표상』, 도서출판 대한, 1991, 43면.

한다. 한림별곡류 같은 것은 문인의 입에서 나왔지마는 긍호방탕하고 설만 희압하여 더욱 군자의 숭상할 바가 되지 못한다.[12]

이에서 '한림별곡류는 문인의 입에서 나온 것이지마는 긍호방탕(矜豪 放蕩)하고 설만희압(褻慢戲狎)하여 더욱 군자가 숭상할 바가 못 된다.'고 했으니, 한림별곡류라 하면 고려시대 상층문학의 전반을 지칭하는 것이 었을 것이다. 긍호(矜豪)라 하면 주·가·무(酒·歌·舞)가 동반된 귀족 생활의 호화로움을 마음껏 즐기는 관능적(官能的) 향락을 말하며, 이것이 도학자 퇴계의 눈에는 성정을 흐리게 하는 것으로 못마땅하게 여겨졌을 것이고, 그리하여 긍호방탕 설만희압[13]하다며 배척한 것으로 생각된다.

그러면 고려인의 풍류는 과연 어떠한 것이었는가? 그것은 바로 퇴계가 긍호방탕하고 설만희압하다고 한 것과 크게 상이하지 않은 것이다. 고려 의 사대부는 향락을 서정으로서 마땅하게 생각하였으며, 색주가무(色· 酒·歌·舞)가 수반된 관능적 향락을 풍류라고 여겼다.[14] 요컨대, 고려의 풍류는 고려중기 이후 궁정을 중심으로 했던 귀족들의 화려한 생활상에서 기인한 것인데, 그들은 늘 사죽(絲竹)을 지니고 무도(舞蹈)를 즐겨하였으 니 여자 그리고, 노래와 춤을 함께하는 관능적 향락을 으뜸으로 삼았었다.

이쯤 되고 보면 고려시대의 풍류와 신라시대의 그것은 많은 의미 변화 가 있음을 알겠거니와, 이러한 풍류가 시학적 기반이 된 시는 낭만시라 하여 크게 호평을 받든지, 아니면 퇴폐적인 시라 하여 지탄의 대상이 될 소지가 많을 것이다.

조선의 지배층은 고려의 귀족적 지배층과는 달리 성리학적 교양에 바 탕을 둔 사대부들이었기에 그들은 음악과 여자가 곁들여진 술자리, 나아

---

12 "右陶山十二曲者陶山老人之所作也老人之作此何爲也哉吾東方歌曲大多淫哇不足言如翰 林別曲之類出於文人之口而矜豪放蕩兼以褻慢戲押非君子所宜尙", 『退溪集』 권43.

13 최진원, 『국문학과 자연』, 성균관대출판부, 1981, 51면.

14 최진원, 앞의 책, 53면.

가 노래하고 춤추는 따위의 생활은 사치와 방종이라 생각하여 일상생활에서 사죽(絲竹)과 기녀(妓女)는 가급적 멀리 하였다.[15]

그러므로 퇴계가 도산십이곡발에서

> 오직 근세 이별 육가라는 것이 세상에 널리 전하는데 저것 됨이 이것 보다 나은 것 같지마는, 역시 아깝게도 완세불공의 뜻이 있고 온유돈후의 실이 적다. (…중략…) 그런 까닭으로 일찍이 이 가를 약방하여 도산육곡 둘을 지었으니, 그 일은 언지요, 그 이는 언학이다.[16]

이라 한 것에서 알 수 있듯이 조선의 사대부는 완세불공(玩世不恭)의 뜻이 없고 온유돈후(溫柔敦厚)의 실(實)이 많은 것을 숭상했으니, 그들의 풍류가 무엇이었는지 짐작이 간다.

조선 사대부들은 강호생활(江湖生活) 속에서 아회(雅懷)를 물외(物外)에다 붙일 줄 아는 것으로 진락(眞樂)을 삼았으니, 그것은 곧 상자연(賞自然)이다. 그들은 상자연을 통해서 서정의 순정(純正)을 기할 수 있다고 생각했다. 퇴계를 중심으로 한 조선의 강호인들은 곧 향락적 풍류를 배척한 대신, 자연을 서정(抒情)의 매개로 하여, 상자연하는 것을 풍류라 생각했다. 다시 말해서 주·가·무(酒·歌·舞)를 매개한 고려사대부의 풍류와는 달리, 조선시대의 사대부들은 자연을 매개함으로써, 도의를 기뻐하고 심성을 길러서 성정을 바르게 할 수 있음을 곧 풍류라 여겼던 것이다.

여기서 상자연한다는 것은 매개된 자연의 규범성(規範性)을 즐긴다는 것이니, 이는 규범화된 자연 속에서 성정의 순정을 기할 수 있다는 말이 된다.[17] 이는 도학자의 시에서 주로 나타나는 현상으로서, 주로 문사文士

---

15 이우성, 「고려 말 이조초의 어부가」, 『성대 논문집』 9집, 24면.

16 "惟近世有李鼈六歌者世所盛傳猶爲彼善於此亦惜乎其有玩世不恭之意而少溫柔敦厚之實也(中略)故嘗略倣李歌而作爲陶山六曲者二焉其一言志其二言學", 『退溪集』 11)과 같은 곳.

17 최진원, 앞의 글, 62면.

의 경우는 어떠했는가를 살피는 것이, 앞으로의 과제요, 또한 호남시학 규명의 일단이기도 한 것이다.

이상에서 살펴본 바와 같이 풍류는 시대마다 다른 의미로 통용되었음을 알 수 있는데, 어떻게 보면 신라의 풍류와 조선의 그것은 서로 통하는 것 같고, 고려의 풍류만이 동떨어진 것 같이 생각되기도 하지만, 기실은 모두가 일맥으로 상통하고 있음을 알 수 있다. 여기서 우리는 사전적 개념인 풍류의 의미를 다시 떠올릴 필요가 있다.

앞서 말한 바와 같이 풍류의 사전적 개념을 보면 예시된 사전들에서 모두 '멋들어지게 노는 일', '멋스럽고 풍치가 있는 일', '풍치 있고 멋스러운 일' 등 멋과 관련지어 설명하고 있음을 간과해선 안 되겠다.

신라의 풍류는 신라인만이 지니고 있는 현묘(玄妙)한 도(道), 나아가 의(義)의 실천을 통한 인인군자로서의 인품수양과 상마(相磨), 상열(相悅)하여 화(和)에로 나아가려는 의지라 했다. 이는 곧 신라인이 추구한 신라인의 멋이다. 따라서 신라와 의식수준이 상이한 고려와 조선인에게도 그들에게 적합한 멋이 있음은 당연한 것이다. 그것이 다름 아닌 주, 가, 무를 동반한 관능적 향락의 멋을 즐긴 고려의 풍류요, 자연을 매개하여 규범화된 자연을 감상함으로써 완세불공(玩世不恭)의 뜻을 없애고, 온유돈후(溫柔敦厚)의 실(實)을 숭상하여 성정의 순정을 기약하는 것을 멋으로 여긴 조선의 풍류인 것이다. 이와 같이 신라·고려·조선의 풍류는 각기 당 시대에 추구된 멋이란 측면에서 상통한다.

그런데 멋이란 조화를 전제로 하기 때문에 미의식의 차원에서 그 본질이 설명되어질 수 있다.[18] 따라서 시가에서 멋의 추구는 곧 미의식의 발로요, 이는 곧 시학의 기반이 되기에 충분한 것이다. 이러한 풍류 즉 멋은 특정의 이데올로기에 영향 받거나 시대사조에 편승되어 집단적 흐름으로 추구되어 질 수도 있겠거니와, 개인의 기질이나 기호, 취향, 세계관이나

---

18 정병욱, 『국문학 산고』, 신구문화사, 1964, 35면.

가치관에 따라서 다양하게 나타날 소지가 많을 것이다.

우리가 문학작품에서 그것의 풍류를 찾는다는 것은 작품 중의 시적화자가 보여주는 풍류, 작품의 구성이 보여주는 풍류, 나아가 표현기교상의 풍류 및 사물에 대한 인식태도 등이 한데 엉키어 어떤 조화 즉, 미를 창출해내고 있는가를 살핀다는 말이 된다. 이때 유념할 것은 풍류가 표방된 시는 자연을 읊은 산수시라는 점에서 자연에 대한 인식의 태도가 주가 되면서 나머지 세 요소를 어떻게 조화시키는가를 살피는 일이다.

요컨대, 風流란 멋이라 할 수 있으며, 이는 미의식의 발로에서 추구된 것이므로 시학의 기본을 이룰 수 있다는 말이 가능하다. 그러므로 호남시가문학에서 추구되어진 일련의 風流에서 일정한 경향이나 흐름을 찾을 수 있다면, 이는 호남시학의 정립에 적지 않은 기여를 하리라 생각된다.

3. 석천과 송강의 생애

1) 석천의 생애

석천과 송강의 풍류를 살펴보기 전에 두 사람의 생애를 통하여 인물됨을 파악한다면 그들의 풍류를 밝혀 보려는 논지의 전개를 분명히 할 수 있으리라 생각된다. 왜냐하면 생애에 있어서 두 사람은 좋은 대비가 되기 때문이다.

석천 임억령(1496~1568)은 연산군 2년(1496)에 전남 해남에서 태어났다. 석천은 그의 호요, 자는 대수(大樹)며, 본관은 선산(善山)이다. 어려서 부친을 여원 석천은 모친 박씨의 엄하면서도 장한 성품에 따라 아우 백령(百齡)과 함께 눌재(訥齋) 박상(朴祥, 1474~1530)의 문하에 들어가 수업했다.[19]

---

19 朴東亮, 『寄齋雜記』, 「歷代舊聞」(三).

당시 눌재는 두 형제에 대해 평하기를

눌재는 일찍이 석천에게 장자를 가르쳐 주면서 너는 반드시 문장이 될 것
이고, 숭선(백령-인용자주)에게는 논어를 가르쳐 주면서 족히 관각의 문장이
될 것이다.[20]

눌재가 석천에게 『장자』를 가르쳐 주면서 장차 시인이 될 것이라 하였
고, 아우 숭선(百齡)에게는 『논어』를 가르치면서 관각(館閣)이 될 것이라
했으니, 이는 석천의 인물됨을 단적으로 지적해 준 것이라 생각된다.
　석천은 성품이 소탈(疏脫)하여 검속(檢束)에 구애되지 않으려 했다. 그
러한 석천에 대하여 모친은 늘 단정하고 자상한 아우 백령을 지극히 사
랑하여 침석(枕席)의 시중을 들게 하는 반면에, 석천은 조솔(粗率)하다 하
여 일체의 일을 맡기지 않았다고 한다.[21]

박세채(朴世采)는 석천의 묘표(墓表)에서

公性倜儻不羈 有奇節偉氣少以詞藝顯 出入華蕪 顧其志操貞潔 未嘗隨俗俯
仰至 見奸邪用事 輒發其不平

이라 하여, 그 뜻이 크고 재주가 뛰어남은 물론 사예(詞藝)가 뛰어나서 화
무(華蕪)에 들었지만 뜻과 지조가 정결(貞潔)하여 좀체 세속에 따라 굴신
하지 않는 인물이라 했다.[22]
　문곡(文谷) 김수항(金壽恒)도 석천의 〈행적기략(行蹟紀略)〉에서 "先生爲

---

20 訥齋嘗授石川莊子曰爾必爲文章授崇善論語曰足爲館閣之文, 19)와 同.

21 19)와 同.

22 『石川集』, 305면.

人奇偉高潔不隨俗", 즉 기위(奇偉)하고 고결(高潔)하여 시석(時俗)에 부합
되지 않았다고 했다.[23]

위에서 살핀 바와 같이 소탈하고 검속에 구애되지 않으며 척당하고 고
결했던 석천은 중종 11년 병자(1516)에 21의 나이로 진사에 급제하고, 중
종 20년 을유(1525) 30세에 문과에 등제한 후 관직에 나선다. 여러 요직을
지냈으면서도, 마음만은 항상 벼슬살이에서 벗어나기를 바랐다. 여러 차
례 벼슬을 그만 두려 하였으나 여의치 않았다고 한다.[24]

이러한 석천의 생애는 두 가지로 나누어 볼 수 있는데, 먼저 관직자로
서의 생애는 그의 성품과 당대의 시대 상황 등으로 인하여 상당히 불행
했었다. 사신(史臣)의 다음과 같은 지적은 적절한 것이라 생각된다.

史臣曰億齡爲人 性度恢廣詞章贍逸 然臨事疎用於史職實非所長 其招物議
宜矣

석천의 인간됨 그 자체야 성품이 크고 넓으며 문장은 넉넉하고 뛰어나
지만, 맡은 바 일과 관직자로서의 직무에는 소질이 없다는 지적[25]이고 보
면, 이는 그의 천성이 그러했던 탓이라 여겨진다. 또한, 그가 관직에 오른
중종과 명종 연간은 비교적 정치적 평온기로서 관리들은 무사안일로 흘
러, 위로는 훈척(勳戚)들의 정치적 농간이, 아래로는 지배층의 농민에 대
한 탄압이 자행된 시기였다. 이러한 소용돌이 속에서 관리들은 훈척에게
붙느냐, 아니면 사의 본분을 지키느냐로 양분되었고, 대체로 사의 본분을
지키려는 사들은 힘이 없었으므로 소극적인 자세로 은둔적인 경향을 보

---

23 『石川集』, 302면.
24 졸고, 「석천시에 나타난 사상적 경향」, 『대구어문논총』 제10집, 344면.
25 『石川集』, 396면.

일 수밖에 없었는데 석천은 바로 후자에 속했다.

한편, 석천은 관직생활보다는 시인으로서의 생애가 훨씬 더 화려했다. 그 이유는 지역을 초월하여 당대의 명현(名賢)들을 지기(知己)로 두고 활발한 교유를 했다는 점과, 신분을 뛰어넘어 다양한 계층의 인물과 사귄 점이 그 하나요, 다른 하나는 16세기 호남의 문학적 중심지역인 광·라주 지역(光州, 羅州, 長城, 昌平, 綾州, 南平, 潭陽 등)과 일찍부터 연계를 맺고서 그 지역 출신의 인사들과 교유를 확대해 나간 점이다.[26]

석천은 퇴계 이황, 남명 조식, 율곡 이이 등의 큰 학자와 호음 정사룡, 락봉 신광한, 소재 노수신, 임당 정유길 등과 같이 시인이면서 정치가는 물론 임사(林師), 성해상인(性海上人), 공인상인(空印上人), 각순상인(覺巡上人) 등의 불가(佛家)의 인물 및 당시 처사로 명망 높던 청송 성수침과의 교유 등 남다른 체험을 통하여 그의 시 세계를 넉넉하게 했다.

그는 또 여러 지방을 두루 탐방하면서 많은 시편을 남겼는데, 그 중에서도 명종 8년 계축 석천의 나이 58세에 강원도 관찰사가 되어 1년간 강원도에 있으면서 그곳의 승경을 보고 감회를 읊은 시편이 많이 남아 있다.

위와 같이 석천은 호남지방의 문화적 중심지에 거처하면서 그 지역의 사람들과는 매우 활발한 교유를 맺음으로써, 계산풍류(溪山風流)의 소양을 쌓았다. 중종 연간(1506~1544) 즉, 16세기 전반기에 광·라주 지역에서 학문이나 문학으로서 이름을 떨친 사림들은 주로 조광조의 정치 노선에 동조한 인물들인데 눌재 박상, 육봉 박우, 신재 최산두, 나옹 유성춘, 미암 유희춘, 학포 양팽손, 송재 나세찬, 금호 임형수, 하서 김인후, 면앙정 송순, 지족암 오겸, 사암 박순, 고봉 기대승 등이다.[27]

석천은 젊은 나이에 이미 그들과 교유함으로써 일정한 수준의 정신적 성장을 할 수 있었다. 명종 12년 정사(1557년 62세)에 담양부사로 부임하

26 임형택, 「16세기 光·羅地域의 사림층과 송순의 시세계」, 『고전시가의 이념과 표상』, 도서출판 대한, 1991, 422면.

27 임형택, 앞의 글, 410~413면.

여 산수가 수려한 담양의 성산(星山)에서 면앙정 송순과 다시 만나 돈독한 우의를 맺었는가 하면, 사위이자 제자인 인재 김성원으로 하여금 식영정을 짓게 하고 계산풍류의 시회(詩會)를 열었으니 이에 참석했던 주요인물은 성산동(星山洞) 4선(四仙)이라 일컬어지는 석천 임억령, 송강 정철, 인재 김성원, 제봉 고경명 등을 비롯하여 면앙정 송순, 고봉 기대승, 사촌 김윤제, 소쇄옹 양산보, 옥봉 백광훈, 구봉 송익필 등인데 이들에 의하여 이른바 성산의 식영정 시단이 번성하였다.

석천은 성산 식영정 시단의 중심인물로서 성산의 승경을 노래한 〈식영정 20영〉과 〈서하당 8영〉을 포함하여, 성산에서만 한시 340여 수를 남겼다. 이로 볼 때 그의 만년은 앞서 말한 바와 같이 지기(知己)와 시(詩)로써 아로새겨진 계산풍류 그 자체의 삶이었다고 해도 크게 어긋나지는 않을 것이다.

요컨대, 석천은 만년을 성산에서 계산풍류의 詩會를 통하여 관직에서 못 다한 회포를 마음껏 풀었으며, 호남문단의 사종(詞宗)으로서 송순과 함께 한국 시문학 발전에 커다란 기여를 하였다.

2) 송강의 생애

송강 정철(1536~1593)은 중종 31년 서울에서 태어났다. 송강은 그의 호요, 자는 계함(季涵)이며, 본관은 연일(延日)이다.

신흠(申欽)은 『송강집(松江集)』의 서문에서

충효청백한 행검과 기의원리한 지조, 선을 좋아하고 악을 미워하는 천성, 사람을 사랑하고 선비에 겸손함은 일반에 믿어져서, 아무리 원한을 품고 적대시하는 자라도 또한 딴 말을 지껄이지는 못할 것이다. 돌이켜 생각건대, 그 안으로는 간격이 없고, 밖으로는 가식이 없되, 구차히 합하려고 하지 않고 말을 죄다 쏟아 놓은 것은 곧 공이 스스로를 보전하지 못한 이유였다.[28]

신흠의 이 같은 지적은 송강의 생애를 한눈에 조감하여 이해하는데 많은 도움이 된다. 충효청백(忠孝淸白)하고 기의원이(嗜義遠利)한 행실과 지조는, 그의 가문이 귀신가(貴紳家)[29]로서 그것이 몸에 배인 탓일 것이다.

송강의 고조 연(淵)은 병조판서였고, 증조 자숙(自淑)은 김제군수, 조 위는 건원참봉, 부 유침(惟沈)은 돈령부판관 등으로 그 일문이 빛났었다.[30]

송강의 나이 10세 때인 1545년에 일어난 을사사화로 집안이 화를 만나게 되었는데, 그때 자부(姊夫)인 계림군(桂林君) 유의 죽음과 백형(伯兄) 자(滋)의 장폐(杖斃) 및 부친의 유배 등이 그에게는 커다란 충격이 되었을 것이다. 을사사화를 겪고 난 뒤 송강에게는 선을 좋아하고 불의를 미워하는 마음 즉 "호선질악(好善疾惡)"과 사람의 목숨을 중히 여기고 선비를 대우해야 된다는 생각, 즉 "애인하사(愛人下士)"가 움텄을 것이다. 따라서 그의 성격적 특징은 부형(父兄)을 극복한 궁정지향(宮廷志向) 곧 핵심권력에 대한 추구의 의지로 형성되었을 것이다.[31]

또한 대대로 이어온 사문(士門)의 전통에서 뜻이 맞는 벗을 만나면 마음을 터놓고 막힘없이 (內無畛域) 하고픈 말을 할 줄 알았으며, 불의를 당하여선 용납하지 아니하고 싫은 것은 싫다고 솔직하게 말할 수 (外絶한 飾) 있었다.[32] 그러나 구차하게 타협하지 않으려는 士의 꿋꿋함 (不苟合而好)과 옳은 것이면 죄다 뱉어 버리고 만 (盡言) 솔직성 때문에 그의 생애는 순탄치가 못했다.

한편, 송강이 조부 위의 산소가 있는 전남 창평(昌平)으로 아버지를 따라 내려온 것은, 그의 나이 16세 때였다. 이때부터 27세 문과에 오를 때까

---

28 "忠孝淸白之著於行嗜義遠利之礪於操好善疾惡之根於天愛人下士之孚於物怨敵亦不得容喙顧其內無畛域外絶媚飾不苟合而好盡言卽公之不能自全也"(「松江集序」, 松江遺蹟保存會, 『國譯松江集』, 제일문화사, 1988, 6~7면)

29 권영철, 「정철론」, 『한국문학작가론』, 형설출판사, 1988, 188면.

30 정익섭, 앞의 책, 288면.

31 김석회, 「정철문학연구」, 서울대 석사학위논문, 1981, 97면.

32 김석회, 앞의 글, 여기서는 이를 급진성향과 과격하고 직선적인 행동방식이라 했다.

지 11년간 성산의 승경 속에 묻혀 한편으론 시정(詩情)을 돋구고, 다른 한 편으론 송순의 문하였던 하서 김인후, 고봉 기대승에게 수학하였다. 특히 明宗 13년(1558) 62세의 나이로 담양부사가 되어 성산에 온 석천을 만나서는 그로부터 한시 등 시문을 배웠다.

송강은 담양 창평에서 앞서 말한 바와 같이 인재 김성원, 제봉 고경명, 옥봉 백광훈 등과 더불어 학문의 깊이를 더하고 시재(詩才)를 마음껏 발휘하였다. 이때 석천의 〈식영정 20영〉과 〈서하당 8영〉에 화답하는 등 많은 시편을 남긴다. 성산에서 맺은 석천과의 인연은 이것만이 아니었다. 송강이 27세 이후 벼슬길에 올라 파란만장한 환로(宦路)를 겪게 되다가, 45세 되던 해(1580)에는 강원도 관찰사가 되었는데 그때 석천이 강원도 관찰사로서 기행 했던 관동지방을 기행하게 된다.

그 후 송강은 선조 18년(1585)에 그의 나이 50세에 다시 창평으로 돌아오게 되는데, 그 때를 전후하여 몇 년 사이에 〈성산별곡〉[33]을 비롯하여 〈사민인곡〉〈속미인곡〉을 짓게 된다. 이어 54세에는 우의정, 55세에 좌의정이 되었다가, 56세에 다시 파직 당하는 등 실로 기구하면서도 화려한 환로를 걸었다. 임진왜란이 일어나 조국 강토가 왜구에 의해 유린당하게 되고 명나라에서 구원병을 보내오자 이에 사은사로 명나라에 가는 등 구국에 앞장섰으나, 다른 당파의 시기와 질투, 음모와 모함 등에 걸려 58세의 나이로 강화 송정촌에서 불행하게 일생을 마감하였다. 송강의 관직자로서의 생애는 석천에 비해 매우 화려했으나, 반면에 그만큼 시련과 좌절도 많았다. 한마디로 송강의 일생은 천장과 마룻바닥을 오가는 인생이었다.

이상에서 필자는 석천과 송강의 생애를 살펴보았거니와 그것은 사제지간인 두 사람의 인품의 일단과, 시인으로서의 면모를 알기 위한 것이었다. 석천은 소탈하여 검속에 구애되지 않으려는 성품을 지녔다. 그러다

---

33 졸고, 「星山別曲과 松江鄭澈」, 『목원어문학』 제9집, 173면.

보니 벼슬살이에도 관심이 없었던 반면, 송강은 하고픈 말이 있으면 참지 못하고 죄다 뱉어 버리고야 마는 강직한 성품에다, 부형을 극복하려는 핵심권력에의 지향의지가 강했던 인물이었다. 그러면서도 두 사람은 호남 시단의 중심지역인 성산일대에서 활동했다던가, 관동지방을 유람하는 등 시인으로서의 유사점 또한 많이 지니고 있다. 이러한 사실로 인하여 石川과 松江이 추구하였던 한시 문학에서의 풍류는 유사점 못지않게 차이점도 강하게 드러나리라는 추론은 어렵지 않을 것이다.

이제 절을 다시 하여 두 사람 시에 나타난 풍류를 살펴보기로 하자.

4. 석천과 송강시의 풍류

본 장에서는 석천과 송강의 한시를 중심으로 작중의 인물이 보여주는 멋, 작품의 구성이 보여주는 멋, 나아가 표현 기교상의 멋, 자연과 사물을 인식하는 태도 등이 한데 엉기어서 창출되는 미에 대해서 살피려고 한다.

시적화자의 목소리만 크고, 나머지 셋이 그를 뒤따라 주지 않는다면, 이는 곧 교술성이 강한 시편으로 감동이 덜할 것이며, 반대로 구성과 기교가 미숙하다면 생경하여 공감하기 어려울 것이다. 그러므로 시에 대한 연구는 내용상의 특징[34]을 밝힌다기보다는, 오히려 형식과 구성이 지니는 일정한 경향, 또는 수사법상의 기교 등 시의 구조적인 데에 관심을 두어야 한다.

---

34 김사엽, 앞의 책, 372면.

송강의 한시에 대하여 내용상의 특이성을 戀君憂時, 情思, 醉樂, 交友, 詠物 등이라 밝힌 바 있다.

1) 풍류의 유사성

석천과 송강의 한시를 보면 그들의 생애만큼이나 풍류에 있어서도 유사성과 차이점이 있다. 모호한 표현으로 독자의 관심을 끄는가 하면, 호탕한 시상의 전개로 생동감 넘치는 감동을 주기도 한다. 또한, 있는 그대로의 자연을 과장 없이 진솔하게 드러냄으로써 진실성을 확보하기도 하는데, 이점이 두 사람 풍류의 유사성이다.

(1) 모호성(模糊性)의 기교

異世應懷素	다른 세상의 회소 승 아니면
前身定懶殘	전신은 분명 나잔 승이리라.
驚蛇初起陸	글씨는 놀란 뱀이 언덕에서 일어날듯
古井已無瀾	옛 우물에 물결 그친 지 오래라.
千偈天花雨	게송 소리 꽃비 오듯 낭랑하여
三宵海月團	사흘 밤을 뜬눈으로 지샜구나.
陶潛無俗韻	도연명이 세속에 미련 없듯이
從子早休官[35]	나도 그대 좇아 중이나 될까

성해상인(性海上人)이라는 승(僧)을 만나서 그와 3일 밤을 함께 지내고서 읊은 시인데 그가 쓰는 글씨를 보고 당대의 유명한 筆法僧인 회소(懷素)와 나잔(懶殘)을 연상한 것이다. 필력(筆力)을 두고 경사초기육(驚蛇初起陸)이라고 한 것이라든가, 벼루에 물이 다 없어진 것을, 고정이무란(古井已無瀾)의 비유적인 표현은 대담하면서 참신하기까지 하다. 이는 심수경(1516~1599)이 지적한 바의 준일청신(俊逸淸新)[36]인데 구름, 뱀, 우물,

---

35 『石川集』, 贈性海上人, 69면.

꿈, 바다, 달 등을 등장시켜 7행의 무속(無俗)의 귀거래로 연결시킨 연상 수법 역시 주목된다.

또한 게송 소리를 천하우(天花雨)라 했으니, 꽃이 지듯이 게송 소리가 매끄럽다는 것인지 아니면 게송 소리에 꽃이 질 지경이란 뜻인지 애매모호성(ambiguity)이 전원의 그윽한 멋을 한껏 느끼게 한다.

積雨山川閑　장마가 지속되니 산천이 한가롭다.

懷人夢寐通　사람을 생각하나 꿈속에서만 오락가락

世憂催髮白　세상의 근심으로 백발만 늘었구나.

官酒借顏紅　관주로 잠시 얼굴을 붉혔는데

久壓稱朝士　벼슬아치라고 물리도록 부르네.

何時作野翁　언제나 그만 두고 전원 객이 될까

君看龐德子　그대는 보았는가, 한나라 방덕공이

擧族鹿門中[37]　가족을 데리고 녹문에서 나오지 않았던 것을

이는 내적인 체념과 외부 현실과의 괴리감을 드러낸 것인데, 현실적 삶과 자신의 내적인 염원과의 메꿔지지 않는 거리감의 표현이다. 적막한 산중에서의 정회를 드러낸 것 같으나 이 또한 애매모호성을 지니고 있다. 적우(積雨)와 한(閑)의 대조가 그것인데 비 때문에 한가하다는 직서로 볼 것이냐, 아니면 은유로 보아야 할 것인가? 우(雨)가 적(積)할수록 자신은 한(閑)하다고 대조시키고 있다. 산천은 곧 자신이며 적우는 자신에게 쏟아지는 온갖 비방과 참소의 소리라 볼 수 있다.

2행은 임금을 생각하나, 꿈속에서 조차 보였다 사라졌다 한다고 했으니 관직에는 뜻이 없다는 은유적 표현이다. 석천은 앞서 생애에서 살핀

---

36 심수경의 『遣閑雜錄』에 보면, "石川 海南人 爲詩 俊逸淸新 早名於世…"라 하였다.

37 『石川集』, 開庵 2首 中 두 번째, 72면.

바와 같이 관직에는 별로 뜻도 소양도 없었던 인물이었다. 4행과 5행의 차(借)와 구(久)의 대조가 돋보인다. '잠시 빌리다'의 뜻으로 쓰인 차는 곧 벼슬은 오래하지 않았다는 뜻이요, '오래다'의 구는 그 짧은 기간에도 근심이 많아서 백발이 되고 보니 남들이 오래 벼슬한 사람으로 오해한다는 것이다.

결국 적우로 인하여 야옹이 되느니 보다는, 차라리 형주자사(荊州刺史)의 유표(劉表) 술잔치에 나가서도 자신의 뜻을 굽히지 않았던 한(漢)나라의 방덕공(龐德公)처럼 은거하고 싶다는 심정을 매우 논리적으로 표현해 보였다.

이제 송강의 경우를 보자.

穴網峰前寺　　혈망봉 앞에 산사 있거늘
寒流對石門　　찬 시냇물이 돌문과 마주 섰네
秋風一聲笛　　한 가락 피리 소리 같은 갈바람
吹破萬山雲38　온산의 구름을 불어 헤치네.

송강시의 한 유형인 애매모호성(ambiguity)이다. 이를 혹자는 양면성이라 부르기도 하지만39 산사를 흐르는 차가운 시냇물 소리에 온산의 구름이 걷힌다는 것인지, 아니면 작중 인물의 피리 소리에 놀라서 구름이 걷힌다는 것인지 분명치 않다. 그렇기에 매력이 있다. 1, 2행의 근(近)과 4행의 원(遠)이 대조를 이루는 구성과 1행의 상(上)과 2행의 하(下), 3행의 청(聽)과 4행의 시(視) 등의 공감각적인 표현 등의 자연스러운 조화가 감동을 증폭시킨다.

---

38 金剛山雜詠.
39 김갑기, 앞의 책, 162면.

人階登此亭　사람들은 이 정자에 올라와

悅雲不悅酒　구름만 즐기고 술은 안 즐기네

好惡萬不同　좋고 나쁨이란 저마다 다르겠지만

悅酒吾與主　술만은 나와 주인이 같이 즐기네

〈열운정〉인데, 우선 열(悅)이란 시어의 반복적인 사용이 눈에 띈다. 취락(醉樂)과 그에 따른 호기심을 드러내고 있는데 홍만종이 지적한 바와 같이[40] 호일불기(豪逸不羈)이다. 자연과의 친화보다는 술과의 친화를 2행에서 말했다. 정자를 취제(取題)했을 법한 석천과는 자못 다른 느낌이다. 그렇다고 술을 위해서 자연 즉 정자가 매개되어 있는 것도 아니다. 그렇기 때문에 어색하지 않다. 이것이 송강의 호방함이다. 그런데 정자와 구름, 그리고 술의 상징이 문제이다. 그저 자연의 정자, 구름이 아니다. 술 또한 주(酒)만이 아니요, 그 이상 즉 관직이다. 주(主)는 누구인가? 정자 주인이기도 하려니와 임금이기도 하다. 전체적인 의미가 그리하여 모호하기만 하면서 묘한 멋을 느끼게 한다.

(2) 호탕(豪宕)한 시상(詩想)

雄雄毗盧峰　힘차게 뻗어 오른 비로봉

上有靈湫澄　그 위에 영추호 물결이 희다

九龍各據潭　아홉 마리 용이 각각 못 하나를 차지한 듯

飛瀑空岩應　폭포 물소리 허공을 울리네

忽然面梟獺　홀연히 효달을 바라보니

不受人間罾　인간의 그물이 미치지 않았도다.

---

40 『小華詩評』, 790면 재인용. 이종은・정민 공편, 『韓國歷代詩話類編』, 아세아문화사, 1988.

狂僧戲投石	짖궂은 불승이 장난질로 돌 던지니
白日風雷騰	대낮에 바람과 우레가 일어난다.
氷雹散如砲	얼음과 우박이 돌쇠뇌 같이 날리다가
雲氣爲昏凝	구름 기운에 저녁 들어 엉긴다.
同遊六七者	같이 간 6, 7인이
欲避焉可能	벗어나고자 하여도 꼼짝 하지 못하네
方知至神物	이제 알건대 신령한 용이
厭卑單高層	낮은 데를 싫어하여 높은 곳에 서렸구나.
嗟我本好奇	아! 나도 본래 기이함을 좋아한다.
手有胡孫藤	손에 멋진 지팡이를 들었노라.
午入萬瀑洞	낮에 만폭동을 찾아갈 때
료조雲梯憑	아스라이 구름 사닥다리 의지했도다.
穹石積太古	커다란 바위들이 옛날부터 쌓이어
欲崩還不崩	떨어질 듯, 떨어지지 않는구나
吾云不是妄	나의 이 말이 망령된 것 아니니
愧事聞諸僧41	괴이하면 저 불승에게 물어보게나.

이중열(李仲悅, 1518∼1547)이 말한 바대로 이는 문사(文詞)의 웅방(雄
放)42이요, 기(氣)의 낙락(落落)이다. 일단 힘이 있고 우뚝 솟은 금강산의
형상을 떠 올린다. 석천이 말한 바의 호탕함이다. 금강산의 비로봉, 영추
호, 만폭동 등의 승경을 생동감 있게 묘사하고 있음이 돋보인다. 석천의
시는 설명적인 경우가 많다. 그러면서도 지리멸렬하지 않고 오히려 청경
(淸勁)하기까지 하다.

관경(景觀) → 서정(抒情) 유발 → 서경(敍景)의 묘술 → 마무리의 서사구

---

41 贈逸上人走筆, 『石川集』, 181면.

42 李仲悅, 「乙巳傳聞錄」, 『大東野乘』 권12, 임억령전.

성을 지녔는데, 1·2행과 21·22행으로 구성된 시의 구조에 다른 부분이
끼어든 것처럼 보인다. 그만큼 석천의 시는 형식에 크게 구애되지 않고
있다. 그래서 시상이 호탕한 것인지도 모른다.

이제 松江의 경우를 보자.

東溟萬里際　만 리라 동해바다 사이에
白玉峰巒揷　백옥의 봉우리가 꽂히었구나
毗盧最上層　비로봉이 가장 높은 층에 있어
勢欲鴻蒙壓　기세가 온 세상을 누르려 하네
華人願東生　중국사람 동방에 낳기 원함은
此山天下甲　이산이 천하에 으뜸 이라.
我昔一登之　내 예전에 한번 올라를 보니
日月看吐納　해와 달이 서로 뱉고 삼키곤 했네
雷聲脚下聒　우레 소리 다리 아래서 시끄럽게 들리고
塵世醯鷄合　진세는 혜계와 어울리더라
歸語下界人　돌아와 하계사람에게 이야기하니
漫謂吾言雜　부질없이 내말이 잡되다 이르네
携筇此中行　막대를 짚고 그 속으로 가는 자는
碧眼何處衲　눈이 파란 어느 곳 중인가

〈유승장입풍악만서이증〉이란 오언으로 된 배율시다. 풍악으로 가는
중에게 그곳의 웅장함을 일러주는데 1행의 제(際)에서 아득함을, 2행의
삽(揷)에서는 험준함을 연상케 한다. 앞 4행에서 작가의 호탕한 기상이
넘치는데 의기가 심히 경책하면서도 사기는 화평함을 잃지 않고 있다. 8
행의 일월간토납(日月看吐納)과 9행의 뇌성각하괄(雷聲脚下聒)은 시어가
부섬(富贍)할 뿐만 아니라 비유 또한 뛰어나다. 산이 깊고 험하다는 1~4

행의 의미를, 8행에서는 한 행으로 압축하여 반복했다. 만폭동의 폭포소리를 '뇌성이 다리 밑에서 시끄럽다'고 하여 1~8행까지의 시적(視的) 이미지를 청적(聽的)인 이미지로 전환시키고 있다. 표현의 대담성이 보여준 멋이다. 그러나 승경이나 절경을 만나면 연주지사(戀主之思)는 있을지언정 백성에 대한 애정이나 연민 같은 것은 보이지 않는다. 그리하여 10행과 같은 양식화(樣式化)가 생겨난다. 다시 말해서 승경이나 절경을 접하면 연군(戀君)을 떠올리거나 그렇지 않으면 진세(塵世)나 하계(下界)가 뒤따른다. 이는 송강의 자연에 대한 인식방법의 하나로서 국문시가에서 느낄 수 있는 바의 인간풍정이나 인간적 계기의 토양이 약하게 느껴는 점이다.

(3) 사실적 진솔미(眞率美)

吾方憑水檻	내가 물 난간에 기대어 서 있노라니
鷺亦立沙灘	모래톱 여울 가에 해오라기도 서 있구나.
白髮雖相似	흰 머리는 너와 나 모두 같은데
吾閒鷺不閑	나는 한가하다마는 너는 왜 그리 바쁘냐.

有陰皆可息	그늘진 곳은 어디나 쉴 만 한 곳
何地不宜瓜	어느 땅인들 오이를 심지 못하리!
細雨荷鋤立	빗속에 호미 들고 서 있노라니
簫簫沾綠蓑	가는 비 부슬부슬 도롱이를 적시네.

溪邊沙皎皎	시냇가의 세 모래 희고도 희다.
沙上鴨娟娟	모래 위에 섰는 오리 곱고도 곱고.
海客忘機久	떠도는 나그네 세상 일 다 잊었으니
松間相對眠	소나무 사이 마주 누워 잠을 자누나.

石逕雲埋小　자갈밭 길을 구름이 반쯤은 덮고

桃花雨剪齊　복숭아꽃 비에 떨어져 가지런히 깔렸네.

更添今日寂　아서라 오늘처럼 고요한 멋이여

正似昔人迷　진정 무릉도원은 여기가 아닌가

석천 산수시의 전형적인 예라 할 수 있는 〈식영정 20영〉 중에서 세 번째, 네 번째, 열네 번째, 열일곱 번째로서 〈수함관어〉, 〈양파종과〉, 〈백사수압〉, 〈도화경〉 등인데 석천의 자연 인식은 작중화자와 미적 거리감이 설정되어 있지 않다. 모두 사실적으로 서경(敍景)을 나타내 보이고 있음이 눈에 띈다. 자연의 인식은 대개 두 가지로 대별되는데, 자연 속에서, 자연과 대결하면서 생활을 영위하는 물질적인 면의 자연이 그 하나요, 다른 하나는 자연과의 일정한 심미적인 관계를 유지하면서 자연을 주로 미적 관조의 대상으로 인식하는 것인데[43] 조선시대 선비의 현자피세(賢者避世)의 경우는 후자에 속한다.

　그러나 석천의 자연 인식은 위의 둘 다 아니다. 고산 윤선도의 경우와 같이 귀거래(歸去來)를 청풍고취(淸風高趣)로서 생각치도 않는다. 따라서 의기앙연(意氣昂然)도 없고 자연과의 거리감도 없다. 문자 그대로 자연과의 동화(同化)이다.

山翁淸小睡　산옹의 잠이 적어

長嘯鶴徠應　길게 휘파람 부니 학이 벗하잔다.

對影人何在　그림자는 있는데 사람은 없어

看天一問曾　하늘에 물어볼거나.

山雨無端打　비가 쉬지 않고 내리니

---

43 송재소, 「茶山文學研究」, 서울대 박사학위논문, 1984, 86면.

空堂皆野喧　빈 정자가 온통 떠들썩하구나.

猶嫌俗客到　오히려 속객이 올까 두려워하여

新葉漸遮門　새잎이 싸리문을 가리누나.

　위의 시편 또한 식영정의 근처에 있었던 서하당의 승경을 읊은 〈서하당 8영〉 중의 두 번째와 여섯 번째인 〈월호〉와 〈연지〉인데 그저 한가로운 전원의 모습이다.

　여기에서는 윤광계(尹光啓, 1559~?)가 『석천집』의 서문에서 말했던 "분방웅양여장강대하일야도도이불갈(奔放雄洋如長江大河日夜滔滔而不渴)"의 기상이 전혀 상상조차 되질 않는다. 창문에 돋는 달, 깨어 있는 산옹, 그와 짝이 된 학, 모두 그것뿐이다.

　석천에게 성산은 적어도 일시적인 피신처, 즉 현자피세의 은둔처가 아니었다. 그것은 있는 그대로의 모습이다. 거기에는 어떠한 관념이나 이념이 없다. 그렇기에 자연과 하나로 동화될 수 있다. 석천의 자연은 이 경우 그와 일체가 된 자연이다. 자연이 그를 외면하거나 거부하지 않으며 그 또한 그럴 의향이 없다. 따라서 죽림칠현의 은둔적인 자연과는 분명 다르며 틈을 보아서 다시 경국제민의 뜻을 펼치려는 은구(隱求)의 자연과, 명철보신(明哲保身)의 독선적(獨善的)인 자연과도 다르다. 그저 물아(物我)가 일체 되어있는 친화된 자연이다. 〈연지〉 또한 마찬가지이다. 이와 같은 자연에 대한 인식은 앞서도 얘기한 바와 같이 분명, 송강이나 고산의 경우와는 다른 것이다.

　이제 송강의 경우를 보자.

幽人如避世　숨은 사람 세상을 피하려는지

山頂起孤亭　산마루에 외로운 정자 세웠네.

進退朝看易　아침에 周易보아 進退정하고

陰晴夜見星　밤이면 별을 보아 陰晴을 아네.

苔紋上古壁　이끼 무늬 벼랑으로 올라가니

松子落空庭　솔 씨가 빈 뜰에 떨어지누나.

隣有携琴客　이웃에 거문고 가진 손님이 있어

時時叩竹扃　때때로 대사립을 두들기더라.

五年不到星山逕　오년이나 성산 길을 밟지 못했더니

脩竹千竿已上宵　긴 대 천 그루가 어느덧 하늘에 닿을 듯

此老本非棲遯客　이 늙은이 본디 숨어 사는 손이 아니지만

山人何事又超超　山人이야 무슨 일로 또 속세 떠나 지내느뇨.

〈차식영정운〉과 〈방식영정제계하죽시주인〉이다. 송강의 나이 50이 넘어서 찾아온 성산의 식영정에서의 술회이다. 인위적이거나 양식적인 미화는 약하다. 있는 그대로는 아니지만 심층에 깔린 이면 주제가 있는 것은 아니다. 그러나 담박(淡泊)하기까지는 않다. 유인(幽人)은 곧 석천을 두고 한 말일 것이요, 고정(孤亭)은 식영정이다. 한가롭고 정적이다. 송강의 시에 이와 같은 분위기의 시상이 있다는 것이 놀랍다.

　뒤의 시는 더욱 사실적, 고백적이다. 따라서 1, 2행의 시적공간은 진실성이 확보되면서 그 분위기는 3행까지 지속된다. 그리하여 4행의 연민(憐憫)으로까지 이어질 수 있는 것이다. 여기서의 차노(此老)와 산인(山人)은 각각 송강 자신과 석천을 두고 한 말일 것이다. 송강은 어쩔 수 없이 천성이 솔직한 시인이었다. 3행은 따라서 조선시대 도학자적 풍류도 아니요, 그렇다고 현자의 피세적인 풍류도 아닌 송강만이 지니는 기질에서 소산된 진솔한 풍류이다. 송강의 사실성과 솔직함은 "이 늙은이 본디 숨어 사는 손이 아니지만"에서 단적으로 확보된다. 이는 분명 송강시가 지니는 한 면모임에 틀림없다.

2) 풍류의 이질성

앞서 말한 바와 같이 석천과 송강이 추구한 풍류는 유사성에 못지않게 그 차이점 또한 뚜렷하게 드러나는데, 석천은 귀거래에 대한 강한 동경을 표방하면서, 자연에 대해서는 있는 그대로의 동화, 즉 어떠한 양식적인 미의 개입도 허용치 않는 담박미를 창출하고 있다. 반면, 송강은 귀거래에 대한 동경을 드러낸 시가 거의 없으며, 자연 또한 일정 부분 양식화된 자연으로 인식되고 있다.

(1) 귀거래(歸去來)의 동경과 연상수법

問道僧先至	길을 묻는 승이 다가 오기에
觀山我亦來	산을 보다 말고 내려가 만났도다.
鄕心俱已斷	고향을 그리는 마음 간장이 끊어지는데
萬里鶴徘徊44	만 리 밖에 배회하는 외로운 학이여

이 시는 앞서 보인 시편과는 아주 다른 분위기다. 우선 분위기는 정적이지만 시인의 마음은 동적이다. 2행의 래(來)와 4행의 배회(徘徊)는 시인의 마음이 안정되어 있지 못함을 나타내고 있다. 귀거래에 대한 간절한 바람은 단적으로 3행에 나타나 있지만, 뜻을 이루지 못하고 백발이 되어서도 방황하는 초라한 자신의 모습이 4행의 배회하는 학(鶴)으로 형상화되었다. 조정의 주변에서 머뭇거리고 있는 자신을 고향 만리 밖에서 배회하고 있는 학으로 표현한 것은, 과연 석천다운 표현기교의 풍류라 하겠다.

견승(見僧) → 사향(思鄕) → 향수(鄕愁) → 자탄(自歎)으로 이어지는 연상수법이 뛰어나지만, 향수가 곧 괘관(掛冠)이기에 마음대로 실행하지 못하

---

44 贈鄕僧玄俊.

고 세월만 보낸 자신에 대한 자괴지심(自愧之心)이 강하게 표방되어 있다.

午上正陽臺　　낮에 정양대로 갔더니
八萬群峰挿　　팔만 개 봉우리가 우뚝 솟았네.
初如霜雪凝　　처음 보니 서리와 눈이 서린 듯하더니.
又似瓊瑤鈒　　다시 보니 구슬로 아로새긴 듯하네.
天上未可知　　천상의 세계는 내야 모르지만
此實人間甲[45]　인간의 세상에선 여기가 으뜸 일세

　이는 형식상 6행으로 된 5언 시인데 고체시(古體詩)이다. 석천은 시 형식에서 매우 자유로웠던 인물인데 이는 그가 말한 오시상호탕하용교기궐(吾詩尙豪宕何用巧剞劂)[46]과 상통한다. 굳이 시의 형식 같은 것에 얽매이지 않겠다는 것이다.

　정양대에서 바라본 금강산의 모습을 읊은 것으로 3행과 4행의 대구가 눈에 띈다. 곧 송강의 〈관동별곡〉 중의 "들을제는 우레러니 보니는 눈이로다."의 구절을 대한 듯 시인은 분명 깎아지른 듯한 봉우리를 보았다가 다시 굽어서 계곡을 흐르는 물소리를 들었음직하지 않는가? 3행의 봉우리에 대한 시각적인 묘사와 4행의 계곡물에 대한 청각적 묘사가 조화를 이루어 시청의 공감각적으로 사실감과 생동감을 불러일으키고 있다. 2행은 3행으로, 3행은 다시 4행으로 자연스럽게 연상된다. 남용익이 말한 바의 "비동(飛動)"이다.[47]

　怒爆灑天半　　성난 폭포수는 하늘을 반으로 가를 듯

---

45 贈正陽大仁.
46 「喜大樹見訪論詩」, 계명한문학연구회편, 『退溪先生文集』 권9, 4208~4210면.
47 南龍翼, 『壺谷詩評』 石川의 시를 평하여 한마디로 〈飛動〉이라 했다. 174면.

호남시가의 풍류　493

蒼蒼如白虹　맑은 하늘에 하얀 무지개가 뜬 것 같네.

問僧何處住　묻노라, 스님이여! 어디에 사는가.

笑指一聲鍾　웃으며 저 멀리 종소리 나는 곳 가리키네.

우선 1, 2행의 과장된 표현에 의한 동적인 면과 3, 4행의 정적인 면이 대조를 이루고 있다. 하늘을 둘로 가를듯한 기세를 지닌 폭포수와 같은 세상의 비방소리, 무지개같이 화려한 속세의 온갖 유혹을 다 뿌리치고 의연히 살아가겠다는 자신의 의지를 드러낸 시라 생각된다. 이제신[48]이 말한 바 "상기불곡순규구(尙氣不曲循規矩)"로서 기백이 넘치고 있다. 1행과 2행의 시상은 3행으로 이어지면서 급전환되어 있지만, 3행에서 4행으로 이동은 자연스럽게 연상되고 있다.

(2) 담박미(淡泊美)의 추구

醉臥星山洞　취하여 성산 골짜기에 누워보니

松花靈我衣　송화 향기 옷에 가득 스미네.

僧來乞詩句　불승은 와서 시를 청하고는

還與嶺雲歸　고개의 구름 따라 유유히 떠나가네.

성산의 식영정에 있을 때의 작인데 자연의 풍정을 장주적(莊周的)인 태도로 읊었다. 연화훈혈(烟火薰血)의 의기가 물씬 풍기는 시에서 인간풍정(人間風情)[49]이 느껴진다면, 관념화되거나 양식화를 거부한 시, 자연 그대로의 정취와 신선함을 느끼게 하는 시에서는, 자연풍정(自然風情)이 느껴진다. 골짜기, 송화, 불승, 시, 고개, 구릉 등의 친근한 시어, 그러면서도

---

48 「清江詩話」, 조종업 편, 『한국시화총편』 1, 동서문화원, 1989, 477면.

49 최진원, 『한국고전시가의 형상성』, 성균관대학교 대동문화연구소, 1988, 137~146면.

일체의 양식화가 배제되어 있기에 담박(淡泊)한 맛을 풍긴다.

溶溶嶺上雲　뭉게뭉게 산마루에 이는 구름
纔出而還斂　나오는 듯 나타났다 금방 도로 걷히어 숨네.
無事孰如雲　한가할 때 제일 좋은 벗은 구름이로다.
相看兩不厭　서로 보고 또 보아도 싫지가 않네.

사위이자 제자인 김성원이 지어준 성산의 식영정 주변의 승경을 노래한 〈식영정 20영〉 중 첫 수인 〈서석한운〉이다. 그가 그렇게도 바랐던 귀전원(歸田園)을 성취하고 난 후의 작품이다. 前代의 詩想과는 달리 "비동飛動"이나 낙낙(落落)함이 나타나지 않는다. 그러면서 도잠(陶潛)처럼 재흔재분(載欣載奔)하는 야단스러움도 없다. 그저 맑다. 이름 하여 담박이다. 구름의 자유로운 이동, 그것은 소박한 단순성에서 기인한 절로절로이다.[50] 자연을 매개로하여 회포를 붙인다거나, 또는 자연을 규범화 시키지 않고 있음이 석천의 시에 나타난 풍류이다. 타인에 의한 현실의 도피가 아니기에 더욱 그러하다.

(3) 양식미(樣式美)의 창조

蕭蕭落木聲　쓸쓸히 나뭇잎 떨어지는 소리
錯認爲疎雨　성긴 빗발인양 그릇 알고서
呼僧出門看　스님 불러 나가 보랬더니
月掛溪南樹　시내 앞 나무 가지의 달을 말하네.

〈산사야음〉인데 송강은 자연을 즐기고 있음이 분명하다. 소소(蕭蕭)한

---

50 최진원, 『국문학과 자연』, 성균관대학교출판부, 1981, 107면.

이미지가 풍기거나 드러나지 않는 밝은 분위기다. 곧, 형상화의 재치이다. 송강의 자연에 대한 인식 태도는 있는 그대로를 즐기는 차원과, 있는 것을 자기화 해서 즐기는 경우가 있는데, 위의 시는 후자에 속한다.

1행의 쓸쓸한 분위기는 청(聽)으로, 전체적인 밝은 분위기로의 전환은 시(視)로써, 서로를 조화롭게 배합시켰다. 이른바 송강 시의 회화성(繪畵性)이란 바로 이를 두고 한 것이다. 송강의 자연은 1·2행에서 이미 3·4행을 짐작할 수 있게 한다. 그만큼 양식화 되어 있다.

一聲長嘯倚東皐	긴 한숨 내쉬며 東皐에 기대었노라
萬事如今入二毛	만사가 이처럼 늙고 말았는가
偶抱一病人爲馬	남들은 병들은 司馬相如라 하거나
適成三逕或云陶[51]	때 맞춰 三逕이루니 陶潛이라 이르네.

송강에게는 귀거래의 동경이 약하다. 그러니까 그는 자연에 있으면서도 거기에 완전히 동화되지 못한다. 이른바 자연에 귀은(歸隱)[52]치 못 한 것이다. 자연을 대상으로 자신의 처지를 한탄한다. 그런데 그것은 불우한 처지에의 한탄이 아니라, 늙음에 대한 것이니 그것이 송강다운 점이라 할 수 있다. 따라서 3행의 인위(人爲)라던가 4행의 혹운(或云)은 자신의 의지와는 관계없는 다른 사람의 생각일 뿐이다. 그러므로 귀거래와 자신의 입장과는 별개의 문제이다.

萬事如今白頭翁	세파에 시달려 나이만 먹었구나
夕陽西下水分流	해는 서산에 기울고 강물도 갈라지는데
蓬山何處美人在	봉래산 어느 곳에 님은 계신가

51 自高陽向漢陽路中, 四首中 세 번째.
52 최진원, 「松江詩歌의 風流」, 앞의 책, 126면.

江月欲生江樹愁[53]　강달이 떠오매 물가 숲이 근심하네.

　1행은 백두(白頭)로써 서정의 주관적 유발이라면 2행은 백두와 같은 이미지 석양(夕陽)으로 서정의 객관적 확장을 의미한다. 만사(萬事)와 분류(分流) 또한 동일한 이미지로서 자연의 주관적인 합리화 즉, 자연의 자기화이다. 그러면서도 자연과의 동화는 아니다. 강월(江月)을 보자 연군지정(戀君之情)이 샘솟고,[54] 가까이 뵈올 수 없는 군(君)이기에 강수(江樹)로 비유된 자신에게 수심(愁心)이 생길 뿐이다. 1행의 백두에서 생긴 수(愁)와 강월을 뵈올 수 없어서 생기는 수의 연상 수법은 가히 뛰어나다.

　1행과 2행, 3행과 4행의 대구도 무(無)와 유(有)의 대비적 의미를 자아내고 있다. 백두옹(白頭翁)의 죽음, 수(水)의 분류(分流)는 곧 사라지는 무의 이미지요, 미인재(美人在)와 강수수(江樹愁)는 사라지지 않는 (有) 영원의 이미지로서, 상반된 이미지의 조화가, 읽는 이로 하여금 무한한 연민의 정을 자아내게 한다. 분류, 강월, 강수 등의 자연에 대한 인식은 곧 근심의 연장으로 작용하고 있다.

　따라서, 송강에게 귀(歸)는 있을지언정, 그것이 은(隱)으로까지 연장되지 않는다.[55] 그렇게 될 경우 수심(愁心)만 더할 뿐이다.

日哦二松下　날마다 두 솔 아래서 읊조리다가
潭底見遊鱗　못 속에 노니는 고기를 보네.
終夕不登釣　해 질 때까지 고기는 물리지 않아
忘機惟主人　속세와 멀리 떨어져 사는 이 주인이여.

---

53 「舟中口號」.

54 박준규, 「송강의 자연관 연구」, 『장암 지헌영선생 고희기념논총』, 1980, 7면. 송강의 경우 달로써 임금을 은유한 예가 많음을 지적하고 있다.

55 최진원, 앞의 책, 128면.

花能住百日　몇 달을 피고 지는 배롱나무 꽃

所以水邊栽　그래서 물가에 심었다던가.

春後有如此　봄꽃이 다 진 뒤에 잇달아 피니

東君無乃猜　봄바람이 시기하는 일이나 없을지!

長天看獨鶴　먼 하늘에 떠 있는 외로운 학!

露頂更藏腰　이마만 나와 있고 허리는 없네.

終日有煙氣　온 종일 연기 속을 헤매다가

無心歸舊巢　무심히 옛 집을 찾아오누나.

　석천의 〈식영정 20영〉에 차운한 것인데 각각 〈조대쌍송〉〈자미탄〉〈학동모연〉 등이다. 송강의 성산동 시에는 송강 특유의 호방함이 없다. 그 대신 내적 심리의 상실감이 외적 현실과의 극복될 수 없는 거리로 나타나고 있다.

　소나무, 물고기 등을 속세로 간주한 채 그들과의 친화를 시도하지만, 그것은 진정한 바람이 아니다. 그러기에 망기유주인(忘機惟主人)이다. 자연에 대한 오만함이다. 〈자미탄〉의 즉흥성(卽興性)은 가히 놀랍다. 화(花)를 자신에, 수(水)는 군(君)에 각각 비유했다. 그러면서도 동군(東君) 즉 간신(奸臣)을 등장시키는 양식화(樣式化)를 잊지 않았다. 군이 있으면 충신과 간신이 있기 마련이라는 사고는 공식적인 사고의 소산인데 송강의 자연에 대한 인식은 어쩌면 경계의 대상이기까지 한 것이었다.

　〈학동모연〉도 마찬가지이다. 자연에 돌아와서까지도 외롭기는 매 일반이고 보면 그는 분명 '독학(獨鶴)'임이 분명하다. 그것도 부족하여 노정(露頂)이요 장요(藏腰)하고 있는 학이다. 자연과의 극복할 수 없는 괴리가 4행의 무심귀구소(無心歸舊巢)이다. 유심(有心)한 것이라면 친화(親化)요 진정(眞正)일 수 있다. 그러나 무심히 돌아온 것이니 자의지적 귀거래가 아님이 분명하다.

〈조대쌍송〉의 4행과 〈자미탄〉의 4행 그리고 〈학동모연〉의 1·4행에서 보여준 송강의 순발력은 가히 일품이니 임경(任璟)[56]이 지적한 바의 취격(趣格)의 표일(飄逸)이다.

5. 결어

호남시가를 대상으로 시학의 정립을 위한 일환에서 만들어진 본고는, 우선 사제지간이었던 석천과 송강을 중심으로 그들의 시에 나타난 풍류를 살펴보았다. 논지의 전개상 각 시대마다 다르게 통용된 풍류의 개념을 먼저 정리해 보았다.

풍류의 개념을 보면, 신라시대에는 화랑을 지칭한 것 외에도 유·불·선 3교의 교리를 포함하고, 나아가 신라만이 지니는 독특한 교리 곧 현묘한 도를 뜻했거나, 의의 실천을 통하여 인인군자로서의 인품수양은 물론, 상마하고 상열하여 화(和)에로 나아가려는 의지를 의미했다. 그러므로 이 경우 어떤 이념이 현실인식보다 강조되어 미의식 추구 보다는 이념의 표방에 치우칠 우려가 있다. 이러한 풍류가 추구된 시는 철학시나 관념시가 되었을 공산이 크다고 보았다.

고려시대의 풍류는 고려 중기 이후 귀족들의 화려하고 사치스런 생활상에서 그 기반이 형성된 것으로서, 주·가·무가 함께하는 관능적 향락의 멋을 뜻했다. 이 경우의 시는, 이념보다는 현실인식이 강조되고 미래지향적이기 보다는 현실을 중요하게 생각하므로 낭만적인 성향의 시가되기 쉽다.

조선시대의 풍류는 자연을 매개함으로써 도의를 기뻐하고, 심성을 길러서 성정을 바르게 할 수 있는 멋을 뜻했으니, 이는 주로 도학자의 산수

---

56 『玄湖瑣談』, 449면, 이종은·정민, 앞의 책.

시에 나타난 것이었다. 도학자가 아닌 문사(文士)의 경우를 살피는 것 또한 중요한 것으로 생각되어, 본고에서는 석천과 송강을 대상으로 그들의 풍류를 밝혀보았다.

먼저 필자는 시학적 기반이 된 풍류를 멋으로 보았다, 즉 신라, 고려, 조선의 풍류는 각기 당대에 추구되어진 미의식의 발로에 의한 멋이라 했다. 따라서 그 멋은 개인적인 기질이나 이념에 영향 받기 쉬우므로 작품 중의 화자가 보여주는 멋, 작품의 구성이 보여주는 멋, 표현기교상의 멋, 나아가 자연에 대한 인식의 태도 등이 한데 엉기어 여하한 조화를 이루어 내느냐가 곧 시학의 근간이 된다고 생각했다.

논지의 전개상 서로 비슷하면서도 다른 생애를 살다간 석천과 송강의 생애를 살폈으며, 다음 석천과 송강의 시에 나타난 풍류를 밝혀 보았다.

석천과 송강의 시에 나타난 공통된 풍류는 모호성을 창조하는 기교의 사용과, 호탕한 시상의 전개, 자연을 있는 그대로 느끼게 하는 사실적 진솔미 등이 한데 어우러진 멋을 드러내고 있었다.

하지만 석천의 경우 자연을 있는 그대로 인식하는 태도가 주가 되어, 나머지 셋을 조화시키고 있는 반면에, 송강은 자연을 모두 양식화시키는 인식태도가 주가 되면서, 나머지 셋과 조화를 이루고 있었다.

또한 석천의 경우 따로 항목을 정하여 논의하지는 못했지만, 배율시(排律詩)에의 선호와 연상수법의 빈번한 사용 등도 그의 특유한 풍류와 관련을 맺고 있었다.

위에서 말한 바와 같이 두 사람 풍류의 차이점은 자연에 대한 인식의 차이였다. 석천의 경우는, 자연을 있는 그대로 두고, 그 있는 그대로의 자연과 동화를 추구했다. 따라서 그의 시에 나타난 자연은 양식화된 것이 아니며 거기에서 담박미가 실현되고 있다. 반면에, 송강은 사실적인 진솔미를 지향하면서도 그의 자연은 양식화된 것이었다. 있는 그대로의 자연이 아니라, 송강화 된 공식적인 자연인데, 그렇다고 조선시대 도학자들이 추구했던 규범화된 자연도 아니었다.

이와 같이 석천과 송강의 자연에 대한 인식의 차이는 그들의 기질과 인생의 역정에서 기인한 것이라 생각된다. 송강의 경우, 꽃은 자연의 변화가 의식된 꽃이다. 그러니까, 피어 있는 상태를 보고 그것을 완상하는 것이 아니라, 그것이 떨어질 것을 먼저 생각하고 있다. 이와 같은 류가 송강의 시에 나타난 그의 자연관이요 곧 풍류의 일단이다.

석천과 송강의 시에 추구되어진 풍류의 유사성과 자연에 대한 인식의 태도가, 호남시가에서 계승 또는 변모된 과정은 후고를 통해 계속 논의할 생각이다.

호남의 우국시조

1. 논의의 전개와 목표

본고는 명종 16년(1561)에 태어나 광해군 14년(1622)에 세상을 떠난 칠실(漆室) 이덕일(李德一)의 시조를 중심으로 임진왜란(1592)과 병자호란(1636) 등 병란 후의 극도로 혼란스런 시대상황에 시조가 어떻게 대처 하였는가를 살핌은 물론, 한 발 나아가서 서정시로만 단정 지어진 시조의 갈래적 성격에 대한 재론의 여지를 마련해 봄을 그 목표로 한다.

병란의 체험을 다룬 시조 외의 작품은 운문 갈래와 산문 갈래 공히 그 양과 질에 있어서 상당함은 널리 알려진 바 이지만, 시조에 대해서는 작품의 숫적 열세에다 그 내용에 있어서도 전쟁의 양상을 직접 다루거나 그 참상을 노래하지 못하고 위기를 맞이한 내면적인 고민을 토로하는 정도[1]라는 지적으로 대변되어져 온 것이 사실이다.

물론 작품이 많아야 그 가운데 훌륭한 작품 또는 그렇지 못한 작품의 자연스런 우열이 있을 수 있다는 생각이지만, 꼭 작품의 양과 문학적 성과와는 비례관계에 있지 않음도 역시 사실이다. 시조 문학의 경우 그간 소개된 대부분의 작품들은 작자가 뚜렷한 문제의식을 가지고 병란 전의 상황과 병란 후의 현실적 질곡에 대해 비판적 안목으로써 구체화시킨 경우는 드물었던 것 같다.

이는 여타 갈래의 경우와는 다른 것인데 한시의 경우 유몽인(1559~

---

1 조동일, 『한국문학통사』 권3, 34면.

1623), 권필(1569~1612), 허균(1569~1618), 이안눌(1571~1637) 등이 역사적 이면을 집약된 표현 속에 전체적으로 담아내려 했거나 절실한 표현으로 전쟁이 남긴 참상을 그려냈었다.

가사문학의 경우 또한 최현(1563~1640)의 〈용사음〉, 박인로(1561~1642)의 〈누항사〉, 허전(1563~?)의 〈고공가〉 등이 특히 주목되는데 〈용사음〉은 전란의 경과와 책임을 따져 밝히고 복구를 위한 노력을 게을리 하지 말자는 내용을 담았으며 〈고공가〉는 머슴노래에 가탁한 수법을 통하여 정치를 농사짓는 일에 비긴 뒤 백관들의 무능과 탐욕을 개탄하면서 나라를 걱정하는 내용을 은유적으로 표현 하였다.[2]

이상과 같은 한시와 가사는 작자가 문제의식을 지닌 채 유교적 명분론에 입각한 사고방식을 깨뜨리고 현실을 직시하려고 애쓴 흔적이 보이지만, 시조는 그렇지 못했다는 것이 지금까지의 중론이었다. 병란을 다루거나 그와 관련한 시조에 대하여 의인의 달관(達觀)한 모습을 보인 것(高敬命의 시조 3수), 선조를 그리며 단충(丹衷)을 담은 것(李陽元의 시조 1수), 우국의 충정을 그린 것(李舜臣의 시조 1수), 포로 생활의 피어린 체험을 기록한 것(白受繪의 到對馬島歌 3수), 정열과 용맹을 나라를 구하는 데에 쓰지 못하여 원통해 하는 것(金德齡의 시조 1수), 자식을 그리는 애타는 심정을 토로한 것(仁祖大王의 시조 1수), 장군의 기개를 드러낸 것(林慶業의 시조 1수), 위국단충(爲國丹衷)을 보여준 것(洪翼漢의 시조 1수), 고국산천을 떠나는 비감(悲感)을 드러낸 것(金尙憲의 시조 1수), 병자년(丙子年)의 국치(國恥)를 씻어 보려는 의지를 보인 것(金振泰의 시조 1수) 등이라는 논의만을 두고 본다면[3] 앞서의 지적은 수긍하고도 남음이 있겠다.

그러나 칠실의 〈우국가〉 28수를 소홀히 다룬 채 내려진 평가라면, 그러한 논의는 재론되어야 마땅할 것이다. 칠실의 우국시조는 그가 태어난

---

2 이상보, 『17세기 가사 전집』, 교학연구사, 1987, 18면.
3 박을수, 『한국시조문학전사』, 성문각, 1978, 62~70면.

향리에서 제작된 것으로 그의 작품에 나타난 강호는 퇴계, 농암, 송암 등의 시조에 나타난 환해(宦海)현실과는 분명 격절(隔絶)된 것이다. 이른바 그의 향리는 구도공간(求道空間)이 아니며, 율곡, 상촌, 송강 등의 작품에 표방된 안위(慰安)의 공간(空間) 또한 아니었다. 그렇다고 하여 고산의 시조에서 실현되고 있는 직물적(卽物的) 흥취(興趣)를 통한 심미적 희열을 체험하는 공간은 더욱 아니었다.[4] 퇴계 등에게서 인식된 강호자연은 율곡 등과 고산을 거치는 동안에 그 공간의 의미가 바뀌어져 갔는데, 마침내 칠실의 경우에 이르러선 환해현실과 강호자연의 두 곳 공히 질곡(桎梏)의 공간(空間)으로 낙착된 것이다.

다시 말해서 16세기 국문시가에서 인식된 강호자연의 의미가 17세기 칠실에 이르러선 커다란 낙차를 보이면서 실재해 있는 현실 그대로 투영된 것인데, 이는 칠실의 이념과 그에 따른 시학과의 깊은 관련을 맺는다. 정치적 분파의 휩쓸림에 따라 정치적 부침이 숙명적일 수밖에 없었던 환해현실에서 재조자(在朝者)의 몸이 되면 경국제민에 힘쓰고 재야자(在野者)가 되면 강호에서 구도(求道), 안위(慰安), 희열(喜悅) 등으로 즐거움을 찾았던 사람들, 그들에게 있어서 병란 후의 강호는 이제 더 이상 수양할 수 있는 공간도 휴식의 공간도 아니었으며, 고산의 경우처럼 희열을 느낄 수 있는 정신적 넉넉함이 보장되는 유토피아는 더욱 아니었다.

그곳은 오랑캐의 말발굽이 남긴 참혹한 상흔으로 얼룩졌으며 오랜 유민생활과 가혹한 수탈에 따른 기갈과 위정자에 대한 원망 및 분노로 가득 차 있었다. 이러한 상황은 강호현실만이 아니라, 환해의 심연(深淵)도 마찬가지였다. 이와 같은 단말마적인 비극적 시대상황에 대해 관심을 갖고 있는 그대로의 현실을 비판적 시각으로 오롯이 담아냄은 물론 그 원인과 재연 방지 곧 대책까지 제시한 시조작가는 거의 없었다.

---

4 우응순, 「16세기 정치현실과 시가 문학」, 민족문학사연구소, 『민족문학사강좌』 상, 162 ~176면.

그러나 칠실의 경우는 달랐다. 그가 환해현실의 모순과 부조리, 강호현실의 신음과 질곡에 대해 그 원인이 덕치(德治)의 불행(不行)과 수기(修己)의 부족함에 있다고 보고 철저한 자기성찰과 자기완성의 수기를 이룬 다음, 치인에 임하여선 덕치를 행한다면 모든 문제가 해결되리라는 대안까지 제시할 수 있었던 것은 작가의 시학과 밀접한 관련을 맺기 마련이다. 그러한 시학이 있기까지는 그 기반을 이루는 작가의 인물됨 곧 전기적 사실에 대한 이해가 선행되어야 하겠기에 절을 달리하여 살펴보기로 한다.

2. 칠실(漆室)의 인물됨과 시학적 기반

칠실의 시조를 온당하게 파악하기 위해서는 그에 대한 전기적 이해가 우선 되어야함은 마땅한 일이다. 그러나 작가의 전기와 작품이 반드시 대응관계를 보이지만은 않을 뿐만 아니라, 전기적 사실과는 전혀 다른 방향으로 작품이 이루어질 수도 있기 때문에 그의 전기적 사실을 살피되 그것을 작품 창작의 근간이 된 시학적 기반과의 관련성 속에서 이해하고자 한다.

따라서 여기서는 칠실의 시조 창작뿐만 아니라 그의 전 생애를 지배한 이데올로기의 성격과 그것의 형성과정에 대하여 살피되 그가 직·간접적으로 젖어 있었던 당대 호남지방 사림의 성향과 관련지어 주목하고자 한다. 다시 말해서 그의 이데올로기 형성에는 스승과 호남지역 사림의 상호 영향작용이 있었을 것이라는 생각을 계속하여 지니고자 한다.

칠실은 함평인(咸平人)으로 자는 경이(敬而)요 호는 칠실(漆室)이며 이름은 덕일(德一)이니 1561년 함평군 대동면 향교리에서 부친 첨지중추부사 은(誾)과 김해 김씨와의 사이에서 태어났다. 칠실의 이데올로기를 살피는 데에는 앞서 말한 바와 같이 사승인물과 사숙인물 곧 집안과 관련을 맺고 있던 당대 호남의 대표적 사림에 대한 이해가 선행되어야 할 것이다.

그의 스승은 조고 의정(依楨)이었다. 의정은 학업으로 세상에 이름이 났을 뿐만 아니라, 정성과 효성 또한 뛰어나 중종 때 광릉(세조의 陵) 침랑(寢郞)으로 추천된 인물이었다. 칠실은 엄한 성품의 조부로부터 소쇄(瀟灑), 진퇴(進退), 절차(節次) 등 동몽(童蒙)이 실천해서 몸에 익혀야 할 공부를 배웠다.

> 10세 후부터는 부모섬기는 도리를 알았고 昏定晨省의 예가 극진했으며 정월 초하루·동짓날과 보통 달의 초하루 보름이면 반드시 家廟에 참배하였으니 대체로 孝는 공의 집안에서 대대로 내려오는 행실이었고 할아버지 참봉공으로부터 준칙이 되었다.[5]

> "공의 골상(骨相)은 기위(奇偉)하고 소리는 대단히 컸으며 성품은 지극히 효성스러워 아이 때부터 벌써 혼정신성(昏定晨省)의 예를 행하였다."[6]

이와 같은 지적에서 볼 수 있듯이 칠실은 『小學』의 정신을 중요시하는 실천궁행의 유학정신을 어려서부터 체득한 인물임을 알 수 있다. 부모께 효도하는 절실한 마음을 갖다 보면, 혼정신성 등은 자연히 체현되는 것임을 감안 할 때, 그는 철저한 자기완성과 자기성찰의 수기(修己)를 실천궁행하는 도학파적 성향을 지닌 인물로 성장하고 있었음을 알 수 있다. 다시 말해서 철저한 수기를 완성하고 난 뒤라야 치인에 있어서 덕치와 예치를 펼 수 있다는 이념적 분위기에 깊이 젖어 있었다. 실천궁행을 강조한 그의 자세는 둘째 아들 양휴(揚休)에게 보낸 〈계자양휴서〉에서 분명하

---

5 李師聖,「李公漆室傳」,『漆室遺稿』, 56면. (이하 『遺稿』라 약칭함.)

6 權尙夏,「漆室李公墓碣」,『漆室遺稿』, 68면.

게 확인된다.

힘써 배워서 자신의 힘으로 서서 선조를 더럽히지 말 것, 지사(志士)는 촌음(寸陰)이라도 아끼니 한 마음인들 잊지 말 것, 엄하게 하루 일과를 세워 하루도 책읽기를 빼뜨리지 말 것 등(『유고』, 5면)에서 알 수 있듯이, '힘써 배워서 자신의 힘으로 서서', '지사는 촌음이라도 아끼니 한 마음인들 잊지 말 것', '하루도 책읽기를 빼뜨리지 말 것' 등을 운운한 것은 修己에 대한 그의 엄격하고 철저한 면모를 다시 한 번 확인케 한다.

힘써 배워서 자신의 힘으로 일어서는 것과 하루도 책읽기를 빼뜨리지 않는 것은 수기에 해당하며, 지사가 촌음을 아끼어 한 시도 잊지 못할 것은 치인에 있어서의 지치(至治) 곧 덕치(德治)의 실현을 위해 애쓰는 모습이 아닐 수 없다. 수기와 지치, 이는 곧 도학파의 실천궁행 덕목과 다를 바 없겠다. 그가 위와 같이 『소학』에서 강조한 실천궁행의 유학정신을 이념으로 확립하기까지에는 조부로부터 물려받은 가르침 외에도, 그가 소속해 있던 가문의 인맥 곧 호남 사림파의 대표적 인물들로부터 영향 받은 바가 상당했을 것이라 생각한다.

주지하는 바와 같이 호남의 사림들은 처(處)보다는 출(出)을 지향했는데 이들의 대부분은 김종직의 제자인 김굉필의 영향을 받은 도학파들이었다. 호남의 사림들은 철저한 수기의 자세로써 주로 언간(言諫)과 대간(臺諫)의 벼슬을 했는데 거침없는 활동을 펴다가 기묘사화 때 그로 인해 조광조와 함께 큰 화를 당하기도 했다.

訥齋 朴詳을 위시한 이들 도학파 사림 중에서 石川 林億齡(1496~1568)과 松齋 羅世纘(1498~1551)은 대표적 인물로서 두 사람 모두 칠실과 관련된다. 칠실공의 아내는 錦城 羅氏이니 아버지는 生員 慄이며 松齋선생 世纘과 石川선생 林億齡공은 親家 外家의 從祖이다.[7]

---

7 이사성, 「李公漆室傳」, 『유고』, 55면.

위에서 보는 바와 같이 칠실공은 부인을 통해서였지만 나름대로는 일정하게 호남 사림의 도학파적 분위기와 관련을 맺을 수 있었다고 판단된다.

이를 좀 더 구체적으로 살피면 금성(錦城) 나씨 17대손 은제(殷制)에겐 빈(彬)과 균(均)의 두 아들이 있었는데 빈으로부터 세집(世緝)·세찬(世纘)의 두 아들이 나온다. 세집은 항(恒)·율(慄)의 두 아들을 두었는데 둘째 아들 율이 칠실공의 장인이다.[8] 그러므로 호남 사림에서 올곧은 선비로 맨 먼저 꼽히는 송재 세찬은 칠실공 부인의 종조부가 된다

또한, 선산 임씨 오대손에 종(宗)과 수(秀)가 있었는데 수는 우원(遇元) 우형(遇亨), 우리(遇利), 우정(遇貞)의 네 아들을 두었다. 그 중에서 둘째 우형은 천령(千齡), 만령(萬齡), 억령(億齡), 백령(百齡), 구령(九齡)의 다섯 아들을 낳았는데 셋째 아들이 곧 호남 사림의 종장(宗匠)이요, 식영정 시단의 주인이었던 석천 임억령이다. 수의 막내아들 우정의 두 아들 중 장남 현령(玄齡)은 2남 1녀를 두었는데 앞서 말한 나율(羅慄)은 현령의 사위이다. 그러므로 칠실공의 부인에게 석천은 외종조부가 된다.[9] 이와 같이 칠실공은 그의 처가를 통하여 안과 밖으로 호남사림의 대표적 인물들과 통할 수 있었음을 알 수 있다. 그렇다면 이제 석천과 송재의 인물됨에 대하여 살핀 다음 칠실공과의 영향관계에 대하여 논의하기로 하겠다.

석천 임억령(1496~1568)은 아우 백령(白齡)이 을사사화에 연루되는 등 사화기를 살았던 인물이다. 그는 조광조와 친분이 두터웠던 호남 도학파 사림의 대표격인 눌재 박상(1474~1530)의 문하였는데, 스승으로부터 지치주의의 이상 정치에 대하여 많은 감화를 받고, 자신 또한 철저한 수기를 통하여 의리와 명분에 따라 경국하고 제민하고자 노력했던 인물이다. 그는 호남의 도학파 사림들이 중앙정계 대하여 갖는 강한 불만적 분위기에 젖어 그 나름의 독특한 방외적(方外的) 기질을 발휘하였으며, 중국의

---

8 『錦城羅氏世譜』

9 『善山林氏大同譜』

자연 시인이자 귀거래의 표본으로 인식되었던 굴원(屈原), 도연명, 장주(莊周), 이백(李白) 등에 대해 사숙한 결과, 심각하고 무거운 문제조차도 대수롭지 아니한 것으로 여기는 낭만적 정서를 터득한 인물이다.

그의 방외적 기질과 낭만적 정서가 하나 된 시학의 기반은 때론 사회 비판시로, 때론 낭만적 서정시로 나타났다. 그 중에서 〈송대장군가〉는 서사 한시로서 사화기를 걱정하는 애국심과, 도탄에 빠진 백성을 구제하고자 애쓴 애민정신의 발현으로서, 석천의 진면목이 잘 실현된 시로 알려져 있다. 그의 기질과 정서에 바탕한 시편들은 즉흥적·직서적인 표출을 주로 하였음은 물론, 현실을 직시하고 불합리한 점을 과감하게 비판하지만 그를 낭만적으로 해소하려는 경향을 지녔다.[10]

한편, 송재 나세찬(1498~1551) 역시 지치주의 사림으로서, 처(處)보다는 출(出)을 선호했다. 그는 천리(天理), 인성(人性) 등 성리학의 관념적 이론을 따져들기 보다는, 유학 경전의 내용을 실천궁행하는 의리지학(義理之學)을 택했던 인물이다. 그는 광·라 지역에 기반을 둔 호남사림의 일원답게 중앙정계로의 진출 후에는 주로 언간직과 대간직에 종사하면서 경세(經世)의 요체야말로 임금의 덕치(德治)에 있음을 믿고 그의 실천에 힘썼다. 송재의 사상적 기반은 도학(道學)이었기에 의리와 명분에 따르는 가치를 지향하였고, 덕목으로는 경전 내용의 실천궁행을 내세웠다.

다시 말해서 수기에 있어서의 철저한 자기성찰과 치인에 있어서의 완벽한 지치주의를 내세웠다. 여기서 말하는 지치의 치인법(治人法)은 백성을 위하여 군신이 존재한다는 애민과 위민 의식으로 발현된 것이었다. 그러므로 애민 정치나 위민 정치가 실현되지 않을 경우, 나아가 불의로써 사림과 백성이 고통을 당할 경우 그것을 좌시하지 못하고 과감히 맞섰다. 그는 부(賦) 문학에 남다른 관심을 보였으며, 그의 〈애병백부〉는 당시 사림들의 입장을 반영한 것으로 숱한 화제와 더불어, 그 때문에 반대파인

---

10 졸고, 「석천 임억령 시문학 연구」, 성균관대 박사학위논문, 1994, 10~120면.

김안로 등으로부터 커다란 고초를 당하기도 하였다.

　이상에서 살핀 석천과 송재는 도학파의 일원으로서 당시 호남 사림들로부터는 대단히 추앙받던 인물 이었는데 위의 두 사람과 칠실공과의 관계 맺음은 어떠한 형식이로든 일정하게 칠실의 세계관이나 가치관 형성에 영향을 끼쳤다고 판단된다. 칠실의 행적과 시조를 볼 때 마치 석천과 송재를 한꺼번에 대하는 느낌을 떨치기가 힘들기 때문에 이러한 생각은 더욱 확신을 갖게 한다.

　칠실은 광해군(1613)에 인목대비에 대한 폐모론이 일자, 즉각 〈폐대비척소〉를 지어 그것이 명분이 없으며 의롭지 못한 일이라고 반대한 뒤, 이이첨, 한효순, 민몽룡 등의 흉계를 질타함은 물론, 임금께는 천리(天理)를 따르라고 하면서 "신이 비록 쇠하여 쓸모없는 사람이나 전에는 녹(祿)을 받던 말단 신하였으니 목 베이는 형벌을 피하지 아니하고 감히 이에 임금님을 괴롭혔습니다."라고[11] 하여 목이 잘리는 한이 있더라도 의리와 명분을 지키고자 했던 도학자적 당당한 자세를 보여준 점은, 마치 뼈가 부숴 지고 온몸이 깨지는 심문을 당하면서도 올바른 소신을 굽히지 않았던 송재를 본 듯하다.

　또한 "거꾸로 매달린 듯 설자리를 잃음과 추위와 굶주림에 울부짖음과 초췌하고 고생스러운 형편을 또한 형언할 수가 없습니다."[12]에서 본 바와 같이 이는 공부(貢賦)와 부역(徭役)을 모두 전결(田結)에다 매김으로써 백성들이 거꾸로 매달린 듯 불안하고 유리걸식(流離乞食)하여 굶어 죽는 자가 빈발하는 농촌의 현실을 있는 그대로 직시한 것인데, 이러한 애민의 태도는 치인에 있어서 철저지 못함을 비판하고 애민하지 못함을 공격한 석천의 서사시를 접하는 느낌이다.

　이상에서 살폈듯이 칠실은 유년시절과 소년시절은 조부로부터, 청장년

11　『유고』, 25면.
12　「大洞江都疏」, 『유고』, 6~7면.

시절은 석천과 송재로부터 영향 받아 수기(修己), 지치(至治), 덕치(德治)를 이상으로 하는 도학자적 실천궁행의 정신을 이념이나 세계관으로 확립시켰다고 생각한다.

따라서 칠실공의 시조를 온당하게 이해하기 위해서라면 그의 시조 창작의 기본 정신 이었던 도학자적 성향을 간과해선 곤란하겠다. 칠실공은 수기와 치인의 완성된 단계가 곧 덕치라는 신념을 지녔기에 위정자의 무능과 포악함을 당당히 비판할 수 있었으며, 백성의 굶주림과 초췌함을 현실적 사실로 직시하고 비판함은 물론 그 대안까지 분명히 제시할 수 있었다.

다시 말해서 그의 시학적 기반이 된 도학자적 자세는 그로 하여금 문제의식을 가지고 당대 현실의 모순과 질곡의 상태가 어디에서 비롯되며 그 실상이 얼마나 참혹한가를 직시할 수 있게 했으며, 그에 따른 문제 해결의 전망까지 제시할 수 있도록 한 것이다. 이제 시학의 기반과 전기적 사실이 하나 되어 실현된 우국 시조 28수에 대하여 살펴보기로 하겠다.

3. 서사시적 상황과 우국시조 28수

1) 서사시적 상황의 전개

조선사회가 안고 있는 제반 모순이 전면에 드러난 것은 두 차례의 왜란을 겪고 난 뒤의 상황이다. 연이은 사화 등 잦은 내란과 커다란 두 차례의 외침으로 인하여 위정자들의 무능함은 만천하에 드러났으며 백성들은 생존의 현장에서 부딪치고 싸우는 동안 자기존재에 대해 눈을 뜨게 되었다.

이런 분위기에 편승하여 현실주의적 자세를 지닌 사대부 시인들은 서사한시를 통해 민중의 현실적 입장과 처지를 심도 있게 파고들어 생동감

있게 그려냈다. 또한 모든 문제를 백성의 현실과 백성의 현실에 대한 인식을 통해서 풀어가려고 했다.[13]

그렇지만 그러한 움직임의 힘은 아직은 미약했다. 여기서는 칠실 당대의 서사시적 상황과 그에 대응한 칠실의 전기적 사실과 관련지어 우국시조의 이해에 임하고자 한다. 그의 우국시조 28수는 1613년(광해군 5) 인목대비에 대한 폐모론(廢母論)이 나오자 〈폐대비척소〉를 올린 뒤에 지은 것이다.

1591년(선조 24) 좌의정 정철의 건저문제(建儲問題)가 발생하자 동인쪽에서 서인의 처리를 두고 강경파와 온건파로 입장이 나뉘었는데 결국 조식계열의 강경파는 북인으로, 이황계열의 온건파는 남인으로 갈리면서, 북인이 세력을 잡았다. 그러다가 1599년(선조 32)에 북인은 다시 大北과 小北으로 나뉘었는데, 그 원인은 북인 홍여순(洪如淳)이 대사헌이 되려고 할 때, 같은 북인인 남이홍(南以恭)이 반대했기 때문이다.

이리하여 북인은 홍여순을 지지하는 대북과 남이공을 지지하는 소북으로 갈라졌는데 1602년(선조 35)에 소북의 영수 유영경(柳永慶)이 영의정이 되면서 소북파가 정권을 잡고 득세했다. 그러나 선조 말년 1608년(선조 41)에 선조는 유영경 등과 함께 세자로 책봉된 광해군 대신에 어린 영창대군(永昌大君)을 옹립하려 했다. 이때 이이첨, 정인홍 등의 반대로 실패한 뒤, 선조는 그만 세상을 뜨고 만다.

광해군이 왕위에 오르자(1609) 이이첨 등의 대북파를 기용하였고, 이에 세자 책봉의 문제를 일으킨 유영경을 귀양 보내 죽인 것을 비롯, 소북파에게 크게 참화를 입혔다. 이이첨은 예조판서와 대제학을 겸임하였는데 廣昌 부원군에 피봉되어 과거를 맡게 되자, 대북파를 대거 끌어들여 임해군(臨海君) 진(珒)과 영창대군을 죽이고 폐비의 논의를 주창하는 등 대대적인 화(禍)를 꾸몄다. 그는 선조의 장인 김제남(金悌男)을 죽이는 등 연

---

13 졸고, 「석천 임억령 시문학연구」, 성균관대 박사학위논문, 1994, 160면.

이어 큰 옥사를 일으켰는데 내건 명분은 역적 토벌이었다.

그의 만행은 1618년(광해군 10)에 인목대비를 폐하여 서궁에 유폐시키기까지 하였는데, 이른바 인목대비유폐사건은 천륜을 져버리는 악행으로써 정변의 빌미를 제공하게 된다. 이귀(李貴), 김자점(金自點), 이괄(李适) 등의 서인들은 1623년(광해군 15)에 무력정변을 일으켜 성공하자, 왕대비(王大妃) 곧 인목대비의 윤허를 얻어 능양군(綾陽君) 종(倧)을 옹립한다. 그가 바로 인조이며 이 정변으로 대북파인 이이첨(李爾瞻), 정인홍(鄭仁弘), 이위경(李偉卿) 등의 200여 명이 참형 또는 귀향 보내졌다.[14]

이와 같이 조선사회는 병란 후에도 내환이 그칠 사이가 없었다. 다시 말해서 훈구세력에 대한 처리 문제에 있어 도덕적 신념의 중시와 현실문제의 해결을 놓고 벌이던 논쟁이, 종래는 학파간의 대립으로 이어지면서, 붕당이 만들어지고 마침내는 정권싸움으로 연속되는 등 국가의 기강은 해이해질 대로 해이해졌다.

여러 고을의 백성들이 끓는 물속에 있는 것처럼 괴로워합니다. 전답을 원수로 생각하고 부역을 괴로운 병처럼 생각하며 신음소리가 끊이지 않고 집을 떠나 방랑하는 것이 계속되어 田野는 점점 황폐해지고 싸움은 점점 줄어들었습니다. 기름을 짜고 살을 깎듯 함과 혹독하게 재촉함과 각박하고 독하게 하는 폐단을 이루 말할 수 없고 거꾸로 매달린 듯 설자리를 잃음과 추위와 굶주림에 울부짖음과 초췌하고 고생스러운 형편을 또한 形言할 수가 없습니다.[15]

위의 상소는 공부(貢賦)의 증가에 따른 백성들의 괴로움, 국토의 황폐화에 따른 토지면적의 감소, 사채와 각종 조세 독촉의 이자훤취담(吏娄喧

---

14 이기백, 『한국사신론』, 일조각, 276~278면.

15 「大同江都疏」, 『유고』, 6~7면.

醉談), 서리 아전의 횡포와 가렴주구에 신음하는 백성의 참담한 생활상에 대한 적나라한 지적인데, 당시의 실상에 대한 정직한 선비의 준엄한 고발이 아닐 수 없다.

애민과 위민의 지치주의를 이념으로 삼았던 칠실에 있어 그가 처했던 현실은 너무나 기가 막히고 가슴 먹먹했다. 환해의 공간과 강호의 공간 어느 한 곳도 제대로 된 곳이 없었다. 그러기에 그는 왕법(王法)을 들어 〈폐대비척소〉를 올려 환해공간의 그릇됨을 바로잡으려 했으며, 〈대동강도소〉를 올려선 강호현실에 구원을 찾고자 하면서도, 다른 한편 국방의 견실을 기해야 한다는 우국의 충정이었다.

칠실의 도학파적 자세는 이러한 모순되고 불합리한 상황을 좌시할 수 없게 만들었으며, 지치의 실패가 저지른 비극적 현실을 비판할 수 있게 했다. 그의 시조는 따라서 수기의 불처저함과 그에 따른 지치의 실패로 몫 지어진 백성들의 참담한 생활상을 비롯, 국가 경영의 불합리한 점들을 딜추고 그를 시정하려는데 초점이 맞추어진 것이라 할 수 있다.

2) 우국시조 28수

칠실의 우국시조 28수는 절실한 체험이 바탕이 되었기에 추상적인 생각이나 막연한 이상의 나열 등은 발견되지 않는다. 1613년(광해군 5)에 지어진 이 시조는 이기순이 "내가 그분의 우국가를 보았더니 수심에 차 있고 비분강개함이 초(楚)나라의 굴원대부(屈原大夫)의 세상을 아파하고 잠 못 이루던 정성이 있다."16고 하면서 초사(楚辭)의 문체를 모반하여 어세를 강하게 하는 어조사(語助辭) 사(些)로써 연결한 한역시를 덧붙인 데서 보듯, 시대를 아파하고 고발한 내용이다. 이기순 외에도 임경회(林慶會)의 〈漆室公憂國歌序〉와 홍문관 부교리 임상덕(林象德)의 〈이칠실우국

---

16 「附飜辭西歸居士李起渟」, 『유고』, 30면.

가후서〉 및 나위장(羅以樟)의 〈제칠실우국가후〉 등의 관련 기록들이 있다. 그 중에서 그 연대를 알 수 있는 것은 1709년(숙종 35)의 〈이칠실우국가후서〉이다. 그런데 이들은 가(歌)의 서(序)나 후서(後叙) 가후(歌後) 등을 쓰면서 "關山慟哭의 노래와 傷心鴨水의 곡조는 사람의 입에 전파되었으니"17 "莫移都 無城歎 得民心 順天命 등의 章은 채택하여 시행한다면, 세상을 다스릴 格言이 되고, 傷朋黨 九章은 애처롭고 간절하게 반복하여 곧으면서도 조급하지 않으니 응당 조정 사대부들에게 들도록 했다면 겁을 먹었으리라",18 및 "夢聖敎 一章 같은 것에 이르러서는"19 등에서 보듯, 우국가 28장에 대해, 관산통곡(關山慟哭), 상심압수(傷心鴨水), 막이도(莫移都), 무성탄(無城歎), 득민심(得民心), 순천명(順天命), 상붕당(傷朋黨), 몽성교(夢聖敎) 등 한문투의 곡제가 붙어 있음을 알 수 있다.

그것은 노래의 내용에 따른 명칭으로 보이는데 언제 누가 붙인지는 밝혀져 있지 않다. 다만 같은 노래의 제목에 대한 지칭이 〈통곡관산월〉20 〈관산통곡〉, 〈관산월〉21 등으로 조금씩 다르게 지칭되고 있음으로 보아 딱히 정해진 명칭은 아닌 것으로 보인다.

칠실의 우국시조 28장은 수기를 권하는 내용과 애민·위민의 치인을 권하는 내용 및 덕치를 희망하는 내용으로 나눠 생각할 수 있겠다. 이는 다시 말해서 수기의 불철저함이 당대 불행한 현실의 원인이라는 주장을 편 것이며, 치인에 있어서는 자기가 소속된 당파의 당리당략만을 앞세운 채, 백성 위에 군림하는 반 애민과 반 위민의 정치적 형태가 빚어낸 결과를 강도 높게 비판 한 것이다. 하지만 뒤에 덕치로써 모든 현실적 불합리함과 모순을 해결할 수 있다는 희망적 의지를 담았다.

---

17 임경회의 歌序
18 임상덕의 가후서
19 나이장의 가후
20 李萬朝의 「書漆室李公家乘後」, 『유고』, 89면.
21 權尙夏의 「漆室李公墓碣」, 『유고』, 70면.

요컨대 칠실의 우국시조 28장은 그의 도학자적 자세가 시학적 기반으로 작용하면서 당대의 문제점을 직시하고 비판함은 물론 그에 대한 해결의 대안까지 제시해 놓은 작품임을 알 수 있겠다.

이상과 같은 이유로 칠실의 시조는 ① 수기미완의 자책 ② 치세인의 격언 ③ 효성업의 권면 등으로 나눌 수 있겠다.

(1) 修己未完의 自責

壬辰年 淸和月의 大駕西巡 ᄒ실날의
郭子儀 李光弼 되오려 盟誓러니
이몸이 不才론들노 알니업서 ᄒ노라(제2장)

임진년 4월 왜란으로 선조가 의주로 몽진(蒙塵)하는 등 불의를 당하자 칠실공은 과거에 응시하여 선대 가업을 이어 집안의 명예를 떨칠 것을 그만 두고 낮에는 말을 달려 칼 쓰기를 시험하고 밤에는 병서를 연구하면서 무예를 닦았다.

1594(선조 27)의 봄에 文武의 과거가 있다는 소문을 듣고 강수은(姜睡隱)과 함께 과거에 나섰다. 이때 칠실이 武藝를 시험보고자 하니, 강수은이 만류했는데 그는 "나라가 급하고 임금이 욕을 당하니 마땅히 칼을 울려 전장에서 적과 싸우다가 죽는 것을 뜻으로 삼아야 한다."는 말로써 거절한 뒤, 무과에 응시하여 을과에 올랐지만 알아주는 사람이 없어 향리로 돌아오고 말았다.

그의 뜻은 무과에 급제한 뒤 당나라 때 곽자의, 이광필 등이 안사의(安史義) 난을 평정하였던 것처럼 용맹을 떨치려고 하였으나 수기가 미완인 까닭으로 알아주는 사람이 없다고 했다. 다른 사람에 대한 원망이나 한탄 등이 드러나지 않은 것은 남이 알아주지 못한 까닭을 수기의 미완에 두고 있음이다. 이는 달리 자신뿐만이 아니라 많은 사림들이 치민의 기회를 갓지 못하고, 낙척 불우한 일생을 보냈던 조선사회의 구조적 모순에 대한 비판으로 볼 수도 있겠으나, 여기서는 앞서의 경우처럼 이해하는 것이 온당하리라 생각한다.

칠실공은 자신을 알아주는 사람이 없음에도 효성을 지극히 하면서 무예 연마를 게을리 하지 않았다. 1597년(선조 30) 정유에 재란이 일어나자 스스로 일어나 향인과 피난민 수천여 명으로 군대를 만들어 대오(隊伍)를 정비한 뒤 하얀 깃발에 정충(精忠)이란 두 글자를 새겨 달고 향리에 침입한 왜적을 섬멸했다. 그때의 승리로 마침 무안에 있던 이충무공과 만나게 되었으며 이후 용기와 지략으로 큰 공을 세웠다. 만약 충무공이 전사하지 (1598) 않았다면 그는 더 크게 쓰였을 것이다. 이때 월사(月沙) 이정구(李廷龜)의 주선으로 절충장군(折衝將軍)이 되고 그 뒤 첨지중추부관(僉知中樞府官)이 되었는데 주사(主帥) 이경준(李慶濬)의 추천으로 통제우후(統制虞候)가 되어 많은 공훈을 남겼다.

위의 시조에 실현된 공간은 앞서 말했던 바의 퇴계·농암·송암 등의 작품에 나오는 구도의 공간이나 율곡·상촌·송강 등의 작품에 실현된 위안의 공간이 아니다. 더구나 고산에서 볼 수 있는 희열의 공간은 더욱 아니다. 나라와 백성의 주인인 임금조차 편히 발붙일 수조차 없는 질식의 공간이다. 질식 그 원인이 자신을 포함한 맑은 위정자의 修己 未完에 있음을 절감하고 자책하는 내용을 담고 있다.

이러한 류의 시조는 제 1장에서부터 제 4장을 제외한 제 6장까지와 제 28장 등을 포함시킬 수 있다.

(2) 치세인의 격언

뵈나하 貢賦對答 쓸씨허 徭役對答
옷버슨 赤子들이 빅곱파 셜워ㅎ니
願컨대 이쓰아르샤 宣惠고로 ㅎ쇼셔(제11장)

여기서는 경국제민에 힘써야 할 대부들이 자기 당의 당리당략에만 빠져서 민생을 돌보지 않음은 물론 국사를 소홀히 한 결과 도탄에 빠진 백성의 실상을 말했는데 공부(貢賦)에 시달리고 군역이 부역화(徭役化) 되어 농민의 괴로움이 가중된 현실과 환곡(還穀)제도가 농민을 상대로 고리대화(高利貸化)하여 농민들의 생활은 지극히 불안정하게 된 사실을[22] 고발했다.

또한 그는 대동법을 실시하여 백성들에게 공부의 부담을 줄임으로써 "백성이 넉넉하면 임금이 누구와 더불어 부족하겠는가?"의 『論語』에 나오는 말을 들어 치세인(治世人)할 것을 강조했다.

그의 〈대동강도소〉는 백성을 다스림이 우선 공부 등 조세의 감면에 있다면서 나라를 편하게 유지함은 지세의 험(險)에 있지 않고 덕에 있다는 『통감』〈주기〉의 말을 들어, 애민과 위민을 위한 정치를 권면했다. 밤새워 베를 짜서 공부 바치기에 급급하고, 애써 농사짓고 쌀 방아 찧어서는 요득(徭得)내기를 닦달 당하느라 입을 옷은커녕, 먹고 살길이 막막한 극한상황을 고발하고 있다.

그렇지만 선혜(宣惠)가 제대로 된다면 옷 벗을 백성, 배 굶는 백성이 모두 구제될 수 있다는 분명한 대안을 종장에서 제시함으로써 지금까지의 그 어떤 시조에서도 볼 수 없었던 문제의 지적과 그에 해답을 보인 점은 크게 평가 되어야 할 것이다.

현실의 불합리하고 모순된 상황을 초장과 중장에서 고발한 뒤 종장의 첫 구에서 원하는 바는 곧 선혜에 있다고 상황의 극적 전환을 시도하고 있음이 그것으로 특히 주목된다. 이는 수신 다음에 치인이 행해져야 한다는 그의 도학자적 자세 및 비판적 성향의 호남사림의 영향에 따른 시작 태도임이 분명하다. 이는 또한 모순되고 불합리한 현실의 제반 사실을 알리고 일깨우고 있을 뿐만 아니라 문제 해결의 대안까지 제시하고 있다는

---

22 이기백, 『한국사신론』, 일조각, 271면.

점에서, 서술시 또는 서사시적 상황의 반영이라는 점에서, 분명 순수 서정시의 성격과는 다르다고 하겠다.

위의 시조들은 지치의 실패에 따른 암흑상을 비판함과 동시에 임금의 은혜가 고루 베풀어지지 않음을 날카롭게 풍자한 것이다. 그런데 마지막 종장은 중의적 표현으로 볼 수 있는 바 대동법에 의한 대동미(大同米)와 포전(布・錢)의 출납을 관장하는 선혜청(宣惠廳)이 경기도에만 설치(1608) 되어 그곳의 백성들만 혜택을 본 사실을 들어 전국적으로 실시할 것을 건의하는 내용일 수 있다. 이러한 사실은 "전하가 처음 즉위 하셨을 때 특별히 선혜청을 설치하시니 모든 사람들이 기뻐하며 즐거운 빛으로 머리를 들고 눈을 닦고 모두 잘 살게 되기를 바라보았는데 결국은 경기 내의 백성에게만 특별히 그 베푸는 은혜를 입게 하고"[23] 같은 데에서 확인된다.

그의 애민을 위한 충실한 태도는 〈청차강진수소〉 등에서 살필 수 있는바, 부사정 최유건은 번거롭고 빈번한 부역(賦役) 때문에 "마을은 열 집 중에서 아홉 집은 비었으며 전야(田野)는 태반이 개간되지 않았습니다. 남은 백성도 오늘 집을 떠나 유랑할 것이니 금년을 넘기지 못하고 폐읍이 될 것입니다."라고 읍소한 뒤[24] 칠실공의 정유년 왜적 토벌을 내세우면서 "항상 국가가 어렵고 위험한 것을 근심하고 백성이 초췌한 것을 탄식하며 관직에 있을 때는 직분을 다 하는 효험이 있었으니"[25] 등 칠실을 郡守로 보내 줄 것을 청한 사실이 그것이다.

칠실은 이상과 같은 시조를 통하여 애민의 치세인법을 격언처럼 나타내고자 했으며 아울러 치세인의 실패에 따른 결과가 얼마나 참혹한 것인가를 구체적으로 드러내려고 노력했다.

---

23 대동강도소, 『유고』, 9면.
24 『유고』, 49면.
25 『유고』, 50면.

이와 같은 류에 속하는 시조들은 제 4장의 무성탄(無城歎), 제 9장의 막이도(莫移都), 제 10장의 득민심(得民心) 및 제 11장에서 제 22장까지 상붕당(傷朋黨)과 25, 26, 27장이 그것이다.

요컨대 위의 시조들을 통하여 칠실공은 지세가 험함을 믿고 천도할 생각을 한다거나 붕당을 만들어 당리당략이나 챙긴 나머지 민생을 소홀히 하지 말 것과 국토를 막아줄 성이 없음을 한탄하지 말고 붕당을 해체하고 성도 쌓으면서 민심 얻는 데 힘쓸 것을 역설한 것으로 생각된다.

(3) 효성업의 권면

> 숨의와 니ᄅ샤디 聖太祖 神靈겨셔
> 降祥宮 디으시고 修德을 ᄒᆞ랴테다
> 나라히 千年을 누루심은 이일이라 ᄒᆞ더이다.(제8장)

여기서는 덕치가 이루어진 요순시대를 그리며 나라가 무궁하기 위하여선 수덕(修德)이 최고임을 권면하는 내용이다. 앞의 치세인의 격언이 사대부에게 향해진 것이라면, 이는 왕에게 권면하는 것으로 모순투성이의 질곡된 상황을 드러내어 고발한 뒤, 그것을 비판하고 한탄만 하는 데서 그치지 않고, 백성에게 덕을 베풀어서 그와 같은 극한상황을 극복해 내려는 대안까지 드러내었다.

꿈을 소재로 하여 태조의 신령과 대화하는 수법을 취한 위의 시조는 먼 태고적 덕치를 이룬 요순임금을 그리면서도 실감의 도를 더하려는 의도에서 성태조라는 구체적 인물로 나타냈다.

위에서 볼 수 있었던 바와 같이 칠실의 우국시조는 수신의 미완에 따른 질곡과 모순, 치인의 실패에 따른 불합리한 현실고발 등은 물론 제반 불합리한 것들을 극복할 수 있는 적극적인 대안 곧 덕치를 내세움으로써 그의 도학자적 시작 태도를 구체적으로 보이고 있다. 이러한 내용의 시조는 환기시키고 무엇인가를 알리려는 의도가 강한 성격의 시조임이 분명하다.

이러한 예는 제 23장과 제 24장에서도 드러나는데 태조가 적덕(積德)으로 순천명(順天命)했기에 오랜 태평세월이 지속되었다고 직접적으로 제시함으로써 덕치를 강조한 다음, 혹시나 임금이 사악한 무리에 미혹되어 실천하지 않을까 염려하여 "임금님은 이뜻아셔 천만의심 말으쇼셔"라고 당부함을 덧붙이는 충성심을 보였다.

4. 시조사적 의의와 전망

앞서 보았듯이 칠실의 시조는 병란 후의 혼란된 사회상을 있는 그대로 직시하고 사실대로 들춰낸 현실 비판적 성격이 강한 것이었다. 그러면서도 비판이나 지적에서 끝나지 아니하고, 문제 되고 모순된 현실에 대한 확실하고 신념에 찬 대안까지 제시하고 있음을 알 수 있었다.

그는 조부와 호남 사림으로부터 영향 받은 도학자적 자세를 이념으로 지녔는데 그러한 이념이 시학의 기반이 된 그의 시조 28장은 수기, 치인, 덕치로 수렴되는 것이었다. 수기와 치인 그리고 덕치의 실패에 따른 비극적 상황의 전개를 비판적 안목으로 드러내었을 뿐만 아니라, 상황의 적극적 타개책까지 구체적으로 제시한 점 등은 이전의 시조에서는 보기 드문 것으로서 시조사적 의의를 지닌다고 하겠다.

다시 말해서 칠실의 시조에 실현된 공간은 구도공간이나 위안 공간 나아가 심미적 희열을 체험하는 공간이 아니라, 질식의 공간으로서 인식되었고, 그 자신 분명 작가 의식을 지닌 채 세상에 불만을 작품 창작을 위한 문제의식으로 받아들일 줄 알았다.

그는 자신이 크게 쓰이지 못하고 그 결과 나라가 위태롭게 됨은 물론 백성이 도탄에 빠진 현실이 자신의 수양이 철저하지 못한 데에 있다고 자책함으로써 더욱 수기에 전념할 것을 다짐하는 한편, 기회를 잡지 못하여 한탄하고 실의에 빠져 있는 다른 사람에게도 수기로써 때를 기다리라는 권면을 잊지 않았다.

또한 외세의 침입과 잦은 내환 및 국가의 혼란 등을 들춰내어 고발하고 비판한 다음, 그러한 원인이 다른 데에 있는 것이 아니라, 위정자들이 치인에 철저하지 못한 데에 있다고 지적한 뒤, 치인에 힘쓸 것을 당부했다.

그리고 마지막으로 임금이 주축이 되어 태조가 보였던 덕치를 행한다면 당대의 어려움을 극복할 수 있다는 신념을 드러내었다. 따라서 칠실의 우국 시조 28장은 수기-치인-덕치의 3단계로 구성되었음을 알 수 있었다.

한편, 이와 같은 시조들은 시조 장르를 순수 서정을 노래한 서정 장르라고만 못 박기 힘든 예로써, 훈민가를 비롯한 일련의 교술성이 강한 시조 및 대한매일신보 등에 게재된 수많은 계몽적 시조와 함께 풀이적 서술시 등 호남시가사의 맥락에서 그 성격을 재고해야 된다는 생각이다.

아울러 현대 사회가 다양한 목소리와 가치관 그리고 여러 세계관이 혼재된 시대인 만큼 각기 나름대로의 개성적인 이념이 얼마든지 있을 수 있으며 그러한 이념이 바탕이 된다면, 참신하고 독특한 내용의 현대시조 또한 왕성하게 생산될 수 있으리라는 전망까지 덧보태 본다.

광산의 고전문학

1. 시작하는 말

어느 특정 지역의 문학을 논한다는 것은 매우 지난한 일이다. 그런 데는 여러 이유가 있겠지만 그 특정 지역이 과거로부터 현재까지 같은 행정적, 문화적 경계를 갖지 않았음은 물론 그 지역이 자율적, 또는 독자적으로 인근 또는 그 상위 지역과 다른 별개 역량의 제반 활동을 벌여오지 않았거나 못한 점, 또는 벌였다 치더라도 그 파장이 미미한 점 등 때문이다.

이는 달리 말해서 광주·전남이라는 상위의 행적 단위 또는 지역 단위 아래 광산구라는 지역이 갖는 위치나 역량은 상당 부분 광주·전남이라는 상위 단위의 그것과 변별력이 약하기 마련이다. 예를 들어 광주·전남의 문화와 다른 강진만의 문화를 가려낸다는 것은 지난할 뿐만 아니라 그 결과의 의의가 노력의 결과만큼 미치지 못할 가능성이 클 수도 있다.

그럼에도 불구하고 각 지자체들이 앞장서서 군지나 시지 및 구지 등의 발간을 비롯한 자기 지역만의 여러 변별적인 사업을 벌이는 데는 지역 자치 단체장의 업적 부풀리기나 선거 때 표를 의식한 지역 이기주의를 조장한 결과이기도 하지만 그 보다는 지역에 대한 최근의 인식 변화의 영향이 더 크게 작용한 탓일 것이다.

바야흐로 21세기는 문화의 세기요, 지방화의 시대이다. 지역이 세계의 중심이라는 인식의 확산에 따라 세계는 앞 다투어 지역을 혁신시키고자 노력하고 있으며 그를 바탕으로 질 높은 삶과 보람 있는 인생을 실현시키려고 애쓰고 있다. 종전의 양적 성장 전략을 버리고 이제는 질을 중시한 혁신 주도로 전환하고 있다.

지역혁신은 국가 주도의 집중과 투입에 의한 양적 팽창의 성장이 아니라, 연구와 개발, 그리고 새로운 것의 생산과 낡은 것의 개혁, 문화 활동의 증대 등으로 새것을 창출하고 지역의 발전과 삶을 질을 높이는 것을 도모하는 것임은 재론의 여지가 없다.

세계를 '단위'로 생각하는 시각에서 볼 때 있는 곳이나 크기는 그리 중요한 문제가 되지 않게 되었다. 지역을 하나의 '단위'로 생각하기 때문에 이른바 거대한 크기의 중앙이라는 곳도 국가를 이루는 하나의 단위이며, 지역이라는 작은 구나 군 단위 또한 국가를 이루는 단위라는 사실은 지역의 위상을 더욱 돋보이게 하고 있다.

문제는 지역이 어떤 실체의 중심부에 들거나 핵심 역량을 지니기 위해선 인적 네트워크 또는 일 할 수 있는 주체들의 클러스터 형성 등으로 건전하고 진취적인 힘의 결집이 있어야 한다. 쉬운 예로 충남 금산의 '금사모'는 인적 네트워크의 성공적인 사례로 인구에 회자되거니와 그 회원들은 외지인들로서 정치적 목적을 배제한 순수한 마음으로 각자의 전문 영역에 맞추어 인적 네트워크를 살려 금산의 각종 행사에 자발적으로 참여하고 각종 정책에 아이디어를 제공하며 정책 실현에 필요한 각자의 지식과 기능으로 기여함으로써 금산 발전의 성장 동력이 되고 있다. 이른바 인적 네트워크와 능동적 주체들의 클러스터를 통한 발전과 혁신의 소양 곧 발전의 에네르기를 가지고 있다는 사실이다.

이와 같은 혁신의 기본 틀은 지역이 세계의 중심단위로 부상할 수 있다는 지역 중심의 창조적 사유에 의한 것이다. 지역 역량이 곧 국가의 역량이라는 전제 아래 선진국들은 지역 역량 강화에 힘을 쏟고 있으며 그 일환으로 지역 혁신체계를 구축하는데 전력을 투구하고 있다.

어쨌든 지식정보화와 글로벌화의 영향 등에 힘입어 이제는 지역이 제반 단위의 핵심으로 떠오르고 있다. 이는 곧 앞서 말한 바와 같이 지역의 경쟁력이 곧 국가 경쟁력의 근간이라는 말이기도 하거니와, 그만큼 지역에 대한 관심은 날을 더하여 늘어가고 있다. 이른바 '지역의 시대'가 도래한 것이다.

중심단위가 지역이 된 사회, 이른바 지역사회는 상호 지리적 인접성으로 인하여 지역수준 이상의 막강한 경쟁력을 가진다.

Porter의 말대로 지리적·문화적·제도적 의미에서의 인접성은 원거리에서는 연결하기 어려운 특별한 접근, 특별한 관계, 더 나은 정보, 강력한 인센티브, 여타의 생산성에서 커다란 이점을 제공한다. 이처럼 지역 단위의 생존과 발전 전략 그리고 혁신이라는 유용하고 새로운 기회의 모색과 가치 창조의 과정은 여러 부문에서 예외가 있을 수 없거니와 이러한 추세는 새로운 지역학 내지는 창조적 지역사회학의 하나로 새롭게 체계화되어야 마땅할 것이다.

지역에 대한 이와 같은 새로운 인식의 변화에 따라 각 지자체들이 벌이는 여러 사업은 일면 바람직한 일이 아닐 수 없다. 하지만 그런 과정에서 지역의 이기주의나 자기 지역만이 최고라는 소영웅주의 같은 단절적, 구시대적 생각은 버려야 한다. 앞서 말한 바와 같이 지역이 세계의 중심이 될 수 있는 것은 지역과 지역의 연대 또는 연계의 용이성이라는 상호 소통 때문임을 잊어선 안 될 것이다.

이렇게 볼 때 광산의 고전문학을 정리한다는 것은 그것을 통하여 광주는 물론 인접한 전남과 전북 등의 그것과 소통의 장을 마련할 뿐만 아니라, 나아가 한국과 세계의 그것들과 소통을 통한 창조적, 발전적 에네르기의 결집과 축적이라는 커다란 의의를 가지는 것이다.

인접 지역 내지는 상위 행정 단위와의 소통은 어제 오늘의 일이 아니다. 특히 고려나 조선처럼 중앙에서 일괄적으로 지방에 관리를 파견한 시대에는 더욱 그 힘이 더 강력하고 그 횟수 또한 빈번한 일이었다.

광주와 전남이 분리되기 전(1995)에는 광주와 전남은 하나의 상위 단위였는데 이른바 전라도라 하여 관찰사(감사)를 비롯하여 목사, 부사, 군수, 현령, 찰방 등 중앙의 인재들이 파견되어 중앙과 지방의 문화를 소통시키고 진작시키는 등 상호 균형적이고 체계적인 발전의 그림을 그려나갔다.

두 말할 필요도 없이 지방자치제는 민주주의 발전과 더불어 주민 주권의 향유라는 시대적 조류와 함께 우리의 권리 중 하나가 되었지만 경제적 자치 역량이 열악한 현실에서 자치 단체장마저 무능할 경우엔 자칫 인근 지역과 단절 또는 소통 부재에 의한 고립 내지는 퇴보의 길을 걷지 않을까 심히 우려됨이 적질 않다. 그런 면에서 각 지자체가 벌이고 있는 각종 사업은 지자체간, 상위 단체 간 등 여러 '단위'들과의 소통을 위한 전제 속에서 진행되기 바란다.

한편, 우리가 여기서 말하고자 하는 고전 문학 시절(상고 시대 문학 -1910년대 개화기 시대 문학 발생 이전)엔 신화를 비롯한 구전 문학과 기록문학이 공존한 시대였다. 구전 문학이란 대체로 그것을 향유하는 독자층(수용자층)의 연대 또는 소속감이 강한 속성을 지닌다. 그렇기 때문에 어떤 내용을 입에서 입으로 전하면서 혈통 내지는 지역적 뿌리 의식 등 소속감이나 연대감의 긴절함을 가르치거나 마음에 새기게 했다.

일례로 자기 씨족의 시조나 혈맥의 흐름, 동족의 세거지 및 훌륭한 인물에 대한 칭송 등 후손이면 상호 인지해야 할 필수불가결한 내용을 소통시키고자 노력하면서 대대손손 구전으로 전승한 것이 시조 신화였는데 특정 씨족이 특정 지역에만 거주하는 것이 아니어서 나중엔 지역 간의 경계 보다는 그것을 공유하는 씨족간의 연대감이 공통의 문화를 창출하는 계기가 되었고, 다른 한편으론 다른 씨족들의 시조 신화 탄생을 부추기는 문화 창조의 동인이 되기도 하여 풍부하고 넉넉한 구전 문학을 낳게 하였다.

이 보다 먼저 인류가 이 지구상에 정착한 이래 문화는 발생하였고 동작과 언어에 의한 예술도 생겨났다. 원시 공동체 사회에서 있었던 주술과 의식에 의한 여러 문화의 소산 이른바 동작 예술 전반과 언어 예술 전반을 우리는 원시 종합 예술이라 부르거니와 이 역시 상호 소통과 연대를 강화하는 수단의 효용이 컸음을 잊어선 안 된다.

원시종합예술시대와 신석기 시대의 신화시대가 지나 청동기 시대 곧 고대국가 시대에 접어들면 문학은 역사적 실존 인물을 내세우는 건국 신화 등의 구전 문학과 기록문학으로 대변되는데 구전문학은 신화 외에도 삶의 현장에서 필요로 하는 노동과 더불어 노동요 등 실제적 내용이 기층민에 의하여 창작, 구전되었다.

구체적으로 신석기 시대 이후 농경에 따른 정착적 삶의 행태는 농업 관련 노동요와 농업의 풍요와 다산을 기원하는 의식요 같은 굿노래 등의 탄생을 촉발했을 것인데 이른바 노동의 현장에서 공동 창작, 공동 향유라는 구전 문학의 정신을 충실히 수행한 문학이 발생되어 일부는 훗날 문자에 의하여 기록화 되면서 기록 문학의 모태가 되기도 했다.

설화는 신화, 전설, 민담을 통칭하는 말이거니와 신화가 중시되면 신화시대이고 전설과 민담이 중시되면 이를 전설, 민담시대라 하는데 신화시대는 전설과 민담의 시대보다는 앞선다. 왜냐하면 신화시대는 사람과 자연과의 관계가 대결적이거나 갈등 지속적이지 않다고 믿는 시대 곧 주술을 통하여 혹 둘 간의 어떤 갈등이 있다고 하더라도 극복될 수 있다고 믿는 시대를 말한다.

하지만 주술에 의한 모든 갈등의 치유 시대 달리 말해서 신화시대는 오래 지속되지 않고 법에 의한, 합리적 사유와 이성에 의한 통치의 시대가 열리면서 전설과 민담이 중시되게 되었다. 자아와 세계의 동질성이 무너지면서 세계라는 거대한 힘에 의하여 자아가 희생되거나 패배 또는 몰락하는 시대는 전설이 담당했다. 반면에 세계에 대한 자아의 우세한 이야기가 필요하게 되자 이는 민담이 담당하면서 전설과 민담의 시대가 열린 것이다.

이런 맥락에서 신화와 전설 그리고 민담은 고전문학 범주에서 다루어야 마땅하다. 이뿐이 아니라 민속 또한 고대서사무가의 맥락에서 고전 문학의 한 분야임이 분명하다. 하지만 이 자리에서는 지면상의 제한된 문제로 인하여 언급하지 못했다.

기록 문학은 삼국시대 및 남북국시대에 발생했을 것으로 보고들 있다. 나라가 생기면 글자가 필요했을 것인데 현재로선 그 당시 문자는 알 수가 없고 다만 한자의 수입에 의하여 한자로 기록된 몇 편만이 당시의 모습을 상상하게 한다.

　한자의 전래는 기원 전 200년 이상으로 추정되지만 그 당시 창작되어 기록으로 남은 문학적 집적물은 남아 있질 못하고 한자를 통한 문학의 창작은 삼국시대에 이르러 본격화 되면서 그 이전의 우리 말 중심의 구전 문학과 구별된다. 하지만 우리 말 문학이든 한문 문학이든 중세 이전의 문학적 유산은 감상하기 어려운 실정이다.

　한문이 활용되어 문학 창작으로 실현된 중세는 불교의 수용과 더불어 이념과 사상은 물론 문자 표현에 있어서 고대의 폐쇄성과 비논리를 시정하고 극복하려는 움직임으로 이어져 예술성이 높은 문학 창작 세계는 물론 국사를 기록함으로써 구전문학 단계에 머물러 있던 건국 서사시나 건국 신화 등을 기록으로 남겼다.

　하지만 중세 당시 우리 지역과 관련이 깊은 백제 문학의 모습은 그 전모를 확인할 수 없고 다만 의자왕 대의 〈사택지적비〉라는 비문과 일본의 '칠지도'에 남아 있는 〈칠지도 명문〉과 『삼국사기』 소재의 〈성충상서문〉 및 북위 효문제에게 보내는 5세기의 외교 문서 〈조위상표문〉 등을 통하여 백제의 문학적 수준의 일부를 감상케 함으로써 아쉬움을 달랠 수밖에 없다.

　천만 다행이라고나 해야 할지 모르겠으나 『고려사』 악지의 삼국 속악조와 15세기 말(1493)에 편찬된 『악학궤범』에 실린 백제의 노래가 있어 당시의 모습을 대강 짐작하게 하는데 실질적으로 이들은 광주와 전남 문학의 태두가 된다.

　앞서 말한 책의 삼국 속악조에 소개된 백제의 노래로는 〈선운산〉〈무등산〉〈방등산〉〈정읍〉〈지리산〉 등 다섯 편인데 가사는 전하지 않고 노래의 내용 소개와 함께 그 창작의 내력이 실려 있다.

위의 노래들은 지금 노랫말이 전하지 않아 그 모습을 알 수는 없지만 민요풍의 노래였을 가능성이 있다. 그 이유는 조선시대의 가곡집 『악학궤범』에 그 노랫말이 전하는 내용의 〈정읍사〉를 볼 때 후렴을 빼고 나면 비교적 짧은 형태인 여섯 줄 형식이기 때문이며 궁중의 음악으로 불리어졌다면 악곡의 제약 상 그 길이가 길지 않았을 것이기 때문이다. 이 노래는 속악조에서 말한 백제 노래 〈정읍〉과 그 내용이 같아서 백제의 노래가 궁중의 속악으로 불리어지다가 조선시대에 이르러 우리말로 기록된 것으로 보는 것이 학계의 주론이다.

이렇게 무르익은 중세 문학은 고려에 이르러 불교의 발전과 함께 꽃을 피우면서 광주, 전남의 문학적 기반을 튼실하게 만들었다. 그 가운데서도 백제 성왕 대의 승려 겸익이 인도를 방문한 뒤 계율에 관한 경전을 가져와 번역했다고 한 사실과 그 뒤를 이어 담욱, 혜인 등이 율소(律疏) 36권을 저술했다는 점 등은 이 고장 고전 기록문학의 선두를 점한 것이라고 생각된다.

뒤를 이어 통일 신라 이후에 구산선문이 정착되면서 많은 선사들이 가지산 보림사, 지리산 실상사, 동리산 대안사, 사자산 쌍봉사 등을 중심으로 주옥같은 선시 문학과 금쪽 같은 선문답을 남겼다. 그 대표적 인물로 (대)태안사의 적인 선사 혜철과 윤다, 보림사의 도의와 체징, 그의 문하 영혜, 청환, 의차, 형미 등은 물론 쌍봉사의 적인 선사 혜철, 철감 선사 도윤, 혜조 국사를 비롯하여 최치원이 지증대사탑 비문에서 "북산에는 도의요, 남악에는 홍척이라"고 했던 지리산 실상사의 개조 증각국사 홍척, 그의 문하 수철, 편운 등을 들 수 있다.

또한 〈수심결〉〈원돈성불론〉의 지눌이나 그의 제자 혜심과 충지 등은 순천 조계산 수선사(송광사)에서 활발하게 활동하였는데 혜심은 〈진각국사어록〉을 비롯 가전체 문학인 〈죽존자전〉〈빙도자전〉 등의 산문은 물론 〈어부사〉를 남겨 어부사 계열 문학 제작의 선두를 열었다. 또한 혜심의 제자 충지는 『동문선』에 각종 시문 40여 편이 전하는 큰 문호였으며 문집으로 『원감록』이 전한다.

수선사에서 지눌과 뜻을 같이 했던 원묘는 강진의 백련사에서 백련결사를 조직하여 불교 정화 운동을 벌이면서 여러 제자를 배출하였는데 〈정명국사후집〉이 남아 있는 혜인과 〈호산록〉을 비롯하여 『동문선』에 약간의 시편이 전해오는 진정국사 천책이 유명하며, 무기 스님은 〈석가여래행적송〉이라는 장편의 기록을 남겼다고 전한다.

이처럼 승려들은 고려 시대 이 지역 문학을 대표하는 문학승이자 학승이었으며 그들의 문하에서 많은 고승 대덕이 배출되어 좁게는 이 고장의 학문과 문학을 넓게는 한국을 대표하는 문학적이며 철학적 업적을 낳았다.

이처럼 불교계가 우리 지역 문학에 남긴 영향은 지금으로선 섣불리 말할 계제가 아니다. 그 이유로 우리 지역 각지에는 역사와 유래가 먼 여러 유명 사찰들이 즐비하기 때문이며 그런 만큼 고승과 대덕들이 남긴 해타(咳唾)가 고전문학과 직, 간접의 관계를 가지기 때문이다.

다른 한편, 고려 광종은 9년(958)에 과거제를 실시하였는데 이는 문학을 통한 인재의 등용이라는 점에서 높이 평가되어야 한다. 물론 과거를 위한 문학이 참다운 문학인가에 대한 논의는 별도로 하더라도 문학이 존숭되는 분위기가 조성된 것은 과거제의 덕분이다. 특히 시, 부, 송, 시무책 등을 시험하는 진사(제술)의 시험 과목은 한문학의 수준을 제고하는데 결정적인 역할을 하였으며 이는 명경 보다는 진사를 중시했던 고려 과거의 영향이라 해도 과언이 아닐 것이다.

고려를 건국할 당시 중심 세력이었던 이 지역은 많은 인재가 배출되어 여러 활동을 하였으나 안타깝게도 많은 인물들의 행적과 업적이 인멸되거나 전해 오고 있지 못한 실정이다. 여기에는 여러 이유가 있겠지만 당시에는 개인 문집의 발간이 보편화 되지 않은 탓과 전란으로 인한 소실 및 관심의 결여와 함께 정치적인 소외 등이 작용한 결과라 사료된다.

하지만 그 가운데서도 나주의 정가신이나 광양의 김황원, 광산의 탁광무, 『창주집(滄洲集)』을 남긴 담양의 김여지(金汝知, 시호 문익(文翼))와

『동문선』에 〈귀전영(歸田詠)〉이라는 시가 전하는 이성,『노송집』을 남긴 송희경 등은 고려 시대 이 고장 문학을 대변하는 대표적 인물이다. 정가신은『천추금경록』이라는 역사서를 편찬할 만큼 고려 충렬왕과 충선왕대에 활발한 활동을 했으며 나주의 쌍계정에서 김주정, 윤보 등과 함께 시문을 제작하였는데 이는 훗날 누정 문학의 효시가 되었다.

김주정(金周鼎)은 광산인으로 김길(金吉)의 아들인데 고려 후기에 현달한 인물이다. 광산 김씨는 고려 전기에도 김양감(金良鑑), 김의원(金義元) 부자와 같이 이름 난 사람들이 있었지만 김주정과의 관계는 분명치 않은 것으로 파악된다.

김주정은 충렬왕 대 정치, 군사 등 여러 면에서 상당한 영향력을 발휘하였는데 제주도에서 삼별초를 토벌하던 중 전사한 그의 형은 물론 조카 등도 모두 현달하였다. 그는 지공거가 되어 과거를 관장했을 만큼 학문이 높았는데 이는 특히 주목을 요한다. 왜냐하면 그의 학문적 역량이 훗날 우리 지역에 끼친 결과가 다대했으리라 사료되기 때문이다.

원나라의 일본 원정 시에는 부사령관 격인 우부도통(右副都統)으로 참여할 정도로 군사적인 역량도 뛰어났다. 그의 아들 김심(金深) 또한 충숙왕 대에 현달하여 첨의중찬(僉議中贊)에 화평부원군(化平府院君)에 봉해졌다. 김주정의 집안은 고려시대 이 지역 향반의 중심 세력으로 훗날 조선시대 사림문학의 발흥을 다졌다고 할 수 있다.

광산 탁씨 탁광무(卓光茂)는 호를 경렴정(景濂亭) 혹은 졸은(拙隱)이라 했는데 고려 공민왕대의 인물로 문집『경렴정집』이 전할 정도로 학문과 문학에 밝은 인물이다. 그의 문집에는 익재 이제현, 목은 이색, 도은 이숭인, 포은 정몽주 등과 관련한 시문이 있을 만큼 교유의 폭이 넓었지만 신돈과의 갈등으로 정계에서 물러나 낙향하여 경렴정을 짓고 소요하였다고 하나 확인할 길은 없다. 아들 탁신(卓愼)은 공양왕대 과거에 급제하여 조선에서 좌참찬까지 역임하는 등 현달하였다.

또한 사람을 들어야 하는데 부벽루에 올라 다닥다닥 걸려 있는 명사들의 시를 모두 떼어 내고 눈앞에 펼쳐진 승경을 보고 받쳐 오르는 감흥을 억제치 못해 시를 지어갔지만 두 줄 만을 짓고 그 다음을 잇지 못한 일화로 유명한 김황원이다. 이른 나이에 과거에 급제하여 문장으로 이름이 났는데 요나라 사신이 왔을 때 궁중에서 잔치를 하면서 부르는 노래의 일종인 〈구호(口號)〉라는 것을 잘 지어 요 나라 사신으로부터 극찬을 받았던 인물이다.

특히 고문을 잘 지어 해동 제일로 칭송되었는데 이는 11세기 중반부터 12세기 초에 이르는 당시 화려한 문체인 변려문이 유행한 것에 정면으로 대항한 글쓰기였기에 시기하는 자가 많았고 그로 인해 벼슬길이 순탄하지 못했을 뿐만 아니라 사후에 시호를 받지 못한 원인이 되기도 하였다. 그 만큼 김황원은 당대의 문학 풍조를 바꾸어놓을 만한 역량과 지위를 갖고 있었다고 보이지만 『보한집』에 이재라는 사람에게 지어준 한 편의 시만 완전하게 전할 뿐 온전하게 전해오는 것이 드물어 많은 이를 가슴 아프게 한다.

앞서 보았듯이 이 고장의 고전문학은 그 양이 빈약하여 많은 연구 성과가 축적되어 있질 못하다. 따라서 이 고장 특정 지역만의 문학을 논하는 자리에서는 그 자료의 영성함 때문과 사찰 문학의 경우엔 연구 성과의 미비로 인해 큰 곤혹을 치를 수밖에 없다.

그래서 고전문학을 논할 경우, 대부분 조선시대 사림에 의한 문학만을 대상으로 제한하여 말해오곤 했다. 흔히들 호남 사림을 논하면 거의 고려조 호남 인물에 대해서는 간과하기 십상이다. 이를테면 호남 사림은 호남 지방을 중심으로 조선 중종 대에 성립되어 성장한 사림이라고 할 수 있다는 주장이 그것인데 이 경우 호남이란 주로 전라도를 일컬으며 그들은 조선 건국과 더불어 그 명분 없는 정권 교체에 반기를 들고 고려 왕조에 절의를 지키거나 정쟁의 피해를 면하고자 전라도로 이주해 온 사대부가문의 후예들로서 중종반정(1506) 이후 본격적으로 흥기한 세력을 말한다는 것이다.

이러한 연구는 학계의 대세지만 여러 가지 아쉬움을 남긴다. 왜냐하면 앞의 주장대로 호남으로 입향한 여러 명문가의 후손들이 많다면 그들이 호남으로 입향하여 활동할 수 있도록 발판이 되어준 호남 지역 토반(土班) 세력에 대한 이해가 너무 박약하기 때문이다.

고려 왕실에 대하여 절의를 지켜 호남으로 낙남을 했든, 정쟁을 피해 호남으로 입향을 했든 간에 어쨌든 호남엔 그 이방인을 수용할만한 토착적 기반이 있었기에 그들이 터를 잡고, 세력을 키워 중종 대에 화려한 정계 진출을 할 수 있었지 않았겠는가?

따라서 우리는 앞선 주장들 외에 고려 때부터 이 지역에 기반을 두고 중앙의 정치 세력과 교분을 맺으면서 일정한 세력으로 성장한 집안 또는 중앙의 선진 문화 수용에 관심을 가지고 서적이나 향약 등을 통하여 지역을 교화한 집안에 대한 고려가 있어야 할 것으로 판단된다.

다시 말해서 앞서 말한 고려 때에 이름을 날린 김황원, 김주정, 탁광무, 정가신, 김여지 이성 등 외에도 예컨대 곡성의 신숭겸(申崇謙), 영암의 최지몽(崔知夢), 나주의 문극렴(文克謙)과 광주의 정지(鄭地), 담양의 전녹생(田祿生), 고흥의 유탁(柳濯) 등의 내력과 행적 그리고 집안에 대하여 일정한 정도의 성리학적 수용에 대한 긍정적 기반을 소홀히 해서는 곤란할 것이다. 이런 데에 대한 연구는 아직 미미한 편인데 앞으로 심도 있는 연구를 기대해 본다.

이와 함께 조선 초기에 이 지역에서 활발하게 활동했던 집안들의 역할도 중요하게 인식되어야 마땅할 것이다. 곧 광주에서 부용정(芙蓉亭)을 짓고 향약을 통하여 향촌 교화 등으로 초기 성리학을 전파한 김문발(金文發), 그리고 정인지 등과 〈고려사〉를 수찬하고 권근(權近)과 권우(權遇) 등에게 수학한 뒤 광주에 희경당(喜慶堂)을 짓고 향약을 시행한 이선제(李先齊)는 동인의 중심인물이었던 이발(李潑)과 이길(李洁)의 선조이다. 이들은 호남 사림 형성에 커다란 영향을 끼친 것으로 알려진 김종직의 학맥을 직접적으로 거치지 아니한, 그러면서도 이 지역 사림 발전에 공헌한 실상이 다대하므로 더 많이 연구되어야 할 것으로 판단된다.

영호남에서 사림을 논하려면 그 시기를 고려 시대로 거슬러 올라가야 한다. 고려 말 어수선한 정국에서 배극렴·조준·정도전 등이 이성계를 왕으로 추대(1392년 7월)하려 하자, 공양왕은 왕위를 물려 줄 수밖에 없는 급박한 상황이 전개되었는데, 포은 정몽주(1337~1392)는 조준을 제거하려는 동시에 고려를 끝까지 받들고자 하다가 이방원의 자객 조영규 등에게 선죽교에서 피살되고 말았다.

성리학자로서 오부학당·향교 등을 설치하여 유학을 진흥시켰던 정몽주가 의리와 명분론을 앞세워 조선의 이성계를 못마땅하게 여기고 따르지 아니한 점은 어쩌면 자연스런 반항이었는지도 모를 일이다.

어쨌든 조선이 개국하자 명분과 의리를 배반한 조선이라고 비난하면서, 고려의 충신들은 절개와 지조를 내세워 송학산 두문동(杜門洞)으로 은둔하는 등 조선의 정치에 참여치 않았으며, 정몽주와 뜻을 같이한 그의 제자들은 낙남(落南)의 길에 들어 영남과 호남으로 귀양 아닌 귀양의 길을 떠났다.

그 대표적 인물이 포은의 제자 야은(冶隱) 길재(吉再, 1353~1419) 이거니와 그는 스승인 정몽주를 죽인 이방원이 태상박사라는 벼슬을 주었으나, 두 임금을 섬길 수 없다면서 받지 아니하고, 고향인 영남(선산)으로 내려가 성리학의 탐구와 제자들을 양성하면서 좋은 날이 오기를 기다렸다. 이것이 훗날 사림 세력의 시원이 되었다.

조선은 성종 대를 맞이하여 지방의 사림을 등용하였는데 이를 계기로 이성계의 역성혁명 이후 산림에 묻혀 있던 선비들이 중앙의 정계로 등극할 수 있는 길이 열리게 되었다. 잘 아는 바와 같이 사림의 대부 김종직(1431~1492)은 성종에 의하여 중앙 정계에 들어선 인물인데 그의 부친 김숙자는 정몽주의 제자인 길재이다.

아버지로부터 정몽주의 절의를 몸에 익힌 김종직은 훈구파와 맞서면서 명분과 대의에 합당한 정치 논리를 폈는데 그가 항우에게 죽은 초나라

회왕(懷王) 곧 의제를 조상하는 글 〈조의제문〉을 지었는데 이 글이 김종직의 제자 김일손에 의하여 『성종실록』을 편찬할 사초에 들어갔다.

불행하게도 이 글이 평소 사림파를 시기하고 질투하던 훈구파 이극돈에게 발각되고 말았는데, 이는 세조에게 죽임을 당한 단종을 조문하는 글로서 세조를 비난하는 것이라고 밝혀짐에 따라 이미 세상을 떠난 김종직은 부관참시를 당하고 제자 김일손 등은 참수를, 우리 금남 최부 등은 유배를 당한 무오사화(1498)가 발생했다.

무오사화 이후 얼마 후에 일어난 갑자사화(1504)는 임사홍 등 중앙 관료들 간의 권력 암투가 빚어낸 사림파 선비의 화였는데 이 두 사건으로 피해를 입은 사림파 선비들은 더욱 대의와 명분을 따르는 정치 노선을 견지하게 되었다.

이와는 달리 호남에는 고려왕조에 대한 충성심과 새로운 조선은 명분 없는 쿠테타(兵變) 왕조라 멸시하고 호(湖, 김제의 벽골제)를 건너 남으로 남으로 발길을 옮겨 가급적 한양으로부터 멀리 떠나고자했던 절의파 선비들이 왔는데 이들은 크게 왕조 교체기(1392)와 수양대군의 왕위 찬탈 사건(1455)으로 나눌 수 있다.

전자 때에는 광주 출신 금성(錦城) 범씨(范氏)의 범세동(范世東), 나주 출신 하동(河東) 정씨(鄭氏)의 정지(鄭地), 천안(天安) 전씨(全氏)의 전신민(全新民), 순창에 은거한 옥천(沃川) 조씨(趙氏)의 조유(趙瑜), 영암에 은거한 광산(光山) 김씨(金氏) 김자진(金子進), 장성에 은거한 김인후(金麟厚)의 선조 울산(蔚山) 김씨(金氏) 김온(金穩)과 장성 삼계와 담양 봉산으로 내려온 신평(新平)인 송구(宋龜)와 송희경(宋希璟) 형제 등이 그들이다.

송희경(宋希璟)과 송구(宋龜) 형제는 충남 연산(連山)을 세거지로 하는데, 신평 송씨는 송구진(宋丘進)을 시조로 하며, 전남 남평(南平)을 세거지로 하는 신평 송씨는 송자은(宋自殷)을 시조로 한다. 그 가운데 희경과 구는 송구진으로부터 6세손인데 예문관수찬 등을 지냈으며 성절사로 명나라에, 회례사(回禮使)로 일본에 다녀오는 등 외교에도 능했던 인물이다.

일본에 다녀와서 남긴 〈노송당일본행록(老松堂日本行錄)〉은 수필 문학으로서도 중요한 작품으로 평가된다. 그는 아우 구와 더불어 우의가 두터웠는데 벼슬을 그만 두고 담양에 은거하여 신평 송씨 담양의 입향조가 된다.

그의 후손 가운데 지지당(知止堂) 송흠(宋欽)이 있는데 그는 한훤당(寒暄堂) 김굉필(金宏弼)과 종유한 인물로 그의 문하에서 눌재(訥齋) 박상(朴祥), 면앙정(俛仰亭) 송순(宋純)과 학포(學圃) 양팽손(梁彭孫) 등이 배출되어 명실 공히 호남 사림의 원류의 하나를 이루게 하였다. 잘 아는 바와 같이 송흠은 박상, 송순, 양팽손 등은 수많은 인물을 배출하여 호남의 선비 숲 곧 사림을 일구는데 핵심적인 역할을 하였다.

또한 수양대군의 왕위 찬탈에 명분 없음을 통탄하고 호남으로 낙남한 명문 세력들은 순천과 해남에 은거한 순천 김씨의 김종서(金宗瑞), 장흥에 유배된 진주 정씨(鄭氏)의 정분(鄭苯), 영암에 은거한 남평 문씨의 문맹화(文孟和), 광산에 은거한 박상의 아버지 충주 박씨의 박지흥(朴智興), 무안에 은거한 무안 박씨의 박익경(朴益卿), 장흥에 은거한 충주 김씨의 김린(金麟), 고흥에 은거한 여산 송씨의 송간(宋侃), 순창에 은거한 고령 신씨의 신말주(申末舟), 나주에 은거한 경주 이씨의 이석(李碩), 해남에 은거한 원주이씨, 담양에 은거한 홍주송씨, 함평에 은거한 양성이씨, 영암에 은거한 함평노씨 노종주(魯宗周) 등을 들 수 있겠는데 이들 또한 훗날 호남 사림의 성장에 크게 기여한다.

이상에서 말한 바와 같이 이 고장 고전문학은 불교계에서 이루어낸 성과를 제외하면 조선 이전은 영성하거니와 조선의 경우 이 고장의 문학을 가꾸고 수확하기까지 사림의 형성 과정은 대체로 두 갈래로 나눠 말해야 옳을 듯하다.

호남의 사림은 크게 두 부류로 나눠 말 할 수 있겠다. 하나는 앞서 말한 바와 같이 왕조 교체기(1392)와 수양대군의 왕위 찬탈 사건(1455) 때 입향 또는 낙향해 온 세력인데 이른바 비 김종직 계열이다.

다음으로는 안유(安裕)-권부(權溥)-이곡(李穀)-정몽주(鄭夢周)-길재(吉

再)-김숙자(金淑滋)-김종직(金宗直)-최부(崔溥)로 이어지는 이른바 영남을 통하여 호남에 뿌리를 내린 일파 곧 김종직 계열을 들 수 있겠다. 호남 사림 형성에 영향 작용한 사람들로는 대체로 김굉필(金宏弼), 최부(崔溥), 송흠(宋欽), 박상(朴祥), 이항(李恒), 김안국(金安國) 등을 드는데 이를 자세히 들여다보면 박상을 제외한 모두가 김종직 연원임을 알 수 있다.

그런데 지지당 송흠(宋欽)도 김굉필을 사숙했으니 송흠을 연원한 박상도 어떤 면에서는 김종직 계열이라고 말해도 무방하겠다. 이러한 호남의 학맥은 명종(1545~1567)대에 이르면 서경덕(徐敬德), 이황(李滉), 조식(曺植) 등의 학파가 형성되자 그 영향을 받으면서 성장하는데 그때 송순(宋純), 김인후(金麟厚), 나세찬(羅世纘), 임형수(林亨秀), 임억령(林億齡), 양산보(梁山甫), 양응정(梁應鼎), 오겸(吳謙) 등의 송순 계열과 김굉필, 송흠, 박상, 이항, 김안국, 박순(朴淳), 정개청(鄭介淸) 등의 서경덕 계열로 양분된다. 서경덕은 김굉필-이연경(李延慶)-서경덕으로 이어지는 학맥이지만 호남 학맥을 논할 경우 기호 사람의 좌장격인 서경덕을 대표로 앞세우곤 한다.

호남 사림의 형성 요인 두 가지 중 하나인 고려는 물론 조선 전기 이 고장에 뿌리를 내린 토착적 향반, 이른바 비 김종직 계열의 인물에 대한 연구 성과는 매우 미미한 편이다. 반면에 김종직 계열에 대해선 비교적 연구가 진척되어 그 성과가 축적되어 있다. 다음에서 그 내력의 일단을 보기로 한다.

조선 건국 이후 길재는 고향으로 내려가 강호(江湖) 김숙자(金淑滋) 등 제자들을 양성하였는데, 그가 체득한 낙천지명(樂天知命)의 태도와 우국우민(憂國憂民)의 충정은 후일 사림의 뿌리가 되었다. 정종에게 올린 소에서는 불사이군(不事二君)의 충과 절을 백이와 숙제에게 비유하여 사군(事君)에서의 의리를 내세웠다.

그는 정주학(程朱學)에 바탕을 두고 충과 효를 위주로 하는 도학을 밝혔으며 이단 배척을 주장하였다. 그의 학문은 정신적인 면과 실천적인 면을 강조하는 것으로서, 조선 성리학의 실천적인 면을 강조하는 근거를 제시하였다.

그의 제자 김숙자(1389~1456, 호 봉암, 시호 문강)는 아들 점필재(佔畢齋) 김종직(金宗直, 1431~1492, 시호 문충)에게 길재의 학통을 전수하여 영남학파의 종조(宗祖)가 되게 하였다. 김종직은 효제충신(孝悌忠信)을 주안으로 하는 실천적인 학문을 강조하였으며 인정(仁政)의 실시를 정치의 이상으로 삼았다.

다시 말해서 오륜이 각각 질서를 얻고 사민(四民; 士農工商)이 각각 그 직업에 안정케 하는 정치를 표방했는 바, 그런 정치의 근본은 교육이라 하여 향교 교육을 강조하였다. 또한 인재 등용의 중요성과 원훈후예(元勳後裔)의 세습적인 등용에 반대하였다. 그 결과 성종의 총애를 받아 자신의 문인들을 많이 등용시킨 반면, 훈구파(유자광, 이극돈 등)의 심한 반발을 사서 훗날 무오사화(1498)의 빌미가 되었다.

김종직의 문하에는 탁영(濯纓) 김일손(金馹孫), 일두(一蠹) 정여창(鄭汝昌), 한훤당(寒暄堂) 김굉필(金宏弼), 추강(秋江) 남효온(南孝溫), 금남(錦南) 최부(崔溥) 등 훌륭한 선비들이 있었거니와 그 중에서 소학동자로 일컬어진 김굉필(1454~1504)은 스승과 마찬가지로 최산두 등 호남의 인재를 직접 가르쳐 스승의 학문이 호남에서 꽃피게 했다.

한편, 앞서 말한 무오사화 때 김굉필은 희천에 유배되었다가 나중에 전남 순천으로 이배되었다. 그가 순천에 있을 때 그 곳의 선비 최산두(崔山斗, 1483~1536)를 가르쳤다. 윤구, 유성춘과 함께 호남의 삼걸(三傑)로 추앙된 최산두는 호남에서 유일하게 문묘에 배향된 김인후(金麟厚, 1510~1560)를 가르쳤으며, 김인후는 조선시대 최고의 문장가인 정철(鄭澈, 1536~1593)을 배출했다.

한편, 호남 사람 최부(崔溥, 1454~1504)는 스승 김종직의 조의제문 사건으로 단천에 유배되었다가 연산군 10년(1504) 갑자사화 때 죽임을 당했는데 그의 문화에서 유계린, 윤효정, 임우리 등 훌륭한 인물이 배출, 호남학의 뿌리를 튼튼하게 하였다.

유계린은 두 아들 유성춘과 유희춘에게 스승으로부터 물려받은 도학적 학풍을 잇게 했으며, 어초은(漁樵隱)이라는 호를 가졌던 윤효정은 윤구, 윤항, 윤복 등의 아들들에게 학문을 가르쳤다. 임우리는 조카 임억령에게 사상과 학문을 전수하여 훗날 호남 사림의 사종(詞宗)이 되게 하였다.

최부는 탐진인으로 자는 연연(淵淵) 호는 금남(錦南)인데 진사 택(澤)의 아들이다. 나면서부터 이질(異質)하여 강의정민(剛毅精敏)했다고 한다. 금남은 점필재의 문하로서 무오사화(1498) 시 그의 집안에 점필재집이 있다는 이유로 신문을 받고 장형을 받은 뒤 단천에 유배되었다가 갑자사화(1504) 때 처형되었다. 금남은 호남인으로서 점필재 김종직의 학문을 직접 받아들여 이 고장 사림의 발흥에 크게 기여한 첫 번째 세대로 평가받고 있다.

그 당시 점필재와 어깨를 나란히 한 호남 선비로는 죽림(竹林) 조수문(曺秀文)인데 그는 담양 죽림서원(竹林書院)에서 배향되고 있거니와 그의 아들 운곡(雲谷) 조호(曺浩)는 점필재의 문하로서 여충(汝忠), 여심(汝諶) 등 문학으로 훌륭한 후손을 많이 배출했다.

최부는 후생의 교도에 미미불권(亹亹不倦) 하였는데 해남의 읍(邑)을 맡아 있을 때 그 곳은 바다 모퉁이에 치우쳐 있어 문학이란 게 없고 예의 또한 황루(荒陋)했는데 금남은 정론으로써 누속(陋俗)을 변화시켰다고 한다. 이때 어초은(漁樵隱) 윤효정(尹孝貞)과 임우리(林遇利) 그리고 유계린(柳桂隣) 등을 부지런히 가르쳤는바 이들을 보고 온 고을 사람들이 흡연(翕然)하여 마침내 문헌지방(文獻之邦)이 되게 했다.

요컨대 이 고장 고전문학을 논하기 위해서는 지금으로서는 조선시대 사림 문학을 중심으로 논할 수밖에 없겠는데 사림 형성의 요소는 앞서 말한 바와 같이 김종직 계열과 비 김종직 계열로 양분된다. 비 김종직 계열은 고려 때부터 우리 지역에 연고를 두고 지역의 문풍 진작과 교화 및 강학을 통하여 지역의 주도 세력으로 성장한 세력과 조선 초기 사화 등의 정치적 파동 때 낙향해 온 세력이다. 이들은 훗날 김종직 계열의 사림들과 상호 영향을 주고받으며 이 지역 사림 세력으로 세를 불리며 사림 문화를 주도해 갔다.

2. 광산 고전 문학의 범위와 대상

광산의 고전 문학은 앞서 말한 바와 같이 광주와 전남이라는 상위 행정 단위와 고려와 조선시대의 호남이라는 지리적 성격상 인근 전북 등의 다른 자치 단체의 그것과 떼어 따로 분리하여 생각하기는 여러 모로 곤란한 점이 많다.

특히 광산구는 이전엔 전라남도에 속한 광산군 이었고 현재는 광주광역시에 속해 있기 때문에 광주와 전남에서 따로 떼어 말하기 곤란한 점이 한 둘 아니다. 그런데 상위 행정 단위인 광주와 전남의 고전 문학 역시 조선 시대 이전은 불교계의 유산을 제외하고 나면 그 자료가 영성하고 그에 따라 연구 성과 또한 축적된 것이 많질 않다. 뿐만 아니라 민속이나 구전 문학 등은 지면 관계상 다루지 못한 실정이어서 아무래도 광산의 고전문학은 조선시대의 기록문학에 한정될 수밖에 없는 실정이다.

조선시대 문학은 사림과 관계가 깊은데 광산의 사림적 전통과 뿌리는 문향의 지령이 되어 훌륭한 인걸을 낳았다. 광산의 사림문화를 파악하기 위해서는 우선 광산 사림의 개념부터 정해야 옳을 것 같다.

사림이란 말은 역성혁명 이후 지방으로 낙남하거나 두문하여 성리학의 실력을 쌓은 고려의 절의파 선비들이 조선 성종 이후 중앙 정계에 진출하기 시작하면서 본격적으로 불리어지기 시작한다. 다시 말해서 사림이란 말의 연원을 고려 말로 그 기원이 올라가지만 조선 성종 대에 이르러 김종직을 위시한 재야 유학자에 대한 훈구파와의 변별적인 칭호이다. 앞서 말한 바와 같이 고려 말 영남과 호남으로 낙남해 갔던 선비들은 각기 두 지역에서 제자를 양성하여 이른바 선비의 숲(사림)을 이루어 성종 대이후 중앙정계에 진출하여 유학입국의 조선사회를 이끌어 나갔다.

물론 초기에는 기득권을 지닌 훈구파와의 주도권 싸움으로 무오사화(1498; 유자광을 중심한 훈구파)와 갑자사화(1504; 연산군 어머니 윤씨의복위를 둘러싸고 임사홍 등 훈구파) 등의 시련을 거친 다음 일정한 속도로 성장하다가 중종 대에 조광조가 희생되는 기묘사화(1519; 남곤, 심정, 홍경주 등 훈구파)와 이중열, 나식 등이 화를 당한 을사사화(1545; 대윤윤임과 소윤 윤원형간의 정권싸움)를 거치면서 정치 세력의 중심권으로진입하여 조선유학의 진흥과 경국제민의 주역이 되었다.

광산 사림은 눌재와 같이 우선 광산 출신으로서 광산에서 사림 활동을했거나 광산을 떠나 다른 지역(곳)에서 활동을 했던 사람을 들 수 있겠다.

다음으로 박순, 양팽손, 양응정과 같이 광산 출신은 아니더라도 광산과연고가 있는 등 여러 인연으로 광산에서 사림 활동을 했거나 광산과 관련된 작품을 남긴 사람을 생각할 수 있겠으며, 광산에 다녀간 다음 광산사람에게 영향을 끼쳤거나 광산 관련 작품을 남겨 후세인들에게 감동적영향을 주었던 인물을 상정할 수 있겠다.

광산의 고전 문학사에 직, 간접의 영향을 주었을 광주 출신의 문인으로가장 먼저 이선제를 들 수 있으며 다음으로 박상, 유사, 박광전, 박광옥, 기대승, 고경명, 고성후, 김덕령, 고경리, 고용후, 고부천, 이정신, 침굉, 고두경, 기언관, 유광천, 기학경, 고정봉, 최신지, 나도규, 박로술, 고광천, 박로면, 이응상 등이다. 하지만 딱히 광주 출신이 아니라도 인근 담양과나주, 화순 등지에서 태어났거나 활동한 송순, 임억령, 양팽손, 양응정, 김인후 등의 역할도 다대했음은 주지하는 사실이다.

광산 사림과 그 문화를 파악하는데 가장 손쉽고 편리하며 확실한 방법은 그들이 남긴 문집을 대상으로 살피는 경우이겠거니와 그렇지 못할 경우엔 그들이 남긴 글이나 작품이 다른 사람의 문집 또는 현판에 새겨진것을 중심으로 이해하는 태도이다.

달리 광산의 사찰, 서원, 누정을 중심으로 거기에 원운과 차운된 것 및 누정기문, 상량문, 중수기문 등을 중심으로 저간의 사림 사회 일말을 살피는 방법도 있을 수 있겠다. 가장 좋은 방법은 광산 사림이 남긴 문집을 대상으로 그들의 문화 활동을 파악하는 것이지만 문집의 수집, 해제 등이 미비한 경우 이는 이상에 지나지 않을 것이다.

또한 사찰이나, 서원 그리고 누정에서 남겨진 작품을 중심으로 하고 문집의 글들도 간혹 발췌하는 방법을 취함이 좋을 듯 하지만 누정 쪽을 제외하고는 이 또한 지금으로서는 녹록치 않다.

광산에서 사림의 양성이 본격적으로 전개될 수 있었던 것은 아무래도 조선 태조 원년(1392)에 창건된 광산향교의 건립 이후부터라 생각된다.

또한 서원과 사우 및 관련 누정 등도 사림 문학의 모태가 되었다. 다아는 바와 같이 서원은 양육인재(養育人才)와 사문진흥(斯文振興)에 목적을 두고 장수강학(藏修講學)의 기능을 하였고 신성한 장소로서 오늘날 사립대학과 같은 곳이었다. 그렇기에 서원은 물론 제사(배향) 기능도 있었지만 사림양성도 매우 큰 몫을 담당하였다.

반면에 사우(祠宇)는 보본숭현(報本崇賢)에 보다 더 역점을 두었기에 교육적 기능은 서원보다 떨어졌다. 그러다가 이들의 개념이 혼동되면서 문벌, 학벌, 지벌의 권위의 공간으로 타락하기 시작하지만, 일정기간 동안 서원과 사우는 분명 인재 양성의 신성한 교육공간이었다.

광산의 서원과 사우는 월봉서원을 필두로 10여 개 정도로 파악되는데 대부분 1871년(고종 8) 대원군의 서원 훼철령 때 철폐되었다. 광산의 서원은 기대승을 향사한 월봉서원을 가장 먼저 들 수 있는데 후에 박상, 박순, 김장생, 김집 등을 함께 배향하고 있다.

포충사는 고종 대 서원 훼철령이 내려진 때에도 47개의 존치 서원에 들었는데 고경명과 두 아들 종후, 인후를 비롯하여 안영, 유팽로 등을 모시고 있다. 이 밖에도 박광옥, 김덕령을 배향하는 의열사, 김극기, 김득종 등을 모신 경현사, 임형수 등을 모신 등임사, 최치원 등을 모신 지산사,

박상, 박순 등을 모신 송호영당 등을 들 수 있겠는데 이들은 사림을 추숭하고 추모하는 제향 공간이면서 이울러 후학을 가르치는 강학 공간으로서 이 고장 사림의 양성과 교육에 음양의 많은 공헌을 하였을 것이며 그들 사림으로부터 이 고장 문학의 질량이 크게 향상 되었을 것임은 재언을 요치 않는다.

광산의 진산인 어등산 북서쪽에는 절골 마을, 탑골 등으로 불리는 마을과 지명이 있는데 이는 이곳에 이른 시기부터 사찰이 많이 있었음을 알려준다. 또한 서봉과 선암 마을, 운수 마을 등도 서봉사와 선암사, 운수사 등의 사찰 명에서 유래한다고 한다. 그 외에도 조선 초기의 여둔사와 천운사 등 여러 사찰이 있었음이 확인 되거니와 지금은 그 자취가 가물한 실정이다.

하지만 이른 시기부터 여러 사찰이 있었다는 것은 사찰지, 주석한 스님의 행적과 시문, 사찰의 기문 등 다른 지역의 사찰이 남겨준 유산과 크게 다르지 아니했을 것이기 때문에 앞으로 존재했던 사찰과 그와 관련한 여러 기록물을 찾는 노력을 게을리 하지 말아야 할 것이다.

누정은 강학과 휴게 및 시문 창작의 산실이었는데 광산의 누정은 현존 누정 20여 개와 현존하지 않은 것 18여 개로 비교적 많지 않은 편이지만 삼한 때 건립되었다고 전하는 양과동정은 향약과 동약의 시행처로 알려져 있어 주목된다. 향약과 동약이 그 지역민을 교화하고 풍속을 교정하는데 커다란 역할을 했다는 점에서 위 정자의 위상과 역할이 다대했음을 짐작하게 한다.

또한 1500년 경에 건립된 김문발의 부용정을 비롯, 풍영정, 호가정, 불환정 등 시문 제작과 강학 활동이 활발했던 누정이 지금까지 광산 사림의 맥을 전하고 있다.

한편 광산의 고전문학을 논하는 자리에서는 민속과 민요 및 설화(신화, 전설, 민담) 등도 함께 다루어야 하지만 이 자리에서는 여러 조건적 제약으로 함께 다루지 못했다. 민속 같은 경우는 장을 달리하여 다루고 있어 다행이지만 훗날 함께 다루어졌으면 하는 바람이다.

3. 광산의 고전 문학

광주·전남의 고전 문학을 논하는 자리에 맨 먼저 박상을 일컫는 이유는 그가 이 고장 문학에 끼친 영향이 다대하기 때문이다. 박상은 사림의 원조격인 점필재 김종직의 영향을 직, 간접적으로 받았던 광산의 인물이다.

김종직은 15세기 후반인 1487년 57세의 나이로 전라도 관찰사가 내어 전라도에 내려와 대소사를 엄격히 처리하고 불철주야 합리에 따라 문제를 해결하는 등 선정을 펼쳤으며 특히 각지를 순시하면서 권과(勸課) 강독(講讀)과 향음주례(鄕飮酒禮) 등을 실행케 했다.

이 같은 그의 노력은 이 고장의 민생 안정과 문풍 장려 및 미풍양속의 계승과 확산에 크게 기여하였다. 특히 강독(講讀)을 권장하여 사림의 자질과 지적 수준을 향상시킴은 물론 균형 잡힌 지식인으로서의 안목을 트게 하였다.

김종직은 전라감사 시절 전라도 지역을 순시하면서 여러 시를 남겼다. 일찍이 그가 무등산을 두고 읊은 〈광주 무등산〉이란 시를 본다.

蒼蒼瑞石聳秋空　푸르른 서석산 가을 하늘에 솟았는데
十日尋常在眼中　십일을 쳐다봐도 그대로의 모습이네
喜慶樓前更回首　희경루 앞에서 다시 고개를 돌려보니
雲煙纔罅見靈宮　구름과 연기 때문에 영궁이 조금 보이네

맑고 깨끗한 가을 하늘에 눈이 시릴 만큼 푸르게 우뚝 솟은 서석산 곧 무등산의 모습을 두고 읊은 것인데 경의 세계를 통해 정을 발산해 내는 시인의 역량이 대단하거니와 그 외에도 우리에게 소중한 정보를 준다.

희경루가 당시 문인들의 입에 오를 정도로 선비들의 집합소로서 역할을 하고 있었다는 것인데 희경루는 다름 아닌 희경당을 두고 한 말이다. 정인지 등과 〈고려사〉를 수찬하고 권근(權近)과 권우(權遇) 등에게 수학한 이선제(李先齊)는 동인의 중심인물이었던 이발(李潑)과 이길(李洁)의 선조인데 그가 바로 희경당의 주인이다.

위에서 보듯 김종직이 지역에 끼친 영향은 정치와 백성 교화는 물론 사림의 문풍 진작에도 큰 기여를 하였는데 특히 눌재 연보를 보면 두 사람이 각별했음을 알 수 있다.

1) 눌재의 시문학 세계

눌재는 김종직 외에도 김종직의 제자인 김굉필을 사숙한 지지당 송흠의 영향도 받았다.

송흠은 영광(지금의 장성) 삼계 출신인데 앞서 말한 구(龜)의 증손이며 가원(可元)의 아들이다. 한성부 우윤, 병조판서, 우참찬 등의 내직은 물론 담양부사, 전주부윤, 광주목사, 나주목사, 전라도사 등을 두루 걸치면서 선정을 베풀어 청백리로 이름이 났으며 효자로도 상을 받기도 했다.

89세로 세상을 뜨기까지 청렴과 효렴으로 칭송 받은 그는 만년에 향리에 관수정을 짓고 김안국, 신광한 등 당대의 명사들과 교유하고 후진에게 강학하면서 여생을 보냈다. 문하에 송순, 양팽손, 안처성, 김맹석, 송석현 등 수많은 인물을 배출하여 호남의 선비 숲 곧 사림을 일구는데 핵심적인 역할을 하였다.

다음에서 눌재가 송흠에게 바친 시를 보도록 하자.

先生小子道相須　선생님과 저는 서로 도를 구했는데
兩地榮枯聽大爐　두 곳의 영고가 너무나 달라졌네요
南國百年同棄物　남방에서 일생을 함께 버렸던 신세

秋風五馬獨亨衢　추풍이 일자 태수 되어 가시는구려
紫泥恩命元明主　대궐의 명령은 본래 명군이 내리는 것
白首丹心信老儒　백발에도 단심 지니신 신실한 선비님
自分不才無日起　저는 재주 없어 일어날 기약없으니
釣舟隨意泛西湖　낚싯배나 마음대로 서호에 띄웁니다

57세 백발의 나이로 송흠이 여량(여산) 군수로 부름을 받았다는 소식을 듣고 42세 박상이 바친 시인데 제목은 〈문 흠지 선생 징수 여량 색성 칠자 구(聞欽之先生徵授礪良索成七字句)〉이다. 송흠의 문집 문인록에 눌재의 이름이 올라 있지는 않지만 박상은 음양으로 송흠의 영향을 받았던 같다. 내직의 큰 벼슬 없이 주로 외직을 지내거나 초야에 물러나 있던 자신의 처지를 잘 나타내준 시이다. 벼슬에 비해 시풍은 힘이 있으면서 섬세하고 사자의 일성처럼 포효하는 힘도 느껴지는 시가 많다.

특히 충주목사 시절에 지은 〈탄금대〉 같은 시는 명작으로 꼽히거니와 지적 우월의 경지에서 세상 만물에 대한 감회를 지니고 개탄하거나 아쉬워하는 시를 많이 창작했다는 평을 들으며 이행, 박은과 더불어 자주 언급되는 큰 시인이다.

이와 같이 호남 사림은 눌재 박상부터 본격적인 문학 활동을 시작하였다고 판단되거니와 눌재가 광산 출신이므로 호남 사림문학의 본격적인 출발이 곧 광산 문학에서 비롯했다는 말은 과언이 아닐 것이다.

눌재는 자주 말한 바와 같이 점필재 김종직과 지지당 송흠의 영향을 받고 정암 조광조와의 교유를 통하여 사상적 깊이와 문학적 역량을 다졌던 인물이다. 이러한 눌재가 보여준 문학 세계는 크게 장편의 서술시와 칠언시 중심의 짧은 서정시 계열로 나눌 수 있는데 그 두 세계는 호남 시단의 전통이자 특징으로 자리매김 된다.

특히 호남의 시인들은 장편의 서술시를 통하여 불합리한 현실 정치의 개혁과 민본을 중시한 애민 정치의 이상 등을 핍진하게 갈파해냄으로써 다른 지역의 사림 문학과는 비교가 된다. 다시 말해서 그가 올린 〈신비복위소〉 같은 정의롭고 절절한 내용을 시로 담아내고자 했을 때, 눌재는 장편의 서술시라는 시 창작 방법을 활용했는데 이는 눌재 이후 임억령, 송순, 양응정 등을 비롯하여 호남 문학인의 전통적 수법이 되었다.

다음에서 눌재의 서술시를 보기로 한다.

시 창작의 원리나 방법은 분명 어떤 시학에 기반 한 다음에 가능한 것인 만큼 특정 지역에서 무언가 이어지는 '시학'이 감지된다면 그것은 여러 다른 개인을 아우르고 각기 상이한 시대와 가치관을 통섭할 수 있는 귀한 원형질 같은 것이 되기에 충분할 것이다. 조선 초기 눌재 박상(1474~1530)으로부터 조선 후기 다산 정약용(1762~1836) 그리고 민중의 희노애락이 담긴 판소리에 이르기까지 무언가 분명하게 이어져 내려오는, 비록 각 시기마다의 정치적 득실과 각 개인의 인간적 취향에 따라 다소의 굴절과 변화가 있을지라도, 끈끈하게 이어져 온 그 무엇, 필자는 그 중의 하나를 '서술시'적 맥락이라고 부르면서 그 원류를 눌재로부터 잡고자 한다.

이는 호남 한시사에서 고려시대의 업적을 뛰어넘은 아픔이 없잖으나 지금까지의 연구 성과에 제약을 받지 않을 수 없는 고충과 필자의 한계에 기인한다. 고려시대의 작품을 통하여 미진한 부분을 보충하기로 다짐하면서 훗날을 기약한다.

菟裘之西　도구(노은공의 은거지)의 서쪽
蒼髯高峙　소나무 높이 솟은 곳에
有鳥來巢　새가 날아와 둥지를 틀고
卵化三子　새끼 셋을 낳았겠다
始黃口之轂拁　처음에는 노랑부리를 움직거리더니
終雪衣之翮飛　마침내 하얀 털로 날기를 익혔다
初若翩於尋丈　처음엔 한 발 정도 퍼덕이더니

忽欲凌乎希夷　홀연히 먼 데로 날으려 들었다

狀窈窕而可觀　생김새는 예뻐서 볼만하고

聲瀏亮而宜聞　소리는 맑아서 듣기 좋았다

背鴻鵠而不伴　홍곡들과는 즐겨 벗삼지 않았으니

豈燕雀之爲群　어찌 연작이 끼어들 틈 있겠나

晝啄平蕪　낮에는 들판에서 먹이를 찾고

夜宿舊林　밤에는 옛 둥지에서 눈을 부친다

同雙鳧之往來　짝지은 오리가 왕래하는 듯

異沙鷗之浮沈　모래톱의 갈매기 부침과는 달랐다

我憐衣雪　눈 같이 하얀 깃털 귀여운지라

朝夕出看　아침 저녁 나가서 즐겨 보았지

乃命童子　이윽고 아이에게 일러두기를

以戒機關　덫 같은 것 못 놓게 했지

詫健翼之無羈　건장한 날개짓 자유롭게 뽐내며

抱明心而自適　포 밝은 마음 품고서 만족해 보였지

吾愛爾之軒昂　나도 새의 의기양양함 사랑하여서

擬靑田之神鶴　청전산의 신령스런 학에다 비견했었지

如何不懼　어찌하여 두려움 없이

浪游澤國　물 많은 장소를 마구 노닐었는지

虞人備機　동산 지킴이는 덫을 설치하고선

知撮偏塞　한 눈 팔고 막혀 있는 것 잡을텐데

童子驚告　동자가 놀라서 알려오기를

大鳥被攫　큰 새가 잡혔는데

爭觸手而拔毛　다투어 손으로 털을 뽑으니

染紅血於縞衣　흰 옷에 붉은 피 낭자했다네

顧六翮之已摧　온 날개쭉지가 부러져 나가니

向九霄而含悲　하늘 향해 슬픔을 하소연하네

余謂大鳥　내가 이르기를 큰 새여

何至此極　어쩌다 이렇게 되었단 말가

卽呼蒼頭　곧 바로 하인을 불러 세워선

往救其急　어서 가서 급한 상황 구해 놓고

叱咤取來　야단치며 데려와서는

畜我中庭　우리 집 뜰에서 기르게 했지

羽毛雕盡　깡그리 망가진 날개 때문에

嗚咽呑聲　오열하며 울음을 애써 삼켰지

背秋風而蹜蹬　가을 바람 등지고 지척이면서

堪忍飢而休啄　배고픔도 참으며 식음을 전폐했지

安知萬里之禽　어찌 알았으랴 만 리를 날으는 새가

遽見兩手之得　갑자기 손안에 갇히고 말 줄을

天耶人耶　하늘을 원망하랴 사람을 원망하랴

爾鳥何愚　그대 새여 어찌 그리 어리석은고

畢弋網羅　자루 주살 큰 그물 작은 그물 등

旁羅以候　벌리고서 기다리고들 있는데

爾自就罹　그대 스스로 가서 걸려들다니

余又誰尤　나는 또 누구를 원망하겠는가

爾不聞蓬萊千仞　그대 듣지 못했는가 높은 봉래산이

海上一碧　바다 위에 푸르게 솟아 있다는 것을

絶人間之機事　세상의 간사한 일 끊어버리고

淡方壺之風月　선경의 풍월이나 맛보자구려

琅玕肉芝　대나무 열매와 살찐 영지는

可以療飢　굶주림쯤이야 떼울 수 있지

嗟爾大鳥　아, 그대 큰 새여

爾胡不歸　그대 어찌 돌아가지 않는가

崑崙玄圃　곤륜산의 신선이 사는 곳과

閬月梧桐　곤륜산의 오동나무에는

世網不到　세상의 그물 따윈 얼씬 못하고

但見靈蹤　신선의 발자취만 보일 뿐이라네

天禾玉梅　진귀한 식물과 향기론 매화를

可以得唉　먹을 수 있다는데

嗟爾大鳥　아, 그대 큰 새여

爾胡不適　그대 어찌하여 그 곳으로 안 가는가

又不聞剛風世界　또 그대 듣지 못했는가 신선의 세계가

去天一握　하늘에서 한 뼘 거리에 있다는 것을

神雀逍遙　신성한 새들은 세상 한가롭게

養其氣力　기운과 힘을 기르고 있으니

雖有繪繳　비록 주살 따위 있다고 해도

尙安得施　또 어디에다 설치할 수 있으랴

嗟爾大鳥　아, 그대 큰 새여

爾胡不之　그대 어찌하여 가지 않는가

大鵬圖南　대붕새는 남쪽으로 갈 작정인 듯

扶搖羊角　양 머리에 달린 뿔 같은 바람을 타고

萬里凌風　만 리의 바람을 가르며 날다가

六月一息　여섯 달에 한 번 휴식을 한다지

槍楡斥鷃　느릅나무로 날아드는 방울새 따위가

仰見奚及　바라본들 어찌 따라 가리요

嗟爾大鳥　아, 그대 큰 새여

爾胡不若　그대는 어찌 그렇게 하지 않는가

謾要肥而賈禍兮　부질없이 살찐 고기 바라다 화를 입었으니

得無愧於鸞鷟　어찌 봉황새에 부끄럽지 않으리오

卷道德於覆巢之邦　둥우리 뒤엎는 데서 도덕 감춤은

乃喆人之炳幾　이른바 철인의 빛나는 예견이지

爾旣有羽毛之美　그대는 이미 날개털의 어여쁨 지니었건만

胡不卷而避機　어찌하여 감추고서 덫망에 걸려드는가

噫匹夫無罪　아, 사나이가 무슨 죄 있으리요

懷璧其罪　구슬 품으면 그것이 죄인 것을

物之有材　물건이 쓸 데가 있으면

禍之所會　재앙이 몰려드는 법

蚌之剖兮以珠　조개는 진주 때문에 쪼개어지고

桂之伐兮以食　계수나무는 먹을 수 있기에 베어진다

籠鸚鵡者以語　앵무새는 말을 해서 새장에 갇히고

韝鷹隼者以搏　송골매는 때릴 줄 알기에 매여 산다

苟自安於不材　진실로 쓸모없음에 스스로 편히 여겨

庶可終乎天年　타고난 목숨 무사히 마치기를

櫟社老而免斧　상수리나무 늙도록 도끼 면하고

鷦鷯小而能全　뱁새는 작아도 제 생명 누린다

天胡畀汝以美質　하늘은 어찌하여 그대에게 재주 주고서

又胡不與其所安　또 다시 안주할 장소는 주지 않았을까

然則乃何　그렇다면 어쩌면 좋은가

吾將處乎材與不材之間　나는 장차 중용을 지키리다

위에서 보듯 〈애대조(哀大鳥)〉는 눌재 자신의 입장이나 처지를 큰 새에 빗대어 말한 것이며 크게 보면 당대 선량한 선비들의 불우한 처지를 우회적 기법으로 비판한 풍자적 내용이다.

자신을 비롯한 뜻있는 선비들을 큰새, 조개, 계수나무, 앵무새, 매 등에 비긴 비유가 참신하거니와 '사나이가 무슨 죄 있으리요, 구슬 품으면 그것이 죄인 것을'의 대목에 이르면 당시 시대상황에서 올바른 선비의 입지가 어떠했는지 짐작하고도 남음이 있는 대목이다.

이와 같이 현실비판의 논리적 대응이나 능동적 대처는 신선세계 지향,

귀거래에의 동경 등으로 나타나기 십상인데 위에서 보듯 당시의 정치 현실은 다름 아닌 자루, 주살, 크고 작은 그물망 등 사방에 옭아맬 수 있는 도구로 둘러싸인 '덫망' 그 자체였다. 이런 불합리한 상황에 대처하는 선비의 자세는 '귀거래'라는 소극적인 대응 방식과 서술시를 통한 현실 도피의 의지 표명이라는 대응으로 나타나기 십상이었다.

물론 현실의 모순과 불합리성 등은 달리 서술시적 상황이라고 말할 수 있거니와 서술시적 상황은 개인에 따라 보다 심각하게 받아들여질 수도 있는데 그런 경우는 서사시의 제작을 통한 전투적 자세로써 개혁 의지를 강하게 드러내거나 현실의 모순을 신랄하게 꼬집거나 풍자하기도 하였다.

2) 송천 양응정의 서술시 세계

눌재의 문하인 양팽손의 아들 양응정도 장편의 서술시를 통하여 눌재의 시 정신을 계승했는데 다음에서 확인할 수 있다.

炎光將晦黃霧塞   염광이 꺼지려는가 누런 안개만 자욱하고
五候門闌炙手熱   오후의 집 드나들며 열을 내는 사람은 많구나.
阿權附勢孰扶顚   권세에 아부하기에 넘어지는 집 잡아줄 이 없고
大位高官徒哺啜   지체 높은 고관들은 제 배 채우기에 정신없네.
朱家男子槐里令   주씨 집의 한 남자가 괴리령이었는데
正氣鐘生天下傑   정기 받고 태어나서 천하의 호걸이 되었지.
未忍天高白日暗   태양이 어두워지는 꼴 차마 볼 수가 없었으며
神器將爲外家竊   신기를 외가에서 훔쳐 가게 생겼기에.
茫茫九關虎豹怒   망망한 궁궐에서 범처럼 성을 내어
上書求見奮忠烈   임금님께 상서하고 충렬을 뽐내었다네.
巨猾當前上不悟   앞에 닥친 큰 도둑을 님은 도대체 알지 못하니
佞臣夢蔽慣所切   아첨하는 신하들이 님의 눈을 가린 탓이리라.

尙方有劍光耿耿　　상방에 있는 칼이 번쩍 번쩍 빛나는데

何惜賜臣刃濡血　　못된 놈 목 베는 것이 무엇이 아까워서

廷辱師傅罪敢辭　　사부를 궐정(闕廷)에서 대놓고 욕 했다고 하는구나.

誠恐心腐釖鋒折　　칼날이 끊어질세라 마음이 썩는데

天威未霽赫雷霆　　임금은 멋모르고 벼락같이 화만 내네.

攀檻雖摧猶直舌　　잡은 난간 부러져도 바른 말 멈추잖고

小臣地下從逢干　　소신이야 지하에 가 용봉(龍逢) 비간(比干) 따르겠지만

聖朝如何等辛桀　　성조가 어찌하여 걸(桀) 주(紂)와 같으리까?

當年大呼凜生風　　당시에 부르짖던 늠름한 그 위풍에

餘響已振狐狸穴　　여우와 살쾡이들 놀라 구멍 찾았으리라.

奸諛古來幾五崔　　예로부터 간신들이 오최(五崔)가 몇몇인가?

忠憤如公眞一薛　　그대 같은 충분이야 설거주 하나로세

果令此釖得見試　　그 때 과연 그 칼을 거기에서 썼더라면

何有持危安抗陧　　나라가 어지럽고 위태로움 없었을 것을.

輯檻旌直信無補　　그의 곧음 표시하자고 난간은 갈지 않았으나

嘆息皇輿依舊轍　　무슨 소용 있었던가 전철을 되밟고 말았으니.

憂國深衷永固結　　그 이의 우국충정 영원히 뭉쳐지고

疾佞一憤終不泄　　간사람을 미워한 마음 끝끝내 풀 길 없어

照爲日星峙爲嶽　　해가 되어 비치우고 산이 되어 서 있다네.

烈烈正氣無時滅　　열렬하던 그 정기 없어질 날이 없으오리.

君不見西京一代盡媚寵　　장안일대가 모두 아첨하는 무리임을 그대 보지
　　　　　　　　　　　　않았나

子雲淸修亦汚節　　깨끗하던 자운도 더럽혀지고 말았지 않던가?

위의 시는 〈절함(折檻)〉이라 제(題)한 34행으로 이루어진 장편의 7언
고시체이다. 위의 시는 한나라 성제(成帝) 때 괴리령(槐里令) 주운(朱雲)
과 재상 장우(張禹)와의 갈등으로 빚어진 역사적 사실을 바탕으로 이야기

가 구성되었다.

주운은 장우가 재상으로서 본분을 망각하고 성제의 총성을 흐리게 할 뿐만 아니라, 아첨배의 농간에 놀아나느라고 백성들의 집이 허물어지는 등 그들이 질곡에서 신음하는 것을 모르는 척, 자신의 사리사욕만 챙기고 있으니 상방(尙方)에 있는 검으로 쳐 죽여야 한다는 것이다.

이에 대해 성제는 그렇지 않다면서 주운을 어사로 하여금 끌어내게 하였는데 주운은 끝까지 난간을 붙들고 충성심을 표하느라 그만 난간을 부러뜨리고 말았다. 이에 좌장군 신경기(辛慶忌)란 자가 성제께 호소하기를 충신이므로 죽이지 말고 용서해 달라고 하여 죽임을 면했으며 부러진 난간은 보수만 한 채, 주운이 보인 충성의 정표(旌表)로써 남겨 두었다는 것이다.

위의 사실은 『통감(通鑑)』의 한기(漢紀)에 나오는데 죽음을 각오한 채, 임금 궁궐의 난간을 부러뜨리면서도 자신의 우국충절을 굽히지 않았던 충신의 본보기로써 입에 오르는 이야기다. 위의 시와 『통감』의 내용을 비교해 보면 사실에 대한 인식은 『통감』쪽이 훨씬 분명하게 해준다. 이렇게 볼 때 송천이 〈절함〉을 제작한 이유가 역사적 사실의 전달 또는 그것을 인식시키려는데 있지 않음을 알 수 있게 한다.

송천이 중국 한나라의 주운 고사를 시화하여 부친 또는 자신이 처한 현실을 극복 또는 해결하고자 했음이 분명하다. 부친의 일로만 생각한다면, 중종 14년(1919)에 남곤(南袞)·심정(沈貞)·홍경주(洪景舟) 등의 훈구파들이 조광조 일파가 반역을 꾀한다고 무고하여 김정(金淨)·조광조 등이 사사되거나 축출된 바람에 학포가 연루되어 불우한 처지가 되었는데 학포는 그에 대해 늘 울분과 분노를 지니고 살다가 끝내 그로 인해 죽었다.

송천은 자신이 존경해 마지않았던 부친의 한을 자신의 한으로 여기고 그것을 풀어주고자 했거니와, 조광조 등이 죄가 없다고 끝까지 충언할 신하 하나 없었던 것과, 무고에 대해 별다른 생각 없이 경솔하게 처리해 버렸던 중종의 어질지 못한 인품에 대해 〈절함〉은 강한 불만을 드러냄으로써 부친의 맺힌 한을 풀어보려 했다고 보여진다.

그러므로 주운은 역사적 인물이 아니라 부친 또는 자신의 화신에 다름 아니다. 그렇기에 서술방식은 시인이 주인공이 되어 사건을 맺고 풀어 가는 주인공 고백적 시점을 주로 썼다. 간혹 현장감을 획득하고 생동감을 얻으려는 의도가 작용하여 등장 인물들간의 대화적 서술 방식이 채용되기도 했음은 특이하다.

이 시에서 주목되는 것은 시인 자신이 투영되어진 주인공과 간신배에 대한 형상화 부분이다. 『통감』의 기록에 비해 곧 사실의 기술을 중시하는 사가(史家)의 기록에 비해, 명송(銘頌)을 주된 임무로 하는 시인의 서술인 만큼 주인공에 대한 형상화는 사실의 전달보다 더 중요하다는 점을 충분히 인식하고 있음이 돋보인다. 그러면서도 간신배(장우)의 형상화 또한 여우·살쾡이 등으로 분명하게 각인시키고 있음도 주목된다.

주인공 주운의 형상화는 '범처럼 성을 내어'(9행), '임금께 상서하고 충렬을 뽐내었다네'(10행), '잡은 난간 부러져도 바른 말 멈추지 않고'(18행), '소신이야 지하에 가 용봉·비간 따르겠지만'(19행), '성조가 어찌하여 걸·주와 같으리까?'(20행) 등에서 볼 수 있다.

주운이 불의를 보고 솟아오르는 분노를 이기지 못한 모습이 눈앞에 그려지도록 분명하게 각인시키고 있으며, 임금께 진정(陳情)하는 장면이 상상되도록 했다. 또한 죽음을 각오하면서도 끝까지 할 말은 하겠다는 신념과, 간신을 처단하고야 말겠다는 의지가 문면에서 읽어지고도 남음이 있게 했다. 송천은 주운을 이렇게 형상화하여 곧 주운의 인물됨을 기리고 새기어(명송) 그가 하고 싶은 말 곧 주제를 효과적으로 전달하는 수단으로 삼고자 했음이 주목된다. 이 시의 주제를 분명하게 알기 위해서는 이야기의 구성방식을 파악하는 일이 효과적이라 생각된다.

전체 34행으로 짜여진 이 시는 제1행에서 4행까지가 도입부이다. 이는 시인이 주운의 사건을 직접 목도(目睹)한 것처럼 서술하고 있는데 그러한 서술태도가 환기하는 정서는 위기감과 긴장감이다. '황무사색(黃霧四塞)

은 설화 또는 소설에서 자주 애용되는 어구로서 '국난'의 징조를 뜻한다.

송천은 이처럼 시의 도입부에서부터 나라가 위태롭다는 긴장된 상황 설정을 분명히 했는데 이는 당시 조선 사회의 객관적 현실을 비유했다고 이해하기에 어렵지 않다. 이를 또한 자신의 개인적 정황으로 말한다면, 부친이 희생된 기묘사화(1519)를 빗대었다고 볼 수도 있겠는데 그러한 생각은 제 5행 이후에서 더욱 확신을 갖게 한다. 도입부에서 상황의 급박함과 심각성을 말하여 주인공이 궁궐까지 직접 뛰어 들어가지 않을 수 없는 상황을 복선처럼 꾸몄으니 시인의 치밀성이 돋보인다.

제 5행에서 제 20행까지는 사건의 전개부로서 주인공과 임금과의 대결과 갈등, 그로 인한 긴장으로 되어 있다. 시인이 진정 하고픈 말, 시인이 가슴에 새겨둔 그 말이 임금과 관련된 말이었기에 함부로 쏟아내지 못하고 주운의 고사를 빌어와 빗대어 대리 진술케 하고 있는 부분이다.

제 21행부터 제 34행은 마무리 부분인데 전개부에서 제기된 긴장감과 위기감이 해결되지만 여전히 갈등이 풀리지 않고 있음에 주목할 필요가 있다. 임금이 있는 구중궁궐일지라도 진정 할 말이 있으면 뛰어 들어가 진언해야 된다는 용기와 충성심을 말하려 했다기보다는, 임금이 진실된 목소리를 들을 줄 알아야 하며, 진실과 거짓을 분명히 구분할 줄 알아야만이 폭군을 면할 수 있을 것이며, 비극과 모순이 해결될 것이라는 충언을 '깨끗하던 자운도 더럽혀지고 말았다네'로 교술적으로 힘주어 말했다.

어떤 문제가 제기되고 그로 인해 갈등이 일어나 긴장감이 고조되다가 문제가 해결됨으로써 긴장 또한 해소되는 것은 사실 전달을 목적으로 하는 서사구조의 일반적인 구성 방식이겠다. 그러나 위의 시는 사실 전달에 제작 의도가 있지 아니할 뿐만 아니라, 주운의 충성심을 기리고 새기고만 말일 또한 아니었다.

이 시는 다름 아닌 왕의 불명(不明), 불민(不敏) 및 언로(言路) 곧 충간(忠諫)의 막힘과 그로 인해 발생되는 엄청난 비극을 말하고자한 것이었다. 단적으로 '장안 일대가 모두 아첨하는 무리'(33행) 라고 한데서 그것을 확인할 수 있는데 주제가 집약된 부분이다. 한 가지 주목을 요하는 것은 시의 끝부분에 작자가 직접 개입하여 교술적인 술회로써 끝맺음을 하는 점이다. 이 시는 자신의 화신인 벼슬아치 주운을 주인공으로 하여 임금과의 갈등을 서사화 한 것이기에 달리, 사대부 계층을 시적 대상으로 삼았기에 민중성(대중성)이라든가, 소박하고 투박한 민중의 생활상을 찾아보기 어렵다. 묘사 보다는 서술이 주가 되어 전개시켜 나가고 있어서 언어의 지시적 기능이 시를 선명하게 만들어 준다.

사건의 배경은 서술적 화폭 속에 시간과 공간이 모아지는 축약적 배경을 설정하고 있는데, 이는 서사한시에서 주로 쓰는 방법이다. 과거의 시간에 다른 공간에서 일어났던 일을, 송천의 시대에 조선에서 일어난 일로써 생동감 있고, 밀도 있게 제시해 보이기 위해서는, 시·공을 한데로 축약시키는 배경설정이 효과적임은 재언을 요치 않는다. 이렇게 역사적 인물을 형상화하여 종국적으로 송천이 하고 싶었던 말은 무엇일까?

여우와 살쾡이 같이 교활한 아첨배들을 물리치지 못하여 백성들의 집이 무너지는 것도 모르는 왕, 제 뱃속만 채우기에 급급한 벼슬아치의 행태를 모르는 왕, 충신을 몰라보고 물리치는 왕, 진실된 목소리를 들으려 하지 아니한 왕, 주위에 온갖 아첨배들만을 가까이 두고 있는 왕, 그런 현명치 못한 왕을 풍자하고자 했던 것이 아니겠는가.

만약 그렇게 본다면, 이는 분명 기묘사화에 연루되어 희생되었던 부친의 한풀이로써 제작된 것이며, 그 풀이의 방법은 바로 역사적 인물의 형상화를 통한 풍자라 하겠다. 시간과 공간, 사건과 인물 등 조선과는 전혀 무관한 소재를 시적 질료로 하여 당대 자신과 관계있는 울림을 획득하고, 있으니 이른바 성동격서(聲東擊西)의 수법이요, 홍운탁월(烘雲托月)의 전략이 아니겠는가?

이렇게 볼 때, 이 시는 작게는 부친과 자신의 한풀이를 위한 '풀이시'라 하겠으며 크게는 송천의 진정한 우국충정이 드러난 '애국시'라 하겠다. 필자는 송천 한시에서 위의 작품이 가장 송천다운 맛을 지녔다고 생각하며 교술적 서사시의 대표적 사례로 보고자 한다.

다음은 눌재의 서정시 세계를 감상하기로 하자. 눌재는 1,100여 수의 한시와 부문학 12편 등을 남긴 대 시인인데 특히 칠언시를 좋아했다. 이는 그의 시 세계가 호방함을 앞세운 즉흥적이거나 감상적인 측면 보다는 내면에서 잘 여과되어 나타난 깊은 서정의 세계를 그린 것으로 평가된다.

눌재는 상주목사, 충주목사, 나주목사 등 외임을 많이 맡았는데 그 결과 많은 기행시문을 남기기도 했거니와 그와는 달리 내면의 진솔하고 인간적인 고뇌를 읊은 술회시 한 편을 보기로 하자.

憔悴中原忽四年	충주에서 초췌하게 지낸 지 사 년
故園歸興日悠然	고향으로 가고픈 생각 매일 매일
架書欠主新魚出	주인 잃은 시렁의 책에선 좀이 생겼고
墻筍尋人舊壁穿	담장의 죽순은 사람 찾아 옛 벽을 뚫겠지
廚傳不堪筋力內	객지 생활하기엔 근력이 감당키 어려운데
帽陽應落物論邊	무능한 사람이라고 구설수에 오르기도
芭蕉葉大蕪菁長	파초 잎 커지고 순무가 자랄 때이면
月滿前川理釣船	달빛 가득한 앞 내에서 낚싯배 손봤건만

〈술회〉라고 한 시인데 48세 때 충주목사로 있을 때 지은 것이다. 도연명의 귀거래를 연상케 하는 내면의 세계를 핍진하게 그리고 있다. 앞의 두 줄에서 고향을 떠난 지 오래라는 말로 서정을 유발시킨 뒤 다음 두 줄에서는 고향의 모습을 눈에 보이듯 그렸다. 그리고 건강 문제, 여러 여론 등으로 고달픈 관직 생활의 애로를 말한 뒤 마지막 두 줄에서 고향의 추억을 떠올리며 회상에 잠기는 것으로 서정을 마무리 했다.

고향을 떠나서 산 사람이라면 누구나 느끼고 공감할 수 있는 편안한 내용이지만 그 담고 있는 의미와 함축의 밀도가 코끝을 찡하게 한다. 눌재의 서정시는 이처럼 사회적 문제, 대 자연에 대한 태도 등 여러 면에서 깊이 생각하게 해주는 내면 성찰이 강한 특징을 지닌다.

이와는 달리 눌재는 도학자로서의 풍모가 담긴 글을 남기도 했는데 성현, 신광한, 황정욱 등과 함께 서거정 이후 한문 4대가로 불리기도 한다.

3) 고봉 기대승의 시문학 세계

광산의 고전문학을 다루면서 앞머리에 두어야 할 다른 한 사람은 고봉 기대승(1527~1572)이다. 고봉은 시인이기 이전에 학자이며 학자라고만 하기에는 한시가 670여 수가 넘는 등 문학적 업적이 많다.

그는 기진의 아들로 광주에서 태어났는데 기묘명현으로 이름 난 기준의 조카이기도 하다. 32세 때(1558) 식년문과에 합격하여 승정원 주서가 되어 퇴계 이황을 만나 인사를 나누었는데 그것이 인연이 되어 1년 뒤인 1559년부터 1566년까지 8년간 서신을 통하여 흔히 말하는 '사칠논변(四七論辨)'을 시작하였다. 이 논변은 한국 유학사상 지대한 영향을 끼친 것으로 평가되며 그의 학자로서의 깊이와 높이를 대변한 것이었다.

고봉은 검토관, 원접사의 종사관, 사헌부 집의, 전한, 성균관 대사성, 대사간 등을 역임했는데 지병이 있어 늘 고생했다. 하지만 〈자경설〉 등을 통해 볼 때 학문에 대한 의욕이 강했던 인물이다. 그랬기에 31세 때 〈주자문록〉을 찬술하여 주자의 글 가운데 요체를 정리할 수 있었으며 〈태극설〉에 대하여도 김인후, 이항 등과 논하곤 했다.

정지운의 〈천명도설〉은 1554년에 완성되었는데 그로부터 4년 뒤인 1558년에 고봉은 정지운의 〈천명도설〉을 읽은 뒤 퇴계를 찾아가 의견을 나누었고 그로부터 12년에 걸쳐 퇴계와 서한을 교환하는 등 학자적 열정을 불태워 16세기 호남은 물론 한국 성리학사에 빛나는 업적을 남겼다.

26세의 나이 차이가 나는 어린 고봉과 퇴계가 생각을 달리한 것은 이(理)와 기(氣)에 대한 이해태도의 다름였다. 『맹자』에 나오는 측은(惻隱), 수오(羞惡), 사양(辭讓), 시비(是非)의 감정을 사단(四端)이라 하고, 『예기』에

나오는 희(喜), 노(怒), 애(哀), 구(懼), 애(愛), 오(惡), 욕(慾)의 감정을 칠정
이라 한다.

〈천명도설〉에서 퇴계는 처음에 "사단은 이(理)에서 발하고, 칠정은 氣
에서 발한다."고 했는데 고봉의 질문을 받고 수정하여 "사단은 이의 발함
이요, 칠정은 기의 발함이다."라고 했다. 그러나 고봉은 인간의 정서에 칠
정 이외에는 다른 감정이란 것이 없다면서 사단과 칠정에 대해 이발과
기발로 나누어 말하는 것에 대해 퇴계에게 설명을 요청했다.

이에 대해 퇴계는 "사단의 발함은 순수한 이치여서 선하지 않음이 없
고, 칠정의 발함은 기를 겸하기 때문에 선악이 있다."라고 수정하여 답변
했다. 그러나 고봉은 사단과 칠정은 인간의 정서적 활동이므로 둘로 분리
하여 구분하기 어렵다는 생각을 가졌기에 논변은 끝이 나지 않고 8년간
이나 지속되었다.

이러한 사단과 칠정 논쟁의 핵심은 사단과 칠정에 대한 이기론적 해명
과 그 해명의 인성론적 의의에 대한 해석이다. 이 과정에서 발한다는 의
미의 발(發)에 대한 개념이 문제가 되었는데 이 발은 『중용』에 나온다.
중용에서 말하는 발은 희로애락이 발하기 전인 미발(未發)은 중(中)이요,
이미 발한 것은 화(和)라고 하는 데서 사용되고 있다. 곧 발이란 중과 화
를 연결하는 개념이었다. 그것이 성리학의 이발과 기발이란 말로 치환되
면서 본래의 개념에 모순 또는 변형을 가져왔다는 것이 고봉의 질문 중
하나였다.

고봉은 주자가 이(理)에 대해 무정의(無情意), 무조작(無造作), 무계탁
(無計度)이라고 한 것에 대해 퇴계가 이발(理發)이라 하여 주자의 주장과
달리 이에 대해 조작을 하고 계탁을 한다고 보고 그런 주장의 근거를 해
명해 달라고 요청한 것이었다.

또 다른 요청은 사단과 칠정은 인간의 정서적 활동인데 이 둘에 대해
하나는 이에, 다른 하나는 기에 나누어 배치시키는 것이 가능한 것인가를
물었다. 다시 말해서 퇴계가 "사단은 이에서 발하여 기가 그것을 따르고,

칠정은 기에서 발하는데 이가 그것에 탄다."는 주장에 대해 인간의 정서적 활동을 이원적으로 나누기 어렵다는 생각을 지녔다.

후에 고봉은 사단과 칠정의 관계에 대해 사단은 인간의 전체적인 정서적 활동으로서의 칠정에 포함된다는 "칠포사(七包四)"를 주장하였으며, 굳이 퇴계처럼 이와 기에 대해 발(發)의 개념을 쓰고자 한다면 주자가 이(理)는 무조작이라 했으니까, 이와 기가 각 각 발한다는 말(이기호발설(理氣互發說))은 있을 수 없고, 다만 이기가 함께 발한다고 할 수는 있겠다는 이기공발설(理氣共發說)을 주장했다.

이러한 명쾌한 주장은 율곡 이이에 의해 계승되었는데 율곡은 퇴계의 이발이란 말에 반대하면서 기가 발하고 이가 여기에 탄다는 기발이승일도설(氣發理乘一道說)을 주장하였다. 이로써 한국 성리학계는 퇴계의 이기호발설과 율곡의 기발설 두 방향으로 분화, 발전하기 시작했다.

다음은 고봉의 시조문학에 대해 감상해 보기로 하자.

豪華코 富貴키야 信陵君만 홀가마는
百年이 못ᄒᆞ야셔 무덤 우희 밧츨가니
ᄒᆞ물며 여나믄 丈夫야 닐러므슴 ᄒᆞ리오

〈악학습령〉에 전해오는 기대승의 시조다. 매우 호화롭고 부귀하게 살았던 인물로 널리 알려진 신릉군을 내세워 서정을 유발했다. 그런 다음 그의 부귀공명이 백년도 못 갔다는 말로써 서정을 고조시킨 다음 마지막 줄에 이르러서는 평범한 사람들에게 부귀공명의 허망함을 일깨우는 것으로서 서정을 마무리 했다.

신릉군은 식객 3천여 명을 거느렸던 전국시대 위(魏)나라 소왕(昭王)의 아들이다. 그는 진(秦)나라가 조(趙)나라를 침공하자 자형의 나라인 조나라를 구하고, 위나라가 진나라의 침입을 받았을 땐 위나라를 위해 진나라 군대를 물리치는 등 많은 업적을 남긴 인물이었지만 백년을 못 살고 죽었다. 짧은 시조지만 함축하고 있는 바가 다분히 무게감이 있는 철학적 시조라 하겠다.

群芳寂如掃	꽃밭이 비로 쓸어버린 듯 고요하니
春去何促迫	봄은 어이하여 저리 급히 가는고
幽懷不自寫	깊은 감회 스스로 쏟을 수 없으니
要此素心客	이럴 땐 마음 맞은 손님이 필요하지
遙遙望已久	아득히 바라보기를 이미 오래했더니
徘徊愁日夕	배회하느라 해 저무니 근심이 이네
長湖蘸明月	긴 호수에 밝은 달 잠긴 모습
晤言誰與適	누구와 함께 정담을 나누리
微風激樹枝	산들바람 나뭇가지에 부딪혀
瀟瀟助余戚	쓸쓸히 나의 슬픔 부추겨 세우네
重城想如咫	여러 겹 성 있어도 생각은 지척인데
渺渺雲嶺隔	아득히 구름 낀 산이 앞을 가리네
燈燼欲頻垂	등잔의 심지가 자꾸만 늘어지니
園蔬竟虛摘	정원의 채소 뜯듯 공연히 잘라내네
對卷悄無寐	책을 대하고 초조하여 잠 못 이룸은
微義嗟難析	깊은 뜻을 안타깝게도 풀지 못함일세
頹思遽如何	그만 물리고 잠들고 싶었는데
夢裏飜相覿	꿈속에서 자꾸만 서로 만나자고 하네

〈남루중망소지객(南樓中望所遲客)〉이라 한 시인데 학자다운 모습이 역력한 의미를 담고 있다. 형식은 18행의 5언 배율인데 하고 싶은 말이 많아 장편을 취한 듯하다. 남루에서 누군가와 만나기로 약속을 했는데 오지 않으므로 초조하게 기다린다는 말로써 서정의 처음을 삼았다. 그런데 정말 누군가와 만나자는 약속인지 아니면 그 만나고픈 대상이 다른 것인지

중의적인 해석을 하도록 함축의 미를 살리고 있다.

그런 중의적인 해석은 그 다음 구절 아득히 바라보기를 오래했는데도 오지 않고 날이 저무니 근심이 된다고 하여, 그 만나고픈 대상이 학문임을 분명하게 했다. 곧 학문을 이루고 싶지만 그렇지 못하고 나이가 들었다는 표현을 그렇게 했다는 생각을 낳게 한다.

그래서 나이는 들었지만 이룬 게 변변치 않아 산들바람에도 쓸쓸하다고 한 뒤 그간 열심히 노력했음을 '여러 겹의 성이 가로막아도 생각이 지척이다.'는 말로써 드러냈다. 학문하는데 애로가 많았음을 짐작하게 하는 대목이다. 구름 낀 산이 앞을 가로 막는다고 하여 학문으로 뜻을 이루기가 녹록치 않음을 이어 말했다.

그렇지만 등잔의 심지를 자꾸 잘라내면서까지 밤을 낮 삼아 학문에 힘을 쓴다는 말로 자신의 학자적 의지를 드러낸 뒤, 모르는 것을 대하여선 잠을 설치기 일쑤라고 하여 서정을 마무리 했다. 고봉의 학자적 풍모를 여지없이 드러내주면서도 중의적인 수법을 동원한 문학적 기교 또한 심상치 않다.

다음에서 〈독서〉라는 시를 한 수 더 보기로 하자.

讀書求見古人心　독서는 옛 사람의 마음을 찾아서 보는 것
反覆唯應着意深　반복하여 깊은 뜻에 마음을 붙여야 하네
見得心來須體認　보고 얻음이 있으면 모름지기 체득을 해야지
莫將言語費推尋　언어만 가지고 추측하여 찾으려 말게나

독서에 대한 유명인사의 개념 정리를 보는 것 같다. 첫 줄에서 독서의 정의를 내리고 그 다음 반복과 마음의 집중이 중요함을 말했다. 이어 배운 것은 몸으로 직접 느껴 체득함이 중요하다고 한 뒤 말의 표면적 뜻만 좇는 행위를 경계한 것으로 마무리 했다.

끝으로 〈부벽루(浮碧樓)〉라는 시를 한 수 더 보기로 하자.

錦繡山前寺 금수산 앞에는 영명사요

大同江上樓 대동강 위엔 부벽루라

江山自古今 강과 산은 옛날과 같은데

往事幾春秋 지나간 세월은 얼마나 될까

粉壁留佳句 아름다운 글귀 벽을 분칠한 듯

蒼崖記勝遊 아름다운 놀이 바위에 새겨졌네

輕舟不迷路 가벼운 배도 갈 길을 잃지 않듯

余亦沂淸流 나 역시 기수처럼 맑게 흐르리

눈앞에 펼쳐지는 영명사와 부벽루를 보고 시상을 일으켰다. 경(景)으로 써 정(情)을 담은 것이 두 번째 줄인데 세월은 흘러도 산과 자연은 의구하다고 하여 제법 무거운 철학적 사유를 담았다. 작고 가벼운 배지만 물결을 헤치고 앞으로 나아갈 줄 안다는 말을 하여 자신의 굳은 결심을 말한 뒤 자신도 기수(沂水)가 맑게 흘러 사수(泗水)를 이루듯 열심히 학문에 진력하여 큰 봉우리를 이루겠다는 의지로써 서정을 마무리 했다.

4) 제봉 고경명의 시문학 세계

다음은 전국 최초 연합 의병장으로 추대된 제봉 고경명(1533~1592)의 문학을 보기로 하자. 전남 지역 북쪽인 담양의 금성산성(金城山城)이 방어적 성격의 구국 공간이라면, 순창의 삼인대(三印臺) 회맹(會盟)은 주체적이고 자발적인 구국 행위라 평가되는데, 삼인대 회맹의 주창자는 다름 아닌 담양부사 눌재 박상이었다.

삼인대 회맹이란 정의와 의리를 소중히 하라는 왕에게 올리는 일종의 준엄한 경고였다. 순창 군수 김정(金淨)과 무안현감 유옥(柳沃), 담양부사 박상(朴祥) 등은 중종반정(1506)에 의해 폐비된 중종비 신씨(申氏)를 복위시키라는 〈신비복위소(申妃復位疏)〉를 작성하고(1515) 그것의 관철을 위해 삼인대에 벼슬의 상징인 인(印)끈을 걸어두고 의기투합했는데 이는 4년 후 기묘사화(1519)의 원인이 되었다.

기묘사화에 의해 개혁 세력인 사림들은 주춤하는데 훗날 역사는 기묘사화와 관련 피해를 입은 당시의 올곧은 사람들을 기묘명현이라 하여 추숭하였는데 제봉은 기묘명현 고운(高雲)의 손자이다.

삼인대 회맹으로부터 77년이 지난 1592년, 바다 건너 왜적이 분탕질하여 조국의 산하는 유린되고 어가는 의주로 피난을 떠나가 백성들이 갈곳 몰라 몸부림칠 때, 60세 노구의 선비 제봉 고경명(1533~1592)은 담양 추성관에서 전국 최초로 거도적(擧道的)인 연합의병(聯合義兵)을 조직하였는데 유팽로(柳彭老), 양대박(梁大樸), 안영(安瑛) 등으로부터 맹주(盟主, 연합 의병대장)로 추대되어 근왕(勤王)의 기치 아래 분연히 떨쳐 일어나 왜적의 간담을 서늘케 하다가 금산(錦山)의 와평(臥坪)에서 아들 고인후와 함께 장렬하게 부자 순절의 최후를 맞음으로써 다시 한 번 우리 지역의 구국과 정의 정신을 천하에 드날렸다.

우리 지역의 이러한 구국과 정의 정신은 금성산성에서 발아하고 눌재에서 꽃이 피어 제봉에게서 실과(實果)를 얻었으며 그 영양분은 한말의 국란 당시 머잖아 광복이 된다는 신념 아래 제봉의 12세 후손 녹천(鹿泉) 고광순(高光洵, 1848~1907) 장군 등이 불원복(不遠復)의 깃발을 부여잡고 펼쳤던 항일광복의병으로 이어졌다.

제봉 고경명은 광주에서 태어나 담양에서 인생의 빛나는 업적을 남겼다. 그래서 흔히 담양을 그의 제2의 고향이라 해도 결코 지나치지 않을 것이다. 제봉은 담양의 식영정에서 〈식영정이십영〉 등 아름다운 서정의 시문을 남기면서 석천, 서하당, 송강과 더불어 식영정 4선으로 칭송되었으며, 면앙정에서는 〈면앙정삼십영〉 등을 지어 호남 시단은 물론 한국시단에서 주목받는 시인으로 자리를 굳혀갔다.

뿐만 아니라 31세 이후부터 49세 영암군수로 다시 벼슬길에 나아가기까지 인생의 빛나는 19년 가까운 시간을 담양과 광주 등에서 보냈다. 제봉의 담양과 인연은 30세 때 별시의 고시관으로서 송강을 장원으로 뽑는 것을 비롯 수많은 시문에서 특별한 관계로 실현된다.

요컨대 제봉은 조부 고운 선생이 기묘명현으로 호남사림의 정신적 지주가 된 이래 담양을 배경으로 주옥같은 시문을 남겨 문인으로서의 풍모를 드날렸을 뿐만 아니라, 담양에서 전국 최초 거도적인 연합의병을 결성하여 맹주로서 조국을 위해 아름답게 산화한 위대한 인물이다.

의병장으로 잘 알려진 제봉은 1,300여 수의 한시와 3수의 시조를 남겼으니 문학인으로서도 높이 평가해야 할 인물이다. 하지만 여태까지 그의 문학인으로서 평가는 의병장의 그것에 비해 덜한 것이 사실이다. 앞으로 그를 온당하게 평가하려면 의병장으로서는 물론 문학인으로서의 면모도 아울러 연구해야 마땅할 것이다.

다음에서 시조문학 한 수를 감상해 보자.

보거든 슬믜거나 못 보거든 잇치거나
네 나지 말거나 내 너를 모르거나
출하리 내 먼저 스러져 네 그리게 흐리라

〈악학습령〉에 실린 시조인데 이성간의 관계를 노래한 것으로 널리 알려져 있다. 얼마나 좋길래 보면 볼수록 싫거나 미운 감정이 없이 그저 좋기만 할까? 또 얼마나 사랑하기에 보지 못해도 잊혀질 기미가 없을까? 첫 줄인 초장에서는 싫거나 미운 감정이 조금도 없으며 보지 못해도 잊을 수 없는 임이란 말로 시상의 첫머리를 삼았다.

이어 중장에서는 초장에서 유발된 서정의 극대화가 이루어지는데 임이 태어나지 말았거나 차라리 내가 임을 만나지 않았어야 한다는 말을 함으로써 지금 두 사람이 만나지 못하는 등 사랑에 문제가 있어 심각한 사태임을 드러내 보였다. 이어 종장인 셋째 줄에서는 자신이 먼저 죽음으로써 사랑을 지키고 싶다는 적극적이고도 극단적 방법을 보이면서 시상을 결말지었다.

조선시대 의병장이요 학자인 선비의 사랑 노래인데 절절하기가 여느 사람의 사랑 노래와 다르지 않으니 사랑의 위력이란 참으로 대단한 것인가 보다.

蘆洲風颭雪漫空　갈대밭에 바람부니 눈보라 이는 듯
沽酒歸來繫短蓬　술을 사와서는 작은 배 매어두네
橫笛數聲江月白　두어 가락 피리소리에 강달이 밝으니
宿鳥飛起渚烟中　자던 새 깜짝 놀라 연무 속으로 나네

〈어주도(漁舟圖)〉라고 이름 붙인 시니까 갈대꽃이 하얗게 핀 갈대밭, 고기 잡는 어부와 그가 타고 다니는 작은 배, 그리고 오두막집, 연무 속을 나는 새 등이 그려진 그림을 보고 지은 시임을 알 수 있겠다. 하얀 갈대꽃이 흐드러지게 핀 곳에 바람이 불어 그 갈대꽃이 날리는 모습을 '눈보라가 인다'고 하는 말로써 서정을 일으켰으니 경으로 흥을 삼았다.

이어 술을 사와서는 잡은 고기를 안주 삼아 먹으려 배는 매어두었다고 하여 이번엔 정으로써 앞의 경에서 촉발된 흥을 더욱 돋구었다. 셋째 줄은 집안에서 청아하게 밤하늘의 정적을 깨듯 피리 부는 사람과 그가 내는 아련한 피리 소리, 그리고 어둠을 밝히려는 듯 둥실 떠오르는 둥근 달을 통하여 정과 경이 혼융된 아름다운 서정의 세상을 연출했다.

끝에 가서는 밝은 달과 맑은 피리 소리에 잠자던 새가 깜작 놀라 연무속으로 도망간다고 하여 다시 정으로써 시상을 마무리 했는데 어부의 어떤 한이랄까 아니면 궁벽한 어촌의 모습 대신에 평온하고 유유자적한 어촌의 모습을 낭만적으로 드러내 보이고 있어 읽는 이의 마음도 함께 넉넉해진다.

飽雪溪山養百尋　시냇가의 눈을 먹고 저리 높게 자랐나

羽棲高頂宿仙禽　새의 날개처럼 죽 뻗은 가지에 학이 잠자네
年深定學蛟龍化　세월이 가면 이무기가 용이 된다고 했나
夜靜時聞風雨吟　밤 깊어 고요한데 비바람 소리 웬 말인가
螻蟻已收霜後穴　개미떼는 서리를 대비하여 구멍을 뚫었는데
莓笞不蝕歲寒心　이끼쯤이야 끄덕도 않는다네 세한의 절개여
蒼髥此老精應在　소나무에 이 늙은이 정기가 맺힌 듯하여
笑倚古藤盡夕陰　웃으며 늙은 등나무에 한 나절 기대어 섰네

〈영노송(詠老松)〉이라 이름 붙인 칠언의 율시이다. 오래된 소나무, 노송을 보고 노래한 것이다. 율시의 셋째 줄과 넷째 줄은 다섯째 줄과 여섯째 줄과의 관계 맺음을 중시한 형식이다. 여기서는 밤이 깊다는 말과 세월이 간다는 내용의 대구를 보이고 있으며 다시 개미와 이끼 그리고 구멍을 뚫은 것과 끄덕하지 아니함으로 대구를 삼아 시의 구조를 탄탄하게 짜냈다.

시내 옆에서 잘 늙고 있는 키 큰 소나무를 보고 눈을 먹고 키가 컸다 했는데 이는 시냇가를 흐르는 맑은 물을 눈이라 표현한 것이다. 곧 시냇물이 길러낸 노송인데 널찍한 가지에서 학이 잠자고 있다고 하는 경으로써 시상을 일으켰다. 그 다음 세 번째 줄에서는 노송의 모습이 꿈틀거리는 용과 같다는 말을 하면서 그 가지에 이는 바람 소리를 맑은 하늘에 비바람이 분다고 표현하여 앞에서 일으킨 서정을 확장시켰다.

다섯째와 여섯째 줄에서는 개미떼가 구멍을 내든 이끼 떼가 공격을 하든 간에 끄덕하지 아니한 세한후조(歲寒後凋)의 굳은 정신을 말한 다음 마지막 두 줄에서는 자신의 정을 소나무의 정신과 동일시하는 것으로 끝을 삼았다.

〈식영정 이십영〉 시와 〈면앙정 삼십영〉 시 등 자연을 노래하는데서 시솜씨를 한껏 드러내었던 서정시의 대가다운 풍모가 느껴지는 수작이 아닐 수 없다. 특히 마지막 두 줄에서 세한후조의 소나무에 자신을 빗대는

솜씨라니 여유와 노련함 그리고 넉넉함이 절로 묻어나 작은 탄성을 자아낸다.

5) 광산의 누정문학

앞서 광산의 누정은 그 건립의 전통이 오래라고 했거니와 삼한시대부터 건립된 양과동정을 비롯하여 주로 조선시대에 집중 건립되어 이 고장의 문풍 진작과 후진 양성의 강학지소 및 풍속 교화의 창조적 공간으로 그 소임을 톡톡히 하였다. 여기서는 대표 누정에서 향유된 작품을 대상으로 그 문학 세계를 감상하기로 한다.

다만 누정기문이나 중수기문, 중건기문 등도 산문적 성격이 강한 문학적 글쓰기의 한 양상이지만 여러 여건 상 이 자리에서는 다르지 못했다. 후고를 기대해 본다.

ⓐ 양과동정

이 정자는 대촌면 양과리에 있는데 일명 간언대 또는 제봉 고경명의 별서라고도 불리는데 그 건립 연원은 오래인 것으로 보인다. 이 정자에는 〈양과동적입의서〉〈양과동정향약소〉 등 동약이나 향약과 관련된 기록이 편액되어 있는 것으로 볼 때 담양의 남희정과 같이 동약 또는 향약과 관련이 있는 것으로 보인다. 여러 사람의 시문도 함께 편액되어 있는데 여기서는 제봉 고경명의 작품을 보기로 한다.

問柳前川過　버드나무 찾으니 앞에 냇물이 있는 곳
亭皐憩晚凉　정자에 올라 쉬니 서늘함이 물씬하다
黃雲村欲麥　들녘의 보리가 누렇게 익어가니
白水野分秧　들판의 흰 물줄기 모 심을 준비하네

小雨園蔬嫩　부슬비 내리니 채소밭엔 싹이 돋고
輕風市酒香　산들바람에 술 향기 팔려오네
自今來往熟　예부터 지금까지 그렇게 편하게들
鷄犬亦相忘　너나 할 것 없이 더불어 산다네

〈제양과모정(題良苽茅亭)〉이라 제목하였는데 두 수 중 두 번째 시이다. 첫 번째는 석천의 시에 차운했다는 말이 붙어 있기도 한데 다섯 자 여덟 줄 곧 오언 율시이다. 고(苽)는 고(苽)라고 독음되지만 속음을 따라 '과'로 불리어온 것이라 여겨진다. 시내가 흐르고 그 앞에 버드나무가 있는 정자의 배경을 말한 뒤 휴식하는 즐거움으로 서정을 일으켰다.

이어 셋째 줄과 넷째 줄(함련(頷聯)) 그리고 다섯째 줄과 여섯째 줄(경련(頸聯))의 대구를 통하여 서정의 분위기를 한껏 고조시켰는데 누렇게 익은 보리와 흰 물줄기/ 부슬비와 채소 그리고 산들바람과 술 향기의 대구가 읽는 맛을 안겨준다.

끝에 이르러서는 예부터 지금까지 여러 이웃들이 더불어 살아가는 평안한 정경을 말했는데 마지막 구절이 특히 돋보인다.

柳谷多奇勝　버드실 골짝에는 승경이 많거늘
眼明孤草亭　눈앞에 초정 하나 외롭게 섰네
溪流沙舊白　시냇가 모래는 예부터 희고
雨霽岊新靑　비 개이자 하늘은 더욱 푸르네
夜坐邀銀闕　밤에는 맑은 달을 앉아서 맞고
靑遊臥玉甁　신명나게 놀다가 술병과 함께 눕네
季季同社會　오랜 동안 함께한 단합된 생활
淳朴筆難形　순박한 그 모습 말로하기 어렵네

〈제양과모정(題良苽茅亭)〉이라 이름 한 규암 송인수(1487~1547)의 칠언 율시이다. 규암은 송인수의 호인데 은진인으로 시호는 문충이다. 규암이 어떤 연유로 이 정자에 대한 시를 남겼는지는 분명치 않다. 앞의 두 줄에서는 버드실에 대한 정보와 함께 이 정자 주변에도 버드나무가 있음과 함께 정자가 규암 당시 초정이었음을 알려준다.

함련과 경련은 대구를 이루었는데 흰 모래와 푸른 하늘/ 달을 맞이함과 술병을 눕힘의 대구가 그것이다. 이 시를 통하여 이 정자가 동약의 공간으로 활용되었음을 알려주는 곳이 바로 미련 곧 끝의 두 줄인데 순박한 동계 계원들의 모습을 말로 다 할 수 없다는 대목에서 는 격세지감을 갖게 한다.

ⓑ 부용정(芙蓉亭)

이 정자는 대촌면 칠석리에 있는데 형조참판을 지낸 김문발의 별서로 알려져 있으니 1500년대에 건립된 것이다. 은일로 천거되었던 김문발은 남전향약과 백록동 규약을 이 정자에서 시행했다고 전해온다.

朝來雨意欲綠綠　아침부터 내린 비가 푸른색을 더하는데
向晚晴光灔綠池　저녁나절 개이자 연못에 푸른빛 넘실대네
佳會豈非天所借　좋은 만남이 어찌 하늘이 준 기회 아니랴
使君行色自應遲　그대의 행색이 저절로 더딜만도 하구려

『호남문화연구』제14집에서는 〈부용정〉이라 이름했는데 『송천유고』에는 〈제칠석모정(題漆石茅亭)〉으로 이름 붙인 송천 양응정(1519~1581)의 칠언 절구이다. 아침부터 내린 비는 그 뜻이 푸르름을 주고자 함이라면서 자연의 양육 본색으로 시상을 일으켰다. 둘째 줄에서는 연못에 푸른빛이 넘실댄다고 했으니 아마도 정자 옆에 푸른 버드나무 등속이 우뚝 서 있는 것이 아닌가 추측케 하는데 정자 주변 자연의 경치를 한껏 들추어 서

정을 확장시켰다. 셋째 줄에서는 귀한 누군가를 만났다고 하여 앞에서 말한 경의 세계를 정의 세계로 치환시켜 시상의 전환을 가져온 뒤 끝에 가서 서로 헤어지기 싫어서 자꾸만 꾸물거린다고 하는 말로써 서정을 마무리 했다.

『어등의 맥』제12집에서 유복현 광산문화원장은 칠석모정이 곧 부용정이었을 것이라는 추론을 내었는바 이는 좀 더 상고를 요한다. 칠석모정에 대한 송천의 시를 한 수를 더 보기로 하자.

송천은 어룡동 박뫼 마을에 임류정(臨流亭)을 지었다고 하는데 지금 정자는 없고 하서 김인후, 미암 유희춘, 석천 임억령, 청호 이일상 등의 시가 전해온다.

四面淸風若洗蒸　무더위 씻기려는 듯 사방에서 바람 부는데
高亭拂席盡良明　높은 정자 가득 좋은 친구들 모였구나
傳盃各任騰騰醉　돌아가는 술잔에 기세가 등등한 취기련만
夕宿何人伴雪氷　하루 밤 자고 나니 눈얼음이 다 되었네

〈재유칠석(再遊漆石)〉이라 이름 한 것이다. 칠석 모정에서 다시 놀았다고 했으니 아마 그런 놀이가 이전에도 빈번했나 보다. 사방이 확 트인 정자에 사방에서 불어오는 바람으로 더위를 씻는다면서 시상을 일으켰다. 이어 높은 정자의 위세를 말 한 뒤 좋은 친구들이 모여서 밤새워 즐겼다는 이백의 〈춘야연도리원서〉를 연상케 하는 것으로써 서정을 확대시켰다.

셋째 줄은 시냇물을 끌어들여 술잔을 띄운 뒤 차례로 둘러 앉아 술잔이 자기 앞에 이르면 한 수 읊고 한 잔 술을 마시며 놀았다는 왕희지의 〈난정기〉 고사를 연상케 하는데 호방하고 당당한 송천의 기상을 대하는 것 같아 절로 기분이 상쾌해진다.

끝에 가서는 빙설(氷雪)을 설빙(雪氷)이라 하여 운을 맞추었는데 이는 곧 빙설심(氷雪心) 곧 더럽혀지지 않은 깨끗한 마음을 말한 것으로 선비

다운 말로 마무리하였다.

ⓒ 만귀정(晩歸亭)

만귀정은 서창면 세하리 동하 부락에 있는 수중 정자인데 습향각, 묵암
정사와 더불어 세 동이다. 원래의 정자는 언제 지었는지 모르나 홍성 장
씨의 낙남시조 만귀 장창우의 강학지소였다고 전한다. 주목되는 바는
〈만귀정시사창립기념비〉의 내용인데 이를 통하여 이 정자에서 시사(詩
社) 곧 시 모임을 맺고 시단 활동과 시회를 했음을 알 수 있게 한다.
비록 이 시사가 해방 후에 결성되었다고 할지라도 이를 통하여 이 고장
문풍의 전통과 역사가 일천하지 않음을 대변한 것이면서 시를 통한 선비
정신의 계승을 위한 노력의 일단이라는 측면에서 주목받아 마땅하다.

鈍質癡心體不明　재주 없고 어리석은 이 내 몸이
數椽茅屋老生平　늘그막에 작은 초가집 하나 얻었네
一區漁笛寒江雨　어부의 피리 소리 강에는 비 내리고
半嶺樵歌古月晴　초동의 노래 소리 달빛이 곱구나

性本愛山非避世　본래 산을 좋아함이지 세상 피함 아니라네
力能耕野可逃名　힘껏 밭을 가노라니 저절로 은자가 되었지
盤桓此地歸何晚　이곳에 머뭇거리다 돌아간들 어찌 늦으랴
教子齊家是我情　자식 가르치고 집 다스림이 직분인 것을

〈만귀정원운(晩歸亭原韻)〉이라 이름 한 칠언 절구 두 수인데 본래의 만
귀정 주인인 효우당의 것인지는 분명치 않다. 효우당은 호를 만귀라 한
장창우인데 성품이 효성스러워 시묘살이를 할 때에는 굴을 세 개나 파서
그 곳에 기거하면서 동물들이 묘소를 헤치지 못하게 하였다고 한다. 그가

떳떳하게 강상을 붙잡고 공명을 가르친 교화가 컸는데 만년에 작은 정자 하나를 짓고 이름 하여 만귀라 했으니 그 뜻은 늘그막에 소요하며 풍류를 즐기고자 함이었다.

시의 내용이 어렵지 않고 마치 어떤 사람이 술회하는 것을 귀로 듣고 눈으로 보는 것 같다. 정자를 지은 사실과 그 정자에서 듣고 보는 피리 소리와 달빛 등 한 폭의 그림을 대한 느낌이다. 두 번째 시 또한 심각한 우주의 철리를 담았다기보다는 일상의 생활을 진솔하게 보여주고 있다.

한편, 만귀정 주인이 만귀정 팔경을 지었다고 했는데 시는 없고 제목만 있어 소개한다. 이는 고려 시대 이후로 유행한 팔경시의 전통을 이었다는 점에서 주목되거니와 시가 일실된 것은 매우 안타깝다. 팔경의 명칭은 서석명월(瑞石明月), 용강어화(龍江漁火), 마산청풍(馬山淸風), 낙포농선(樂浦農船), 어등모운(魚嶝暮雲), 송정야설(松汀夜雪), 금성낙조(錦城落照), 야외장강(野外長江) 등이 그것이다.

ⓓ 관수정(觀水亭)

관수정은 송산동 내동 마을에 있는데 세조 때의 유명한 장수 양평공 오자치의 6세손 광산재(廣山齋) 오응석(吳應錫, 1660~1735)이 세운 정자인데 그는 아버지 오이해(吳以海)로부터 가학을 전수한 학자였으며 효성이 뛰어난 효자였다고 전한다.

광산재 선생이 은거의 뜻을 갖고 금성 남산의 정상, 구곡천이 내려다 보이는 곳에 띠집을 지은 것이 관수정인데 그 뜰에 회화나무 네 그루를 심은 뒤 소요하면서 노년을 보낸 곳이라 전한다.

十載營成屋數椽　십년을 경영하여 초가집을 지었는데
登斯騁目一長川　올라서면 멀리 긴 물줄기 눈에 드네
淸流遠走東南港　맑은 물은 멀리 동남 항으로 달리고

碧色同連上下天　하늘 맞닿은 물색 푸르름 일색이네

雨後群星迎客浴　비온 뒤라 별빛은 더욱 빛나고
夜來明月近人圓　밤 깊으니 밝은 달 더욱 둥글다
觀瀾有術無驚動　물결을 보라는 그 말씀 놀라지 말게
坐久閒偸物外仙　조용히 앉아서 신선을 훔쳐 본다네

〈관수정원운(觀水亭原韻)〉이라고 이름 한 칠언 절구 두 수이다. 첫 번째 시는 십년 동안 노력하여 정자를 지었다는 말로 시상을 열었는데 둘째 줄에서 정자의 위치가 높은 곳임을 알려준다. 앞서 말했듯이 남산의 정상에 정자를 앉히고 멀리 흘러가는 구곡천의 물을 내려다보고 있다. 넷째 줄은 "가을 물은 하늘을 닮아 한 가지로 푸르다."라고 했던 왕발의 등왕각서에 나오는 시를 연상케 하는데 고전의 시상을 끌어와 그 환골탈태한 수법이 보통의 솜씨가 아니다.

두 번째 시는 처음 두 줄에서 자연의 경으로써 시상을 일으켰는데 셋째 줄에 이르러 정자의 이름인 관수(觀水) 곧 물을 보는 방법에 대해 말하고 있는데 이는 맹자 진심장 상구에 나오는 관수유술(觀水有術) 필관기란(必觀其瀾)의 말을 인용하여 무게를 실었다.

맹자는 물을 볼 때 그 방법이 있다면서 그 방법은 다름 아닌 물결(여울)을 보라고 했다. 여기서 말하는 여울은 곧 물이 가장 세게 흐르는 곳이다. 여울을 보면 그 수원(水源)에 근본이 있음을 알 수 있다는 것이다. 이는 해와 달이 빛을 받아들이는 틈이 있으면 비추지 않음이 없는 이유와 같은데, 그것은 해와 달의 밝음에 근본이 있기 때문이라고 했다.

물은 흐르다가 웅덩이를 만나면 그 속성(근본적으로 흐르고자 하는 성질)상 웅덩이를 채우고 흘러간다. 이는 군자가 도를 구하고자 할 때도 문장을 이루지 않으면 통달하지 않는다란 말과 같은데 결국 학문은 물이 웅덩이를 채워야 앞으로 전진하듯이 점진적으로 해야 바라는 바에 이를 수 있음을 가르친 것이다.

이 경지가 되면 마지막 줄에서 말한 신선을 훔치는 것이 아니라 바로 신선이 아니겠는가?

ⓔ 농은정(農隱亭)

이 정자는 수완동에 있었는데 1890년에 농은 이근태(李根泰)가 건립했다고 한다. 광산문화원에서 발행한 『어등의 맥』 제12집은 광산의 누정에 대하여 특집을 다루고 있는데 거기에 후석(後石) 오준선(吳駿善)이 찬한 〈농은정기〉가 소개되고 있다.

力穡服田自少年	젊어서부터 열심히 밭을 갈아서
晚來得計後孫傳	늘그막에 후손에게 물려주었네
一塘照月圓開鏡	연못의 보름달빛은 거울처럼 맑고
兩檻垂楊半鎖烟	난간 옆의 버드나무 연기에 잠겼네
當暑使人宜洗滌	무더위는 사람들 몸 씻게 하고
逢春呼友每留連	봄날은 친구 불러 즐기게 하지
天之所視豈欺罔	하늘이야 늘 속임이 없으니
求福欲如方至川	복을 구함은 물 흐르듯 하는 것

〈농은정원운〉이라 이름한 칠언 율시이다. 처음 두 줄은 정으로써 시상을 일으킨 대목이다. 젊어서부터 열심히 일을 하여 재산을 모아서는 나이 들자 후손에게 물려주었다는 아주 평범한 말을 했다. 이어 함련에서는 연못에 비친 맑은 달과 연기에 잠긴 버드나무를 들어 경련의 무더위에 몸을 씻음과 봄날에 친구랑 즐기는 것으로써 대구를 삼았다.

보름달의 흰색과 버드나무의 푸른색을 통한 색상의 대비와 몸을 씻어냄과 친구를 붙잡는 행위의 대비 등을 통하여 동과 정의 조화를 적절하게 구사했다.

끝에 이르러 주제를 드러냈는데 하늘이 내려다보고 있으니 속이려 들지 말고 물 흐르듯 자연스럽게 순리대로 살아야함을 말했다. 경을 말하다가 교술적 주제를 드러낸 수법이 예사롭지 않다.

ⓕ 영사정(永思亭)

영사정은 『광주읍지』에 대촌면 양과리 니관산(泥冠山) 아래 소재하는데 장령(掌令) 최형한이 지은 것이라고 기술된 것을 참조할 때 대촌면 양과리에 소재했음을 알 수 있다. 위의 읍지를 보면 고경명이 1574년 초여름 무등산을 등반했을 때 광주목사의 신분으로 함께 동행했던 갈천(葛川) 임훈(林薰)의 시와 용재(慵齋) 성현(成俔)의 시가 전한다고 소개했다. 여기서는 갈천의 시를 감상해 본다.

임훈(1500~1584)은 은진인으로 조선 명종 때 효자로 널리 이름이 났다. 자는 중성 호는 갈천이며 시호는 효간이다. 현감, 주부, 목사 등을 역임했는데 이조 판서에 추증되었고 안의의 용문서원에 배향된 인물로 『갈천집』이 전한다.

孝叔追先志	선조의 뜻을 좇아 효를 붙들려고
愍懃肯搆亭	은근한 마음으로 정자를 지었네
驛溪前繞白	역 앞 시내에는 하얀 물이 감돌고
猿岳遠分靑	원악산은 멀리 푸른빛을 보내온다
風細秋常早	바람이 부드러우니 벌써 가을인가
天高夜亦明	하늘이 높으니 달빛 또한 빛이 난다
林泉無盡趣	임천에 사는 재미 어찌 다 말하리
樽酒有餘情	마시는 술잔마다 정이 넘쳐 흐르네

제목은 〈영사정〉인데 『갈천집』에 실려 있다. 오언의 율시로 시가 쉬우면서도 정자의 품격에 맞게 임천의 맛을 한껏 담아내었다. 앞의 두 줄은 정자를 지은 내력을 말했는데 효성이 지극한 인물답게 선조를 기리는 마음으로 기꺼이 정자를 지었으니 정자를 건립한 취지가 여기에 나타나 있다.

율시의 맛을 느끼게 하는 함련과 경련은 적절한 대구를 이루었는데 함련에서는 역 앞의 하얀 물과 원악산의 푸른빛을 통하여 백색과 청색, 그리고 원근의 대비를 보이고 있다. 또한 경련에서는 부드러운 바람과 이른 가을, 그리고 높은 하늘과 밝은 달빛의 대비를 등장시켜 전원의 묘미를 마음껏 살렸으며 마지막에 가서는 주제를 드러냈는데 마시는 술잔마다 정이 넘치는 등 임천에 사는 맛이 무진하다며 강호에 사는 호기를 뽐냈다.

⑧ 불환정(不換亭)

이 정자는 임곡 등임리에 있다. 불환정은 복룡암(伏龍菴) 임덕원(林德遠)이 지은 것으로 전한다. 1771년(영조 47)에 지어진 것으로 보이는데 송나라 대복고(戴復古)의 시 〈조대(釣臺)〉에 나오는 만사무심일조간(萬事無心一釣竿), 삼공불환차강산(三公不換此江山)의 시구를 좋아하여 불환정이라 이름했다고 전한다.

대복고는 호를 석병(石屛)이라 한 선비인데 강서시파를 좋아했으며 만년에 고향으로 돌아가 자연과 함께 지낸 인물이다. 위의 시구는 이순신을 비롯하여 우리나라 사람들이 좋아한 구절로 세상만사 복잡한 사정은 자연을 벗 삼은 낚싯대 하나면 모두 다 무심하게 바라볼 수 있는 것이거늘, 이 멋진 자연에서의 삶을 버리고 내가 굳이 높은 벼슬살이를 욕심내겠는가라는 자연 극찬의 선언문이다.

정자의 주인 임덕원은 처사로 이름난 선비였는데 송사 기우만이 쓴 〈불환정중수기〉에 그가 금호(錦湖) 임형수(林亨秀)와 관해(觀海) 임회(林檜)의 후손이라고 한 것으로 보아 나주인임을 알 수 있다. 송사는 위 글에서 임덕원은 성품이 담백하고 가정의 유풍을 이어받아 벼슬 등에는 처음부터 관심을 두지 않고 문장으로 벼슬을 대신한 맑은 선비라고 칭찬했다. 이어 선비는 이름을 내는데 관심 두기 보다는 풍화(風化)와 세교(世敎)를 중시 여겨야 하므로 그의 고향 땅 은거는 자기 혼자만의 선을 추구하기 위한 것, 이른바 맹자가 말한 독선기신(獨善其身)이 아니라고 칭찬했다.

독선기신은 『맹자』 〈진심장〉에 나오는 말이다. "옛 사람들은 뜻을 얻게 되면 그 혜택이 백성에게 돌아갔고, 뜻을 얻지 못해도 자신을 수양하여 세상에 드러났다. 궁하면 홀로 그 몸을 선하게 하고, 달하면 천하를 함께 선하게 하는 것이다."라고 한 데 보인다.

이른바 효효(囂囂)의 경지 곧 스스로 얻어 욕심이 없는 모습을 말하고 있으니 오늘날 벼슬하는 사람에게 던지는 돌팔매와도 같아서 속이 다 시원하다.

精舍三間築　삼 칸의 정자를 세우고 나니
依然遠俗居　속세의 집과는 아주 다르네
踈籬仍柳菊　성긴 울타리엔 버들과 국화 심고
淸案整琴書　책상 위에는 책과 거문고를 올렸네
戱口鋤蔬後　입술을 놀리며 채소 밭 일구고
攢眉採藥餘　눈살을 찌푸리며 약초를 캐었네
優遊塵慮絶　넉넉한 생활 속세 따위 관심 없어
知己眼中虛　알고 지낸 친구들 모두 끊어졌네

〈불환정원운〉인데 오언 율시의 형식이다. 처음 두 줄 두연(頭聯)에서는 정자의 크기와 속세에서 멀어진 정자의 모습을 말했다. 셋째 줄과 넷째 줄에서는 울타리의 버들과 국화 그리고 책상 위의 책과 거문고를 대비시키는 대구를 이루었고, 다섯째 줄과 여섯째 줄에서는 입술을 중얼거리며 밭을 일구는 모습과 눈살을 찌푸리며 약초를 캐는 역동적인 시상을 대비시키면서 대구를 삼았다.

그리고 마지막 두 줄에서 강산의 흥치를 삼공(영의정, 좌의정, 우의정) 벼슬과 바꾸지 않겠다는 정자의 본래 취지를 밝힘으로써 주제를 분명하게 드러냈다. 조선의 선비들이 그렇게도 갈망했던 도연명의 귀거래를 실천한 득의한 선비의 풍모로서 이 또한 호남 시단의 한 모습이라 하겠는데 조선 후기까지 이 정자의 주인이 잘 계승한 모습을 확인할 수 있어 기쁘다.

ⓗ 외성당(畏省堂)

외성당은 지금은 전하지 않은 정자인데 『광주읍지』에 외성당은 안촌(安村) 박광후(朴光後)의 장수지소(藏修之所)라고 하여 건립자와 건립의 목적을 밝히면서 편액은 우암(尤庵) 송시열이 썼다고 했다. 박광후(1637~1678)는 자를 사술(士述), 호를 안촌(安村)이라 한 인물로 조선 후기 우리 지역의 이름난 선비 중 한 사람이다.

사마시에 합격하여 성균관에 들어갔지만 당시의 어지러운 정치 현실에 염증을 느끼고 오로지 성현의 학문에 전심하다가 42세의 나이로 세상을 등졌다. 아들 소은(素隱) 박중회(朴重繪)와 함께 우암의 문하였는데 그의 죽음을 접한 우암은 "시대의 운수가 사나운 지금 어찌 사술 같은 사람이 죽지 않을 수 있으랴" 하면서 시절의 어지러움과 그의 죽음을 통탄했다고 한다.

안촌이 죽은 지 11년 뒤 우암은 기사환국(己巳換局)으로 제주도 유배의 명을 받고 남쪽으로 행차 하던 중, 주인 없는 외성당을 찾아 무한한 감회를 이기지 못하고 시 한 수를 남겼다.

畏省堂中似續眞　외성당은 아들이 훌륭하게 지키고 있는데
客來題鳳暗傷神　찾아온 나그네 친구를 못 보니 서운하구나

平生文谷存推獎 문곡 선생이 늘상 추천하였던 그대여
爲問南州更有人 묻노니 남쪽 고을에 이 사람이 있잖습니까?

〈외성당〉이라고 이름 하였는데 시를 짓고 나서는 창작 이유까지 밝혔다. 곧 박사술(광후)은 세상을 떠난 지 여러 해 되었다. 그는 내가 봉산(지금의 포항)에 유배 가 있을 때 멀리까지 찾아와 위로해주는 등 다정하게 지냈던 사람으로 그 다정한 시절을 생각하면 지금도 목이 멘다. 이제 그가 살았던 옛집을 보니 이전에 내가 써주었던 '외성당' 세 글자가 벽에 그대로 걸려있는데 그 아들은 마침 외출 중이었다. 죽은 그 사람이 너무 그리워 시 한 수를 남긴다고 했다.

참 두 사람 사제 간의 정이 얼마나 돈독했는지 알만하다. 제자들이 먹는 급식에 대해 돈을 받고 할 것이냐 돈을 받지 않고 할 것이냐를 두고 가관한 작태를 보이는 일군의 위정자들을 보는 이 시점에서 격세지감도 유만 부득 할 말을 잃을 지경이다.

첫 줄에서는 제주도로 유배를 가는 길에 외성당을 찾았는데 그 아들이 잘 지키고 있다는 말로써 담담한 심정으로 시상을 일으켰다. 하지만 둘째 줄에서는 제봉(題鳳) 곧 친구를 찾아갔으나 만나지 못해 서운하다는 혜강(嵇康)과 여안(呂安)의 고사를 끌어들여 매우 격한 감정을 드러냈다.

혜강은 진(晉)나라 사람으로 죽림칠현으로 불렸다. 그와 여안은 매우 친해서 서로 보고 싶으면 아무리 멀리 있어도 불문하고 찾아가 만나곤 했다. 그러던 어느 날 여안은 혜강이 보고 싶어 그의 집을 찾았는데 혜강은 없고 그의 형 혜희(嵇喜)가 그를 맞았다. 평소 벼슬에 집착하는 혜희를 보자 못 마땅한 여안은 봉(鳳)자를 써놓고 그만 돌아왔다.

봉자를 접한 혜희는 무척이나 기뻐했지만 사실 그것은 평범한 새라는 의미의 희롱한 글자였다. 봉자를 파자하면 범(凡)과 조(鳥)가 되므로 여안이 혜희를 두고 조롱을 한 것인데 그 뒤 이 말이 친구를 찾아 갔다가 친구는 못 보고 맘에 안 든 사람을 만나고 말아 서운하다는 의미로 전성되어 쓰이게 되었다.

셋째 줄에서는 영의정을 지낸 문곡(文谷) 김수항(金壽恒)과의 관계를 말하여 서정을 극대화 시켰다. 문곡은 안촌을 사랑한 나머지 늘 그를 천거하여 벼슬길로 안내하려 했지만 안촌의 사양으로 이루어지지 않았다. 얼마 후 안촌이 죽었다는 말을 들은 문곡은 우암에게 편지를 써서 "남쪽 고을에 문득 사람이 없어졌다.(南州便無人矣)"는 말을 하여 그의 죽음을 애도했다. 안촌이 얼마나 대단했기에 그렇게까지 말했는지 상상이 간다.

마지막 줄에서는 남쪽 고을에 사람이 없어졌다고 말한 문곡에게 이 사람이 있지 않느냐고 묻는 형식으로 시상을 마무리 하였는데 이는 안촌의 몸은 죽었지만 그가 남긴 정신은 살아 있다는 뜻이거나, 그의 아들이 아버지의 뜻을 잘 기르고 있다는 중의적 뜻으로, 그것도 아니면 제자 안촌의 죽음을 인정하고 싶지 아니한 스승의 간절한 마음을 드러낸 것으로 사료된다.

어쨌든 안촌은 조선 후기 우리 지역에서 우암의 학맥을 이은 사람으로 다시 평가되어야 할 것이다. 뿐만 아니라 그의 아들 소은에 대해서도 새로운 접근이 요구된다 하겠다.

외성당은 면암 최익현의 〈외성당기〉가 있는데 안촌의 후손 만동(萬東)의 요청에 의하여 제작되었다. 이 지역 누정 기문을 대상으로 한 상세한 문학적 접근은 후고로 미룬다.

足驗平時授受眞　평상시 주고받은 진리를 발길로 확인함이니
此行何得訪閒人　이번 행차가 어찌 평범한 사람을 찾은 것이랴
子孫留作靑氈看　자손들 여전히 부친의 뜻 지니고 있음을 보고
句是淵源畫入神　입신의 경지에 드신 당신의 글씨 연원이 깊구려

〈외성당공차대로운(畏省堂恭次大老韻)〉이라 이름했는데 노사(蘆沙) 기정진(奇正鎭)의 〈노사집〉에 보인다. 제목에 큰 노인 곧 대로(大老)는 우암

송시열을 말한다. 우암의 시를 보고 그의 운에 따라 공손히 지었다는 말을 그렇게 했다.

기정진(1798~1876)은 조선 후기의 성리학자로 순창에서 태어나 세거지인 장성으로 돌아와 그 곳에서 성장했다. 8세 무렵에 경사(經史)에 능통한 천재로서 유학 공부에 전념하여 진사시에 합격하였으나 벼슬에 뜻을 두지 않고 오로지 성리학 연구에 몰두했다. 조정에서 그의 학문을 높이 사서 호조참판을 내려주기도 했는데 그의 이기설은 만물은 이(理)가 주재하며 기(氣)는 이(理)에서 나누어진 것으로 보는 유리론(唯理論)이었다. 이런 주장은 이기이원론(퇴계)이나 유기론(서경덕) 등에 정면 배치되는 이론일 뿐만 아니라 이기이원론적일원론(율곡), 주리론(이진상), 주기론(임성주) 등과도 다른 그만의 이론으로 한국유학사에 큰 별로 숭앙된다.

첫 줄에서는 우암과 안촌이 평소 사제로서 가르침을 주고받았던 흔적들을 자신이 직접 확인해 보고 싶어서 찾았다는 말을 함으로써 시상을 일으켰다. 말로만 듣던 두 사람의 향기를 찾아 안촌 사후 120년이나 지난 뒤에 외성당을 찾은 노사, 두 번째 줄에서 방문의 목적을 분명히 하여 시상을 키웠다. 설마설마 아니 조마조마 하는 마음으로 찾은 후학의 마음 과연 어떠했을까? 긴장감이 전율을 느끼게 하는 대목이다. 서정의 절정이다.

세 번째 줄에서는 드디어 안도의 한숨을 쉬게 하는데 자손들이 가업을 잘 보존하고 있음을 확인했기 때문이리라. 그러면서 마지막 줄에 가서는 여태 우뚝 걸려 있는 우암의 외성당 글씨 석 자를 직접 감상하는 횡재를 한다.

우암의 글씨를 직접 접한 노사는 아, 정말 연원이 깊은 입신의 경지로다. 저절로 탄성이 터져 나오는 행복한 순간을 맞은 것이다. 짧은 넉 줄의 한시, 하지만 하고픈 말은 끝내 다 했으니 새삼 한시의 위력이 대단함을 느낀다.

① 호가정(浩歌亭)

호가정은 본덕동 마곡마을에 있는데 설강(雪江) 유사(柳泗)가 만년에 은둔하기 위하여 지은 정자다. 유사는 자를 중락(仲洛), 호는 설강이라 했는데 서산인으로 조선 초기의 문신이다. 1528년 별시문과에 병과로 합격하여 삼사(三司)와 승지(承旨) 등을 거쳤으나 권신을 배척하였다가 무고를 당해 퇴직한 뒤 고향으로 돌아와 구강 위에 이 정자를 짓고 학문 연구에 힘썼다.

그는 이언적, 이황 등과 교유가 두터웠던 이 고장의 명유(名儒)로『해동명현록』에 그 이름이 올라 있는데 문정공(文靖公) 백유(伯濡) 등 선조의 대를 이어 문장을 잘한 집안의 내력을 이어받았다. 백유는 그의 4대조인데 문자 시호(諡號)를 받을 만큼 문장에 이름이 있었던 인물로 사료된다.

다음에서 정자의 주인 유사와 동악 이안눌의 시를 감상해보자.

石枕松陰轉　돌베개 베고 누운 곳 솔 그림자 들어오고
風欄野色迴　난간에 부는 바람 들 빛을 몰아 오네
寒江明月裏　맑은 강물 속 밝은 달빛 가르며
裝雪小舟來　눈 맞은 듯 하얀 모습 작은 배 떠 오네

〈호가정원운〉이다. 주인 유사의 시인데 처음 두 줄은 정자에서 강호자연을 즐기는 한가한 주인의 모습을 그렸다. 정자 주변에 소나무 숲이 울창하여 해 따라 그 그림자가 정자로 스멀스멀 기어드는 낭만적인 경치를 말함으로써 서정을 유발시킨 뒤 둘째 줄에 가서는 정자 난간으로 들빛을 몰아오는 시원한 바람을 등장시켜 서정을 고조시켰다.

정자와 솔, 그리고 들녘과 바람 등 강호의 거물들을 총동원하여 전원의 분위기를 한껏 부풀렸다. 고조된 서정은 마지막 줄에서 절정을 이루는데,

눈으로 만든 옷을 입었다는 뜻의 장설(裝雪) 두 글자는 이 시의 시안(詩眼)이다.

맑은 강물과 거기에 비치는 밝은 달빛을 모두 하얀 눈이라고 생각했기에 그 곳을 지나는 작은 배는 눈 속을 가르며 눈을 맞고 있다는 상상의 의경(意境)이 열린 것이다. 대단한 상상력의 발현이다.

下有九江上有天　굽어보니 구강이요 쳐다보니 하늘인데
老夫無事倚風煙　일 없는 늙은 몸이 자연을 의지하네
奔忙往跡何心計　분주했던 지난 시절 생각하면 무엇하랴
晩契堪憐岸鳥眠　늦게 만난 물새 따라 졸기를 자주하네

역시 〈호가정원운〉이다. 주인은 앞의 다섯 자 시와 여기의 일곱 자 시 두 편을 지은 것 같다. 첫째 줄에서는 정자의 위치와 경계를 말한 것으로 시상을 일으킨 뒤 두 번째 줄에 이르러 정자 주인이 자연과 더불어 산다고 함으로써 강호의 객이 아니라 주인임을 자랑하고 있다. 셋째 줄에서는 세속과는 거리를 둔 정자 주인의 초연한 모습을 말했는데 끝에 이르러 새와 더불어 졸기를 같이 한다고 하는 등 자연과 하나가 된다는 것으로써 귀거래의 완성, 물아가 일체된 의경을 창출해 보였다.

落日山明水映天　석양에 물든 산 모습 물에 비칠 때
隔溪孤店起炊煙　시냇가 건너 마을에선 밥 짓는 연기나네
松林石磴淸如洗　솔 숲의 돌길은 씻은 듯 깨끗한데
坐對沙邊白鷺眠　마주한 모래톱의 백로 졸음을 짓네
玉環飛燕本殊姿　달 가를 나는 제비 자태가 아름답고
南國名亭各自奇　남쪽의 이름 난 정자 각각이 기이하다
俛仰超然風詠靜　우뚝 솟은 면앙정 고요한 풍영정
浩歌還可賦新詩　호탕한 노래 뒤엔 시 지어 읊는 소리

위의 시는 동악(東岳) 이안눌(李安訥)의 〈제호가정(題浩歌亭)〉이라 이름한 것이다. 이안눌(1541~1584)은 덕수인으로 조선 인조 때의 문신인데호를 동악, 시호를 문혜(文惠)라고 했다. 광해군 때 예조참의 등을 지냈으며 인조반정 후 예조참판이 되었다. 이괄의 난을 방관하였다 하여 유배되었다가 풀려나 함경도관찰사를 지낸 뒤 주청부사(奏請副使)로 명나라에가서 인조 아버지 정원군의 시호를 받아가지고 와서는 예조판서가 되었다.

시와 서예를 잘 하였고 청백리에 녹선되었으며 우리 지역을 기행한 후『담주록(潭州錄)』을 남겼는데 그것은 우리 지역 곳곳에 대한 시문으로가득 차 있어 한시 호남가라고 해도 과언이 아니다. 저서에 『동악집』이있다.

동악은 이시에 대해 유수재순(柳秀才珣)을 위하여 지은다고 했으며 또말하기를 남쪽 고을에는 면앙정, 풍영정, 호가정 등 세 정자가 이름 높은데 이 셋 가운데 으뜸은 말한 사람마다 달라서 서로 달리 으뜸이라고 한다는 말을 덧붙였다.

먼저 앞의 두 줄에서는 정자에서 둘러본 경을 말함으로써 시상을 일으켰다. 이어 함련에서는 깨끗한 솔숲의 돌길이라는 정적인 모습과 모래톱에서 졸음 짓는 백로의 동적 이미지를 대비하여 대구를 삼고, 이어 경련에 이르러선 달 가를 나는 이름다운 제비의 역동성과 남쪽 고을에 이름난 기이한 정자의 정적인 모습의 대비를 대구함으로써 서정의 극대화를가져왔다.

이어 이 고장에서 이름 난 면앙정과 풍영정의 이미지를 우뚝 솟음과고요함이라고 단적으로 말한 뒤 호가정은 호탕한 노래를 부르다가 또 새로 시가 완성 되면 그것을 읊조리기도 하는 곳이라면서 은근히 호가정이으뜸이라는 뜻을 내비치는 것으로 시상을 마무리 했다.

ⓙ 풍영정

이 정자는 조선시대 우리 지역 문학 살롱과도 같았던 〈풍영정(風詠亭)〉에 대한 시문을 감상하기로 하자. 풍영정은 신창동 선창산 아래 있는데 칠계(漆溪) 김언거(金彦琚)가 지은 것이다. 김언거는 광산인으로 1525년(중종 20)에 사마시를 거쳐 1531년(중종 26)에 문과에 올라 옥당에서 공부하고 교리, 응교, 봉상시정과 상주, 연안의 군수, 승문원 판교 등을 지냈는데 조정에 대하여 역대 명현의 말을 들어 극간(極諫)하다가 말이 통하지 않음에 낙향하여 이 정자를 짓고 큰 선비들과 교유하며 여생을 보냈다.

풍영정의 풍영(風詠)이란 말은 『논어』〈선진편〉에 있는데 공자와 그 제자들과의 대화하는 도중에 나온 것이다. 어느 날 공자는 제자들을 앉혀 두고 평소 그대들은 자기를 알아주지 않는다고 불평을 하는데 만약 알아주는 사람이 있다면 장차 어떻게 쓰여지기를 원하느냐고 물었다.

이때 증점(曾點)이란 제자가 비파를 드문드문 타면서 친구들의 대답을 듣고 있다가 자신이 대답할 차례가 되자 "늦봄에 봄옷이 만들어지면 관을 쓴 어른 5, 6명, 아이 6, 7명과 더불어 기수(沂水)에서 목욕하고 무우(舞雩)에서 바람 쐬다가 노래하며 돌아오겠습니다."라고 대답한 것 곧 풍호무우(風乎舞雩) 영이귀(詠而歸)에서 유래한다.

증점의 말을 들은 공자는 감탄하면서 나도 그렇게 하고 싶다는 말로써 공감을 표시했는데 증점은 욕심을 버리고 천리의 유행을 따라 저절로 충만해서 조금도 부족함과 결함이 없는 인품을 지녔다. 그는 동정(動靜) 간에 차분하고 자연스러웠으며 가슴 속도 한가롭고 자연스러워 곧바로 천지 만물과 더불어 상하가 함께 유행하여 각각의 얻을 바를 얻은 경지에 이른 인물이었다.

이와 같은 증점의 인물됨을 흠모한 칠계, 그는 정자를 짓고 다름 아닌 풍영란 말로써 편액을 걸었다. 정자 내에는 제일호산(第一湖山)이라는 편액이 걸려 있는데 한석봉이 쓴 것이라 한다. 하지만 이 정자가 언제 건립되었는지는 정확히 알 수 없다. 다만 후손 김중엽이 1776년에 〈호산잡영(湖山雜詠)〉을 지은 뒤 그 말미에 규암 송인수가 전라도 관찰사로 있을 당시인 중종 임인년(1542)에 이 정자에 올라 차운했다는 말에서 적어도 1542년 이전에 정자가 건립된 것이 아닌가 하고 추측해 본다.

어쨌건 이 정자는 조선시대 내로라하는 선비들의 시문으로 향연을 베풀고 있는데 송흠, 송순, 이황, 주세붕, 유희춘, 기대승, 김인후, 송인수, 고경명, 소세양, 조찬한, 이덕형, 박광옥, 이안눌, 고용후, 양경우, 정홍명, 권필 등이 그들인데 그 이름을 거명하는 것만으로도 가슴 벅차다.

이 정자는 담양의 환벽당과 더불어 조선시대 명사들의 시문이 가장 많은 정자인데 당시의 풍모가 어떠했는지 상상으로는 감이 잘 잡히지 않는다. 우리 고장, 아니 우리나라 시문학의 메카라고 해도 손색이 없을 이 정자에 우리의 자긍심과 함께 뜨거운 관심이 요청된다.

簪綬年來未得休	벼슬살이 하느라 쉬지도 못했는데
暫登高閣一刪愁	높은 누각 올라보니 근심이 덜어지네
月邊孤影人移棹	달 따르는 한 그림자 노 젓는 사공이요
風外寒聲鶴下洲	바람결에 들리는 소리 모래톱의 학이라
爲是名區開壯麗	소문난 곳답게 화려하게 장식해 두고
仍敎行客故淹留	지나가는 사람들 잠시 쉬어 가라하네
憑看諸老詩篇在	여러 명사들의 시들을 바라보면서
漆水羅山護萬秋	칠수와 나산처럼 영원하기를

풍영정 주인이 지은 〈풍영정원운〉이다. 두련(첫 줄과 둘째 줄)에서는 정(情)으로써 시상을 일으켰는데 누각에 올라보니 모든 근심이 사라진다고 했다. 누각이라고 한 것으로 보아 작은 규모의 정자가 아님을 알 수 있게 한다.

함련에서는 달을 따라 노를 젓는 사공의 역동적 모습과 바람결에 들려오는 모래톱에 학이 내려앉은 소리의 청각적 이미지를 대비시켜 대구를 이루었는데 경련에서는 대구가 잘 이루어지지 않은 느낌이다. 소문이 났다는 말은 아름다운 시문(詩文)이 많다는 것일지니 시문들을 화려하게 걸어두고 지나가는 사람들 누구에게나 잠시 감상하게 한다는 주인의 배려가 묻어난 구절이다.

끝에 이르러서는 여러 명사들의 시가 산과 물처럼 영원하기를 바라는 주인의 간절한 소망을 드러낸 것으로 시상을 마무리 했다. 다분히 문사다운 바람이라 하겠다.

勝日淸尊醉卽休	좋은 날 맑은 술에 취하면 그만 마시나니
對君無地可言愁	그대를 대하면 어디든 시름 있는 곳 없다네
依然路入桃花洞	의연히 발길이 복사꽃 핀 마을로 들어가니
忽復詩成芳草洲	홀연히 시가 방초우거진 물가에서 지어지네
塵土自憐長局促	속세에서는 늘 줄어든 신세 생각하니 가련한데
登臨何惜少遲留	여기 올라서 조금 머무는 것 무엇을 아끼랴
世間好會元難卻	세상에 좋은 모임 원래 이루기 어려운 것
更耐吾生鬢已秋	하물며 내 인생 머리털이 센 것을 어찌 견딜까

『석주집(石洲集)』〈별집〉에 나오는데 〈차풍영정벽상운(次風詠亭壁上韻)〉이라 이름하고 그 옆에 즉석에서 붓을 들어 지었다는 말을 더했다. 석주는 권필(權韠, 1569~1612)의 호인데 자는 여장(汝章)으로 안동인이며 송강 정철의 문하이다. 시에 대한 재주가 뛰어나 동료들의 추천으로 제술관(製述官)에 임명되었지만 나아가지 않고 강화에서 제자를 가르치는데 열중했다.

임진왜란 때에는 화의를 주장하는 대신들을 죽여야 마땅하다고 요청하였던 강직한 성품의 문인이다. 그의 궁류시(宮柳詩)는 풍자적 내용인데 이로 인해 광해군의 비위를 건드려 해남으로 유배 가던 중 동대문 밖에서 사람들이 동정으로 주는 술을 마시다가 폭음하여 운명하였다.

광주 운암사에 봉향되고 있는 그는 우리 지역 관련한 시문을 많이 남겨 우리로 하여금 특별한 애정을 갖게 한다.

앞 두 줄에서는 정으로써 시상을 잡았다. 아마 여기서 말한 그대는 정자 또는 정자의 주인이나 그 주인이 남긴 업적을 지칭할 것이다. 함련에서는 복사꽃 핀 마을로 가는 발길의 역동적 이미지와 방초우거진 물가에서 지어진 시라는 정적이고 시각적인 이미지의 대비를 통하여 대구를 이루어 정자 주변에 복사꽃, 방초 물 등이 벌여져 있어 매우 아름다운 경관임을 드러내 보였다. 정자 주변의 경과 시인의 정이 하나로 혼용되어 새롭게 열린 의경은 정자가 아니라 무슨 무릉도원 같고 물과 꽃이 만발한 정원 같은 세계를 열어 보인다.

경련에서는 세속에서 늘 줄어든 신세라는 긴 시간의 고통을 말하는 비극적 이미지와 조금 머문다 라는 짧은 시간의 밝고 명랑한 이미지의 대비로 대구를 이루어 서정을 극대화 시키고 있다. 이런 사고는 석주다운 면모의 반영이거니와 그의 활달하고 호방한 성격의 일단이 정자라는 탈 세속물과 아름다운 주변 경관 등 자연을 만남으로써 빛을 발하는 대목이다.

끝에 가서는 마음대로 되는 일이 잘 없는 세상의 이치를 말하고 이룬 것이 없이 늙어가는 자신의 처지를 한탄조로 드러냈다. 즉흥시라고 했는데 시의 짜임새며 시를 이끌어가는 힘, 그리고 경과 정을 조화롭게 혼용하여 새롭게 펼치는 의경의 창출과 무한히 함축하는 의미의 계발 등 돋보이는 시라 하겠다.

遊山覉客不能休 산에서 놀고 있는 나그네 쉬지 못했더니
偶到仙滄一散愁 우연히 선창에 이르러 시름을 풀어놓네
風約林梢呈遠野 숲 끝에서 부는 바람 먼 들까지 보내주고
烟開波浪露長洲 물결에 걷힌 안개 긴 모래톱 드러내네
塵埃只恨三山隔 풍진에 막힌 삼신산이니 한 스러울 뿐

樽酒何妨半日留　동이 술에 한나절 취한들 어떠리

人事悠悠難自了　사람의 일 아득해서 끝내기 어려우니

故應來賞待高秋　어서 와서 늦가을 정치 맛보시게나

　고봉 기대승의 〈차풍영정운(次風詠亭韻)〉이다. 앞서 소개한 바와 같이 시인은 16세기 한국 성리학의 큰 봉우리이다. 여기 보이는 시는 그가 학자뿐만이 아니라 훌륭한 서정 시인이기도 하다는 면모를 느끼게 한다. 선창산에 있는 정자를 찾아가 평소 바쁘게만 살았던 자신을 되돌아보는 것으로 시상을 열었다.

　함련은 주다와 드러내다의 동적 이미지를 통하여 대구를 삼았는데 셋째 줄의 정(呈, 주다)과 넷째 줄의 로(露, 드러내다)가 그것이다. 바람이 어디서 오지? 그야 저 숲 끝이 만들어서 여기 들판으로 보내주는 거야! 라는 식의 질문과 대답의 형식은 율시가 갖는 매력 중 하나이다. 그 다음도 같다. 방금까지 안개에 가려 있어 보이지 않던 모래톱이었는데 어떻게 해서 갑자기 그 모습이 드러난 것일까? 그야 저 물결이 안개를 걷어가 버렸기 때문에 곧 물결이 안개를 밀치고 모래톱을 드러나게 해준 것이라는 논리적 사유가 율시의 대구 방법 중 하나인데 그래서 시를 배우면 창조적이며 논리적이 된다는 것인지도 모른다.

　경련은 삼(三)과 반(半)의 수적 개념으로 대를 삼았다. 세속에서 살면 삼신산 곧 탈속하기 어려우니 이렇게 정자에 온 이상 술에 취하여 한나절쯤 쉬는 것도 무방하지 않느냐는 자위의 말이다. 하지만 끝에 가서는 세상일에 조급해 하지 말고 자연에 대해 완상하는 것으로 시상을 마무리했다. 그러면서도 지리한 세상일과 덧없는 계절의 흐름이라는 대비가 읽는 이의 마음을 짠하게 한다.

名亭駐皂蓋　이름 난 정자에 수레를 멈춰두고

祖席近滄洲　푸른 물 옆에서 송별연 펼치겠지

各是天涯客　각기 멀리 떨어져 나그네가 된 신세
應思洛下遊　응당 한양에서 놀던 시절 생각나겠지
羈禽羨歸翼　언제나 훨훨 날 수 있을까 새장 속 이 몸
班馬怨鳴驪　망아지 울음소리 원망하는 반마라니
病負淸尊輿　멋있고 귀한 자리 병으로 못 간 신세
孤吟欲白頭　홀로 시 읊느라 머리 온통 세려하네

　위는 계곡(谿谷) 장유(張維)의 시인데 시를 짓게 된 설명이 길다. 『계곡선생집』 제28권에 의하면 광산의 임수재(任守宰)와 정중서(鄭中書)가 함께 풍영정에서 모여 담양의 수재(守宰)인 이무백(李茂伯)을 전송하기로 했는데 내가 병 때문에 약속 장소에 나갈 수가 없어 서글픈 생각이 들기에 이 시를 짓는다고 했다.

　장유(1587~1638)는 조선 인조 때의 문신으로 자는 지국(持國) 호는 계곡(谿谷), 묵소(黙所)이며 시호를 문충(文忠)이라 했는데 덕수인이다. 효종의 비 인선왕후(仁宣王后)의 아버지이면서 김장생의 문인이다. 광해군 때 문과에 급제하여 검열 등의 벼슬을 지낸 후 인조반정(1623)에 가담하여 정사공신(靖社功臣) 2등이 되었고, 이괄의 난(1624) 때 왕을 공주로 호종하여 신풍군이 되었다. 정묘호란(1627) 때는 왕을 호종하여 강화도에 가는 등 권력의 중심에 섰던 인물로 병자호란(1636)이 일어나자 공조판서의 몸으로 강화를 주장했는데 후에 신풍부원군에 봉해졌다.

　문장이 뛰어나 이정귀, 신흠, 이식 등과 함께 조선시대 한문 4대가로 불리며 천문, 지리, 의술, 병서, 그림, 글씨 등에도 능통했던 다재다능한 인문학자였다. 『계곡만필』, 『계곡집』, 『음부경주해』 등의 저술을 남겼다.

　앞의 두 줄은 정자에서 펼쳐진 송별연을 생각하는 정으로써 시상을 일으켰다. 이어 함련에서는 멀리 떨어져있다는 것과 한양에서라는 공간성의 대비로 대구를 삼아 지금은 멀고 예전엔 가까웠다는 애틋한 마음을 보였다.

경련에서는 새장 속에 갇힌 새와 무리에서 떨어져 홀로 외톨이가 된 말을 등장시켰는데 새와 말이라는 동물적 이미지를 통하여 안타까운 심정을 한껏 고조시켰다. 독자로 하여금 새장 속에 갇혀 그 곳을 빠져나오려고 온갖 힘을 쓰는 새와 무리에서 이탈하여 울며불며 무리를 찾아 홀로 헤매는 말의 처량한 신세를 생생하게 그려 시인 자신의 처지와 동일시함으로써 서정의 극대화를 노렸다.

끝에 가서는 고조된 서정을 차분하게 정리하면서 시를 짓는 것으로 안타까운 마음을 달래려 하는데 시가 잘 되지 않아 머리털이 희어진다는 여유로 멋을 부렸다.

可休休處好休休	쉴만한 곳이라면 푹 쉬었다 가세
鳧鶴俱懷斷續愁	오리랑 학과 더불어 속세 일 잊어보세
雲却無心橫遠嶺	무심한 구름은 먼 산에 걸려 있고
草多生意滿芳洲	파릇한 풀들은 방주에 깔려 있네
極知靈運耽山水	사령운이 산수 좋아함 잘 알겠고
還有淵明任去留	또 도연명은 벼슬 버리고 떠나갔었지
早晚浴沂鏗點瑟	늦봄에 기수에서 비파 탔던 증점
肯敎花月負春秋	꽃 있고 달뜨니 세월 간 지 모르겠네

전라도관찰사를 지낸 양곡(陽谷) 소세양(蘇世讓)의 시인데 〈차풍영정운(次風詠亭韻)〉이라 한 뒤 이어 김목사 언거를 위하여 지었다고 말했다. 원래는 칠언 율시 두 수인데 여기서는 한 수만 보였다. 『양곡선생집』 권2에 나온다.

소세양(1486~1562)은 명종 때의 문신으로 자를 언겸(彦謙), 호는 양곡(陽谷), 퇴재(退齋) 퇴휴당(退休堂)이라 했는데 시호가 문정(文靖)이니 문학에 밝은 인물임을 알겠다. 진주인으로 문과에 급제하여 수찬이 되었을 때 단종의 어머니 현덕왕후(顯德王后)의 복위를 건의, 현릉(顯陵)에 이장케 하였다.

전라도 관찰사로 나갔을 때 1530년(중종 25)에 일어난 왜구의 침입 당시 방비를 소홀히 했다 하여 파직되었다. 후에 다시 기용되어 호조 판서 등을 거쳐 우찬성에 이르렀으나 인종의 즉위로 윤임 일파가 득세하자 파직되었으며 얼마 후 명종이 즉위하자 좌찬성이 되었다. 문집에 『양곡선생집』이 전한다.

처음 두 줄에서 시인의 정을 말한 것으로 시상을 열었다. 정자가 쉬기에 편하다면서 오리 떼가 헤엄치는 물가와 학이 둥지 트는 소나무가 있음을 에둘러 말했다. 함련에서는 무심한 구름과 파릇한 풀을 대비시켜 대구를 삼았는데 구름의 하얀 이미지와 풀의 파란 색상의 대비로 다채롭고 편안한 의경을 연출했다.

이어 남조 시대 송나라의 사령운(謝靈運)이라는 시인과 동진의 전원시인 도잠(陶潛)을 등장시켜 자연에 침잠하여야만 훌륭한 문학을 할 수 있다는 주장을 했다. 사령운은 청신(淸新)한 시풍을 개척하여 후대에 큰 영향을 끼친 시인인데 종제(從弟) 사혜련(謝惠連)에 대하여 대사(大謝) 곧 큰 사 선생님으로 불린다.

또한 동진(東晉) 시대의 도잠은 자를 연명(淵明)이라 했는데 명장(名將) 간(侃)의 증손이다. 팽택(彭澤) 고을의 수령이 된 지 80일 만에 벼슬을 버리고 〈귀거래사(歸去來辭)〉를 읊고 고향으로 돌아가 전원생활을 하면서 자연과 합일되는 시를 많이 지었는데 시가 기품이 높고 생에 대한 애정이 넘친다는 평을 듣는다.

도연명은 귀거래를 실천한 용기 있는 정치인, 전원생활의 여유와 멋을 발견하여 시 세계에 펼쳐 보인 위대한 자연 시인, 불합리한 정치 현실을 벗어나고자 했던 조선시대 선비들에게 귀거래의 선구자 등으로 그에 대한 찬사는 끝이 없다.

특히 부당한 역성혁명으로 왕조를 바꾼 데 불만을 갖고 남으로 낙남한 선비들, 수양의 왕위 찬탈에 정치 현실을 혐오하여 낙남했던 선비들, 무오사화와 갑자사화, 기묘사화와 을사사화 등 이어지는 불합리에 맞서거나 피하기 위해 낙남했던 선비의 모델은 다름 아닌 도연명 그였다.

그리고 끝에 가서는『논어』〈선진편〉에 나오는 증점(曾點)의 고사를 끌어와 세속에 욕심내지 않고 자연과 벗 삼아 살겠다는 의지를 드러낸 것으로 시상을 마무리 했다.

誅茅結舍得純休	띠 풀을 베고 지은 집 쉬기 좋은데
四顧靑山總豁愁	사방의 푸른 산이 근심을 덜어주네
靜夜開窓迎皓月	밤이면 문을 열고 밝은 달을 맞이하고
暮春成服向芳洲	늦은 봄날 새 옷 입고 방주로 향하네
看書足供賓朋話	책을 읽어 친구들과 정화를 주고받고
投轄非關盃酒留	비녀장과 빗장을 빼고 실컷 마셔본다네
更有心期相契許	또 다시 모이자고 마음으로 약속하는데
黃花綠竹耐深秋	황국과 녹죽은 늦가을을 견디어 섰네

〈차풍영정운(次風詠亭韻)〉인데 미암 유희춘의 시이다. 유희춘(柳希春, 1513~1577)의 자는 인중(仁仲), 호를 미암(眉岩), 인재(寅齋), 연계(漣溪) 등이라 했으며 시호는 문절(文節)인데 선산인 유계린(柳桂麟)의 둘째 아들이다. 부인은 여류시인으로 이름 높은 송덕봉(宋德峯)인데 고향이 담양이어서 만년에 그 곳에 머물러 살았다.

미암은『표해록』으로 유명한 금남 최부의 외손인데 그는 외조부 금남의『표해록』을 출간하여 세상에 알리는데 크게 기여했다. 미암은 김종직의 학문을 이어받은 김굉필의 문하 신재 최산두와 모재 김안국 등에게 가르침을 받아 1537년(중종 6)에 생원시, 그 다음 해에 문과에 급제하여 성균관 학유, 예문관 검열, 홍문관 수찬, 무장 현감 등을 거쳤다.

을사사화(1545)가 일어나자 파직되어 고향에 돌아왔는데 양재역 벽서사건(1547)이 일어나자 제주도에 유배되었다가 고향과 가까운 곳이라 하여 함경도 종성으로 옮겨져 19년간이나 억류 생활을 했다. 종성에서는 밤낮으로 경서를 암송하는 등 학문에 몰두하여 그 곳에서 많은 제자를 배출했다.

선조가 즉위하자(1567) 유배에서 풀려나 성균관 대사성, 사헌부 대사헌 등을 역임하였으며 이조 참판을 끝으로 관직에서 물러났다. 구결과 언해를 만드는 등 유학과 우리말 발전에 크게 기여하였으며 구결언해에 참여하여 『대학』을 완성했으나 『논어』는 끝마치지 못하고 세상을 떴다.

미암은 학문이 높고 절의가 있어 당세에 명망이 높았는데 일재 이항과 하서 김인후와 더불어 이 고장 학풍 조성과 선비문화 정착, 그리고 문학 발전 등에 크게 기여하였다. 김인후와는 특히 다정하였기에 그의 딸을 며느리로 맞았다.

특히 그의 『미암일기』는 1567년(선조 즉위) 10월 1일부터 1577년 5월 13일까지 11년간의 일기인데 조정의 공적인 일에서부터 개인의 사사로운 일까지 매일 경험한 일, 보고 들은 일 등을 상세하게 기록하고 있어 선조 초년의 조정의 대소사건, 중앙과 지방 관아의 이런 저런 사건, 관리들의 내면생활은 물론 사회의 경제 상태, 지방의 풍속과 문화 및 물산 등에 대한 제반 사정을 알려주는 매우 귀한 자료적 가치를 지닌다.

이 일기는 조선시대 중기의 정치, 사회, 경제, 문화사 등의 연구에 귀중한 정보를 제공해줄 뿐만 아니라, 임진왜란으로 인하여 많은 사료가 소실된 바람에 자료가 빈약했는데 『선조실록』의 편찬에 있어 기대승의 『논사록』, 이이의 『석담일기』 등과 함께 실록 작성에 크게 도움이 되었다.

미암의 저서로는 『국조유선록』, 『속몽구』, 『역대요록』, 『신증유합』, 『미암일기』, 『미암집』 등이 전하는데 미암의 아버지는 김종직의 문하인 최부의 제자였기에 우리 지역 초창기 사림 문화 형성에서 크게 기여했다. 그의 큰 아들 유성춘은 윤구, 최산두와 더불어 호남 삼걸로 칭송된다.

한편, 위의 시는 『미암집』에 실려 있다. 처음 두 줄에서는 정자를 짓는 과정과 정자는 주변이 확트인 높은 곳에 위치하는 등 정자 주변의 풍경을 말한 것으로 시상의 처음을 삼았다. 이어 함련에서는 봄날에 옷이 만들어지거든 어른 몇 명과 아이들 몇 명을 데리고 기수에서 목욕하고 무우에서 바람 쐰 뒤 노래하며 돌아오겠다고 한 『논어』 〈선진편〉의 증점 이야기를 끌어와 전원의 낭만적 분위기를 고조시키고 있다.

함련의 밝은 달을 맞이함과 방주로 향한다는 역동적 이미지와 경련의 책을 본다와 비녀장을 뺀다의 대구를 통하여 전원의 질탕한 흥취를 실컷 부추겼다. 투할(投轄) 곧 비녀장을 빼서 던진다는 말은 중국 서한(西漢) 시절 진준(陳遵)이라는 사람과 관련한 일화가 있다.

진준은 술을 매우 좋아했다. 그래서 늘 친구들을 불러 모아 질탕하게 마시곤 했는데 하루는 한 친구가 술을 마시다 말고 도중에 돌아가려고 해서 그만 흥겨운 분위가 깨지고 말았다. 흥을 깨기가 아쉬웠던 진준은 한 가지 꾀를 내었는데 친구들이 술을 마시러 오면 먼저 수레의 비녀장을 빼서 물에 던져버린 것이다. 비녀장 없이는 말이 수레를 끌 수 없으니까.

마지막 연에서는 다시 만나자는 굳은 약속을 하는 것으로 시상을 마무리 했다. 아무리 즐겼어도 아쉬움과 미련은 남는 법, 다시 만나자고 약속을 했지만 어느덧 가을이 깊어가고 있다는 말을 하여 세월의 덧없음을 일깨우고 있다. 하지만 황국과 녹죽은 기개로 늦가을을 견딘다고 하여 의미심장한 여운을 남겼다.

ⓚ 호은정(湖隱亭)

이 정자는 본량면 동호리 본촌부락에 있는데 1930년대 호은 심노옥(沈魯玉)이 정자를 건립하려고 정자의 원운과 기문까지 썼으나 어떤 연유로 완성을 보지 못하고 그의 사후 50여 년이 지난 1980년 이후에 아들 심원하가 건립했다.

그런 사실은 〈호은정기〉에 나타나고 있는데 "혹 집도 이루기 전에 시부터 지었다는 일반의 비평이 있을지 모를 일이다. 그러나 이 일에 대해서는 나의 뜻이 이미 굳어 있기 때문에 정자의 완공 문제는 조금도 염려할 필요가 없는 기정사실이다."라고 한 것이 그것이다.

이와 함께 심원하의 부친 심노옥의 〈묘비음기〉에 "부친께서 돌아가신 지 50여 년이 지난 후에 불초자가 부친께서 노니셨던 장소에 한 동의 정자를 짓는다."라는 기록을 참고할 필요가 있겠다.

어쨌든 이 정자는 현대에 지어진 것이 분명한데 1980년대까지도 정자를 건립하고 기문과 원운을 짓는 전통이 유지되고 있음을 보인다는 점에서 우리 고장 문풍의 유습이 결코 일천하지 않음을 보이는 좋은 증좌라고 여겨진다.

隱居湖上幾經春	물가에서 숨어 산 지 얼마나 되었는가
七十光陰白髮新	칠십 평생 세월 따라 백발이 성성하네
書劍無成謂迂叟	문장과 무공 없어 물정 모른다 하여도
魚樵計拙依閒人	고기 잡고 나무 베는 솜씨 일품이라네
須令妙劑醫塵俗	효험 있는 약제로 사람들 병 고치고
不用浮名絆此身	내 몸 잡아매는 뜬 이름엔 관심 없다네
萬事年來多悔吝	살아온 세상사 후회할 일 많아지니
昨是今非肯尋眞	이런 저런 경험으로 진실을 찾으려네

〈호은정〉 두 수 가운데 첫 번째 이다. 처음 두 줄에서는 정을 말하여 시상을 일으켰다. 시인이 이 정자를 지으려고 했던 나이가 칠십이 넘었음을 알게 하는데 함련에 이르러 뭐 특별히 내놓을 것 없는 인생이지만 그래도 평범한 촌부로서는 일가를 이루었다고 겸양을 보였다.

책과 칼 곧 문장과 무공의 대비로써 고기잡이와 나무꾼과의 대구를 이루었는데 앞의 겸양과는 달리 은근히 자신을 드러내 보이고 있다. 경련에 가서는 자신의 자랑을 더 극대화 시켰는데 묘한 약제로써 속세 사람들을 고친 것과 자신을 동여매는 허명 따위엔 관심 두지 않았다는 말로써 자신의 일생을 요약해 보였다.

끝에 이르러 일생을 되돌아보는 것으로써 시상을 마무리했는데 지금까지의 자신을 반추하면서 여생은 진실을 찾겠다고 했다.

4. 마무리 하는 말

지금까지 광산의 고전문학에 대하여 일별하였다. 앞서 말한 바와 같이 특정 지역 문학에 대하여 말한다는 것은 매우 어려운 점이 많다. 왜냐하면 그 특정 지역이 과거로부터 현재까지 한결 같은 행정적, 문화적 경계를 갖지 않았음은 물론 그 지역이 자율적, 또는 독자적으로 인근 또는 그 상위 지역과 다른 별개 역량의 제반 활동을 벌여오지 않았거나 못한 점, 또는 활동을 벌였다 치더라도 그 파장이 미미한 점 등 때문이다.

필자는 우선 특정 지역 문학에 대한 연구 의의를 말했는데 그것은 각 지자체들이 앞장서서 군지나 시지 및 구지 등의 발간을 비롯한 자기 지역만의 여러 변별적인 사업을 벌이는 데는 지역 자치 단체장의 업적 부풀리기나 선거 때 표를 의식한 지역 이기주의를 조장한 결과이기도 하지만, 그 보다는 지역에 대한 최근의 인식 변화의 영향이 더 크게 작용한 탓일 것이라 했다.

최근의 지역에 대한 인식의 변화 곧 그것은 세계를 '단위'로 생각하는 시각에서 볼 때 있는 곳이나 크기는 그리 중요한 문제가 되지 않게 되었다. 지역을 하나의 '단위'로 생각하기 때문에 이른바 거대한 크기의 중앙이라는 곳도 국가를 이루는 하나의 단위이며, 지역이라는 작은 구나 군 단위 또한 국가를 이루는 단위라는 사실은 지역의 위상과 역할을 더욱 돋보이게 하고 있다.

그런 맥락에서 광산 고전문학에 대한 정리와 연구는 그 의의를 지닌다고 하겠다. 광산의 고전문학을 말하기 위해서는 먼저 이 지역의 상위 단위인 호남 또는 광주와 전남의 고전 문학에 대한 개념부터 정립하였다.

광산의 고전 문학은 앞서 말한 바와 같이 광주와 전남이라는 상위 행정 단위와 고려와 조선시대의 호남이라는 지리적 성격상 인근 전북 등의 다른 자치 단체의 그것과 떼어 따로 분리하여 생각하기는 여러 모로 곤란한 점이 많다.

특히 광산구는 이전엔 전라남도에 속한 광산군 이었고 현재는 광주광역시에 속해 있기 때문에 광주와 전남에서 따로 떼어 말하기 곤란한 점이 한 둘 아니다. 그런데 상위 행정 단위인 광주와 전남의 고전 문학 역시 조선 시대 이전은 불교계의 유산을 제외하고 나면 그 자료가 영성하고 그에 따라 연구 성과 또한 축적된 것이 많질 않다. 뿐만 아니라 민속이나 구전 문학 등은 지면 관계상 다루지 못한 실정이어서 아무래도 광산의 고전문학은 조선시대의 기록문학에 한정될 수밖에 없는 실정이다.

조선시대 문학은 사림과 관계가 깊은데 광산의 사림적 전통과 뿌리는 문향의 지령이 되어 훌륭한 인걸을 낳았다. 광산의 사림문화를 파악하기 위해서는 우선 광산 사림의 개념부터 정해야 옳을 것 같다.

광산 사림은 눌재와 같이 우선 광산 출신으로서 광산에서 사림 활동을 했거나 광산을 떠나 다른 지역(곳)에서 활동을 했던 사람을 들 수 있겠다.

다음으로 박순, 양팽손, 양응정과 같이 광산 출신은 아니더라도 광산과 연고가 있는 등 여러 인연으로 광산에서 사림 활동을 했거나 광산과 관련된 작품을 남긴 사람을 생각할 수 있겠으며, 광산에 다녀간 다음 광산 사람에게 영향을 끼쳤거나 누정 제영 등 광산 관련 작품을 남겨 광산의 후세인들에게 감동적 영향을 주었던 인물을 상정할 수 있겠다.

다음은 광산 고전문학을 연구하는데 유용한 대상과 자료이다.

광산 사림과 그 문화를 파악하는데 가장 손쉽고 편리하며 확실한 방법은 그들이 남긴 문집을 대상으로 살피는 경우이겠거니와 그렇지 못할 경우엔 그들이 남긴 글이나 작품이 다른 사람의 문집 또는 현판에 새겨진 것을 중심으로 이해하는 태도이다.

달리 광산의 사찰, 서원, 누정을 중심으로 거기에 원운과 차운된 것, 및 누정기문, 상량문, 중수기문 등을 중심으로 저간의 사림 사회 일말을 살피는 방법도 있을 수 있겠다. 가장 좋은 방법은 광산 사림이 남긴 문집을 대상으로 그들의 문화 활동을 파악하는 것이지만 문집의 수집, 해제 등이 미비한 경우 이는 이상에 지나지 않을 것이다.

또한 사찰이나, 서원 그리고 누정에서 남겨진 작품을 중심으로 하고 문집의 글들도 간혹 발췌하는 방법을 취함이 좋을 듯 하지만 누정 쪽을 제외하고는 이 또한 지금으로서는 녹록치 않다.

광산에서 사림의 양성이 본격적으로 전개될 수 있었던 것은 아무래도 조선 태조 원년(1392)에 창건된 광산향교의 건립 이후부터라 생각된다. 또한 서원과 사우 및 관련 누정 등도 사림 문학의 모태가 되었다.

광산의 서원과 사우는 월봉서원을 필두로 10여 개 정도로 파악되는데 대부분 1871(고종 8) 대원군의 서원 훼철령 때 철폐되었다. 광산의 서원은 기대승을 향사한 월봉서원을 가장 먼저 들 수 있는데 후에 박상, 박순, 김장생, 김집 등을 함께 배향하고 있다.

포충사는 고종 대 서원 훼철령이 내려진 때에도 47개의 존치 서원에 들었는데 고경명과 두 아들 종후, 인후를 비롯하여 안영, 유팽로 등을 모시고 있다. 이 밖에도 박광옥, 김덕령을 배향하는 의열사, 김극기, 김득종 등을 모신 경현사, 임형수 등을 모신 등임사, 최치원 등을 모신 지산사, 박상, 박순 등을 모신 송호영당 등을 들 수 있겠는데 이들은 사림을 추숭하고 추모하는 제향 공간이면서 이울러 후학을 가르치는 강학 공간으로서 이 고장 사림의 양성과 교육에 음양의 많은 공헌을 하였을 것이며 그들 사림으로부터 이 고장 문학의 질량이 크게 향상 되었을 것임은 재언을 요치 않는다.

광산의 진산인 어등산 북서쪽에는 절골 마을, 탑골 등으로 불리는 마을과 지명이 있는데 이는 이곳에 이른 시기부터 사찰이 많이 있었음을 알려준다. 또한 서봉과 선암 마을, 운수 마을 등도 서봉사와 선암사, 운수사 등의 사찰 명에서 유래한다고 한다. 그 외에도 조선 초기의 여둔사와 천운사 등 여러 사찰이 있었음이 확인 되거니와 지금은 그 자취가 가물한 실정이다.

누정은 강학과 휴게 및 시문 창작의 산실이었는데 광산의 누정은 현존 누정 20여 개와 현존하지 않은 것 18여 개로 비교적 많지 않은 편이지만 삼한 때 건립되었다고 전하는 양과동정은 향약과 동약의 시행처로 알려져 있어 주목된다. 향약과 동약이 그 지역민을 교화하고 풍속을 교정하는 데 커다란 역할을 했다는 점에서 위 정자의 위상과 역할이 다대했음을 짐작하게 한다.

또한 1500년경에 건립된 김문발의 부용정을 비롯, 풍영정, 호가정, 불환정 등 시문 제작과 강학 활동이 활발했던 누정이 지금까지 광산 사림의 맥을 전하고 있다.

한편 광산의 고전문학을 논하는 자리에서는 민속과 민요 및 설화(신화, 전설, 민담) 등도 함께 다루어야 하지만 이 자리에서는 여러 조건적 제약으로 함께 다루지 못했다. 민속 같은 경우는 장을 달리하여 다루고 있어 다행이지만 훗날 함께 다루어졌으면 하는 바람이다.

이상에서 본 바와 같이 광산의 고전 문학은 문집이 있는 문사와 누정 등에 그 시문이 남겨진 조선시대 인물을 중심으로 정리하였음을 밝힌다. 또 이 지역 문학을 살찌우고 풍요롭게 하는데 기여했던 곳이 누정이라 사료되었기에 누정 시문에 대하여는 많은 지면을 할애하였다.

광산의 고전문학은 서정시와 서술시로 양 대별하여 살펴보았거니와 그 원류는 이 고장 출신인 눌재 박상으로부터 연원하여 송천 양응정 등 세대를 이어 이 고장 문학의 특징으로 자리 잡았음을 보였다.

또한 풍영정 등 누정은 조선시대 문화 살롱과 같은 공간으로 휴식과 강학 그리고 시문 제작과 주민 교화 등 당대 정치, 사회, 경제, 문화 등 여러 면에서 창조적이고 핵심적인 공간이라는 점에서 비중 있게 다뤘다.

특히 누정 시문에 대하여 당대 유명 문인들의 차운 등의 문학적 행위는 이 고장 문학 발전에 크게 기여하였을 뿐만 아니라, 이 지역을 알리고 지역의 위상을 제고하는데 크게 공헌한 것으로 사료된다. 그 이름만으로 가슴 벅찬 사람들, 송흠, 송순, 이황, 주세붕, 유희춘, 기대승, 김인후, 송인수, 고경명, 소세양, 조찬한, 이덕형, 박광옥, 이안눌, 고용후, 양경우, 정홍명, 권필, 유희춘 등이 그들이다.

광산 고전문학 중의 서술시는 불합리한 사회를 풍자 또는 비판하여 모순을 시정하려는 의지의 문학적 표현으로 높이 평가되거니와, 이는 오늘에 있어서도 여전히 유효한 시대적 요청이자 정신 자세라 사료된다.

그리고 서정시의 세계는 주로 누정이나 자연을 대상으로 한 시에서 열렸거니와 누정 문학은 그 모태라 해도 과언이 아닐 것이다. 현대를 살아가는 우리는 누정 문학이 이루어낸 아름답고 밝은 서정과 자연을 생명처럼 소중하게 여겼던 선인들의 지혜를 배워야 할 것이다.

당국에서는 누정의 존재와 가치를 깊이 인식하고 그것의 보존과 활용 방안 등을 모색하기 바란다. 있는 것의 소중함에 눈을 뜰 것이지 모 시군처럼 도둑을 영웅으로 만드는 우스운 작태는 삼가야 할 것이다. 누정 중에는 없어진 것도 많고 퇴락한 곳도 많다. 하루라도 빨리 그 보존과 복원 등에 관심이 서기를 바란다.

아쉬운 점은 누정기문인 누정 창건기, 중건기, 중수기 등에 대하여 살피지 못한 것인데 이 또한 후고를 기대한다. 다른 또 하나는 절골 등의 지명이 여전히 존재함에서 보듯 여러 사찰이 있었음에도 그에 대한 자료가 충분하지 못하여 여기서 다루지 못했는데 앞으로 많은 관심과 연구를 바라는 마음이다.

호남문화의 이해와 그 속살

1. 시작하는 말

21세기는 한마디로 융·복합 문화의 시대라 부른다. 융·복합 문화에 가장 잘 응답하는 문화를 나는 남도문화라 생각한다. 한마디로 남도문화는 융·복합의 문화라 해도 과언이 아닐 것이다.

구석기 시대 이후 6세기 마한까지는 독창적인 문화를 중심으로 중국 등 외래문화와 융·복합을 하였고, 이후 백제문화와 융·복합을 이루어, 고려의 문화를 꽃 피웠다. 조선에 들어 선 뒤, 다시 한성의 문화와 융·복합을 이루어 한국 문화의 원형을 이룬 문화, 나는 이를 남도문화라 생각한다.

남도를 흔히 예향이니 문향이니 하면서 다른 지역과는 다른 무엇이 있는 곳인 냥 말한다. 또 그 곳은 왠지 따뜻하고 푸근하며 낯설지 아니한 외갓집 같은 곳이라고도 한다. 이처럼 외부인뿐만 아니라 남도인들도 우리 남도에 대하여 어떤 막연한 기대감을 갖고 있음이 사실이다. 이글은 남도에 대하여 애착과 관심을 가진 사람들에게 간략하게나마 남도를 알리는데 도움을 주고자 마련되었다.

남도를 알고자 하거나 여행하고자 한다면 아래에서 소개하는 남도문화의 속살들을 가만히 들여다보길 바란다. 그러면 남도의 남도됨이 하나씩 보일 것이며 그 속살들의 오묘한 향기와 은근한 맛이 살며시 다가와 다정히 손을 내밀며 소통하기를 바랄 것이다.

남도문화를 알기 위해서는 최소한 다음과 같은 시각적 접근을 지녀야 할 것으로 판단된다.

2. 언제부터 남도였나?

문헌상 나타난 호남이란 말의 처음은 고려시대 담양 이씨 이성(李晟)의 〈귀전영(歸田詠)〉이란 시에 나오는 "설진호남필마행(雪盡湖南匹馬行, 눈 그치면 호남 향해 말 타고 돌아가리)"으로 보이며 그 뒤는 탁광무(卓光茂, 1330~1408)의 문집인 『경렴정집(景濂亭集)』(권1 경렴정)편액에 실린 해동형승천호남(海東形勝擅湖南, 우리나라에서 멋진 곳은 호남이 으뜸인데) 상유렴정하유담(上有濂亭下有潭, 위에는 경렴정 있고 아래에는 용담이 있지)이라는 시구라고 여겨진다.

또한 조준(趙浚, 1346~1405)의 문집인 『송당집(松堂集)』(권1 차향림당운(次香林堂韻))에서도 호남을 지칭한 시구가 1회 확인되었다. 이어 춘정 변계량(1369~1430), 국당 박홍생(1374~1446), 경재 하연(1376~1453), 태재 유방선(1388~1443), 불우헌 정극인(1401~1481), 태허정 최항(1409~1474), 눌재 양성지(1415~1482), 취금헌 박팽년(1417~1456) 등의 문집에서도 호남이란 말은 산견되고 있다.

특히 이석형(1415~1474)의 문집인 『저헌집(樗軒集)』과 신숙주(1417~1475)의 문집인 『보한재집(保閑齋集)』에서는 10여 회 이상 호남이란 말이 언급되고 있어 조선 초기인 태종 이후 세조 연간에 사대부 층 사이에서 호남이란 명칭은 보편적으로 사용되어졌던 현상으로 보인다.

관에서 편찬한 사서인 『조선왕실록』에는 태조 대에서 연산군 사이에는 6회, 중종 이후 현종 사이에는 226회, 숙종에서 철종 사이는 659회의 사용례가 검색되는 것을 보면, 민간에서는 15세기에 보편적인 용어로 자리 잡아 가고 있었으나, 국가의 공적 기록에서는 16세기 이후에 급속도로 확산되다가, 17세기에는 보편적으로 자리 잡았으며, 18세기 영.정조 시대에는 조정의 공적 기록물(〈해동지도〉의 호남지도 등)에도 호남이 사용되었던 것으로 보고 있다.

한편, 호남은 좌·우도의 개념으로 부르기도 한다. 호남 좌도와 호남

우도 또는 전라 좌도와 전라 우도 등으로 동쪽은 좌도(서울 곧 한양)에서 전라도 쪽으로 보아 좌측), 서쪽은 우도로 구분했다.

지리적으로 우도는 서해와 연접한 지역으로 높은 산이 많지 않고 평야가 많다. 반면 좌도는 산지 지형이 많다. 이 같은 지역 특징 때문에 생활 모습도 달라지고 민속이나 풍물로 다르게 나타난 것이다. 풍물굿(농악)에서도 좌도굿과 우도굿이 다르고, 판소리에서 서편제와 동편제가 다른 것도 이 같은 지리적 특성에서 연유한다.

남도라는 말은 강남도(江南道)의 준말이다. 고려시대 때(성종 14, 995) 지금의 전라북도 지역을 강남도, 전라남도 지역을 해양도라고 부르다가 두 지역을 합하여 대표 고을 이름인 전주와 나주의 이름을 따서 전라도라 불렸음은 주지하는 사실이다.(현종 9, 1018)

중요한 것은 "강남도"라 했을 당시 강의 남쪽이 어디인가에 있다. 강남도는 9주와 43현을 거느렸는데 그 경계는 금강 이남 지역이었다. 고려시대 때부터 금강 이남을 강남이라 했음을 알 수 있겠고, 그 이후로 줄곧 금강 이남 지역은 강남으로 불렸다.

그런데 금강의 다른 이름이 호강(湖江) 이여서 그 강남은 호남으로 일컬어지기도 하였다. 결국 남도는 지금의 금강 이남 지역을 두고 일컫는 행정적, 지리 역사적 명명임을 알 수 있겠다.

조선시대 전국을 8도(관찰사 종2품)로 나누어 그 밑으로 부(부윤 정2품), 대도호부(부사 정3품), 목(목사 정3품), 도호부(부사 종3품), 군(군수 종4품), 현(현령 종5품) 등을 둔 것은 그 규모, 지역의 특수성, 지리적 배경 등을 고려하여 효과적인 통치를 하기 위한 것 이었다.

8도 내의 권역별 이해는 계수관 제도를 이해하면 되겠는데 계수관이란 도와 군, 현의 사이에 있었던 중간적 존재로서 도의 지시를 부목군현(府牧郡縣)에 전달한 조직이다. 전라도 곧 남도는 크게 4개의 권역 곧 전주도, 나주도, 남원도, 장흥도 등으로 구획되어 그에 따라 각기 고유한 문화를 이룩했는데 대체로 전주 문화권, 나주 문화권, 남원 문화권, 광주(장홍) 문화권 등이 그것이다.

행정 구역의 의미를 넘어선 8도제와 그 밖의 구획 정리는 그것이 생활권을 배경으로 한 역사 지리적인 개념 이었는바 남도의 경우 백두대간과 잇닿아 있는 호남 정맥을 기저로 동진강, 만경강, 영산강, 섬진강, 탐진강 등 산의 정기와 강의 혼령이 서로 어울려 수려한 생활공간을 만들었기에 여기에 살았던 사람들은 산이 에워싸 만들어준 평야와 강에서 이어 내린 바다가 가져다 준 풍요로움으로 인해 풍류와 여유 등의 남 다른 문화적 기반을 지닐 수 있었다.

지금과 같이 세계화 글로벌화로 불리는 공개경쟁 시대일수록 우리는 "나"라는 확실한 정체성으로 무장해야만 "나"로부터 창조적 발전적 에네르기를 찾을 수 있음을 잊지 말아야할 것이다. 지피지기면 백전백승이라 하거니와 남도인은 남도문화의 이해는 물론이고 나아가 그것의 계승과 발전에 대하여 관심을 가져야할 것으로 생각된다.

3. 선비의 대 이동과 융·복합 문화

고려 건국과 국정 운영의 주역이었던 호남의 선비들, 그들은 〈훈요십조, 943년 태조 임종 무렵 박술희에게 전했다고 하는 후왕들에게 주는 경계서 성격을 지닌 글, 1034년 최제안이 최항 집에서 발견, 그 중 제8항에, 차현(車峴) 이남, 공주강(公州江) 바깥의 산세와 지형이 배역형(背逆形)이므로 국가 변란의 소지를 안고 있으니, 그 지역 인재를 중히 발탁하지 말라는 내용이 있음)의 발견에 따른 중앙 정부의 차별과 타 지역 선비들의 견제에 밀려 고려 중·후기에는 중앙 정계에서 크게 두드러진 역할을 하지는 못했다. 주로 경상도를 제외한 고려 후기 관료들은 조선 왕조의 개국이 명분 없음에 항거, 조선 정부에 불복하고, 불사(不仕), 두문(杜門), 낙남(落南)의 길을 선택했다. 이는 남도 지역으로 중앙에서 관료를 지냈던 선비가 이동해 들어온 첫 번째 사건으로, 필자는 이를 제 1차 선비이동이라 부른다.

수양대군의 왕위 찬탈(1455년)은 의리와 명분에 죽고 살았던 조선시대 선비들의 운명을 뒤바꾼 대사건이었다. 성삼문 등의 사육신과 김시습 등의 생육신이 목숨을 바쳤거나 혹은 세상을 버려서 단종에 대한 충성의 다짐은 물론 의리와 절의를 지키고자 노력하였다. 하지만 그보다 더 많은 선비들은 조선의 건국은 명분 없는 쿠테타(coup)라며, 큰 충격을 받고 벼슬길에 염증을 느낀 채 영남 또는 호남으로 낙남(落南)의 길을 택했다. 이때 낙남한 선비의 성격은 두 가지로 대별된다. 고향인 영남으로 내려간 선비들은 지역 향촌(鄕村)의 경제적 기반에 힘입어 서원 등을 설립, 후진 양성과 성리철학의 연구에 전념하였다, 한편, 호남으로 낙남해간 선비들은 주로 지역에 처가 또는 먼 친인척을 두었을 뿐, 특별한 향촌에의 경제적 기반을 갖고 있지 아니한 사람들로서 호남 지역의 토착 양반가 집에 의탁한 경우가 대부분이었다. 필자는 이때 낙남해 온 경우를 선비의 제 2차 이동이라 부른다.

1차든 2차든 낙남해 온 선비들은 단지 호남이 한양으로부터 지역적으로 원격한 위치에 있기에 정쟁의 화를 피할 수 있으며, 기후가 따뜻한 탓으로 물산이 풍부하며, 그로 인해 인심이 넉넉할 것이고, 다도해가 많아 피신하기에 적합한 지역이라는 생각 등으로 일엽편주의 한 몸을 호남에 맡겼었다. 그러니까 수양대군의 왕위찬탈 사건은 중앙의 선비들을 영남과 호남으로 은둔 또는 피세(避世)하게 만든 이른바 "선비의 제 2차 대이동"의 절정으로서 역사적 가치판단과는 다른 각도로 평가되거니와, 이때 호남의 여러 지역으로 낙남한 선비들은 각기 그 지역 자기 씨족의 호남 입향조(入鄕祖)가 되었다.

수양대군의 왕위찬탈(1455년)을 필두로 무오사화(1498), 갑자사화(1504), 기묘사화(1519) 등의 정치 파란은 호남으로 선비들의 낙남을 가속화하였다. 광주의 충주 박씨, 담양의 문화 유씨, 홍주 송씨, 나주의 금성 나씨와 나주 나씨, 해남의 해남윤씨, 고흥의 고령신씨와, 여산 송씨 등이 대표적 사례이거니와 그들은 처(處) 또는 은둔지로서 호남을 택하였으며 그 후에는 호남에 뿌리를 박고 세거(世居)하여 훗날 곧 성종 대 이후 사림(士林)으로 성장하여 호남사림 문화의 꽃을 피우는데 영향 작용을 하였던 것이다. 필자는 이를 선비의 제 3차 이동이라 부른다.

4. 선비들은 왜 남도를 선택하였나?

㉠ 따뜻한 기후
㉡ 풍부한 물산
㉢ 넉넉한 인심
㉣ 고려 이후 향촌에 정착해온 토착 세력의 개방성과 포용성
㉤ 다도해와 피신의 용이성
㉥ 수도권과의 원격성 등은 남도로 선비를 이동하게 만든 주요 요인이었다.

5. 남도 문화의 이해

1) 호남지역 구석기문화

호남지역 구석기문화의 조사와 연구는 1986년 주암댐 수몰지역의 우산리 곡천유적과 신평리 금평유적을 시작으로 본격적으로 시작되었다.

그동안 호남지역에서 발굴된 구석기 유적은 모두 74개소에 이르며, 지표조사를 통해 405개소의 유적이 보고되었다. 발굴유적의 수계별 분포를 보면 영산강 21개, 만경 강 17개, 보성강 11개, 섬진강 8개, 금강 6개, 남강 1개, 바닷가 6개, 기타 4개이다. 유적이 많이 발굴된 유역은 영산강, 만경

강, 보성강, 섬진강을 중심으로 한다.

이러한 조사 성과를 바탕으로 구석기 문화가 분포하는 제4기 지질연구, 테프라, 꽃가루, 방사성탄소연대의 해석 등 자연과학분석, 호남·영산강·서해안 도서 단위의 문화연구, 붙는 석기, 측면 몸돌, 좀돌날몸돌, 포인트형 석기, 사냥도구 등 특정 석기에 대한 세세한 연구를 비롯하여 호남지역에서 주로 확인되는 자갈돌석기 전통, 중기·후기구석기시대 석기군에 보이는 특징이나 성격 등의 연구가 이루어지고 있다.

중기구석기(BP 7만년 전후) 유적 중 나주 당가유적 1문화층, 화순 도산유적 등은 자갈돌을 이용한 대형석기가 주로 제작되었고, 순천 죽내리유적 1문화층, 함평 당하산유적은 화산암을 이용한 대형 격지석기가 제작되었다. 이들 유적은 하나의 석기를 여러 가지 기능으로 사용한 것이 특징이다.

후기구석기(BP 3만년~1만5천년)의 주요 유적은 순천 복다리 신기유적, 장흥 신북유적, 순천 월평유적, 순천 죽내리유적 등이다. 화산암을 이용한 소형 석기 제작이 활발하게 이루어지고, 돌날, 세형돌날 등 새로운 제작기법과 크기의 석기가 등장하는 것이 특징이다. 중기구석기시대와는 달리 하나의 석기가 하나의 기능을 하며, 흑요석·수정 등 양질의 석재를 이용한 석기가 등장한다. 특히 장흥 신북유적 흑요석 재질의 석기는 원산지 분석결과 일본 규슈, 백두산 지역의 것으로 확인되었다.

2) 호남지역 신석기문화

호남지역 신석기문화에 대한 본격적인 조사는 1957년 대흑산도 예리패총에 대한 보고를 시작으로 1989년 여수 돌산 송도패총의 발굴 이후 활발하게 진행되었다.

2016년 현재 신석기 유적은 126개소가 확인되었다. 서·남해안의 해안과 도서를 중심으로 패총이 가장 많이 분포하며, 이외 내륙에서는 취락유적, 유물산포지, 적석유구 등이 보고되어 있다.

전북지역은 내륙에서는 금강 상류, 서해안을 중심으로 신석기 유적이 조사되었다.

이중 금강 상류에 해당하는 전북 진안 갈머리 유적 발굴조사를 통해 호남 내륙의 중기, 후기, 말기 편년이 완성되었고, 섬진강과 남강 수계를 통해 영남 서부내륙 및 남해안의 신석기 문화와 연결되는 것으로 확인되었다.

서해안의 패총유적은 전북 군산의 오식군도에 해당하는 비응도, 노래섬, 가도, 띠섬, 오식도 등에서 확인되었다. 동물유체에 대한 분석을 통해 신석기 패류는 참굴이 97.8% 이상을 차지하는데 중기에서 후기로 가면서 굴 크기가 급감하며, 참동, 복어, 광어, 농어, 방어, 상어 등의 어류와 사슴, 고라니, 멧돼지 등의 육상 포유류, 돌고래 같은 해양 포유류도 검출되었다. 이를 통해 신석기인들은 패류 채집과 어로를 중심으로 수렵, 식물자원 채집 등 다양한 생계활동을 하고 획득 자원의 가공, 조리도 현장에서 실시한 것으로 확인되었다.

전남 지역은 해안과 도서의 패총이 가장 많이 보고되었으며, 내륙은 섬진강 수계를 중심으로 순천 대곡리 도롱유적, 승주 쌍암교 유적, 장흥 오복리 유적, 함평 당하산 유적 등이다.

여수 안도패총의 경우 신석기시대 매장 풍습과 남해안과 일본 큐슈에 걸친 광범위한 교류 양상을 보여주는 중요한 유적으로 평가된다. 특히 안도에서 출토된 토기는 일본 조몽(繩文) 문화와 관련성이 높아 현지에서 이들 조몽 토기를 모방하여 만든 것으로 추정하고 있다.

그리고 섬진강 하구에 위치한 광양 돈탁 패총은 그 동안 도서지역에 치우쳐 있던 신석기시대 조사를 해안가와 내륙으로 확장시킬 수 있는 계기가 된 유적이다. 이렇게 구석기 시대부터 문화가 발생했던 호남 문화는 신석기 시대를 지나 청동기 시대로 접어들면서부터는 어엿한 고대 국가의 체제를 이루어 독자적인 고유문화를 창조하였는데 그것은 고인돌이라는 세계문화유산으로 입증되고도 남음이 있다.

　이렇듯 호남 문화는 그 유구함과 우수함을 자랑하거니와 다음의 16가지로 대별하여 이해할 수 있을 것이다. 이들은 호남문화에 대한 일반적 이해를 도와줄 뿐만 아니라, 호남 문학의 연구와 이해에도 적잖은 도움을 줄 것으로 생각된다. 왜냐하면 이들 16가지는 서로 대체, 결합, 적용, 변형, 축소, 확대, 역발상, 제거, 재배치 등의 조합이나 운동을 통하여 언제나 당대적 요구에 부응하여 능동적이고 창조적인 문화를 생성해 내었기 때문이다.

① 수려한 자연 경관
② 끝텅 야무진 마한문화
③ 누정의 풍류와 시문학
④ 선비의 우리말 정신과 가사문학
⑤ 20,000여 기의 청동기 고인돌 문화
⑥ 탈 신라 정신의 구산선문과 고려 건국
⑦ 비취의 원숙함과 상감청자
⑧ 개혁 정신의 기수 정혜결사와 백련결사
⑨ 문학, 사학, 철학, 실학의 거목들
⑩ 전국 70% 의병과 구국의 고장
⑪ 시·서·화 삼절의 예향
⑫ 인생유전, 소리유전 판소리
⑬ 무당의 노랫가락과 옷맵시
⑭ 줄을 댕겨라 풍년을 부르자
⑮ 인심도 후할시고 개미진 음식

6. 남도 문화의 속살

필자는 앞서 남도 문화의 한 특성으로 융·복합성에 대하여 말했거니와, 이런 융·복합성은 요즘 흔히 말하는 제 4차 산업을 낳을 태반이라고들 한다. 다음에서는 남도 문화가 갖고 있는 융·복합성과 그 속살들에 대하여 간략하게 살피기로 한다.

1) 수려한 자연 경관

남도에는 전국 20개의 국립공원 가운데 25%에 해당하는 7개가 원근에 자리하고 있다. 지리산, 내장산(백양사), 월출산, 다도해 해상국립공원, 덕유산, 변산반도, 무등산 국립공원 등이 그것이다.

경치가 뛰어난 지구를 지정하는 명승(국가지정문화재)은 전국 109개소 가운데 27개소가 있다. 광주 환벽당 일원(제107호), 완도 정도리의 구계등(제3호), 여수의 상백도와 하백도(제7호), 진도군 신비의 바닷길(제9호), 담양 명옥헌과 소쇄원, 진안 마이산(제12호), 부안 채석강, 적벽강 일원(제13호), 화순 적벽(제112호) 등이 그것이다.

역사적 유적이 있는 사적은 전국 495개소 가운데 82개소이다. 광주 충효동 요지(제141호), 광주 신창동 유적(제375호), 지리산 화엄사 일원, 대둔산 대흥사 일원, 조계산 송광사와 선암사 일원 등이다.

또한 전국의 섬 3,358개(2015년, 해수부 기준, 유인도 482, 무인도 2,876: 국토부 3,677) 가운데 65%에 이르는 2,165여 개의 도서는 물론이고(무인도: 1,886 유인도: 279), 해안선의 길이도 전북 301킬로미터, 전남 5,554킬로미터(전국의 56%)로 전국에서는 가장 길다.

요즈음 체험 관광자원으로 각광받고 있는 갯벌 역시 1,054㎢(전국의 44%)로 전국에서 가장 넓은 천혜의 자연 환경을 부여받은 아름다운 지역인데다, 오염을 발생하는 공단이 적고 그 대신 농지와 산야 그리고 바다가 많아 웰빙과 건강을 위한 휴식, 재활의 적지로 손색이 없다.

이러한 해안선, 질펀한 갯벌, 수려한 산수 경관은 호남 시학 특정의 하나인 섬세함과 서정성 그리고 낭만성을 잉태하는데 자양분이 되었을 것임은 재언을 요치 않을 것이다.

2) 끌텅 야무진 마한 문화

고구려, 백제, 신라의 원삼국시대 이전을 5국시대(마한, 가야)라 말한다. 마한은 대체로 B.C. 1세기~A.D. 3세기에 경기·충청·전라도 지방에 분포한 54개의 소국(小國)을 가리킨다. 진수(陳壽)의 『삼국지』 위지동이전에 따르면, 마한 54소국은 큰 나라는 1만여 가(家), 작은 나라는 수천 가로서 모두 합하면 10여 만 호(戶)가 된다고 했다. 이들 토종 세력은 중국 등 해양 문화를 흡수·통합·습합의 과정을 거쳐 고유문화를 이루어나갔다.

마한 각 소국에는 우두머리가 있는데, 세력의 대소에 따라 신지(臣智)·읍차(邑借)라 불렀다. 이들 소국은 다수의 읍락(邑落)으로 구성되었으며, 중심 읍락인 국읍(國邑)은 각 읍락간의 물자교역의 중심지이고, 국읍의 주수(主帥)는 대내외 교역활동을 장악하여 경제적인 측면에서 각 읍락을 통솔하고 유사시에는 군사 활동의 지휘권까지 행사한 것으로 보인다.

마한 소국을 형성한 주체에 대해서는 마한족이라는 별개의 종족이 한반도 중남부 지역에 이주 정착하여 성립시켰다고 보는 삼한이동설의 입장도 있으나, 대부분은 선주(先住) 토착집단의 점진적인 발전의 결과 삼한이 대두했다고 본다.

B.C. 3, 2세기 중남부 지역에 좁은 놋단검[細形銅劍]문화를 배경으로 한 다수의 정치집단이 존재했는데, 더욱 선진적 정치집단은 다른 지역에 비해 충남·전라 지역에 밀도 있게 분포했는데 이들이 마한 소국의 상당 부분을 이루었다는 것이다. 필자는 여가까지를 남도 문화의 순수 토종의 시대라 부른다.

한편, B.C. 1세기 이후 위씨 조선계 유민과 문화의 유입, 철기의 보급, 부여계 유·이민 집단의 정착 등의 정치 문화적 변화 속에서 철기문화를 배경으로 하는 새로운 세력권이 형성됨에 따라 청동기문화 단계의 마한의 영향력은 점차 위축되었다. 이때부터 마한 문화는 백제문화 등 외래 문화와 충돌, 대체, 결합, 조정 등의 과정을 거쳤는데 필자는 이를 제 1차 문화의 융·복합 시기라 부른다.

2세기 이후부터 백제가 마한을 완전히 통합할 때까지(약 6세기) 마한 지역은 한강 유역의 백제국 중심의 소국연맹체와 목지국(目支國, 철기시대 이후 형성, 삼한에 대해 일부 영향력 행사, 현 나주 지역) 중심의 토착 세력권이 병존하는 상태였으며, 이후 백제국 중심의 소국연맹체가 점차 마한의 주도권을 장악하면서 새로운 형태의 편제 질서를 확립해간다. 필자는 이 시기를 제 2차 문화의 융·복합 시기라 부른다.

금동왕관(나주 반남고분, 국보 제295호)이나 금동신으로 왕의 권위를 상징하였던 **마한 54국**의 이름은 다음과 같다. 감해국(感奚國)·감해비리국(監奚卑離國)·건마국(乾馬國)·고랍국(古臘國)·고리국(古離國)·고비리국(古卑離國)·고원국(古爰國)·고탄자국(古誕者國)·고포국(古蒲國)·구로국(狗盧國)·구사오단국(臼斯烏旦國)·구소국(狗素國)·구해국(狗奚國)·내비리국(內卑離國)·노람국(怒藍國)·대석삭국(大石索國)·막로국(莫盧國)·만로국(萬盧國)·모로비리국(牟盧卑離國)·모수국(牟水國)·목지국(目支國)·백제국(伯濟國)·벽비리국(辟卑離國)·불미국(不彌國)·불사분사국(不斯濆邪國)·불운국(不雲國)·비리국(卑離國)·비미국(卑彌國)·사로국(駟盧國)·상외국(桑外國)·소석삭국(小石索國)·소위건국(素謂乾國)·속로불사국(速盧不斯國)·신분활국(臣濆活國)·신소도국(臣蘇塗國)·신운신국(臣雲新國)·신흔국(臣釁國)·아림국(兒林國)·여래비리국(如來卑離國)·염로국(冉路國)·우휴모탁국(優休牟涿國)·원양국(爰襄國)·원지국(爰池國)·일난국(一難國)·일리국(一離國)·일화국(日華國)·임소반국(臨素半國)·자리모로국(咨離牟盧國)·지반국(支半國)·지침국(支侵

國)·첩로국(捷盧國)·초리국(楚離國)·초산도비리국(楚山塗卑離國)·치리국국(致利鞠國).

나주 반남의 신촌리 9호분에서는 왕국을 상징하는 금동관(국보 295호)이 출토되었고, 최근 나주 복암리 고분 발굴조사를 통해서도 마한시대의 수장급 무덤으로 확인된 고분에서 세공기술이 뛰어난 금동신발이 조사되었다.

백제권역에서 금동제품은 공주 무령왕릉과 익산 입점리 고분 등 4군데가 출토되었는데 전남에서만 2개소에서 발견되었다. 이 시기가 바로 삼한시대에 해당하는데 전남지역은 그중 마한에 속했다.

마한은 369년경까지는 세력을 유지하고 있었던 것으로 추정하고 있지만 나주 복암리 발굴조사 등을 통하여 6세기 초엽까지도 독자적인 세력권에 들어 있었음을 알 수 있었다. 고분의 외형이 장고처럼 생긴 장고형(전방후원형(前方後圓形); 앞은 네모지고 뒤는 둥그런 형태) 고분도 상당수 분포되어 있다.

영암지역은 마한 중심 나라 목지국의 최후 중심권으로 마한 54국 중 월지국이 있는 곳으로 추정되는데 기원 후 1~5세기까지 대형옹관고분문화라는 독특한 영산강 유역문화를 창조하였고, 옹관제조기술은 옹기 제조 기술의 바탕이 되었다. 영암 시종 장동 고분 등 대형옹관고분이 100여 기 분포하고 있으며, 시종 내동리 쌍무덤은 3세기의 것으로 일본의 전방후원분 형성에 직간접적으로 영향을 주었을 가능성이 높다.

해남의 장고분은 길이가 80미터가 넘는 대형으로 경주에 있는 왕릉 못지않다. 또한 이는 일본 사가현의 요시노가리 고분과 밀접한 관련이 있는 것이어서 고대 한일 관계를 밝히는 주요한 단서가 되기도 한다. 이처럼 마한 문화가 백제, 일본 등 외래 문화와 다시 만나서 변모, 소멸, 확대, 재생산된 시대를 제 3차 문화 융·복합 시기라 부른다.

이렇게 볼 때 남도(호남) 문화는 고대 국가 시절 전후부터 3차례의 문화 융·복합 시기를 거치면서 나름의 독특한 문화를 낳았거니와, 여기에

고려 말부터 조선시대를 거쳐 중앙 엘리트 출신 선비의 3차례에 걸친 낙
남에 따른 영향으로 또 다시 융·복합을 거쳐서, 남도만의 고유한 속살을
찌우고 내공이 다져진 문화를 창출했던 것으로 사료된다.

3) 누정의 풍류와 시문학

예로부터 승경에 루와 정 등이 세워짐은 중국과 한국에서는 흔히 있었
던 일이다. 승경은 주로 명산과 짝을 하거나 큰 강과 더불어 장관을 이룬
다. 산과 바다는 나라의 강토를 수호하고 백성을 보호한다고 믿었기에 각
산마다 신의 존재를 인정하고 제사를 모시곤 했는데 그런 연유에서 오악
과 오악신에 대한 제사 의식이 있어왔다.

중국은 5대 명산이라 하여 산동성, 태산(泰山)을 동악, 섬서성, 화산(華
山)은 서악, 호남성, 형산(衡山)은 남악, 산서성, 항산(恒山)은 북악, 하남
성, 숭산(崇山)은 중악이라 하여 숭배했다.

우리나라도 역시 동악은 금강산, 서악은 묘향산, 남악은 지리산, 북악
은 백두산, 그리고 중악은 북한산이라 하여 산신을 숭배하는 제사를 지내
왔다.

이러한 명산과 큰 물 곁에는 또한 정(亭), 당(堂), 루(樓), 각(閣), 정사
(亭舍), 정사(亭榭), 정사(精舍), 헌(軒), 재(齋) 등 다양한 이름으로 불리어
진 누정이 건립되어 여러 역할을 해내었다.

중국은 4대 명루라 하여 호북성 무한시(武漢市) 무창구(武昌區)의 황학
루(黃鶴樓, 최호(崔顥)의 등황학루(登黃鶴樓)가 유명), 호남성 악양시(岳陽
市)의 악양루(岳陽樓, 범중엄(范仲淹)의 악양루기(岳陽樓記)가 유명), 산서
성 영제시(永濟市) 포주(浦州)에 있는 관작루(鸛雀樓, 일명 학작루(鶴鵲樓),
왕지환(王之渙)의 등관작루(登鸛雀樓)가 유명), 강서성 남창시(南昌市)에
있는 등왕각(滕王閣, 왕발(王勃)의 등왕각서(滕王閣序)가 유명) 등을 들고
있는데 이곳에는 수많은 시인 묵객들의 명문이 즐비함을 자랑으로 여기

며 그것들을 여러 서화 작품으로 창작하여 관광 상품 내지는 문화 콘텐츠 사업으로 활용하는데 이골이 나 있다.

하지만 우리는 '관동8경'과 관련한 몇 누정을 제외하고는 그러한 명명 작업이나 그런 누정과 관련한 문화콘텐츠 개발에 별반 관심을 기울이지 않은듯하여 아쉬움이 많다. 늦었지만 한국의 누정과 일본 그리고 중국의 그것과 비교할 수 있는 콘텐츠 개발과 이런 누정의 경관과 승경 그리고 그 속에 배인 정신과 전통을 통하여 후손들이 자긍심과 행복함을 맛보도록 다양한 노력을 경주하기 바란다.

누정은 그야말로 시가 문단의 산실 이었을 뿐만 아니라, 강학(講學)과 휴식 및 현자피세(賢者避世)와 재기의 공간 및 지방자치와 중대 사안 결정, 그리고 주민 교화 등으로 선비들이 빈번하게 드나들었던 열린 창조적 공간이다.

뿐만 아니라 선비들은 누정에서 시국을 걱정하며 상소문을 지었고, 후진을 양성하기 위해 강학을 열었으며, 자연의 승경과 계절의 신비에 젖거나 물아일체의 흥에 겨워 자연과의 조화를 그리며 시문을 지었다.

『신증동국여지승람』에 이르기를 조선 중종 시절 전국의 누정은 800여 개로서 그 중 400여 개가 영남과 호남에 집중되어 있었다고 한다. 이는 그만큼 이들 지역의 선비 문화가 앞서 있었다는 반증이기도 하거니와 지금도 이들 곳곳에서 유풍의 향기는 여느 지역과 다름이 분명하다.

광산과 화순, 담양, 나주와 영암, 강진, 장흥 등 우리 지역 어디를 가더라도 누정은 지친 나그네를 다정히 반기고 있다. 왜 이들 지역에 이렇게 누정이 많이 지어졌을까? 그것은 조선의 개국이 명분 없는 역성혁명 곧 쿠테타(coup)라고 여기고 고려에 대한 충성을 다짐한 고려유신의 낙남(落南)과 수양대군의 왕위찬탈 때 이에 분노한 절의파(節義派) 선비들이 가급적 한양과 먼 곳으로 숨어들어간 이유 등 정치적 사건과 관련이 있지만, 왜 하필 남쪽이었는가는 앞서 살핀 바와 같다. 여기서는 호남을 대표하는 몇 누정에 대하여 살펴보기로 한다.

㉠ 풍영정

조선시대 문학 살롱인 풍영정(風詠亭)은 광주광역시 신창동 선창산 아래 있는데 칠계(漆溪) 김언거(金彦琚, 1503~1584)가 지은 것이다. 김언거는 광산인으로 1525년(중종 20)에 사마시를 거쳐 1531년(중종 26)에 문과에 올라 옥당에서 공부하고 교리, 응교, 봉상시정과 상주, 연안의 군수, 승문원 판교 등을 지냈는데 조정에 대하여 역대 명현의 말을 들어 극간(極諫)하다가 말이 통하지 않음에 낙향하여 이 정자를 짓고 큰 선비들과 교유하며 여생을 보냈다.

풍영정의 풍영(風詠)이란 말은 『논어』〈선진편〉에 있는데 공자와 그 제자들과의 대화하는 도중에 나온 것이다. 어느 날 공자는 제자들을 앉혀 두고 평소 그대들은 자기를 알아주지 않는다고 불평을 하는데 만약 알아주는 사람이 있다면 장차 어떻게 쓰여지기를 원하느냐고 물었다.

이때 증점(曾點)이란 제자가 비파를 드문드문 타면서 친구들의 대답을 듣고 있다가 자신이 대답할 차례가 되자 "늦봄에 봄옷이 만들어지면 관을 쓴 어른 5, 6명, 아이 6, 7명과 더불어 기수(沂水)에서 목욕하고 무우(舞雩)에서 바람 쐬다가 노래하며 돌아오겠습니다."라고 대답한 것 곧 풍호무우(風乎舞雩) 영이귀(詠而歸)에서 유래한다.

> 욕호기 풍호무우 영이귀(浴乎沂 風乎舞雩 詠而歸); 기수에 목욕하고 무우에서 바람을 쐬고는 시 읊으며 돌아오리이다 〈논어(論語) 선진(先進)〉

증점의 말을 들은 공자는 감탄하면서 나도 그렇게 하고 싶다는 말로써 공감을 표시했는데 증점은 욕심을 버리고 천리의 유행을 따라 저절로 충만해서 조금도 부족함과 결함이 없는 인품을 지녔다. 그는 동정(動靜) 간에 차분하고 자연스러웠으며 가슴 속도 한가롭고 자연스러워 곧바로 천지 만물과 더불어 상하가 함께 유행하여 각각의 얻을 바를 얻은 경지에 이른 인물이었다.

이와 같은 증점의 인물됨을 흠모한 칠계, 그는 정자를 짓고 다름 아닌 풍영란 말로써 편액을 걸었다. 정자 내에는 제일호산(第一湖山)이라는 편액이 걸려 있는데 한석봉이 쓴 것이라 한다. 하지만 이 정자가 언제 건립되었는지는 정확히 알 수 없다. 다만 후손 김중엽이 1776년에 〈호산잡영(湖山雜詠)〉을 지은 뒤 그 말미에 규암 송인수가 전라도 관찰사로 있을 당시인 중종 임인년(1542)에 이 정자에 올라 차운했다는 말에서 적어도 1542년 이전에 정자가 건립된 것이 아닌가 하고 추측해 본다.

어쨌건 이 정자는 조선시대 내로라하는 선비들의 시문으로 향연을 베풀고 있는데 송흠, 송순, 이황, 주세붕, 유희춘, 기대승, 김인후, 송인수, 고경명, 소세양, 조찬한, 이덕형, 박광옥, 이안눌, 고용후, 양경우, 정홍명, 권필 등이 그들인데 그 이름을 거명하는 것만으로도 가슴 벅차다.

이 정자는 담양의 환벽당과 더불어 조선시대 명사들의 시문이 가장 많은 정자인데 당시의 풍모가 어떠했는지 상상으로는 감이 잘 잡히지 않는다. 우리 고장, 아니 우리나라 시문학의 메카라고 해도 손색이 없을 이 정자에 우리의 자긍심과 함께 뜨거운 관심이 요청된다.

잠수연래미득휴 簪綬年來未得休 벼슬살이 하느라 쉬지도 못했는데
잠등고각일산수 暫登高閣一刪愁 높은 누각 올라보니 근심이 덜어지네
월변고영인이도 月邊孤影人移棹 달 따르는 한 그림자 노 젓는 사공이요
풍외한성학하주 風外寒聲鶴下洲 바람결에 들리는 소리 모래톱의 학이라
위시명구개장려 爲是名區開壯麗 소문난 곳답게 화려하게 장식해 두고
잉교행객고엄유 仍敎行客故淹留 지나가는 사람들 잠시 쉬어 가라하네
빙간제노시편재 憑看諸老詩篇在 여러 명사들의 시들을 바라보면서
칠수나산호만추 漆水羅山護萬秋 칠수와 나산처럼 영원하기를

풍영정 주인이 지은 〈풍영정원운〉이다. 두련(첫 줄과 둘째 줄)에서는

정(情)으로써 시상을 일으켰는데 누각에 올라보니 모든 근심이 사라진다고 했다. 누각이라고 한 것으로 보아 작은 규모의 정자가 아님을 알 수 있게 한다.

함련에서는 달을 따라 노를 젓는 사공의 역동적 모습과 바람결에 들려오는 모래톱에 학이 내려앉은 소리의 청각적 이미지를 대비시켜 대구를 이루었는데 경련에서는 대구가 잘 이루어지지 않은 느낌이다. 소문이 났다는 말은 아름다운 시문(詩文)이 많다는 것일지니 시문들을 화려하게 걸어두고 지나가는 사람들 누구에게나 잠시 감상하게 한다는 주인의 배려가 묻어난 구절이다.

끝에 이르러서는 여러 명사들의 시가 산과 물처럼 영원하기를 바라는 주인의 간절한 소망을 드러낸 것으로 시상을 마무리 했다. 다분히 문사다운 바람이라 하겠다.

승일청존취즉휴 勝日淸尊醉卽休 좋은 날 맑은 술에 취하면 그만 마시나니
홀복시성방초주 對君無地可言愁 그대를 대하면 어디든 시름 있는 곳 없다네
의연로입도화동 依然路入桃花洞 의연히 발길이 복사꽃 핀 마을로 들어가니
홀복시성방초주 忽復詩成芳草洲 홀연히 시가 방초우거진 물가에서 지어지네
진토자련장국촉 塵土自憐長局促 속세에서는 늘 줄어든 신세 생각하니 가련
한대
등임하석소지유 登臨何惜少遲留 여기 올라서 조금 머무는 것 무엇을 아끼랴
세간호회원난극 世間好會元難剋 세상에 좋은 모임 원래 이루기 어려운 것
갱내오생빈이추 更耐吾生鬢已秋 하물며 내 인생 머리털이 센 것을 어찌 견
딜까

『석주집(石洲集)』〈별집〉에 나오는데 〈차풍영정벽상운(次風詠亭壁上韻)〉이라 이름하고 그 옆에 즉석에서 붓을 들어 지었다는 말을 더했다. 석주는 권필權韠(1569~1612)의 호인데 자는 여장(汝章)으로 안동인이며 송강

정철의 문하이다. 시에 대한 재주가 뛰어나 동료들의 추천으로 제술관(製述官)에 임명되었지만 나아가지 않고 강화에서 제자를 가르치는데 열중했다.

임진왜란 때에는 화의를 주장하는 대신들을 죽여야 마땅하다고 요청하였던 강직한 성품의 문인이다. 그의 궁류시(宮柳詩)는 풍자적 내용인데 이로 인해 광해군의 비위를 건드려 해남으로 유배 가던 중 동대문 밖에서 사람들이 동정으로 주는 술을 마시다가 폭음하여 운명하였다.

광주 운암사에 봉향되고 있는 그는 우리 지역 관련한 시문을 많이 남겨 우리로 하여금 특별한 애정을 갖게 한다.

앞 두 줄에서는 정으로써 시상을 잡았다. 아마 여기서 말한 그대는 정자 또는 정자의 주인이나 그 주인이 남긴 업적을 지칭할 것이다. 함련에서는 복사꽃 핀 마을로 가는 발길의 역동적 이미지와 방초우거진 물가에서 지어진 시라는 정적이고 시각적인 이미지의 대비를 통하여 대구를 이루어 정자 주변에 복사꽃, 방초 물 등이 벌여져 있어 매우 아름다운 경관임을 드러내 보였다. 정자 주변의 경과 시인의 정이 하나로 혼융되어 새롭게 열린 의경은 정자가 아니라 무슨 무릉도원 같고 물과 꽃이 만발한 정원 같은 세계를 열어 보인다.

경련에서는 세속에서 늘 줄어든 신세라는 긴 시간의 고통을 말하는 비극적 이미지와 조금 머문다, 라는 짧은 시간의 밝고 명랑한 이미지의 대비로 대구를 이루어 서정을 극대화 시키고 있다. 이런 사고는 석주다운 면모의 반영이거니와 그의 활달하고 호방한 성격의 일단이 정자라는 탈세속물과 아름다운 주변 경관 등 자연을 만남으로써 빛을 발하는 대목이다.

끝에 가서는 마음대로 되는 일이 잘 없는 세상의 이치를 말하고 이룬 것이 없이 늙어가는 자신의 처지를 한탄조로 드러냈다. 즉흥시라고 했는데 시의 짜임새며 시를 이끌어가는 힘, 그리고 경과 정을 조화롭게 혼융하여 새롭게 펼치는 의경의 창출과 무한히 함축하는 의미의 계발 등 돋보이는 시라 하겠다.

유산기객불능휴 遊山羈客不能休 산에서 놀고 있는 나그네 쉬지 못했더니
우도선창일산수 偶到仙滄一散愁 우연히 선창에 이르러 시름을 풀어놓네
풍약임초정원야 風約林梢呈遠野 숲 끝에서 부는 바람 먼들까지 보내주고
연개파랑로장주 烟開波浪露長洲 물결에 걷힌 안개 긴 모래톱 드러내네
진애지한삼산격 塵埃只恨三山隔 풍진에 막힌 삼신산이니 한스러울 뿐
준주하방반일유 樽酒何妨半日留 동이 술에 한나절 취한들 어떠리
인사유유난자료 人事悠悠難自了 사람의 일 아득해서 끝내기 어려우니
고응래상대고추 故應來賞待高秋 어서 와서 늦가을 정치 맛보시게나

고봉 기대승의 〈차풍영정운(次風詠亭韻)〉이다. 앞서 소개한 바와 같이 시인은 16세기 한국 성리학의 큰 봉우리이다. 여기 보이는 시는 그가 학자뿐만이 아니라 훌륭한 서정 시인이기도 하다는 면모를 느끼게 한다. 선창산에 있는 정자를 찾아가 평소 바쁘게만 살았던 자신을 되돌아보는 것으로 시상을 열었다.

함련은 주다와 드러내다의 동적 이미지를 통하여 대구를 삼았는데 셋째 줄의 정(呈, 주다)과 넷째 줄의 로(露, 드러내다)가 그것이다. 바람이 어디서 오지? 그야 저 숲 끝이 만들어서 여기 들판으로 보내주는 거야! 라는 식의 질문과 대답의 형식은 율시가 갖는 매력 중 하나이다.

그 다음도 같다. 방금까지 안개에 가려 있어 보이지 않던 모래톱이었는데 어떻게 해서 갑자기 그 모습이 드러난 것일까? 그야 저 물결이 안개를 걷어가 버렸기 때문에 곧 물결이 안개를 밀치고 모래톱을 드러나게 해준 것이라는 논리적 사유가 율시의 대구 방법 중 하나인데 그래서 시를 배우면 창조적이며 논리적이 된다는 것인지도 모른다.

경련은 삼(三)과 반(半)의 수적 개념으로 대를 삼았다. 세속에서 살면 삼신산 곧 탈속하기 어려우니 이렇게 정자에 온 이상 술에 취하여 한나절쯤 쉬는 것도 무방하지 않느냐는 자위의 말이다. 하지만 끝에 가서는 세상일에 조급해 하지 말고 자연에 대해 완상하는 것으로 시상을 마무리

했다. 그러면서도 지리한 세상일과 덧없는 계절의 흐름이라는 대비가 읽는 이의 마음을 짠하게 한다.

명정주조개 名亭駐皂蓋 이름 난 정자에 수레를 멈춰두고
조석근창주 祖席近滄洲 푸른 물 옆에서 송별연 펼치겠지
각시천애객 各是天涯客 각기 멀리 떨어져 나그네가 된 신세
응사락하유 應思洛下遊 응당 한양에서 놀던 시절 생각나겠지
기금선귀익 羈禽羨歸翼 언제나 훨훨 날 수 있을까 새장 속 이 몸
반마원명추 班馬怨鳴騶 망아지 울음소리 원망하는 반마라니
병부청존여 病負淸尊輿 멋있고 귀한 자리 병으로 못 간 신세
고음욕백두 孤吟欲白頭 홀로 시 읊느라 머리 온통 세려하네

위는 계곡(谿谷) 장유(張維)의 시인데 시를 짓게 된 설명이 길다. 『계곡선생집』 제28권에 의하면 광산의 임수재(任守宰)와 정중서(鄭中書)가 함께 풍영정에서 모여 담양의 수재(守宰)인 이무백(李茂伯)을 전송하기로 했는데 내가 병 때문에 약속 장소에 나갈 수가 없어 서글픈 생각이 들기에 이 시를 짓는다고 했다.

장유(1587~1638)는 조선 인조 때의 문신으로 자는 지국(持國) 호는 계곡(谿谷), 묵소(黙所)이며 시호를 문충(文忠)이라 했는데 덕수인이다. 효종의 비 인선왕후의 아버지이면서 김장생의 문인이다. 광해군 때 문과에 급제하여 검열 등의 벼슬을 지낸 후 인조반정(1623)에 가담하여 정사공신(靖社功臣) 2등이 되었고, 이괄의 난(1624) 때 왕을 공주로 호종하여 신풍군이 되었다. 정묘호란(1627) 때는 왕을 호종하여 강화도에 가는 등 권력의 중심에 섰던 인물로 병자호란(1636)이 일어나자 공조판서의 몸으로 강화를 주장했는데 후에 신풍부원군에 봉해졌다.

문장이 뛰어나 이정귀, 신흠, 이식 등과 함께 조선시대 한문 4대가로 불리며 천문, 지리, 의술, 병서, 그림, 글씨 등에도 능통했던 다재다능한

인문학자였다. 『계곡만필』, 『계곡집』, 『음부경주해』 등의 저술을 남겼다.

앞의 두 줄은 정자에서 펼쳐진 송별연을 생각하는 정으로써 시상을 일으켰다. 이어 함련에서는 멀리 떨어져있다는 것과 한양에서라는 공간성의 대비로 대구를 삼아 지금은 멀고 예전엔 가까웠다는 애틋한 마음을 보였다.

경련에서는 새장 속에 갇힌 새와 무리에서 떨어져 홀로 외톨이가 된 말을 등장시켰는데 새와 말이라는 동물적 이미지를 통하여 안타까운 심정을 한껏 고조시켰다. 독자로 하여금 새장 속에 갇혀 그 곳을 빠져나오려고 온갖 힘을 쓰는 새와 무리에서 이탈하여 울며불며 무리를 찾아 홀로 헤매는 말의 처량한 신세를 생생하게 그려 시인 자신의 처지와 동일시함으로써 서정의 극대화를 노렸다.

끝에 가서는 고조된 서정을 차분하게 정리하면서 시를 짓는 것으로 안타까운 마음을 달래려 하는데 시가 잘 되지 않아 머리털이 희어진다는 여유로 멋을 부렸다.

가휴휴처호휴휴 可休休處好休休 쉴만한 곳이라면 푹 쉬었다 가세
부학구회단속수 鳧鶴俱懷斷續愁 오리랑 학과 더불어 속세 일 잊어보세
운각무심횡원령 雲却無心橫遠嶺 무심한 구름은 먼 산에 걸려 있고
초다생의만방주 草多生意滿芳洲 파릇한 풀들은 방주에 깔려 있네
극지영운탐산수 極知靈運耽山水 사령운이 산수 좋아함 잘 알겠고
환유연명임거유 還有淵明任去留 또 도연명은 벼슬 버리고 떠나갔었지
조만욕기갱점슬 早晚浴沂鏗點瑟 늦봄에 기수에서 비파 탔던 증점
긍교화월부춘추 肯敎花月負春秋 꽃 있고 달뜨니 세월 간 지 모르겠네

전라도관찰사를 지낸 양곡(陽谷) 소세양(蘇世讓)의 시인데 〈차풍영정운(次風詠亭韻)〉이라 한 뒤 이어 김목사 언거를 위하여 지었다고 말했다. 원래는 칠언 율시 두 수인데 여기서는 한 수만 보였다. 『양곡선생집』권2에

나온다.

소세양(1486~1562)은 명종 때의 문신으로 자를 언겸(彦謙), 호는 양곡(陽谷), 퇴재(退齋) 퇴휴당(退休堂)이라 했는데 시호가 문정(文靖)이니 문학에 밝은 인물임을 알겠다. 진주인으로 문과에 급제하여 수찬이 되었을 때 단종의 어머니 현덕왕후의 복위를 건의, 현릉(顯陵)에 이장케 하였다.

전라도 관찰사로 나갔을 때 1530년(중종 25)에 일어난 왜구의 침입 당시 방비를 소홀히 했다 하여 파직되었다. 후에 다시 기용되어 호조 판서 등을 거쳐 우찬성에 이르렀으나 인종의 즉위로 윤임 일파가 득세하자 파직되었으며 얼마 후 명종이 즉위하자 좌찬성이 되었다. 문집에 『양곡선생집』이 전한다.

처음 두 줄에서 시인의 정을 말한 것으로 시상을 열었다. 정자가 쉬기에 편하다면서 오리 떼가 헤엄치는 물가와 학이 둥지 트는 소나무가 있음을 에둘러 말했다. 함련에서는 무심한 구름과 파릇한 풀을 대비시켜 대구를 삼았는데 구름의 하얀 이미지와 풀의 파란 색상의 대비로 다채롭고 편안한 의경을 연출했다.

이어 남조 시대 송나라의 사령운(謝靈運)이라는 시인과 동진의 전원시인 도잠(陶潛)을 등장시켜 자연에 침잠하여야만 훌륭한 문학을 할 수 있다는 주장을 했다. 사령운은 청신(淸新)한 시풍을 개척하여 후대에 큰 영향을 끼친 시인인데 종제(從弟) 사혜련(謝惠連)에 대하여 대사(大謝) 곧 큰 사 선생님으로 불린다.

또한 동진(東晉) 시대의 도잠은 자를 연명(淵明)이라 했는데 명장(名將) 간(侃)의 증손이다. 팽택(彭澤) 고을의 수령이 된 지 80일 만에 벼슬을 버리고 〈귀거래사(歸去來辭)〉를 읊고 고향으로 돌아가 전원생활을 하면서 자연과 합일되는 시를 많이 지었는데 시가 기품이 높고 생에 대한 애정이 넘친다는 평을 듣는다.

도연명은 귀거래를 실천한 용기 있는 정치인, 전원생활의 여유와 멋을 발견하여 시 세계에 펼쳐 보인 위대한 자연 시인, 불합리한 정치 현실을 벗어나고자 했던 조선시대 선비들에게 귀거래의 선구자 등으로 그에 대한 찬사는 끝이 없다.

특히 부당한 역성혁명으로 왕조를 바꾼 데 불만을 갖고 남으로 낙남한 선비들, 수양의 왕위 찬탈에 정치 현실을 혐오하여 낙남했던 선비들, 무오사화와 갑자사화, 기묘사화와 을사사화 등 이어지는 불합리에 맞서거나 피하기 위해 낙남했던 선비의 모델은 다름 아닌 도연명 그였다.

그리고 끝에 가서는 『논어』〈선진편〉에 나오는 증점의 고사를 끌어와 세속에 욕심내지 않고 자연과 벗 삼아 살겠다는 의지를 드러낸 것으로 시상을 마무리 했다.(광주광역시 문화재자료 제4호)

임란 때 이곳 극락강변에는 열 두 정자가 있었다고 한다. 그리하여 이곳을 침입한 왜장이 정자를 모두 태우라고 명령했는데, 풍영정의 현판이 타려고 하자, 현판의 풍자와 영자가 각각 오리가 되어 앞에 있는 극락강으로 들어갔다. 왜장이 이러한 신이한 모습을 보고 불을 끄니, 오리가 되었던 풍자와 영자가 다시 현판으로 되돌아 왔다. 그래서 풍영정이 불에 탈 뻔한 위기에서 벗어났다.

ⓒ 쌍계정

쌍계정은 고려 충렬왕 6년(1280)에 나주 정씨의 금안동 정착 시조인 설재(雪齋) 정가신(鄭可臣, 1224~1298)에 의하여 창건되었다. 그 무렵에 문정공 정가신과 문소공 김주정, 문헌공 윤보가 서로 도를 닦고 학문을 강하였다고 하여 삼현당이라고도 한다. 조선시대에 이르러 선조 대에 이르기까지 어은공 정서, 보한재 신숙주, 귀래정 신말주, 죽오당 김건, 반항공 홍천경 등이 또한 서로 학문을 강구하고 계승한 곳으로 알려지기도 했다.

1601년, 1642년, 1736년, 1842년, 1938년에 중수하고 오늘에 이르렀다. 단층의 맞배지붕 골기와 건물로 정면 3칸, 측면 2칸의 대청 형이다. 옛날엔 마루 양 옆에 방이 딸린 정각이었고 겨울에도 서당을 열어 마을의 집회가 가능하였다고 한다. 또한 약 10여 년 전까지만 해도 현존 건물의 왼쪽에 제실 3칸이 있었다고 하나, 오늘날에는 없어지고 3칸 약 15평의 마루로만 되어 있다. 주변에는 수령 400년을 헤아리는 팽나무가 여름이면 풍성한 녹음으로 정자와 그 주위를 덮어줌으로써 더위를 피하기에 알맞은 환경을 조성하고 있다.

쌍계정이란 이름은 정자 앞에 금안천이 흐르고 뒤에는 수각 쪽에서 내려온 작은 시냇물이 흐르기 때문에 붙여진 이름이라고 한다. 이 정자는 흔히 있는 씨족집단이나 개인 소유의 것과는 달리 금안동 대동계의 역할을 가진 강학과 향약의 시행 장소라는데 그 특징이 있다.

1973년 전남유형문화재 제34호로 지정되었으며, 현재는 나주 정씨, 하동 정씨, 풍산 홍씨, 서흥 김씨의 사성씨(四姓氏) 문중에서 공동 관리하고 있다. 쌍계정과 함께 사성강당이라고도 한다. 한석봉이 썼다고 하는 〈쌍계정〉의 액자가 있다.

쌍계정과 관련 인물인 정가신(1224, 고종 11～1298, 충렬왕 24))은 고려 때의 문신으로 본관은 나주, 자는 헌지(獻之), 시호는 문정이다. 어려서 승려 천기를 따라 개경에 왔으나 의지할 곳이 없다가 태부소경 안홍우의 데릴사위가 되었다.

고종 때에 과거에 급제하여 요직을 여러 번 거친 뒤 1277년(충렬왕 3) 보문각대제에 임명되었다. 1290년 세자가 원나라에 갈 때 그 스승으로 함께 수행하였으며, 1291년에는 정당문학(政堂文學)이 되어 원나라에 가서 성절(聖節)을 축하하였다. 1298년에 왕에게 글을 올려 첨의중찬으로 퇴관하기를 청하였으나 왕은 허락하지 않고 5일 만에 한 번 씩 조회에 참석하도록 하였으며, 얼마 되지 않아 갑자기 죽어버렸다. 문정공은 성품이 정직하고 엄정하여 일을 처리하는 데 법도가 있어 백성들로부터 칭송이 자자하였다고 하며, 그의 죽음에 대하여서는 약을 먹고 스스로 목숨을 끊었다는 설이 있기도 하다. 자신의 거처에 편액하기를 설재(雪齋)라 하고 매일 주위의 명사들과 토론을 벌였으며, 벼슬이 대관(大官)에 올랐어도 그

행동은 서생과 같아 또한 칭송이 자자하였다.

쌍계정에는 46명의 인물이 제영한 시가 걸려 있으며, 대부분 조선시대 인물들이다. 그 중 특히 남강(南岡) 김려(金礪, 1675~1728)는 숙·영조대에 행실이 뛰어나고 학문에 깊이가 있는 나주의 인물이다. 그가 1738년 (영조 14) 말에 편한 『서원연고(瑞原聯稿)』는 서흥 김씨 선조의 저술을 합하여 엮은 책으로, 한시와 시조가 수록되어 있다.

벽와층란반용천 碧瓦層欄半聳天 푸른 기와 구불한 난간이 반공에 솟았는데
낙성금일배처연 落城今日倍凄然 오늘 낙성하고 나니 처연함이 더한다
백년인물희조로 百年人物晞朝露 백년 인물은 아침 이슬이 햇살에 사라진듯
　　　　　　　　　　　　　　하지만
천재문장쇄모연 千載文章鎖暮煙 천재의 문장은 저녁 안개가 자욱이 내려앉
　　　　　　　　　　　　　　은 듯하네
고각복수의구양 高閣復修依舊樣 높은 누각 중수되어 옛 모습이 의연하고
승유고설환신연 勝遊高設煥新筵 높은 누정에 오르니 새롭게 잔치를 연 것
　　　　　　　　　　　　　　같네
가련분사당시월 可憐扮社當時月 감개스럽구나 예부터 비쳐오던 향리의 달빛
유조전담록초변 留照前潭綠草邊 아직도 앞 못의 풀섶에 남아 있음이여

이는 쌍계정중수연에서 김려가 즉흥적으로 읊은 누정시의 내용이다. 그는 이 때에 자리를 같이 했던 홍재대, 정언복, 나연일, 김덕정, 홍유철 등과 시적 교유를 활발히 하며 쌍계정을 무대로 하여 누정시 짓기를 즐겼던 것이다. 다시 말하여 숙·영조대에 이들은 **쌍계정시단**을 중심으로 하여 작시활동의 대성황을 이루었다. 이는 당시의 나주시단 내지는 전남 시단을 대표하는 괄목할만한 시 활동이라 할 수 있다.

쌍계정제영의 인물 중에 박순(朴淳, 1523~1589)이 있다. 박순은 충주 박씨 우(佑)의 아들이요, 호는 사암(思庵)이다. 서경덕의 문하생으로 선조

대의 문신이며 학문이 깊고 문장과 덕망이 뛰어나서 당대에 존경받던 인물이었다.

박순 역시 자연의 산수를 즐기며 누정의 경영을 좋아하였고, 직접 여러 곳의 누정을 출입하며 많은 누정시문을 썼다. 특히, 담양의 봉산면에 있는 송순의 면앙정에서 지은 〈면앙정30영(俛仰亭三十詠)〉은 그의 대표적인 누정시문이다.

박순이 쌍계정에서 제영한 시는 〈제홍천경쌍계정(題洪千璟雙溪亭)〉이라 하여 전한다. 홍천경은 명·선조대의 나주 인물로 다시면에 있는 정상(鄭詳)의 창주정(滄洲亭)과 이곳의 쌍계정을 왕래하며 도를 닦고 음영(吟詠)하기를 즐겼던 사람이다. 때문에 박순은 쌍계정을 홍천경의 정자로 여기고, 그를 기다리는 누정시를 다음과 같이 읊었던 것이다.

임계정폐대산문 臨溪亭敝對山門 시냇가에 있는 쌍계정 산문을 마주하니
호회심상자일촌 好會尋常自一村 좋은 모임 항상 한 마을에서 이루어지네
재족도량공야적 纔足稻粱供野的 들에서 제공한 기장밥이 제격이건만
지수소순비반찬 祇收蔬筍備盤餐 채소와 죽순이 더해지니 반찬도 훌륭하다
단사유정인다수 丹砂有井人多壽 단사 같은 우물 있어 사람들은 장수하고
황갑표명속상문 黃甲標名俗尙文 과거에 장원한 것은 대대로 글을 숭상함이지
아욕종군동결사 我欲從君同結社 내 그대를 좇아 결사를 함께 하고자 하니
행분화죽여연원 幸分花竹與連園 바라건대 화죽을 나누고 집을 맞대 보세나

근처엔 그를 배향한 월정서원(月井書院)이 있다. 다음은 정심(鄭諶, 1520~1602)이 쌍계정에서 지은 2수이다.

회이위산주이천 回以爲山走以川 머뭇거리는 건 산이요, 달리는 건 냇물이니
신간홍록근상연 矧看紅綠近觴筵 하물며 아름다운 곳에 술자리를 열었음에랴
금성승회명정구 錦城勝會名亭久 금성의 정자에서 멋진 모임 오래되었으니

진시금안동리선 儘是金鞍洞裏仙 모두들 금안동에 사는 신선들이라네
괴엽풍유취막성 槐葉風柔翠幕成 회나무 잎에 부는 바람은 푸른 장막을 쳐
                                   놓은 듯하고
운유요백객생정 雲帷遙白客生情 멀리 보이는 하얀 구름은 나그네의 심사를
                                   돋구네
연년낙사봉가절 年年樂事逢佳節 해마다 풍년을 맞아 즐겁게 노니나니
주열근향시금성 酒烈芹香是錦城 진한 술에 향기 좋은 미나리 안주 금성이
                                   라네

어쨌든 쌍계정은 고려시대부터 이름난 선비들이 서로 학문을 갈고 닦으며 도를 논하던 곳이다. 조선시대에 와서도 세조 이후 현사들이 도를 닦으며 학문을 강하던 유서 깊은 정자로서, 남전여씨(藍田呂氏)의 유속을 이어 받아 그것을 시행하였던 곳 이었다. 특히 모임을 이루는 결사를 갖고 연중가절(年中佳節)이면 작시 풍류를 누렸다고도 하니, 쌍계정은 곧 계회(契會) 및 시회(詩會)의 문화적 기능을 수행했던 전남의 대표적 누정이라 하겠다.

㉢ 소쇄원

"무릇 은자는 지조와 절개가 세속에서 빼어나는 풍모가 있어야 하고, 마음이 씻은 듯이 맑고 깨끗하여 홍진(紅塵, 속세의 더러운 때)을 뛰어 넘는 기상이 있어야 하며, 몸은 흰눈을 건너서 온 것처럼 결백하여야 하며, 뜻은 하늘의 푸른 구름을 능가하여, 곧바로 하늘 위에 다다라야 하는 것이다."

위의 인용한 글은 중국 남북조시대 사람으로 제(齊)나라에서 벼슬했던 공치규(孔稚圭, 자는 덕장(德璋))의 〈북산이문(北山移文)〉에 나오는데, 은자(隱者, 큰 학덕을 가졌으면서도 숨어 사는 선비)의 인품을 말하면서 그

마음은 '씻은 듯이 맑고 깨끗하여 홍진을 뛰어넘는 기상이 있어야 한다.' 고 했는 바 '소쇄(瀟灑)'라는 말은 여기에서 따온 것이다. 맑고 시원하다는 뜻을 가진 위의 말은 훌륭한 학덕과 고매한 인품을 가졌으면서도 속세와는 거리를 두고 숨어지내는 사람의 마음을 비유하고 있다. 소쇄원을 조성한 양산보(1503~1557)는 위의 글에서 소쇄라는 말을 가져와 자신의 호를 소쇄처사(瀟灑處士)라 하였으며, 자신이 꾸민 정원을 소쇄원(瀟灑園)이라 하였다.

소쇄원은 전남 담양군 남면 지곡리 지석마을에 있는 조선시대의 대표적 별서정원(別墅庭苑)이다. 이러한 별서정원은 삼국시대부터 귀족들에 의하여 사계절 쉬며 놀 수 있는 공간 곧 사절유택(四節遊宅)에 그 전통을 두고 있는데, 고려 무신정권 아래서 관직을 박탈당한 문신들에 의해 많이 건립된 이래 일반 민가에까지 보급되었다. 조선시대에 와서는 선조대왕 대를 전후하여 시작된 사색(四色)당파와 잦은 사화로 인하여 많은 선비들이 낙향하거나 은둔하면서 정자와 더불어 정원을 조성하였는바, 이를 별서정원이라 한다.

이는 오늘날 숲 깊고 계곡 좋은 곳에 지은 임천별장(林泉別莊)과 같은 것이다.

이러한 맥락에서 볼 때 소쇄원 또한 예외가 아닌 바, 조성자였던 양산보(梁山甫)는 15세에 부친 양사원(梁泗源)을 따라 상경하여 정암(靜庵) 조광조(趙光祖)의 문하에 들어 2년간 수학하고 과거에 급제하였으나, 1519년에 기묘사화가 일어나 조광조가 남곤(南袞) 등에게 몰리어 화순 능주로 유배 사사되자, 이에 충격을 받고 현실 정치에 낙담하여 창암촌(蒼岩村, 담양군 남면 지곡리의 다른 이름으로 창암은 양사원의 호이다.) 산기슭에 소쇄원을 꾸미면서 세상과의 거리를 두었다.

양산보는 중국 당나라 이덕유(李德裕, 787~849)가 경영하였던 평천장(平泉莊)을 모방하고, 또 하서(河西) 김인후(金麟厚)가 한양 동쪽에 경영했던 평천장과 면앙정(俛仰亭) 송순(宋純)이 담양군 봉산면 제월리에 세운 면앙정 등에 영향을 받아 소쇄원을 조성하였던 것으로 알려진다.

이러한 소쇄원에 대한 기록이 1528년에 처음으로 나타나는 것으로 보아 착공은 1530년을 전후하여 하였으며 그 완성은 10여 년 정도 걸렸음을 알 수 있다. 다시 말해서 하서 김인후의 〈소쇄정즉사(瀟灑亭卽事)〉란 시가 가정(嘉靖) 무자(戊子, 1528)에 지어진 것을 비롯하여, 면앙정 송순의 기록에 50세(1542)에 외종제(外從弟) 양산보의 소쇄원을 도왔다는 말 등을 참고할 때, 1530년을 전후하여 소쇄정이라는 작은 정자를 짓기 시작하여 점차 그 규모가 확대된 별서정원이 되기까지 약 10여 년의 기간이 소요되었을 것으로 생각된다.

소쇄원을 꾸밈에 있어서 양산보는 자신과 처지가 비슷했던 중국 동진(東晋)의 자연시인 도잠(陶潛, 자는 연명(淵明))의 영향과 스승인 조광조가 좋아했던 송나라 유학자 주돈이(周敦頤, 자는 무숙(茂叔))를 존경하여 그를 사숙 했는데, 송나라 사람 황정견(黃庭堅, 자는 노식(魯直) 호는 산곡(山谷))이 주돈이의 사람됨을 가리켜 "가슴에 품은 뜻이여 그 맑고 맑음은 흡사 ① 비 갠 뒤에 볕이 나며 ② 시원한 바람이 부는 것과 같구나"라는 말을 가져와 제월당(霽月堂, 비오다 개이어 달빛이 드는 집)과 광풍각(光風閣, 볕이 나면서 시원한 바람이 불어오는 집) 등의 건물 이름을 붙인 데서 확인할 수 있다.

소쇄원은 멀리 남쪽으로 무등산을 바라보며 뒤로 장원봉(壯元峯) 아래 비스듬한 언덕에 계곡을 중심으로 조성되었다. 이 정원을 이룰 당시 창암촌은 제주 양씨들의 씨족마을이었으므로 소쇄원은 그 마을의 후원적(後園的) 성격을 띠었다. 뒤편 산에서 흘러내린 물은 폭포와 작은 소를 만들면서 정원 가운데를 가로지른 후 대숲으로 빠져나가 창계천(滄溪川)으로 합류한다.

소쇄원은 계곡물 양쪽 비탈에 축대를 쌓아 꽃계단을 만들고, 정자들을 올렸으며, 동쪽과 북쪽 서쪽 일부에 직선 담을 두르고 남쪽은 시원하게 틔워놓았다.

소쇄원의 구조는 크게, 입구에 전개된 전원(前園), 계곡의 흐르는 물을 따라 조성된 계원(溪園), 제월당(霽月堂)을 중심으로 하는 내원(內園)으로 되어 있다.

조경수법에 있어서는 국내에서 그 유례를 찾아볼 수 없을 만큼 잘 계획하고 처리되었다는 평을 듣는 소쇄원의 본 모습은 지금의 그것과는 상당히 달랐음을 쉬이 알 수 있거니와 당시의 풍광을 알 수 있게 하는 것으로 김인후의 〈소쇄원 48팔영〉, 고경명의 〈유서석록(遊瑞石錄)〉(1574), 후손들이 만든 〈소쇄원사실(瀟灑園事實)〉(1731), 우암 송시열의 모필본(毛筆本)을 판으로 새긴 〈소쇄원도(瀟灑園圖)〉(1775) 등이 있다. 위에서 말한 소쇄원도(1775에 목각한 것)를 통하여 소쇄원의 완성된 모습을 살피면 다음과 같다.

소쇄원은 약 2,000여 평의 계곡 사이에 조성되었는데 입구에 나무다리(木橋), 황금정(黃金亭), 숲, 작은 연못, 그 속의 연꽃과 물고기 그리고 물레방아와 물을 끌어가는 홈대 등이 설치되었음을 알 수 있게 한다.

또 건물로는 제월당(霽月堂), 고암정사(鼓岩精舍), 부훤당(負喧堂), 광풍각(光風閣), 오곡문(五曲門), 죽림재(竹林齋), 소정(小亭) 등이 보인다.

제월당 주위에는 단을 만들어 매화, 나측백, 노송, 복숭아 등이 심어져 있고 계곡 사이에는 버들, 은행, 자미(백일홍), 벽오동, 대나무, 노송 등이 있다.

계곡의 위와 아래로 두 개의 외나무다리가 그려져 있고, 넓적한 바위가 있으며, 그 위에서는 사람이 누워서 달을 보고 있고, 평평한 작은 돌[床石]에서는 장기를 두고 있으며, 외나무다리 아래, 저절로 패인 절구 같은 웅덩이 곧 조담(槽潭)에서는 일광욕[放浴]을 즐기고 있으며, 걸터앉은 바위(榻岩)에는 고요히 앉아 있는(정좌) 모습도 나타나 있다.

또한 집 마당과 담안에는 동백과 파초가 그려져 있으며, 정원을 둘러싸고 있는 긴 담장벽에는 하서 김인후의 〈소쇄원 48영〉시가 현판에 새겨져 걸려있고, 괴이한 돌[怪石]과 석가산(石假山, 연못 안에 돌로 쌓은 조그마한 산)이 그려져 있다.

그러나 안타깝게도 황금정, 소정, 고암정사, 부훤당, 오곡문, 담장 일부, 협문, 외나무 다리, 물레방아, 석가산 등은 없어지고 없다. 다만 입구의 나무 다리는 복원 되었으며 오곡문이 있었던 것으로 보이는 담벽에 오곡문(五曲門)이라는 한자어가 남아 있다.

그러나 아직도 제월당, 광풍각, 외곽을 감싸는 긴 담장, 아름다운 계곡의 물흐름, 매화, 난, 노송, 백일홍, 대숲, 연못, 그리고 상류의 대봉대에서 제월당으로 건너도록 설치된 외나무 다리 등이 옛 모습을 띤 채 남아 있다.

이제 대나무 숲을 지나 소쇄원으로 접어들면서 감상해 보기로 한다.

대숲이 끝나 안쪽으로 들어가면 담장과 대봉대(이는 소쇄정이라 불러야 마땅한데 후세 사람들이 대봉대로 잘못 명명함)가 있다.

굳이 해설을 붙인다면 대봉대란 봉황을 기다리는 곳이니 다름 아닌 봉황처럼 소중한 손님을 기다려서 맞이한다는 곧 어진 군주의 탄생을 고대하는 우국충정의 마음과 다정 다감한 뜻이 담겨 있다. 대봉대 옆에는 이름에 걸맞게 오동나무가 있었으나 지금은 고목이 되어 없어졌다. 그 아래에는 자그마한 연못이 있고 입구 쪽으로 좀 떨어진 곳에 조금 더 큰 연못이 있다. 나무속을 파낸 홈대와 도랑을 타고 온 계곡물은 작은 연못을 채우고, 그 물이 다 차서 넘치면 다시 도랑을 따라 큰 연못으로 흘러들게되어 있다.

대봉대를 지나서 안으로 들어가면 오른쪽으로 이어지는 동쪽 담에 애양단(愛陽壇)이라고 새겨진 판이 박혀 있다.

이 구역은 소쇄원의 생활 공간적 기능을 한 전정(前庭) 구역으로서 여기서부터 제월당에 이르는 도중의 오곡문 옆 시냇가까지의 어프로치 공간인데 길이는 약 50m, 폭은 약 10m의 넓이를 가진 부분이다. 애양단 구역은 북동과 북쪽으로 2m 높이의 담을 배경으로 두르고 있는데 겨울철이면 복사열을 받아 단(壇) 앞 시내는 얼어도 단 위에는 눈이 모두 녹았다고 하는데 이는 김인후의 〈소쇄원 48영〉시 가운데 '애양단의 겨울 낮 :

애양동오(愛陽冬午)'에서도 확인할 수 있다. 이 구역은 정원의 외곽과의 인적교류가 행해졌던 곳으로 산책길의 성격을 겸했던 열려진 앞마당 이었다.

애양단을 지나면 담장은 ㄱ자로 꺾인다. 그 담장에는 오곡문(五曲門)이라 새겨진 판이 박혀 있고 그 옆 담 밑에는 구멍이 뚫려서 물이 흘러들도록 되어 있다. 그러니까 돌을 섞어 흙담을 쌓고 기와를 얹은 방식으로 쭉 이어 오다가 이곳에 이르러 넓적한 바위를 걸쳐 다리를 놓은 후, 그 위에 담을 올렸다. 원래는 물 입구[水口] 옆에 일각문이 있었으나 지금은 트여 있다. 오곡문이란, 담 아래 터진 구멍으로 흘러든 물이 암반 위에서 다섯 굽이를 이룬다고 해서 붙여진 이름일 수도 있으나, 이는 송나라 주자의 무이구곡(武夷九曲)을 연상하고 만든 것임을 쉬이 짐작할 수 있겠다. 소쇄원에 들어온 사람은 애양단에서 외나무 다리(독목교)를 통해서 계류(溪流)를 건너게 된다. 다리를 건너기 직전에 구부정한 소나무가 있고, 그 아래로 물을 바라보기 마치 좋을 위치에 걸터앉을 만한 바위가 있다.(탑석(榻石))

다리를 건너면 두 단으로 된 꽃계단(화계(花階))이 있다. 비탈의 침식을 막을 겸 쌓아서 바라보고 즐길 수 있도록 꽃나무를 심어 꾸미는 것이 일반적인데 여기서는 매화를 심고 매대(梅臺)라 했다. 매대 뒤의 담에는 '소쇄처사 양공지려'(瀟灑處士梁公之廬, 소쇄라고 이름했던 처사 양공의 조촐한 집)라는 우암 송시열의 글이 새겨진 판이 박혀져 있다. 매대 앞에서 위쪽으로 올라가면 제월당이 있고 아래쪽으로 가면, 선비들이 앉아 즐겼던 너럭바위(광석(廣石))를 지나 광풍각이 있다.

제월당 구역은 정원의 안쪽 곧 내정(內庭)으로서 여기는 정숙을 요하는 이른바 주인의 지적 생활공간이다. 여기서 주목되는 시설은 오곡문 아래쪽 사면(斜面) 지형을 교묘히 이용하여 시공한 기와 입힌 흙돌담인데 이는 우거진 대나무 숲 그리고 해묵은 노송과 어우러져 소쇄원의 예스러운 정경을 한층 돋보이게 한다.

제월당은 정자라기 보다는 정사(精舍, 강학을 하기 위한 용도의 건물 또는 개인 글방)의 성격을 띤 건물로 주인이 거처하며 독서하던 공간이다. 곧 사랑채의 성격을 띤 건물인데 아래 광풍각이 손님을 위한 건물이었음과 대조를 이룬다. 건축 형태는 정면 3칸, 측면 1칸의 팔작지붕 건물로 왼쪽에 치우쳐 한 칸 방이 있고 나머지 두 칸은 마루로 트여 있으며 마루 뒷벽에 활짝 열 수 있는 들문이 달려 있다. 소쇄원도에는 제월당 왼쪽 앞에 파초가 그려져 있는데 지금은 석류나무가 있다. 제월당 왼편 담 밖에는 양산보의 아들들이 사랑채 겸 서재로 살았던 고암정사(鼓岩精舍)와 부훤당(負暄堂)이 있었으나 지금은 없어졌다.

고암정사는 정면 3칸의 건물인데 당호(건물의 이름)로 보아 양산보의 아들 고암 양자징(梁子徵, 1523~1594)이 세운 것으로 생각된다. 소쇄원도에 의하면 다른 건물들의 지붕 모습은 우진각 지붕처럼 되어 있으나 이 정사의 지붕만은 짧게 표현되어 이채롭다.

부훤당은 고암정사와 나란히 한단 낮은 위치에 인접해 있으며 정면 3칸이었다. 부훤이란 양지에서 햇볕을 쬐는 일을 말하는데 이는 송(宋)나라의 가난한 선비와 관련된 고사이다. 농부가 봄볕을 쬐면서 세상에서 이보다 더 따스한 것은 없으리라 생각하고 임금께 사뢰되었다는 일화가 있다. 이로 볼 때 부훤당은 햇볕이 잘 드는 곳에 부모님을 위하여 지었던 집이 아닌가 하고 생각해 본다. 창이나 문을 표현한 모습이 나타나지 않고 있으며 기단에는 좌우측의 칸 앞에 계단을 놓았다. 현존하지 않는 건물이다.

광풍각(光風閣)은 소쇄원의 풍광을 마음껏 누릴 수 있는 중심 공간이다. 제월당과 광풍각 사이에는 공간을 나누어 주는 얕은 담과 작은 문이 있다. 광풍각은 물의 흐름, 떨어지는 폭포, 바위에 부딪히는 물방울, 맞은 편에 있던 물레방아의 정취와 물소리 등을 즐길 수 있는 공간이다.

하서의 〈소쇄원 48영〉 중 제2영에 침계문방(枕溪文房, 계곡을 베개 삼은 글방)이라한 것으로 보아 원래 이름은 침계문방 또는 계당(溪堂, 계곡가의 집)이라 했음을 양천운(梁千運)이 쓴 소쇄원계당중수상량문(瀟灑園

溪堂重修上樑文)을 통해서 확인할 수 있다.

광풍각은 정면 3칸, 측면 3칸의 팔작지붕인데 가운데 한 칸에 방을 들였고 빙 둘러가면서 마루를 깔았다. 불을 지필 수 있는 아궁이가 뒷편에 있어서 그곳 마루가 다른 것보다 한 단 높게 달려있는 점이 특이하다. 방문은 모두 들어서 열도록 되어 있다. 고경명의 〈유서석록(遊瑞石錄)〉에서 계류(溪流) 가에 있는 글방을 가리켜 마치 화방(畵舫, 화려하게 꾸민 배)과 같다고 했는데, 이는 주자의 무이도가(武夷棹歌) 중 제3곡 가학선(架壑船, 절벽에 걸쳐진 배)에 비유된 묘사로 보인다.

광풍각에서 오른편을 비낀 뒤쪽 단위에는 복숭아 나무를 심고 무릉도원의 풍류도를 맛보도록 했는데 지금은 비어 있다. 광풍각이란 현판의 글씨도 제월당과 같이 우암 송시열이 썼다.

하서 김인후의 〈소쇄원 48영〉 중에서 첫 번째가 소정빙란(小亭憑欄, 작은 정자의 난간에 기대어)인 것으로 보아 소쇄원에는 작은 정자가 있었음이 분명하다.

소쇄원도에 의하면 8개의 정자가 있었던 것으로 보이는데, 시의 내용으로 보아 작은 정자는 곧 소쇄정으로 추측된다.

한편 오곡문은 담밖의 영역과 담안의 영역을 이어주는 문 이었는데 현재는 담의 문 자리에 구멍만 뚫려 있다. 그런데 하서의 48영 시에서는 오곡류(五曲流)라 하였는데 소쇄원도에서는 오곡문이라 하여 다르게 표현하고 있다. 이는 소쇄원을 내원(內園, 오곡문 안쪽)과 외원(外園, 오곡문 바깥쪽)으로 통합하여 거시적으로 파악할 때, 오곡문 부분은 무이구곡적 표현으로 본다면 오곡의 시작부분에 해당될 가능성이 높다. 그러니까 하서는 오곡에서부터 흐르는 물에 초점을 맞추어 오곡류라 하였으며, 소쇄원도에서는 오곡이 시작되는 문에 초점을 맞추어 오곡문이라 했을 것으로 추정된다.

그렇다면 소쇄원은 오곡문밖에 6곡·7곡·8곡·9곡 등의 영역을 두었다는 추론이 가능해 지는데, 그 경우 소쇄원의 규모는 지금보다 훨씬 방대했을 것이며 이는 유가적 이상향을 전제로 꾸민 공간이라 할 수 있겠다.

소쇄원은 자연 그대로를 살리면서 꼭 필요한 부분에 적절하게 인공을 가하였다는 평을 듣고 있다. 계곡을 중심으로 한 바퀴 돌면서 자연 경관을 고루 경험하도록 자연스럽게 이어지는 동선, 적당히 걷다가 멈출 만한 곳이면 어김없이 나타나는 눈 줄 곳, 또 앉을 곳 등 모든 것이 세심하고 철저하게 배려되어 있다.

양산보는 자기의 마음이 샅샅이 닿은 이 정원을 너무나 아낀 나머지 "절대로 남에게 팔지 말 것이며, 하나라도 상함이 없게 할 것이며, 어리석은 후손에게는 물려주지도 말라고" 유언했다.

명승 제40호로 지정된 소쇄원은 당대의 저명한 시인 이었던 임억령, 송순, 김인후, 고경명, 김성원, 기대승, 백광훈, 송시열, 이후백, 송인수, 유희춘 등이 자주 드나들면서 여러 시편을 남겨 놓았다.

이제 소쇄원을 조성하여 유교적 이상향을 꿈꾸었던 소쇄처사에 대하여 알아본다. 소쇄처사 양산보(1503~1557)는 자를 언진(彦鎭)이라 했는데 창암(蒼岩)이란 호를 가졌던 사원(泗源)과 신평인 송복천(宋福川)의 따님 사이에서 계해(癸亥)에 태어났다. 총명하기가 그지없었으며 어려서부터 글 읽기를 좋아하여 창암공이 매우 기특하게 여겼다.

15세가 되던 해, 아버지를 따라 정암 조광조의 문하에 들어가 수학했는데 그때 청송(聽松) 성수침(成守琛)·성수종(成守琮) 형제를 만나 친근하게 지냈다. 2년 후인 기묘년에 있던 인재 선발에서 중종이 조광조 제자들 중에서 합격자를 뽑으려 할 때, 선고관(選考官)이 이미 뽑아 놓은 급제자가 많으니 오히려 삭제해야겠다고 하여 숫자를 줄여서 뽑는 바람에 공의 이름이 빠지고 말았다.

중종이 이를 매우 안타깝게 여기어 종이를 하사 하면서 위로 하였다. 기묘년 겨울 사화가 일어나 조광조가 괴수로 지목되고, 그와 관련된 수많은 사람들이 잡혀 죽임을 당하자, 원통함과 울분을 참지 못하고, 평생 세상 모든 것을 잊고, 산에 들어가 살겠다면서, 무등산 아래, 작은 집을 짓고 소쇄원이라 이름 했다.

양산보는 면앙정 송순과는 외종간이며 하서 김인후와는 사돈간이다. 그에게는 세 아들이 있었는데 둘째 아들이 고암(鼓岩) 자징(子澂)으로 하서 김인후의 사위이다.

마음이 답답하고 울적할 때는 언제나 맑고 시원한 바람이 반갑게 맞아주는 소쇄원을 가볼 지어다. 그리고 계곡을 흐르는 물 따라 마음의 짐을 흘려보내고, 시원한 대나무 바람에 부질없는 욕심을 날려 보아라. 삶에 생동감 같은 것이 느껴지면서 새로운 소쇄옹이 된 듯 하리라.

끝으로 방암(方菴) 양경지(梁敬之, 1662~1734)의 근차중부가산(謹次仲父家山) 〈소쇄원 30영〉이 소쇄원의 풍광을 하서의 〈소쇄원 48영〉과는 다르게 읊고 있다. 방암은 소쇄처사의 5대손이며 고암의 현손으로 그의 행적은 『방암유고』에 나타나 있는데 양산보, 그의 둘째 아들 고암 양자징, 셋째 아들 영주 양천운 등의 명망을 잇는 인물로 알려지고 있다.

ⓔ 식영정

식영정은 전남 담양군 남면 지곡리에 소재한 누정이다. 식영이란 말은 '그림자를 쉬게 함' 또는 '그림자를 끊음'이란 의미인데 『장자』의 〈제물편〉에 나오는 말이다. 명종 15년(1560)에 서하(棲霞) 김성원(金成遠)은 스승이자 장인인 석천 임억령을 위해 위의 정자를 지었는데 담양군 고서면 원강리에 있는 송강정(松江亭), 그리고 광주시 북구 충효동에 소재한 환벽당(環碧堂)과 더불어 전라남도 지방기념물 제 1호이다.

'식영정'은 성산시단(星山詩壇)이 이루어진 모태인 바, 이곳에서는 석천 임억령을 중심으로 서하 김성원, 제봉 고경명, 송강 정철 등이 〈식영정 20영〉 등 시문을 주고받았는데 이들을 식영정 사선(四仙)이라고 불렀다. 이에 연유하여 '식영정'을 달리 '사선정(四仙亭)'이라 부르기도 한다. 이곳을 출입한 인물로는 하서(河西) 김인후(金麟厚), 고봉(高峰) 기대승(奇大升),

소쇄처사(瀟灑處士) 양산보(梁山甫), 옥봉(玉峯) 백광훈(白光勳), 구봉(龜峰) 송익필(宋翼弼) 등 모두 당대 명사들 이었다.

임억령은 담양부사를 그만두고(1559년, 64세) 고향인 해남으로 되돌아간 뒤, 강진, 담양, 그리고 해남을 오가며 지내다가, 1560년(명종 15, 65세)에 담양의 성산(星山)에 우거, 식영정이 건립되자 그곳에서 자연을 벗삼아 시문을 제작하고 후학들에게 강학(講學)·강시(講詩)하였다. 그 뒤로도 임억령은 해남의 고향땅을 자주 찾아 유유자적하게 지냈다.

퇴계 이황의 차운 김후지 위김계진 작칠계십영(次韻金厚之爲金季珍作漆溪十詠)이란 시 곧 '김계진을 위하여 김후지의 시를 차운하여 칠계십영을 지은' 10수 가운데서 세 번째 '서석청운(瑞石晴雲)'은 그 내용상 아마도 '식영정'을 두고서 읊은 것이 아닌가 생각한다.

김인후(金麟厚, 자는 후지(厚之), 또는 하서(河西) 또는 담재(澹齋), 시호는 문정(文正))가 김언거(金彦琚, 자는 계진(季珍), 호는 칠계(漆溪), 호는 풍영정(風詠亭) 및 풍영헌(風詠軒))를 위하여 칠계의 풍경을 10 가지로 읊은 시 가운데 그 세 번째가 서석청운 곧 〈서석산의 맑은 구름〉인데, 식영정에서 바라보는 서석산(무등산의 옛 이름)의 모습은 지금도 매우 아름답다.

임석천이 서석한운(瑞石閒雲) 곧 〈서석산을 들고 나는 한가한 구름〉 등을 필두로 이십 수의 시를 짓자, 여기에 면앙정 송순, 송강 정철, 제봉 고경명, 서하 김성원 등이 각각 20 수로써 화창하였는데 이와 같은 시편이 자력이 되어 전원가사의 백미로 손꼽히는 송강의 〈성산별곡〉이 탄생한 것이다.

퇴계의 서석청운(瑞石晴雲)은 다음과 같다.

산광조모자공몽 山光朝暮自涳濛 산 빛은 조석이면 저절로 어두워지고
산세참참만고웅 山勢巉巉萬古雄 산세의 가파름은 만고토록 웅장하네
부촌이지능택물 膚寸已知能澤物 조각구름은 만물을 윤택하게 할 줄 아는데

잔안잉미회승풍 孱顔仍未曾乘風 험준한 산인데도 타고 갈바람 만나지 못했네
거래도령기하유 去來陶令機何有 도연명의 귀거래에 어찌 딴 생각 있었으랴
출처소주의심통 出處蘇州意甚通 소주자사 행했던 처신 마음에 꼭 통하네
사의고정한지점 徙倚高亭閒指點 높은 정자에 기대어 한가로이 따져보니
지응심사고인동 只應心事古人同 마음속의 일들이 옛 사람과 꼭 같을 뿐이네

위의 시에서 말하고 있는 '높은 정자에 기대어 한가로이 따져보니'의
정자가 곧 식영정이라는 생각이다. 칠계십영(漆溪十詠)에 나오는 칠계는
『동국여지승람』에 광주목 북쪽 30 리에 있다고 하였고, 『신증동국여지승
람』에는 칠천(漆川)이라 하여 광산현 북쪽 30리에 있다고 했는데 같은 곳
을 두고서 대동소이한 설명을 했다. 2010년 현재 식영정 일원은 명승 제
57호이다.

송순은

유남다승지 維南多勝地 남도에는 승지가 많아
수처유임정 隨處有林亭 가는 곳마다 임정이 있다네
아와촌위기 我臥村爲企 내가 누워 있는 마을은 기촌이요
군거산시성 君居山是星 그대가 사는 산은 성산 이라
친소동세분 親疎同世分 세상의 정분에 친하고 멀리함이 같아서
내왕일가정 來往一家庭 서로 오가면서 한 가정처럼 지낸다네
필마심상도 匹馬尋常到 필마를 타면 언제나 갈 수 있는 곳
송관신물경 松關愼勿扃 소나무 사립문을 닫아 두지 마시게나

이라 말하고 있는데 남도에 승경이 많다는 것, 그래서 정자가 여러 곳에
지어졌다는 사실, 그 정자 주인들 간에 나이와는 별 상관없이 한 가정처
럼 오가며 살았다는 점 등을 적실하게 말해주고 있다. 이런 기록은 『신증

동국여지승람』의 중종 연간에는 800여 개의 정자가 지어졌는데 그 중의 반이 영남과 호남에 집중되어 있다는 기록과 일맥한 것으로 평가된다.

한편, 위의 두 수 가운데 두 번째 시는 우리의 관심사인 환벽당과 관련 있어서 흥미롭다.

식영여환벽 息影與環碧 식영정과 환벽당은
금위노위정 今爲魯衛亭 이제는 형제의 정자라네
계산명사금 溪山明似錦 시내와 산은 환하여 비단 같고
제택열여성 第宅列如星 집들은 별처럼 여기저기 늘어서 있네
자가동풍월 自可同風月 스스로 풍월을 같이 할 수 있는 곳
원비이호정 元非異戶庭 원래부터 뜰과 마당이 다르지 않았다네
지련소쇄노 只憐瀟灑老 다만 안타까운 것은 늙은 소쇄처사가
쇠초몰운경 衰草沒雲扃 풀 아래 구름 대문 닫고 누워 있음이라네

이라 하여 식영정과 환벽당의 주변 경관과 정자 주인 그리고 그 주위에 함께 살았던 사람들과의 따뜻한 시선으로 생생하게 나타내 보이고 있어 자못 흥미롭다. 그런데 우리의 관심을 끄는 것은 시의 맨 끝에 덧붙여 놓은 다음의 글귀이다.

소쇄원·식영정·환벽당은 한 동네에 안의 삼물 이라고 일컬어져 왔는데 이때에 이르러선 소쇄옹이 이미 세상을 떠났기 때문에 시의 마지막에 유감의 말을 덧붙여 두노라.

瀟灑園, 息影亭, 環碧堂, 以一洞三物稱之, 時瀟灑翁已歿故, 末句 有感舊之意 云

가 그것이다.

"일동삼물(一洞三物)" 혹은 "일동삼승(一洞三勝)"의 하나인 환벽당, 식영

정 그리고 소쇄원, 그들 주인은 각기 사촌 김윤제, 석천 임억령, 소쇄 양산보 등 이었다.

1557년 양산보가 세상을 떠났기 때문에 외종형인 송순의 감회는 유달랐을 것이다. 다시 말해서 "일등삼물"로 당당했던 소쇄원, 그 주인이 떠나고 난 뒤, 이제는 환벽당과 식영정만을 두고 '형제의 정자'라고 할 수밖에 없는 형의 마음이 어떠했을까?

㉤ 환벽당

명승 제107호인 환벽당(環碧堂)을 지은 김윤제(金允悌)는 조선 중종 때의 문신으로 본관은 광산이고 자는 공로(恭老), 호는 사촌(沙村)이다. 그는 문과에 급제한 후 홍문관 교리를 거쳐 나주 목사로 있다가 을사사화(1545)가 일어나자 고향인 광주의 충효리로 돌아와 집 뒤에 별당인 환벽당을 짓고 자연과 벗하며 후진을 양성하면서 지냈다.

환벽당이란 제호는 신숙주의 증손자 이며 시·서·화 삼절로 이름난 영천 신잠(申潛)이 지어준 것인데 두 사람의 교분이 매우 두터웠다고 한다. 지금 환벽당에 걸려있는 편액의 글씨는 우암 송시열이 이곳을 방문하고 쓴 것이라 한다.

환벽당은 비탈에 자연석 축대를 쌓고 지은 정면 3칸, 측면 2칸의 기와지붕으로 동쪽 2칸은 마루이고 서쪽 2칸은 방인데 그 앞에는 반 칸짜리 툇마루가 깔려 있는 남향집이다. 원래는 정각 형태였는데 중건할 때에 지금의 모습으로 고쳐지었다고 하며 정확한 건립 연대는 알 수 없으나 앞에 소개한 송순의 시 등을 참고할 때 적어도 1557년 이전, 다시 말해서 "일동삼물(一洞三物)"이란 명칭이 널리 소문나 있었으며 양산보가 세상을 뜬 해가 1557년 이므로, 그 이전에 건립된 것임을 알 수 있겠다.

원래 푸른 대숲에 둘러싸여 있어서 환벽당으로 이름 했다고 하는데 지금은 대숲 대신에 배롱나무, 왕벚나무, 모과나무, 느티나무, 벽오동나무

등이 역사만큼이나 큰 키를 자랑하고 있다. 축대 아래에는 삼단으로 된 꽃 계단과 네모난 연못이 있는데 이로써 환벽당은 김윤제 본가 뒤의 별당이었음을 짐작 할 수 있겠다. 현재 환벽당 앞의 넓은 빈 터가 바로 김윤제의 본가 터라고 전해온다.

환벽당은 김성원, 정철 등과는 떼려야 뗄 수 없는 중요한 곳이다. 김성원은 김윤제의 종질(從姪)인데 환벽당에서 정철과 함께 김윤제에게 사사했다. 김윤제는 16세 된 정철을 문하에 받아들인 뒤, 다음 해 17세 때 되던 1552년에 외손녀 류강항(柳强項)의 딸과 결혼시키고 재산의 일부를 나누어 주어 학문에 전념케 했다. 그로부터 10년 뒤 정철은 문과에 급제하여 벼슬길로 나갔다.

이처럼 정철과 특별한 관계를 갖고 있는 환벽당인지라, 그는 〈성산별곡〉에서

짝맞은 늙은 솔을 조대(釣臺)에 세워두고
그 아래 배를 띄워 갈대로 던져두니
홍료화(紅蓼花) 백빈주(白蘋洲) 어느사이 지났관대
환벽당 용의소에 뱃머리 닿았어라

라고 노래하는 등 남다른 애정과 관심을 드러내 보였다.

환벽당과 관련된 한시문은 매우 많다. 송순, 임억령, 고경명, 김인후, 기대승, 정철, 백광훈, 이은상, 김창흡, 이정구, 이하곤, 정홍명, 이명한 등의 시문 등이 대표적인 예라 하겠는데 이곳은 시인의 고향이요, 시심의 시원지로서 오랜 세월 인구에 회자되어온 우리의 자랑스러운 유산이다. 환벽당 관련 시 몇 편을 본다.

차환벽정운 이수[1]

---

1 송순.

偶與鄕居近　마침 고향집과 가까워서
頻從此地遊　자주 찾아 놀았던 이곳
松含今古意　소나무는 금고의 뜻을 머금었고
溪有淺深流　시냇물은 얕고 깊게 흐르는 구나
人靜心如水　몸이 편하니 마음은 물과 같고
亭高夏似秋　정자가 높으니 여름도 가을 같다.
扶節無不可　지팡이 짚으면 못 가는 곳이 없나니
竹塢又花洲　대나무 마을에서 꽃이 핀 물가까지

환벽당2

萬山圍處一川橫　만산이 두른 곳에 시내 한줄기 흐르는 곳
醉後憑軒鶴背明　취하여 난간에 기대니 학이 내려다 보이네
鍾鼎山林元有分　벼슬아치와 산림거사는 원래 분수가 있나니
眼前樽酒未宜輕　눈앞에　술잔도 가벼이 여기지 말지어다
夕陽沙際小船橫　해질녘 모랫가에 작은 배가 비꼈는데
布傘如蓮水底明　연잎 같은 일산이 물 밑까지 비춰주네
衰老縱無兼濟力　노쇠한 늙은 이몸 세상 구할 힘이 없어
斜風細雨往來輕　비끼 부는 바람과 가는 비속에서 편안히 지낸다네

차환벽당송판부운3

萬古仇池藏小天　오랫동안 연못에 작은 하늘 감춰두니
白雲閑影自年年　흰 구름과 그림자는 해마다 그 모습

---

2 임억령.
3 기대승.

危亭據石非無水　돌을 받친 높은 정자 그 아랜 물도 많고
華屋依林更有山　숲 속에 앉은 정자 산속에 있는 듯
不是遨頭甘落拓　놀기 위해 낙척을 달게 여긴 게 아니라
應同谷口去夤緣　정자진과 같아지고 싶어 출세를 버렸다네
人生好醜君休說　인생의 곱고 추함 말하지 말게
且把深盃發浩然　큰 술잔 들고나니 호연지기 나온다네

환벽당[4]

帶得溪橋月　시냇가 다리에 달빛이 내리는 밤
行吟水上遊　물 위를 읊조리며 거닐어 본다.
亂松依小麓　작은 언덕에는 소나무가 우거져 있고
盤石入中流　물 가운데는 평평한 돌이 누어있네
在藻魚知樂　마름 속 숨은 고기 즐거워하고
盈田稻有秋　밭에 가득 곡식들 풍년을 알리네
奇花明醉眼　진귀한 꽃 보니 술이 확 깨여서
征馬立芳洲　향기 나는 물가에 가던 말 세웠다네

환벽당[5]

環碧堂中客　환벽당 안에 있는 나그네가
安知非主人　어찌 주인을 모른다고 하겠는가
歸依因地勝　땅이 좋은 곳에 돌아와 의지해선
嘯詠亦天眞　휘파람 불고 읊조리기를 천진하게 했었지

---

4 김인후.
5 김창흡.

松竹澄潭會　맑은 연못가에 송죽을 심어두고
雲嵐瑞石親　구름과 안개 속의 서석산과 친했었지
雨來添洒落　비가 내리니 마음이 더욱 상쾌해 지나니
吾已岸烏巾　나도 이미 은자의 두건을 썼네 그려

환벽당소작구호[6]

隱隱蓬萊島　아득하여 신선 사는 봉래산인 듯
泠泠水伯宮　물 맑아 용왕이 있는 궁궐인 듯
池寒春堂雪　연못이 차가우니 봄인데도 눈이 있고
簷谺靜還風　처마가 넓으니 고요해도 바람 인다
晚席繁絃咽　저녁 자리에서 빠른 거문고 곡조 울리며
他鄕勝友同　타향의 좋은 벗들과 함께 했다
歸途荷正發　돌아가는 길목에 마침 연꽃이 피어
留興曲欄東　굽은 난간 머리에서 흥에 잠겼다.

환벽당[7]

勝地如高士　좋은 땅은 덕 있는 선비 같나니
同德必有隣　덕 있으면 반드시 외롭지 않는법
瀟灑與環碧　소쇄원과 환벽당이
騈列一溪濱　같은 시냇가에 늘어서 있네
造物力廣大　조물주의 힘이란 크고 넓나니
賦形各殊倫　두 정자의 형체를 각기 달리 주었구나

---

6 이정구.
7 이하곤.

瀟灑品格妙　소쇄원은 묘한 품격이요

環碧擅風神　환벽당은 풍채가 우뚝 할세

蒼石上盤陀　이끼 낀 돌 위는 울퉁불퉁하고

淸潭下蓮淪　맑은 시내 아래는 잔물결이 인다.

揮手弄文漪　손을 넣어 잔물결을 만지니

游魚正可親　헤엄치는 고기와 금방 친해지네

回視千竿竹　고개 들어 대숲의 대나무를 보니

正立如偉人　바르게 선 모습이 마치 위인 같네

嘯咏恣吾意　내 뜻대로 시를 지어 읊조리나니

何必問主賓　굳이 주인과 손님을 따질 필요 있는가

伊昔河西翁　옛날의 하서 김인후 옹은

高情出風塵　세속을 벗어난 높은 뜻 드러냈었지

杖屨常來往　지팡이 짚고 늘 오갔던 것은

愛此景物新　이곳 경치의 새로움을 사랑했음이라

我來千載後　내가 오랜 세월 뒤에 찾아와

俛仰跡已陳　이리 저리 살펴보니 자취가 이미 묵었구나

生旣不同時　같은 시대에 태어나지 못했거늘

欲見亦何因　어찌 서로 만나볼 수 있으리오

仰視瑞石山　우러러 서석산(무등산)을 바라보니

如得見公眞　마치 공(하서)의 참 모습을 본듯하네

作詩題岩間　시를 지어 바위틈에 넣어 두고

欲以俟千春　천 년 뒤의 세월을 기다려 보련다.

ⓑ 백운동 원림

광해군 때의 인물인 강진 출신 해암 김응정(1527~1620)의 〈제정선대
(題停仙臺)〉2수라는 시에 따르면(시 제목 아래 '月出山之南 白雲洞 遺此尙

在'라 기재됨) 원주 이씨가 이곳에 원림을 조성하기 약 100년 전부터 월출산 남쪽에 '백운동 터'가 있다는 말이 전해오고 있었음을 알려준다.

원주 이씨 백운동 입산 조 이담로가 백운동에 들어오게 된 구체적인 계기 등은 분명하지 않다. 다만 강진에 원주 이씨가 자리 잡은 것은 16세기 초 강릉부사를 지낸 무과 급제자 이영화(그의 손자 이남이 강진 금당리에 터를 잡음, 이남의 아들 억복은 무과 급제함, 이남의 증손자가 서주 이빈인데 이담로의 부친임)가 재취로 해남 최 씨를 맞이하여 처가 근처인 강진으로 옮겨오면서 부터라 한다. 강진에 입향한 원주 이문으로 처음으로 문과에 급제한 사람은 서주(西疇) 이빈(李彬, 1597~1642)이다. 백운동 정원을 최초로 조성한 이담로는 이빈의 아들이다. (이빈-이담로-이태래-손자 이언길-증손자 이의권-이현박-이덕휘-6대손 이시헌-10대손 이면흠-14대 이효천-15대 이승현)

백운동 별서는 강진군 성전면 월하리 안운 마을에 자리 잡은 별서 정원이다. 이곳에 처음 온 사람은 이담로(李聃老, 1627~1712)로서 만년에 둘째 손자 이언길(李彦吉, 1684~1767)을 데리고 와 함께 살기 시작한 이래 12대에 걸쳐 이어져 온 유서 깊은 생활공간이다. 이담로는 아들이 없어서 아우 송로의 아들 태래를 입계하여 대를 이었다. 이태래가 기대에 미치지 못하자 담로는 장손자 언렬에게 살림을 맡기고, 자신은 둘째 손자 언길을 데리고 백운동으로 입산했다.

언렬은 호가 애일암인데 문과를 했으나 40세에 요절했다. 언길의 4대손이 〈백운세수첩〉을 만든 이시헌이다. 백운동의 5대주인 이시헌(李時憲, 1803~1860)은 『백운세수첩(白雲世守帖)』을 엮었는데 여기에는 이담로가 백운동을 묘사한 〈적와기수(適窩畸叟)〉, 신명수(1618~1688)의 〈백운동초당 8영〉, 임영, 김창흡의 〈백운동 8영〉 등이 실려 있다.

다산(1762~1836)은 이 곳을 방문하여 〈백운동 12경〉 시를 남겼고, 그의 제자 초의 장의순(1786~1866)에게 백운동도(白雲洞圖)와 다산도(茶山圖)를 그리게 한 뒤, 자신의 친필시를 합하여 〈백운첩(白雲帖)〉을 남겼다. 또한 다산의 제자 치원 황상(1788~1870)은 백운동 관련 15수를, 자이당 이시헌은 스승의 시에 차운하여 〈백운동 14경〉을 노래했다.

다산 정약용은 1812년 9월 12일, 월출산 아래 백운동 원림에 놀러 와서 하루를 묵었다. 돌아간 뒤에도 이곳의 아름다운 경치를 잊을 수 없어 제자 초의에게 백운동도를 그리게 하고 13수의 시를 지어 붙었다. 이것이 바로 〈백운첩〉이다. 〈백운첩〉에는 이 첩의 서문 격인 기제백운동이씨유거(寄題白雲洞李氏幽居), 옥판봉(玉版峰), 산다경(山茶徑), 백매오(百梅塢), 홍옥폭(紅玉瀑), 유상곡수(流觴曲水), 창하벽(蒼霞壁), 정유강(貞蕤岡), 모란체(牡丹砌), 취미선방(翠微禪房), 풍단(楓壇), 정선대(停仙臺), 운당원(篔簹園), 다산발문(茶山跋文) 등으로 구성되었다.

백운동 원림은 원래의 모습을 읽고 황폐했다가 최근 〈백운첩〉에 근거하여 복원하였다 다산이 이곳의 경관을 사랑하여 기록을 남기지 않았다며 백운동 원림은 영원히 사라질 뻔했다. 다산은 백운동 원림의 12가지 뛰어난 경관으로 옥판봉, 동백나무 오솔길 1백 그루의 홍매, 취미선방, 모란화단, 집 앞의 푸른 절벽, 소나무를 심은 묏등 정선새대, 시냇가의 단풍나무, 술잔을 흐르는 물에 띄워 보낼 수 있다는 유상곡수, 폭포대나무 밭을 꼽았다. 나만의 "백운첩"을 만들어 보는 것도 이곳을 즐기는 멋진 방법일 것이다. 원림의 운치 있는 풍경을 사진으로 남기고 감상을 적어 친구들과 나눈다면 그것이 바로 백운첩이다.

⊘ 회사정(會社亭)

회사정은 구림 대동계의 모임 장소로 사용하기 위해 세워진 정자이다. 구림 대동계는 1565년경 창녕 조행립(曺行立), 연주 현건(玄健), 함양 박성오(朴省吾), 선산 임호(林浩), 함양 박규정(朴奎精) 등에 의해 창설된 이래 함양 박이충과 그의 사위 낭주 최진하 등을 거쳐 2019년 현재까지도 모임이 활발하게 이루어지고 있다. 정자는 영암군 군서면 서구림리 서호정 마을에 있다. 지방도 819번 도로 신흥 교차로에서 영암 도기 박물관 방향으로 1㎞ 정도 가다 보면 회사정이 보인다. 회사정은 1646년 세워져 6·25 전쟁 때 소실되었다가 1986년에 복원하였다. 정면 3칸, 측면 2칸 규모로, 팔작지붕으로 된 정자이다. 회사정의 내부에는 『구림 동중 수계 서(鳩林洞中修契序)』, 『회사정 병서(會社亭幷序)』, 『회사정 중건기(會社亭重建記)』, 시문 등 7기의 현판이 걸려 있다.

마을의 귀빈 영접장소이자 경축일 행사장으로도 이용되었으며 1914년 4월 박규상의 주도로 독립만세운동이 벌어졌던 곳이기도 하다. 한국전쟁 때 불타 주춧돌만 남았던 것을 1986년 복원하였다

청음 김상헌의 손자요, 농암 김창협과 삼연 김창흡의 부친인 김수항 (1629~1689)은 남인에게 미움을 받아 좌의정의 신분에서 숙종이 즉위한 해인 1675년 낭주 곧 영암으로 유배를 가서 3년간 살았다.(47세 7월~50세 9월) 김수항은 안동인으로 자는 구지, 호는 문곡이며, 시호는 문충이다. 그는 영암의 구림을 중심으로 그 곳 토반 세력들과 어울려 살면서 그 곳 여러 명승에서 여러 시편을 남겼다. 그 가운데 월출산 자락에 있었던 고산사와 관련한 〈방고산사 유제시거승유입정승수인서사〉를 본다.

납일고산사 臘日孤山寺 납일 고산사에서
천추부차유 千秋復此游 천 년 전 놀음을 다시 해보네
아무파노운 我無坡老韻 소동파와 같은 운치는 없어도
승유혜사류 僧有惠師流 혜근, 혜사 두 스님이 계시네
통설봉암경 洞雪封巖徑 하얀 눈은 돌길을 막아섰고
계운호석루 溪雲護石樓 계곡 구름은 돌 누각을 감쌌네
서호생안저 西湖生眼底 서호가 눈 아래 내려다보이니
강불선항주 剛不羨杭州 구태여 항주 서호 부러울 게 있으랴

소식(1037~1101)은 1089년 항주자사를 지내면서 근처 고산의 고산사

와 서호를 배경으로 여러 수(총, 2,700여 수)의 시를 남겼는데, 이는 문곡이 586년 뒤인 1675년 낭주에 와서 마침 고산사와 서호라는 명칭이 같은 절과 호수가 있는 것을 보고 동파를 회상하며 지은 것이다.

다음 시는 문곡이라는 신흥 엘리트를 대하는 당시 낭주 사람들의 태도를 알게 해주는 좋은 예이다. 이른바 개방과 열림의 정신에서 우러나온 호남 문화의 융·복합된 한 예를 본다.

〈출동구하마계변여구림제인소작〉

산동휴여흥　出洞攜餘興　마을을 나서려는데 흥이 아직 남았는지
반형좌수빈　斑荊坐水濱　서로 만난 친구들 물가에 앉아 있네
잉경부진주　仍傾不盡酒　연거푸 마셨어도 술이 아직 남았는지
갱만욕귀인　更挽欲歸人　가려는 사람 다시 붙들어 앉히네
석열한파고　石閱寒波古　바위에는 푸르스름한 예스러움이 서려 있는데
산함석경신　山含夕景新　산은 저녁노을 머금고 나니 새롭게 보이네
청유번사몽　淸遊翻似夢　아름다운 놀이라니 문득 꿈을 꾼 것 같나니
자각회수빈　自覺首回頻　나도 모르게 자꾸 고개가 돌려지네

구림 사람들을 반형 곧 뜻이 맞은 친구들이라고 표현했다. 주연을 빨리 마치고 돌아가려는 문곡을 만류하는 모습을 그렸는데, 구림 향반 사람들의 따뜻한 정을 읽을 수 있다.

회사정에는 구한말 대학자 간재(艮齋) 전우(田愚, 1841~1922)가 이곳에 읊은 〈서호10경(西湖十景)〉이 그의 『간재집』에 남아 있다. 그 중 8장 원봉낙조(圓峰落照)가 지금의 분위기와 흡사하게 다가왔다.

요망원봉낙조횡　遙望圓峰落照橫　멀리서 원봉을 바라보니 낙조가 비껴있고
청산단속채운경　靑山斷續綵雲輕　청산은 끊기는 듯 잇는 듯 비단구름 날리네

서호향만첨신흥 西湖向晚添新興 서호는 밤을 맞아 새 흥을 더하여서
간취여광수저명 看取餘光水底明 남은 광채 찾고 보니 물밑까지 밝구나.

3년의 유배가 풀려 떠나는 발길이 떨어지지 않았던 문곡, 그가 회사정을 지나며 만감이 교차하는 회포를 이렇게 담았다.

회사정전수 會社亭前水 회사정 會社亭 앞 물이
잔원송객행 潺湲送客行 졸졸 흐르며 길손을 보내누나.
수류유석별 水流猶惜別 흐르는 물조차 되레 이별이 아쉬운 듯
인거황위정 人去況爲情 사람은 간다마는 맺었던 정분을 어찌할지

호남을 기행했던 이하곤(1677~1724)은 등회사정(登會社亭, 口占 長律, 示主人曺處士一竈)에서

영암명승유구림 靈巖名勝有鳩林 영암 명승에 구림 마을 있으니
회사정고원임포 會社亭高遠臨浦 회사정 높이 오르니 멀리 포구 보이구나
월악장부천첩취 月岳長浮千疊翠 월출산 높이 솟아 푸름은 천첩만첩
풍송부진사시음 風松不盡四時陰 솔바람 불어오니 사계절 서늘하구나
촌년죽외분계주 村烟竹外分溪住 대 숲 밖 마을들은 계곡을 경계로 하고
법영임초과함심 帆影林梢過檻深 돛대 같은 긴 나무들 난간이 깊숙하네
인리증문풍속호 仁里曾聞風俗好 사람들 어질고 풍속 좋다 들었는데
금래불견고인심 今來不見古人心 지금 와 보니 옛 인심은 뵈질 않네

라고 노래했다.

◎ 세연정

고산이 처음 완도에 든 것은 51세 되던 인조 15년(1637)의 일이다. 다시 말해서 병자호란(1636)이 일어나(6월) 육로가 막히자, 고산은 향족(鄕族)과 가복(家僕)들을 중심으로 의병을 모아 해로(海路)를 통하여 강화도에 거의 다다랐으나(1637년 1월) 강화는 이미 함락되고 임금이 영남으로 몽진(蒙塵)하였다는 소식을 듣고 제주도에 은거하려고 항해하던 도중, 태풍을 피하려다 보길도를 보고 황원포(黃原浦)에 내려 터를 잡아 부용동(芙蓉洞)이라 이름 한 뒤 낙서재(樂書齋)를 짓고 우거한 것이 보길도와 인연의 시작이다.

고산은 보길도에서 약 1년 지낸 후 다시 52세 4월에 유배에 들어 53세 되던 1639년에 풀려났는데 고산은 해배되자 해남군 현산면의 수정동, 문소동, 금쇄동 등에 회심당, 휘수당, 인소정 등을 짓고 은거하면서 〈산중신곡〉〈속산중신곡〉 등을 지으면서 5년여 세월을 보내다가 60세 되던 1646년(인조 24)에 다시 부용동에 들어 2년여 지냈다. 이후 63세에는 금쇄동으로 나오는데 이 때가 바로 자신이 가르쳤던 봉림대군 곧 효종이 즉위하던 1649년이다. 다음 해 다시 부용동에 들었는데 일년 뒤인 1651년 고산 나이 65세 되던 가을에 대작 〈어부사시사〉 40수를 짓는다.

66세 되던 1652년에 성균관사예(成均館司藝) 등을 지내다가 이내 그만두고 다음 해에 다시 부용동에 들어 무민당 등을 건립 자제 문인들을 가르친다. 68세까지 2년여 지내다가 다시 나온 뒤 71세에 잠시 들었으나 11월에 첨지중추부사(僉知中樞府事), 다음해 공조참의(工曹參議)에 제수되어 보길도를 비운다. 72세 때인 1658년 4월 공조참의를 그만두고 74세로 함경도 삼수에 유배되기까지 경기도 양주 고산에 머무른다.

어쨌든 고산은 71세(1657)에 보길도를 나와 만 10년 만인 81세 되던 1667년에야 또 다시 보길도 부용동에 들 수 있었다. 그 후 85세로 낙서재에서 운명하기까지 약 4년여 세월을 보길도 부용동과 현산면의 금쇄동 등지를 오가며 시문을 즐겼다. 이상에서 말한 바와 같이 고산과 완도 보길도 부용동과의 인연은 전후 여섯 차례에 걸친 15년여의 세월이었다. 『고산유고』를 중심으로 그의 입도 사실을 살피면

① 1637: 51세~52세
② 1646: 60세~62세
③ 1650: 64세~65세
④ 1653: 67세~68세
⑤ 1657: 71세
⑥ 1667: 81세~85세 등으로 나타난다.[8]

이상에서 본 바와 같이 고산은 그의 85년 인생살이 동안 15년에 불과한 세월을 완도의 보길도에서 보냈지만 그의 인생에서 가장 값진 시절인 지천명(知天命)을 넘긴 직후부터 세상을 마칠 때까지 35년여의 시간 가운데서 거의 반인 15년 이라는 세월을 보길도와 인연하였으니 이는 결코 가벼이 넘길 사안이 아니다. 더군다나 65세 때 지은 〈어부사시사〉 40수를 포함한 한시 45수는 그 어느 때 제작된 작품보다 작품의 구성과 언어의 질감, 비유의 뛰어남, 자연과의 친화, 내용의 심오함 등에서 탄성을 자아내기에 손색이 없다고 하겠다.

고산은 나라 잃은 서러움으로 백이숙제처럼 삶을 체념하려고 제주도를 향하던 중, 보길도의 선경(仙境)을 찾아내고는 그만 그 품속에 안겨 벅차는 흥취를 다음과 같이 토해내었다.

수능창차박이공 誰能創此朴而工 누가 이렇게 질박하고 공교하게 만들었을꼬

---

8 이에 대하여 박준규 교수는 전후 일곱 차례라 하면서 56세 되던 1642년에 유람차 잠시 들렀다고 했다. 고산유고에도 이 때 지은 한시가 있기도 하다. 박준규, 『고산 윤선도의 생애와 문학』, 전남대학교출판부, 1997, 288면.

호종유래조화옹 豪縱由來造化翁 자유롭고 분방함이 조화옹의 솜씨 일세
방일임풍약운곡 傍日臨風若雲谷 해 있고 바람 있으니 주자의 운곡과 같고
택유세조승반중 宅幽勢阻勝盤中 깊숙한 곳 집 있는 형세 이원의 반곡보다
낫구나
옥조비폭천향무 玉槽飛瀑穿香霧 옥구유에 나르는 폭포 향기로운 안개를 꿰
뚫고
석옹한담영벽공 石甕寒潭暎碧空 돌단지의 시원한 물에는 푸른 하늘 비쳐있네
십리봉호천사리 十里蓬壺天賜履 십 리 앞의 봉호는 하늘이 주신 영토이니
시지오도미전궁 始知五道未全窮 이제야 내 길이 완전히 막히지 않을 줄 알
겠네

위는 〈황원잡영(黃原雜詠)〉 3수 가운데 첫 번째 인데 전체 시는 7언 율
시 2수와 5언 율시 1수로 되어 있다. 질박한 듯 공교한 솜씨, 자유롭고 분
방한 솜씨로 만든 천혜의 땅, 해, 바람, 구름이 조화를 이루고 그 가운데
깊숙이 자리 잡은 집과, 그 주위에 우뚝 솟아오른 바위, 어디 그뿐인가?
옥구유와 돌 단지의 시원하고 맑은 물에 비치는 하늘, 고산은 결국 보길
도의 부용동을 봉호(蓬壺) 곧 신선이 사는 삼신산의 하나인 봉래산(蓬萊
山)으로 결론짓고 '하늘이 자신에게 내린 영토'라고 단정적으로 말하고 있
다. 여기에서 주목되는 점은 승경에 대하여 주자(朱子)의 운곡과 같다는
표현과 신선이 사는 삼신산의 하나인 봉호와 같다는 상치되는 듯한 이미
지의 창출이다. 이는 이질적인 이미지의 폭력적인 결합이 빚어낸 고산 한
시의 독특한 매력이기도 하거니와 하나의 경(景)을 유교적 질서와 노장적
분방(奔放)으로 풀어냄으로써 결국 더 없는 승경임을 말하는 동시에 시인
의 마음속에 자리한 유가적 질서의 욕구 충족은 물론 현실에서 막혀버린
질서 유지의 불만을 자유로운 노장적 분방으로 보상받고자 했음을 알 수
있다.
고산과 보길도의 등식에서 가장 주목할 점은 부용동 원림의 경영과 문

학적 활동이다.

　고산은 부용동에 세연정(洗然亭), 동천석실(洞天石室), 낙서재(樂書齋), 무민당(無悶堂), 곡수당(曲水堂) 등의 건물을 짓고 생활하였을 뿐만 아니라 그곳의 자연물에 합당한 이름을 붙여주는 등 자연과의 친화를 추구했는데 혁희대(赫曦臺), 미산(薇山), 소은병(小隱屛), 낭음계(朗吟溪) 등의 명명이 그것들이다. 부용동 자연과의 친화를 추구했던 고산, 그렇기에 자신은 스스로를 부용조수(芙蓉釣水)라고 자신 있게 말하곤 했다. 〈어부사시사〉 발문에서도 그랬지만 시를 지으면서도 자신을 부용동의 낚시꾼으로 말하기를 아끼지 않았다.

　아래의 〈희차 방장산인 부용조수가(戲次方丈山人芙蓉釣叟歌)〉를 보자.

부용성시부용동 芙蓉城是芙蓉洞 중국의 부용성은 곧 부용동 이러니
금아득지고소몽 今我得之古所夢 내가 지금 얻었으니 옛사람이 꿈 꾸던 곳
세인불식봉래도 世人不識蓬萊島 세상 사람들은 봉래섬을 알지 못하고
단견기화여여초 但見琪花與瑤草 다만 기이한 꽃과 아름다운 풀만 찾네
유래신선기이인 由來神仙豈異人 예부터 신선이 어찌 남다른 사람이었으랴
행의구지비이도 行義求志非二道 의를 행하고 뜻을 구함은 다른 길이 아니라네

　전체 16행의 가(歌) 형식인데 앞 6행 부분만 인용했다.[9]

　위에서 보는 바와 같이 고산은 보길도의 부용동은 다름 아닌 중국의 부용성과 같다고 하면서 소식의 〈부용성(芙蓉城)〉시를 생각하고 동년 급제자인 방장산인(方丈山人) 최유연(崔有淵)의 시에 차운했다. 고산은 평소에 중국의 소식을 좋아했다. 그렇기에 소식의 시 〈부용성〉의 내용을 잘 알고 있었으며 거기에 나오는 왕자고(王子高)와 주요영(周瑤英) 등 신선

---

9 『국역고산유고』, 222면.

의 이야기는 물론, 선경에 대한 동경과 선망도 적지 않았으리라 짐작된다. 따라서 보길도의 승경지를 선경으로 여기고 그 이름을 신선들이 사는 동네 곧 부용동이라 명명한 것은 자신과 소식을 동등하게 여겼음은 물론 중국의 승지에 못지아니한 조선의 승지라는 은근한 자부심의 발로라 여겨진다.

신선이 사는 선경 부용동에서 낚시하는 어부 곧 부용조수였던 고산, 그는 승경과 하나가 되고자 그것들에 각각의 이름을 붙이고 그것도 모자라 시까지 남겼다.

격자봉(格紫峯), 소은병(小隱屛), 구암(龜巖), 미산(薇山), 낭음계(朗吟溪), 혁희대(赫曦臺), 혹약암(或躍巖), 오운대즉사(五雲臺卽事), 조주(釣舟), 낙서재(樂書齋), 석실(石室), 황원잡영(黃原雜詠), 희황교(羲皇橋) 등의 이름과 한시가 그 대표적인 것들이다. 다음에서 몇 수 살펴보기로 한다.

서산호왈미 西山號曰薇 서산을 미산이라 하는데
막막연하리 邈邈烟霞裡 저 멀리 연하 속에 있다네
시사이제간 試使夷齊看 백이숙제에게 보게 할 수 있다면
상휴정등피 相携定登彼 서로 손잡고 꼭 함께 오르련만

〈미산(薇山)〉인데 5언의 절구이다. 미산은 부용동의 서쪽에 있는데 다름 아닌 백이숙제가 고사리를 캐먹다 죽은 수양산의 다른 이름과 같다. 고산은 늘 연하 속에 가려져 있는 산을 보고 백이숙제를 떠올린 뒤 산의 이름을 미산이라고 명명하였음을 알겠거니와 그렇다면 그 속에 살고 있는 자신을 누구에게 견주었는지는 묻지 않아도 자명하리라.

고산은 보길도의 일구일학(一丘一壑)에 대하여 관심 가진 나머지 자연친화의 서정을 몇 가지로 드러냈는데 자연에의 명명(命名), 영물작시(詠物作詩), 원림의 형성 등이 그것이다.[10]

자연에의 명명은 앞서 말한 바와 같거니와 영물작시는 한시 32편에 45

수와 〈어부사시사〉 40수 등이 그것이며, 원림의 형성 곧 조원(造苑) 이른
바 부용동 원림은 낙서재 지역, 동천석실 지역, 세연정 지역 등이 그 대표
이다. 차례로 그와 관련된 작품을 보기로 한다.

일파모수저 一把茅雖低 한 묶음 띠집 비록 나직하여도
오거서역과 五車書亦夥 다섯 수레의 책이 꽉 차 있다네
기도소아우 豈徒消我憂 어찌 내 근심만을 없애주리요
서이보오과 庶以補吾過 모름지기 내 허물도 기위주리라

〈낙서재(樂書齋)〉라 제한 5언 절구이다.

고산이 처음 보길도에 내렸을 때를 〈보길도지〉에서는 다음과 같이 적
고 있다. "수목이 울창하여 산맥이 보이지 않았다. 사람을 시켜 장대에 깃
발을 달게 하고 격자봉을 오르내리면서 그 고저와 향배를 헤아려 낙서재
터를 잡았다. 처음에는 초가를 짓고 살다가 그 뒤에는 잡목을 베어 거실
을 만들었다. 그러나 견고하게만 만들었을 뿐 조각은 하지 않았다. 낙서
재는 세 칸으로 사방에 퇴를 달았으며 칸살이 매우 컸다. 낙서재의 남쪽
에 외침(外寢)을 짓고 한 칸으로 사방에는 퇴를 달았으며 칸살이 매우 컸
다. 두 침소사이에 동와(東窩)와 서와(西窩)를 지었다. 각기 한 칸씩인데
사방으로 퇴를 달았다. 늘 외침에 거처하면서 세상을 피해 산다는 뜻으로
무민(無悶)이라는 편액을 달았다."[11]

위에서 본 바와 같이 낙서재는 초가 3칸이었으며 가장 먼저 지은 건물
임을 알 수 있다. 또한 무민당은 낙서재의 외침인데 조망이 좋아 절승을
한눈에 볼 수 있는 공간이었던 것으로 『보길도지』는 기록하고 있다.

〈낙서재우음(樂書齋偶吟)〉을 보자.

---

10 박준규, 앞의 책, 289면.
11 『보길도지』.

안재청산이재금 眼在靑山耳在琴 눈은 청산에 귀는 거문고에 있으니
세간하사도오심 世間何事到吾心 세상의 무슨 일이 내 마음에 닿으랴
만강호기무인식 萬腔浩氣無人識 가득한 호연지기를 아는 이 없으니
일곡광가독자음 一曲狂歌獨自吟 노래마다 미친 노래 홀로 읊조리네

위의 시는 고산이 시의 주에 임오년(1642) 10월 16일에 보길도에서 놀았다고 밝히고 있어서 연보에는 나타나지 않았지만 이때도 그가 보길도에 다녀왔음을 알게 한다. 낙서재에 다섯 수레에 실을 만큼의 많은 서적을 쌓아 두고 청산과 거문고를 벗 삼아 기른 호연지기, 하지만 그것을 알아 줄 사람이 아무도 없으니 입에서 나오는 소리마다 광가란 말이 뼈에 사무친다. 앞의 〈낙서재〉는 51세 작이요, 위의 〈낙서재우음〉은 56세의 작인데 시간의 차이에 따라 세상에 대한 불만이 노출되고 있음이 주목된다.

보길도의 주산(主山)은 격자봉(格紫峯)이다. 그 격자봉에서 세 번 꺾어져 정북향으로 혈전(穴田)이 있는데 그 곳이 다름 아닌 낙서재의 양택이다. 격자봉에 대한 시는 다음과 같다.

홍도거랑중 洪濤巨浪中 큰 파도 높은 물결치는 가운데
특립부전각 特立不前却 우뚝 선 채 꼼짝도 않는구나
욕격자미심 欲格紫微心 임금 앞에 벼슬하러갈 마음 있거든
요선치차격 要先恥且格 먼저 부끄러운 줄 알고 선을 행하시게나

〈격자봉〉이라 제목한 시인데 정축년(1637) 51세 때 보길도에 처음 입도하여 지은 것이다.

인조의 굴욕에 대한 부끄러운 마음, 그에 대한 분함은 임금에 대한 것이라기보다는 북쪽 오랑캐의 부덕(不德)에 의한 외침과 신하된 자신이 부덕에 따른 것이라는 자책이 드러나고 있는데 마지막 구절이 그것이다. 『논어』〈위정편〉에 "도지이덕제지이례유치차격(道之以德齊之以禮有恥且格)"

의 말을 인용하였는데 백성 인도하기를 덕으로 하고, 통일시키기를 예로써 한다면, 그들이 부끄러워함이 있을 뿐 아니라, 선에 이르게 될 것이라는 말이 그것이다. 3구와 4구의 내용으로 미루어 짐작컨대 고산의 보길도 입도는 망세(忘世) 곧 세상을 완전히 잊기 위함이 아니라, 잠시 피해 있는 피세(避世)임을 알게 해준다. 그렇다고 보길도에서의 생활에 어떤 뚜렷한 불만이나 불평이 있었다는 의미는 결코 아니다.

고산은 보길도 부용동에서도 유가적 질서와 세계를 완전히 부정하거나 망각하지 않았는데 그런 모습은 다음 〈소은병(小隱屛)〉의 주에서 잘 나타난다. 뿐만 아니라 작품의 내용을 보면 자신이 몸담고 있는 부용동의 자연물에 기꺼운 마음으로 애정과 관심을 쏟고 있음도 여실하게 보여준다.

창병자천조 蒼屛自天造 푸른 바위는 하늘이 지었지만
소은인인명 小隱因人名 소은병이란 이름은 사람이 지었네
막의진범격 邈矣塵凡隔 아득히 멀리 세상일 막아주니
유연심지청 油然心地淸 순식간에 내 마음 맑아진다네

유가적 질서의 상징인 송나라 주자, 그가 경영하던 무이산(武夷山)과 대은병(大隱屛)을 연상한 위의 〈소은병〉은 대은병에 비해 규모가 작아서 소은병이라 한다고 고산 스스로 밝히고 있다. 결국 고산은 부용동의 자연물을 사랑하여 친화적인 뜻으로 이름을 붙이되 유가적 질서에 입각하고 있음이 주목된다.

다음은 낙서재 앞뜰에 있었던 거북 바위를 두고 읊은 〈구암(龜巖)〉이다.

단지참사령 但知參四靈 단지 사령에 속한 줄만 알았는데
수식개우석 誰識介于石 바위보다 굳은 줄 누가 알았으랴
진이복거시 振爾卜居時 집터를 정할 때에 너를 뽑아내었는데
의오완월석 宜吾玩月夕 달구경하는 날 도울 줄 몰랐네

기린, 봉황, 거북, 용을 사령물(四靈物)이라고 하거니와 일반 사람들은 거북이 영물인 줄만 알 뿐 그것의 굳음이 바위 보다 더함은 잘 모른다는 말로써 시상을 일으켰다. 이어 집터를 정할 때에 그 거북바위를 뽑아 낙서재 앞에 두었는데 그것이 완월(玩月)에 도움이 된다는 상징적 의미를 담아 시상을 마무리 하였다. 이른바 절의(節義) 굳은 자신과 자신의 쓰임새에 대한 비유를 그렇게 나타낸 것이라 생각된다.

다음은 동천석실(洞天石室)과 관련한 내용을 보기로 한다. 『보길도지』에 따르면 동천석실이 있는 곳은 온통 바위로 된 공간임을 알려준다. 이른바 석문(石門), 석제(石梯), 석정(石井), 석천(石泉), 석담(石潭) 등이 그것인데 돌로 된 큰 함 속에 한 칸의 집을 짓고 동천석실이라 명명한 뒤 유유자적 했던 고산의 모습을 상상해 본다. 석실의 바로 앞 벼랑 위에 서 있는 용두암은 멀리 아래로 낙서재와 세연정을 조망하기에 알맞은 곳이다. 고산이 이곳을 매우 사랑했음은 시원한 조망과 스스로 석실에 든 모습이 속세를 벗어난 신선의 경지에 이른 흥취를 맛볼 수 있음에서였으리라.

　용거파노시 容車坡老詩 용거는 소동파의 시에 나오고
　측호문공기 側戶文公記 측호는 주자의 기문이로다
　나유육중문 那有六重門 어찌 여섯 겹문이 있으리오마는
　정천대소비 庭泉臺沼備 뜰에는 샘, 대, 연못이 갖추어 있다오

〈석실(石室)〉이라 제한 것인데 동천석실을 두고 지은 것이다. 소동파의 〈화채경번해주석실(和蔡景繁海州石室)〉 시에 '화간석실가용거(花間石室可容車)'라는 구절이 있는데 '꽃 사이에 있는 석실은 수레를 들일만하네' 가 그것이다. 여기서는 용거(容車)를 인용하여 자신의 석실이 해주에 있던 채경번의 석실과 다를 바 없음을 말하고 있는데 꽃 사이에 있는 석실과 돌 사이에 있는 석실의 선명한 대조가 이미지 이상의 무엇인가를 상징하고 있어 주목된다. 또한 주공기(朱公記)는 다름 아닌 주희(朱熹)의 글을

말하는데 자신의 석실 생활이 주자의 그것과 다르지 않음과 아울러 제3구와 관련하여 유가적 질서에 순응하고 있음도 보이고 있다.

다시 말해서 육중문(六重門)은 천자 곧 임금이 계시는 궁궐의 문인데 여기 석실에 어찌 감히 그런 문을 만들 수 있겠느냐며 단지 뜰 하나 만들어 그 속에 샘, 대, 연못 정도 둔다는 이른바 자연의 질서와 그것이 가져다주는 생활에 자족하고 있음을 나타냈다.

다음은 세연정(洗然亭)과 관련된 작품을 보기로 한다. 세연정은 황원표에서 약 2킬로미터 쯤 떨어진 곳에 자리하고 있다. 이른바 부용동 원림의 입구인데 고산의 유적이 가장 잘 남아 있는 곳이기도 하다. 격자봉에서 흘러내린 물이 맑고 시원한 낭음계(朗吟溪)를 이루어 흐르고 잠시 지하로 스며들어 건천(乾川)이 되어 흐르다가 세연지 가까이서 다시 샘처럼 솟아올라 주위의 여러 골짝물과 만나 계류를 형성하면서 수경(水景)을 이루는 지역이다.

세연정은 고산의 과학정신이 바탕이 되어 조성된 정자인데 그 주변의 조원(造苑) 의식은 실로 감탄을 자아내고도 남음이 있다.

『보길도지』에서 이와 관련된 기록을 보면 "부용동에서부터 협로(夾路)에는 장송(長松)이 즐비해 있고 제방에 이르면 점점 평평하여 널따랗다. 정자의 서쪽, 제방의 동쪽에는 물이 즐편한데 그 크기가 한 칸 정도이다. 그 가운데 엎드린 거북과 같은 돌이 있다. 돌등에 다리를 놓고 비홍교(飛虹橋)라 하였다. 이 다리를 지나서 정자에 오르는데 다리 남쪽에는 혹약암(或躍岩) 등 일곱 바위가 있으므로 정자 서쪽에 칠암(七岩)이라고 편액했다. 정자의 중앙을 세연(洗然)이라 하고 그 남쪽은 낙기(樂飢), 서쪽은 동하(仝何), 동쪽은 호광(呼光)이라 했다."

자연물과 인공물의 유관(遊觀) 공간 이었던 세연정, 이는 어쩌면 학문하던 낙서재 공간, 신선을 그리며 탈속을 지향한 동천석실 공간과는 거리가 있었는지도 모른다.

그렇기에 동서남북 각기 다른 편액을 걸었으며 비홍교 등 다리는 물론 동서에 대(臺)를 설치하고 아울러 운치 있는 꽃과 나무를 식재 하지 않았 겠는가?

아래에서 〈동하각(仝何閣)〉을 본다.

아기능위세 我豈能違世 내가 어찌 세상을 등지랴만
세상여아위 世上與我違 세상이 바야흐로 나를 등졌네
호비중서위 號非中書位 이름이야 중서의 지위 아니건만
거사녹야규 居似綠野規 거처는 녹야의 규범과 같다네

1669년 83세에 지은 시이다. 이해 8월에 아들 예미(禮美)가 세상을 떠 났는데 자신의 오랜 시련과 자식의 불행이 겹쳐진 상황에서 나온 탄식으 로 유관(遊觀)에 따른 흥취나 낭만적 도도함이 전혀 찾아지지 않음 등이 주목되는데 인생을 차분히 회고하면서 현재적 삶의 모습을 잔잔하게 드 러내 보였다. 중서(中書)는 곧 높은 벼슬의 상징이요, 녹야(綠野)는 자연 에 순응하는 현재적 삶을 가리킨다. 평생을 돌아보건대 자신의 뜻과는 달 리 늘 세상이 자신을 등진 생평이 아니었던가? 생김새 각기 다른 사람의 마음에 있어서 같은 바는 무엇인가? 곧 동하(仝何)란 다름 아닌 이(理)와 의(義)임을 강조하여 세연정의 서쪽 편액 동하 곧 이의로 붙인 것이라 여 겨진다.

『맹자』〈고자장〉 상에 사람의 입과 맛, 귀와 소리, 눈과 미인 등과의 관계에 있어 그것을 느끼는 것은 같은 것은 곧 동(同)하거늘 홀로 마음만 이 어찌 공통되지 않겠느냐며 심지소동연자 하야(心之所同然者 何也) 위 이야의야(謂理也義也) 곧 마음의 공통점이란 무엇인가? 이요, 의라고 말 한 것을 원용하여 말해 놓았다.

다음은 〈혹약암(或躍巖)〉을 중심으로 세연정 주변의 경관을 보다 밀착 하여 살피기로 한다.

원영수중석 蜿然水中石 꿈틀꿈틀 거리는 물속의 바위

하사와룡암 何似臥龍巖 어찌 그리 와룡암과 닮았을까

아욕사제갈 我欲寫諸葛 나 거기 제갈량 상을 그려두고

입사방차담 立祠傍此潭 여기 연못가에 사당을 세우리라

혹약은 『주역』의 〈건(乾)〉 괘에 나오는 '혹약재연무구(或躍在淵无咎)'에서 따온 말인데 상전(象傳)에 이르기를 "연(淵)에 있어 날기를 의심한다한 것은 무리하게 전진하지 않는 것이 화를 면하는 길이라는 뜻"이라고 풀이했다. 이른바 갈림길에서 때를 잘 분별하여 진퇴하면 해가 없다는 뜻이니 고산의 진퇴에 대한 고민이 단면을 잘 보여 준다고 하겠다.

또한 혹약암의 모습을 와룡암에 비유함으로써 삼고초려의 간청이 있기 전에는 다시는 출사에 응하지 않겠다는 이른바 출사(出仕)에의 진중함을 드러내 보이고 있다. 실로 이 시는 병자호란을 겪고 보길도에 입도하여 제작한 시로서 마치 자신의 회선(回船)에 따른 비방을 예측이나 한 것처럼 처사에서의 신중함을 드러내고 있기에 앞일에 대한 그의 탁월한 예감에 숙연해지는 대목이다.

이상에서 본 바와 같이 세연정 부근은 물, 바위, 나무, 산, 화초, 정자, 누각, 대 등의 유관(遊觀) 할 수 있는 조건이 잘 갖추어진, 이른바 자연과 인공이 적절하게 조화를 이루면서 아우러진 풍류를 즐길만한 공간이었음을 알게 한다.

지금까지 고산의 보길도 제작 한시를 중심으로 그 성격과 내용을 살펴보았거니와 고산의 전후 15년여에 걸친 생활치고는 32편 45수라는 기대에 미치지 못하는 작품량이 아쉽기 짝이 없다. 더구나 가장 왕성한 시절, 곧 〈어부사시사〉를 창작할 즈음에 한시 또한 다량 제작 되었을 가능성이 크기 때문에 그 아쉬움은 강도를 더한다. 아마도 72세 이후 약 10여 년간 보길도와의 왕래가 소원했던 탓으로 이전에 창작한 작품의 유실이 있었던 것으로 사료된다.

앞서 말한 바와 같이 고산은 72세 이후 보길도를 떠나 74세에 유배를 당한 뒤 81세가 되어서야 해배, 보길도 부용동을 찾을 수 있는 몸이 되었다.

부용동에서 지어진 고산의 한시는 대체로 선경(仙境)에서 피세(避世)하는 자적(自適)한 모습, 자연과의 친화를 통한 조화로움의 추구, 유교적 질서의 유지와 그 세계의 지향, 절의(節義)를 추구하고 실천코자 애쓰는 자신과의 신의, 자연의 경치를 통한 인간사의 정의 추구, 자연과 인공의 조화로운 경치를 통한 풍류의 만끽 등 다양하게 그 내용이 실현되고 있음을 알 수 있겠다.

이제 이런 누정을 기성세대와 청소년, 고용주와 피고용자, 전문가와 비전문가 등이 같은 주제를 놓고 토론하는 장으로 활용한다든가, 누정 스테이, 시문학 창작 공간, 심신이 지친 도시민을 초청하여 작은 음악회를 개최하는 등 소통과 재충전의 공간으로 거듭나기를 바란다. 그렇게 된다면 지역민의 삶의 질이 제고됨은 물론 조상의 정신과 숨결을 현대적으로 계승. 발전시키는 창조적 에너지의 충전 공간이 될 것으로 생각된다.

㉣ 운조루

중요민속자료 제8호인 운조루(雲鳥樓)는 구례군 토지면 오미리에 자리하고 있다. 19세기 중반에는 구례에 이름난 문인들이 상당수 들어와서 활동했는데 이산(二山) 유제양(柳濟陽)은 이들과 교유하면서 『이산시고(二山詩稿)』라는 귀중한 업적을 남겼다. 주지하는 바와 같이 운조루는 유이주柳迪胄(1726~1797)의 소유였다. 운조루는 유이주의 사촌 유이익(1737~1792)의 9남 1녀 중 차남으로 태어난 유덕호가 지었다. 그는 유이주를 따라와 집 짓는 일을 도운 뒤 그의 양자가 되어 재산을 물려받았다.

운조루의 사랑채에는 이산루(二山樓), 족한정(足閒亭), 운조루(雲鳥樓), 귀만와(歸晚窩) 등의 현판이 붙어 있고 아래 사랑채 또한 누마루가 있는 곳에 귀래정(歸來亭), 일명 농월헌(弄月軒) 등의 현판이 붙어 있는데 이는 이곳이 사림의 모임 장소로써 시회(詩會)나 강학(講學)의 공간이었음을 알 수 있게 한다.

이렇게 진단하는 근거로는 유제양의 〈시언〉, 그의 손자인 유형업의 〈기언〉 및 황현의 『매천집』과 왕사찬의 『개성가고』, 윤종균의 『유당시집』 등에서 운조루가 한말과 일제시대 구례 문단의 중심지였음을 간접적으로 밝히고 있기 때문이다. 『이산시고』의 주인공 유제양(柳濟陽, 1846～1922)은 자를 낙중(洛中), 호는 난사(蘭榭), 쌍봉(雙峯), 안선(岸船), 이산(二山) 등으로 불렸는데 문화인이다. 아버지 유견룡(1817～1851)과 어머니 전주 최씨 사이에서 토지면 오미동 운조루에서 태어나 운조루의 5대 주인이었다. 6세 때 부친을 여의고 다음 해 조부마저 잃은 그는 편모슬하에서 자라면서 숙부 유택선의 지도 아래 8세 때부터 글을 읽기 시작하여 『효경』, 『사기』, 『사서(四書)』를 마친 뒤 스스로 과거 공부를 하여 한, 위, 당, 송의 여러 시를 익힘으로써 그 이름이 이른 나이에 퍼졌다.

그는 천사 왕석보(王錫輔)를 스승으로 모시고 그의 아들 3형제인 봉주(鳳州) 왕사각(王師覺), 소금(素琴) 왕사천(王師天), 소천(小川) 왕사찬(王師贊)과 더불어 수학했으며, 매천(梅泉) 황현(黃玹) 등과 교유하면서 '호남아집(湖南雅集)'이라는 시회(詩會)를 결성하였다. 특히 왕사찬과는 동갑내기로서 평생지기였는데 함께 주고받은 시가 많다. 둘이서 함께 낸 시집이 〈산천창수집(山川唱酬集)〉이다.

1870년 창강 김택영이 지리산 일대를 찾았을 때 이산과 만나 수창했는데 이때의 인연으로 창강이 중국으로 망명한 후에도 『이산시집』의 서문을 받는 등 서신 교류를 통하였다. 뿐만 아니라 하동의 추금(秋琴) 강위(姜瑋, 1820～1884)의 고제자 남파(南坡) 성혜영(成蕙永)과는 평생 시우(詩友)로 사귀었다.

또한 김제 출신으로 약관에 이미 시문으로 이름을 떨친 해학(海鶴) 이기(李沂, 1848～1909), 역시 김제 출신의 석정(石亭) 이정직(李定稙, 1841～1910), 순천의 유당(酉堂) 윤종균(尹鍾均) 등과도 교유하는 등 당시 사림과 문인의 거목들과 친분을 두터이 하면서 문화의 일단을 이끌었다.

이산은 매천을 통하여 영재(寧齋) 이건창(李建昌, 1852~1898)에게 자신의 시집 〈안선시초(岸船詩草)〉의 정정을 구하기도 했다. 평생 문우(文友)였던 이산에 대하여 매천은 '유이산수시서(柳二山壽詩序)'에서 시 짓기를 좋아했으며 근체시에 능하여 남긴 시가 만여 편에 이른다(성우벽어시(性又癖於詩) 공근체(攻近體) 지근만편(至近萬篇))라고 했다.(매권전집 권4)

『이산시고』는 4권 4책의 필사본으로 널리 간행되지는 않았다. 이 가운데 '시고'는 3권 3책으로 천, 지, 인이라 분책 되어 있으며, 나머지 1권은 『이산만필(二山漫筆)』로 권2만 남아 있는 결본이다. 천, 지, 인 속에는 도합 1,348수의 시가 있으며, 『이산만필』에는 설(說), 명(銘), 서(書) 등이 있다. '인'은 속집인데 중국에서 보내온 창강의 '이산시고서'가 있다. 이는 본인이 직접 시를 골라 모은 선시집이라는 의미 등 여러 면에서 깊은 천착을 요하는 문집이다.

또한 그의 생활 일기(1851년부터~1922년까지의 기록)는 손자 유형업의 일기(1898년부터~1936년까지의 기록)인 〈기언〉과 함께 근대 초엽 농촌 생활 문화의 파악에 중요한 기록이다. 이 자리에선 먼저 이산의 벗이었던 유당 윤종균의 시를 먼저 살핀다.

곡유이산哭柳二山

풍우양산시욕수 風雨梁刪始欲愁 비바람 치는 양산에서 처음 시름에 잠겨
유지제택비심주 維持第宅費心籌 집안을 유지하느라 마음 쏟았네
수지도골창상한 誰知到骨滄桑恨 누가 알았으랴 푸른 한이 뼈에 이른 줄
일임분피설만두 一任紛披雪滿頭 어려움 당한 뒤로 부쩍 늙었었지
엽미춘두문기거 臘尾春頭問起居 섣달 봄 올 때 안부를 물었는데
청언욕여주배소 淸言欲與酒杯疎 말은 했으나 술잔은 성글었지
금서불괴도원량 琴書不塊陶元亮 금서로야 도연명이 부러울까

구학수쟁사유여 邱壑誰爭謝幼輿 산골에서 누가 사령운과 다툴 수 있나
일자난망현단후 一子難忘絃斷後 아들 하나 잃고서 못잊어 했는데
천시이정수묘여 千詩已定手妙餘 많은 시편은 솜씨가 묘했지
죽권반석용호월 竹川盤石龍湖月 죽천의 반석과 용호정의 달을 말했더니
혼몽응수정소거 魂夢應須整素裾 혼몽 중에도 옷무새를 정돈했지

다음은 이산 유제양의 시편이다

희제만흥戲題漫興(연작시)

선학삼당숙 善學三唐熟 삼당의 원숙함 배우기를 좋아하였고
우존노두사 尤尊老杜師 더욱 두보를 존숭하였는데
상탄무가보 嘗嘆無價寶 아, 값을 매길 수 없는 보물
주옥오언시 珠玉五言詩 주옥 같은 오언시여
- 소천오율가 小川五律佳

서생식시무 書生識時務 글 읽는 사람이면서도 시무를 알아서
도비주풍진 掉臂走風塵 어깨를 흔들며 풍진 속을 달렸었지
종유도용수 縱有屠龍手 설사 용을 잡을 손 있었지마는
침음경부진 沈吟竟不振 생각건대 끝내 힘을 떨치지 못하였네
- 이해학 작시평이 李海鶴 作詩平易

재봉하수리 才鋒何秀利 재주가 빼어나게 예리하여
소시이지명 小時已知名 어린 나이에 이름을 날렸지
황겸정한성 況兼精悍性 거기에 날쌘 성품까지 갖추어
자자쇄금성 字字碎金聲 글자마다 금 쪼는 소리 났네
- 황매천

생불일상견 生不一相見 살아선 한 번도 만나지 못했는데
견시지일생 見詩知一生 시를 보니 그 일생을 짐작켔네
세무진학두 世無眞學杜 세상엔 참답게 두보 배우는 자 없거늘
수여강제명 誰與强薺名 누가 더불어 이름을 억지로 나란히 할꼬
- 이석정 李石亭 상자언학두 嘗自言學杜

금은불사화위연 金銀佛寺化爲烟 금은 불사는 연기가 되었으니
연곡풍진사가련 鷰谷風塵事可憐 풍진된 연곡사여 가련하구나
특건의기수불외 特建宜旂誰不畏 높이 솟은 깃발 누군들 두렵지 않으랴
백의도독대명전 白衣都督大名傳 흰 옷 입은 도독이여 큰 이름 전하리
- 애고광순哀高光洵 연곡사 복멸작전에서 전사함. 이산은 의병들에게 숙식
  과 양식을 제공했다.

월석月夕

돈각한의중 頓覺寒衣重 문득 찬 옷이 가볍게 느껴진 것은
만창산영벽 滿窓山影碧 창에 가득한 산 그림자 푸른 탓이라
피의자올연 披衣坐兀然 옷 걸치고 우두커니 앉아서
독간명월석 獨看明月夕 밝은 달이 지는 것 홀로 바라보네

산수소경山水小景(4)

산일담장사 山日澹將斜 산속의 해는 고요히 기우는데
다연비목말 茶煙飛木末 차 달이는 연기는 나무 끝을 나네
시유일승래 時有一僧來 마침 한 스님이 찾아와
석계한세발 夕溪閒洗鉢 냇가에서 한가로이 바리때를 씻누나

한편, 운조루를 말하면서 빼놓을 수 없는 인물은 매천 황현이다. 매천
사는 조선 말기의 큰 학자 매천 황현(黃玹, 1855~1910)을 배향하기 위하
여 1962년에 건립한 사우이다. 매천사 건립의 단초는 매월음사(梅月吟社)
란 시 단체에서 비롯된다. 이 단체는 선생이 죽고 난 뒤 조직되었는데 처
음에는 화엄사, 천은사 등을 찾아다니면서 매년 봄과 가을로 시회를 열어
선생을 추모했다. 그 후 유림들이 성금을 모아 조선조 관아였던 고각루
(鼓角樓)를 매입하여 운영했다. 이어 1916년 이병호(李炳浩) 외 72명에 의
해 토지면 용두리로 옮겨 용호정(龍湖亭)을 짓고 사우를 건립하고자 애썼
으나 뜻을 이루지 못하고 말았다가 제자 권홍수와 정상수, 매천의 증손
황의강 등이 주축이 되어 '매월음사'의 후신인 창의계(彰義契)를 조직한
뒤, 구례군수 하갑기의 지원과 상공부장관의 하사금을 받아 착공했다.
1961년 이후부터 지속적인 노력에 의하여 지금은 전라남도 문화재자료
제37호로 지정 되었다.

매천은 구한말 시인이자 우국지사로 자는 운경(雲卿), 호는 매천이며
장수인이다. 조선조 정승인 황희(黃喜, 1361~1452)의 후손이며, 임진왜란
당시 병사(兵使)로서 진주성에서 순절한 황진(黃進) 장군의 후손이기도
하다. 그의 선대는 남원에서 세거하였다. 조부 황직(黃穉)이 광양 백운산
문덕봉 아래 서석촌(西石村, 지금의 광양시 봉강면 석사리 서석마을)으로
이거하게 되어, 매천은 그곳에서 아버지 시묵(時黙)과 어머니 풍천 노씨
와의 사이에서 3남 2녀 중 장남으로 태어났다.

1900년경 매천은 구례로 이사를 했는데 그 경위는 자세하지 않다. 매천
은 어려서부터 아버지 시묵의 열정(조부 직의 유언)으로 학문에 매진할
수 있었는데 시묵은 집안에 천여 권의 장서를 갖추고 매천의 뒷바라지에
열성을 쏟았다. 타고난 총명함과 부친의 가르침으로 매천은 어려서부터
시를 잘 지어 주위 사람들을 놀라게 했다.

20세 때 상경하여 당시 문명이 높던 이건창, 강위, 정만조, 김택영 등과
친교를 맺으면서 문명을 날리게 되었다. 1883년(고종 20)에는 임오군란

뒤 특설된 보거과(保擧科)에 응시하여 장원이 되었으나, 시관(試官)의 장난으로 차등으로 밀린 것을 알고 지금의 구례 간전면 만수동으로 낙향, 구안실(苟安室)을 마련한 뒤, 벼슬에의 생각을 끊고 학문에 전념하였다. 그러나 1888년(고종 25) 부친의 명을 거역할 수 없어 상원시에 응시하여 장원이 되었으나 시국이 혼란하고 관리들의 부패함이 눈에 들어오자 관직에 나아가기를 포기한 채 향리에 묻혀 강학과 시문 제작에 몰두했다.

1905년 을사보호조약이 체결되자 비분강개하여 김택영과 함께 중국으로 망명하려 했으나, 여비가 없어 그 뜻을 이루지 못하였다. 1910년 한일합병으로 나라가 망하자 비감을 이기지 못하고 절명시 4수를 남기고 음독 순절하였다. 1911년에 유고작 『매천집』이 김택영과 영·호남 선비들의 성금으로 출간되었다. 특히 한말야사를 엮은 『매천야록』은 심금을 울리는 당대의 문화사 기록이다.

매천은 광양의 봉강면 석사리에서 태어나 구례의 간전면 만수동에 우거했다가 광의면 월곡리에서 생을 마쳤다. 그는 구례와 관련한 시문을 많이 남겼는데 특히 석주관 관련시는 그의 역사의식이 강렬하게 작용하고 있음을 보여준다. 매천은 지방에선 왕석보(王錫輔) 일가와 교유하였고, 중앙에선 강위, 이건창, 김택영, 이기, 이정직, 윤종균 등과 교유하여 구례 문화를 상승시키고 발전시키는데 지대한 공헌을 하였다.

석주관조고(石柱關弔古, 1895년 작)를 보자.

목릉사위성 穆陵斯爲盛 선조 때엔 성했던 시대였기에
조정역장상 朝廷亦將相 조정에 장상감이 많았었지
시위이인흥 時危異人興 때가 위태로우면 인재가 일어나는 법
왕왕분초망 往往奮草莽 왕왕 그런 사람 시골에서 나오지
지금고조곽 至今高趙郭 고경명, 조중봉(헌), 곽재우는
어급신첩왕 語及神輒王 말이 귀신과 왕에게도 미쳐갈 만한데

병시호령간 幷時湖嶺間 동시에 호남과 영남에서 태어나
의기역다창 義旗亦多倡 의병의 깃발을 많이 일으켰다네
소차인혹미 所嗟人或微 슬프도다! 사람들이 간혹 하찮게 여겨
사구침영향 事久沈影響 일이 오래되어 영향력도 가라앉는군
해체훈맹루 解體勳盟漏 몸은 없어지고 훈공은 문들어져
담명야사망 噉名野史忘 이름은 말해져도 야사처럼 잊혀지네
전골도자향 戰骨徒自香 싸움의 잔해는 스스로 향기 낼 뿐
천추족처창 千秋足悽愴 천추에 길이 슬프기만 하구나
가련석주성 可憐石柱城 가련토다 석주성의 싸움이여
수운쇄첩장 愁雲鎖疊嶂 근심 많은 구름이 앞을 가린 듯
일현칠사순 一縣七士殉 한 고을에서 일곱 선비 순절했으니
토기전대광 吐氣前代曠 기운을 토하는 그 절개여 과거엔 없었지
거이성패론 詎以成敗論 어찌 성패로써 말할 수 있으랴!
판차이가장 辦此已可壯 이렇게 이룬 공 이미 장하도다
남아연구일 男兒捐軀日 남아가 몽뚱아리 버리는 날엔
요자수개강 要自酬慨慷 모름지기 강개로써 응수하는 법
수긍낙탕화 誰肯樂湯火 누가 뜨거운 물과 불을 밟을 것인가
박득후래앙 博得後來仰 널리 훗날에 존경을 받으리라.

다음은 절명시 4수를 본다(우리나라 최초의 지방지 경남일보에 1910년
10월 11일자로 실렸는데 주필 장지연이 실었다. 순절은 9월 10일).

난리곤도백두년 亂離滾到白頭年 난리에 꼬꾸라진 늙은 이 몸
기합연생각미연 幾合捐生却未然 몇 번이나 죽으려다 못 이룬 뜻
금일진성무가내 今日眞成無可奈 오늘은 참으로 어쩔 수 없구나
휘휘풍촉조창천 輝輝風燭照蒼天 밝은 촛불이 하늘 좀 비춰주기를

요기엄예제성이 妖氣掩翳帝星移 요망한 구름에 가려 제성이 옮겨지니
구궐침침주루지 九闕沈沈晝淚遲 궁궐은 어둑어둑 시각을 모르겠네
조칙종금무부유 操飭從今無復有 조칙도 이번이 마지막인데
임랑일지루천사 琳琅一紙淚千絲 흐르는 눈물 조서를 적시네

조수애명해악빈 鳥獸哀鳴海岳嚬 새와 짐승 슬피 울고 산천도 찡그리니
근화세계이침륜 槿花世界已沈淪 무궁화 꽃 이 땅이 몽땅 사라졌네
추등엄권회천고 秋燈掩券懷千古 가을 등불 아래 책 덮고 옛일 생각하니
난작인간식자인 難作人間識字人 글 배운 사람 구실하기 어렵기도 하여라

증무지하반연공 曾無支厦半椽功 내 일찍이 나라 위해 아무 일도 못했으니
지시성인불시충 只是成人不是忠 내 죽음 사람 도리 될지라도 충은 못 되리
지경근능추윤곡 止竟僅能追尹穀 이제 겨우 윤곡처럼 죽음에 그칠 뿐
당시괴불섭진동 當時愧不攝陳東 송나라 진동처럼 못함이 부끄럽네

다음은 을사조약 체결을 듣고 지은 〈문변(聞變)〉인데 유서 대신 쓴 시
이다.

십월이십일 十月二十一 시월 이십 일일
창황야지반 倉皇夜之半 창황한 한밤 중
호은은작창 虎猖猖作倀 호랑이 으르릉 창귀가 되니
왕실좌몽난 王室坐夢難 왕실은 앉아서 잠도 못 이루네
고래망국다 古來亡國多 예부터 망한 나라 많았었지만
화융경무산 和戎竟無算 오랑캐와 화의는 결국 허사로세
일분오노공 一僨吳老公 한 번은 오노공이 무너지고
재궐상유한 再蹶桑維翰 다시 상유한이 전몰했는데
절참청성화 絶慘靑城禍 참혹토다! 청성의 화난이여

거족북도한 擧族北渡瀚 온 가족 북쪽으로 한해를 건너는데

시유봉교로 是猶逢狡虜 되레 교활한 오랑캐를 만나다니

구이병위한 歐以兵威悍 군대의 위세로 몰아붙이니

역굴내여함 力屈乃輿唧 힘이 다 하여 수레는 무너지고

천재상액완 千載尙扼腕 천년 뒤에도 오히려 분격할 일

애차부상하 哀此榑桑下 슬프도다, 이 땅 해뜨는 자리

금구여월만 金甌如月滿 금빛 단지에는 달빛 가득한데

교역교악린 巧如蛟鰐鄰 교묘히도 악어 떼와 이웃하여

종횡일위난 縱橫一葦亂 좌우로 배 한 척 위태로운데

간붕재맹묵 姦朋載盟墨 간사한 무리들 조약서를 신고서

요미작빈찬 搖尾作賓贊 꼬리치면서 빈 찬이 되었구나

항벽함등결 港闢緘謄缺 항구 열리어 수비는 허술하고

연왕금증찬 輦往金繒粲 수레로 황금 비단 바리바리 실어가는 데도

공수경유학 拱手競唯諾 절하면서 다투어 예예하며 야단이네

삼삼무고장 森森武庫仗 가득 늘어선 무기고의 병장기들

일인수증안 一刃誰曾按 칼 한 자루라도 누가 잡은 적이 있었던가

만년반태업 萬年磐泰業 만년의 반석 같은 큰 업적이

위췌공화산 萎瘁空花散 시들어 흩어진 꽃처럼 사라졌네

초야무한루 草野無限淚 초야에서 끝없이 눈물 흘리나니

지박즉가찬 地薄卽可鑽 척박한 땅이라도 구덩이는 팔 수 있으리

손혈사차시 嗽血寫此詩 피 뿜으며 이 시를 쓰노니

유여지사탄 留與志士歎 뜻 있는 사람의 탄식 속에 남으리

운조루와 관련하여 끝으로 호남의 자존심 또는 학향(學鄕) 호남의 대표적 인물인 왕석보(王錫輔)와 그 일가에 대하여 살피기로 한다. 왕석보(1816~1868, 자는 윤국(胤國), 호는 천사(川社)로 개성인)는 구례 광의면 천변리에서 태어났다. 정유재란 당시 석주관 전투에서 공을 세운 왕득인

王得仁의 5대조 왕정(王淨, 구례 입향조)의 후손이다. 12세 때 부친을 잃은 천사는 정시(庭試)를 보러 갔을 때 과거꾼들이 청탁을 일삼는 행위를 보고 출세에의 뜻을 접고 구례 연곡으로 이사한 뒤(1846년 31세 때) 학문에 정진하였다.

노사(蘆沙) 기정진(奇正鎭, 1798~1876) 선생의 문하인 천사는 시에 뛰어난 재주를 지녀 임억령(1496~1568), 백광홍(1522~1556), 백광훈(1537~1582), 임제(1549~1587), 최경창(1539~1583) 이후 다소 적막해진 호남 시단의 자존을 세운 시인이다.

특히 매천은 고죽 최경창과 옥봉 백광홍 이후 이백 년 동안 호남의 문단이 음왜(淫哇)하고 용루(冗陋)했다고 한 뒤, 스승 천사가 봉성(남원)을 시향(詩鄕)으로 추켜세웠다고 했다.(사천시집서)

왕천사는 대종교 창시자 나철, 우국지사 황현, 궁내부 비서관으로 고종의 최측근이었던 죽파(竹坡) 김봉선(金鳳善) 등을 제자로 두었다. 왕천사의 장남 왕사각 王師覺(1836~1895)은 자를 임지(任之), 호를 봉주(鳳洲)라 했다. 매천은 어린 시절 봉주의 문하에서 수학했는데 매천의 아들도 그러했다. 곧 2대가 한 스승을 모신 것이다.(상봉주대인서(上鳳洲大人書))

봉주는 구례 만수동에서 거쳐했는데 매천과는 30년을 교유한 셈이다. 봉주는 시재가 뛰어났는데 과거에의 뜻을 접고 오봉산으로 들어가 후학 지도에 전념했다. 그는 지은 시를 모으지 않았으나 아버지 천사와 손자 경환이 모아 『봉주시집』을 펴낼 수 있었다.(매천의 봉주시집서) 매천은 봉주의 시가 근체시에 뛰어나고, 남송(南宋)의 범성대와 육유를 모범으로 삼았기에 음미할수록 옛 맛이 난다고 했다. 내용에서는 불평과 풍자가 많다고 했는데 이는 당대 현실의 반영으로 생각된다.

왕사천(王師天, 1842~1906)은 왕석보의 차남인데 자는 측지(則之)요, 호는 소금(素金)이다. 어려서부터 명석하여 부친의 사랑을 받았다. 약초에 관심이 많아 약국을 경영하면서 여러 선비들과 두루 사귀었다. 추금(秋琴) 강위(1820~1884)와도 교분이 두터웠다. 1878년 창강(滄江) 김택영

(1850~1927)은 강위의 소개로 알게 되었는데 소금의 역할로 매천의 시가 창강에게 알려지기도 했다. 성격이 호탕하고 의리가 뛰어난 그는 시에도 재주가 많았다.

왕사찬(王師瓚, 1846~1912)은 왕석보의 셋째 아들인데 자는 찬지(贊之)요, 호는 소천(小川)이다. 성품이 크고 깨끗하여 구차함을 즐기지 않을 뿐만 아니라, 부귀한 자에게 굽히지 않았다. 매천은 소천이야말로 영남 우도 남파(南坡) 성혜영, 호남 우도 석정(石亭) 이정직과 함께 남방의 삼대시인으로 꼽았다.(수왕소천육십세서(壽王小川六十歲序)) 중국 만당의 이상은을 추종했던 소천과 송시(宋詩)를 좋아했던 매천은 시에 대해 논쟁을 벌이기도 했다.(화소천론시육절(和小川論詩六絶))

왕씨 일가는 4 부자 외에도 손자 대까지 뛰어난 인물들이 줄을 이었다. 봉주 왕사각의 큰 아들 운초(雲樵) 왕수환(王粹煥, 1865~1925)과 둘째 아들 옥천(玉泉) 왕경환(王京煥, 1873~1943) 그리고 경환의 아들이면서 수환의 양자였던 왕재일(王在一, 1903~1960) 등은 모두 근대 구례 사림문화의 선두로서 보석 같은 존재였다. 운초 왕수환은 호양학교의 초대 교장 및 한문교사였는데 매천의 제자였다. 애국사상 고취에 여념 없었던 운초, 그는 매천문집 간행에 적극적 역할을 하였으며 가계 문집인 조부 천사, 아버지 봉주, 중부 소금, 계부 소천 네 분의 시문을 모아 『개성가고(開城家稿)』를 간행하고 창강과 중국인 학이태(郝爾泰)의 서문 및 본인이 쓴 네 분의 행장을 실었다.

왕경환(王京煥, 1873~1943)은 매천의 제자로서 한시에 해박한 불교 신자였으며, 금강경 외우기를 좋아했다. 그의 아들 왕재일은 일본 식민지 정책의 부당함에 반대하고 백부이자 양부인 운초에게 교육을 받으면서 항일 정신을 키웠다. 1926년 성진회(醒進會)라는 독서 모임회를 조직한 뒤, 총무를 맡아 광주학생독립운동의 주동이 되어 2년 6월의 감옥살이를 했다. 오직 조국의 독립만을 위해서 사생활을 모두 버린 그는 해박한 실력으로 〈호남절의사〉〈전라남도사〉〈광주시보〉 등의 편찬위원을 했다.

이제 다음에서 이들 개성 왕씨 일가의 시문을 보기로 한다.

석주도중石柱道中

석주도중추광만 石柱道中秋光晚 석주 가는 길 가을은 깊은데
석주도두기파도 石柱渡頭起波濤 석주 건널목 파도가 높구나
평무형형일욕락 平蕪逈逈日欲落 들녘으로 멀리 해는 저무는데
노수요요풍자호 老樹搖搖風自號 늙은 나무 흔들며 바람이 부네
인거정정기시헐 人去長程幾時歇 사람이 가는 길은 끝이 없는데
안비남국일항고 雁飛南國一行高 남국 향한 기러기 떼 높이 떴구나
임진왕사나감문 壬辰往事那堪問 임진년 옛일을 어찌 물으리
공무요간칠척도 空撫腰間七尺刀 공연히 허리춤의 칼을 만지네

설후雪後

계간성편활 溪澗聲偏活 시냇물 소리 콸콸 거리는데
송균색갱청 松筠色更靑 소나무 대나무는 다시 푸르구나
산중인부도 山中人不到 산속에 찾아올 사람 없는데
하필소전정 何必掃前庭 앞 뜨락을 쓸 필요가 있으리
- 왕석보

춘일화엄사春日華嚴寺

심진가일향사문 尋眞暇日向沙門 진리를 찾아 휴일에 절을 향하노라니
사하춘강십리촌 寺下春江十里村 절 아래 춘강이 십리를 이뤘네
동무쇄내미실로 洞霧鎖來迷失路 골짜기엔 안개가 길을 파묻고
간화부거점궁원 澗花浮去漸窮源 시냇가의 꽃은 둥둥 멀리 떠가네

목어당송운간향 木漁撞送雲間響 목어소리 구름을 붙잡는데
송학서유탑상흔 松鶴棲留塔上痕 송학은 탑 위에 둥지를 틀구나
기어방호열선자 寄語方壺列仙子 방장산의 여러 신선에게 말하노니
호분여력자하준 好分餘瀝紫霞樽 그대들이여 신선주 한 잔 주시게나

만수동萬壽洞

무내공산세월최 無奈空山歲月催 하는 일 없이 세월만 보내노라니
창애책책냉금제 蒼崖磔磔冷禽啼 푸는 시냇가의 새소리도 차갑구나
무인죽경설잉락 無人竹逕雪仍落 인적 끊긴 대밭엔 눈덩이 지고
진일시문풍자개 鎭日柴門風自開 닫힌 사립문은 바람이 여는구나
관새여금치로포 關塞如今馳露布 변경에서 지금도 전쟁이 한창이니
민생하처득운예 民生何處得雲霓 백성은 어디서 희망을 얻을까나
석전모옥황한리 石田茅屋荒寒裏 돌밭 띠집의 가난 속에서
지대매초춘신래 只待梅梢春信來 다만 희망의 소식 오길 기다린다네
- 왕사각

용동방황참봉학모龍洞訪黃參奉鶴模

고인가재백운림 故人家在白雲林 아는 집은 백운산 속에 있으니
쌍학번비송십심 雙鶴翻飛松十尋 짝을 이룬 학들이 소나무에 산다네
인득도원진면목 認得桃源眞面目 도원의 진면목을 알 수 있나니
편주무부재래심 扁舟無負再來心 조각배 타고서 다시 찾아 오리라

연곡효발燕谷曉發

수파강간효색청 睡罷江干曉色靑 잠을 깨보니 물가의 새벽이 푸르고

담운소우만허정 淡雲疎雨滿虛汀 엷은 구름 성근 비가 물가에 어리네
금일래간산수굴 今日來看山水窟 오늘 본 산수의 모습들
타시이입화도병 他時移入畵圖屛 내일은 그림으로 옮겨보리라.
거인원락삼묘장 居人院落參苗長 집안 울타리엔 삼씨앗 자라고
과객의삼석기령 過客衣衫石氣零 나그네 옷깃엔 찬기운이 스미네
죽상송호요청의 竹床松戶饒淸意 대자리 솔창에 맑은 뜻 넘치나니
일숙흉금돈각성 一宿胸襟頓覺醒 하룻밤 사이에도 속이 확 깨이겠네
- 왕사천

제매천월곡신거題梅泉月谷新居

한묵유양삼십춘 翰墨悠揚三十春 한묵에 바친 삼십년 세월
기번전사축풍진 幾番轉徙逐風塵 몇 번이나 풍진 때문에 옮겨 다녔는가?
연상만지청삼랭 烟霜滿地靑衫冷 짙은 서리 땅에 가득하니 적삼은 차고
강해연천백발신 江海連天白髮新 강 마을 하늘과 가까우니 백발이 눈에 띄네
만수명정무호주 萬水名亭無好主 만수동 정자는 좋은 주인 잃었는데
방산별서득고인 方山別墅得高人 지리산 별서는 좋은 주인 만났구나
원옹야수상래왕 園翁野叟相來往 시골의 친구들 서로 와서 놀다가니
백묘궁경불환빈 百畝躬耕不患貧 몸소 가는 작은 땅뙈기 가난 근심 없어라.

유거幽居

강상삼봉분외청 江上三峰分外靑 강 위의 삼봉이 분외로 푸른데
잔추풀국석양명 殘秋楓菊夕陽明 늦가을 국화꽃 석양리에 빛나네
담운영습지용와 潭雲影濕知龍臥 연못 속 젖은 그림자는 용이 있음이요
애엽성건인록행 崖葉聲乾認鹿行 절벽 잎사귀 마른 소리는 사슴이 있음이라
협조료경소신정 峽戶了耕燒燼淨 산골 집의 농한기는 타버린 듯 고요하고

어가쇄망안사청 漁家曬網岸沙晴 어가의 그물 말림은 모래처럼 깨끗토다
유거유차임천승 幽居有此林泉勝 이곳에서 사노라니 임천이 좋을 시구
물한공명부조성 不恨功名不早成 공명이 일찍 안온다고 근심치 않는다네
- 왕사찬

이 밖에도 석정(이정직), 해학(이기), 지촌(권홍수), 석전(황원) 율계(정기), 고당(김규태), 효당(김문옥) 등은 모두 구례 문단과 관련이 깊다할 것이다.

4) 선비의 우리말 정신과 가사 문학

광주·나주·장성·창평(담양) 이른바 '광라장창'은 호남사림의 중심지로서, 사림의 대부분은 무등산 원효사 계곡을 중심으로 활동하였다. 처음 호남 지역에 들어온 선비들은 호남에서 오랜 동안 살아온 토착 향반가(鄕班家)의 도움을 받았으며 그 도움의 대가로 자제들의 교육을 담당, 국가에서 책임져야할 백년대계의 일익을 담당, 호남의 선비가 융성할 수 있는 토양을 구축하였는데 학문의 전수 및 강학(講學) 활동은 주로 누정(樓亭)에서 이루어졌다.

다시 말해서 영남의 선비가 경제적 기반을 바탕으로, 오늘날의 사립종합대학교격인 서원을 중심하여 학문연구와 후진 양성을 한 것과는 달리, 호남으로 내려간 선비들은 연고가 거의 없는 지역으로 낙남했던 탓으로 경제적 여유 등이 없었다. 그렇기에 그들은 주로 그 지역 향반가의 도움으로 누정을 건립, 그 곳에서 주로 활동 하였다. 그 결과 호남지역 특히 호남사림의 중심 활동지였던 광주·나주·장성·담양 등에는 많은 누정이 건립되었거니와 그러한 누정에서 지어진 누정 한시는 국문학사의 한 획을 지을 만큼 그 질과 양에서 뛰어나다는 평을 받고 있다.

그런데 누정에서 제자를 가르치고 시를 지으며 나라를 걱정했던 사림

들의 활동은 단순한 현실의 도피에서 나온 패배자의 아우성이 아니라 명분과 의리의 정치가 실천되지 못한 현실적 불합리한 여건에서 나온 우국·충정의 것이었는바 그것을 창조해 내었던 원천과 뿌리는 다름 아닌 도학의 정신과 의리의 자세였음을 간과할 수 없다. 바로 사림문화의 원천인 도학의 정신과 의리의 자세는 국가의 운명이 위기에 처했을 때는 의병활동이라는 실천행동으로 나타났으니 이순신장군의 피맺힌 절규 곧 "호남이 없었다면 나라가 없었을 것이다."란 말로써 대변되거니와, 평상시에는 모순된 정치 현실을 개탄하고 개혁의 목소리를 높히는 대현실 참여의 문학창작 및 자연적 질서와 그에 동화를 갈망하는 물아일체적 서정시의 창작으로 실현되었으니, 교산 허균의 "목릉조에 조선을 대표하는 시인들이 호남에서 많이 나왔으니 눌재 박상 형제, 면앙정 송순, 석천 임억령, 송재 나세찬, 제봉 고경명, 학포 양팽손, 송천 양응정, 국재 오겸, 금호 임형수 등"이 그들이다.

그에 대한 단적인 예가 곧 김덕령 등 호남의 의병활동과 〈식영정 20영〉 등의 한시 및 〈면앙정가〉 등의 가사문학이다. 시간이 흐르면서 축적된 역량과 사림의 정신 무장은 정치에 참여해서는 애국과 애민의 실천으로써 그 어느 지역 보다 구국의 활동이 왕성하였거니와, 물러나 산림에 묻혀 있을 때는 시문(詩文)의 제작과 제자의 양성으로 실천되었다. 특히 무등산 원효사 계곡의 마지막에 위치한 담양은 호남의 사림문화가 집결, 개화된 공간이었다.

그 가운데 담양은 호남 사림의 중심지로서 그 동안 누정에서 갈고 닦은 도학철학의 세계관과 시문의 제작 능력을 자력(資力)으로 국난에서의 구국의병활동과 문학에서의 국문가사문학 창출이라는 독특한 사림문화를 탄생시켰는데 사림활동의 산실인 식영정·풍암정 등의 누정은 옛 사실을 반증이라도 하는 듯이 꼿꼿한 선비처럼 정정하고 생생하게 그 자태를 지키고 있다.

이와 같은 결과 담양은 우리나라 가사문학을 대표하는, 다시 말하여 좌해진문장(左海眞文章)의 고장, 동방(東方)의 이소(離騷) 탄생지인 가사문학의 메카로서, 전원가사의 백미로 꼽히는 〈면앙정가〉〈성산별곡〉과, 충신연주가사의 절창인 〈사미인곡〉〈속미인곡〉, 기행문학의 압권 〈관동별곡〉의 탄생지답게 국내 유일의 한국가사문관을 건립, 그 개관하여 성황리에 운영하고 있다.

다른 한편, 호남사림의 중심지였던 담양군은 조선시대, 조선을 가장 조선답게 긍지 삼을 수 있었던 사림정신과 사림문화의 메카로서 수많은 누정의 시문(詩文)과 국문시가의 백미인 가사문학의 대량 제작(송순의 〈면앙정가〉, 정철의 〈관동별곡〉, 〈사미인곡〉, 〈속미인곡〉, 〈성산별곡〉, 이서의 〈낙지가〉, 남극엽의 〈향음주례가〉 등 18편)해낸 산실이며, 김덕령 장군을 위시한 구국 의병활동의 중심지로서 전국 어느 곳과도 비견될 수 없는 유교문화의 고유 향기를 지닌, 사림 문화의 보고이다.

문화는 어떤 이념이나 세계관을 바탕으로 하여 창조되어지는 것이다. 우리가 사찰문화를 이해하려고 할 때 불교의 세계관이나 그 철학의 정신에 대하여 선행의 지식 없이는 불가능한 이유가 바로 그런 데에 기인한다.

가사문화권에 대한 감상이나 이해 역시 그것을 담당·창출해 내었던 조선시대 호남사림의 세계관과 정신에 대한 이해가 먼저 요구됨은 따라서 너무나 자연스럽다고 하겠다. 주지하는 바와 같이 호남의 사림들은 실천철학인 도학적 세계관을 바탕으로 절의 정신과 의리의 자세를 실천하려는 신념으로 무장된 사람들이었다.

그들은 영남의 선비와는 달리 출(出)과 처(處)의 행동양식에서는 출을, 출하여서는 홍문관·사간원 등 언관(言官)직에 종사하여, 충간과 직언으로써 현실을 직시하는 태도를 취하여 왕등 권력 수뇌부의 비위를 거슬렸다. 그렇기에 잦고 혹독한 사화의 일차적인 피해자가 되기 십상이었으며 그로 인하여 줄곧 현실참여의 길이 좌절되거나 스스로 벼슬길을 포기할 수밖에 없게 되자, 변함없이 낙남의 경우 때와 같이 산과 강 풀 돌 나무 등 은거의 공간 구성원들을 벗 삼아 시회(詩會)와 강학으로 누정의 생활

문화를 실천하였다. 그 대표적인 예가 무등산 자락의 광주호 주변에 누정을 짓고 누정한시와 국문가사라는 독특한 사림문화를 창조해 낸 경우라 하겠다.

호남의 사림문화는 사림들이 생활한 삶의 공간을 배경으로 잉태된 이른바 생태문화였으며 환경친화적 또는 생명문화였다. 그런 맥락에서 볼 때 사림들의 시문학은 곧 오늘날의 생명시론이나 자연시론과 일맥으로 통하는 것이라 하겠다. 조선시대 호남의 사림들이 몸담았던 산과 물 그리고 들녘 등 이른바 삶의 터전이었으며 정신적 위안의 공간이었던 사림문화권 또는 시가문화권들이 지금 개발이라는 미명 아래 어지럽게 훼손되어 조만간 그 실체와 진면목을 상상하기 어려울 정도로 심각하게 훼손되어 가고 있다.

이른바 선현들의 정신과 신념이 배고 스민 문화유적지라는 개념보다는 관광·위락지라는 상품성의 성격으로 전락되었는데, 이런 경향은 지방자치제 실시 이후 얄팍하고 무정견하며 득표 전략적인 자치 단체장의 사리사욕으로 인하여 그러한 타락은 날로 그 속도를 더하고 있다. 그럼에도 불구하고 담양은 전국에서 조선시대 사림의 문화가 그나마 괜찮게 보존되어 있는 곳으로 평가되고 있다.

우리는 그것을 보존·관리함은 물론 사림문화의 체험장으로서 명소화할 임무를 가지거니와 이는 '문화는 있어야할 제 자리에서 공유해야 그 가치가 더욱 빛난다.'는 문화향유의 공유적 원칙이 아니더라도 쉬이 납득되는 사안이다. 또한 가사작품과 누정시문에 등장하는 수많은 값지고 귀한 사림문화유적에 대한 복원사업 또한 소홀히 할 수 없다는 책무를 느끼지 않을 수 없는 바 그에 대하여는 조경, 건축, 환경, 역사, 문학, 사상 등 총체적인 시각에서 체계적이고 구체적인 프로젝트가 있어야 한다는 당위적 결론에 도달하게 된다.

사림의 세계관과 정신에 입각하여 이름 지어지고 의미 부여되었으며 창작 배경이 된 산, 물, 돌, 문화유적 등과 그리고 작품들, 그것들은 모두

가 귀하고 값진 무가지보의 유산이 아닐 수 없는 바, 시급한 복원의 당위성이 주어지지만, 복원하기 위해서는 그에 따른 전문 인력의 양성과, 복원 이후 그것을 보존·관리할 수 있는 전문 인력 및 그것을 명소로서 온당하게 의미 부여할 수 있는 전문 가이드 양성이 요구된다고 하겠다.

또한 담양은 광주·전남의 중심부에 위치한 군으로서 역사문화적 위상과 지리적 장점은 인근의 타 시군 문화유적지와의 테마별 연계관광이 용이한 바, 불교문화인 구례의 사찰 문화권, 트라이 야스기의 문화인 해남의 공룡문화권, 선사시대 문화인 화순의 지석묘 문화권, 조선시대 유교문화의 메카인 장성의 서원문화권, 그리고 신 해양시대 화려한 주인공으로서 각광받고 있는 목포·신안의 해양도서문화권 등과 연계된 투어 시스템 구축이라는 커다란 밑그림을 그리기에 더할 나위 없는 적지라 생각한다.

정보, 정신, 문화, 자원, 노동, 자본, 기술 등이 국력으로 무기화되고 있는 오늘날 우리가 우위를 점할 수 있으며 새로운 패러다임의 주체가 될 수 있는 길은 정신과 문화의 부문이 아닐 수 없는 바 그 폭과 넓이를 무한히 확대할 수 있는 문화관광 분야에서의 고부가 가치창출과 새로운 일자리 창출 및 고용 확대는 중요한 관심사가 아닐 수 없겠다. 그런 취지에서 사찰, 공룡, 지석묘, 서원, 해양 시가 문화 등에 대한 체계적이고 전문적인 지식을 지닌 전문가이드의 역할과 그 몫은 다대하다 아니할 수 없다.

요컨대 우리에게는 담양지역 사림문화 창출의 정신과 원동력을 이해하고 이를 복원·보존·관리·관광자원화 하는 데 필요한 정책마련과 전문인력 양성 및 인근의 풍요롭고 독특한 다른 문화권과의 연계를 통한 연계관광시스템 구축이 요구되는 바이며 나아가 그에 대한 전문적이고 체계적인 지식을 갖춘 전문가이드 양성과 그 활용방안이 시급히 요청된다. 이제 우리는 '사림정신과 문화의 세계화' 및 '문화유적의 고부가가치화'에 지혜와 슬기를 모아야할 때이다.

한문이 아니면 글이 아니라고 생각했던 시절을 숙명처럼 살았던 이 땅의 사람들이 우리의 조상들이 아니던가. 이는 영어가 아니면 취직이나 승진도 못할 뿐만 아니라 인간다운 대우도 받지 못하는 지금의 세태와 무엇이 다르단 말인가. 한자 문화의 도도한 급류를 거슬러 우리말로써 우리의 가슴 속 사연을 우리식으로 불렀던 용기 있고 멋있는 사람들 송순, 정철, 백광홍, 백광훈, 이서, 남극엽, 윤선도, 임제, 김응정, 유희춘, 고경명 등 우리는 자랑스러운 선조를 모셨고 그분들이 있어 우리 고전문학사는 풍요롭고 탄탄하다.

이 몸이 생겨날 제 임을 좇아 생겨나니
한평생 연분임을 하늘모를 일이런가
나 오직 젊어있고 님 오직 사랑하시니
이 마음 이사랑 견줄 데 전혀 없다.
평생 원하기를 함께하자 하였더니
늙어서 무슨 일로 홀로 두고 그리는고

위는 정철의 〈사미인곡〉 일부이다. 우리말결의 아름다움과 유려함, 그리고 진솔한 감성의 표현력 등은 이 땅이 시가의 본향이요, 젖줄이 되게 하였으니 근. 현대 문학기의 김영랑, 박용철, 김현구, 이동주, 서정주, 이병기 등이 그들이다.

한편, 한국문학사에서 문학권(文學圈)을 말할 때 가장 중요시되는 것은 조선시대 호남 인물들의 시문학 활동 중심지였던 광.라.장.창(光州, 羅州, 長城, 昌平)을 손꼽을 수 있겠다. 이수광(李晬光), 정두경(鄭斗卿), 허균(許筠) 등 조선시대의 유명한 평론객들에 의하여 높이 칭송된 많은 인물들이 호남에서 태어났는데 그들은 모두 당대의 걸출한 시인이었다고 한다.

"뛰어난 시인과 문장가로 숭앙된 인물들이 호남에서 많이 배출되었다."
(이수광의 『지봉유설(芝峯類說)』)

"호남에는 높고 깨끗한 山水의 정기가 사람에게 모여 문장(文章)과 기걸(奇傑)한 선비가 많았다."(정두경의 『송천집서(松川集序)』)

"숙종조 호남에는 당세의 저명한 인재가 많았는데 그들은 학문과 문장으로 널리 알려진 인물이다."(허균의 『성소부부고(惺所覆瓿藁)』)

등 한결같이 입을 모아 칭송하였던 인물 중에는 박상, 박우 형제를 필두로 양팽손, 송순, 윤구, 임억령, 오겸, 나세찬, 이항, 김인후, 유희춘, 유성춘, 임형수, 양응정, 박순, 기대승, 고경명, 백광훈, 최경창, 임제 등 헤아릴 수 없이 많다.

위에서 말한 인물들은 각기 명사(名士)로 칭송된 인물로서 당대의 학문과 시문에서 독창적인 시학과 학문세계로써 호남지역 뿐만 아니라, 전국적으로도 그 명성이 자자하였음은 주지하는 바이다. 이들 시학사의 전통은 면면이 이어졌는데 근·현대 문학기의 황현, 김영근, 김영랑, 박용철, 김현구, 이동주, 서정주, 이병기 등이 그들이다.

5) 20,000여 기의 청동기 고인돌 문화

호남 지역은 기원전 1,000년경부터 축조되기 시작한 청동기시대의 유적, 고인돌(지석묘)이 전국에서 가장 많이 분포되어 있다. 1만 9천여 기 이상이 분포되어 있다고 하니 가히 고인돌의 왕국이라 할만하다.

그런데 그 같은 커다란 규모의 고인돌을 조성하는 데는 이를 움직일 수 있는 노동력과 그 노동력을 뒷받침할 수 있는 경제력 및 정치권력이 전제되지 않고는 어려운 일이다. 그렇다면 선사시대부터 강성한 세력집단이 이 지역에 기반을 두고 있었다는 것을 알 수 있다.

특히 화순의 고인돌군은 596기가 밀집되어 있어 세계 최고 밀집지역으로 2000년 12월 2일 고창, 강화와 함께 세계문화유산(2000)으로 등록되었다. 이시기와 같은 시기 유적으로 함평 초포리 석관묘의 청동유물이나 화순 대곡리 출토 청동유물 등도 중요하다.

한편, 사적 제391호인 고창 죽림리 지석묘군은 2000년 지정 당시 도산리와 아산면 상갑리 및 봉덕리 일대 고인돌 등 447기, 화순고인돌은 도곡면 효산리와 춘양면 대신리 일대 고인돌 596기, 강화고인돌은 하점면 부근리고인돌 등의 70기 등에서 820여 기가 세계문화유산에 등재되었다. 고창읍 죽림리 매산마을을 중심으로 죽림리, 봉덕리, 상갑리 일대에 동서로 약 1,764m 범위에 447기가 분포해 있다. 죽림리 고인돌은 해발 15~65m의 등고선을 따라 일정한 높이에 442기가 자리잡고 있으며, 도산리 지동마을에도 고인돌 5기가 남아 있다. 고창 고인돌 유적은 행정구역에 따라 상갑리·봉덕리, 죽림리, 도산리 3개 지역으로 나누고, 각 지역 내에 모여 있는 상태에 따라 상갑리, 봉덕리는 4개 지구, 죽림리는 6개 지구로 구분된다. 고창 고인돌의 특징은 좁은 지역 안에서 440여기가 밀집되어 있다는 점이다. 고인돌의 형식은 탁자식·기반식·개석식과, 탁자식의 변형이라 할 수 있는 지상석곽 형 등 다양한 형식이 있으며 채석장 유적도 발견되었다. 무덤방 안에서 부장 유물은 거의 발견되지 않았다.

이와 같이 고인돌이라는 고대국가의 고급유산은 호남 지역이 소리와 갯벌 문화로 대변되는 질펀함과 풍요로움 이외에도, 정제되고 품격을 갖춘 고급문화 또한 창조하고 누려온 지역임을 잘 대변해 준다고 할 것이다.

6) 탈 신라 정신의 구산선문(九山禪門)과 고려 건국

고려는 호남인, 김심언, 최지몽, 문공왕후 박씨(박영규 딸), 동산부인박씨(박영규 딸), 김황원, 장화왕후, 문공인, 두경승, 정지, 김구 등이 왕건과 함께 세우고 키운 나라였다. 통일신라시대 말기에 이르러서는 민중과 연결된 선종(禪宗)사찰이 개창되었는데, 장흥 가지산의 보림사, 곡성 동리산의 태안사, 남원 지리산의 실상사, 화순 사자산의 쌍봉사 등 선종 사상은 호남 지역이 중심이 되었다.

구산선문(九山禪門)을 중심한 선종 불교는 고려 건국의 막강한 힘이 되었는데 이는 신라의 5교 중심에서 벗어난 신흥의 불교 운동이다. 호남 지역은 영산강과 탐진강을 끼고 바닷길과 연결되어 일찍부터 중국 등과 교류를 통하여 고등의 사상과 문화를 받아들여 우리 것으로 만드는데 앞장섰다.

고려 건국의 힘이 구산선문 이며 남도가 중심이 되었다가, 왕건이 후세 왕에게 교훈의 목적으로 남겼다는 〈훈요십조〉의 발견으로 남도의 정치적 입지는 크게 약화되었다.

굳이 어려운 경전을 읽지 않고 참선을 통한 직지인심(直指人心), 견성성불(見性成佛)의 선종을 사상배경으로 하는 지방호족 세력이 고려왕조 건국의 기반이 된 것은 시대적 요청이었다. 이 지역에서는 후백제 견훤이 기병하여 45년간 활약하지만, 서남해안과 내륙이 연결되는 바닷길과 내륙의 곡창지대를 배경으로 호족연합세력이 구축되어 고려왕조의 기반이 되었던 것이다. 무안 몽탄과 나주 완사천, 금성산 등은 왕건과 관련된 대표적 유적이다.

견훤이 나주에서 진을 치고 야망을 키우고 있었지만, 나주인을 포함한 호남인들은 사사로운 감정에 휘말려 순리적인 시대 변화의 요구와 개혁의 정신을 망각하지 아니하고, 외지인 왕건을 도와 새로운 정부를 탄생시켰던, 미래 지향적인 혜안과 대의와 명분을 좇으려는 올곧은 이성의 논리적 사고를 지닌 사람들이었다.

7) 비취(翡翠)의 원숙함과 상감청자

고려시대에 이르러 우리 남도가 청자의 발상지이며 그 발전과 생산의 중심지라는데 가장 큰 의의가 있다. 중국의 월주요(절강성), 요주요(산시성), 여요(하남성) 등의 영향으로 남에는 강진청자(대구면 일대 청자 요지

188개소, 한국 청자 요지 50%, 사적 제68호, 10~11세기: 순청자, 12~13세기: 상감청자, 국가 보물급 청자 80% 생산지), 북에는 부안청자로 대변되는 남도의 청자, 청자는 이옥사신(以玉事神, 옥을 가지고 신을 섬기는 자세, 옥이 귀하게 되니 옥과 닮은 대체품으로 만든 것이 옥색 곧 비취색의 청자이다)의 일념에서 나온 인간 지혜의 정수로 태어난 걸작이 아닐 수 없다.

고려청자에 대한 평가는 굳이 우리의 입을 빌리지 않아도 될 것 같다. 송나라 서긍이란 사람은 우리나라의 문물과 풍습 등을 기록한 『선화봉사 고려도경』이란 책을 저작했는데 그 곳에서 고려의 순청자에 대해 "도기의 색은 푸른데 고려인은 비색이라 부른다."고 하여 우리의 순청자가 비색임을 밝히고 있으며, 북송 때의 태평노인은 『수중금(袖中錦)』이란 책에서 "청자만은 중국의 많은 명요산(名窯産) 청자를 빼놓고 외국산인 고려의 비색 청자를 천하제일로 꼽았다."고 했다.

그렇다면 왜 청자는 그렇게 오랜 세월, 제작되고 향유되었을까? 그 이유는 두 가지로 요약된다. 먼저 청자의 옥이 갖는 대체 기능이다. '이옥사신(以玉事神)' 하기 위해서는 옥이 필요했는데 옥이 부족하자 그것 대용으로 옥색의 청자가 필요한 것이다.

다음은 청자의 기능성이다. 청자에서 발생하는 기(氣)와 그 기가 주는 혈액 순환 등 건강에의 이로움, 음식 저장에 있어서의 탁월한 보관성, 그리고 장식 상 필요한 외관상의 아름다움의 미감과 그릇에 새겨진 수복, 강령, 장수 등 여러 기원성 문구가 갖는 호신성의 기능뿐만 아니라 거북, 구름, 사슴, 학 등과 연, 버들, 부들 등 여러 문양의 다양한 상징성 등이 발산하는 데서 느끼는 행복감과 삶의 질 향상감 등의 영향이라고 판단된다.

이처럼 세계적 예술품인 고려청자의 제작 가마터(도요지)가 강진군 대구면 일원에 180여 개소 분포되어 있다. 고려시대에 왕도(개성)에서 사용했던 도자기의 대부분을 강진에서 생산했으며 중국 남송의 황실에서도 강진 청자를 무척 애호하였는데 지금도 절강성 항주의 남송 관요박물관에는 강진 청자의 여러 종류가 전시되어 있고 많은 개인 소장가들을 어렵지 않게 만날 수 있다.

현재 국가지정 국보와 보물급 청자 중 80% 이상이 강진 산으로 추정되고 있다. 강진 대구면 사당리 일원 20여 만 평이 사적(제68호)으로 지정되어 있는 가운데, 강진군은 청자박물관을 1997년 9월 2일 개관했다. 강진 청자 이전 단계의 초기청자도요지로서 해남 산이면 진산리와 화원면 일대의 녹청자(녹자) 가마터 또한 빠뜨릴 수 없는 곳이다.

다른 한편, 전북 부안의 청자 역시 호남인의 창조 정신과 밀접한 관련이 있는 소중한 문화유산이다. 세계 최고로 손꼽히는 도자기 중 하나가 바로 고려청자다. 청자는 중국으로부터 전해졌지만, 독특하고 아름다운 비색(翡色)을 자랑하는 독창적인 고려창자로 발전했다. 전북 부안은 전남 강진과 함께 고려청자가 전성기를 구가하던 곳이자 최상품의 청자 생산지였다. 가마터가 남아 있는 유천리에 들어선 부안청자박물관은 아름다운 비색을 뽐내는 800여 년 전 고려청자를 만나볼 수 있는 특별한 공간이다.

고려시대 부안은 최상품의 청자를 생산하는 데 필요한 최적의 요건을 갖춘 곳이었다. 질 좋은 흙과 나무가 풍부했고, 청자를 실어 나를 수 있는 해상교통이 발달했다. 고려시대 문신이자 문장가로 잘 알려진 이규보가 부안의 작목관으로 부임해 궁재로 쓰일 나무를 관리했고, 여몽 연합군이 일본 정벌 때 함선을 만들었던 곳도 부안이다. 그만큼 품질이 우수한 목재가 생산되던 곳이었다. 고려청자는 주로 왕실과 중앙의 귀족이 사용했기 때문에 바다를 통해 홍성, 태안, 강화를 거쳐 개성까지 실어 날랐는데, 그 출발점이 안흥창 인근이었다. 안흥창은 고려시대 조창이 있던 곳으로 현재 곰소 항 주변이며, 청자 도요지인 유천리와 매우 가깝다.

부안의 청자가마터는 보안면 유천리와 진서면 진서리 일대에 남아 있다. 지금까지 70여 곳의 가마터가 발굴되었다. 최초로 발굴한 사람은 1929년 조선총독부 소속의 노모리켄이라는 사람이다. 그 후 많은 일본인들이 고려청자를 도굴해서 자국으로 반출하는 등 고려청자가 수난을 겪었다.

지금 부안 청자박물관에서 만나는 다양한 청자 파편과 고려청자는 광복 이후 이화여대에서 구입한 것들과 박물관 측이 주기적으로 구입한 유물들이다.

청자의 시작은 중국의 도자문화였지만, 고려시대 전반에 걸쳐 장식성과 실용성을 두루 갖춘 대표적인 공예품으로 자리 잡았다. 이후 세월이 흐르면서 고려의 독창적인 청자로 변화했다. 비색으로 불리는 청자의 빛깔과 독창적인 상감기법의 창안이 이를 입증한다. 이처럼 호남인들의 창의 정신은 도자의 고향으로 자부하던 중국 대륙인을 놀라게 하였는데, 이제는 전 세계인을 놀라게 할 창조 문화의 원천으로 활용될 날이 멀지 않았다고 생각한다.

호남의 자기 문화를 언급하는 자리에서 빼놓을 수 없는 것이 바로 분청사기다. "그대, 이름을 말해다오. 이 세상 이름 없는 물건이 어디 있단 말이오?" 분장회청사기(粉粧灰靑沙器, 청자에 분을 발라 장식한 그릇)의 준말로 통칭 분청사기라 부르는 고려청자와 조선백자와의 사이, 곧 14세기 중엽부터 16세기 중엽까지, 약 200여 년 동안 제작된 그릇은 본래 그 이름이 뭐였는지 분명치 않다.

고려청자를 만든 사람들, 그들은 고려 말에 이르러 사회, 경제의 혼란으로 한 곳에 정주하여 고급자기를 만드는 일에 전념할 수 없었다. 잘 아는 바와 같이 예술은 패트론(후원자)이 있어야 가능한데, 도자기의 패트론은 두 말할 필요도 없이 고급 수요자층이었다. 하지만 정국이 불안하니 고급 다완(茶碗)에 차를 끓여 마실만한 여유 등이 흔치 않았을 것임은 짐작이 간다. 결국 고품격 고려청자는 수요와 공급의 불균형으로 쇠퇴의 길을 걸었다.

전국으로 뿔뿔이 생업을 찾아 나선 청자 도공들, 그들은 자신이 정착한 곳에서 소규모의 가마를 운영하면서 생계를 위한 활동으로 도자기를 만들었다. 하지만 그들이 만든 도자기는 세련된 고려청자와 같은 정형화된 고급품이 아니라 실제 민간에서 사용할 수 있는, 어떤 조건에도 크게 구애됨이 없는 실용자기류였다. 이런 면에서 분청사기를 '민족자기'라 부르기도 한다.

곧 분청사기가 만들어진 시대는 중국의 백자 등 훌륭한 자기가 많이 유입되어 있었는데도 그것을 모방하거나 그대로 사용하지 않고 상감청자의 바탕 위에서 달라진 시대적 환경과 새로운 수요자층의 요구 등에 맞추어, 독창적으로 우리의 기술을 가지고 새로운 자기를 만든 장인들의 미감과 주체성이 주목된다.

이렇게 분청사기라는 새로운 자기가 만들어지게 된 데에는 앞서 말한 것 외에도 우선 그 제작 기술이 고려청자 보다는 용이하다는 점(물론 그릇 전면에 상감을 실시한 면상감 등은 조선만의 독특한 고도의 제작 기술을 요하는 기법으로 조선 시대 기술 혁신의 개가凱歌라 부름), 국가에서 금속기 보다는 목기나 도자기 사용을 독려한 점, 그리고 세종대왕이 독창적인 민족문화의 계발과 창달의 차원에서 외래문화의 수용 보다는 우리 전통문화의 우수성을 강조한 점 등을 들 수 있겠다.

훌륭한 왕이란 어떤 사람일까? 두 말할 필요도 없이 눈부신 문화를 창조할 수 있도록 멍석을 깔아준 왕이 아닐까? 전통과 민족정신을 강조한 세종대왕의 국정 철학이 분청사기라는 새로운 자기문화를 이루었다. 왜냐하면 그의 치세(1418~1450) 동안에 분청사기는 화려한 꽃을 피우는 전성기를 맞았기 때문이다.

분청사기는 백토를 그릇 표면에 씌우는 7가지 백토분장기법에 의하여 독특한 무늬를 창조하였는데 상감 기법(주로 면상감 기법), 인화기법, 박지 기법, 철화 기법 등이 대표적이다. 뿐만 아니라 무늬의 시문에 있어 모란당초, 연꽃, 풀과 꽃, 버드나무, 물고기 등의 문양이 구애받지 아니한 듯 수수한 자연스러움과 천진성, 소박성과 활달성, 대범성, 파격성과 해학성 등을 맘껏 드러내 보이고 있으며 여러 자기에 관사명(官司銘)을 새기고 있다는 특징을 지닌다.

이렇게 등장한 분청사기는 전국 324개의 도자기소에서 활발하게 제작되었는데 각 지역마다 조금씩 차이를 보인다. 우리 지역 광주 충효동 가마에서 나온 제품은 각종 글씨가 새겨져 있고 인화, 상감, 음각, 박지, 귀얄, 철화 등의 기법이 우수한데 그 중 분청인화 국화무늬 덕녕명 접시가 유명하다.

고흥 운대리에서 제작된 것은 박지, 음각, 귀얄, 덤벙의 수법을 쓴 분청사기로 이름 나 있으며 인화 기법의 대접 편 등은 분청의 말기적 현상을 보이고 있다.

분청사기는 어떤 규제나 간섭이 크지 않았기에 제품이 조잡하기는 하지만 이는 말기적 현상이고 대체로 유약의 투명성, 박지 등 다양한 기법의 분청 방식, 활달하고 새로운 집단 연권 무늬, 방사성 파상 무늬, 연당초무늬 등, 문양에서의 구도상 빈틈없는 짜임새 등을 실현시켜 서민용 용기로서 한 시대를 풍미했다.

청자를 모토로 했지만 다양한 장식 기술과 시대적 분위기의 반영 등에서 청자와 구별되는 분청사기는 우선 문양 기법에서 자유분방하며 대담하고 활달하다. 그래서 서민적이라 불렀을까?

시대적 요구로 태어난 분청사기, 자유로운 제조 기술 속에 한없이 드넓은 포용의 가슴을 지닌 그대는 세조 연간에 관요적(官窯的) 성격을 띤 '사옹원' 분원을 경기도 광주에 두게 됨에 따라 '막 그릇 화' 되는 현상을 보이면서 무늬의 짜임새가 흐트러지고 압인 상태 등이 고르지 못거나 분장한 백태 등이 매끄럽지 못하는 등 제작의 소홀함을 보이면서 16세기 중엽 백자에게 책무를 맡기고 역사의 뒤안길로 접어든다.

이러한 분청의 뒤를 이는 호남의 도자문화는 옹기의 독자적인 발전과 진화와는 달리 현대의 다완과 청자, 백자, 분청 등으로 변신과 환골탈태를 거듭하면서 플라스틱 등과 맞서 현대인의 고품격 생활문화의 수요와 욕구에 부응하고 있다. 특히 고현 조기정과 동흔 이용희 등이 고려청자를 재현하는데 성공하였으며, 광주 출신으로 중국과 일본에서 커다란 활동을 펼치고 있는 다완 전문가 조재호(1954~)는 느닷없는 상상력과 법고창신의 제조 기법으로 국제적 명성을 떨치는 등 호남 도예의 정맥을 잇고 있다.

8) 개혁 정신의 기수 정혜결사(定慧結社)와 백련결사(白蓮結社)

고려시대에는 고려속요 〈삼장사〉에서 보는 바와 같이 불교의 타락이 만만치 않았나 보다. 그러한 불교개혁운동으로 결사운동이 일어났는데 전국적으로 유명한 결사운동은 두 차례로서 그 두 번 모두 전남지역에서 있었다.

순천 송광사의 수선사 정혜결사, 강진 백련사의 만덕사 백련결사가 그 신앙 결사였다. 고려 말기 교종은 학문불교이자 체제불교였고, 선종은 은둔불교적인 성격이 강해 일반 대중에게서 멀어졌다. 교종 종파 내의 대립뿐만 아니라 교종과 선종 사이의 갈등도 심각했으며, 무신 난과 몽골침입 등 정치·사회적인 변화도 급격했다.

이에 불교계에서는 기존 불교를 반성하고 불자의 각성을 촉구하는 강렬한 비판의식이 팽배했다. 이와 같은 분위기 속에서 각종 수행결사가 유행했는데, 대표적인 것이 보조국사 지눌(1158~1210)의 정혜결사와 원묘국사 요세(圓妙國師 了世, 1163~1245)의 백련결사이다.

불교수행의 핵심을 이루는 정(定)과 혜(慧), 곧 선과 화엄은 둘이 아니라는 인식 아래 두 가지를 함께 닦자는 수행 실천운동인 정혜쌍수(定慧雙修)는 돈오점수(頓悟漸修)라는 말로 요점 정리된다. 돈오(頓悟)란 인간의 본심을 깨달아보면 부처와 조금도 다름이 없다는 것이며, 점수(漸修)란 비록 돈오하여도 번뇌는 곧 제거되는 것이 아니므로 점진적으로 끊임없이 수행해야 한다는 것이다.

정혜결사 정신은 오늘날 우리 불교의 큰 맥을 이루는 조계종에 닿아 있으며, 정혜결사의 본거지인 전남 송광사에는 오늘날에도 여름이나 겨울 결제 때가 되면 지눌의 정혜결사 정신을 잇는 스님들이 전국에서 몰려든다.

백련결사는 정혜결사와 같은 시기에 불교계 내부의 분열과 대립, 타락에 대한 비판으로 출발하였으나 정혜결사와는 달리 대각국사 의천(1055~1101)의 뜻을 이어 천태종의 실천을 택하여 법화경 독송 · 예불 · 염불 · 참회 등의 수행법을 중요하게 여겼다.

불교가 신앙이나 종교만이 아니고 당시 사회를 지배하는 이데올로기였기 때문에 불교개혁운동은 곧 사회개혁과 국가개혁 등을 추구하는 운동이었다. 호남 지역에서 있었던 불교계의 개혁 운동은 불의에 항거하는 의병 운동과 민중 혁명, 그리고 독립 운동, 개혁과 부정부패 척결 운동 등의 뿌리가 되었는데, 이는 임진왜란 때의 의병 운동, 동학혁명 운동, 광주학생운동, 5 · 18민주화운동, 촛불 운동 등 개혁 정신이 요구될 때는 언제나 자연스럽게 발로되었다.

9) 문학, 사학, 철학의 거목들

호남의 사림은 일반적으로 임억령, 정철 등 문학계 사림, 박상, 김인후 등 도학계 사림, 고경명, 김천일 등 절의계 사림, 위백규, 하백원 등 실학계 사림 등으로 나누어 평가하곤 하는데 이는 그만큼 선비의 수가 많음은 물론 다양한 성향을 나타내 보이고 있음을 웅변하는 것이라 판단된다.

호남의 사림은 낙향하여 향반으로서 자리를 굳힌 재지품관과 낙남 등 이주한 사족들을 중심으로 형성되었다. 그런 사람은 기묘사화(1519)의 영향으로 사림의 맥이 분명히 드러나기 시작하였다. 기묘사화에 연루되어 기묘명현으로 추앙받은 인물로는 박상, 양팽손, 최산두 등이 있으며, 기묘사화로 말미암아 이 지역과 관련을 맺게 된 인물은 기진(奇進, 1487~1555) 등이 있었다.

조선조의 명실상부한 "선비문화"가 확립되어가던 중종과 선조 시절, 호남 역시 "인물의 보고"라 칭해질 만큼 많은 인물들이 활동하면서 나름 지역적 학문 기반을 다졌다. 그렇게 하여 생성된 집단이 이른바 "호남사림"이며 그들이 주축이 되어 이룬 문화가 곧 호남사림문화이다. 그 중에서 특히 가사문학 등 문학적 활동이 매우 돋보인다. 다음에서 사림 몇 사람을 보기로 하자.

박상(1474~1530)은 아버지 박지흥이 수양대군의 왕위 찬탈(계유정난, 1453)에 불만을 품고 처가인 광주에 이주하여 이 지역에 뿌리를 내리게 되었다. 박상의 형 박정은 김종직과 교류하였으며 그로부터 박상 역시 학문적 영향을 받게 되었다. 박상은 담양부사로 있으면서 순창군수 김정 등과 함께 1515년(중종 10) 8월 8일에 중종의 부인 〈신씨복위소〉를 올렸는데 이 상소는 그보다 두어 달 전인 6월 12일에 왕이 직언을 구하는 하교를 내린데 따른 것이었다. 이 상소는 그 뒤에 기묘사회의 한 원인(遠因)이 될 정도로 커다란 반향을 일으킨 사건이었다.

여기서 우리는 박상의 부임지가 담양이라는 것을 눈여겨 볼 필요가 있다. 그것은 〈신비복위소〉를 올린 때보다 24년 전인, 1491년에 생육신의 한 사람으로 추앙받는 추강 남효온이 담양에 들러 당시 교관 김빈의 요청에 따라 〈담양향교보상기〉를 지었던 것과 무관치 않다.

남효온은 소릉(昭陵, 단종의 생모인 현덕 왕후의 릉)복위 상소를 제기한 일이 있는데 이 같은 의로운 행적에 후인들이 영향을 받았을 법도 하다는 것이다. 어쨌든 박상의 〈신비복위소〉는 사림의 세력을 결집시키는 계기를 만들었다. 박상의 문하에서 송순, 임억령, 정만종 등 호남 지역의 대표적인 사림들이 등장하게 되었으니, 이 지역 사림의 한 맥을 형성하였다고 할 수 있다. 박상의 동생인 박우에게서 태어난 박순은 영의정에 올랐다.

최산두(1483~1536)는 무오사화(1498)에 연루되어 유배되었던 김굉필(1454~1504)이 평안도 희천에서 전남 순천으로 유배지를 옮기면서 그 문하에서 공부를 하게 되었다. 과거에 급제하여 관직을 역임하다가 기묘사화에 연루되어 동복에서 유배생활을 하게 되었다. 그의 문하에서 김인후와 유희춘 등이 수학하였으며, 김인후로부터 정철, 기효련, 변성온, 양자징 등이 배출되었는데 김종직, 김굉필 등으로 이어진 도학의 맥이 최산두에게 이어지고, 다시 호남 사림으로 맥을 잇게 되었던 것이다. 김굉필에게 최산두와 함께 수학하였던 유계린은 그의 아들 유성춘과 유희춘에게 학문을 전했는데 유희춘은 『미암일기』(보물 제260호)를 남긴 인물이다.

기묘사화에 연루되지는 않았지만 호남 사림의 형성에 중요한 역할을 한 사람으로 송흠(宋欽, 1459~1547)이 있다. 송흠은 연산군의 학정에 반발하여 관직을 버리고 영광에서 후진 교육에 노력하였는데, 그의 문하에서 양팽손, 나세찬, 송순 등이 배출되었다. 양팽손의 영향을 받은 인물로는 정철, 백광훈, 최경회 등이 있다. 따라서 송흠의 영향을 받아 호남사림의 일파가 형성되었다고 할 수 있다.

학문적으로 명성을 날린 대표적 인물로 하서 김인후(1510~1560)와 고봉 기대승(1527~1572)을 들 수 있다. 김인후는 김안국과 최산두로부터 학문을 배웠으며, 인간의 본성과 천명(天命)이 어떻게 연관 지어질 수 있는가에 주목하였다. 김인후의 성리학적 이론은 기대승에게도 이어졌다.

기대승은 기묘사화와 관련되어 광주로 이주한 기진의 아들이다. 기대승은 이황과 4단(端) 7정(情)의 논의를 통해 자신의 성리학적 견해를 분명히 하였다. 기대승은 4단과 7정에 모두 이(理)와 기(氣)가 함께 발현한다는 주장을 펴 이기일원론(理氣一元論), 이기공발론(理氣共發論)적 입장을 표명하였다. 기대승은 경세(經世)에도 관심을 가졌으며, 조광조가 표방하였던 도의정치(道義政治)를 주장하였다. 이는 호남사림이 기묘사화와 깊은 관련을 맺고 있음을 보여주는 것이다.

여기서 호남사림의 학맥과 인맥에 대하여 살펴보자.

호남(전남)의 사림들은 재지적 기반을 형성하여 서서히 등장하다가 중종반정(1506) 이후에 주로 활동을 하게 된다. 특히 서경덕, 조광조, 김굉필과 연계되어 경기, 충청 지역 출신의 인사들과 관계를 맺었던 인물들이 주요 인사로 활약하였다. 그 중에서도 기묘사화와 관련된 기묘명현(己卯

名賢)들이 호남 사림의 주요인물로 부각되었다.

16세기 초에는 호남 사림들이 김굉필, 최부, 송흠, 박상, 이항 등 5계열로 구분할 수 있으며 16세기 전반에 이르면 서경덕 계열과 송순 계열로 재편된다.

서경덕 계열로는 박순, 정개청, 노수신(진도 유배시 교류), 윤행, 윤의중 박응남, 이발, 이길 등이다. 이들은 박순(서인)을 제외하고는 거의 동인으로 활약하였으며, 정개청, 이발, 이길 형제는 동인의 중심인물이 된다.

송순계열로는 김인후, 나세찬, 기대승, 임형수, 임억령, 양산보, 양응정, 오겸 등이 있는데 김굉필, 송흠, 박상, 이항 계열이 이에 속한다. 이들은 후에 정철, 고경명, 김천일, 이후백, 신희남, 정엄 등 서인으로 연결된다.

노수신, 박순, 윤의중, 박응남, 유희춘, 기대승, 이후백, 오겸, 송순 등은 관료로 활동하였으며 유희춘과 기대승은 경연을 주도하면서 사림정치를 정착시키는데 공헌한다.

이 시기에 이들이 지역에서 학맥과 인맥을 통하여 서로 교류하면서 토론, 창작하던 공간이 바로 서원과 향교, 그리고 누정이며 특히 누정은 그 중심 공간이 된다.

호남 사림들의 정신적인 토대와 그 실천성은 임진왜란(1592)과 병자호란(1636)이라는 국가적 환난에 직면하여 타 지역과는 비교도 안 되는 활발한 의병봉기와 충절로 표출되었고 양란 이후 사회의 모순이 노정되었을 때는, 날카로운 비판적 식견과 개혁논의(실학)로 본연의 지성적 책무를 다하였다고 할 수 있다.

호남사림은 인간관계에서 나타나는 혈연이나 지연 관계를 통해서도 중앙 진출은 물론 향촌에서의 교류 활동도 활발하게 하였다. 특히 통혼(通婚)은 혈연관계를 확대시킴으로써 서로의 유대를 강화시켰다. 호남 사림의 분류는 다양하게 할 수 있다. ㉠ 그들 서로의 관계 맺음으로 분류하거나, ㉡ 유교의 사상적 측면에서 도학, 성리학 등으로 분류하기도 하며, ㉢

실학의 차원에서도 분류하기도 한다. 이와는 달리 ㉣사림정신, 절의정신, 실천정신 등 의식적 특징으로 구분하기도 한다. 마지막으로 ㉤도학계, 문학계, 절의계, 실학계 등 그 성향으로 부류를 나누기도 한다.

이 경우 특정인을 한 부류에 고착화시킬 수는 없음은 물론이다. 호남 사림 전체적인 측면과 함께 주로 영산강유역에서 출생 또는 활동한 사림과 그들이 일군 문화(사상)를 간략히 정리해 보면 다음과 같다. 아래에서는 성향에 따라 호남 사람을 나누어 살피기로 한다.

㉠ 도학계 사림

호남지방의 도학계 사림은 일반적인 사림의 성장과 맥을 같이한다. 왜냐하면 사림이 지향한 바가 도학정신이었기 때문이다. 초창기 도학계 사림은 박상(1474~1530)과 김인후(1510~1560), 기대승(1527~1572) 등이 호남사림의 성장기와 동시에 성리학의 이기설(理氣說)을 크게 발전시켜 호남뿐만 아니라, 한국 성리학 발전의 중요한 이정표를 세웠다.

특히 기대승과 이황의 사칠(四七) 성리논변은 성리철학의 사변화(思辨化)를 이루는데 크게 기여하였으며, 도학정치를 주장하다가 화순 능주에 정배된 조광조 역시 호남 도학계 사림의 성장에 상당한 영향을 주었다. 이들은 광주와 장성(황룡강)등 영산강 유역에 지역적 기반을 두고 활동했던 인물들이인데 능주 역시 영산강의 한 갈래인 지석강(영벽강)이 감고 도는 곳이기도 하다.

박상은 1501년(연산 7) 문과에 급제하여 사림세력으로 중앙정계에 진출하여 도학정치에 기여한 인물이다. 1515년(중종 10) 담양부사 재임 시 순창군수 김정과 더불어 당시 폐비된 신씨의 복위상소를 올렸다가 훈구세력들의 배척을 받은바 있다. 그는 충주 박씨로 사림파의 도통(道統)과 관련하여 당시 광주권의 유학발전에 선두적 역할을 하고 있었으며 문하에서 송순, 임억령, 정만종 등을 배출하였다.

김인후(1510~1560)는 장성에서 생장하였다. 어려서부터 시문을 잘 하였고 과거에 합격한 후는 호당에 들어가 퇴계와 더불어 교유하였다. 인종이 즉위한 후 옥과현감이 되었다가 인종의 승하소식을 듣고 벼슬을 사직한 후, 다시는 출사하지 않고 향리에 내려와 성경(誠敬)공부에 진력하였다. 송순, 김안국, 최산두 등의 그 문하에 출입하였다. 그는 일재 이항과 고봉 기대승과도 교류하였으며, 문하에서 변성온, 기효간, 정철, 양자징, 오건, 안증, 조희문, 남언기, 노적, 신각, 윤기, 서태수, 김종호, 김제안, 양산해 등을 배출하였다.

김인후는 주자의 성경설(誠敬說)을 따랐으며 태극과 음양의 일물설에 대하여, 그는 만물은 이와 기의 혼합이므로 태극과 음양은 하나의 것이라고 할 수 없다는 입장을 견지하였다. 사단(四端)과 칠정(七情)에 대하여는 주자가 말하였던 '사단은 이에서 발하고, 칠정은 기에서 발한다'는 입장을 지지하였던 것으로 보인다.

기대승(1527~1572)은 숙부 기준(奇遵, 1492~1521)이 기묘사화 때에 조광조 등과 같이 화를 당하고 유배지 은성에서 죽게 되자, 아버지 기진(奇進, 1487~1555)이 호남으로 이거한 것이 광주정착의 계기가 되었다. 그는 〈심경(心經)〉을 위시한 성리학의 공부가 깊고 정밀하였는데 퇴계와의 유명한 사칠논쟁(四七論爭)으로 성리학의 이론적 심화에 기여하였으며 후대 노사 기정진의 철학사상에도 영향을 주었다.

기정진(1798~1876)은 근세 성리학의 6대가로 칭송될 만큼 저명한 성리학자로 본원적이고도 이상론적인 성리설을 주장하였다. 그의 학문은 이최선·정재규·기우만 등으로 계승되었고 정치적으로는 위정척사의 입장에 있었다.

무안(현재의 함평 엄다면 재동)출신으로 나주에 강학활동을 했던 곤재 정개청의 도학사상, 나주 미천서원에 배향된 미수 허목의 경학과 경세사상 등도 호남 성리학 발전에 큰 영향을 미쳤다.

ⓛ 문학계 사림

사림문학은 한문으로 지어진 도문(道文)일치의 재도(載道)문학이 주류
이지만, 16세기 이후에는 한글로 지어진 가사와 시조문학으로도 크게 발
전하였다. 원래 사림은 경학(經學)에 치중한 대신 사장(詞章)은 등한시하
였으나, 기본적으로 문사철(文史哲)이 불가분의 관계에 있는 것이고 보면,
거듭된 사화나 당쟁으로 낙향하거나 유배된 사림들이, 억울하고 분한 마
음은 물론 대의와 명분에 어긋난 불합리한 현실에 대해, 풍자 등을 활용
한 글쓰기나 글짓기는 홀대할 성질의 것이 아니었다. 가사나 시조문학의
탄생도 이러한 조류나 원인의 영향을 받아 탄생하였다. 가사는 〈면앙정
가〉를 남긴 송순과 〈관동별곡〉〈성산별곡〉〈사미인곡〉 등을 남긴 정철이
유명하다.

나주 회진, 즉 영산강 본류의 한복판에서 출생한 임제는 사회를 풍자하
고 방랑하면서 가전체 소설인 〈화사〉를 지었고, 자연으로의 도피 및 노장
적 허무주위에 빠지거나 외세의 침략으로 비분강개한 심정을 읊은 작품
도 남겼다. 이러한 유를 방외인문학이라고 하는데, 이러한 시대적 상황과
환경적 요인 그리고 문학적 감성이 풍부한 인물들이 어우러져 호남지방
의 처사문학(處士文學)을 크게 발전시켰다. 그는 호탕한 성격에 시와 문
장을 잘하였다. 당쟁이 일고 세상이 어수선해지자 벼슬을 단념하고 명산
대천을 찾아 자연을 즐기며 사는 방랑시인적 기질로 세상을 비꼬며 지내
기도 하였다. 송순 문하에 출입하였는데 〈면앙정부〉를 지어 면앙정 주변
경개를 찬미하기도 했다. 그의 한문소설 〈화사(花史)〉와 〈수성지(愁城志)〉
는 의인체 가전 소설로서 조선조 소설문학에서 빼놓을 수 없는 작품들이
고, 〈총상비가(塚上悲歌)〉〈한우가(寒雨歌)〉 등의 명 시조도 남겼다.

한문시가문학은 호남의 문학적 풍토와 관련하여 사림 성장의 초기부터
활발하게 발전하였다. 조선 후기 이수광은 『지봉유설』〈문장부〉에서 "근
년의 시인은 호남에서 많이 배출되었는데 눌재 박상, 석천 임억령, 금호

임형수, 하서 김인후, 송천 양응정, 사암 박순, 고죽 최경창, 옥봉 백광훈, 백호 임제, 태헌 고경명 등은 모두 뛰어났다."라고 하였다.

이들 가운데 옥봉 백광훈과 석천 임억령 외에는 대부분이 영산강 유역인 나주, 광주, 장성, 영암에서 출생하였다. 백광훈은 탐진강권인 장흥, 임억령은 남해권인 해남에서 출생했지만 교류와 활동은 영산강 유역권이었다.

눌재 박상은 성현(成俔)・신광한(申光漢)・황정욱(黃廷彧)과 더불어 서거정 이후의 4가(四家)로 일컬어진 문장가 겸 시인이었고, 면앙정 송순과 석천 임억령은 그의 문하생이었다.

면앙정 송순은 풍류 호매한 일대의 명재상으로 강호가도(江湖歌道)를 개척한 선구자였고, 면앙정시단의 주인공이기도 했다. 국・한문시가에서 모두 뛰어났다.

석천 임억령은 호남의 사종(詞宗)으로 받들어지는 사람이며, 하서 김인후, 둔암 안축과 더불어 호남 3고(三高)라고 칭송받았다. 석천의 시는 이백의 솜씨와 견주는 등 당대 제1인자로 꼽혔으며 송강 정철은 그의 문하생이었다.

금호 임형수는 문장과 시에 능하고 풍채가 좋아 국기(國器)라고 칭찬받았으며, 송순・임억령 등과 교분이 두터웠고, 하서 김인후와는 막역한 사이였다.

하서 김인후는 학문, 절의, 문장을 두루 갖추고 시를 잘하였는데 한시 1,500여 수가 전하고 있다. 그는 송순・김안국・최산두에게 사사했고, 송강 정철의 스승으로서 송강문학 형성에 영향을 주어 면앙정시단과 식영정시단의 개척에 공헌하였으며, 〈백련초해(百聯抄解)〉와 단가 등을 남겨 한글문학에도 기여한 바가 많았다.

송천 양응정은 문과 중시(重試)에 장원할 정도로 시문에 뛰어났는데, 소쇄처사 양산보와 같은 문중일 뿐만 아니라, 송강 정철의 스승이다. 그는 식영정시단에서 임억령과 함께 시작을 즐기며 고경명, 김성원 등과 함께 식영정 4仙으로 활동했다.

사암 박순은 송순의 문하이며 퇴계에게 사사한 바 있고, 율곡·우계 등과도 교류하였으며 삼당시인(三唐詩人)으로 일컬어진 옥봉 백광훈·고죽 최경창·손곡 이달을 배출하였다.

태헌 고경명(또는 제봉(霽峰))은 시·글씨·그림에도 뛰어났다. 송강 정철과 교류하였고, 식영정 4선(息影亭 四仙)으로 〈식영정 20영〉 등을 지었고, 면앙정시단에도 출입하며 〈면앙정 30영〉 등을 지었다.

취은(醉隱) 송세림(宋世林)은 당대에 문명을 떨친 사람으로 송순 문학에 많은 영향을 주었다. 저서인 〈어면순(禦眠楯)〉은 음담(淫談), 소화(笑話)를 담아 낸 책으로 민풍, 민속을 연구하는데 참고할 귀한 자료이다.

송강 정철은 석천과 하서에게서 공부했고, 성산에서 식영정 사선으로 활약하면서 식영정 시단을 빛냈으며, 유교·불교·도교를 수용하여 그의 시 세계의 다양성을 보여주었다.

한편 호남지역에서는 시조, 가사, 별곡체 등 국문시가문학 분야도 크게 발전하였다. 우선 별곡체(경기체가) 쪽을 보면 영암출신으로 나주에서 활동한 오한(五恨) 박성건(朴成乾)이 〈금성별곡〉을 지었다. 단가(시조)에는 송순의 〈오륜가(五倫歌)〉〈면앙정단가〉, 김인후의 〈자연가〉, 정철의 〈훈민가(訓民歌)〉〈장진주사(將進酒辭)〉, 임제의 〈총상비가〉, 〈한우가〉 외에도, 양응정, 기대승, 임진, 고경명, 유희춘, 김성원, 김덕령 등의 작품이 쏟아져 나왔다.

가사문학에서는 송순의 〈면앙정가〉, 정철의 〈성산별곡〉, 〈관동별곡〉, 〈사미인곡〉, 〈속미인곡〉, 유배가사의 효시인 조위(曺偉)의 〈만분가(萬憤歌)〉, 이서(李緒)의 〈낙지가(樂志歌)〉, 전쟁가사의 효시인 양사준(梁士俊, 영암)의 〈남정가(南征歌)〉 등 많은 작가와 작품이 나타났다.

출신 지역별로 분류해 보면 담양(이서, 송순, 정철), 장성(김인후, 김덕령), 나주(임진, 박개, 임제), 함평(이덕일), 화순(양응정), 영암(박성건) 등의 분포인데 16세기의 호남의 시조, 가사 작가는 주로 영산강권이라는 것을 알 수 있다.

또 이들은 지역적으로 영향을 미쳐 후일의 작가를 많이 배출하였으니 이서·송순·정철의 뒤를 이어 담양에서 정방·남석하·유도관·정해정 등으로부터 가사가 이어져 나왔다.

© **절의계 사림**

호남사림의 절의적 배경은 사림 성장 초기의 도학적 성격과 변방에서 외침을 자주 받은 지리적 요건 등이 도학정신의 실천화와 연계되어 그 배경을 이루었다고 할 수 있다. 호남사림을 절의계로 분류할 수 있는 것은 임진왜란과 정묘, 병자호란 등의 국난 시에 의병장으로 활약한 인물들을 통해서이다.

호남사림출신 의병장은 출신지역별로 보면 주로 광주, 나주, 보성, 장흥, 화순, 장성, 영광 등지와 전북의 남원, 태인 등지로 나타나고 있다. 이렇게 보면 사림 세력이 성한 지역에서 의병운동이 활발했음을 알 수 있다.

학연으로 보면, 기대승계(고경명, 최경희, 최경장, 구희 등)와 이항계(김천일, 변사정, 김제민 등)가 가장 많고, 그 밖에 김인후, 조헌, 성혼, 노진 등의 문인들이 활발했다. 이들의 절의 정신은 전라도 출신의 기묘명현들이었던 윤구, 최산두, 고운, 양팽손 등에게서 이어진 것이다.

당색별로 보면, 서인계가 지배적인 반면에, 동인계 인사들 즉, 나주나씨, 광산이씨, 해남윤씨, 영광의 전주이씨, 무장의 함양오씨 등은 주로 이순신 휘하의 수군이나 권율 휘하의 육상 관군, 혹은 향읍 방위 전에 참가하는 경향을 보여 주고 있다. 이들이 의병운동에 특히 적극성을 보였던 것은, 기묘사림의 인물들과 이어지고 있는 것이라던가, 이항의 문인들이 많다는 점에서, 성리학의 실천적 윤리 즉, 도학사상의 발현과 관련된 것으로 볼 수 있겠다.

〈호남절의록〉을 통해서 막하 의병장 수를 보면, 고경명(광주, 58명), 김천일(나주, 41명), 최경회(화순, 24명), 고종후(광주, 14명), 심우신(영광, 6명), 장윤(순천, 3명), 민여운(태인, 1명), 최경장(화순, 4명), 김덕령(광주, 4명), 김제민(고부, 12명), 이정란(전주, 3명), 임계영(보성, 20명), 변사정(남원, 8명), 박광전(보성, 3명), 임권(나주, 8명), 기효회(광주, 6명) 등이다.

한편, 정묘, 병자호란 시에도 호남지방에서는 많은 사림출신 의병장이 기의(起義)하여 침략을 직접당한 관서지방의 의병과 함께 호란(胡亂) 대처에서 의병의 양대 지방으로 명성을 올렸다. 그 의병 기의의 배경은 물론 임란 때와 같은 맥락이기 때문에 재론을 요하지 않는다.

조선시대의 호남은 문학과 사학 그리고 철학에서 타 지역과는 동렬에서 비교할 수 없을 만큼 뛰어난 업적들이 봇물처럼 쏟아져 나왔다. 특히 시가문학의 정점이라는 점은 주목을 요한다. 조선시대 선비는 문인 이면서 학자였고, 관료 이자 철학자였기 때문에 "문사철(文史哲)" "시서화(詩書畵)"는 선비들의 기본 소양이자 정신적인 기반이었다.

금남 최부의 제자 윤효정과 유계린 그리고 임우리에서 이어지는 해남의 학맥은 귤정 윤구, 석천 임억령, 미암 유희춘 등으로 계승 발전되었으며, 광양의 최산두 학문은 하서 김인후에게 이어져 송천 양응정으로, 다시 송강 정철로 전해지면서 풍성해지고 넉넉해졌다.

㉣ 실학계 사림

조선 후기 실학은 임진, 병자 양난을 겪고 난 후, 정치, 경제, 사회, 문화, 사상 등 각 방면에서 현실 타개와 새로운 삶의 방향을 모색하는 과정에서 태동하여, 사회 경제의 변동과 궤를 같이하면서 18세기 이래 크게 발달하였다.

이들 실학자들은 기본적으로 성리학에서 출발하였기 때문에 실학계 사림이란 말이 가능하다. 선조 때 지봉 이수광이 순천부사로 와 있을 때 〈승평지〉를 남겼는데, 이는 사찬 읍지의 효시로서 실학적 사유가 담긴 저

서인데 호남 실학에 많은 영향을 끼쳤다.

또한 1600년대 중반의 현종 연간에 호남의 부안에서 〈반계수록〉을 남긴 유형원은 실학의 비조로 일컬어지며, 18세기 중엽 이후 영·정 연간에는 순창의 신경준, 장흥의 위백규, 고창의 황윤석 등이 활발히 활약했다. 이와 같이 1801년 다산 정약용이 강진으로 유배 오기 전부터 호남에서의 실학은 이미 성숙한 정도였다. 특히 존재 위백규의 실용적 개혁안인〈정현신보〉〈만언봉사〉는 크게 주목을 받았고, 규남은 양수기의 일종인 자승거 발명과 자명종 개량, 방적기 제작 및 동국지도 9폭의 제작 등은 자생적 실학의 대표자로 평가된다. 이처럼 호남의 실학은 조선 후기에 이르러 석파 나경적(1690~1762, 화순)이나 존재 위백규(1727~1828, 장흥), 규남 하백원(1781~1844, 동복) 등의 실학자들이 활동하여 그 맥과 정신을 이었다. 이와는 조금 달리 다산 정약용(1762~1836)은 강진으로 유배와 윤씨 가문의 지원과 서적 활용 등으로 나름의 실학을 집대성하였다.

10) 전국 70% 의병과 구국의 고장

조선시대 지배 이념인 유교의 덕목은 인의예지신(仁義禮智信)인데 가장 요체가 "불의"에 굽히지 말라는 것이었다. 때문에 임진왜란(1592)이나 병자호란(1636) 등을 당했을 때 선비들은 붓 대신에 무기를 들고 노비들까지 참여케 하는 등 의병을 일으켜 적과 싸웠다.

다른 지역 의병은 향병(鄕兵)으로서 자기 지역 방어에 급급한데 반해, 호남지역 의병은 다른 지역까지 출전하여 싸우다 순절하기를 다반사로 하였는데 김천일, 고경명, 최경회 등이 그 대표적이다. 삼도 수군을 통제하던 이순신은 현덕승에게 보낸 편지에서 "호남이 아니었더라면 나라는 없는 것과 같았을 것(약무호남(若無湖南) 시무국가(是無國家))"이라 했는데 이 말은 결코 과장이 아니다.

이러한 호남의 구국 정신은 앞서 말한 누정에서 길러진 선비정신에서 그 연원이 도도하게 뿌리하고 있음은 재언을 요치 않는다. 그러니까 호남의 누정은 조국의 간난(艱難)에 분연히 떨치고 일어나게 한 구국 정신의 요람이지, 결코 소비적, 비창조적 공간이 아님을 반증하고도 남는다 하겠다. 또한 호남 곡창의 넉넉한 군량미는 호남 사림의 애국정신을 높이는데 또 다른 측면에서 한 몫을 다했다.

한말에 이르러 민족운동의 본거지로서 호남은 한말 의병에도 열을 올렸는바, 매천 황현과 불원복의 깃발을 들고 지리산 연곡사에서 장렬하게 순국한 녹천 고광순 등이 주목을 요한다. 제봉 고경명의 후손인 녹천은 일본의 강토 침입에 분연히 떨치고 일어나 풍전등화 같은 조국을 구하는데 앞장섰다.

반외세, 반봉건의 기치를 내걸었던 동학농민혁명 때, 장성 황룡 전투는 동학사에 빛나는 싸움이었음은 모두 다 잘 아는 바다. 또한 한말 의병의 경우 호남이 전국 의병의 60%(전남 40%)를 차지하였다. 일제 강점기의 학생운동과 농민운동은 물론, 5·18민주화 운동 등에도 호남인들은 주도적으로 참여하여 오늘 이 땅, 이 민주를 이룩하는 데 크게 기여했다.

11) 시서화(詩書畵) 삼절(三絶)의 예향

남도를 가장 예향답게 하는 분야 중 시와 서 그리고 화는 다른 지역과 비교가 되지 않을 만큼 월등하다. 시는 한시와 국문시로 대별되는데 한시는 주로 누정을 중심으로 시단을 형성하여 주옥같은 한시들을 창작하였다. 이에는 낭만적 서정시와 사회 비판적 서술시 및 서사 한시 등으로 그 세계를 나눠 감상할 수 있다.

한편, 국문시는 단가인 시조와 장가인 가사로 나뉘는데 특히 가사는 한시의 짧고 제한된 시상 전개와는 달리, 4음 4보격이라는 자유롭고 개방적인 갈래의 성격과 서술의 확장이라는 형식의 자유로움 덕분에, 우리네 사람들의 희로애락과 진지한 감정 및 사상을 진술하게 드러내는데 매우 적합했다. 가사는 전 국민이 모두 함께 향유하여 장장 700여 년이라는 오랜 동안 우리 시가사를 수놓았다는 데서 그 의의를 높이고 있다.

시조는 서술 억제라는 제작상의 규칙을 갖고 함축과 정제미를 추구해 온, 국민문학으로서 한시에 맞서 우리의 사상과 감정 그리고 시학을 우리 어법으로 노래한 세련된 문학이라는 점 등에서 그 의의를 한껏 높이고 있다.

글씨는 주로 문인의 의사 전달의 매체로 주된 역할을 하다가 나중에는 선비의 교양과 수양의 방편으로 널리 애용되어 오다가 근·현대에 이르자 예술의 한 갈래로서 그 진가를 발하고 있다.

한편, 중국화론의 통일은 동진(東晉)의 고개지(顧愷之, 334~405)였는데 그 후 당대(唐代)에 이르러 왕유(699~759)를 중심한 남화는 시중화(詩中畵), 화중시(畵中詩)를 내세워 민중의 목소리를 중시하고, 개성을 강조하는 이른바 은일 선비형으로 자리를 잡았다. 이와는 달리 이사훈(651~716)을 중심한 북화는 관변 귀족형으로 정립되었다.

호남의 문인화는 정신적인 내면세계의 표현을 중시했던 사대부(선비)들의 그림으로 조선 초기 화순 능주 출신 학포 양팽손(1488~1545)이 그린 〈산수도〉 등에서 시원(始原)한다. 다음으로 〈자화상〉으로 유명한 공재 윤두서(1668~1715)는 특히 주목을 요한다. 왜냐하면 그는 호남지역 문인화의 전통을 계승하고 발전시킨 문인화의 중시조격이기 때문이다.

공재 윤두서(1668~1715)는 고산 윤선도의 증손인데, 해남에 뿌리를 내리고 해남 윤씨의 득관을 한, 어초은 윤효정의 7대손이다. 고산은 공재가 태어난 것을 직접 본 증조부로서, 그의 총명함과 남다름을 미리 알아보고 윤씨 가문의 종손으로 입적하여 고산가의 자존과 영광을 잇게 했다.

공재는 10남 3녀를 두었는데 아들 연옹(낙서) 윤덕희(1685~1766), 손자 청고 윤용(1708~1740) 등 3대가 문인화의 가업을 이으면서 호남 화단의 전통을 이어갔다.

한편, 해남 윤씨 집안을 외가로 둔 실학자 다산 정약용은 공재의 〈자화상)을 보고 자신이 외가를 닮았다며 강한 자긍심을 가졌다고 전해온다. 공재는 금(今)보다는 고(古)를 중시하여 옛것 배우기 곧 고학(古學)에 경도되었는데 이를 본 추사 김정희가 그를 매우 높이 평가했다고 한다.

진도의 소치 허련(1809~1892)은 원나라 왕유(王維, 자는 마힐(摩詰))의 영향을 많이 받았으며 그를 좋아하여 이름을 허연에서 허유로 개명까지 했다. 그는 숙부 허경의 소개로 해남 연동에 사는 윤종민을 통해 중국의 화본인 고개지의 〈고씨화보〉를 입수하여 그림 공부를 시작했는데 나중에 해남 대흥사에서 초의 장의순(張意恂, 1786~1866)과 만남을 가진다. 이때 초의의 소개로 추사 김정희(1786~1856)와 운명적인 조우를 한다. 추사는 허유를 보고서 중국남화의 비조(鼻祖) 대치(大痴) 황공망(黃公望)에 비길 만하다고 하여 호를 소치(小痴)라고 지어주었다.

허각(許珏)의 장남인 소치의 이름은 허유(許維)인데, 본명은 허연(許鍊)으로 부인 지씨와의 사이에서 허은, 허낙, 허함, 허형 등 4남을 두었다. 허은은 대미산 또는 선미산으로 불리었으며, 허형은 소미산 또는 후미산으로 호 했는데 그의 화풍은 남농 허건으로 이어진다. 또 허건의 막네 동생 허임은 임산이라 호했는데, 아들 허문(호는 임문)이 뒤를 이어 허씨가의 화풍을 이었다.

훗날 추사가 제주도에 유배되자 소치는 제주도 대정의 유배지까지 찾아가 배움을 청했으며 추사의 소개로 해남 우수영 수군절도사 신관호(헌)를 만나 영의정 권돈인의 집에 머물면서 공부를 하여 초시에 응시한 후, 찰방이 되어 현종을 배알하는 행운을 얻게 된다.

한편, 소치의 방계로 의재 허백련이 있는데 그로부터 남도 문인화단의 또 다른 한 축이 형성되어 계산 장찬홍, 금봉 박행보, 우담 이부재 등 수많은 현대 문인화가들이 배출되었다.

지금 소치가의 유산으로 내려오는 진도의 운림산방(雲林山房)이란 당호의 '운림'은 중국 남종화 4대가의 한 사람인 아찬(兒瓚, 1301~1374)의 호를 따온 것이라 한다.

한편, 호남의 서예는 호남의 해안선을 닮았다. 곡절과 직필, 부드러움과 힘참, 면면함 등이 그것이다. 호남 서예는 다양하고 화려하여 쉽게 정리해 내기가 어렵다. 여기서는 그 대략적인 흐름만 살펴보기로 한다. 호남의 서예사를 말하려면 조선 중기 동인의 영수였던 이발(1544~1589)의 아버지 이중호를 먼저 들어야 할 것 같다. 이중호는 해남 윤씨 귤정 윤구(1495~1549)의 따님을 부인으로 맞아 광산 이문과 해남 윤문 간의 우의를 연 인물이다. 이중호의 문하에서는 많은 인물이 배출되었는데 그 가운데 서예로 이름을 낸 백하 윤순(1680~1741)은 이중호의 문하에서 수학한 오음 윤두수(1533~1601)의 5대 손이다. 백하는 〈자화상〉으로 잘 알려진 공재 윤두서(1668~1715)의 이질(姨姪)로 공재로부터 서화를 수학하였다. 공재는 해남 출신이며 고산 윤선도의 증손으로 〈유하 백마도〉〈자화상〉 등 보물급 작품을 남겨 조선 후기 회화사의 큰 획을 그었다. 다산 정약용의 외증조인 그는 다산이 매우 흠모한 사람이었으며 다산에게도 많은 영향을 끼쳤다.

백하의 문하에서는 동국진체로 유명한 원교 이광사(1705~1777)가 나오는데 원교의 서예 세계는 중국 서예의 관념론적 굴레를 벗어나, 조선의 혼이 담긴 진경산수화 시대의 선두주자라는 점에서 커다란 의의를 지닌다. 원교의 문하에서는 조선후기 3대 명필로 추앙되는 창암 이삼만(1770~1845)이 나온다. 창암은 서울의 추사 김정희(1786~1856), 평양의 눌인 조광진(1772~1840)과 더불어 조선후기 서화단의 3대 인물로 꼽힌다. 창암은 득필천연론(得筆天然論)의 서론(書論)으로 '개울물 흐르듯 자연스러운 필치의 서체로 당대를 풍미했다.'는 평을 듣는다. 창암과 함께 무안 출신 초의 장의순(1786~1866)과 서울 출신 추사 김정희(1786~1856)도 호남 서예 단에 일정 영향을 끼친 인물들이다. 추사의 완도 고금도 유배(1830)와 제주도 유배(1840)를 가기 위해 해남에 머무르는 동안의 추사의 역할이 주목된다.

또한 영재 이건창(1852~1898)이 전남 보성에 유배되었을 당시 그를 사사한 구한말 서예의 대가 소파 송명회(1872~1953)와 아우 설주 송운회(1874~1965)는 보성 율어 출신으로 독특하고 유려한 필치로 호남 서예 단뿐만 아니라 한국 서예 단을 아름답게 수놓았다. 설주의 서예 세계는 아들 근암, 손자 설강, 조카 설파, 증손자 소정으로 이어져 지금까지 면면하게 계승되고 있다. 설주의 서체는 "마치 신선이 신기가 들려 신나게 쓴 신필이다."는 평을 듣는다.

설주의 뒤를 이은 송곡 안규동(1907~1987)은 임란 의병장 안방준의 후예로 사헌 김윤기와 낙천 이교천을 사사하면서 한문과 서예를 체득하였는데, 그의 문하에서 학정체를 정립한 학정 이돈흥(1946~)이라는 걸출한 국제적 서예가가 배출되어 서예를 통한 인격 도야와 감성 교육과 서예를 접목한 여러 문화 활동을 벌이고 있다. 전남 담양의 몽성산 문필봉 정기를 받고 태어났다는 그는 중국과 일본 등지의 국제적 서예가와 활발하게 교류전 등을 열면서 한국 서예의 수준 제고와 국제적 위상 정립에 남다른 노력을 하고 있는데 그의 서체에 대해서는 원교의 동국진체를 뛰어넘어 한국 서예를 한 단계 발전시켰다는 평을 듣고 있다. 학정의 문하에서는 소하 김화자, 청하 김다순, 우계 유백준, 일속 오명섭(1952~), 아정 이월희(1960~), 중허 홍동의(1958~), 고봉 이선경(1961~) 등 걸출한 후진이 연우회를 중심으로 활약하고 있다. 송곡의 다른 제자로 그만의 세계를 개척한 용곡 조기동(1929~2019)은 전남 화순 출신인데, 전남 남평에 용곡예가를 열고 활동하고 있다. 국제적 도예가인 장남 조재호(1958~)를 비롯, 3녀 난곡 조영랑이 부친의 뒤를 이어 호남 서예 단의 전통을 잇고 있다.

한편, 조선 후기의 호남 서예 단에서 빼놓을 수 없는 세 사람은 설송 최규상(1891~1956), 의재 허백련(1891~1977), 소전 손재형(1902~1981) 등이다. 설송은 김제 출신으로 석정 이정직(1840~1910)과 성재 김태석(1875~1953)의 문하였으며 설주와 효봉 이찬형을 이어받아 독자적인 서예 세계를 펼쳐보였다. 의재는 전남 진도 출신으로 가학과 함께 무정 정만조

(1858~1936)에게 사사했다. 또한 그림과 글씨는 양천 허씨 집안의 대부인 허련(1808~1893)에게 배웠는데 지금도 그의 제자들이 연진회를 구성하여 그 화풍과 서풍을 잇고 있다.

이밖에도 민족주의 서예가로 잘 알려진 김제 출신의 강암 송성용(1913~1999)은 간재 전우(1841~1922)의 문하로 "나를 평생 지켜준 게 갓과 상투였다."며 일제의 단발령 등에 항의했던 근세의 호남 서단의 기린아였다.

12) 인생유전 소리유전 판소리

2003년 유네스코 인류의 무형유산으로 등재된 세계인의 유산에 우리의 판소리가 있다. '일 고수, 이 명창'이란 말이 있는데 판소리를 하는 창자보다도 장단을 맞추며 추임새를 넣어주는 고수의 역할이 중요함을 나타낸 말이다.

소리와 아니리(말), 발림(너름새: 몸동작)을 자유자재로 섞어가며 청중을 울리고 웃기는 판소리, 판소리의 매력은 풀고, 늘리며 다시 맺는데 있지만, 그런 가운데 귀명창이라 불리는 창자가 넣어주는 추임새는 판소리가 지니는 현장성의 절정이다.

판소리는 청중, 창자 그리고 고수가 삼위일체 되어 감동의 극대화를 이룬다는 점에서, 소통의 예술이요, 광대의 걸쭉한 입담 속에 서민의 애환 등이 생동감 있게 녹아 있다는 점에서 서민 문학이란 말을 듣는다.

수려한 산천과 풍부한 물산을 바탕으로 다양한 민속예술이 발전한 호남, 특히 판소리의 경우 동편제, 서편제 등의 발상지와 주요 명창(국창)들은 대부분 호남 출신이다. 동편제는 강한 반면, 서편제는 시냇물이 흘러가는 듯 애틋한 계면조이다. 이는 지역의 환경이 자연스레 접맥된 결과이다. 여기에는 전남 보성을 중심으로 했던 박유전의 강산제도 한 특징을 이룬다.

판소리는 이처럼 호남을 중심으로 일어나고 발전해 왔는데 크게 동편제·서편제 두 가지 유파로 발전했다. 동편제는 백두대간을 타고 내린 호남정맥의 동쪽을 중심으로 한 섬진강 유역의 우조 소리로서 송흥록·유성준·송만갑·박봉술로 이어진다. 이는 산세가 높은 자연 풍토가 반영되어 힘차고 웅장하다.

반면 서편제는 호남정맥의 서쪽인 만경강과 영산강 유역 등 전라도 서쪽 지역의 계면조 소리로서 박유전·이날치·김채만·정응민 등으로 이어졌다. 보성소리는 시냇물이 흐르는 듯한 소리라고 표현한다.

박유전, 그에게는 유전(流轉)된, 지금으로는 확인키 어려운 사연들이 여럿 있다. 그 가운데는 앞서 말한 "내 소리 받아 가라"라는 외침 소리와 함께 흥선 대원군이 그의 소리를 듣고 싶어서 보성 웅치 장터(현재 구성머리)에 몇 개월간을 머물렀다는 것, 그를 강산 영감(영감은 정3품 또는 종2품 관원을 일컫던 칭호)이라 높여 불렀다는 등의 말이 그것이다. 어느 말도 확인키 어렵지만 명인의 명성에 따라 그에 걸맞은 여러 찬사와 에피소드는 생겨나기 마련임이 아닐까?

한편, 강산제는 박유전의 제자인 정응민이 박유전의 서편제 소리와 김찬업의 동편제 소리, 이동백의 중고제 소리를 잘 조합하여 만든 보성 소리만으로의 특성을 지닌 것이라는 등의 주장은 보다 더 확실한 증거와 납득할만한 논거의 뒷받침이 따라야 할 것으로 사료된다.

판소리 명창 박유전, 그가 서편제 또는 강산제를 처음 만들었든 그렇지 않았든 간에 우리는 그로부터 인간 승리의 숭고한 정신을 배우고 싶은 것이다.

신체의 열등함, 그 불편함을 극복하고 흔하디 흔한 대학을 졸업한 것도 아니요, 많고 많은 어떤 지위가 있는 것도 아닌 그가, 학벌과 지위 그 높낮이에 구애받지 않고 그만의 노력과 목소리로, 그만의 집념과 프로 정신으로 우리의 소리를 잇고 발전시킨 얼을 잇고 싶은 것이다.

박유전은 당대 제일의 명창으로 아니 우리 겨레 정신의 계승자로서, 그는 우리의 얼과 혼을 넉넉하고(裕) 온전하게(全) 키워낸 사람이다. 다른 지역의 소리보다 충, 효, 열이 더 강조되고 있다는 보성 사람들이 주장하는 보성소리, 그 주장이 옳든 그르든 간에, 그런 주장의 뿌리에는 '천하제일강산' 박유전의 뼈를 깎았던 인고의 씨 내림 정신, 맺히고 풀렸던 우리 민초들 삶의 구구절절한 애환을 풀어내려는 풀이정신이 보성 소리에서 살아 숨 쉬고 있음에 무한한 자긍을 느낀다.

13) 무당의 노랫가락과 옷맵시

우리나라의 전통적인 음악(국악)은 궁중을 중심한 궁중음악인 아악(雅樂)과 민간에서 전승되어 온 민간음악(속악(俗樂)), 무당들이 부르는 무악(巫樂), 불교의식에 쓰는 범패(梵唄) 등으로 나눈다. 이중 민간음악을 음악적 특징으로 남도음악과 경·서도 음악으로 나눌 수도 있다. 그러므로 남도(호남)라는 말은 지리적 개념이기도 하지만 음악적 개념이 더 강하다. 호남 음악의 지리적 한계는 보통 한강 이남과 태백산맥의 서쪽, 곧 한반도의 남서 지역의 음악을 가리키는데 그것은 시나위 권 무속음악의 분류 권과 일치한다.

그렇다면 남도음악의 두드러진 특성은 무엇인가?

첫째, 꺾는 목이라고 부르는 반음기법이 선율에 사용된다. 전통음악은 어느 지역이나 어느 갈래에도 도·레·미·솔·라의 5음계로 되어 있는데, 남도음악에는 '도'음에서 '시'음으로 반음을 하향 진행하는 독특한 기법이 있는바 이것을 꺾는 목이라 한다. 이 꺾는 목 기법은 음악을 구성지고 멋들어지게 하고 연주기법이 다양하게도 하다.

둘째, 다채롭고 화려한 장단의 짜임새이다. 느린 여섯 박자가 하나의 틀을 이루는 진양조, 보통 속도의 3박자 넷이 모여서 12박자를 틀로 하는 중머리, 중모리 보다 빠른 중중모리, 중중모리 보다 빠른 자진모리, 휘모리, 엇모리 등의 장단이 있다. 이러한 남도음악에서 나타난 다양한 장단은 우리가 세계에 자랑할 수 있는 음악적 특징 중의 하나이다.

셋째, 전조기법(轉調技法)의 사용이다. 이는 악곡의 진행 중 계속하여 오던 곡조를 다른 곡조로 바꾸어서 진행시키는 것으로, 고도의 음악성과 기교를 필요로 한다. 이처럼 남도의 음악은 세련되어 있거니와 이의 원류는 무가이며, 이 무가로부터 판소리가 나온다.

또한 무당의 굿판은 영락없는 축제적 분위기로서 그의 화려하고 세련된 의상은 초특급 패션쇼를 방불케 한다. 굿상의 진열은 음식문화의 결정체이며, 굿하면서 무녀가 12번이나 갈아입는 옷은 패션쇼의 극치가 아닐수 없다.

14) 줄을 댕겨라 풍년을 부르자

남도는 농업의 본 고장이어서 풍년을 비는 풍속이 매우 다양하다. 콩·팥·녹두·목화씨 등 곡식을 밭귀에 묻는다거나, 백중날 밭에 음식상을 차려 놓은 것, 추석 전날 밤 소년들이 밭에 가서 밭고랑을 기어 다니는 것 등이 풍년을 기원하는 풍속이다.

이러한 풍속은 필연적으로 가무와 연결되어 민속의 발달을 보게 된 요인이 되기도 했다. 전국 최고의 호남농악은 이미 전국적으로 그 명성을 떨치고 있으며, 고싸움놀이는 현재 광주 칠석동에서만 행해지는 민속놀이다. 고싸움은 그 준비 과정이 매우 진지하고 주도면밀하며 아이는 물론 어른들이 전 원 참여하는 화합과 단결의 결정체이다.

고싸움을 하기 위해 짚을 모아 새끼를 꼬고, 그 꼰 새끼들을 모아 고줄을 만들며, 고 싸움이 끝나면, 고 줄을 풀어 줄다리기를 하는데, 이긴 줄을 끊어서 논에 뿌리는 등 풍년을 기원하는 흥미로운 민속놀이다. 이외에도 짐대세우기, 미도지기놀이, 진도 살랭이 등의 민속놀이를 꼽을 수 있다.

또한 여수 영당풍어제와 영광 칠산어장놀이도 빼놓을 수 없는 우리의 전통 민속이다. 추수 후의 놀이로는 여천 현천 소동패놀이, 강진 땅뺏기

놀이 등이 있고, 해안이나 섬 지방에서는 풍어 기원과 함께 어로 생활에서 안전 항해를 위한 풍속이 많았다.

새해 들어 첫 조금 날에 비가 오면 그 해에 비가 많아 소금 생산에 지장이 있는 것으로 점치는 풍속도 있었다. 이 밖에도 농경문화와 관련된 맷돌 들어 날리기, 기우제, 기마전, 강강술래 등은 오늘 날도 함께 즐길 수 있는 훌륭한 놀이인바 그 현대적 계승과 활용이 기대된다.

15) 인심도 후할시고 개미진 음식

'금강산도 식후경', '다 묵고 살라고 한 짓이여' 등 먹는 것을 소중히 한 것은 유교문화의 오랜 유산이다. 호남은 기후가 온화하고 들녘이 많아 물산이 풍부하다. 풍부한 물산은 넉넉한 인심으로 이어지고 이는 다양한 음식의 개발과 미감의 상승을 가져와 맛있고 영양 높은 음식 문화를 창조하였다.

전국이 일일 생활권이 되면서 각 지역마다 특징 있던 음식이 여러 지역으로 급속하게 전파되어 지역적 특징을 많이 잃은 것은 사실이지만 그래도 본토에서 제철에 느끼는 맛의 미감이란 직접 느껴본 사람이라면 모두 고개를 끄덕일 것이다.

김장 김치를 해를 묵혀 잘 발효시킨 김치 이른바 묵은지는 이제 전국적인 음식이 되어 묵은지 찌개라는 상표까지 나온 실정이지만 그래도 남도의 풍부한 젓갈과 천일염을 사용한 남도 묵은지는 그 위력이 여전하다.

어디 그 뿐인가? 간장 게장, 고추장 게장을 비롯하여 쭈꾸미 무침, 은어구이, 죽통밥, 짱뚱어탕, 갯장어탕, 재첩국, 장어죽, 가자미찜, 간재미찜, 홍어탕과 홍어무침, 문저리회로 통하는 망둥어회, 그리고 전복죽, 매생이, 봄동(봄 배추) 무침 등은 남도를 대표하는 맛있고 영양 풍부한 음식이다.

흔히들 남도 음식은 '개미 있다.'고 하는데 개미란 어떤 의미일까? 개미는 갯미(바다의 짭짤한 맛)를 의미한다는 주장, 가미(加味), 또는 가미(嘉味)라는 주장 등이 있지만, 확실한 어의와 유래는 단정하기 어렵다. 전라도 선비를 지칭하는 '개땅새'가 갯가에서 태어난 샌님을 의미하듯, '개'는 바다를 가리키며 이는 음식의 '간'이란 말로 전성되었다고 보면 어떨까? 그러니까 간이 제대로 되어 입에 맞다는 말이 곧 개미 있다, 또는 개미지다의 의미가 된 것으로 보인다.

이상에서 필자는 호남학, 그 일부인 호남 문화나 호남 문학을 이해하기 위해서는 호남의 속살에 대하여 알 필요가 있다는 말을 전제로, 속살 이해를 위해 ① 수려한 자연 경관 ② 끌텅 야무진 마한문화 ③ 누정의 풍류와 시문학 ④ 선비의 우리말 정신과 가사문학 ⑤ 20,000여 기의 청동기 고인돌 문화 ⑥ 탈 신라 정신의 구산선문과 고려 건국 ⑦ 비취의 원숙함과 상감청자 ⑧ 개혁 정신의 기수 정혜결사와 백련결사 ⑨ 문학, 사학, 철학, 실학의 거목들 ⑩ 전국 70% 의병과 구국의 고장 ⑪ 시·서·화 삼절의 예향 ⑫ 인생유전, 소리유전 판소리 ⑬ 무당의 노랫가락과 옷맵시 ⑭ 줄을 댕겨라 풍년을 부르자 ⑮ 인심도 후할시고 개미진 음식 등 15가지 소 항목으로 나누어 개괄해 보였다.

이와 같은 15가지 외에도 호남 문화를 이루는 기층 문화적, 상층 문화적 요소는 더 많을 것이지만 필자의 능력과 지면의 한계 상 모두 다루지는 못했다. 다만 여기 노출시키지 못한, 쉽게 노출되지는 않지만 면면히 흐르고 있는 호남 문화의 요소들과 여기에 보인 호남 문화를 이루는 다양한 요소들이, 주요한 한 요소를 구심점으로, 서로 대체, 결합, 적용, 수정, 축소, 역발상, 재배치 등의 과정을 거친다면, 이른바 요즘 유행하는 말로 융·복합을 이룬다면, 무한히 새로운 창의적인 무엇이 창출되리라는 확신은 필자를 가슴 뛰게 한다. 왜냐하면 호남 문화는 마한 이후, 처음부터 개방성과 포용성을 지닌 채 다양한 문화와의 융·복합을 이루어 호남만의 고유한 선진 문화를 이룩해 낸 유전자를 풍부하게 지니고 있기 때문이다.

■ 색인